Ian Manook
DER MONGOLE
Das Grab in der Steppe

IAN MANOOK

DER MONGOLE

Das Grab in der Steppe

Kriminalroman

Aus dem Französischen
von Wolfgang Seidel

blanvalet

Die französische Originalausgabe erschien unter dem Titel »Yeruldelgger«
bei Éditions Albin Michel, Paris.

Sollte diese Publikation Links auf Webseiten Dritter enthalten,
so übernehmen wir für deren Inhalte keine Haftung,
da wir uns diese nicht zu eigen machen, sondern lediglich auf deren
Stand zum Zeitpunkt der Erstveröffentlichung verweisen.

Verlagsgruppe Random House FSC® N001967

2. Auflage
Deutsche Erstveröffentlichung Januar 2019 bei Blanvalet Verlag,
einem Unternehmen der Verlagsgruppe Random House GmbH,
Neumarkter Straße 28, 81673 München
Copyright © Éditions Albin Michel, Paris 2013
Copyright der deutschsprachigen Ausgabe © 2019 by Blanvalet,
in der Verlagsgruppe Random House GmbH,
Neumarkter Straße 28, 81673 München
Redaktion: Stephan Johann Kleiner, Alexandra Baisch
JB · Herstellung: sam
Satz: KompetenzCenter, Mönchengladbach
Druck und Bindung: CPI books GmbH, Leck
Printed in the Czech Republic
ISBN 978-3-7645-0605-6

www.blanvalet.de

*Für Bus,
für Larroque und Salgado,
für Annabelle und Sophie,
für mich!*

1

So etwas wie Glück ...

Yeruldelgger starrte völlig verdattert auf den Gegenstand. Kurz zuvor hatte er den Blick noch ungläubig über die ausgedehnte Grassteppe von Delgerchaan schweifen lassen. Die weitläufige Landschaft rundherum wirkte wie ein vom Wind aufgepeitschtes grünes Meer aus Gras und Kraut mit Wellenbergen und Wellentälern. Eine Weile verharrte er schweigend, um sich zu vergewissern, dass er hier wirklich am richtigen Ort und ganz bei Sinnen war. Gerade hier, im Süden der Provinz Chentii-Aimag, wo es im Umkreis von Hunderten von Kilometern außer der unendlich weiten Landschaft so gut wie nichts gab, hätte man einen derartigen Gegenstand am wenigsten erwartet.

Der zuständige örtliche Polizeibeamte hinter ihm hielt respektvoll etwa einen Meter Abstand. Die Nomadenfamilie, die den Polizisten alarmiert hatte, stand ihnen einige Meter entfernt gegenüber. Alle Augen waren gespannt auf ihn gerichtet, und alle warteten ab, welchen Reim er sich auf dieses Ding machen würde, das da schief aus der Erde aufragte. Yeruldelgger seufzte tief, rieb sich die schlaffen Wangen mit seinen Pranken und kauerte sich vor den Gegenstand, um ihn genauer in Augenschein zu nehmen.

Er fühlte sich leer, ausgebrannt, wie ausgewrungen von seinem Kriminalbeamtendasein, bei dem er nichts mehr richtig im

Griff hatte. Bereits um sechs Uhr heute früh hatten sie ihn rausgeklingelt, weil drei mit Messern malträtierte, verstümmelte Leichen in einem Büroraum der Direktion einer chinesischen Fabrik in einem Vorort der Hauptstadt Ulaanbaatar entdeckt worden waren. Und jetzt, fünf Stunden später, fand er sich mitten in der Steppe wieder, ohne recht zu verstehen, was er hier eigentlich verloren hatte. Er wäre viel lieber in der Stadt geblieben, um mit seinen Leuten in diesem Chinesen-Massaker zu ermitteln. Aus Erfahrung wusste er, dass sich die entscheidenden Hinweise zur Aufklärung von Verbrechen meist aus den Beobachtungen ergaben, die in den allerersten Stunden am Tatort gemacht wurden. Ihm war gar nicht wohl bei dem Gedanken, dass er jetzt nicht dort sein konnte, auch wenn er volles Vertrauen in Inspektorin Oyun hatte, die nun die Ermittlungen vor Ort leitete. Sie wusste, was zu tun war, und würde ihn auf dem Laufenden halten.

Der örtliche Polizist wagte es nicht, sich neben ihn zu kauern. Er stand halb nach vorn gebeugt da, mit angewinkelten Knien und gekrümmtem Rücken. Im Gegensatz zu Yeruldelgger versuchte er aber nicht im Geringsten zu verstehen, was er da sah. Das überließ er ganz dem Kommissar aus der Hauptstadt. Die Nomaden hingegen waren quasi gleichzeitig mit Yeruldelgger in die Hocke gegangen. Der Vater wirkte schon ziemlich alt mit seinem von der Sonne zerknitterten Gesicht unter der typischen kegelförmigen Trachtenkappe der Mongolen. Er trug einen alten Deel, den hochgeschlossenen, robenartigen mongolischen Sommermantel, aus grünem Satin mit gelben Stickereien und dazu weiche lederne Reiterstiefel. Die Frau war in eine ähnliche, hellblaue, seidenweiche Mantelrobe mit einer breiten rosa Seidenschärpe als Gürtel gekleidet. Sie sah sehr viel jünger aus als der Mann. Ihre drei Kinder hatten sich wie die Orgelpfeifen der Größe nach aufgestellt: zwei Jungen und ein kleines Mädchen, die rote, gelbe und grüne Gewänder trugen. Yeruldelgger schätzte, dass der Altersunterschied zwischen ihnen in etwa je ein Jahr betrug. Die ganze Familie machte einen recht vergnügten Eindruck – breit lächelnde Gesichter mit der typischen von Steppenwind, Wüstensand und Eiseskälte geröteten Haut. Genau wie sie war Yeruldelgger ein Kind dieser Steppen, auch wenn das schon lange zurücklag.

»Und, Kommissar?«, wagte sich der Polizist vor.

»Na ja, das ist eben ein Pedal. Ein ziemlich kleines natürlich. Ich nehme an, du hast schon mal ein Pedal gesehen?«

»Jawohl, Kommissar. Mein kleiner Sohn besitzt ein Fahrrad.«

»Na, welch ein Glück«, seufzte Yeruldelgger, »dann erkennst du ein Pedal, wenn du eins siehst?«

»Jawohl, Kommissar.«

Lächelnd folgte die Nomadenfamilie ihnen gegenüber dieser Unterhaltung. In einiger Entfernung hinter ihnen stand ihre weiße Jurte, ansonsten gab es weit und breit nichts als die vom Wind geformte, wellige Graslandschaft, bis in der bläulichen Ferne am Horizont die ersten Hügel anstiegen. Man konnte nicht einmal die schmale Straße erkennen, auf der sie mit dem kleinen russischen Geländewagen bis zu ihrer Jurte gefahren waren.

Wie ein Sumoringer presste Yeruldelgger seine riesigen Hände auf die Oberschenkel und zog den Kopf zwischen die Schultern, um seine aufsteigende Wut zurückzuhalten. »Und wegen was lässt du mich hierherkommen?«

»Jawohl, Kommissar …«

»Soll das etwa heißen, dass ich drei Stunden lang auf dieser elenden Piste von Ulaanbaatar bis hierher fahren musste, um mir ein Fahrradpedal anzusehen, das schief aus dem Boden herausragt?«

»Nein, Kommissar, es ist wegen der Hand.«

»Wegen der Hand? Was für eine Hand?«

»Die Hand unter dem Pedal, Kommissar.«

»Wie? Unter dem Pedal ist eine Hand?«

»Genau, Kommissar. Unter dem Pedal da befindet sich eine Hand.«

Ohne sich zu erheben, drehte Yeruldelgger den Kopf, musterte diesen Ortspolizisten schräg von unten. Wollte der ihn etwa auf den Arm nehmen? Der Mann verzog jedoch keine Miene. Kein Anzeichen von Belustigung. Keine Spur von Intelligenz. Dieses Gesicht drückte nicht mehr als den gewohnheitsmäßigen, unterwürfigen Respekt gegenüber Höherrangigen und eine gewisse Zufriedenheit über die eigene Inkompetenz aus. Um nicht vor Wut aus der Haut zu fahren, konzentrierte sich Yeruldelgger wieder ganz auf den ominösen Gegenstand, mit dem es nun vielleicht doch eine beunruhigendere Bewandtnis hatte. Ein kleines Fahrradpedal, das leicht schräg aus der Erde herausragte und unter dem sich womöglich eine Hand verbarg. »Und woher willst du wissen, dass darunter eine Hand steckt?«

»Weil die Nomaden sie ausgegraben haben, Kommissar«, erwiderte der Polizist.

»Ausgegraben?! Was soll das heißen: ausgegraben?«, wetterte Yeruldelgger.

»Sie haben sie ausgegraben, Kommissar. Sie haben hier ein bisschen gegraben ... also, eben ein bisschen Erde weggeschaufelt. Nachdem die Kinder beim Spielen das Pedal entdeckt hatten, wollten sie es ausgraben, und dabei ist eine Hand zum Vorschein gekommen.«

»Eine Hand? Und da sind sie sich sicher? Eine menschliche Hand?«

»Eine Kinderhand, jawohl, Kommissar.«

»Eine Kinderhand?«

»Genau, Kommissar. Eine kleine Hand. Wie die eines Kindes.«

»Und wo ist jetzt, diese Kinderhand?«

»Unten drunter, Kommissar.«
»Unten drunter? Unter was?«
»Unter dem Pedal, Kommissar.«
»Willst du damit sagen, sie haben sie wieder eingegraben? Sie haben die Hand also wieder eingegraben?«
»So ist es, Kommissar. Genau wie das Pedal, Kommissar.«

Yeruldelgger richtete den Blick auf die Nomadenfamilie in den farbenfrohen Deels, die ihm vor dem tiefblauen Himmel immer noch mustergültig aufgereiht gegenüberhockte. Alle sahen ihn an und nickten eifrig, als wollten sie dem Bericht ihres Ortspolizisten Nachdruck verleihen. Wieder drehte Yeruldelgger den Kopf so, dass er den örtlichen Kollegen von unten betrachten konnte. »Sie haben also alles wieder eingegraben? Ich hoffe, du hast sie wenigstens gefragt, warum sie das gemacht haben.«

»Selbstverständlich, Kommissar: um den Tatort nicht zu kontaminieren.«

»Wie bitte?«

»Um den Tatort nicht zu kontaminieren«, wiederholte der Polizist, und ein Hauch Stolz schwang in seiner Stimme mit.

»›Um den Tatort nicht zu kontaminieren.‹ Wo um alles in der Welt haben sie das denn her?«

»Aus *CSI: Miami*. Sie haben mir erzählt, dass sie keine Folge von *CSI: Miami* verpassen und dass Horatio, der Chefermittler, immer darauf hinweist, wie wichtig es ist, den Tatort nicht zu kontaminieren.«

»*CSI: Miami!*«, rief Yeruldelgger. Langsam und mit einem Ausdruck äußerster Müdigkeit und Niedergeschlagenheit richtete er sich wieder auf. Sein Blick war auf die Jurte der Nomadenfamilie gerichtet, die sich gleichzeitig mit ihm erhob. Yeruldelgger befürchtete, jetzt zu sehen, was ihm schon bei seiner Ankunft hätte auffallen sollen. Er neigte den Kopf ein wenig zur Seite und entdeckte hinter dem alten Familienvater die große, auf den weiten, unschuldigen Himmel gerichtete Satellitenschüssel.

Und irgendwo im Inneren der Jurte befand sich auch jener Flimmerkasten, der all diesen Blödsinn selbst im entlegensten Winkel von Chentii-Aimag auf die Mattscheibe zauberte.

»Hauptsache, sie haben Satellitenfernsehen – dem Himmel sei Dank«, seufzte Yeruldelgger resigniert. »Und was haben sie dir sonst noch erzählt?«

»Sonst nichts, Kommissar. Seitdem haben sie auf Sie gewartet. Wenn Sie noch mehr darüber wissen wollen, müssen Sie das mit Horatio besprechen.«

»Mit Horatio?«

»Horatio Caine. So heißt der Chefermittler bei *CSI: Miami*.« Der Polizist lachte und deutete mit dem Kinn auf den alten Nomaden.

Yeruldelgger drehte sich daraufhin zu ihm um und fixierte ihn mit einem wutentbrannten Blick, der das idiotische Grinsen des Mannes in Sekundenbruchteilen auslöschte.

»Wenn du es ihm gegenüber noch einmal am gebührenden Respekt fehlen lässt, binde ich dich am Schwanz an sein galoppierendes Pferd. Hast du mich verstanden?«

»Jawohl, Kommissar«, entschuldigte sich der Polizist kleinlaut.

»Ich meine deinen und nicht den des Pferdes.«

»Meinen was, Kommissar?«

»Deinen Schwanz!«

»Verstanden, Kommissar.«

»Wurde aber auch Zeit!«

Sobald Yeruldelgger einen Schritt auf die Nomadenfamilie zu gemacht hatte, gingen sie wie zum Spaß in Habtachtstellung. Er wandte sich in zuvorkommendem, sanftem Ton an den Familienältesten, womit er dessen Alter und den Traditionen der Nomaden Respekt zollte. »Großvater, ich benötige eine Schaufel für den Polizisten und einen Eimer für mich. Kannst du mir so etwas leihen?«

Der alte Nomade betrachtete ihn einen Moment lang, ohne sich zu rühren. Dann drehte er sich rasch zu dem älteren Jungen und signalisierte ihm, er solle die Dinge holen, um die der Kommissar gebeten hatte. Sobald er beides in den Händen hielt, warf Yeruldelgger die Schaufel dem Polizisten zu, der sie ungeschickt auffing. Den Eimer stellte er verkehrt herum neben dem kleinen Pedal auf den Boden und ließ sich darauf nieder wie auf einem Hocker. Dann zog Yeruldelgger ein iPhone aus der Manteltasche und winkte den Jungen zu sich. Mit strahlendem Lächeln eilte der herbei und ging neben ihm in Stellung. »Weißt du, wie man so ein Ding bedient?«

»Ja, Kommissar!«

»Weißt du auch, wie man damit Fotos macht?«

»Ja, Kommissar!«

»Hast du in *CSI: Miami* gesehen, wie das geht?«

»Ja, Kommissar! Und in *CSI: Las Vegas* auch schon, Kommissar!«

Der Junge konnte lügen wie gedruckt, und er wäre dabei vor Lachen beinahe geplatzt. Yeruldelgger zeigte ihm schnell, wie das Fotografieren mit dem iPhone funktionierte. Dann erhob er sich, um weitere Anweisungen zu erteilen. »Große Schwester, darf ich dich jetzt um ein großes weißes Stück Tuch bitten. Und ihr Kinder grabt dieses Ding jetzt möglichst genauso aus wie beim ersten Mal. Mit den Händen und bitte nicht zu schnell. Und die Erde legt ihr dann auf das Tuch, das eure Mutter gleich bringt, verstanden?«

Die drei Kinder und der Alte nickten.

Yeruldelgger wandte sich wieder an den älteren Jungen. »Und du wirst das Ganze fotografieren. Kannst du schon bis fünfzig zählen?«

»Ja, Kommissar!«, erwiderte der Knirps unter erneutem Strammstehen. »Eins, zwei, drei, vier ...«

»Schon gut, schon gut, ich glaub's dir ja. Du zählst leise bis fünfzig, dann machst du ein Foto und fängst wieder von vorn an zu zählen und so weiter, bis ich dir sage, dass du aufhören kannst, verstanden? Zwischendurch werde ich dich bitten, noch Fotos von der Erde auf dem Tuch zu machen. Klar?«

»Klar, Herr Kommissar!«

Als Nächstes wandte sich Yeruldelgger wieder an den Polizisten. »Sobald die Kinder etwas entdecken beziehungsweise offenlegen, gräbst du mit mindestens fünfzig Zentimeter Abstand dazu die Erde ab, ohne allzu tief zu gehen. Schaffst du das?«

»Ähm ... ja ... ich denke schon, Kommissar.«

Die junge Frau kam mit einem weißen Tuch zurück. Yeruldelgger breitete das Tuch auf dem Boden aus und ließ die Nomaden anfangen.

Nun ging alles recht zügig vonstatten. Die Kinder gruben die Erde erneut mit den Händen weg und warfen sie auf das Tuch, wo Yeruldelgger sie kritisch beäugte. Von Zeit zu Zeit sammelte er mit den Fingerspitzen etwas auf, ohne dass die anderen erkennen konnten, was es war. Das Aufgehobene steckte er in kleine durchsichtige Plastiktütchen, die er aus seiner Tasche gezogen hatte. Danach schüttelte er das Tuch behutsam aus und breitete es wieder im Gras aus. Es dauerte nicht lange, bis der Großvater diese Aufgabe übernahm; er schien stolz zu sein, dass auch er dem Kommissar zur Hand gehen konnte. Yeruldelgger war mit seinen Helfern recht zufrieden.

Nach und nach wurde das ganze Pedal freigelegt, das von einer rutschfesten weißen Gummischicht überzogen war. Danach kam die etwas abgesplitterte verchromte Tretkurbel zum Vorschein, gleich anschließend ein Stück des Tretlagers und das gezahnte Kettenblatt sowie ein Teil des rosafarbenen, eingedellten Kettengehäuses samt einem Stückchen Kette. Yeruldelgger ließ alle innehalten, stand auf und trat näher, um alles besser in Augenschein zu nehmen. Erneut schaute er nach oben in den Himmel, dann atmete er langsam durch die Nase aus und konzentrierte sich wieder voll und ganz auf den Fund. Ihm gefiel nicht, was er da sah. Ihm gefiel auch nicht, was er daraus schlussfolgern musste, und noch weniger, was das alles noch nach sich ziehen würde. Es handelte sich um ein Kinderfahrrad. Ein rosafarbenes Kinderrad. Kurze Beinchen, wie er der Länge der Tretkurbel entnahm, mit denen das Kind sicherlich freudig in die Pedale getreten und ungestüm herumgeflitzt war. Von der Länge der Beine wiederum konnte er ungefähr auf die Größe des Kindes schließen und damit auf sein Alter: ungefähr vier oder fünf Jahre. Ein junges, unbeschwertes Kind. Und nun war es ein kleiner Leichnam, dessen Mund voll Erde war ... Er durfte nicht daran denken. Er musste sich zwingen zu vergessen. Sich auf etwas ganz anderes konzentrieren, nur nicht darauf.

Yeruldelgger richtete seine Aufmerksamkeit wieder auf die freigelegten Teile des Kinderrads. Es lag seitlich in der Erde, das Vorderrad sogar deutlich tiefer, was auf den ersten Blick ungewöhnlich war. Obwohl der rosafarbene Kettenkasten ziemlich zerbeult war, ließ er Rückschlüsse auf die Position des Rads in der Erde zu. Auch der Winkel, in dem das Pedal zum Vorderrad stand, verstärkte diesen Eindruck. Yeruldelgger versuchte sich die noch in der Erde verborgenen Teile des Rads vorzustellen, um dessen Größe besser abschätzen zu können. Als er glaubte, eine ausreichend präzise Vorstellung zu haben, kratzte er die Umrisse mit seinem Schuhabsatz in den Boden und wies den Polizisten an, die Erde von dieser Umrisslinie bis zur Mitte abzutragen. Es dauerte nicht lange, bis das Gestänge des kleinen Fahrrads vollends zum Vorschein kam. Yeruldelggers Vermutung bestätigte sich, es handelte sich nicht um ein normales Fahrrad, sondern um ein Dreirad. Deswegen lag das Vorderrad tiefer im Boden. Diese Erkenntnis machte ihn richtig wütend. Ein normales Kinderrad, das war etwas für Jungen und Mädchen, die gerne mal etwas waghalsiger unterwegs waren und durchaus ein

Risiko eingingen. Ein Dreirad hingegen war nun wirklich etwas für die ganz Kleinen. Wenn die Nomaden mit ihrer Behauptung recht hatten, dann würde er darunter ein Mädchen finden, das unter Umständen umgebracht und dessen kleiner Leichnam einfach hier zurückgelassen worden war. Für Verbrechen gegen Kinder fehlte ihm jedes Verständnis. Schon allein die Vorstellung, sie könnten sterben, war ihm unerträglich.

»Kommissar, schauen Sie her. Die Hand ist direkt hier drunter«, sagte der Großvater und deutete auf eine Art Metallabdeckung in der rosa Farbe des Rads.

Yeruldelgger kniete sich neben die freigelegte Stelle und beugte sich vor, um unter das Metall zu schauen, das eines der Kinder mit den Fingerspitzen vorsichtig freikratzte. Das war eine kleine Hand, zweifellos. Eine kleine Kinderhand, die auf ihn zu zeigen schien und deren Finger in ihrer leicht verdrehten Bitthaltung schon halb verwest waren. »Mach dir keine Sorgen«, murmelte Yeruldelgger vor sich hin. »Jetzt bin ich ja bei dir. Wir kümmern uns um dich. Du bist nicht mehr allein.«

Es gab wahrlich nicht viel, woran er glaubte, aber dass die Toten in Frieden ruhen sollten, war eine seiner tiefsten Überzeugungen. Das Leben war schwer genug zu ertragen, und jeder Mensch musste so vieles durchmachen, dass seiner Meinung nach jede Seele nach dem Verlassen des menschlichen Körpers ein Recht auf Frieden, Ruhe und Respekt hatte. Damit verlangte man einem Gott doch wohl wahrlich nicht zu viel ab, wenn er schon zuließ, dass kleine Kinder mit dem Mund voller Erde starben, oder? Dass sie wenigstens in Frieden ruhen könnten, wie die Christen es so überaus passend nannten? Das war das Einzige, was ihn auf ein Leben im Jenseits hoffen ließ: die Aussicht, in Frieden ruhen zu können.

»So, alle mal stopp jetzt. Ich brauche noch ein Tuch. Egal welche Farbe. Kinder, ihr geht mal alle ein gutes Stück zur Seite, außer dem Jungen, der die Fotos macht. Wir Erwachsenen packen jetzt zusammen an, holen das Dreirad heraus und legen es auf das weiße Tuch. Dann holen wir das Kind heraus und legen es auf das andere Tuch. Alles klar? Anschließend nehme ich beides mit nach Ulaanbaatar ins gerichtsmedizinische Institut. Na dann mal los.«

Es handelte sich tatsächlich um ein kleines Dreirad und um ein ziemlich kleines Mädchen. Sie legten zuerst das rosa Dreirad auf das weiße Tuch, und Yeruldelgger konnte es nun ganz aus der Nähe betrachten. Die Rohre des Metallrahmens und des Lenkers steckten voller Erde, was sicherlich demjenigen zuzuschreiben war, der alles vergraben und die Erde danach festgetrampelt hatte, sowie den üblichen, heftigen Gewitterstürmen des Sommers, durch die die Erde nass und schwer geworden war. Yeruldelgger hob die vier Enden des Tuchs an und verknotete sie über dem Dreirad. Damit würde sich das Labor auseinandersetzen müssen.

Kaum hatte er die Zipfel miteinander verknotet, hatten die anderen bereits den kleinen Leichnam exhumiert. Er war zusammengekrümmt wie ein Kind, das sich vor dem Einschlafen fürchtete. Das Gewebe war bereits weitgehend verwest, sodass schon viel vom Skelett zu sehen war. Aber man konnte noch Fetzen von Kleidungsstücken und ein paar blonde, gelockte Haarsträhnen ausmachen. Zwei Finger der kleinen Hand, die er als Erstes in der Erde gesehen hatte, lösten sich bereits ab. Ganz automatisch gab Yeruldelgger Anweisung, vorsichtiger vorzugehen, und suchte mit dem Blick nach der anderen Hand. Hier war das Fleischgewebe sehr viel besser erhalten. Das arme Ding hatte die Hand zu einer festen kleinen Faust geballt. Yeruldelgger konnte nur hoffen, dass diese Geste eher ein Ausdruck des Zorns und der Abwehr als eine der Angst war. Wobei das, wenn er genauer darüber nachdachte, eigentlich gar keinen Unterschied machte.

Yeruldelgger hatte die Nomaden darum gebeten, tief und in

einem etwas größeren Radius zu graben, damit die sterblichen Überreste des Kindes möglichst zusammen mit der umgebenden Erde geborgen wurden. Der alte Mann kniete sich vor dem Grabloch hin, streckte die Arme nach unten und hob das Skelett heraus. Yeruldelgger verstand, dass der Alte den Leichnam so tragen wollte, wie man ein Kind auf den Armen trägt. In dieser Geste des alten Mannes erkannte er sowohl eine kreatürliche Liebe für das kleine Wesen als auch Respekt vor dem Tod. Einen Augenblick blieb der Mann mit dem vor der Brust gehaltenen Gerippe am Rande des Grabes stehen, und Yeruldelgger nahm an, dass er im Stillen betete. Dann drehte sich der alte Nomade um, ging die wenigen Schritte bis zu dem zweiten im Gras ausgebreiteten roten Tuch und ließ sich auf die Knie nieder. Ganz behutsam und sanft legte er die sterblichen Überreste in der Mitte des Tuchs ab. Das, was einst ein kleines, fröhlich jauchzendes Mädchen mit blondem Lockenkopf auf einem rosa Dreirad war, war jetzt nicht mehr als ein paar Knochen und Hautfetzen, vertrocknete Eingeweide und Lehmreste.

Überrascht hatte Yeruldelgger vorhin beobachtet, dass die junge Frau mit einem roten Tuch aus der Jurte zurückgekehrt war. Bei allen Beerdigungen, an denen er bisher teilgenommen hatte, waren die Leichen immer in weiße Tücher gewickelt gewesen.

Der Großvater hatte seine Irritation bemerkt. »Wenn es sich nicht um einen natürlichen Tod handelt, sondern um einen Unfall, dann verlangen die Lamas, dass der Tote in ein rotes Tuch gewickelt wird.«

»Warum?«, wollte Yeruldelgger wissen.

»Weil die Lamas es sagen«, erwiderte der Alte ganz selbstverständlich. »Mach dir darüber keine Gedanken. Es wird gut und richtig für sie sein«, erklärte er, ohne den Blick von dem kleinen Leichnam abzuwenden. »Wenn du dort bist, sorge dafür, dass sie eine anständige Wiege bekommt. Sie sollte auf ein grünes

Tuch gebettet werden, als ob sie sich hier auf der Steppe auf dem Gras ausruht. Und der Deckel über ihr sollte mit blauem Tuch bespannt sein wie der Himmel über der Steppe. Sorge auch dafür, dass an dem blauen Stoff direkt über ihrem Kopf sieben kleine weiße Baumwollkügelchen angebracht werden. Sie stehen für die sieben Gottheiten des Großen Bären, die für ihr Seelenheil auf ihrer Jenseitsreise einstehen. Denke immer daran: Da du sie der Erde entrissen hast, verlangt die Tradition, dass du sie sicher in den Himmel geleitest.«

»Großvater, dir ist hoffentlich klar, dass nichts darauf hindeutet, dass dieses Mädchen aus dieser Gegend hier stammte.«

»Das weiß ich, aber sie ist hier gestorben, und sie ist ganz allein. Daher gehört sie jetzt zu uns, und es ist deine Pflicht, dich um sie zu kümmern.«

Yeruldelgger betrachtete den alten Mann. Seine Hände waren vom Hantieren mit Seilen und der Kälte ganz rissig, seine Wangen ausgetrocknet vom ewigen Wind und die Augen schmal wegen des gleißenden Schnees im Winter. Reglos stand er neben ihm da, in seinem mit einer breiten Schärpe gegürteten langen Deel und in seinen Reiterstiefeln. Und aus seinen Worten war keinerlei Zorn herauszuhören. Nichts von jenem Zorn, jener Wut, die mittlerweile jedes Mal in Yeruldelgger aufstieg, wenn er in einem derart grausamen Verbrechen ermitteln musste, wenn er die unschuldigen Opfer sah, die sinnlos vergeudeten Leben. Jene rachsüchtige Wut, die zu zähmen ihm von Tag zu Tag schwerer fiel. Immer häufiger musste er die Fäuste in den Hosentaschen ballen, den Kopf zwischen die Schultern ziehen und seinen Pulsschlag beruhigen. Der alte Mann hingegen verströmte eine Ruhe, die so tief war wie ein See und so endlos wie diese Weiten hier. Mit einem Mal beschlich Yeruldelgger das Gefühl, der Alte sei gar nicht mehr richtig bei ihnen. Er war einfach nur da, wie die Steppe, wie die Hügel am Horizont oder die ringsum verstreuten Felsblöcke und der Wind, der sie seit

Millionen von Jahren zersetzte. Dieser kleine alte Mann kam ihm gar nicht mehr wie ein Mensch vor, sondern eher wie einer dieser Felsbrocken. Ganz in sich ruhend. Fest und solide. Menschen verharrten oft in Unbeweglichkeit, wenn sie auf etwas warteten, doch er war völlig reglos. Selbst die Zeit schien stillzustehen. Dann kam eine kleine Brise auf, wehte zwischen ihnen hindurch, drückte die blauen Kräuter nieder und wirbelte spielerisch weiter über die Ebene hinweg. Diese umfassende Freiheit der weiträumigen Steppe mit ihren schillernden Gräsern, wo die Wildpferde übermütig herumtollten, war wie ein Stich ins Herz für Yeruldelgger. Dann spürte er, wie der Alte ihm die Hand auf den Arm legte, und es war, als wachte er aus einem Traum auf.

»Ihre Seele befindet sich nun in deiner Obhut«, sagte der Nomade. »Ihr gehört jetzt zusammen, bis du sie dorthin gebracht hast, wo sie hingehört.«

»Nein, tut mir leid, Großvater. Ich werde mich ihrer annehmen, das kannst du mir glauben. Aber ich gehöre nicht zu ihr, und wir gehören auch nicht zusammen. Ich gehöre niemandem.« Yeruldelgger wollte mit derlei Mysterien nichts zu tun haben.

Er respektierte durchaus die verschiedensten kulturellen Traditionen und glaubte auch an manche unerklärlichen Gegebenheiten. Geheimnisvolle Beeinflussungen, merkwürdiges Zusammentreffen von Ereignissen, sogar irgendwelche Schwingungen. Aber für ihn selbst kam dabei allenfalls die Rolle des Beobachters infrage. Er war schon vollauf damit beschäftigt, die Bruchstücke seiner eigenen Existenz irgendwie zusammenzuhalten; wenn er sich jetzt auch noch mit anderen Dingen und Einflüssen herumschlagen müsste, die nicht seinem Willen unterlagen, wäre er alsbald überfordert. Sein Leben war schon längst in ein kaltes, stummes Nichts abgeglitten. Er hatte erst sein süßes kleines Kind verloren, dann seine geliebte Frau, die es ihm geschenkt hatte, und gerade war er dabei, auch noch seine große

Tochter zu verlieren, die alles an ihm hasste. Das Leben was alles andere als einfach.

Kommissar Yeruldelgger Khaltar Guichyguinnkhen was schon seit Langem für niemanden mehr einfach zu ertragen. Wie hätte er da akzeptieren können, dass das Heil einer unschuldigen kleinen Seele ausgerechnet von ihm abhing?

Er entschied, nach Ulaanbaatar zurückzukehren. Hier konnte er nichts mehr tun – weder für das arme Kind noch zum Schutz des Tatorts oder weiterer Indizien. Er hatte nichts dabei, um den Platz abzusperren. Er bat die Nomadenfamilie, mit hellen Kieselsteinen einen Kreis um den Fundort zu markieren, den bis auf Weiteres niemand betreten durfte. Vielleicht würden Solongo und ihre Forensiker hier später nach weiteren Indizien suchen müssen.

Weitere Indizien – Yeruldelgger überraschte sich selbst dabei, dass er bei diesem Ausdruck innerlich grinsen musste. Einen Moment lang stellte er sich vor, wie der zum Rotschopf mutierte Großvater mit gespreizten Beinen und in die Hüfte gestemmten Händen aus der Froschperspektive gefilmt würde, den Kopf zur Seite geneigt, über seine verspiegelte Ray-Ban-Sonnenbrille hinwegblickend. Natürlich hatte er selbst auch schon oft genug *CSI: Miami* geschaut, wenn er sich todmüde vor den Fernseher fläzte. Horatio Caine war ihm bestens bekannt. Selbst er hatte noch ein bisschen Privatleben. Hin und wieder, abends, zwischen zwei Albträumen.

»Hör zu, Großvater, ich verspreche dir, dass ich tue, was ich kann, aber ich bin nur ein einfacher Kriminalkommissar. Mein Leben besteht darin, Leichen einzusammeln. Da kann ich mich nicht auch noch mit den Seelen der ganzen Toten befassen.«

In dem Moment bemerkte Yeruldelgger einen Hund mit gelblichem Fell am Fundort der Leiche, der mit geradezu obszöner Besessenheit in der frisch aufgewühlten Erde herumkratzte. Als er sah, wie der Köter sich gierig einen der winzigen Finger schnappte, die von dem kleinen Leichnam abgefallen waren, bückte sich Yeruldelgger, warf unbarmherzig einen Stein nach ihm und jagte den Hund so wutentbrannt davon, dass alle sprachlos zuschauten.

»Ich verstehe«, sagte der alte Mann zu ihm.

Er drückte sich leicht auf die Zehenspitzen, legte dem Kommissar seine rauen Hände auf die kräftigen Schultern und sah ihm direkt in die Augen. Ein Lächeln breitete sich auf seinem wettergegerbten Gesicht aus.

»Ich verstehe«, wiederholte er, »aber es ist nicht an dir, darüber zu entscheiden. Das ist Sache der Seelen selbst. Und die Seelen der drei fremden Toten, die du dort zurücklassen musstest, bedürfen deiner auch. Du darfst auch sie nicht vergessen!«

Als der Polizist ihren Wagen rumpelnd zur Straße steuerte, beobachtete Yeruldelgger im Rückspiegel, wie die junge Frau ihre Fahrt segnete. Mit der einen Hand hielt sie ein Schälchen mit frisch gemolkener Milch in Augenhöhe vor sich; dann tauchte sie die Fingerspitzen der anderen Hand hinein und spritzte die Milchtröpfchen mit einer rituellen Geste in alle vier Himmelsrichtungen. Und obwohl sie ein winziges zusammengekrümmtes Skelett befördern mussten und drei übel zugerichtete Leichen in Ulaanbaatar auf ihn warteten, empfand Yeruldelgger so etwas wie Glück bei dem Gedanken, Teil eines Landes zu sein, in dem man Reisende mit Gesten in alle vier Himmelsrichtungen segnete und Sarg und Wiege ein und dasselbe Wort waren. So etwas wie Glück...

2

Das habe ich mir schon gedacht!

Oyun suchte nach den Hoden des Chinesen.
Nach den Hoden und dem, was sonst noch so dazugehörte.
Eigentlich fehlte sein ganzes Gehänge.
Natürlich benötigte sie es nur für die Aufklärung des Falles; der Chinese würde es nie mehr brauchen. Der andere Chinese übrigens auch nicht. Zu dem dritten Chinesen, der genauso nackt war wie die beiden ersten, konnte Oyun bislang nichts Genaues sagen, da sie den auf dem Bauch liegenden Leichnam noch nicht umgedreht hatten. Sie wussten nicht, wie sie vorgehen sollten, solange der abgebrochene Besenstiel so tief in seinem Anus steckte. Ansonsten war das ein ganz interessanter Tatort. Drei nackte Leichen, jede mit einem Loch in der Stirn. Jedenfalls ging Oyun auch im Hinblick auf den dritten davon aus, denn ganz offensichtlich war die Kugel am Hinterkopf wieder ausgetreten. Bei den ersten beiden waren Rumpf und Bauch vermutlich mit einer Rasierklinge oder einem scharfen Cutter aufgeschlitzt und übel zugerichtet worden; beim dritten war es der Rücken. Oyun wäre jede Wette eingegangen, dass auch ihm mit einem spitzen Gegenstand das gleiche Zeichen in die Stirn geritzt worden war wie seinen beiden Landsmännern: eine Art Stern.
»Weiß jemand, was das zu bedeuten hat?«, fragte die junge Frau in die Runde.

»Du weißt doch sonst immer alles«, antwortete ein weiterer Inspektor, der gerade überlegte, wie man die Analpenetration bei dem dritten Chinesen am besten rückgängig machen könnte.

»Vermutlich irgendein Teufelszeichen«, sagte Oyun und betrachtete die Blutspritzer an der Wand des kleinen Zimmers genauer.

»Also hat es was mit einem Satanskult zu tun?«

»Das ganze Blut, die Ähnlichkeiten zu einer rituellen Tötung, dazu der eindeutig sexuelle Einschlag und die ›Dreifaltigkeit‹ der Opfer – warum nicht?«

Oyun beugte sich über die Leiche des ersten Chinesen. Ein Mann um die dreißig, schlank, fast mager, das Brustbein ein wenig eingesunken, wie es bei Tuberkulosekranken typisch ist; eingefallenes Gesicht, glatte Haare. Trotz seines noch recht jungen Alters hatte er zwei Goldzähne und eine hässliche Narbe im Bereich des Blinddarms. Das Durchschussloch in der Stirn war rund, die Ränder glatt; es stammte von einem relativ kleinkalibrigen Geschoss, das, ohne zu flattern, auf sein Ziel getroffen war. Mit anderen Worten: ein Schuss aus nächster Nähe. Vielleicht war die Waffe sogar aufgesetzt worden. Der Mann war auf einem Stuhl zusammengesackt, sein Kopf oberhalb der Rückenlehne nach hinten gekippt, die Arme hingen schlaff an den Seiten herab. Die Schnitte auf dem Rumpf ergaben keinerlei Muster. Sie ließen nur auf ungeheure Raserei und auf beispiellose Hysterie schließen. Seine Beine waren ausgestreckt und weit gespreizt.

Oyun versuchte sich den mit Todesangst erfüllten Menschen vorzustellen, der nackt auf einem Stuhl sitzt und mit einer an die Stirn gehaltenen Waffe bedroht wird, die dann abfeuert. War es eine natürliche Abwehrreaktion, die Beine zu spreizen und auszustrecken, wenn man in so einer Situation einer Waffe ausweichen wollte? Oder war diese Haltung nicht vielmehr eine Reaktion auf den Schuss – erst ein Zusammenkrümmen und anschließend ein Erschlaffen der Glieder? Oder hatten seine Folterer ihm die Beine auseinandergedrückt, um ihm die Geschlechtsteile besser abschneiden zu können?

»Mehrere Täter«, sagte sie laut in die Kollegenrunde hinein. »Ich würde sagen, mindestens drei. Die Opfer wurden nicht gefesselt. Die beiden anderen sind bestimmt massiv bedroht worden, als man den ersten umgebracht hat, sonst hätten sie eingegriffen. Sie wurden exekutiert, einer nach dem anderen, und hatten keine Möglichkeit, sich zu wehren. Die Schnitte und Verstümmelungen wurden ihnen wahrscheinlich erst *post mortem* zugefügt. Es ist unmöglich, ein ungefesseltes Opfer derart zu misshandeln; es würde sich widersetzen, auch bei vorgehaltener Waffe. Das muss natürlich erst noch bestätigt werden...«

Bei dem zweiten Mordopfer handelte es sich um einen Chinesen zwischen vierzig und fünfzig. Er war klein, rundlich, fast glatzköpfig und hatte kaputte Zähne und schlechte Nägel. Seine Leiche lag neben seinem umgekippten Stuhl in einer Pose, die noch wesentlich obszöner wirkte als die des ersten Opfers. Er lag auf dem Rücken, mit aneinandergepressten Fußsohlen und angewinkelten Knien; sein Unterleib war verstümmelt und stark blutverschmiert.

Oyun musste sich zwingen, den Blick von dieser Wunde abzuwenden. Durch sie war der Körper des Chinesen nur noch ein Leichnam, als hätte er einen wesentlichen Teil seiner Identität verloren, als würden wir erst durch die Geschlechtsteile zu dem gemacht, was wir sind. Wollten die Mörder sie etwa nicht nur töten, sondern den Opfern, indem sie sie verstümmelten, darüber hinaus auch wesentliche Teile ihrer Identität rauben?

Das dritte Opfer lag bäuchlings auf einem Holztisch. Die Arme hingen zu beiden Seiten hinunter; der Kopf lag mit dem Kinn auf der Tischplatte, das Genick war gebrochen. Das Opfer lag da, wie man häufig gebratenes Wild am Stück präsentierte, musste Oyun denken, zwang sich jedoch sofort, derart unprofessionelle Assoziationen aus ihren Gedanken zu verscheuchen. Im Vergleich zu den beiden anderen war dieser Mann sehr viel größer und dicker; er hatte fette, weiche, gelbliche Schenkel, zwischen denen der abgebrochene Besenstiel steckte.

Oyun sah sich am Tatort nach dem anderen Teil des Besenstiels um, und fand ihn unter dem Tisch. Wie bei den beiden anderen Leichen waren die zugefügten Schnitte eher oberflächlich und konnten nicht zum Tod geführt haben. Auch die Position der misshandelten und verstümmelten Leiche bestätigte ihre Hypothese. Es wäre schon sehr erstaunlich, wenn dieser dritte Chinese zuerst bäuchlings auf dem Tisch liegend gefoltert und anschließend durch den Schuss in die Stirn getötet worden wäre. Oyun konnte sich nur schwer vorstellen, dass sich der Mörder die Mühe gemacht hatte niederzuknien, um dem auf dem Bauch liegenden Opfer eine Kugel in die Stirn zu jagen. Offenbar war auch dieser Mann von vorn erschossen worden; erst danach hatte man den Körper umgedreht und *post mortem* misshandelt.

»Also, Leute, bitte mal einen Moment lang herhören«, wandte sich Oyun an die übrigen Kollegen im Raum. »Hört mal kurz mit eurer Arbeit auf.«

»Hey, unser kleines Genie hält sich jetzt wohl schon für Yeruldelgger persönlich, was?«

»Halt die Klappe, Chuluum, und schalte lieber dein Hirn ein. Also: Ich möchte, dass ihr folgende Hypothesen im Hinterkopf behaltet, während ihr mit eurem Job weitermacht: Wir haben es vermutlich mit drei oder mehr Tätern zu tun; die Misshandlungen der Leichen erfolgten erst nach der Tötung. Zwei unterschiedliche Vorgehensweisen: Das Erschießen der Opfer erfolgte kaltblütig, präzise und mit großer Entschlossenheit, die Schändungen *post mortem* dagegen unkontrolliert – ein regelrechter Exzess. Deswegen sollten wir eine dritte Vorgehensweise hinzufügen, die sich mit einer der beiden anderen verknüpfen lässt:

eine Inszenierung wie bei einem Ritualmord, aber angesichts der Symbole auf der Stirn der Opfer und der Kastration könnte es sich auch um die bewusste Vortäuschung eines Ritualmordes handeln. Selbstverständlich verfolgen wir auch alle möglichen anderen Fährten, aber lasst uns das nicht vergessen.«

»Was denkst du, was wir die ganze Zeit über schon gemacht haben, du Superhirn?«, erwiderte Inspektor Chuluum ein bisschen zu frech, auch wenn er es nicht wagte, seine Kollegin dabei direkt anzusehen.

»Es ist doch immer das Gleiche, Chuluum: Jeder von uns sammelt Unmengen Indizien, die dann mühsam in stundenlanger Arbeit sortiert und ausgewertet werden müssen. Zumindest von denjenigen, die massenweise Überstunden machen, um das Chaos zu entwirren, im Gegensatz zu den anderen, die ihnen den ganzen Dreck vor die Füße werfen und nach Hause gehen, wo sie sich in aller Ruhe vor den Fernseher setzen.«

»Was willst du damit sagen, kleines Genie? Nicht alle von uns haben ein persönliches Interesse daran, die ganze Nacht mit Yeruldelgger zu verbringen.«

»Du mieser kleiner –« Das Klingeln ihres Mobiltelefons unterbrach Oyuns Wutanfall. Der Kommissar war am Apparat.

»Hallo, wo bist du gerade?«, fragte sie.

»Auf der Straße nach Öndörchaan, wir haben gerade den Cherlen überquert und sind gleich in Arhust. In einer guten Stunde müsste ich wieder zurück sein. Seid ihr immer noch am Tatort?«

»Ja.«

»Wie kommt ihr voran?«

»Chuluum geht mir mal wieder tierisch auf die Nerven. Davon abgesehen ist diese Sache hier ziemlich undurchsichtig. Und was war bei dir?«

»Hier haben Nomaden ein kleines Mädchen gefunden, das mitten in der Steppe unter seinem Dreirad vergraben war, ungefähr dreißig Kilometer südlich von Dschargaltchaan, auf dem Weg nach Delgerchaan.«

»Oh, Mist. Das hört sich nicht schön an. In der Ecke ist doch nicht sonderlich viel los, oder? Ist das vielleicht ein illegales Grab?«

»Mit einem Dreirad drin?«

»Mein Großvater wollte unbedingt zusammen mit seinem Pferd begraben werden.«

»Und das habt ihr gemacht? Ihr habt das Pferd getötet, damit es mit ihm begraben werden konnte?«

»Das Pferd ist schon vor ihm gestorben. Aber wir mussten ihm versprechen, dass wir es wieder ausgraben, um es zusammen mit ihm zu begraben.«

»Tja, warum auch nicht?«, gab Yeruldelgger zurück. »Und? Was hat es mit den Chinesen auf sich?«

»Es wird Zeit, dass du zurückkommst und dir selbst ein Bild davon machst, bevor Chuluum und seine Deppentruppe hier alles kaputt trampeln.«

»Ich habe den Tatort doch schon heute Morgen kurz gesehen, bevor sie mich wegen dieser Dreiradsache abberufen haben.«

»Trotzdem solltest du hierher zurückkommen. Es gibt da ein paar Dinge, auf die höchstens du dir einen Reim machen kannst.«

»Also ehrlich, Oyun! Sie haben mich um sechs heute früh wegen des Chinesen-Massakers rausgeklingelt, dann musste ich drei Stunden lang wegen eines Kindes und eines Dreirads in dieser Blechkiste herumgurken, und die Rückfahrt sieht nicht anders aus. Ich bin fix und fertig, ich bin schließlich keine zwanzig mehr. Außerdem muss ich die Leiche des Mädchens für die Autopsie noch bei Solongo abladen.«

»Ja, okay. Trotzdem solltest du danach unbedingt hierherkommen. Ich habe das Gefühl, dass dieser Fall uns noch um die Ohren fliegen wird. Wenn hier erst mal weitere Chinesen aufkreuzen, dann können wir eine ordentliche Ermittlung knicken. Komm einfach auf eine knappe Stunde vorbei. Wir schicken Chuluum mit deiner Leiche zu Solongo, und anschließend lade ich dich zum Abendessen ein.«

»Na gut«, seufzte Yeruldelgger, »aber vergiss Chuluum. Ich bringe die Leiche lieber selbst zu Solongo.«

»Einverstanden.« Oyun lachte aufgekratzt. »Das habe ich mir schon gedacht!«

3

Wir sollten nach dieser Frau suchen

In der Nacht trafen die Chinesen ein. In zwei großen Limousinen mit getönten Scheiben. Im ersten Wagen saßen die Leibwächter. Der völlig verängstigte Direktor der Fabrik saß auf der Rückbank des zweiten Wagens, eingezwängt zwischen zwei erzürnten Angehörigen der Botschaft. Einer von Yeruldelggers Spitzeln hatte ihn bereits über ihr Eintreffen informiert, also erwartete er sie am Eingang des Gebäudes, um ihnen den Zutritt zu verwehren. Der Fahrer des ersten Wagens fuhr Oyun und den beiden Kriminalbeamten fast bis an die Schienbeine, ehe er anhielt. Damit hatte Oyun schon gerechnet und sich eigentlich vorgenommen, keinen Schritt zurückzuweichen, allerdings machte sie dann doch leise fluchend einen kleinen Satz nach hinten. Yeruldelgger bewegte sich keinen Zentimeter von der Stelle. Er sah zu, wie die beiden Zerberusse aus dem ersten Wagen ausstiegen und nach hinten liefen, um dem kleinsten und ältesten der beiden Botschaftsangehörigen die Tür aufzureißen.

»Lassen Sie uns gefälligst durch!«, herrschte der Zwerg in seinem eng sitzenden schlechten Imitat von einem englischen Anzug die Polizisten an.

Er hatte schwere Tränensäcke unter seinen geröteten Augen und roch nach einer merkwürdigen Mischung aus Kölnisch

Wasser und teurem Parfum. Yeruldelgger vermutete, dass der dickbäuchige Mann mitten aus einem Schäferstündchen herausgerissen wurde, und sich nur rasch frisch gemacht hatte, um hierherzueilen. Das erklärte auch seine Wut. Der Grund für seine Arroganz war nichts anderes als die übliche Einstellung eines Chinesen in der Mongolei.

»Lassen Sie mich durch!«, wiederholte er. Seine Nasenspitze reichte Yeruldelgger gerade bis an die Brust.

»Kommt nicht infrage, das hier ist ein Tatort.«

»Dieser Betrieb befindet sich auf chinesischem Hoheitsgebiet. Was hier passiert, unterliegt nicht Ihrer Jurisdiktion!«, empörte sich der Diplomat.

»Nein, diese chinesische Fabrik befindet sich auf mongolischem Gebiet«, widersprach Yeruldelgger. »Hier wurde ein dreifacher Mord begangen. Das fällt in unsere Zuständigkeit.«

»Sie haben ja keine Ahnung und sind völlig inkompetent«, erwiderte der Chinese. »Sämtliche Verträge über den Betrieb von Produktionsstätten der Volksrepublik China in der Mongolei enthalten eine Exterritorialitätsklausel für chinesische Staatsangehörige hinsichtlich Verbrechen und anderen Delikten. Ich befehle Ihnen hiermit, eingelassen zu werden.«

Die Selbstsicherheit des chinesischen Diplomaten verunsicherte Yeruldelgger. Es war ihm noch nie untergekommen, dass jemand meinte, ihm irgendetwas »befehlen« zu müssen. Er hatte zwar schon einmal vage etwas von dieser Exterritorialitätsklausel gehört, musste sich bei früheren Ermittlungen aber noch nie damit auseinandersetzen.

Geistesgegenwärtig sprang Oyun ihm bei. »Es tut uns leid, aber die Identität der drei Mordopfer ist noch nicht abschließend geklärt. Möglicherweise handelt es sich bei einer der Leichen nicht um einen chinesischen, sondern um einen mongolischen Staatsangehörigen. In einem solchen Fall sehen die Vereinbarungen und unsere Vorschriften vor, dass die Zuständigkeit für den Tatort bei uns verbleibt, bis die Nationalität der Opfer endgültig geklärt ist.«

Ganz offensichtlich wollte der Diplomat sich von einer Frau nichts sagen lassen, auch wenn sie Polizistin war. Er baute sich direkt vor Yeruldelgger auf, als wollte er sich nur von Mann zu Mann mit ihm unterhalten, aber Oyuns Argument überzeugte. Er gab nach. »Das ist unerhört. Ich werde sofort unseren Botschafter in Kenntnis setzen. Wir werden uns offiziell bei Ihrer Regierung beschweren.«

»Ganz wie Sie wollen«, antwortete der Kommissar lediglich, der bereits kehrtgemacht hatte und wieder ins Gebäude zurückging. Dann fügte er noch hinzu: »Und erinnern Sie meine Regierung bei der Gelegenheit doch daran, dass sie mit der Zahlung meines Gehalts zwei Monate im Verzug ist und dass mir noch vierundsiebzig Tage Urlaub zustehen.«

Die beiden Limousinen wendeten, und die Fahrer gaben sich alle Mühe, mit quietschenden Reifen durchzustarten. Aber sie wirbelten lediglich ein bisschen Kies auf, der auf ein großes Schild prasselte, das auf Chinesisch verkündete, dieser Betrieb diene der Völkerfreundschaft zwischen China und der Mongolei.

Allem Anschein nach stellte die Fabrik Ziegelsteine und Dachschindeln her, die hauptsächlich dazu dienten, weitere chinesische Betriebe in der Region zu errichten. Vermutlich waren hier Hunderte mongolischer Werktätiger beschäftigt, wie es im offiziellen Jargon hieß, darunter auch Frauen und Kinder, die der Aufsicht chinesischer Vorarbeiter unterstanden. Zu diesen zählten wohl auch die drei kastrierten und getöteten Männer in dem kleinen Pausenraum, der vielleicht so etwas wie eine »Offiziersmesse« war.

»Ich wusste gar nichts von dieser Ausnahmeklausel in den Exterritorialitätsvereinbarungen«, bemerkte Yeruldelgger und sah Oyun dabei an.

»Ich auch nicht«, gestand sie unumwunden. »Aber der Typ von der Botschaft offensichtlich auch nicht. Und bis er das überprüft hat, können wir die Nacht über in Ruhe arbeiten!«

»Moment mal. Ich habe dir bereits klipp und klar gesagt, dass ich nicht die Absicht habe, mir hier die Nacht um die Ohren zu schlagen.«

»Ich weiß, ich weiß!«, erwiderte sie lachend. »Du musst ja noch unbedingt und höchstpersönlich den Kinderleichnam bei Solongo in der Gerichtsmedizin abliefern. Schon verstanden.«

Yeruldelgger erwiderte nichts, sondern ging schweigend mit ihr über den schummrig beleuchteten großen Innenhof zur Baracke mit den drei Toten.

»Einer der drei ist also gar kein Chinese?«, wollte Yeruldelgger wissen.

»Wie?«, erwiderte Oyun mit breitem Grinsen. »Wer hat das denn behauptet?«

Er blieb stehen, betrachtete seine Kollegin erstaunt und lachte plötzlich schallend los. Dann legte er ihr den Arm um die Schultern, und gemeinsam steuerten sie den Schauplatz des blutigen Verbrechens an. »Oyun, du bist nicht nur ein kleines Genie! Du bist sprichwörtlich mein guter Geist!«

Sobald sie den kleinen Kantinenraum betraten, verhielten sich die beiden angesichts der übrigen anwesenden Polizisten wieder vollkommen sachlich und professionell.

Oyun fasste die bisherigen Feststellungen am Tatort zusammen: »Wir gehen von Folgendem aus: Irgendwann im Lauf der Nacht sind hier mehrere Täter eingedrungen, mindestens drei. In das Gebäude zu gelangen dürfte nicht schwierig gewesen sein, aber noch ist nicht klar, warum die drei Chinesen überrumpelt werden konnten. Die Täter waren auf jeden Fall bewaffnet. Sie hielten die Opfer zunächst in Schach und zwangen sie, sich auszuziehen. Den Grund dafür kennen wir noch nicht. Dann sind die drei Männer einer nach dem anderen auf kurze

Distanz exekutiert worden. Sie wurden vermutlich mit einer Waffe bedroht und hatten keine Möglichkeit, sich zu wehren. Die Untersuchung der Blutspritzer lässt eindeutig den Schluss zu, dass die beiden ersten auf den Stühlen erschossen wurden, der dritte auf dem Tisch. Wir vermuten, dass das letzte Opfer alles versuchte, um zu entwischen, dann aber aufgehalten, auf den Tisch gepresst und mit einer Kugel in die Stirn hingerichtet wurde wie die anderen beiden auch. Wir haben das Geschoss im Holz des Tisches gefunden. Die Täter sind methodisch vorgegangen, waren bestens vorbereitet und haben kaltblütig gemordet. Erst von da an wird es etwas komplizierter. Das dritte Opfer auf dem Tisch wurde auf den Bauch gedreht und mit dem abgebrochenen Besenstiel *post mortem* misshandelt. Rache oder Demütigung? Ein Ritualmord? Ein sadistischer Exzess im Alkoholrausch? Das wissen wir noch nicht. Die beiden anderen wurden nach vorläufigen Feststellungen von einem Rechtshänder entmannt. Die satanischen Zeichen auf der Stirn hat vermutlich ein Linkshänder eingeritzt. Dann haben die Täter fast blindwütig mit dem Cutter auf die Leichen eingestochen. Die Schnittverletzungen lassen darauf schließen, dass jeder Leichnam von mehreren Tätern malträtiert wurde…«

»Du ahnst wahrscheinlich schon, was ich dich als Nächstes fragen werde?«, unterbrach Yeruldelgger sie.

»Klar: Was ist mit ihren abgeschnittenen Eiern und Schwänzen passiert?«

»Stimmt. Weiß man das schon?«

»Nein. Aber sieh dir mal die Wände genauer an. Hier siehst du Blutspritzer, die sicher von den Hinrichtungen herrühren. Und das da sind aller Wahrscheinlichkeit nach Spuren, die von der Raserei der Täter in ihrem Blutrausch stammen. Aber hier, da und auch an dieser Stelle – was siehst du da?«

An den von Oyun bezeichneten Stellen entdeckte Yeruldelgger handflächengroße Blutflecken mit winzigen, sternförmig angeordneten Spritzern darüber und ein paar langen Tropfnasen nach unten. Einer der Flecken wirkte leicht verschmiert. Auch der Boden unter jedem dieser merkwürdigen Flecken war blutverschmiert.

»O nein!«, seufzte er. »Sag bloß nicht, das sind …«

»Doch. Diese Dreckskerle haben sich anscheinend einen Spaß daraus gemacht, die Weichteile der Chinesen gegen die Wände zu klatschen. Vielleicht haben sie sich sogar damit amüsiert, sie sich gegenseitig ins Gesicht zu werfen!«

»O Scheiße, bloß das nicht! Bloß das nicht, nicht hier, nicht bei uns!«

»Mir wäre es auch lieber, ich würde mich irren, aber ich fürchte, so war's!«

»Ja, das glaube ich auch. Gibt es Hinweise darauf, dass auch Frauen hier anwesend waren?«

»Frauen? Wieso das?«

»Weißt du denn nicht, was die Chinesen gestern Abend gefeiert haben? Es war die siebte Nacht des siebten Monats.«

»Ja und? Was hat das zu bedeuten?«

»Diese ›Nacht der Siebenen‹ ist so eine Art chinesischer Valentinstag. Normalerweise muss sich die chinesische Frau an diesem Tag gegenüber ihrem Machoehemann von ihrer allerbesten Seite zeigen. Aber wenn der grobschlächtige Dummkopf an diesem Tag weit weg von zu Hause ist, nutzt er die willkommene Gelegenheit gerne, sich zur Feier des Tages mit irgendeinem Flittchen zu vergnügen. Hast du nicht den Puffgestank des alten Herrn von der Botschaft bemerkt?«

»Willst du damit sagen, dass die drei Chinesen hier bei einer kleinen Orgie überrascht wurden?«

»Wäre doch möglich. Das würde auch erklären, warum sie nichts mitbekommen haben. Und es würde erklären, warum sie nackt waren.«

»Aber wo sind dann die Frauen abgeblieben? Kommen sie für

dich als Täterinnen infrage? Meinst du, sie haben den Chinesen eine Falle gestellt?«

»Warum nicht? Immerhin hat man ihnen die Geschlechtsteile abgeschnitten. Das könnte doch durchaus der Rache einer Frau gleichkommen, oder nicht?«

»Na, wenn das mal keine ziemlich sexistische Hypothese ist! Bisher haben wir keinerlei Indizien dafür gefunden. Sollte es hier irgendwelche Spuren von Sperma oder von Blut geben, das nicht von den drei Opfern stammt, wird Solongo uns das nach der Obduktion mit Sicherheit sagen.«

»Ja, das werden wir sehen«, meinte Yeruldelgger und ließ den Blick noch einmal langsam über den Tatort schweifen.

Am Fuß eines kleinen Schreibtischs schien er etwas entdeckt zu haben, denn er kniete sich dort hin und hob mit Daumen und Zeigefinger einen kleinen Gegenstand vorsichtig vom Boden auf; ohne aufzustehen, wandte er sich Oyun zu. »Und was ist das hier?«

Sie trat zu ihm und beugte sich über seine Schulter. »Das ist eine dicke Haarsträhne, die dieser Trottel von Chuluum auf jeden Fall als Beweismittel hätte sichern müssen.«

»Genau«, bestätigte Yeruldelgger und erhob sich wieder. »Eine schöne, lange Strähne gepflegtes Haar liegt ausgerissen nur drei Meter vom Schauplatz einer Hinrichtung entfernt. Meiner Meinung nach befand sich außer den drei Chinesen mindestens eine Frau hier am Tatort, und ich vermute, dass sie mit den Chinesen gefeiert hat. Aber ich verstehe nicht, wie einer von denen ihr die Haare ausgerissen haben könnte. Einzig der dritte hat sich möglicherweise gewehrt, der auf dem Tisch ... und der steht am anderen Ende des Raumes. Also war die Frau entweder schon vor der Gewalttat hier, und die Haarsträhne auf dem Boden ist die Folge von zu wilden Sexspielchen, oder aber sie war nur bei der Hinrichtung anwesend, und damit hätten wir aller Wahrscheinlichkeit nach ein weiteres Opfer. Entweder wir finden ihre Leiche irgendwo, oder wir haben eine Zeugin, der die Flucht gelungen ist. Auf jeden Fall sollten wir gleich morgen früh nach dieser Frau suchen.«

4

Sammle du inzwischen mal ein, was von den Chinesen noch fehlt!

Bereits achtmal hatte sie ihre Jurte abgebaut und in einem anderen Stadtviertel wieder aufgebaut. Sie konnte sich einfach nicht dazu durchringen, in einem Haus zu leben, zumal ihre Jurte nichts zu wünschen übrig ließ, auch im Vergleich zu den neorussischen Datschas der neureichen Bürgerschicht, die neuerdings in der Umgebung von Ulaanbaatar immer häufiger errichtet wurden. Bei den ersten fünf Umzügen – sie sprach immer von ihrem persönlichen Nomadentum – war sie immer näher an die Stadt herangerückt, bis sie ihre Jurte schließlich auf einem ummauerten kleinen Pachtgrundstück keine fünfhundert Meter vom Hilton mitten im ersten Bezirk aufschlagen ließ. Ihre strahlende Schönheit, ihr Zelt im Herzen der Stadt und ihr Job bei der Polizei – damit wurde sie in kürzester Zeit zum Star des wilden Nachtlebens der aufstrebenden Hauptstadt. Sie hätte nur mit den Fingern schnipsen müssen, um sich so ziemlich jeden dieser reichen Kandidaten als Ehegatten zu angeln. Egal ob alteingesessene Adlige, russische Oligarchen oder chinesische Potentaten: Alle träumten sie davon, sie zu einem Candle-Light-Dinner ins Hilton einzuladen und sie anschließend bei Kerzenlicht in ihrer bescheidenen Hütte zu bumsen. Aber die schöne und stolze Mongolin hatte sie alle abblitzen lassen.

Dabei könnte sie inzwischen längst eine Datscha am Waldrand im Norden sowie ein Nomadenlager mit Pferden im Gorchi-Tereldsch-Nationalpark haben, dazu einen großen Toyota-SUV mit getönten Scheiben für die Stadt und einen fürs Land sowie zwei kleine Stadtautos für ihre Shoppingtouren. Egal welchen dieser reichen Typen sie geheiratet hätte, sie würde ihn zum Golfen an der Olympic Street begleiten oder sich etwas abseits davon die Zeit bis zu seiner Rückkehr beim Tennisspielen mit kapriziösen Ausländergattinnen vertreiben. Sie würde ihn mit seinen Kumpels zu Jagdausflügen ins Altai-Gebirge fahren lassen, wo er sich zusaufen und sie mit russischen Huren betrügen würde, während sie sich selbst nach Lust und Laune mit einem westlichen Liebhaber vergnügen würde.

Aber sie hatte sich verändert. Bestimmt durch ihren Beruf, die ständige Gegenwart des Todes, die Leichen, die Bilder all dieser Seelen, die Yeruldelgger auf ihrem Tisch ablud. Die Stille bei den Autopsien, die Gelassenheit des Todes und die Hässlichkeit der Leichen. All die durchwachten Nächte, in denen sie sich über zerstörte Existenzen beugte und sich am Ende fragte, was an der eigenen Existenz eigentlich real war. Sie hatte geglaubt, sich der Antwort auf diese Frage entziehen zu können, indem sie sich mit Haut und Haaren dem Strudel des Lebens überließ, seiner Geschwindigkeit, seinem unwiderstehlichen Sog. Erst als sie vom Tod eingeholt wurde, verstand sie, dass sie nicht davor weglaufen konnte. Eines Morgens war Yeruldelgger mit einer Kinderleiche in den Armen zu ihr in den Autopsiesaal gekommen. Es war sein eigenes Kind. Sein kleiner Liebling. Seine wunderbare kleine Kushi.

Sie hatte zugesehen, wie der Mann, den sie bewunderte, dieser unerschütterliche Fels, Risse bekam und sich auflöste, bis nur noch eine Gipshülle übrig war. In Tränen aufgelöst stand er vor ihr, und sein Schweigen war so brutal, dass es auch jetzt noch, zehn Jahre später, in ihr nachhallte, wenn sie daran zurückdachte.

Nach der Zeit ihrer wilden Nächte hatte sie sich in den Norden der Stadt zurückgezogen, ganz ans Ende der Tokyo Street, zwei schmale Nebenstraßen hinter dem *Altai Mongolian Grill Restaurant*. Ihre Jurte hatte sie auf einem ehemaligen Parkplatz aufgeschlagen, bis sie dort einer beschwipsten Ausländergattin über den Weg lief, als diese gerade aus dem Restaurant kam, das bei Touristen höchst angesagt war. Also brach sie ihre Zelte erneut ab und ließ sich an dem Ort nieder, den keine ihrer alten Bekannten jemals aufsuchen würde. Im sechsten Bezirk zwischen der Schule Nummer 79 und dem Gebrauchtwagenmarkt. In diesem Viertel der Gauner, Gangster und Ganoven kam nur Yeruldelgger gelegentlich bei ihr vorbei, um sich zu vergewissern, dass es ihr gut ging. Und das reichte ihr völlig. Mehrmals hatte er sie durch die verrufenen Gässchen begleitet, vorbei an Schrottplätzen und illegalen Garagen. Sie hatten sich dann in einer der winzigen Kneipen etwas zu essen bestellt, in einer dieser Bruchbuden, die den Mechanikern als Bar dienten. Yeruldelggers Schatten hatte sie danach stets durch die dunklen Gassen nach Hause begleitet, wo man jedem, dessen Weg man kreuzte, direkt in die Augen sah. Sobald allen im Viertel klar war, dass die junge Frau unter Yeruldelggers Schutz stand, ließ man sie in Ruhe. Dieses Arrangement hatte sogar dazu geführt, dass selbst die übelsten Typen des Viertels sie verteidigten, wenn sie von irgendwelchen zudringlichen Durchreisenden belästigt wurde, weil sich niemand Ärger mit dem Kommissar einhandeln wollte.

Seit jener Zeit war die junge Frau auch dazu übergegangen, ihn die Nacht über bei sich zurückzuhalten. Um die Angst zu beschwichtigen, die sie immer mal wieder wie ein Aufschluchzen übermannte.

Solongo hatte zwar ein Extrabett für ihre Gäste in der Jurte, aber er nahm sich immer drei oder vier Bettdecken und legte sich zum Schlafen direkt auf den Boden. Vor dem Einschlafen lag Solongo auf der Seite in ihrem traditionellen, in Rot und

Gelb gestrichenen Lager und betrachtete den breiten, kräftigen Rücken von Yeruldelgger und wie er sich beim Atmen hob und senkte. Seine Anwesenheit wirkte auf sie so beruhigend wie ein heiliger Stein in einem japanischen Zen-Garten. Sein leichtes Röcheln im Schlaf schien alle Ängste und Befürchtungen einfach wegzublasen. Es dauerte nie lange, bis sie im gleichen Rhythmus atmete und in einen ruhigen und erholsamen Schlaf versank. Es hatte gut und gern drei Jahre gedauert, bis Yeruldelgger sich dazu überreden ließ, bei ihr im Bett zu schlafen – aber nur unter der Bedingung, dass sie nie ein Paar würden.

»Du bist schon auf?«, wunderte er sich.

»Ja. Ich habe heute ein kleines Mädchen und drei Chinesen bei mir auf dem Tisch, vergiss das nicht!«

»Meine Güte, stimmt ja«, seufzte Yeruldelgger und schob die Bettdecken von sich.

Solongo trank bereits sehr heißen, salzigen Buttertee in winzigen Schlucken aus einer Schale, die sie mit beiden Händen festhielt. Sie trug ein dunkelrotes, fast bodenlanges Hausgewand mit Stickereien, das einem Deel ähnelte. Sie war wirklich eine sehr schöne Frau, dachte er, während sie zusah, wie er sich splitternackt erhob.

»Wir beide geben schon ein bemerkenswertes Paar ab, findest du nicht?«

»Wieso? Bloß weil wir nackt im gleichen Bett schlafen, ohne miteinander zu schlafen?«

»Ja, teils deswegen und teils wegen allem anderen.«

»Also, ich komme damit bestens klar«, sagte Yeruldelgger und zog den Vorhang der kleinen Dusche zu.

Für den Kommissar stellte Solongo ein Rätsel dar. Durch ihre Leidenschaft für die Naturwissenschaften legte sie bisweilen ein merkwürdiges Verhalten an den Tag, das ihn einerseits fassungslos machte, andererseits war er genau deswegen bis über beide

Ohren in sie verliebt. Da war beispielsweise diese Tafel mit den chemischen Elementen, ihr mendelejewsches Periodensystem. Es war die einzige Dekoration sowohl in ihrer Jurte als auch in ihrem Büro in der Gerichtsmedizin. Er konnte verstehen, wie fasziniert sie angesichts dieser überschaubaren Liste mit den wenigen chemischen Elementen war, aus denen das gesamte Universum bestand, sie hingegen sprach davon, dass ihr beim Anblick dieser Symbole schwindelte. Tatsächlich mochte er es, wie inkompetent und unwissend er sich angesichts ihrer wissenschaftlichen Erklärungen und weiterführende Spekulationen auf diesem Gebiet fühlte. Als er eines Tages verwirrt auf die Zeitanzeige auf einem Leuchtschirm blickte, ohne zu verstehen, wie so eine Digitalanzeige funktioniert, hatte sie ihm gesagt, er solle sich einen Schwarm Plattfische vorstellen, zum Beispiel Seezungen. Idealerweise so flach, dass man sie von vorn gar nicht sehen könne. Erst wenn sie durch einen kleinen Stromstoß dazu veranlasst werden, sich zur Seite zu drehen, könne man sie erkennen. Seitdem musste er bei solchen Leuchtziffern immer an elektrisierte Fischschwärme denken – er liebte Solongo für diese Magie, die sie solchen Dingen verlieh.

Nachdem sie eine Zeit lang in dem Viertel mit dem Gebrauchtwagenhandel gelebt hatte, beschloss Solongo eines Tages, sich nicht mehr vor ihren Gespenstern zu verstecken, sondern sich in einem Stadtteil von Ulaanbaatar niederzulassen, in dem sie sich richtig wohlfühlte. Lange Zeit hatte sie erwogen, an den nördlichsten Rand der Stadt zu ziehen, wo die Wälder der Gebirgsausläufer begannen, aber sie wollte lieber in der Stadt bleiben. Es war ein Sonntag, als Yeruldelgger ihr zum ersten Mal den Stadtteil Keshaar im Osten der Stadt zeigte. Sie entdeckte hier einen weitgehend unbebauten grünen Streifen, der sich bogenförmig nach Süden zog. Hier war der Erdboden tief und sehr feucht, zu morastig für Häuserfundamente und zu nass für das

Aufstellen von Jurten. Ein ehemaliges Flussbett schlängelte sich von Norden nach Süden; der Fluss war irgendwann über die Ufer getreten und hatte früher in den Tuul gemündet. Durch eine leichte Senke bildete das ausgedehnte Steppengelände hier ein feuchtes Becken, aber Solongo fand eine hübsche, trockene Stelle ganz am Ende des Viertels, hinter der großen psychiatrischen Anstalt. Sie verkaufte ihre alte Jurte an einen entfernten Verwandten und schaffte sich eine neue, sehr viel größere an, eine von denen, die jetzt auch als Restaurantzelte in den Hotelanlagen verwendet wurden. Zum ersten Mal ließ sie sie mit einem Holzboden auslegen und richtete sich nach traditionellem Vorbild komfortabel darin ein. Was Yeruldelgger jedoch die größte Entspannung verschaffte, wenn er dorthin kam, war der Garten, den sie zwischen der Jurte und der Steppe angelegt hatte. In dieser Stadt aus Stein und Staub, die seit einiger Zeit im Begriff war, sich in eine Stadt aus Beton und Glas zu verwandeln, in diesem Land, wo so viele Bäume gefällt wurden, dass man sagen könnte, hier sei die Wüste erfunden worden, hatte Solongo ihr Grundstück in eine grüne Oase verwandelt. Sie hatte eine Linde und eine Kiefer gepflanzt, und Yeruldelgger hatte ihr eine Weißbirke geschenkt. Hier wuchs nun Thymian, es gab einen Heckenrosenstrauch, einen Rhododendronstrauch und den von Yeruldelgger beigesteuerten Rhabarber. Sie hatte dann noch Heidelbeer- und Johannisbeersträucher ausgesucht und er etwas Fingerkraut. Ferner hatte sie Wermutkraut, Enzian und Geranien ausgewählt, Yeruldelgger wollte Astern. Zum Schluss waren noch eine Kiefer und eine Lärche dazugekommen, und Yeruldelgger hatte ihr drei junge Pappeln geschenkt. Solongos Garten war so schön geworden, dass die Passanten, die die Blumen und das Blattwerk über die Holzbalustrade hinweg betrachteten, meistens annahmen, hier verberge sich ein Kloster. Ein Stück weiter im Norden nutzten etliche Gemüsebauern das frische Flusswasser für den Anbau von Tomaten, Gurken und

Früchten, mit denen sie die Märkte der Stadt belieferten. Es dauerte nicht lange, bis vor ihrem grünen Stückchen Land weitere Gemüse- und Obstgärten angelegt wurden, deren Früchte in den verschiedensten Farben leuchteten. Solongo war begeistert und Yeruldelgger ebenfalls.

»So gefällt es mir jetzt sehr gut«, wiederholte er mehrmals, als er, inzwischen angezogen und eine Schale Heidelbeeren löffelnd, draußen vor dem Eingang den Garten betrachtete. Sein Telefon klingelte, und auf dem Display erschien Oyuns Name. »Hallo, Oyun.«

»Ich habe die Hoden der Chinesen gefunden!«

»Was du nicht sagst! Und wo?«

»Tja, Kommissar, da musst du schon selbst herkommen und dir das ansehen, um es tatsächlich zu glauben.«

»In Ordnung. Wo soll ich hinkommen?«

»Das sage ich dir gleich. Aber ich rate dir, vorher nicht zu frühstücken. Das ist kein schöner Anblick.«

»Zu spät. Schon fast aufgegessen.«

»Na, dann gebe ich dir einen guten Rat: Steck dir vorher einen Finger in den Hals. Wir treffen uns beim Containermarkt, dem hinter dem Schwarzmarkt, wenn du Richtung Osten aus der Stadt rausfährst. Genau gegenüber dem Umspannwerk.«

»Okay. Ich löffle nur noch diese köstlichen Heidelbeeren mit Sahne zu Ende, dann komme ich.«

»Lass das lieber. Ich bin nicht besonders erpicht darauf, dein Frühstück nachher auf meinen Schuhen zu sehen.«

Yeruldelgger ging in die Jurte zurück. Solongo hatte sich inzwischen angezogen; sie trug Jeans und ein weißes Oberteil.

»Sie haben anscheinend die fehlenden Körperteile meiner Chinesen gefunden«, erklärte er und stellte die Schale auf einer kleinen Kommode ab.

»*Meiner* Chinesen, wolltest du wohl sagen!«, erwiderte Solongo und griff nach der Schale, um sie auszuspülen. »Ich nehme an, du willst heute noch viele Antworten auf viele Fragen haben.«

»Ganz genau. Und du kannst dich darauf gefasst machen, dass ich außerdem mit jeder Menge neuer Fragen zu dir komme. Mit wem fängst du an?«

»Mit der Kleinen natürlich. Das möchtest du doch, oder?«

»Ja.« Yeruldelgger nickte und lächelte zufrieden, weil sie ihn so gut kannte. »Bitte geh achtsam mit ihr um. Der alte Nomade hat mir ihre Seele anvertraut.«

Solongo bemerkte, wie sich ein kummervoller Schatten über sein Gesicht legte, ging aber nicht weiter darauf ein.

»Ich kümmere mich um sie. Sammle du inzwischen mal ein, was von den Chinesen noch fehlt.«

5

Passt doch alles prima zusammen, oder?

Die beiden Frauen waren nackt, ihre Hände hinter dem Rücken gefesselt, nur ihre Schuhe hatten sie noch an. Die größere trug gelbe Lederstiefeletten, die kleinere rote Stilettos mit Pailletten. Weder die Stiefel noch die Stilettos berührten den Boden. Die beiden Frauen hingen im Inneren eines Containers. Bei beiden war der Kopf ein wenig zur Seite geneigt, aber die Fallhöhe hatte nicht ausgereicht, um ihnen das Genick zu brechen. Sie mussten langsam erstickt sein und lange Zeit gelitten haben. Das runde Gesicht der größeren und kräftigeren Frau war ein von der Sonne gegerbtes, typisches Nomadengesicht. Sie hatte schwere Brüste mit großen braunen Brustwarzen und breite Hüften. Ihre kräftigen Schenkel hingen leicht gespreizt herunter, sodass der Blick der Gaffer auf das behaarte Geschlechtsteil völlig frei war.

»Sie hat sich bepisst!«, scherzte einer von ihnen dem grauenhaften Anblick zum Trotz.

Yeruldelgger verpasste ihm einen Klaps auf den Hinterkopf und herrschte ihn an, er solle abhauen.

Die andere Frau hatte einen schöneren Körper mit kleinen, festen Brüsten, die noch nicht der Schwerkraft unterlagen. Auch sie hatte sich eingenässt, aber was die Gaffer faszinierte, waren die Köpfe der beiden Frauen. Man hatte ihnen die Haare grobschlächtig abgeschnitten; auf den weitgehend kahlen Schädeln fanden sich zahlreiche Schnitte. Für die Umstehenden war das offensichtlich interessanter als das in die linke Brust eingeritzte Satanszeichen. Es sah genauso aus wie bei den drei Chinesen in der Ziegelei. Yeruldelgger ging davon aus, dass beide Frauen zusammengeschlagen worden waren, ehe man sie erhängte, denn beide hatten aus dem Mund geblutet.

»Ich hatte dich gewarnt!«, stichelte Oyun, nachdem sich der aufgebrachte Kommissar einen Weg durch die dichte Menge der Gaffer gebahnt hatte.

»Lass den Platz hier umgehend räumen«, sagte er. »Ich will keinen mehr in dieser Marktgasse haben, auch keine Verkäufer, und ich will zwei bewaffnete Polizisten an jeder Seite, die beim geringsten Aufruhr eingreifen.«

Oyun rief einen Polizisten herbei und gab die Anweisungen weiter. Ein paar uniformierte Polizisten kamen hinzu und drängten den Menschenauflauf rücksichtslos zurück. Bei diesem »Markt«, wie bei zwei, drei anderen in Ulaanbaatar, handelte es sich lediglich um aneinandergereihte Container, die in Verkaufsstände umfunktioniert waren. Früh am Morgen öffneten die Händler die schweren Metalltüren, hinter denen alle möglichen Haushaltswaren, Lebensmittel oder schlicht Ramsch zum Vorschein kamen. In einigen waren auch kleine Kebab-Stände, Metzgereien oder Milch- und Käseläden untergebracht. In anderen arbeiteten Friseure. Wenn am Abend alle Ladencontainer geschlossen waren, wirkte der ganze »Markt« wieder wie ein stiller, ziemlich düsterer Lagerplatz.

»Chuluum soll zusehen, dass er von einem der Händler eine Plane organisiert, damit wir das hier abschotten können. Diese armen Frauen müssen durch die Zurschaustellung ihrer Leichen ja nicht noch weiter gedemütigt werden.«

Widerstrebend machte sich Inspektor Chuluum auf die Suche nach großen Planen und hatte es nicht sonderlich eilig, welche aufzutreiben.

»Wie habt ihr davon erfahren?«, wollte Yeruldelgger wissen.

»Ganz einfach: Der Besitzer des Containers hat am Morgen die Türen seines Verkaufsstands geöffnet, und da hingen die beiden gleich hinter der Tür. Er hat uns sofort benachrichtigt.«

»Und was haben wir sonst noch? Ich meine, welche Indizien außer diesen Satanszeichen?«

»Das hier!«, antwortete Oyun und deutete auf die innere Verriegelung des Containers.

»Was soll das sein?«, fragte er und trat näher.

»Wonach sieht das deiner Meinung nach aus?«, erwiderte Oyun.

»Sind das etwa die Eier von einem der Chinesen?«

»Die Eier und der Schwanz, um es präzise zu formulieren.«

Yeruldelgger beugte sich vor, um diese wenig erfreuliche Trophäe näher in Augenschein zu nehmen, die in den Riegel auf der Innenseite des Containers eingeklemmt war.

»Ich nehme an, der Containerbesitzer hat das Ding beim Öffnen ein wenig gequetscht, aber ehrlich gesagt, wüsste ich nicht, als was man es sonst bezeichnen sollte«, ließ Oyun verlauten.

»Und wie ist der da hingekommen? Was ist hier passiert?«, fragte Yeruldelgger weiter.

»Tja, jetzt wird's so richtig gruselig. Da er in der Verriegelung im Inneren des Containers klemmt, konnte er nur von weiter oben auf die Verriegelung fallen, als die Tür geschlossen war. Wenn du dir die Stelle genau ansiehst, wirst du bemerken, dass er ziemlich genau unterhalb der größeren der beiden Frauen liegt ...«

Oyun hob den Kopf und sah zu den beiden Erhängten hinauf. Yeruldelgger folgte ihrem Blick. »Das kann doch nicht wahr sein! Sie hatte den Schwanz des Chinesen? Ich weigere mich, so was zu glauben!«

»Tja, Pech für dich, Kommissar. Wir haben nämlich einen eindeutigen Beweis für dieses bizarre Szenario.«

»Und welchen?« Allmählich wurde Yeruldelgger nervös.

»Da oben«, erwiderte Oyun und deutete mit einer Kinnbewegung auf die jüngere erhängte Frau.

Yeruldelgger sah in die angedeutete Richtung; unmittelbar danach klappte sein Oberkörper nach vorn, und er erbrach die Heidelbeeren vom Frühstück samt der Sahne über Oyuns Schuhe.

Bei der Frauenleiche über ihm waren die Wangen so aufgebläht, dass der Mund halb offen stand. Es konnte keinen Zweifel geben, was für ein blutiges Stück Fleisch da zwischen ihren Lippen steckte.

»Scheiße, Kommissar, ich habe dich doch extra vorgewarnt.«

Yeruldelgger stützte sich mit einem Arm an der Wand des Containers ab, während er sich mit seinem Taschentuch den Mund abwischte. Dann rubbelte er sich mit seinen großen Händen mehrmals über das Gesicht, atmete tief durch und richtete sich mit gestrafften Schultern auf, bevor er sich wieder zu Oyun umwandte. »Hast du bei dem Anblick etwa nicht gekotzt?«, fragte er Oyun.

»Oh doch! Auf Chuluums Schuhe!«

»Na dann bin ich ja halbwegs beruhigt. Damit hätten wir also die fehlenden Körperteile der Chinesen, die Freudenmädchen anlässlich der Nacht der Siebenen, die gleichen satanischen Zeichen, noch mehr splitternackte Opfer und dazu dann auch noch zwei kahl geschorene Köpfe. Passt doch alles prima zusammen, oder?«

6

Ich weiß nicht, wie du dem Einhalt gebieten willst

Mongolen erzählen nichts von ihren Träumen.

Pech für den armen Sigmund Freud, auch wenn das Abendland Ulaanbaatar gerade mit allem Möglichen überschwemmte – von Psychologen bis zu McDonald's. Aber für die wenigen Freunde von Yeruldelgger war das nur umso besser, denn jeder seiner Träume war ein Albtraum.

Seit er in der Bibliothek der Alliance française, des französischen Kulturinstituts, die Werke des österreichischen Nervenarztes durchgeblättert hatte, fragte sich der Kommissar oft, durch welche sexuelle Fehlentwicklung in seiner Kindheit der silbergraue Kinnbart wohl Yeruldelggers angstbesetzte Faszination für die windgepeitschten Weiten der Steppe erklärt hätte? Wusste Freud, wie es war, sich auf dem Pferderücken vorwärtszubewegen, oder gab es für ihn nur den Fiaker? Hätte er es drei Monate allein in einer Jurte ausgehalten, ohne den Menschen im Allgemeinen, insbesondere aber Eltern, zu denen er sich ganz besonders sexuell hingezogen fühlte, Vorträge zu halten? Kannte er überhaupt Angst – wahre Angst, also nicht diejenige vor anderen Menschen, sondern die vor der Natur? Was wusste Freud von den Qualen der Vergangenheit, von Yeruldelggers verwundeter Nomadenseele, von den Schrecken, die all die Leichen um ihn herum ausübten? Was davon hätte er im vergangenen Jahrhundert in seiner kleinen europäischen Hauptstadt mit ihren Zuckergussfassaden wissen und erklären können? Jeden Morgen, wenn Yeruldelgger aus einem Albtraum aufwachte, erhob er sich als Mongole aus dem Bett, als Erbe eines weiten, verwaisten Reiches, in dem die Menschen ebenso frei wie arm waren, was ihnen eine gewisse Bewunderung seitens der Touristen einbrachte, die mit einem Führer herumreisten, um ihre Kultur kennenzulernen. Und gleich darauf musste er in die Haut des Polizisten schlüpfen, der verlorene Seelen einsammelte und sich den ganzen Tag damit quälte herauszufinden, was sie so kaputtgemacht hatte. Bestimmt tat er das, damit er nicht länger an das weite, verwaiste Reich denken musste, das sein Leben darstellte.

Der Kommissar hatte sich in Erwartung der x-ten Polizeireform in einem provisorischen Büro eingerichtet. Das Kommissariat von Ulaanbaatar befand sich in einem Gebäude aus der postsowjetischen Ära, genau gegenüber dem Obersten Gerichtshof und neben dem Gebäude der nationalen Menschenrechtskommission. Da sollte noch einer der Koreaner oder Chinesen behaupten, die Mongolen hätten keinen Sinn für Humor. In den Büros, die Yeruldelgger mit seinen Inspektoren teilte, bekam man von dem Verkehr auf der breiten, baumbestandenen Allee nichts mit. Und der Eingang zum Obersten Gerichtshof wurde von den Bäumen verdeckt, die den Parkplatz säumten.

Yeruldelgger war am folgenden Morgen schon seit einiger Zeit mit seinem Papierkram zugange, als Oyun sein Büro betrat.

»Haben wir schlecht geschlafen, Kommissar?«

»Allerdings«, blaffte er unfreundlich.

»Umso besser, dann bin ich ja beruhigt!«, erwiderte sie, ohne sich von der schlechten Laune ihres Chefs beeindrucken zu lassen. »Ich hatte nämlich wirklich nicht vor, dir den Morgen zu verderben.«

»Spuck's schon aus. Was für schlechte Neuigkeiten gibt es heute?«

»Nur eine, Kommissar. Solongo behauptet, dass wir uns im Hinblick auf die Chinesen komplett getäuscht haben und alle unsere Annahmen falsch sind. Sie möchte, dass du sofort bei ihr vorbeischaust.«

»Jetzt erteilt sie mir schon Anweisungen!«, empörte sich Yeruldelgger ironisch.

»Den Eindruck habe ich schon seit Langem«, spottete Oyun.

Yeruldelgger seufzte tief, warf einen Blick aus dem Fenster und machte sich auf den Weg zum Fahrstuhl. »Sag ihr, ich bin in einer halben Stunde dort.«

»Das ist ein Notfall, und du gehst zu Fuß?«, erwiderte Oyun leicht frech.

»Wenn es in die Gerichtsmedizin geht, kann es nicht mehr dringend sein, Oyun. Das ist das einzig Gute an ihrem Job«, kommentierte Yeruldelgger im Hinausgehen, wobei die zuschlagende Tür seine letzten Worte bereits abschnitt.

Nach dem Verlassen des Gebäudes wandte er sich nach links, überquerte die Allee und ging am Obersten Gerichtshof entlang bis zum großen Garten. Auf der Höhe des Parlaments mit seinen hellen Marmorsäulen, neben denen die Touristen ratlos und winzig wirkten, und des monumentalen Süchbaatar-Platzes änderte er wieder die Richtung. Im stinkenden Abgasdunst der Fahrzeuge ging er bis zur viel befahrenen Peace Avenue mit ihrem lauten Geknatter weiter, und dann auf ihr entlang am Blue Sky Tower vorbei, einer hypermodernen, bläulich schimmernden Stahl-Glas-Konstruktion in Form eines geblähten Segels.

Das Chaos dieser Stadt im Umbruch überraschte ihn stets aufs Neue; am meisten erschreckte ihn aber die Hässlichkeit der Bauten aus der Zeit des alten Regimes. Diese ganze Sowjetarchitektur – oder vielmehr Nicht-Architektur – wirkte angesichts der aufragenden, stolzen Gebäude, die gegenwärtig gebaut wurden, einfach nur monströs. Ein unerträglich prätentiöses Geprotze bei den Staatsbauten jener Epoche und eine zynisch-menschenverachtende Hässlichkeit bei den gigantischen Wohnmaschinen. Als hätte diese Art von Architektur mit dazu beigetragen, das mongolische Kulturerbe auszulöschen. Auslöschung von Sprache und Schrift, Auslöschung von mongolischen Traditionen, Unterdrückung des eingewurzelten buddhistischen Glaubens bis hin zur Auslöschung und Unterdrückung des Schönen unter Betonmassen, der Scheußlichkeit der Dinge des alltäglichen Lebens, der Hässlichkeit von Betonblocks sowie der Ablehnung von Details und Ausschmückungen. Wenn er die Stadt zu Fuß durchquerte, fragte sich Yeruldelgger immer, ob es eine subtile Form von Rache war, dass man all diese Hässlichkeit von früher nicht einfach dem Erdboden gleichmachte. Eine stille Rache, die darin bestand, die Bauten bewusst vor sich hin gammeln zu lassen, während darum herum eine schöne und leuchtende Stadt aus dem Boden wuchs.

Nachdem er am Außenministerium vorbeigegangen war, wandte er sich nach rechts und betrat nach zwanzig Metern die Klinik Nr. 1 in einem kleinen Innenhof, in der sich im Erdgeschoss Solongos Gerichtsmedizin befand.

»Anscheinend willst du mir den Tag verderben, stimmt das?«, fragte er Solongo, die gerade mit dem Rücken zu ihm im Gang stand und sich mit einem Kollegen unterhielt. Entschuldigend wandte sich Solongo von ihrem Kollegen ab und drehte sich zu Yeruldelgger um.

»Da muss ich mir keine besondere Mühe geben; das besorgen deine Rennmäuse schon ganz allein.«

»Meine Rennmäuse?«

»So nennst du doch deine Inspektoren, oder etwa nicht?«

»Doch, aber davon solltest du eigentlich gar nichts wissen.«

»Das weiß doch jeder!«

»Sie etwa auch?«

»Sie auch!«

»Na gut. Also, was haben meine Rennmäuse angestellt?«, fragte er ungeduldig.

»Oyuns Anruf heute Morgen hat mich stutzig gemacht«, antwortete Solongo. »Sie wollte wissen, ob es irgendwelche Neuigkeiten beziehungsweise neue Erkenntnisse im Hinblick auf deine fünf ›Satansopfer‹ gibt.« Solongo verstummte und schien darauf zu warten, dass er etwas sagte.

»Solongo! Was ist denn jetzt damit?«

»Frag mich doch mal, warum!«

»Warum was?«, gab Yeruldelgger leicht entnervt zurück.

»Warum mich das stutzig gemacht hat!«

»Ja also, warum?«

»Weil sie den Begriff ›Satansopfer‹ verwendet hat.«

»Und?« Yeruldelgger gab sich alle Mühe, ruhig zu bleiben und die Fassung nicht zu verlieren.

»Ich habe sie gefragt, warum sie diesen Begriff verwendet hat.«

»Und?«

»Wegen der eingeritzten Symbole auf den Leichen, hat sie gesagt.«

»Und weiter?«

»Daraufhin habe ich sie gefragt, woher sie das hat.«

»Ja?«

»Sie hat zu mir gesagt, eine junge Inspektorin hätte diese Einritzungen als Satanszeichen erkannt.«

»Solongo?«

»Ja bitte?«

»Allmählich verliere ich die Geduld.«

»Na schön. In Ordnung. Ich fasse mich kurz. Deine junge Inspektorin ... sagt man eigentlich ›Inspektorin‹ oder sagt man auch für eine Frau ›Inspektor‹?«

»Solongo, das ist jetzt so was von scheißegal!«

»Gut. Also, um es kurz zu machen: Sie hat sich geirrt. Bei dem angeblichen Satanszeichen handelt es sich um ein Pentagramm, einen fünfzackigen Stern. Die fünf Ecken stehen dabei für die vier Elemente Wasser, Luft, Feuer und Erde sowie für den Geist. Vier Ecken zeigen seitwärts, und die nach unten gerichtete Spitze steht für den Geist des Bösen.« Solongo fasste Yeruldelgger am Arm und fuhr mit ihren Erklärungen fort, während sie ihn in den Autopsieraum führte. »Im Okkultismus ist das umgedrehte Pentagramm auch ein Symbol für die ziegengestaltige Gottheit Baphomet: Die oberen Zacken sind die Spitzen der Hörner, die seitwärts gerichteten die Spitzen der Ohren, und die nach unten gerichtete Spitze steht für den Ziegenbart. Im Allgemeinen wird das Pentagramm von einem Kreis umschlossen, der Einheit symbolisiert und für die Herrschaft über alle Elemente steht.«

Solongo stieß die Tür zum Autopsieraum auf. Die Leichen von zwei der entmannten Chinesen lagen ausgestreckt auf den Metalltischen. Die des dritten Chinesen und die der beiden Frauen waren direkt daneben aufgebahrt. Yeruldelgger sah, dass Solongo die Leichname der beiden Frauen bedeckt hatte, damit ihre Seelen nicht länger der Schmach ausgesetzt waren.

»Schau mal«, begann sie und trat an den nächstgelegenen Tisch. »Das hier ist gar kein Pentagramm. Das ist ein sogenannter Davidstern. Es handelt sich um einen sechszackigen Stern, der aus zwei übereinandergelegten gleichseitigen Dreiecken entsteht. Das Negative und das Positive, das Gute und das Böse, das sich die Waage hält. Eine Art abendländisches Yin-Yang-Symbol. Man spricht auch vom Stern des Moloch oder Stern des Saturn. Oder aber vom Davidstern oder Judenstern, doch diese Bedeutung ist erst in der Frühen Neuzeit in Europa entstanden, in der jüdischen Gemeinde in Prag im siebzehnten Jahrhundert. Außerdem wird dieses Symbol von den Freimaurern verwendet, eine mächtige westliche Geheimgesellschaft.

Ursprünglich stammt es aber aus Indien. Wie dem auch sei, bei den Einritzungen auf den Körpern der Chinesen handelt es sich jedenfalls nicht um ein satanisches Pentagramm, deswegen gibt es bei diesem Massaker auch keinen Zusammenhang mit irgendeinem Teufelskult.«

Eine Zeit lang betrachtete Yeruldelgger die fünf Leichname schweigend. »Was haben diese armen Seelen denn dann mit dem Davidstern zu tun? Und sag mal, Solongo, sind die Zeichen bei allen gleich?«

»Alle exakt gleich.«

»Keinerlei Unterschied?«

»Der einzige Unterschied besteht darin, dass sie bei den beiden Frauen in die linke Brust geritzt wurden.«

»In die linke Brust ...«

»Ja, in die linke Brust. Das ist der einzige Unterschied zu den Männern. Abgesehen davon, dass die Frauen kahl geschoren waren.«

Yeruldelggers Reaktion auf die beiden letzten Worte fiel so heftig aus, dass Solongo erschreckt zusammenzuckte.

»Geschoren, na klar! Sie sind kahl geschoren! Das ist es! Ihre Köpfe wurden rasiert, das ist es! Jetzt hab ich's! Meine Güte, natürlich! Sie sind kahl geschoren!«

»Möchtest du mich an deinen umwerfenden Kenntnissen teilhaben lassen?«

»Ja klar doch! Du wirst gleich alles verstehen!« Yeruldelgger hatte sich schon umgewandt und eilte nach draußen; Solongo folgte ihm auf dem Fuß.

Im Gang verfiel Yeruldelgger in einen Laufschritt und bedeutete Solongo, ihm zu folgen.

»Komm schon! Du wirst es auch gleich verstehen! Wo steht dein Wagen? Ich brauche schnell einen Wagen! Meinen habe ich im Kommissariat stehen lassen. Du musst mitkommen, dann wirst es gleich verstehen. Beeil dich!«

»Yeruldelgger, warte doch mal, ich muss arbeiten. Wo willst du überhaupt hin?«

»Zur Alliance française! Du musst jetzt unbedingt mit mir zur Alliance française kommen!«

Solongo hatte schon gehört, wie Yeruldelgger manchmal merkwürdig klingende französische Schlager vor sich hin summte. Wenn sie mit seinem Jeep in der Steppe unterwegs waren, dann hörte er sich manchmal stundenlang Lieder von Sängern mit so eigenartigen Namen wie Aznavour, Gainsbourg oder Bashung an. Aber sie hatte nicht gewusst, dass er in der Alliance française auch an Sprachkursen teilgenommen hatte.

Sie brauchten eine Viertelstunde, bis sie dort waren. Zur Alliance ging es praktisch schnurgerade in nördlicher Richtung, sie lag nicht weit von den großen, bunt bemalten Jurten aus Beton des Klosters Daschtchoilon.

Yeruldelgger eilte durch die kleinen Büroräume, als wäre er hier zu Hause. Solongo folgte ihm. Auf Französisch und mit französischen Begrüßungsküsschen grüßte er die Frauen, die ihnen begegneten und offenbar erfreut waren, ihn zu sehen. Sie kamen zu einem kleinen Bibliothekssaal, wo sich die Regalbretter unter der Last einer Unzahl von abgegriffenen Büchern bogen. Yeruldelgger bedeutete Solongo, mit ihm zu einem Regal mit Geschichtsbüchern zu kommen, wo er, ohne lange zu suchen, einen relativ schmalen, noch neuwertigen Band herauszog. Er übersetzte den Titel für sie auf Mongolisch: *Geschorene Frauen. Verbrecherinnen, Liebhaberinnen, Opfer.* Das Buch war offenbar erst kürzlich erschienen, die Autorin hieß Julie Desmarais.

»Sieh mal! Das ist mir vorhin schlagartig eingefallen: Nach dem Ende des Zweiten Weltkriegs wurden in Frankreich ungefähr zwanzigtausend Frauen kahl geschoren, weil sie sich mit den Deutschen eingelassen hatten.«

»Eingelassen?«

»Na ja, sie waren mit ihnen zusammen, haben miteinander geschlafen, sie geliebt, wie auch immer du es ausdrücken willst.«

»Zwanzigtausend! Davon habe ich noch nie gehört.«

»Tja, was soll man machen«, räsonierte Yeruldelgger vor sich hin. »In einer Welt wie der unseren heißt es häufig ›Jeder muss mit seinem Elend allein zurechtkommen‹. Was glaubst du, wie viele Franzosen noch wissen, dass unser Blutiger Baron von Ungern-Sternberg in der Mongolei Tausende Männer und Frauen in den 1920er-Jahren hat verbrühen oder in die Dampfkessel von Lokomotiven werfen lassen? Krieg ist ein schmutziges Geschäft, und Siege sind ein Teil davon.«

Solongo betrachtete den Einband des Buches. Auf einem Foto sah man verängstigte, niedergeschlagen wirkende Frauen mit rasierten Schädeln, umgeben von einer aufgebrachten Volksmenge, die sie offenbar verhöhnte. Um den Hals einer der Frauen baumelte ein Hakenkreuz. »Und wieso zeigst du mir jetzt diese Scheußlichkeiten?«

»Weil ich mir sehr gut vorstellen kann, dass es sich bei unserem Fall um etwas Ähnliches handelt. Den beiden Frauen wurden die Haare abrasiert, weil sie Sex mit den Chinesen hatten.«

»Aber die Chinesen sind hier doch keine Besatzungsmacht!«

»Ein Teil unserer Bevölkerung sieht das anders. Für sie dominieren die Chinesen unsere Wirtschaft, und sie verhalten sich auch wie Besatzer.«

»Glaubst du wirklich, was du da sagst?«

»Es ist nicht das, was ich glaube, aber es ist die Überzeugung vieler Menschen bei uns. Die Zahl der Gewalttaten gegenüber Chinesen und Koreanern hat sich im vergangenen Jahr verdoppelt.«

Solongo wirkte wie vor den Kopf geschlagen. Die Gewalt, die von der Masse und von Ideen ausging, hatte sie stets mehr erschreckt als die Gewalt eines einzelnen Individuums. Nachdem sie das Buch von Julie Desmarais wieder ins Regal gestellt hatte, überflog sie die Titel der übrigen Bücher. Ihr Blick blieb an einem Exemplar über die Deportation der Juden hängen. »Sieh dir das an«, sagte sie zu Yeruldelgger. »Das ist dieser Judenstern, von dem ich gesprochen habe. Der Davidstern. Was steht da?«, fragte sie ihn und deutete auf die Bildunterschrift zu einem der Fotos. »Kannst du das übersetzen?«

Yeruldelgger nahm ihr das Buch aus der Hand und las die Sätze leise vor sich hin murmelnd durch. Dann räusperte er sich wie ein etwas schüchterner Schüler, der aufgefordert wurde, ein Gedicht zu rezitieren. Sein Finger glitt an den Zeilen entlang, die er gerade übersetzte: »Der achte Befehl des deutschen Oberkommandos in Frankreich vom 22. Juni 1942 lautete: ›Es ist allen Juden ab dem vollendeten sechsten Lebensjahr untersagt, ohne Judenstern in der Öffentlichkeit zu erscheinen. Der Judenstern ist ein Stern mit sechs Zacken von der Größe eines Handtellers, der in schwarzen Umrisslinien auf gelben Stoff aufgenäht ist. In schwarzen Buchstaben ist das Wort ›Jude‹ darauf zu lesen. Der Judenstern ist sichtbar auf der linken Brustseite des Kleidungsstücks in Herznähe fest aufgenäht zu tragen.‹«

»Yeruldelgger, bei den beiden erhängten Frauen war der Stern in die linke Brust eingeritzt!«

»Aber das ergibt doch keinen Sinn!«, meinte er. »Es ist doch vollkommen idiotisch, ein- und denselben Menschen sowohl als Juden wie als Kollaborateur zu brandmarken. Ich kann mir darauf keinen Reim machen, Solongo, das hat weder Hand noch Fuß.«

Sie antwortete nicht sofort darauf. Ihr Blick ging ins Leere, und sie schüttelte den Kopf, als wollte sie selbst nicht glauben, was sie gleich sagen würde: »Es ergibt durchaus einen Sinn, Yeruldelgger, und es gibt auch leider eine Verbindung, nämlich die Dummheit. Diese entsetzliche Barbarei ist das Werk ausgesprochener Dummköpfe, die keine Ahnung haben und alles durcheinanderbringen. Und das, was all diese Dinge verbindet, die chinesischen ›Besatzer‹, die geschorenen Mongolinnen und den Judenstern, ist die Nazi-Ideologie. Dieser primitive, halbgare mongolische Nazi-Quark. Dieser extrem fremdenfeindliche Nationalismus, der sich seit geraumer Zeit in Ulaanbaatar breitmacht. Das hier ist auf keinen Fall ein Verbrechen mit irgendeinem satanischen Hintergrund, auch wenn mir das fast lieber gewesen wäre. Es handelt sich schlicht und ergreifend um ein rassistisch und politisch motiviertes Verbrechen. Und das macht mir wirklich Angst, weil ich nicht weiß, wie du dem Einhalt gebieten willst.«

7

Geschenk der Fülle der Familie der Hündin mit dreckiger Visage

Es braucht schon geradezu brennenden Ehrgeiz und eine gute Portion Selbstüberhöhung, sich »Blauer Adler der Mongolei« zu nennen. Über drei Generationen hinweg hatte es keinen Familiennamen gegeben. Das alte Regime hatte sie abgeschafft, um die Klanstrukturen der mongolischen Gesellschaft aufzubrechen. Vor der Herrschaft des »alten Regimes« trugen alle Familien auch einen Klannamen, der über ihre Zugehörigkeit zu einer bestimmten Provinz Auskunft gab. Das ging auf eine langjährige Tradition zurück, an der die Klans festhielten und nach der die Familien ohne jede Scham benannt wurden. Es gab Familiennamen wie »Gelber Hund«, »Über dem Wind«, aber auch Bezeichnungen wie »Diebe« oder »Sieben Säufer«. All das war vom alten Regime untersagt worden, ebenso wie das mongolische Alphabet oder der Schamanismus. Die neuen Genossen hatten sich bis zum Sturz des alten Regimes im Jahr 1990 mit Vornamen angeredet. Dann wurde den Familien das Führen ihres Klan- beziehungsweise Familiennamens wieder erlaubt, allerdings hatten ihn die meisten inzwischen vergessen. Ein Historiker wurde damit beauftragt, Provinz für Provinz eine Liste mit den ehemaligen Klannamen anzulegen. Jeder Mongole hatte nun das Recht, auf die angestammten Familiennamen seiner Geburtsprovinz zurückzugreifen oder sich einen beliebigen anderen auszusuchen. Für einige, bei denen die Abstammungslinie abgerissen war, fanden sich keine neuen Namensträger. Wer wollte schon ernsthaft zur Familie der Sieben Säufer gehören? Da brauchte es schon Männer vom Format eines Yeruldelgger, damit sich jemand den traditionellen Nachnamen »Hündin mit dreckiger Visage« zu eigen machte. Allen anderen hatte die Regierung nahegelegt, sich einen beliebigen Nachnamen aus dem Wörterbuch auszusuchen. Für einen Schmied bot es sich an, sich »Schmied« zu nennen, ein Fan von Pferderennen nannte sich vielleicht »Ross von Tereldsch«, der erste mongolische Astronaut hatte »Kosmos« als Namen gewählt.

Im Alter von zwanzig Jahren, ein Jahr nachdem er Polizist geworden war, hatte Süchbaatar, dessen Vorname so viel wie »Held der Axt« bedeutete, beschlossen, sich »Blauer Adler der Mongolei« zu nennen. Yeruldelgger war damals schon seit zehn Jahren bei der Polizei und beobachtete, wie Süchbaatar ehrgeizig und äußerst selbstsicher in den Polizeidienst trat. Nach einem mehrmonatigen Aufenthalt im Hauptquartier des FBI in Amerika änderte er seinen Vornamen zu Mike. Selbstverständlich nannten ihn sämtliche Kollegen im Polizeikorps Mickey. Er hieß also nun Mickey Blauer Adler der Mongolei, während Yeruldelggers vollständiger Name »Geschenk der Fülle der Familie der Hündin mit dreckiger Visage« lautete.

8

… die aber nichts von dem Martyrium der Kleinen wussten

»Übrigens – das hier hielt die Kleine mit ihrem Fäustchen ganz fest umklammert«, sagte Solongo und streckte Yeruldelgger ihre Hand hin.

Nach ihrem Besuch der Alliance waren sie gemeinsam ins Kommissariat zurückgekehrt, und sie hatte ihn bis vor die Tür seines Büros begleitet, wo sie jetzt noch auf dem Gang standen und sich unterhielten. Solongo fiel es stets schwer, sich von ihrem Freund zu verabschieden.

»Was ist das?«, fragte er und beugte sich über ihre Handfläche, in der ein kleiner Gegenstand in einem durchsichtigen Plastiktütchen lag.

»Ein Dinosaurierzahn aus Knochen.«

»Wie? Ist das jetzt ein Zahn oder ein Stück Knochen?«

»Es ist ein falscher Zahn aus einem echten Stück Knochen geschnitzt.«

»Ein echter Knochen? Ein echter Knochen wovon?«

»Ein echter Dinosaurierknochen.«

Schweigend betrachtete Yeruldelgger das kleine Objekt auf Solongos Handfläche. Alte Dinge berührte er nicht gern. Und schon gar nicht Gegenstände, die mindestens 65 Millionen Jahre alt waren. Er stellte sich immer vor, sie seien in irgendeiner

Weise kontaminiert. Solongo wusste das, und sie verstand es auszunutzen.

»Willst du ihn haben?«

»Was soll ich denn damit?«, entgegnete er beinahe entrüstet und trat unwillkürlich einen Schritt zurück.

»Du brauchst ihn doch sicher als Beweisstück für deine Ermittlungen«, erwiderte sie betont nachdrücklich.

»Ich doch nicht. Gib ihn am besten Oyun. Sie soll es als Beweisstück registrieren. Hast du sonst noch was festgestellt?«

»Da war noch etwas Erde dran. Die übrigens eindeutig identifizierbar war. Das hier wurde in den Roten Klippen ausgegraben. Vom Zustand des Kinderleichnams kann ich darauf schließen, dass das Mädchen vor etwa fünf Jahren vergraben wurde.«

»O je«, seufzte der Kommissar, als ob sein Leben dadurch unendlich kompliziert würde. »Die Roten Klippen liegen fünfhundert Kilometer von unserem Leichenfundort entfernt. Also werden wir da auch jemanden hinschicken müssen. Sonst noch was?«

»Allerdings«, erwiderte Solongo deutlich ernsthafter. »Das Skelett der Kleinen weist eine Vielzahl von Brüchen auf. Das Becken ist gebrochen, ein Oberschenkel und ein Wadenbein. Rippen, Schlüsselbein, Schulter, Arm – alles auf der rechten Seite. Wenn man sich die Bruchlinien genauer ansieht, kann man die eindeutige Schlussfolgerung ziehen, dass das Mädchen nicht hingefallen ist. Sie wurde angefahren.«

»Womit? Weißt du, womit?«

»Ich habe zwei kleine Splitter von ziemlich dickem Glas gefunden, die sich in das Gummi eines der Pedale gebohrt haben. Auf den ersten Blick würde ich sagen, es handelt sich um Glassplitter von einem Autoscheinwerfer. Mir fehlen hier die Möglichkeiten und das Vergleichsmaterial, um Rückschlüsse auf die Herstellermarke zu ziehen, aber ich habe eine Materialprobe an meinen Kontakt beim BKA in Deutschland geschickt. Wir haben eine Art informelle Kooperationsvereinbarung.«

»Eine informelle Kooperationsvereinbarung? Was soll das denn sein?«, erkundigte sich Yeruldelgger, der noch nie von einer solchen Vereinbarung gehört hatte.

»Ein Freund von mir arbeitet dort. Ich arrangiere für ihn seine Trekkingtouren im Altai- und im Chentii-Gebirge, und als Gegenleistung macht er gelegentlich eine kleine Materialuntersuchung für mich.«

»Na so was. Man sollte dich zur Polizeipräsidentin ernennen, Solongo. Bei so viel politischem Geschick wirst du es noch zur Ministerin bringen, falls dir nicht so ein Karrierist wie dieser Süchbaatar zuvorkommt.«

Darauf erwiderte Solongo nichts, aber Yeruldelgger spürte, dass sie ihm noch etwas sagen wollte. Etwas, das ihr keine Ruhe ließ.

»Sonst noch was?«

»Ich traue mich fast nicht, dir das zu sagen, weil du dann richtig sauer wirst.«

»Solongo, bitte!«

»Der Leichnam des Mädchens ist erstaunlich gut erhalten. Man könnte sogar sagen, er ist in gewisser Weise mumifiziert. Ich konnte Reste der Eingeweide untersuchen. Und darin habe ich Erde gefunden. Das Mädchen hat vor seinem Tod Erde geschluckt. Das bedeutet, dass sie noch lebte, als sie vergraben wurde. Bewusstlos, hoffentlich, aber jedenfalls lebte sie noch.«

Yeruldelgger musste unwillkürlich daran zurückdenken, wie er den kleinen Körper vorgefunden hatte. Wie er sich hingekniet hatte, um nachzusehen, was sich unter dem Pedal der illegalen Grabstelle befand, das die Nomaden freigelegt hatten. Vor allem den Moment, in dem er zum ersten Mal die kleine Hand gesehen hatte, die sich ihm aus der Erde entgegenstreckte, als wäre sie auf ihn gerichtet. Wie ein stummer, angsterfüllter Hilferuf.

Ihn erfasste eine solche Wut, dass er mit der flachen Hand gegen die Wand seines Büros schlug. Der Lärm und diese wutentbrannte Geste ließen Solongo zusammenfahren, genau wie die anderen, die sich gerade auf dem Gang aufhielten, aber nichts von dem Martyrium der Kleinen wussten.

9

Langsam verlor auch Oyun die Geduld

Yeruldelgger durchquerte die mit Hakenkreuzfahnen und Hitler-Porträts ausstaffierte Bar. Ohne weiter darauf zu achten, drängte er sich an zwei Typen in Waffen-SS-Uniform vorbei und ging direkt auf den Inhaber zu. »Tag, Adolf«, sagte er.

»Heil Hitler!«, erwiderte der andere mit breitem Grinsen und übertrieben theatralischem Hitlergruß.

Yeruldelgger verpasste ihm eine deftige Ohrfeige, die in der ganzen Bar widerhallte. Unter der Wucht des Schlags schwankte Adolf erst, dann taumelte er rückwärts gegen ein paar Stühle. »Das Neue Reich wird noch eine Weile auf dich verzichten müssen, du Drecksführer!«, spottete der Kommissar, packte den Mann unsanft und legte ihm Handschellen an.

Schon seit mehreren Jahren beobachtete die Polizei diese kleine Gruppe, deren Mitglieder sich offen zum Nazitum bekannten. Vor fünf Jahren hatte der, der sich »Adolf der Wolf« nennen ließ, die kleine Bar im Stadtzentrum gekauft und mit Emblemen des Dritten Reichs dekoriert. Seitdem hatte sie sich nicht nur zum Sammelpunkt ziemlich widerwärtigen Abschaums entwickelt, sondern war auch zu einer regelrechten Touristenattraktion des neuen Ulaanbaatar mutiert. Erst aufgrund von empörten Reaktionen einiger Touristen sowie durch ebenfalls entrüstete Artikel in der westlichen Presse, von denen die Kulturabteilungen der mongolischen Auslandsbotschaften immer öfter berichteten, waren die Behörden auf dieses Treiben aufmerksam geworden. Es gab in der Mongolei jedoch kein Gesetz, das einen derartigen Ort verboten hätte. Und tatsächlich wusste Yeruldelgger wie die allermeisten Mongolen nichts von den Gewaltexzessen der Nazis in Europa. Um herauszufinden, weshalb manche der französischen Touristen sich so überaus empört zeigten, war er also in die Alliance française gegangen und hatte dort recherchiert. Was er dabei über das Dritte Reich gelesen und auf Fotos gesehen hatte, erfüllte ihn noch jetzt, wo er diesen Mann verhaftete, mit Abscheu und Ekel.

»Wieso haben wir hier in der Mongolei eigentlich keine Ahnung vom Holocaust an sechs Millionen Juden?«, hatte er Solongo damals gefragt.

»Weil es nicht Teil unserer Geschichte ist«, hatte sie traurig erwidert.

»Sechs Millionen ermordete Menschen ... das soll nicht auch Teil unserer Geschichte sein?«

»Weil es für uns viel naheliegender ist, sich an die achtzig Millionen Menschen zu erinnern, die Stalin hat ermorden lassen; und die Hunderte Millionen von Opfern, die Mao Zedong und einige andere asiatische Despoten auf dem Gewissen haben. Die Geschichte der Juden ist eben nicht Teil unserer Geschichte. Und ihr Krieg war auch nicht unser Krieg.«

»Trotzdem sind da sechs Millionen Menschen brutal ermordet worden.«

»Das weiß ich ja«, hatte Solongo geantwortet. »Und ich verstehe, dass dich das beschäftigt; ich weiß, dass das unverzeihlich ist. Ich sage nur, dass wir darüber nichts wissen, weil das nicht unsere Geschichte war. Wenn du auf unsere Geschichte in den Dreißiger- und Vierzigerjahren des zwanzigsten Jahrhunderts blickst, dann hast du die Ermordung der mongolischen buddhistischen Mönche, die Zerstörung unserer Tempel und das Verbot, unsere Sprache zu gebrauchen. Wie viele Europäer wissen darüber Bescheid, Yeruldelgger? Das müssen wir ihnen aber nicht vorhalten, weil es nun mal nicht Teil ihrer Geschichte ist.«

Er war damals widerstrebend Solongos Argumentation gefolgt, auch wenn er nach wie vor der Überzeugung war, dass die Ermordung von sechs Millionen Menschen durchaus jeden etwas anging. Solongo hatte mit Tränen in den Augen erläutert, dass die moderne Geschichte der Juden nunmehr in ihrer Beziehung zu Palästina liege und dass die in der Zwischenzeit von den Roten Khmer vernichteten drei Millionen Kambodschaner und die innerhalb weniger Monate in Ruanda massakrierte Million Tutsi auch nichts mit ihrer Geschichte zu tun hätten.

Bei dem Gedanken, wie egoistisch und zynisch die Welt war, schäumte Yeruldelgger oftmals innerlich vor Wut. Trotz Solongos relativierender Einwände hatte er sich ab da für diese kleine Gruppierung von Neonazis interessiert und schnell herausgefunden, dass sich dahinter ein Haufen ungebildeter, unkultivierter junger Männer verbarg, die eher nationalistisch als faschistisch eingestellt waren und für die Hitler eine Symbolfigur war, ähnlich wie Dschingis Khan im Westen: eine exotische Heldenfigur, durchaus auch brutal, aber sie sahen darin in erster Linie jemanden, der sein Volk groß und stolz gemacht hatte. Adolf der Wolf sah in Hitler ebenso wenig jemanden, der für organisierten Völkermord verantwortlich war, wie die Menschen aus dem Westen bei der Erwähnung von Dschingis Khan sogleich an die Hunderttausende von Toten bei der Eroberung Bagdads dachten. Für diesen Tyrannen, der bei der Eroberung von Ningxia in China von vergifteten Pfeilen tödlich getroffen worden war, mussten alle Lebewesen, die ihm auf dem Hunderte Kilometer langen Rückweg zu seiner Begräbnisstätte begegneten, ihr Leben lassen, unter dem Vorwand, sie könnten sich glücklich schätzen, ihm im Jenseits dienen zu dürfen. Dschingis Khan hatte im Zuge seiner Eroberungen in Mittelasien auch an die zweitausend Moscheen in Persien und Iran mitsamt ihren wertvollen Beständen an unschätzbar kostbaren Büchern und Pergamenten zerstören lassen. Diese schwachköpfigen Mongol-Nazis hätten Deutschland noch nicht einmal auf einer Karte gefunden und waren felsenfest davon überzeugt, Hitler habe ein tausendjähriges Reich errichtet, das in dem heute wirtschaftlich blühenden Deutschland unverändert weiterbestand.

Yeruldelgger fing an, sich Sorgen um diese kleine Gruppierung zu machen, als nationalistische Splittergruppen jeglicher Couleur immer häufiger aus Europa oder den ehemaligen Sowjetrepubliken anreisten, um sich mit diesen mongolischen Nazisympathisanten zu treffen. Er machte seine Vorgesetzten darauf aufmerksam, aber ohne Erfolg. Für die Mongolei war der Tourismus erst seit Kurzem zu einer zweiten Einnahmequelle neben dem Rohstoffabbau geworden, und man wollte das Image des Landes auf keinen Fall beschädigen. Die inoffizielle Haltung der Vorgesetzten lautete, derartig minoritäre Aufschneiderei würde lediglich ein paar Ausländern auf- und missfallen, und es sei nichts Illegales daran. Solange sie nicht gegen mongolische Gesetze verstießen, müsse man sie tolerieren. Yeruldelgger hatte sogar von Mickey dem Blauen Adler persönlich die ausdrückliche Anweisung erhalten, nicht gegen sie zu ermitteln. Laut Letzterem könnte eine zu offensichtliche Polizeiüberwachung der Neonazis von diesen zu Recht als diskriminierend und schikanierend aufgefasst werden, unter Umständen ins Gegenteil umschlagen und zu einer Radikalisierung der Gruppe führen.

Aber jetzt hatte Yeruldelgger den Fall von zwei kastrierten Chinesen, einem geschändeten und zwei Mongolinnen mit rasiertem Schädel auf dem Tisch. Alle fünf waren ermordet und mit einem in die Haut geritzten Judenstern versehen worden. Dieses Mal mussten ihm seine Vorgesetzten wohl genehmigen, dass er sich diese Bande von Hohlköpfen vorknöpfte, die sich die Blauen Wölfe nannten. Er hatte das Einverständnis seiner

Vorgesetzten einfach vorausgesetzt, als er die Razzia in der Bar anordnete.

Yeruldelgger bat Oyun, Adolf als Ersten in den Verhörraum zu bringen und ihn schon einmal weichzukochen, ihm aber den Grund für seine Festnahme vorläufig zu verschweigen. Tatsächlich hatte er ja auch nichts gegen ihn in der Hand. Es gab weder konkrete Anhaltspunkte noch vage Indizien, die ihn direkt mit dem Mord an den drei Chinesen und den beiden Frauen in Verbindung brachten, abgesehen davon, dass er zu einer Gruppe Neonazis gehörte und den Opfern ein Judenstern in die Haut geritzt worden war. Von einem gerichtsfesten Beweis war das selbstverständlich meilenweit entfernt. Momentan ließ sich Yeruldelgger lediglich von seinem ersten Eindruck leiten, dass der Mord in der Fabrik ein rassistisch motiviertes Verbrechen war, begangen aus übersteigertem Nationalismus; außerdem trieb ihn der Zorn auf diese Gruppe von Schwachköpfen an, von der man ihn viel zu lange ferngehalten hatte. Adolf war mit Sicherheit die beste Wahl, um diesen Haufen um das Neue Reich ein bisschen aufzumischen. Wenn sie Glück hatten, war dieser Typ, der sich selbst für einen großen »Führer« hielt, bescheuert genug, sich selbst in irgendeiner Weise zu beschuldigen, sodass sie ihn noch eine Weile in Gewahrsam behalten konnten, während sie ihre Ermittlungen weiterführten.

Zusammen mit Chuluum begann Oyun das Verhör. Adolf zeigte sich von vornherein angeberisch und herablassend, doch das, was Oyun beunruhigte, war die Selbstsicherheit, mit der er seine großen Sprüche klopfte. Dieser Typ hatte keine Angst. Zunächst dachte sie, er habe einfach vor ihr als Frau keine Angst und nehme sie nicht ernst. Das hätte gut zum psychologischen Profil dieser Nationalisten gepasst, die meist auch Machos der übelsten Sorte waren. Doch im Laufe des Verhörs gewann Oyun den Eindruck, dass ihn seine jetzige Lage nicht im Geringsten zu beunruhigen schien. Dieser Typ hatte keine Angst gehabt, als er grundlos in aller Öffentlichkeit von der Polizei festgenommen wurde. Menschen, die unschuldig verhaftet werden, legen in der Regel lauten Protest ein. Nicht er. Er schien sich sogar ein wenig darüber zu amüsieren, aber Oyun kannte auch dieses Verhaltensmuster bereits. So verhielten sich nur ausgesprochene Schwachköpfe oder Typen, die tatsächlich etwas auf dem Kerbholz hatten und so Zeit schinden wollten, oder aber diejenigen, die wussten, dass sie nicht belangt werden konnten.

»Habt ihr mich wegen der Prügelei verhaftet?«, fragte Adolf völlig unvermittelt und überraschte damit alle Anwesenden.

»Ganz genau«, erwiderte die Inspektorin geistesgegenwärtig und möglichst unbeirrt.

»Wegen welcher denn?«, gab Adolf provokant zurück.

»Das weißt du ganz genau!«, blaffte Oyun.

»Ach, die mit dem Koreaner neulich? Aber der hat's doch darauf angelegt!«

»Was meinst du mit ›darauf angelegt‹?«

»Na hör mal, der Kanake kam einfach in meine Bar reingewankt, um nach dem Weg zu fragen. Also, wenn das mal keine Provokation ist.«

»Und das soll ein Grund gewesen sein, ihn halb totzuschlagen?«, entrüstete sich Oyun leicht übertrieben, obwohl sie eigentlich immer noch nicht wusste, von welchem Vorfall gerade die Rede war.

»Es reicht doch schon, dass er Koreaner war«, entgegnete Adolf in einem Ton, der keinen Widerspruch duldete.

»Und was ist mit Chinesen? Habt ihr auch Chinesen verprügelt?«, näherte sich Oyun ihrem Fall.

»Chinesen, diesen Abschaum, davon vermöbeln wir jeden Abend welche.«

»Wieso?«

»Weil es eben Chinesen sind. Weil sie sich wie Besatzer aufführen, weil sie unsere Bodenschätze plündern, weil sie unsere Kultur und unsere Traditionen verhunzen und weil sie Kommunisten sind, wie das alte Regime. Reicht das als Begründung? Oder braucht ihr noch mehr?«

»Und vorgestern? Was war da? Habt ihr da auch Chinesen verprügelt?«

»Vorgestern ... vorgestern ... Was habe ich denn vorgestern gemacht?« Adolf machte eine Pause, tat so, als müsste er erst überlegen. »Ach vorgestern ... Da war gar nichts. Da habe ich die ganze Nacht über so ein junges Ding gevögelt.«

»Tatsächlich? Für Frauen interessieren wir uns also schon noch?«

»Und wie!«, brüstete sich der kleine Nazi.

»Ich wüsste ja zu gern, wozu«, spottete Oyun.

»Lass die Hosen runter, dann verstehst du, warum.«

Chuluum verabreichte ihm eine derart schallende Ohrfeige mit dem Handrücken, dass Adolf auf seinem Stuhl schwankte und sich an die Tischplatte klammern musste, um nicht umzufallen. »Du wirst dich gegenüber der Inspektorin respektvoll verhalten und ihre Fragen höflich beantworten. Bei jedem weiteren Ausrutscher fängst du dir wieder eine. Hast du verstanden?«

»Sie hat doch selbst danach gefragt«, gab der kleine Nazi zurück.

Er hatte eine Ohrfeige mit derselben Hand erwartet, aber Chuluum verabreichte ihm eine mit der anderen. Dieses Mal fiel er tatsächlich vom Stuhl, und endlich entdeckte Chuluum in seinem Blick das, worauf er schon die ganze Zeit gewartet hatte: große Überraschung und ein wenig Angst. Auch Chuluum hatte bemerkt, dass die scheinbare Gefasstheit von Adolf in dieser Situation eigenartig war, aber hier war die Grenze der inneren Widerstandskraft dieses Typen erreicht. Wenn körperliche Gewalt zum Einsatz kam, knickte dieser Blödmann ein, er fürchtete sich vor Schlägen. Bei den Prügeleien, mit denen er sich so gern brüstete, stand er bestimmt nicht in der ersten Reihe. Dieser Typ kommandierte wohl eher herum und überließ anderen die Drecksarbeit, trat erst dann auf die Opfer ein, wenn sie schon am Boden lagen. Chuluum wusste, wie er diesen Kasper brechen konnte. Oyun hatte es ebenfalls verstanden. Sie fuhr mit ihrem Verhör fort.

»Du warst also vorgestern Abend mit einem Mädchen zusammen.«

»Ja doch!«, bellte Adolf zurück.

»Ja, Frau Inspektorin«, korrigierte Chuluum und hob drohend die ausgestreckte Hand.

»Ja, Frau Inspektorin«, antwortete Adolf mit verhaltener Wut.

»Und diese Geliebte von romantischen Helden hat doch sicherlich auch einen Namen, nehme ich an?«

»Ja, Frau Inspektorin«, erwiderte Adolf mit einer Spur innerer Befriedigung in der Stimme.

»Stell dich nicht dumm und rück endlich mit dem Namen raus!«, befahl Chuluum und drohte erneut mit einer Ohrfeige.

»Er soll aufhören, mich zu schlagen!«, verlangte Adolf von Oyun.

Da traf ihn Chuluums flache Hand auch schon mitten auf die Stirn, sodass er mitsamt seinem Stuhl nach hinten kippte. »Zu spät!«, zischte der Polizist, während er zusah, wie Adolf sich wieder aufrappelte. »Und jetzt wirst du der Inspektorin unverzüglich den Namen mitteilen, und zwar in höflichem Ton, wenn ich bitten darf.«

»He, so war das nicht geplant!«, knurrte Adolf, als er wieder auf die Beine kam.

»Laber nicht rum, beantworte die Frage!«, brüllte Chuluum und ohrfeigte ihn erneut.

»So war das nicht geplant!«, wiederholte Adolf.

»Schnauze!«, schrie Chuluum und verpasste ihm noch eine.

»Was meinst du damit ›So war das nicht geplant‹?«, wollte

Oyun wissen, die diesem Gewaltausbruch mit gemischten Gefühlen beiwohnte.

»Ist doch scheißegal!«, blaffte Chuluum und schlug erneut zu. »Ich will nur, dass er uns endlich den Namen des Mädchens verrät, falls es überhaupt existiert.«

»Ich höre?« Langsam verlor auch Oyun die Geduld.

10

Es ist Saraa!

Yeruldelgger sah sich die Fotos von dem Leichenfundort des Mädchens auf seinem iPhone noch einmal genauer an. Ohne anzuklopfen, trat Oyun ein.

»Und? Hat er irgendwas gestanden?«

»Er hat ein paar Sachen von sich gegeben, die es uns erlauben, ihn noch eine Weile hierzubehalten, aber für die Nacht, in der die Chinesen in der Fabrik und die Frauen auf dem Markt umgebracht wurden, hat er ein Alibi.«

»Ach, tatsächlich? Vielleicht ein Abendessen bei Göring?«

»Bei wem?«

»Vergiss es! Wie lautet denn sein Alibi?«

»Er war bei einem Mädchen oder bei seinem Mädchen. Hat dort die Nacht verbracht.«

»Bei einem Mädchen? Das nennst du ein ernst zu nehmendes Alibi? Fahr sofort mit Chuluum hin und nehmt sie ein bisschen in die Mangel, mal sehen, ob sie das bestätigen kann.«

»Hör mal, Yeruldelgger, ich möchte das nicht… Mir wäre es lieber, wenn du das selbst in die Hand nehmen würdest.«

Er hob den Kopf, aber sie wich seinem Blick aus. So eine Weigerung hatte er bei ihr noch nie erlebt.

»Was soll das bedeuten, Oyun?«

»Sei nicht sauer, Yerul. Es ist wegen dieses Mädchens…«

»Was soll das heißen? Was ist mit ihr?«
»Es ist deine Tochter. Es ist Saraa!«

11

Ganz auf seine Art und Weise

»Du versteckst dich wohl, hä? Hast wohl keine Eier in der Hose. Gehst hinter diesem Ding da in Deckung. Meinst wohl, ich wüsste nicht, dass du da stehst? Du verdammter Bullenvoyeur! Na, widert dich an, was du hier siehst? Gib zu, dass es dich anwidert!« Saraa lief im Verhörzimmer unablässig im Kreis herum. Sie trug schwarze Lederklamotten, halb Punk, halb Biker, die violett geschminkten Lippen waren mehrfach mit kleinen Ringen gepierct, die Augenbrauen vollständig ausgezupft. Ihre pechschwarzen Haare waren stümperhaft mit der Schere zurechtgestutzt und mit Gel wild gestylt; ihre Augen waren mit schwarzem Kajal umrandet. An ihrem schwarzen T-Shirt baumelte ein abgewetzter Ansteckbutton mit der legendären herausgestreckten Zunge vom Cover der »Sticky Fingers«-LP von den Stones. Sie war hässlich und wütend und gerade deshalb sehr zufrieden mit sich selbst. Eine verbissene Wut, eine regelrechte Rage, die sie zu kontrollieren versuchte, die ihr allerdings jedes Mal entglitt, wenn eine Erinnerung an den hochkam, den sie gerade so übel beschimpfte. Bei jeder ihrer Schmähungen deutete sie mit dem Finger auf den Einwegspiegel an der Wand, lächelte ein grausames Lächeln, und ihre Augen leuchteten sowohl wegen des Kokains, das sie nahm, als auch vor lauter Tränen und Hass.

»Jetzt bist du echt angepisst, was? Das, was deinem Fleisch

entstammt, vögelt mit einem kleinen Gauner herum! Das kotzt dich echt an, was? Aber er kann wenigstens vögeln, er ist lebendig, er ist ein echter Kerl! Er braucht keine Abzeichen oder Pistolen, um ein Kerl zu sein. Jawohl, das kleine Töchterchen von Papa lässt sich von ihm und seiner ganzen Bande durchknallen, und zwar immer wieder. Weil du mich mal kreuzweise kannst, ich bin nicht länger dein kleines Töchterchen, ich bin jetzt deren Frau. Kannst du dich überhaupt noch daran erinnern, was eine Frau ist, du schwuler Sack? Sieh her!«, rief sie und zerriss völlig unerwartet und provokativ ihr T-Shirt. »Wenn du überhaupt noch Eier in der Hose hast, dann müsstest du jetzt einen hochkriegen, oder? Das hier sind echte Titten!« Sie warf sich gegen den Spiegel und rieb ihre Brüste daran, während sie den Blick von Yeruldelgger in ihrem Spiegelbild suchte. »Weißt du überhaupt noch, was echte Titten sind? Und jetzt pass auf! Eine Muschi, weißt du überhaupt noch, was eine Muschi ist?«

In dem abgedunkelten Nebenraum stand Yeruldelgger wie versteinert hinter der Spiegelwand. Keine Sekunde wandte er den Blick von Saraas Augen ab, etwas anderes wollte er nicht sehen. Solongo stand neben ihm und spürte, wie angespannt sein ganzer Körper war. Er war wie ein Fels, den das Eis zu zerspringen drohte. Er hätte in der nächsten Sekunde einfach tot umfallen können. Zu einem Haufen scharfkantiger Steine zerfallen, weil er wusste, dass er seiner Tochter nichts mehr bedeutete. Ein Haufen Steine. Und Steine weinten nicht. Aber Solongo schon. Sie hatte ihm eine Hand auf die Schulter gelegt. Sie wusste um die Liebe, die in ihm eingeschlossen war, und um den Hass, der aus Saraa hervorbrach, und fragte sich unter Tränen, wie oft sich das noch wiederholen musste, bis das eine hervortrat und das andere verstummte. Auch Oyun war da, beobachtete alles schweigend.

Als Solongo sah, wie Saraa die Hose hinunterließ, sich die Unterhose vom Leib riss und sich wie ein Junge an der Pissrinne gegen den Spiegel warf, um ihnen ihr Geschlecht förmlich ins Gesicht zu schleudern, stürzte sie aus dem Nebenzimmer in den Verhörraum. »Saraa, ich bitte dich, hör auf«, flehte sie.

Saraa beachtete sie kaum. Sie streckte lediglich kurz den Zeigefinger in ihre Richtung, eine Drohung, wie um sie zu bannen, und wandte sich wieder dem Spiegel zu. »Ha, du hast nicht mal den Mumm, selbst herzukommen, schickst lieber dein Flittchen vor! Erzähl mal, wie besorgt er's dir denn so?« Damit wandte sie sich überraschend an Solongo. »Steckt er dir sein altes, abgewichstes Ding zwischen den Spinden in der Umkleide schnell mal zwischen die Schenkel? Macht ihr es so? Oder bumst er dich auf dem Kopierer von hinten?«

Dann drehte sie sich wieder zum Spiegel um. »He, hättest du nicht Lust auf ein bisschen Frischfleisch zwischendurch, bevor du wieder das alte Leder bearbeiten musst? Na los! Komm schon! Hier, ich warte auf dich! Fick mich doch, wenn du dich traust! Jetzt mach schon! Ich warte!«

Aber Yeruldelgger stand nicht mehr hinter dem Spiegel. Er war bereits direkt hinter ihr. Als sie ihn im Spiegel bemerkte, wirbelte sie herum und bekam von ihrem Vater einen solchen Schlag ins Gesicht, dass sie in eine Ecke des Verhörraums segelte und dort zusammensackte. Tränen brannten in Yeruldelggers Augen, dennoch hatte er etwas in Saraas Blick aufblitzen sehen. Einen Anflug von Angst. Die Angst vor seinem Zorn und seinem Wutausbruch, vor allem aber die Angst vor dem, was sie von sich gegeben hatte.

Solongo eilte herbei, um der halb ohnmächtigen jungen Frau wieder auf die Beine zu helfen, und Oyun stellte sich Yeruldelgger in den Weg. Dabei war sie sich eigentlich sicher, dass er nicht noch ein zweites Mal zuschlagen würde. Yeruldelgger hatte seine Tochter nicht aus Zorn oder aus Rache geschlagen, sondern weil er die beiden Menschen schützen wollte, die er liebte: Saraa und Solongo. Oyun hatte bereits selbst erlebt, wie es war, wenn Yeruldelgger sich in brenzligen Situationen seiner Fäuste bediente, um einen zu schützen. Tief in ihrem Herzen bewahrte auch sie jenes glückliche Gefühl, geliebt zu werden. Auf seine Weise. Ganz auf seine Art und Weise.

12

Total gern!

Sobald er von dem Vorfall erfahren hatte, bestellte Mickey ihn sofort zu sich. Yeruldelgger hatte sich stark verspätet und stieß Mickeys Bürotür auf, ohne anzuklopfen, platzte so mitten in ein Diktat und scheuchte allein dadurch die ebenso reizende wie schreckhafte Sekretärin auf. Unter ängstlichen Verneigungen floh sie regelrecht aus dem Zimmer. Yeruldelgger war sich sicher, dass das gesamte Departement wusste, was im Verhörraum vorgefallen war. Die Aufforderung, sich zu setzen, schlug er aus. Er blieb vor dem Schreibtisch seines Vorgesetzten stehen, den er nicht sonderlich respektierte.

»Ich brauche mich erst gar nicht zu setzen, ich weiß ja schon, was du mir sagen willst.«

An den Wänden seines Büros hingen Mickeys verdienstvolle Souvenirs aus dessen Zeit in Amerika. Dazu zählten seine eingerahmten Diplome und die Fotos, die eine ganze Wand einnahmen: er zusammen mit anderen Polizeibeamten, er mit künftigen Ministern oder gerade amtierenden Ministern, Fotos, auf denen er Medaillen verlieh oder gerade selbst eine verliehen bekam, er zusammen mit einer Gruppe Koreaner auf Quads, mit Bär als Trophäe bei einem Jagdausflug, er beim FBI in Quantico, er bei der Moskauer Polizei, bei einem Besuch in Disneyworld in Florida, Mickey zu jeder Zeit und überall …

»Wir prügeln nicht auf Verdächtige ein«, ermahnte ihn Mickey. »Und erst recht nicht auf Zeugen.«

»Das sagst ausgerechnet du mir?«

»Stell dich nicht dumm, Yeruldelgger. Hast du nicht genug davon, dich ständig auf so schmalem Grat zu bewegen? Wie oft hast du dir deswegen schon eine Mahnung eingehandelt?«

»Ich habe es nicht gezählt«, erwiderte der Kommissar und versuchte, Ruhe zu bewahren. »Das ist dein Job ...«

»Wir hatten das schon vier Mal«, stellte Mickey fest. »Aber diesmal kommst du damit nicht durch. Warum hast du sie geschlagen?«

»Du hast ja nicht gehört, was sie alles von sich gegeben hat.«

»Das gibt dir noch lange nicht das Recht, sie derart zu ohrfeigen. Sie ist eine Zeugin.«

»Sie ist meine Tochter«, entgegnete Yeruldelgger.

»Hier im Kommissariat ist sie eine Zeugin. Wenn du sie lieber als deine Tochter behandeln willst, dann lass die Ermittlung fallen.«

»Die Entscheidung liegt bei dir.«

»Worin ermittelst du sonst noch?«

»Im Fall der Leiche von dem kleinen Mädchen, die in einem illegalen Grab im Chentii gefunden wurde, zwischen Dschargaltchaan und Delgerchaan, südlich des Flusses.«

»Ist das wieder eins von diesen traditionellen Gräbern? Noch so eine Geschichte vom Auflebenlassen irgendwelcher alter bescheuerter Riten?«

»Nein, ein Verbrechen. Im besten Fall ein Unfall.«

»Wie das?«

»Das Skelett des Mädchens weist eine Vielzahl von Knochenbrüchen auf, und die Kleine wurde zusammen mit ihrem Dreirad verscharrt.«

»Mit einem Dreirad?« Mickey erhob sich von seinem Stuhl. Er ging um den Schreibtisch herum, fasste Yeruldelgger am Arm und trat mit ihm vor eine große Karte, die die ganze Wand einnahm. »Ein Dreirad! Was es nicht alles gibt! Wo soll das passiert sein?«

Yeruldelgger zeigte auf die Stelle, an der die Nomaden den kleinen Leichnam gefunden hatten.

»Aha«, meinte Mickey nachdenklich. »Das ist aber ziemlich weit weg von Ulaanbaatar! Wie lange hast du dafür in deiner Blechkiste gebraucht? Zwei, drei Stunden? Jetzt pass mal auf: Ich ziehe dich von dem Fall ab, Chuluum soll sich darum kümmern. Sein Arsch kann die Strecke leichter wegstecken als deiner«, versuchte er zu scherzen. »Konzentrier dich auf den Fall mit den Chinesen, aber deine Tochter verhörst du nicht mehr selbst. Und denk mal drüber nach, ob du nicht ein paar Tage freinehmen willst.« Mickey legte seine flache Hand auf Yeruldelggers Rücken und schob ihn so beinahe elegant in Richtung Tür. »Das mit Saraa tut mir wirklich leid«, sagte er noch, bevor er die Tür schloss. »Pass auf dich auf.«

Unversehens stand Yeruldelgger allein im Gang. Mickey – was für ein alberner Name, dachte er.

Ein Stück den Gang hinunter lief ihm Oyun über den Weg, die gerade aus dem Verhörraum kam.

»Und?«, fragte sie.

»Du zuerst.«

»Sie hat das Alibi bestätigt. Sonst sagt sie nichts.«

»Ich habe gerade die Ermittlungen im Fall des kleinen Mädchens abgeben müssen.«

»Wie das?«

»Mickey hat mich abgezogen. Chuluum soll sich darum kümmern. Er möchte, dass ich mich auf die Sache mit den Chinesen konzentriere, aber Saraa darf ich nicht mehr persönlich verhören.«

»Und was wirst du jetzt tun?«

»Ich bin immer noch für die Seele der Kleinen verantwortlich. Der alte Nomade hat sie mir anvertraut, daran ist nichts mehr zu ändern; so ist das nun mal bei uns. Ich werde sie nicht einfach in ein Grab zurücklegen und Erde draufschütten. Wir werden uns irgendwie arrangieren müssen.«

»Ach ja, und wie?«, erwiderte Oyun skeptisch, die ihn gut genug kannte.

»Ich werde Saraa verhören.«

Oyun boxte ihn fest gegen die Schulter, aber er wankte nicht.

»Ich arbeite einfach wirklich gern mit dir zusammen«, sagte sie und folgte ihm ins Verhörzimmer. »Total gern!«

13

Warum nicht gleich Bambi, das wäre genauso bescheuert!

Allein in seinem Büro saß Mickey sehr lange und konzentriert da, bevor er Inspektor Chuluum zu sich rief. Telefonate führte er nur ganz selten persönlich. Er genoss es, seiner Sekretärin Anweisungen erteilen zu können. Außerdem konnte er sich dadurch von seinen Untergebenen abgrenzen. So machte er deutlich, dass er nicht mehr zu ihresgleichen gehörte, dass sie vielmehr *ihm* unterstellt waren. Denn er gehörte jetzt zu jener Elite, die befehligte. Für ihn war es wichtig, den Blick nach oben zu richten. Nach ganz weit oben. Schließlich hatte er sich ja entschieden, ein Adler zu sein.

Chuluum war ein junger Inspektor, der sich zu viele amerikanische Krimiserien im Fernsehen ansah. Das hatte zweifellos damit zu tun, dass er relativ gut aussehend war und sich daher leicht mit seinen Fernsehhelden identifizieren konnte. Er ähnelte ein bisschen dem jungen Andy Lau, gefeierter Star unzähliger Action- und Martial-Arts-Filme, und sah in seinem dunkelblauen Zweireiher auch ganz schick aus. Als er zu ihrer Dienststelle kam, war Mickey zunächst sogar ein bisschen eifersüchtig auf ihn, aber der junge Inspektor stellte nicht die geringste Gefahr für seine Karriere dar. Er hatte nicht seinen unbedingten Siegeswillen. Außerdem hatte Mickey ihn Yeruldelgger unterstellt, womit er zum einen dafür gesorgt hatte, etwaige berufliche Ambitionen des jungen Mannes weitgehend auszuschalten, zum anderen verlagerte sich dessen Groll so auf den brummigen Dinosaurier, der wiederum ihm in die Quere kommen könnte. Deshalb hatte er nichts unternommen, als sich Yeruldelgger außer in seinem per se chaotischen Privatleben auch noch in ein paar zwielichtige Fälle verwickelt hatte. Mehr musste Mickey überhaupt nicht unternehmen. Durch den Tod von Yeruldelggers kleiner Tochter wurde der ältere Kommissar zu einem gebrochenen Mann. Seit fünf Jahren, seit Mickey die Behördenleitung übernommen hatte, für die eigentlich Yeruldelgger vorgesehen gewesen war, konnte er zusehen, wie sich der unglückliche Kommissar mit seinem kaputten Leben abmühte und versuchte, wieder auf die Beine zu kommen.

Mittlerweile lief alles wie am Schnürchen, Mickey hatte den Apparat unter Kontrolle. Außer Yeruldelgger natürlich, den er immer persönlich anrufen musste, weil er auf die Mails oder Anrufe der Sekretärin einfach nicht reagierte und die schlechte Angewohnheit hatte, unerwartet und ohne anzuklopfen bei ihm ins Büro zu platzen. Allerdings beunruhigte ihn auch das inzwischen nicht mehr. Yeruldelgger gehörte zu den vom Aussterben bedrohten Dinosauriern und sorgte schon ganz allein für seinen Untergang. Eines Tages würde man sein Skelett im Morast finden, so wie man Saurierknochen in den rötlichen Gesteinslagen der Felsen von Bajandsag fand, auch als Rote Klippen bekannt.

Mit einer knappen Handbewegung und ohne ihn dabei anzuschauen, hatte Mickey Chuluum zu sich ins Büro gewunken. Bisher hatte er ihn noch nicht angesprochen. Er tat, als würde er ganz konzentriert eine Akte lesen, aber Chuluum wusste, dass sie völlig unwichtig war. Das war nur Teil des Rituals. Der junge Inspektor blieb also noch eine ganze Weile in gebührender Entfernung zum Schreibtisch stehen, die Hände im Rücken verschränkt. Ziemlich unvermittelt klappte Mickey dann die Akte zu. »Chuluum, ich habe mir die Akte über den Tod des kleinen Mädchens kommen lassen, zu dem Yeruldelgger ermittelt.«

»Du bist der Chef ...«

»Den Fall habe ich ihm bereits entzogen. Ab sofort wirst du die Ermittlungen für mich leiten.«

»Ganz wie du willst!«

»Du wirst allein daran arbeiten, und du berichtest nur mir. Hast du mich verstanden?«

»Verstanden.«

»Jeden Abend bringst du mich auf den neuesten Stand. Ich treffe die Entscheidungen, und du führst sie aus. Das ist alles.«

Da Mickey die Akte wieder aufschlug und sich erneut darin vertiefte, wusste Chuluum, dass die Audienz beendet war. Er salutierte seinem Vorgesetzten, der nicht reagierte, und ging zur Tür. Er wollte gerade die Klinke in die Hand nehmen, als Mickey ihm hinterherrief: »Chuluum!«

»Ja?«

»Dieser Fall hat keine besondere Bedeutung, damit du das nicht missverstehst. Das Ganze ist ein Test für dich. Also enttäusch mich nicht.«

»Bestimmt nicht!«, erwiderte der Inspektor und verließ das Büro. Mickey – was für ein alberner Name, dachte er kopfschüttelnd und verdrehte die Augen. Warum nicht gleich Bambi, das wäre genauso bescheuert!

14

Und jetzt verschwindet gefälligst!

»Hör zu, Saraa. Ich werde mich nicht für das entschuldigen, was ich getan habe, und du brauchst dich auch nicht bei mir zu entschuldigen. Du musst mir nur ein paar Dinge bestätigen, die ich für meine Ermittlungen benötige.«

Saraa kauerte auf dem Stuhl im Verhörraum, eingehüllt in eine Decke, die Oyun ihr übergeworfen hatte, als Saraa für kurze Zeit halb bewusstlos und halb nackt in der Ecke gelegen hatte. Sie hatte die Beine an den Körper gezogen, sie mit den Armen umschlungen und das Kinn auf die Knie gelegt. Mit finsterem Blick starrte sie ihren Vater an, sagte aber kein Wort.

»Hast du wirklich die Nacht mit diesem Typen verbracht?«

Keine Antwort.

»Von wann bis wann warst du bei ihm?«

Keine Antwort.

»Es geht hier um Mord, Saraa! Um fünffachen Mord! Fünf Tote!«

Keine Antwort.

»Menschen, die gequält, barbarisch misshandelt und anschließend getötet wurden. Meinst du nicht, dass das wichtiger ist als unsere kleine Familienfehde?«

Keine Antwort.

»Vielleicht warst du ja bei ihm, wie du es behauptest. Sollte sich aber herausstellen, dass das nicht stimmt, dann kann die Geschichte ganz böse für dich enden. Dann kommst du für lange Zeit in den Knast, Saraa, für sehr lange Zeit.«

Keine Antwort.

»Saraa, wenn du meinst, dass du mir mit deinem Verhalten irgendwie wehtust, dann liegst du da vollkommen falsch. Die Einzige, die in dem Fall leiden wird, bist du. Ich habe wegen euch schon so viel gelitten, dass ich überhaupt keine Schmerzen mehr spüre. Verstehst du das? Ich spüre nichts mehr. Ich weiß, dass du genau das beabsichtigst, aber du wirst mich nicht mehr leiden lassen können, als ich bereits gelitten habe. Das brauchst du dir nicht antun. Sag mir einfach, wo du in der Nacht warst.«

Keine Antwort.

Yeruldelgger stieß einen Seufzer aus. Er zog ein Buch hervor, das er sich in der Alliance française ausgeliehen hatte, als er dort zusammen mit Solongo im Archiv war. Das Buch legte er auf den kleinen Tisch vor Saraa und schlug eine Doppelseite mit einem Foto auf. Darauf waren ganze Leichenberge ausgemergelter Körper im Hof des Konzentrationslagers von Dachau zur Zeit des Naziregimes zu sehen. Yeruldelgger schlug eine Seite nach der anderen um, ohne Saraa dabei aus den Augen zu lassen. Auf einem anderen Bild sah man nackte, bis aufs Skelett abgemagerte Menschen, die als Schatten ihrer selbst im Schnee vor einer Gaskammer Schlange standen. Es folgten weitere Fotos, bei denen man nur schwer unterscheiden konnte, ob die abgebildeten Menschen lebendig oder tot waren. Bei jeder neuen Seite, die er aufschlug, zitierte Yeruldelgger aus dem Gedächtnis die Bildunterschrift. Zunächst versuchte Saraa, stur an die Decke zu starren, aber die litaneihaften Erklärungen ihres Vaters brachten sie schließlich doch dazu, den Blick auf die Bilder zu richten. Man konnte ihr keinerlei Gefühlsregung anmerken, aber sie wandte den Blick nicht mehr von dem ab, was sie da sah.

»Dieser elende Typ, mit dem du da schläfst oder vorgibst zu

schlafen, weil du ihn schützen willst, verkleidet sich mit der Uniform des Mannes, der sich das, was du da siehst, ausdachte, befehligte und durchführen ließ, Saraa. Dieser verrückte Diktator, den er so sehr bewundert, dass er sogar seinen Namen angenommen hat, hat die Welt nicht nur in einen Krieg mit fünfundsechzig Millionen Toten getrieben, sondern er hat auch aus reinem, blindwütigem Hass heraus die Auslöschung von sechs Millionen Menschen – Männer, Frauen, Alten und Kindern – veranlasst. Das sind die Menschen, die du hier auf den Fotos siehst.«

Dann breitete Yeruldelgger die Tatortaufnahmen von den drei Chinesen und den beiden erhängten und kahl geschorenen Frauen auf dem Tisch aus. »Der, der angeblich dein Liebhaber ist, wird verdächtigt, an diesen Abscheulichkeiten hier beteiligt gewesen zu sein. Jetzt hör genau zu, Saraa: Ob du mir nun sagst, dass du in besagter Nacht tatsächlich mit diesem Typen geschlafen hast, oder ob du es nur behauptest, damit ich ihn nicht in die Finger bekomme – beides müsste für mich wie ein Stich mitten ins Herz sein, immerhin bist du meine Tochter. Aber ich habe dir ja schon gesagt, ich spüre keinen Schmerz mehr. Dieses Herz ist schon seit Langem tot. Mich kann niemand mehr verletzen, auch du nicht, mein Liebling.«

Erschöpft klappte er das Buch wieder zu, sammelte die Fotos ein und erhob sich. Zum ersten Mal folgte ihm Saraas Blick. Sie wagte nicht, ihn direkt anzusehen, sondern schaute nur auf seine Füße. An der Tür angekommen, hielt Yeruldelgger noch einmal kurz inne. »Du brauchst nichts zu sagen, Saraa. Ich bin auf deine Antworten nicht angewiesen. Im Verlauf der Ermittlungen werden sie sich von allein aufdrängen, und dann bleibst du allein mit all deinem Hass und ich mit meinen Geistern. Du kannst gehen, wohin du willst; du bist frei. Aber zumindest heute Abend wirst du nicht mit ihm schlafen. Zumindest nicht in der Wirklichkeit.«

Er verließ das kleine Verhörzimmer, denn er wollte die Tränen in den Augen seiner Tochter nicht sehen. Lange Zeit fragte er sich, ob sie an diesem Tag auch die Tränen in seinen Augen gesehen hatte.

Kurz darauf bat Yeruldelgger Oyun und Chuluum zu sich, damit sie einander auf den neuesten Stand brachten. Er teilte ihnen mit, dass er Saraa gehen lassen wolle und dass Adolf am nächsten Morgen ebenfalls aus dem Gewahrsam entlassen werden müsse, da sie sein Alibi bestätigt habe. Er bat seine Mitarbeiter, die beiden während der nächsten vierundzwanzig Stunden unauffällig zu beschatten, weil er wissen wollte, ob sie miteinander Kontakt aufnehmen würden. Oyun erklärte sich bereit, die Beschattung von Saraa zu übernehmen, aber Chuluum ließ sich wegen Adolf etwas bitten.

»Mickey hat mir den Fall des Mädchens mit dem Dreirad übertragen. Da passt es mir gar nicht, meine Zeit mit einer so unnützen Beschattung zu verplempern. Wir haben rein gar nichts gegen diesen Typen in der Hand. Nicht das kleinste Indiz, nur deine Intuition, Yeruldelgger, und nur weil du ein bisschen Französisch kannst, weil Adolf sich als Neonazi aufführt und den beiden Frauen die Köpfe geschoren wurden. Beschatte ihn doch einfach selbst!«

»Was soll der Mist mit dem Mädchen und dem Dreirad?«, wollte Oyun wissen. »Was hat das zu bedeuten?«

»Das bedeutet, dass Mickey den Fall Yeruldelgger entzogen und mir übertragen hat. Hast du ein Problem damit?«

»Und was für eins! Das ist sein Fall, Chuluum. Er hat dafür mitten in der Nacht zweihundert Kilometer in dieser Blechkiste zurückgelegt. Er hat alle Beweisstücke und Aussagen gesammelt. Du kennst ja noch nicht mal den Leichenfundort. Ich habe im Übrigen keine Ahnung, ob du feiner Pinkel Ulaanbaatar überhaupt schon jemals verlassen hast!«, empörte sich Oyun.

»Den Leichenfundort werde ich mir unverzüglich ansehen,

und mit den vorhandenen Beweisen kann ich auch umgehen!«, erwiderte Chuluum.

»Ach ja? Wahrscheinlich wirst du da alles genauso verschlampen wie in der Ziegelei bei dem Chinesen-Massaker. Du wirst alles Mögliche übersehen wie die Haarsträhne der einen Frau. Zum Glück hat Yeruldelgger sie entdeckt, sonst hätten wir überhaupt keinen handfesten Beweis, der die beiden Tatorte, die Ziegelei und den Container auf dem Markt, miteinander verbindet.«

»Okay, hört auf mit dem Scheiß!«, ging Yeruldelgger dazwischen. »Oyun, du kümmerst dich jetzt um Saraa, und du, Chuluum, tust gefälligst, was ich dir sage, und heftest dich nachher an die Fersen dieses Nazis. Wenn du dich außerdem noch um den Fall des Mädchens kümmern möchtest, dann mach es so wie alle anderen auch: Mach Überstunden! Und jetzt verschwindet gefälligst!«

15

Dann nahm er einen ordentlichen Schluck Wodka, der ihm rote Augen und ein angenehmes Prickeln im Kopf bescherte

Es gab nichts, was mehr an die postsowjetische Ära erinnert hätte, als Oyuns klappriger graugrüner Cube Nissan Baujahr 2004. Man hätte meinen können, es sei den für ihre Designkopierkünste ohnehin weltberühmten japanischen Autodesignern gelungen, sämtliche Absonderheiten russischer Nutzfahrzeuge aus der Zeit des Kalten Krieges in ein einziges Modell zu packen. Das Ergebnis war ein seelenloser fünftüriger kleiner Würfel auf vier Rädern. Die Wagenfront war von der erschreckenden Ausdruckslosigkeit eines typischen »unauffälligen« Stasi-Fahrzeugs aus der ehemaligen DDR, und die Rückfront wirkte so blind und banal wie ein Militärtransporter jeder x-beliebigen Bananenrepublik. Die kleine Pokémonfigur aus Schaumstoff, die am Rückspiegel baumelte, konnte kaum vergessen machen, dass es sich um ein Polizeifahrzeug handelte. Jeden Tag fragte sich Oyun, wie sie auf die Idee gekommen war, sich ausgerechnet diesen potthässlichen Nissan auszusuchen. Eigentlich musste sie nur noch abwarten, bis der Wagen völlig aus der Mode gekommen war, damit er nach westlichen Kriterien endlich zum angesehenen Retro-Schmuckstück wurde wie die alten Uljanowsk-Jeeps russischer Bauart.

Als Saraa das Kommissariat verließ, den kleinen Parkplatz überquerte und auf die Allee zusteuerte, beugte sich Oyun rasch zum Handschuhfach, um nicht entdeckt zu werden. Darin fand sie zufällig ein vergessenes Päckchen Kekse, die sie eine Woche zuvor einer armen Frau auf dem Platz vor dem Nationalzirkus abgekauft hatte. Voller Heißhunger biss sie in einen Keks und ließ die junge Frau auf dem Trottoir an dem Gebäude des Obersten Gerichtshofs entlanggehen. Erst nach drei weiteren Keksen startete Oyun den Motor, um ihr langsam zu folgen. Der große Vorteil des völlig chaotischen Straßenverkehrs von Ulaanbaatar bestand darin, dass man einem Fußgänger auch mit einem langsam fahrenden Wagen folgen konnte, ohne im allgemeinen Durcheinander irgendwie aufzufallen. Sie musste noch nicht einmal befürchten, dass Saraa sich wegen wütend hupender Autofahrer zu ihr umdrehen würde. Oyun rollte zunächst bis zum modernen Stahl-Glas-Hochhaus der Ulaanbaatar-Bank, welche das alte Stadttor aus Holz hoch überragte, und bog dann nach Süden ab, in Richtung der Peace Avenue. In wütendem Stechschritt und mit zornigem Blick lief die junge Frau an den Passanten vorbei, die sich tunlichst von ihr abwandten. Nur ein paar ältere Leute sahen sie vorbeigehen und drehten sich zuweilen mit verständnislosem Kopfschütteln nach ihr um. Saraa repräsentierte für sie in gleichem Maße die um sie herum entstehende wie einstürzende Welt, Gebäude und Seelen, beides im Chaos begriffen.

Kurz vor der Peace Avenue, ungefähr auf der Höhe des Zentral-Blumenmarkts, der weder zentral gelegen noch voller Blumen war, sondern ein tristes Gebäude wie ein russischer Busbahnhof, rannte Saraa auf einmal los und sprang in letzter Sekunde in einen gerade anfahrenden blauen Bus. Oyun stopfte sich rasch den Keks in den Mund und fluchte so heftig, dass die Krümel gegen die Windschutzscheibe und auf das Armaturenbrett flogen; gleichzeitig schaltete sie hektisch herunter, um zu beschleunigen und dem Bus zu folgen, der sich in östlicher Richtung entfernte. Auf den nächsten zwei Kilometern musste Oyun ständig hoch- und runterschalten und die Spur wechseln, um den Sichtkontakt mit dem Bus nicht zu verlieren, außerdem quälte sie unablässig ein Hustenreiz, weil Keksbrösel in ihrer Luftröhre steckten. Immerhin konnte sie Saraa gut erkennen, weil sich die junge Frau wie alle rebellischen Gemüter betont lässig auf die hinterste Sitzreihe des Busses hatte fallen lassen. Kurz darauf sah Oyun, wie Saraa einen Anruf erhielt, sich erhob und zum Aussteigen bereit machte, was sie an der Haltestelle Emiin San dann auch tat. Oyun bremste scharf und parkte einfach auf dem Gehsteig, denn es sah nicht danach aus, also wollte Saraa ihren Weg unmittelbar fortsetzen. Sie hockte sich auf die Betonstufen vor einem Geschäft und starrte ziemlich teilnahmslos auf den rissigen Zement vor sich.

Zum Glück war der Gehsteig an dieser Stelle breit genug, sodass Oyuns Wagen nicht weiter auffiel und sie in Ruhe warten konnte. Sie lehnte sich erst einmal in ihrem Sitz zurück und wischte sich die Kekskrümel vom T-Shirt, während sie die junge Frau weiter beobachtete. Saraa nahm gerade einen weiteren Anruf entgegen; ihre Gestik und Mimik verrieten, dass sie etwas genervt war, weil sie schon da war und keiner sie abholte. Dann drehte sie unvermittelt den Kopf in die Richtung, wo Oyuns Wagen stand. Oyun konnte sich nicht mehr rechtzeitig wegducken, aber Saraa sah sie gar nicht. Sie sah vielmehr die Straße hinter Oyuns Nissan entlang, woraus die Polizistin schloss, dass der- oder diejenige, die Saraa abholen sollten, aus dieser Richtung kommen würden.

Ein paar Minuten später tauchten zwei Männer in Oyuns Rückspiegel auf. Von Weitem winkten sie Saraa zu, die den Gruß jedoch nicht erwiderte. Oyun kannte die beiden nicht. Sie gingen an dem Nissan vorbei, ohne sie zu beachten; ihrer Aufmachung nach zu schließen, handelte es sich um zwei Kleinkriminelle, die vermutlich gern einen auf dicke Hose machten. Der größere der beiden trug eine Adidas-Sporttasche. Mit herrischer Geste verlangte Saraa, einen Blick hineinzuwerfen. Oyun sah zu, wie sie zwei Wodkaflaschen herauszog und gleich wieder zurücklegte. Mit einem Schulterzucken schien sie den beiden zu verstehen zu geben, dass sie einverstanden war. Schweigend bogen die drei rechts in eine Straße ein, die in nördlicher Richtung anstieg.

Der Weg führte durch ein heruntergekommenes Viertel, in dem große Wohnblocks aus Brachland aufragten, das mit Parkplätzen durchsetzt war. Oyun war bereits etwas mit der Gegend vertraut. Weiter oben, ungefähr achthundert Meter entfernt, befand sich der Altai-Mongol-Grill, in den sie schon ein paar Mal von einem Kollegen vom Zoll, der sich mehr von ihr erhoffte, eingeladen worden war. Und noch ein Stück weiter, im Mass Nightclub, hatte sie schon einmal wegen einer Schlägerei mit Koreanern einen Einsatz gehabt. Das Viertel hatte keinen guten Ruf. Gleich hinter dem Mass Nightclub begann das ausgedehnte Elendsgebiet, auf dem nur noch Jurten standen. Und als Grenze zu diesem reglosen Jurtenmeer, das quasi am Stadtrand gestrandet war, standen die riesenhaften Wohnkomplexe des zwölften Bezirks: ein gutes Dutzend zehnstöckiger Häuser, manche von ihnen mehrere hundert Meter lang, und in jedem Einzelnen gab es Tausende kleiner Wohnungen. Auf Stadtplänen oder aus der Luft betrachtet, versuchte man vergeblich einen Sinn in dieser architektonischen Anlage zu erkennen. Es wurde behauptet, die Anordnung der Häuser sei eine Nachricht in kyrillischem Alphabet und gelte den Kosmonauten, die diese von ihren Sojus-Kapseln aus entziffern könnten. Andere erkannten darin eine subversive Botschaft in der verbotenen mongolischen Schrift. Viele versuchten die Wohnanlage symbolisch zu deuten, dabei handelte es sich um nichts anderes als eines jener seelenlosen und vollkommen vernunftwidrigen Großprojekte aus der Sowjetzeit, wahrhafte babylonische Türme der Inhumanität, die Neuankömmlinge mit ihren strengen Formen zunächst zermalmten und ihr Leben dann Tag für Tag mit ihrer Hässlichkeit erdrückten. Allerdings war damit ein sozialistischer Traum für das neue Proletariat in Erfüllung gegangen, das sich in einem Minimum an Komfort willig ausbeuten ließ.

Oyun folgte Saraa und den beiden Männern bis zur Hochhaussiedlung des zwölften Bezirks. Die gewaltigen Wohnblocks überragten ein Niemandsland immerwährender Baustellen, von tiefen Spurrillen zerfurchte Parkplätze, rissige Betonflächen und teils baufällige Arkadengänge aus rostigem Stahl unter der abblätternden Farbe. Ein weiterer ausladender bogenförmiger Komplex mit Tausenden von Wohnungen markierte den Zugang zu dieser heruntergekommenen Siedlung, dessen Zentrum eher einer aufgegebenen, weitgehend verlassenen Festungsanlage glich, wo die Menschen ihr Dasein in hoffnungsloser Tristesse fristeten. Ihr Nissan im Stasi-Stil passte perfekt in diese trostlose Umgebung und fiel überhaupt nicht auf – wenigstens das war jetzt ein Vorteil für Oyun.

Als sie beobachtete, wie die drei jungen Leute die Eingangshalle eines der Wohnsilos betraten, fuhr sie im Rückwärtsgang zu einem möglichst weit entfernten Parkplatz, um sich aus größerer Entfernung einen Überblick zu verschaffen. Im Foyer lungerten drei oder vier Jugendliche herum. Der Nachmittag neigte sich bereits dem Ende zu, düstere Wolken kündeten ein Gewitter an. Bald würde die Abenddämmerung hereinbrechen. Oyun stieg aus, überlegte es sich dann aber noch einmal anders, machte die Tür erneut auf und griff nach den restlichen Keksen. Dann schloss sie den Wagen ab und ging auf das Gebäude zu. Misstrauisch beäugten sie die Jugendlichen. Erst wollte sie sie ignorieren und tat so, als wäre sie mit ihren Keksen beschäftigt. Es waren ziemlich verkommene Blagen, kleine Gauner und

Diebe. Früher hatten sie fast ausschließlich in Kanalisationsschächten mit den Rohren für die Warmwasserversorgung gehaust, unter der Erde, um den Winter irgendwie zu überstehen. Heute wurden sie in den heruntergekommenen Foyers solcher Gebäude geduldet, wo sie sich eingenistet hatten. Oyun betrat zunächst grußlos die Eingangshalle, blieb ungefähr in der Mitte stehen und tat so, als schaute sie sich erstaunt um. »Hey, wohin ist denn meine Freundin verschwunden?«

Die Jungen reagierten nicht.

»Meine Freundin, die vorhin hier rein ist! Schwarz angezogen, mit wildem Strubbelkopf. Sie ist mit zwei Kumpeln hier reingekommen.«

Die jungen Bengel blieben misstrauisch, nur einer prustete lachend los.

»Was denn, das stimmt doch!« Oyun drehte sich lächelnd zu dem Jungen um und pickte mit Unschuldsmiene einen Keks aus dem Päckchen, das alle Jungen begehrlich anschauten. »Sie hat doch eine echt wilde Frisur, oder?«

»Das kannste laut sagen, sieht aus, als wäre 'ne Bombe explodiert«, platzte der Junge prustend heraus, der eine lila-orangefarbene Baseballkappe der Vikings von Minneapolis trug.

Sein Lachen wirkte ansteckend auf die anderen. »Eher wie 'ne explodierte Feuerwerksrakete«, versuchte ein anderer ihn zu übertrumpfen.

»Bestimmt ist ihr Shampoo wie 'ne Atombombe, die sie anzündet, und – bumm! – fertig ist die Frisur.«

Inzwischen lachten alle herzhaft, und Oyun nutzte die aufgelockerte Stimmung. Sie streckte demjenigen, der als Erster gelacht hatte, die Kekstüte hin. Er zögerte nur kurz, ehe er zugriff.

»Gut, also wo ist sie denn jetzt hin, die Atombombe auf zwei Beinen?«, fragte Oyun.

»Na, raufgegangen.«

»Wohin rauf?«, hakte Oyun nach und streckte die Tüte nun demjenigen hin, der soeben geantwortet, sie aber dabei nicht angesehen hatte. Diese Botschaft verstand die kleine Bande voll und ganz.

»Ganz rauf bis zum letzten Stock!«, sagte er und streckte den Arm aus, um seine Belohnung einzuheimsen.

»Ganz rauf, bis zum zehnten? Also, da geh ich doch nicht zu Fuß rauf!«

»Da drüben gibt's 'nen Fahrstuhl«, erklärte der Erste und stand schon halb, um sie hinzubringen.

»Auf keinen Fall!«, rief Oyun. »Ich hab Platzangst!«

»Du hast was?«

»Platzangst. Wenn ich auf zu engem Raum eingeschlossen bin, kriege ich Panik. In einem Lift bis zum zehnten rauf – das überleb ich nicht.«

Daraufhin brach die ganze Bande in Gelächter aus und machte sich scherzhaft über sie lustig.

»Nein, nein, da fahr ich nicht rauf. Pech für sie, ich geh heim. Und was die beiden Typen angeht, tja, Pech für sie. Die waren ohnehin nicht so prickelnd. Kennt ihr die eigentlich?«

»Die von da oben kennen wir nicht. Hier kommen ständig Leute vorbei. Die gehen da hoch zum Trinken, zum Rauchen und was sie da sonst noch so treiben … wenn du verstehst, was ich meine, große Schwester. Da können wir gar nicht jeden kennen. Die beiden Typen haben wir noch nie gesehen, aber deine Freundin, die schon. Die sehen wir hier öfter.«

»Tja, mich wird sie heute Abend jedenfalls nicht sehen. Ich geh dann mal. Will noch jemand einen Keks?«

Alle drei stürzten sich auf sie, um die Kekstüte zu ergattern.

»He! Mal langsam. Ich überlasse euch die ganze Tüte, wenn ihr sie brüderlich miteinander teilt. Und du«, sagte sie zu demjenigen, der ihr als Erster geantwortet hatte, »sorgst dafür, dass es gerecht zugeht.«

Während die Jungen sich stritten, zog Oyun einen Geldschein aus der Tasche und wandte sich an denjenigen, den sie für den Anführer hielt. »He, komm mal her. Wenn die da oben im zehnten eine große Sause machen, dann könnt ihr das auch. Hier, holt euch davon was zu essen. Kapiert? Aber keinen Alkohol und keine Zigaretten. Habt ihr mich verstanden?«

Der Bengel riss ihr den Geldschein aus der Hand, und schlagartig waren die drei so munter und fröhlich wie eine Schar junger Mönche beim Verlassen eines Tempels und zogen von dannen. Genau das war es, was Oyun wollte. Sie wartete noch kurz, bis die Jungen aus ihrem Blickfeld verschwunden waren, und schlenderte dann möglichst unauffällig zu ihrem Nissan zurück. In einer Stunde würde es vollkommen dunkel sein, und es war gut möglich, dass sie die Eingangshalle die ganze Nacht über beobachten musste.

Angesichts des jämmerlichen Zustands ihres Wagens würde das für sie eine sehr viel unbequemere Angelegenheit als für den Mann, der sie hinter den von Zigarettenrauch vergilbten Vorhängen eines heruntergekommenen Apartments im dritten Stock eines der umliegenden Gebäude schon die ganze Zeit über mit dem Fernglas beobachtete. Vor allem hatte er eine noch fast volle Flasche Wodka neben sich stehen. Ohne das Fernglas abzusetzen oder den Wagen auch nur eine Sekunde lang aus den Augen zu lassen, zog er mit dem Fuß einen alten mit Kunstleder bezogenen Sessel aus der Chruschtschow-Ära ans Fenster. Dann nahm er seine Makarow-Pistole aus dem Gürtel, damit sie ihn beim Sitzen nicht behinderte, und hielt sie hoch, als er sich in den Sessel fallen ließ, als wollte er in einen Whirlpool gleiten, ohne sie nass zu machen. Sobald er eine bequeme Sitzposition gefunden hatte, legte er die Waffe in Reichweite auf einem kleinen Beistelltisch ab und griff mit der freien Hand nach der Flasche.

»Ich hoffe, dass sie auch für die Polizistentochter genug davon haben«, sagte er zu sich selbst. Dann nahm er einen ordentlichen Schluck Wodka, der ihm rote Augen und ein angenehmes Prickeln im Kopf bescherte.

16

… beträufelte sie Saraas ganzen Körper sorgfältig mit kaltem Wasser

Oyun spürte, dass jemand ganz in der Nähe war, noch bevor sie das Gesicht sah, das fast am Seitenfester klebte. In Sekundenbruchteilen brachten die Angst und das Adrenalin ihr Gehirn auf Hochtouren. Der Bengel, dem sie den Geldschein in die Hand gedrückt hatte, zerquetschte sich die Nase am Seitenfenster und bedeutete ihr mit einer beschwichtigenden Geste, ruhig zu bleiben. Sie wollte die Wagentür öffnen, doch er hinderte sie daran, indem er sich mit seinem ganzen Gewicht dagegenlehnte. Dann machte er weitere Zeichen und Gesten, aber es dauerte eine Weile, bis Oyun verstand, dass sie die Innenbeleuchtung ausschalten sollte, die automatisch anging, wenn man die Tür öffnete. Erst als er sicher war, dass im Inneren des Wagens kein Licht angehen würde, trat der Junge einen Schritt zurück, und sie konnte die Tür aufmachen.

»Was willst du denn?«

»Deine Freundin kommt gerade wieder runter. Das heißt, sie wird von den beiden Typen runtergeschleppt. Sie ist in einem echt üblen Zustand.«

Inzwischen war die Nacht angebrochen. Der monströse Wohnblock war nur noch ein erstarrtes Chaos aus Schatten und Beton. Zwischen den heruntergekommenen Gebäuden waren ganze Abschnitte in eine abgründige, bedrohlich wirkende Düsterkeit getaucht; nur einzelne fahle Lichtkegel der Straßenbeleuchtung fielen hierhin und dorthin – wenn die Lampen überhaupt noch funktionierten. Alles Übrige erstickte in der Dunkelheit im Schein eines fahlen grünlichen Mondes an der Verschmutzung. Oyun bemerkte, dass sich in der dunklen Eingangshalle des Wohnsilos etwas bewegte. »Sind sie das?«

»Ja«, antwortete der Junge und lehnte sich an sie, als wäre er wider Willen zum Helden in einem schlechten Actionthriller geworden.

»Sie machen gar kein Licht an. Vermutlich wollen sie nicht gesehen werden«, murmelte Oyun vor sich hin.

»Nein, wir haben das Licht schon vor Längerem kaputt gemacht, damit wir nachts in Ruhe schlafen können«, klärte der Junge sie auf.

»Sollte ich dich dabei mal erwischen, dann gibt's was hinter die Löffel, darauf kannst du Gift nehmen!«, scherzte Oyun, ohne dabei die drei Gestalten aus den Augen zu lassen, die gerade das Gebäude verließen.

»Probier's doch mal«, gab der freche Bengel zurück.

Oyun blickte ihm im Zwielicht einen Moment lang fest in die Augen, lächelte ihn dann an und boxte ihm kameradschaftlich gegen die Schulter.

»Partner?«, fragte er in ernsthaftem Ton.

»Partner!«, antwortete sie. »Aber ich habe das Kommando, und du tust nur, was ich dir sage. Wenn es brenzlig wird, bleibst du hier und passt auf den Wagen auf, klar?«

»Alles klar!«

Oyun beobachtete die drei schattenhaften Gestalten. Saraa hing, anscheinend sturzbetrunken, zwischen den beiden Männern; immer wieder stolperte sie über den Müll auf dem Boden. Eigentlich schleiften die beiden Männer Saraa vielmehr, als dass sie sie stützten, und Oyun gefiel der Gedanke, der sich bei ihr einnistete, ganz und gar nicht. War Saraa etwa gar nicht mehr am Leben und die beiden schleppten ihre Leiche fort, um sie irgendwo loszuwerden? »Hast du eine Ahnung, wo sie mit ihr hinwollen?«, fragte sie den Jungen im Flüsterton.

»In die Kanalisation. Da hinten ist ein Einstiegsloch. Jede Wette, dass sie sie dorthin schleppen.«

»Ich wette nicht«, gab Oyun zurück. »Wo genau ist dieser Einstieg?«

Der Junge deutete mit dem Finger auf eine Stelle, gut dreißig Meter entfernt; die Stelle war einigermaßen beleuchtet.

»Und wohin führen die Rohre?«

»Überallhin«, sagte der Junge. »Alle Gebäude hier sind daran angeschlossen. Man kommt sogar in die Nachbarviertel.«

Er hatte offenbar recht. Im Zwielicht erkannte sie, wie die beiden jungen Männer Saraa genau zu der bezeichneten Stelle brachten. Sie überlegte. Zum Schießen war sie zum einen zu weit von ihnen entfernt, zum anderen war es einfach zu dunkel, außerdem würde sie sich den dreien nicht gefahrlos unbemerkt nähern können. »Hast du gesehen, ob meine Freundin noch bei Bewusstsein war, als sie mit ihr runterkamen?«

»Hör endlich damit auf zu sagen, dass sie deine Freundin ist. Du schnüffelst ihr hinterher; du bist bei den Bullen.«

»Beantworte meine Frage, Partner!«

»Wenn du wissen willst, ob sie noch am Leben ist ... sie hat auf dem Weg nach unten die ganze Treppe vollgekotzt. Sie hat keine Ahnung, dass wir dort pennen.«

»Meiner Meinung nach hat sie im Moment keine Ahnung von irgendwas«, erwiderte Oyun. »Was ist eigentlich sonst noch da unten in der Kanalisation? Was wollen sie dort mit ihr anstellen?«

»Na, was meinst du wohl, was sie mit ihr anstellen werden?« Der Junge hob anzüglich die Augenbrauen.

»Vergiss es, Partner. Wenn sie darauf aus wären, hätten sie es auch schon da oben in der Wohnung haben können.«

»Na dann geht's wohl nur noch darum, ihre Leiche loszuwerden«, gab der Junge abgebrüht von sich.
»Sie ist doch gar nicht tot! Das hast du selbst gesagt.«
»Normalerweise machen sie sich nicht die Mühe, eine Leiche mit sich herumzuschleppen. Es wäre viel leichter, sie gleich abzumurksen. Das macht man doch so. Zumindest machen sie es im Fernsehen immer so.«
»Wo hast du denn einen Fernseher? Jetzt halt gefälligst mal die Klappe!«
»Wieso knallst du sie nicht einfach ab? Peng, peng, und schon hast du deine Freundin gerettet.«
»Sie ist nicht meine Freundin. Du hast es selbst gesagt.«
»Na ja, was dann?«
»Sie ist die Tochter von einem Kumpel.«
»Von einem Polizeikumpel?«
»Von einem Polizeikumpel!«
»Verdammte Scheiße!«, fluchte der Junge.
Oyun ermahnte ihn mit einem freundschaftlichen kleinen Klaps auf den Hinterkopf, sich höflicher auszudrücken.

Der Mann hinter den nikotingefärbten Vorhängen beobachtete, wie die beiden Männer den Körper der Tochter des Polizisten ungeschickt in den Kanalisationsschacht gleiten ließen. Er wartete, bis sie ebenfalls darin verschwanden, und schwenkte dann mit seinem Fernglas zurück zu der Stelle, wo das Auto stand. Er war überrascht, Oyuns Gestalt über den Parkplatz huschen zu sehen. Er hatte nicht gesehen, wie die Innenbeleuchtung in ihrem Wagen angegangen war. Er beobachtete, wie sie in großem Bogen um den Gully herumschlich und sich hinter einen Container kauerte, der wohl als Unterkunft für eine Baustelle diente, die nie fertig wurde. Oder mit der man nie begonnen hatte. Dann näherte sie sich dem Zugang zur Kanalisation von der Seite, die am meisten im Schatten lag, damit ihr Schatten sie nicht verriet.

Als Nächstes glitt sie zwischen den Resten einer Absperrung hindurch und verschwand im Gegenlicht. Man hätte ihn vorwarnen sollen. Dieses Mädchen wusste ganz eindeutig, was sie tat.

Oyun musste sich entscheiden, wie sie weiter vorgehen sollte. Entweder schleppten die Typen Saraa durch die Kanalisation irgendwohin, wo sie sie wieder an die Oberfläche brachten; dann musste sie bei der Verfolgung Abstand halten, um nicht entdeckt zu werden. Oder aber sie hatten sie hier in den Untergrund geschleppt, um sie umzubringen und ihre Leiche zu entsorgen; in dem Fall musste sie sofort eingreifen. Unter gar keinen Umständen konnte sie aber in diesen beengten Räumen und einer praktisch bewusstlosen Saraa mittendrin einen Schusswechsel mit den beiden riskieren. Sie schloss die Augen, sagte sich, dass Yeruldelgger die beiden Dreckskerle längst kurzerhand abgeknallt hätte, und lief dann zurück zum Eingangsschacht, ohne dass jemand sie bemerkt hätte. Als sie schon fast beim dunklen Loch angekommen war, tauchte eine Gestalt auf und stürzte sich auf sie. Fast hätte sie abgedrückt, aber ein völlig verängstigter Junge warf sich gegen ihre Beine und danach eine junge Frau, die sie im Flüsterton um Gnade anflehte. Sie waren vollkommen lautlos aufgetaucht, wie Gespenster. Während sie noch dastand und überlegte, was dieser flehentliche Blick wohl zu bedeuten hatte, warf sich ein anderer Junge auf sie, der ihr die Waffe entreißen wollte. Oyun ließ sich zu Boden fallen und rollte sich über die Schulter ab, wobei sie den Angreifer absichtlich mitriss; Sekundenbruchteile später saß sie rittlings auf seiner Brust, hielt ihm mit einer Hand die Pistole zwischen die Augen und mit der anderen den Mund zu. »Rühr dich ja nicht! Ich bin von der Polizei und will dir nichts tun. Wenn du versprichst, nicht zu schreien, nehme ich die Hand weg und stelle dir ein paar Fragen; danach lasse ich dich laufen. Verstanden?« Der Bengel nickte heftig, und Oyun nahm die Hand von seinem

Mund. »Was geht hier eigentlich vor?« Sie hatte sich nah an sein Ohr gebeugt und sprach sehr leise.

»Die sind verrückt! Sie werden ihr was antun. Sie haben uns von unserem Platz vertrieben.«

»Und wo sind sie jetzt hin?«

»In den langen, schmalen Gang, der nach Osten führt. Bei der dritten Abzweigung gibt es nach hundert Metern in Richtung Süden eine Kammer mit Ventilen. Das war unser Platz. Da sind sie über uns hergefallen.«

Oyun ließ den Jungen gehen, der sofort von der Finsternis verschluckt wurde, als wäre er nie hier gewesen. Sie brauchte einen Augenblick zum Nachdenken. Sie war noch nie in dieser Unterwelt gewesen. Kein Polizist ließ sich je hier blicken, sonst hätte man ja offiziell anerkennen müssen, dass diese Problemzone existierte. Man tat so, als gäbe es keine Kanalisation in Ulaanbaatar, sondern nur die unterirdischen Heißwasserleitungen, die die ganze Stadt durchzogen. Aber westliche Fernsehsender hatten diesen krassen Missstand in Dokumentationssendungen längst aufgedeckt und ausdrücklich von einem unterirdischen Kanalisationssystem gesprochen, um ihre an jeglichen urbanen Komfort gewöhnten Zuschauer erschaudern zu lassen und Mitleid zu erwecken. Seitdem war viel von der Unterwelt Ulaanbaatars die Rede, sogar bei den Mongolen in der Stadt selbst. Hier lebten Tausende von Obdachlosen. Ausländische Zeitungen und Fernsehsender berichteten davon, aber die Polizei war angewiesen, keine Notiz davon zu nehmen. Wenn man etwas nur konsequent ignoriert, existiert es auch nicht – diese Einstellung war bei den Mongolen stark verbreitet.

Eine Nichtregierungsorganisation hatte kürzlich die Zahl von fünftausend Obdachlosen genannt, die vor allem im Winter in der Kanalisation Zuflucht suchten. Wenn die Temperatur auf minus vierzig Grad fiel, konnten sie nur überleben, indem sie sich an die Heizungs- und Warmwasserleitungen lehnten, die unter der gesamten Stadt verliefen. Bei diesen Obdachlosen handelte es sich vor allem um entwurzelte Nomaden, die von den riesigen Steppengebieten, die ihnen alles Lebensnotwendige geliefert hatten, geradewegs in diese Verliese gepfercht worden waren, wo sie sich mehr oder weniger vom Müll und Abfall der Großstadt ernährten. Angeblich hatten sie trotz ihrer erbärmlichen Lebensumstände ihren traditionellen Moralkodex nicht aufgegeben und lebten in diesem Elend noch immer voller Respekt vor den althergebrachten Traditionen und älteren Menschen. Dies war ein weiterer Vorwand für die Behörden, nicht polizeilich einzugreifen. Offiziell existierte diese halb kriminelle Unterwelt gar nicht. Auch keine Kleinkriminalität. Und das obwohl schon seit Jahren infolge der dramatischen sozialen Umbrüche und der Erosion des Nomadentums immer mehr Menschen aus der Steppe in die Stadt geschwemmt wurden. So war eine ganz neue Unterschicht vor allem jugendlicher Schlägertypen und kleiner Gauner entstanden, oftmals Waisenkinder, die sich zu Banden zusammenschlossen und von kleinen Diebstählen lebten; sie hatten eine Vielzahl ruhiger Ecken in der Kanalisation gefunden, wo sie schlafen und über leicht erreichbare Fluchtwege vor etwaigen Verfolgern davonlaufen konnten. Wegen des Gestanks und der Dunkelheit in den Tunneln hatten die Polizisten wenig Lust, sich mit den Zuständen in dieser Unterwelt zu befassen, und so war die Kanalisation noch dazu zu einem Gebiet geworden, das von kleinen Banden regelrecht erobert oder verteidigt wurde. Mitunter nahmen sie dabei wenig Rücksicht auf »angestammte Rechte«. Auch wenn die Behörden ihre Augen noch davor verschlossen, so hatte sich die Kriminalität doch in dieses unterirdische Labyrinth aus Kanälen geschlichen, ohne dass die Polizei über deren Ausmaß im Bilde wäre.

An seinem Fenster saugte der Mann den letzten Tropfen aus der Flasche und hoffte einen Moment lang, dass die junge Frau doch noch davor zurückschrecken würde, in den Schacht hinunterzusteigen. Doch als er sah, wie ihre Gestalt in dem Loch verschwand, seufzte er resigniert, schälte sich aus dem alten Sessel, griff nach seiner Pistole, steckte sie in seinen Hosenbund und ging in die geräumige, unbeleuchtete Küche hinüber. Er klatschte sich noch ein bisschen frisches Wasser ins Gesicht, bevor er die Wohnung verließ.

Der Eingangsschacht war nicht mehr als ein enger Zylinder unter der rissigen Betondecke. Man musste sich etwa fünf Meter an rostigen Eisenträgern die Zementwand des Schachts hinabhangeln. Sobald sie unter das Straßenniveau abgetaucht war, machte der stechende Gestank das Atmen zur Qual. Es war eine grässliche Mischung aus Urin, Erbrochenem und Verwesung. Sie ärgerte sich, dass sie ihren Schal im Auto gelassen hatte; den hätte sie hier gut als Atemschutz gebrauchen können. Nachdem sie den ersten Ekel vor dem Gestank überwunden hatte, wobei ihr immer noch hundeübel war, kam nun noch die Angst vor der Dunkelheit, den Ratten und anderem Ungeziefer hinzu. In fünf Metern Tiefe erhellte das fahle Zwielicht von der Öffnung oben rein gar nichts mehr. Mit größter Vorsicht setzte Oyun in der Finsternis einen Fuß auf einen widerwärtig weichen, schlüpfrigen Untergrund. Sie tastete in ihren Taschen nach ihrem iPhone und suchte nach der Taschenlampenfunktion. Im ersten Moment verschaffte ihr der Blick auf den Bildschirm ein beruhigendes Gefühl des Vertrauten. Dann wurden die Tunnelwände von einem bleichen, unheimlichen Licht angestrahlt wie in einem schlechten Video. Mit Entsetzen entdeckte Oyun erstmals das geheimnisvolle Universum der Kanalisation.

Das Licht vom Bildschirm des iPhones reichte allenfalls ein paar Meter weit. Hin und wieder erkannte sie die Hauptleitung, die aus der Dunkelheit auftauchte und wieder aus dem Blickfeld verschwand. Es handelte sich um ein Stahlrohr von etwa einem

Meter Durchmesser, dessen Teilstücke durch Bolzen verbunden waren und ungefähr alle zehn Meter auf Betonträgern auflagen. Die Asbestisolierung hing überall in schmutzigen Fetzen herunter, auf denen es von Kakerlaken nur so wimmelte. Und überall, wo Wasser austrat, hatten sich auf den rostigen Rohren Kalkablagerungen gebildet.

Zusätzlich zu dem Gestank machte Oyun nun auch noch die Hitze hier unten zu schaffen. Das einhundertdreißig Grad heiße Wasser wurde unter enormem Druck von zwei riesigen, unter dem alten Regime im Stadtzentrum erbauten Heizkraftwerken durch die Leitungen gepumpt. Von dort verliefen kilometerlange Rohrsysteme zunächst überirdisch in alle Richtungen; Dampffontänen schossen ständig daraus in den Himmel, wo sie sich mit dem säuerlich riechenden, erdfarbenen Rauch über der Stadt zu schweren Smogwolken vermischten. Die Rohre im unterirdischen Labyrinth verteilten das heiße Wasser und die Heizwärme dann in der gesamten Stadt, was trotz vieler Lecks, Leitungsbrüche, aller Arten von Unfällen und Energieverschwendung einigermaßen gelang.

Über dem Hauptrohr hingen noch weitere, weniger dicke Rohre und Leitungen an Metallträgern von der Decke. Trotz des Gestanks und der Dunkelheit verharrte Oyun für einen Moment, um sich zu orientieren, bevor sie sich vorsichtig durch den Tunnel in die Richtung bewegte, wo sie Osten vermutete. Nach ungefähr zehn Metern tauchte ein blasses Gesicht mit glänzenden Augen im Lichtkegel auf. Das Wesen huschte unverhofft unter dem Hauptrohr hervor und schlängelte sich rasch wie der Schatten eines Gnoms zwischen ihren Beinen hindurch. Oyun stolperte und stieß unwillkürlich einen Schreckensschrei aus, was ihr sofort peinlich war. Während sie in ihrer Panik noch an dem kochend heißen Hauptrohr Halt suchte, fiel irgendein anderes Tier oder was auch immer von der Decke auf ihren Rücken und verschwand ebenfalls in der Dunkelheit. Vor lauter

Schreck ließ Oyun nun auch noch ihr iPhone fallen, das mit dem Display nach unten auf dem Boden landete. Jetzt stand sie völlig orientierungslos mitten in der Finsternis und stellte sich vor, dass in der unmittelbaren Umgebung lauter Unwesen auf sie lauerten. Da sie nichts mehr sah, spitzte sie umso mehr die Ohren und bemerkte vor allem ein intensives Summen, als hätte ihr Eindringen einen ganzen Schwarm Fliegen aufgescheucht. Leider konnte sie nicht tief durchatmen, um sich zu beruhigen, so sehr war die Luft von übelsten Ausdünstungen geschwängert. Bis sie sich wieder gefangen hatte, blieb sie noch eine Weile völlig verkrampft an Ort und Stelle stehen.

In dieser angespannten Stille glaubte sie, in einiger Entfernung gedämpfte Stimmen im Tunnel zu hören. Als sie in die Richtung schaute, meinte sie, einen vagen Lichtschein zu erkennen. Sie stellte sich Saraa vor, die den beiden Männern völlig ausgeliefert war; schlimme Vorahnungen trieben sie dazu an weiterzumachen. Sie beugte sich hinunter, um das iPhone zu ertasten; was auch immer sie dabei im Dunkeln mit den Fingern berührte, kam ihr widerwärtig vor. Schließlich entdeckte sie den schwachen Lichtschein unmittelbar vor ihren Füßen. An allen vier erleuchteten Rändern wimmelte es von Kakerlaken. Oyun musste sich zwingen, nach dem Gerät zu greifen, und dann schüttelte sie es lange und so heftig wie möglich. Als sie den Boden wieder erleuchten konnte, sah sie Hunderte erstaunlich große Schaben dicht an dicht über den Boden wimmeln; bei der Vorstellung, dass sie mit jedem Schritt ein paar Dutzend von ihnen zertreten hatte, drehte sich ihr der Magen um. Als sie im Licht des iPhones wieder etwas sehen konnte, sah sie sie ein paar Schritte weiter vorn. Wie Gespenster schmiegten sie sich an die herabhängenden Leitungen, sie kauerten nahe dem Hauptrohr oder lehnten sich stehend gegen die Wände: Verängstigte Kinder, zahnlose Alte, völlig ausgezehrte Frauen – alle blinzelten in das für hiesige Verhältnisse viel zu grelle Licht. Zunächst waren es drei, dann eine Gruppe von fünf, dann acht. Nachdem sie sich von dem ersten Schrecken erholt hatte, empfand Oyun nun keine Angst mehr. In den Gesichtern und Blicken der Leute lag so viel Resignation und Furcht, dass der Gedanke, sie könnten sich bedrohlich oder aggressiv verhalten, einfach absurd war. Mit beschwichtigenden Gesten machte sie ihrerseits deutlich, dass die Menschen von ihr nichts zu befürchten hatten. Sie drehte das Display um, sodass ihr Gesicht beleuchtet wurde. Außerdem spähte sie mit übertrieben weit aufgerissenen Augen in die Ferne ans Ende des Tunnels, eine Art stumme, mimische Zwiesprache mit den Umstehenden. Als sie das Licht wieder auf die Leute richtete, erkannte sie, dass diese ihren Platz oder ihren Standort gewechselt hatten, ohne dass sie es bemerkt hatte.

Eine Frau deutete mit einer kaum merklichen Kopfbewegung an, dass Oyun weiter in dieser Richtung durch den Tunnel gehen sollte; dann tippte die Frau auf die Schulter eines Jungen neben ihr, als erteilte sie ihm die Erlaubnis, etwas zu sagen. Der Junge zeigte zunächst in dieselbe Richtung, dann deutete er damit drei kleine Sprünge in der Luft an, und schließlich beschrieb seine Hand einen Bogen nach rechts. Oyun verstand, dass sie an drei Abzweigungen vorbei noch geradeaus gehen und dann nach rechts abbiegen sollte. Die Abzweigungen dienten wahrscheinlich der Warmwasser- und Heizungsversorgung einzelner Gebäude, und sie musste an dreien vorbei, bis sie in Richtung Süden abbiegen konnte. Sie legte der Frau zum Zeichen ihres Dankes kurz die Hand auf die Schulter; in deren vorzeitig gealterten Augen lag die ganze Tristesse des verlorenen Steppen- und Nomadenlebens. Die Älteren unter ihnen waren noch stolze und freie Nomaden gewesen, denen der frische Wind der unendlichen Steppe um die Nase geweht war. Bei dem Gedanken, dass die einzige Kindheitserinnerung der Jüngeren unter ihnen der Gestank und die Finsternis in der Kanalisation sein würden, krampfte sich Oyuns Herz fast zusammen. Die Frau legte ihre Hand auf Oyuns und sah sie durchdringend an, als wollte sie ihr nahelegen, besonders vorsichtig zu sein. Oyun schloss kurz die Augen, um ihr zu bedeuten, dass sie das beherzigen würde, und entschied für sich selbst, dass sie ihre Pistole ziehen würde, sobald sie den erbärmlichen Geistern der Kanalisation damit keine Angst mehr einjagte.

Die erste der drei angekündigten Abzweigungen hatte sie schon nach ein paar Dutzend Metern erreicht. Der Tunnel mündete in eine Art Bunkerraum von einigen Kubikmetern Größe, in dem ein großer Verteiler an die Hauptleitung angeschlossen war. An der Decke bildeten die anderen sich kreuzenden Nebenleitungen und Nebenrohre einen kaum einsehbaren Verhau, der von der Decke fast bis auf Augenhöhe herabbaumelte. Da entdeckte sie die Ratten und zog den Revolver. Sie sprangen ihr dem Licht entgegen mitten ins Gesicht und zischten dabei böse mit nach hinten gezogenen purpurfarbenen Lippen, die ihre gelben, spitzen Zähne entblößten. Oyun musste ihre ganze Kraft aufbieten, um ihren Abscheu und ihre panische Angst zu beherrschen und diese Biester nicht einzeln abzuknallen. Doch so plötzlich, wie sie aufgetaucht waren, so schnell waren sie auch wieder fiepend in den Schatten verschwunden. Oyun nutzte die Gelegenheit, um rasch unter den Leitungen hindurchzueilen und weiter im Tunnel voranzukommen. Immer wieder streifte ihr Licht über bleiche Gesichter. Alte Leute, die offenbar auf sich gestellt waren, ganze Familien und eine Gruppe von Jungen, die sich ängstlich aneinanderschmiegten. Als hätten sie schon gewusst, wohin Oyun wollte, wiesen ihr viele mit einer Handbewegung oder einem Blick den Weg. Die eigentlichen Herrscher der Tunnel aber waren eindeutig die Kakerlaken. Die Ratten schienen sich an den Verteilerstationen am wohlsten zu fühlen. Und die bedauernswerten Menschen verteilten sich, so gut es ging.

Als sie am zweiten Verteiler vorbeikam, hielt Oyun die Ratten mit dem schwachen Lichtschein des iPhones von sich fern. Sie verzog das Gesicht vor Ekel. In dem neuen Tunnelabschnitt drehte sie sich einmal kurz um, um sicherzugehen, dass die Viecher ihr nicht auf den über ihr hängenden Rohren hinterherliefen. Sie schauderte bei dem Gedanken, die Nager könnten sie einholen und sich im Dunkeln von oben auf ihre Schultern fallen lassen und sie in den Hals beißen. Als sie sich wieder nach vorn wandte, standen die beiden Männer unvermittelt nur wenige Meter vor ihr. Sie waren genauso verblüfft wie Oyun; der Lichtkreis einer kleinen Taschenlampe tanzte zitternd über den Boden.

»Keine Bewegung, Polizei!«, rief Oyun und richtete ihre Pistole auf die beiden. »Wo ist das Mädchen?«

Die Taschenlampe traf sie mitten ins Gesicht. Damit hatte sie nicht gerechnet und verlor leicht das Gleichgewicht. Das nutzte einer der jungen Männer aus, warf sie um und verschwand in der Dunkelheit. Kaum hatte sie sich halbwegs aufgerappelt, da spürte sie mehr, als dass sie es sah, wie der andere ausholte, um ihr seine Faust ins Gesicht zu schmettern. Sie wich aus, aber der Schlag traf mit solcher Wucht auf ihre Schulter, dass sie sich um die eigene Achse drehte. Sie brauchte einen Moment, um das Gleichgewicht und die Orientierung wiederzugewinnen. Zum Glück lag die Taschenlampe so auf dem Boden, dass sie in die Richtung leuchtete, in die die beiden abgehauen waren. Oyun konnte sie gerade noch erkennen und zielte mit der Pistole auf sie, in der Hoffnung, keine Unbeteiligten zu treffen. »Alle auf den Boden!«, schrie sie, »alle auf den Boden und Hände auf die Köpfe!«

Oyun konnte sich vorstellen, wie die Kugeln von den Wänden oder Rohren abprallten und als Querschläger die Menschen in Panik versetzten. Sie gab zwei Schüsse ab, hob ihr Telefon auf und lief hinter den beiden her. Die Schritte der Flüchtigen hallten weiter vorn von den Wänden wieder. Sie stießen immer wieder irgendwo mit den Köpfen an und fluchten laut. Ihre Stimmen waren so der beste Wegweiser. Sie schoss noch einmal aufs Geratewohl; es folgte ein grässliches Zischen und dann ein lauter Schmerzensschrei. Aus einer Wolke von Rauch kamen ein paar Jugendliche und einige erwachsene Frauen auf sie zugerannt.

»Ist alles in Ordnung? Niemand verletzt?«

»Nur der Mann«, antwortete die Frau, die ihr die Hand gehalten hatte. »Nur er!«

Dann verschwanden alle hinter Oyun, und sie sah nur noch die Gestalt des Mannes vor sich, der in einem weißen Dampfkegel hin und her wankte. Er schrie sich fast die Kehle aus dem Hals und hielt sich das Gesicht mit beiden Händen. Oyun kam näher, wollte ihn ausschalten, doch stattdessen musste sie sich vor Entsetzen beinahe übergeben. Der Mann versuchte verzweifelt, einem Dampfstrahl zu entkommen, der ihn bei lebendigem Leib verbrühte. Eine ihrer Kugeln hatte ein senkrecht herabhängendes Rohr, das in Augenhöhe an dem Verteiler vorbeiführte, gerade in dem Augenblick durchbohrt, als der Flüchtende an diese Stelle gekommen war. Zunächst wagte sie nicht, näher heranzutreten, sondern beobachtete hilflos, wie der vom Dampfstrahl geblendete Mann sich mehrmals den Kopf anschlug und erneut in den Strahl geriet. Noch taumelte er darunter hin und her, aber dann machte er ein paar Schritte rückwärts, und Oyun packte ihn an seiner Kleidung und zerrte ihn auf den Boden. Der Mann schrie wie am Spieß, ohne die Hände vom Gesicht zu nehmen, aber angesichts der verbrühten weißlichen Haut an seinen Händen, die sich bereits in Fetzen löste, wollte Oyun sich lieber nicht ausmalen, wie entstellt sein Gesicht sein musste. Sie packte ihn am Kragen und zog ihn auf dem Rücken weiter in den Tunnel hinein, weg von dem unter Hochdruck herausschießenden Dampf. Die Hitze war unerträglich geworden. Der

Mann verstummte, und Oyun fragte sich, ob er vielleicht schon tot war. In der Dunkelheit konnte man kaum etwas erkennen. Sie hatte die Taschenlampe fallen lassen, um ihn aus der Gefahrenzone zu ziehen. Sie steckte die Pistole in ihren Hosenbund, robbte auf allen vieren vorwärts, ohne auf Ratten oder Kakerlaken zu achten, und griff nach der Stablampe, deren Schein allmählich schwächer wurde. In sicherer Entfernung drehte sie sich um und richtete den Strahl auf den Verletzten. Die Ratten waren bereits auf ihm. Die Krämpfe, von denen seinen Körper hin und wieder erfasst wurde, hielten sie noch etwas auf Abstand, aber die mutigsten liefen ihm bereits über die Beine. Oyun stand auf, um die Ratten zu verjagen, als sich plötzlich der Schatten des Mannes im Tunnel abzeichnete, der in einem hellen Licht erstrahlte. Sie drehte sich um und wurde vom Licht einer starken Taschenlampe geblendet. Instinktiv wusste sie, dass dies nicht der Komplize des Verwundeten sein konnte.
»Helfen Sie mir schnell, bitte! Dieser Mann ist verletzt, er ist stark verbrüht! Bitte helfen Sie mir!«

»Tut mir leid«, antwortete eine ruhige tiefe Stimme, deren Ton sie erstarren ließ, »aber deswegen bin ich wirklich nicht hier.«

»Aber er leidet Höllenqualen!«

»Dann hoffen wir mal, dass du weniger leiden musst als er.«

»Was ...«, begann sie, dann packte sie die Angst.

Der Unbekannte legte seine starke Lampe auf den Boden und näherte sich ihr von der Seite. Im blendenden Gegenlicht konnte Oyun nur seine Umrisse erkennen, aber seine Geste ließ keinen Zweifel zu. Er zielte mit einer Pistole auf sie und wollte abdrücken. Sie glaubte zwar selbst nicht daran, versuchte aber dennoch, sich einzureden, dass er es auf den Verwundeten am Boden abgesehen hatte. Vielleicht handelte es sich um einen dritten Komplizen, der noch einen Zeugen beseitigen wollte. Doch der Unbekannte richtete seine Waffe ohne jeden Zweifel auf sie!

»Schluss damit! Ich bin Polizistin!«, rief sie.

»Das weiß ich«, sagte er grinsend. »Ich doch auch.«

Der Schuss knallte im selben Augenblick durch den Tunnel, als Oyun ihre Waffe zog. Alles um sie herum begann zu zittern und sich zu drehen. Hinter dem Mann war eine weitere Gestalt aufgetaucht und hatte die Taschenlampe zerschossen. Die wackelnden Lichter und Schatten zerstoben in alle Richtungen, auch die Ratten rannten ihr in Panik zwischen den Beinen hindurch. Der Unbekannte wankte hin und her, schoss noch ein zweites Mal in die Luft und stürzte dann der Länge nach auf Oyun, die sich rasch inmitten der Kakerlaken auf die Seite rollte, um nicht zermalmt zu werden. Ihr Trommelfell dröhnte immer noch von dem ohrenbetäubenden Knall der Schüsse und dem schwirrenden Pfeifen der Querschläger an den Rohren. Sie war noch gar nicht richtig bei Sinnen, als sie eine weitere Bewegung im Tunnel erahnte. Sie richtete sich auf und stellte sich breitbeinig hin, um einen festen Stand zu haben; in der einen Hand hielt sie ihre Waffe und in der anderen die Taschenlampe des Verwundeten.

»He, immer mit der Ruhe, Partnerin!«

Es war der Bengel mit der Baseballkappe der Viking, der auf allen vieren ihr gegenüber auf dem Boden kniete und sie breit angrinste.

»Was machst du hier?«

»Ich bin dir gefolgt, Partnerin!«

»Und was ist mit diesem Typen da?«

»Na ja, eigentlich bin ich diesem Typen gefolgt, der offensichtlich hinter dir hergeschlichen ist.«

»Seit wann ist er hinter mir hergeschlichen?«

»Seit du da oben rein bist.«

»Und weißt du auch, warum? Gehört er zu den beiden anderen Typen?«

»Nein, er gehört zur Polizei, aber zur üblen Sorte.«

»Was heißt ›zur üblen Sorte‹?«
»Na was schon? Zur ›üblen Sorte‹ der Polizisten.«
Oyun konnte sich jetzt nicht damit auseinandersetzen, was der Junge meinte. Nicht in einem Kanalisationstunnel, der sich zunehmend mit heißem Dampf füllte, mit einem, der bei lebendigem Leib verbrannt war, einem gefährlichen Verdächtigen auf der Flucht und einem möglicherweise korrupten Polizisten zu ihren Füßen. »Hast du ihn umgebracht?«, fragte sie und richtete sich langsam wieder auf.
»Nein, ich glaube nicht.« Der Junge hielt eine Eisenstange in der Hand. »Ich habe ihm nur eins über den Schädel gezogen.«
»Halt mal die Lampe für mich. Ich muss ihn schnell durchsuchen. Ich will wissen, wer das ist.«
»Vergiss es! Hast du das Mädchen schon gefunden?«
»Nein, noch nicht. Aber weit kann sie nicht sein.«
»Wir müssen sie sofort finden«, verlangte der Junge. »Wenn sie das mit ihr angestellt haben, was ich vermute, dann dürfen wir keine Zeit verlieren.«
Oyun widersprach nicht. In seiner Stimme schwang so viel Dringlichkeit mit, dass sie höchst alarmiert war. »Da hinten hat mir jemand gesagt, dass ich nach dem nächsten Verteiler den Abzweig nach rechts nehmen soll.«
»Genau das habe ich mir auch schon gedacht. Dann sollten wir uns wirklich beeilen. Also los, mir nach!«, erwiderte der Junge.
Er griff sich die Waffe und die starke Taschenlampe des Mannes, den er niedergeschlagen hatte, und ging an Oyun vorbei, um ihr den Weg zu zeigen. Sie packte ihn an der Schulter und nahm ihm die Pistole ab. »Die Lampe kannst du behalten.«
»He, ich dachte, wir wären Partner«, maulte der Junge, lächelte aber dabei.
»An dem Punkt hört der Spaß auf«, entgegnete Oyun in einem Ton, der keinen Widerspruch duldete.

Der Junge zuckte bloß mit den Schultern und lief dann hastig weiter, bis sie bei dem dritten Verteiler ankamen. Dort bogen sie nach rechts ab; fünfzig Meter weiter gelangten sie in einen unterirdischen Raum, der viel größer war als die anderen, die Oyun bisher gesehen hatte. Dieser bunkerartige Raum war bestimmt zwölf Quadratmeter groß. Und hier befand sich nicht so ein kreuzförmiger Verteiler wie an den anderen Stellen, sondern die Leitungen und Rohre waren an eine Art überdimensionalen Heizkessel angeschlossen, wie man ihn in einer Industrieanlage aus früheren Zeiten erwarten würde. Oyun vermutete, dass der Tunnel auf der gegenüberliegenden Seite des Bunkers weiterging. Als sie das kesselartige Gebilde umrundete, sah sie, dass das Hauptrohr das Aggregat auch auf der anderen Seite wieder verließ und dort im dunklen Tunnel verschwand. In dem auf und ab tanzenden Licht der beiden Taschenlampen wirkte das riesige Aggregat wie eine Höllenmaschine. Oyun nahm an, dass es sich um eine Art Turbine handelte, die den Dampfdruck in den Leitungen verstärken sollte. Während sie die wirren Verkabelungen der Maschine oben an der Decke betrachtete, die viel höher war als in den anderen Verteilerräumen, verfing sich ihr Fuß in etwas Weichem, das sie straucheln ließ. Als sie die Taschenlampe darauf richtete, sah sie einen dunklen Stofffetzen; an einer Stelle reflektierte etwas Metallisches den Lichtstrahl. Sie hob den Stoff hoch und erkannte die Anstecknadel mit der herausgestreckten Rolling-Stones-Zunge. Das zerrissene T-Shirt von Saraa.

»Da!«, rief der Junge.

Oyun trat einen Schritt zurück und folgte mit ihrem Blick dem Lichtstrahl, den der Junge auf die Stelle des Hauptrohrs richtete, wo es in den Kessel mündete. Dort hing Saraas nackter Körper auf dem Rohr; bäuchlings lag sie auf dem rostigen Stahl, ihr Kopf war zu einer Seite gedreht, eine Wange an das Metall gepresst, die Arme und Beine baumelten zu beiden Seiten herab.

»Jetzt aber schnell!«, schrie der Junge. »Beeil dich, wir müssen sie sofort da runterholen.«

Ohne auf Oyun zu warten, sprang er auf Saraa zu, packte einen ihrer herabbaumelnden Arme und zerrte mit aller Kraft daran, um sie auf den Boden zu ziehen.

»He! Was machst du denn da? Pass doch ein bisschen auf!«

»Quatsch nicht rum, hilf mir lieber. Wir müssen sie so schnell wie möglich auf den Rücken drehen. Sofort!«

Seine Stimme klang so alarmiert und beunruhigt, dass Oyun tat, was er sagte, ohne nachzufragen. Saraa war quasi bewusstlos, und Oyun wusste auch weshalb: Sie roch durchdringend nach Alkohol. Sie wollte sie in die Arme nehmen und versuchen, sie wieder zu Bewusstsein zu bringen, aber der Junge schrie in so eindeutigem Befehlston, dass sie seinen Anweisungen unwillkürlich Folge leistete.

»Fass sie nicht an! Fass sie nicht an! Komm, hilf mir mal. Kletter da hoch und taste vorsichtig die kleineren Leitungen ab, bis du ein Rohr findest, das einigermaßen kühl ist.«

Er selbst hatte sich bereits nach oben auf das Hauptrohr geschwungen und tastete die verschiedenen Leitungen ab, wobei er öfter zurückzuckte, weil er sich die Finger verbrannte. Oyun machte es ihm nach, und zufällig schien bereits das erste Rohr, das sie berührte, das richtige zu sein. »Hier! Das ist kalt!«

Der Junge sprang zu ihr herüber und hüpfte hoch, um die Leitung zu packen, die sich unter seinem Gewicht gleich nach unten bog. Eiskaltes Wasser spritzte aus dem Rohr heraus, und Oyun kippte vor Schreck von der Hauptleitung. Als sie sich wieder aufgerichtet hatte und sich lauthals beschweren wollte, bog der Junge mit aller Kraft die Leitung um, sodass er den Wasserstrahl auf Saraa richten konnte.

»Was machst du denn da, du verrückter Kerl?«, rief Oyun und versuchte, ihm die Rohrleitung zu entreißen. Doch der Bengel stieß sie mit einem unerwartet kräftigen Tritt von sich.

»Sie ist doch schon halb verbrüht«, schrie er. »Sie wollten sie einfach kochen! Wir müssen sie so lange wie möglich mit kaltem Wasser begießen. Mindestens eine Viertelstunde lang. Glaub mir das, bitte! Ich weiß schon, was sie ihr angetan haben.«

»In Ordnung! Ist schon in Ordnung. Aber können wir sie nicht wenigstens aufrecht gegen die Wand lehnen? Wir können sie doch nicht hier in dem ganzen Schlamm und Dreck liegen lassen!«

»Nein, sie muss unbedingt so ausgestreckt liegen. Ihr Körper darf nirgends geknickt oder gebeugt sein. Wir müssen sie überall kühlen. Am Rücken ist sie ja nicht verbrüht oder verletzt. Da wird sie sich in dem Schlamm schon nicht infizieren. Glaub mir!«

Woher wusste der Junge das alles bloß? Oder dachte er sich das alles nur aus? Oyun versuchte, sich einen Reim darauf zu machen. »Ich kann überhaupt keine Verbrennungen oder Verbrühungen auf ihrem Körper erkennen.«

»Dann steh auf und fass mal an das Rohr«, erwiderte er.

Oyun verharrte reglos, suchte nur den Blick des Jungen, um zu sehen, ob er ihr etwas verrät.

»Steh auf und fass an das Rohr! Sofort! Dann weißt du Bescheid, und wir verschwenden hier nicht noch mehr Zeit mit überflüssigen Diskussionen.«

»He, ich verbitte mir diesen Ton!«, entgegnete Oyun und erhob sich. Sie berührte das mächtige Hauptrohr an der Stelle, an der Saraa gelegen hatte. Der Stahl war so heiß wie eine voll aufgedrehte Heizung.

»Na?«, fragte der Junge.

»Es ist heiß, lässt sich aber aushalten«, antwortete Oyun mit leicht trotzigem Unterton, den sie gar nicht kaschieren wollte.

»Dann lass deine Hand mal fünf Minuten auf der Stelle liegen«, erwiderte der Junge, der auch seinen Dickschädel hatte und es offensichtlich besser wusste. Schon nach kurzer Zeit musste Oyun die Hand abrupt wegziehen, weil die Hitze unerträglich geworden war. »Es ist wie mit der Sonne«, erklärte der Junge. »Solange man sich bewegt, kann man es aushalten, aber je länger man reglos verharrt, desto mehr verbrennt es einen. Genauso ist es mit dieser Heißwasserleitung, beziehungsweise ist die noch schlimmer wegen des Metalls. Falls sie schon länger als eine Stunde da draufliegt, hat sie innerlich schon schwere Verbrennungen erlitten.«

Oyun war völlig verblüfft. Sie stellte sich neben den Jungen und ließ ihn gewähren. Er hatte seine Kappe abgenommen und ließ das Wasser aus der Leitung zuerst dort hineinlaufen, um den Strahl zu brechen, bevor er auf Saraa traf.

»Noch sieht man es nicht, aber ihre Haut ist auf jeden Fall mächtig verbrüht. Sie ist super empfindlich. Man darf sie jetzt nicht berühren oder abreiben. Schon wenn der Strahl zu stark ist, könnte ihre Haut reißen.«

»Woher weißt du das alles?«

»Es ist schon mal passiert. Zwei sturzbetrunkene Männer haben sich auf das Hauptrohr gelegt und sind eingeschlafen. Am nächsten Tag waren sie durchgekocht. Obwohl sie angezogen waren. Als es zum zweiten Mal passiert ist, sind ein paar Leute zu uns in die Kanalisation gekommen und haben es uns erklärt. Das waren Fremde, die für so eine Hilfsorganisation gearbeitet haben. Wenn das Rohr über fünfzig Grad heiß ist, dann ist das wie ein langsames Garen in der Küche, haben sie uns erklärt. Je länger man da draufbleibt, umso ›durchgegarter‹ ist man. Wie viele Verbrennungsgrade gibt es?«

»Ich verstehe deine Frage nicht.«

»Nach fünf Stunden auf einem fünfzig Grad heißen Rohr hat man Verbrennungen dritten Grades.«

»Ach so. Es gibt drei Verbrennungsgrade. Der dritte ist der schwerwiegendste.«

»Sie haben uns auch erklärt, je mehr Körperteile verbrannt

oder verbrüht sind, desto leichter stirbt man daran. Das ist auch der Grund, warum die Typen deine Freundin ausgezogen haben. Wenn du ihnen nicht gefolgt wärst, hätte sie in ihrem Vollrausch bestimmt stundenlang da oben gelegen. Und schlimmer als die Verbrennungen sind anscheinend die Entzündungen danach. Wir sind hier in einem Abwasserkanal. Das hätte sie niemals überlebt.«

Oyun betrachtete den leblos wirkenden Körper. Sie bemerkte, dass sich an den Stellen, über die das kalte Wasser ständig rieselte, große weißliche Blasen gebildet hatten. Sie begutachtete die Stellen, an denen Saraas Körper höchstwahrscheinlich verbrüht war. Da sie in nacktem Zustand bäuchlings auf das dicke, heiße Rohr gelegt worden war, müssten also in erster Linie die Innenseite ihrer Schenkel, Wange, Hals, Bauch und Geschlecht betroffen sein. »Hör mal ... wie heißt du eigentlich?«

»Gantulga.«

»Ich bin Oyun. Also hör zu, Gantulga. Ich gebe dir jetzt mein Telefon, und du gehst nach draußen und telefonierst für mich. Du wirst genau das wiederholen, was ich dir gleich sage, und du wirst der Person am anderen Ende der Leitung so gut wie möglich erklären, wie man hierherkommt. Gibt es noch einen anderen Einstieg oder Ausgang, der näher an dieser Stelle hier liegt?«

»Nein«, antwortete der Junge.

»Also sag der Person am Telefon, sie soll auch eine Trage mitbringen, auf der man Saraa transportieren kann.«

»Deine Freundin heißt also Saraa?«

»Du bist vielleicht ein schlaues Kerlchen! Dir bleibt wirklich nichts verborgen!«

Oyun tippte die Telefonnummer in ihr iPhone ein und reichte es dem Jungen. Sie gab ihm auch die Stablampe der beiden Angreifer mit. Als Gantulga schon loslaufen wollte, fiel ihr wieder ein, dass der von ihm niedergestreckte Mann noch im Tunnel lag. Möglicherweise war er wieder zu Bewusstsein gekommen und lauerte nun irgendwo im Hinterhalt. »Pass auf dich auf, Gantulga. Vielleicht lungert dieser Typ, den du umgehauen hast, noch irgendwo herum.«

»Mach dir keine Sorgen um mich. Wenn's drauf ankäme, könnte ich zwischen seinen Beinen hindurchschlüpfen, ohne dass er was davon merkt.«

Angesichts der Zuversicht des Jungen konnte sich Oyun ein Lächeln nicht verkneifen. »Nun mach schon und lauf los, damit wir hier Verstärkung bekommen. Warte oben auf sie, Partner. In der Zwischenzeit kümmere ich mich hier um das Mädchen; wir sind ja jetzt ganz unter uns.«

»Ach, darum willst du mich loswerden! Also, du musst nicht denken, ich hätte noch nie eine …«

»Abmarsch!«, sagte Oyun im Befehlston, aber mit lachenden Augen.

Es dauerte über eine Stunde, bis sie endlich die vertraute und ersehnte Stimme neben der von Gantulga zu hören bekam, als die beiden gemeinsam in der Dunkelheit durch die stinkenden, ratten- und kakerlakenverseuchten Gänge krochen, was ihn aber nicht weiter zu stören schien; bis dahin beträufelte sie Saraas ganzen Körper sorgfältig mit kaltem Wasser.

17

Da braut sich neuer Ärger zusammen ...

Solongo hatte ihr ein starkes Beruhigungsmittel gespritzt. Glücklicherweise war Saraa während des gesamten Transports durch die Kanalisation und im Krankenwagen bewusstlos geblieben. Solongo fürchtete sich schon vor dem Moment, in dem die junge Frau wieder zu sich kam, denn sie war voller Hass und Zorn auf alle, die ihr auch nur andeutungsweise so etwas wie Zuneigung entgegenbrachten, und ganz besonders auf ihren Vater Yeruldelgger. Sie hatte Saraa bei sich in ihrer großen Jurte nackt auf ein etwas abseits stehendes, mit traditionellen Mustern bemaltes Holzbett gelegt, ihr Gästebett, und einen Wandschirm davorgestellt. Zu ihrer Überraschung hatte das Mädchen einen ausgesprochen schönen Körper, den sie unter der provozierenden Punkerkleidung nicht vermutet hatte, schlank, aber durchaus muskulös. Ganz vorsichtig, um die Haut nicht abzuziehen, verteilte Solongo mit den Fingerspitzen ein Fett auf die großen Brandblasen. Es handelte sich um Bärenfett, das sie vor zwanzig Jahren von ihrer Großmutter bekommen hatte und in einem großen Vorratsglas aufbewahrte. Während sie das Fett sanft auf Saraas malträtierten Körper strich, dachte sie wehmütig an den Tag zurück, an dem ihr eben dieses Fett als kleines Kind Linderung verschafft hatte. Sie hatten damals in einer Jurte in einem Tal am Fuß des Chustain Nuruu gelebt, des »Birken-Gebirges«, das heute ein Nationalpark ist. Sie war fünf Jahre alt gewesen, als sich eines Tages ein gewaltiger Sturm zusammengebraut hatte. Alle Erwachsenen kümmerten sich umgehend darum, die Herden in Sicherheit zu bringen. Dabei wurden sie von einem trockenen Gewitter überrascht, bei dem rosafarbene Blitze ohne Donner durch einen fast nachtschwarzen Wolkenhimmel zuckten. Die Tiere waren höchst angespannt. Während die Männer die Pferde und Yaks zu beruhigen versuchten, trieb ihre Mutter die Schafe in den Pferch und band die Kälber an. Aber eines davon drehte vor Angst völlig durch. Es schlug nach allen Seiten aus, hatte Solongos Mutter zu Boden geworfen, sich von seinem Strick losgemacht und rannte panisch auf und ab. Und so kam es zu einem Unglück, das kein Mensch hätte vorhersehen können. Eine Bö hatte die Tür zur Jurte weit aufgerissen, und das kopflose Kalb war ins Innere gestürmt, wo es gegen sämtliche Möbel rannte und dabei auch die kleine Solongo umstieß. Der Aufprall war so heftig, dass sie bis in die Mitte der Jurte rollte, wo sich die Feuerstelle befand. Ihre Mutter und ihre Großmutter hatten schon am frühen Morgen gemolken und waren dabei, die Milch zu erhitzen. Das Kalb keilte aus, brachte den Ofen ins Wanken und der Milchkessel kippte um. Die heiße Milch ergoss sich über Solongos halben Rücken, und in der Erinnerung hörte sie sich immer noch vor Überraschung, Schrecken und Schmerzen aufschreien, so laut, dass es selbst das Heulen des Sturms übertönte.

Da ihre Mutter Solongo nicht allein lassen wollte, hatte sich ihre Großmutter mitten im Sturm aufs Pferd geschwungen und war zu der zwei Stunden entfernt lebenden Mutter eines Schamanen geritten, um sie um ein Heilmittel zu bitten. Von ihr hatte sie dieses Bärenfett erhalten, das so wertvoll war, weil es schon zwanzig Jahre alt und so flüssig wie Wasser war. Eine ganze Woche lang musste Solongo auf dem Bauch liegen bleiben; ihre Mutter hatte sie mit Wollstricken an Armen und Beinen an den Bettpfosten angebunden, damit sie sich nicht selbst verletzte. Zweimal pro Tag und zweimal in der Nacht wurde die flüssige Salbe vorsichtig aufgetragen.

»Und du hast davon keine Narben zurückbehalten?«, wunderte sich Oyun.

»Nein, aber das verdanke ich nicht dem Bärenfett. Das beruhigt die Haut zwar und hilft, aber zwischendurch hat meine Mutter noch ein anderes Heilmittel aufgetragen.«

Solongo beugte sich vor und zog ein weiteres Glas hervor, um es Oyun zu zeigen. Es war bis zur Hälfte mit einer zähflüssigen, bernsteinfarbenen Flüssigkeit gefüllt.

»Honig?«, fragte die junge Frau.

»Nein. Das ist der Saft eines Baums aus dem Norden. Man bringt die Temperatur vorsichtig auf Handwärme und trägt ihn dann ganz vorsichtig auf. Ein hervorragendes Mittel gegen Vernarbungen.«

»Ich hätte in so einem Fall wahrscheinlich eine dicke Biafin-Packung auf Rezept erwartet«, scherzte Oyun.

»Das ist auch Medizin.« Solongo lächelte zurück. »Allerdings mongolische Medizin. Erst kommt die Tradition, dann die Medizin.«

Es gehört sich nicht, ohne Weiteres eine Jurte zu betreten, die einem nicht gehört. Vielmehr bleibt man ein paar Schritte vor dem Eingang stehen und macht sich durch Rufen bemerkbar. Dabei ist es üblich, nicht einfach »Hallo?« zu rufen, denn die Bewohner einer Jurte haben drinnen längst mitbekommen, dass sich jemand genähert hat. Man fragt auch nicht: »Ist jemand zu Hause?«, schließlich erkennt der Besucher anhand unzähliger Details, ob sich jemand darin aufhält. Traditionsgemäß bedient man sich in der Mongolei feststehender Redewendungen, bei denen Hunde eine Rolle spielen. So sagt man sehr oft: »Haltet die Hunde fest!« oder: »Sind eure Hunde satt?«. Hier kommt eine jahrtausendealte Vorsicht zum Ausdruck.

Yeruldelgger hingegen platzte völlig unangekündigt in Solongos Jurte. Er riss die Tür so gewaltsam auf, als wollte er sie aus den Angeln zerren, und kam so stürmisch hereingefegt, dass er einen Hocker umwarf. »Wo ist sie?«, brüllte er.

Erst sah er nur Oyun, aber ihr Blick gab ihm zu verstehen, dass sich Saraa hinter dem Wandschirm befand.

»Bleib, wo du bist!«, ließ Solongo sich hinter dem Schirm vernehmen.

Doch Yeruldelgger marschierte direkt auf den Wandschirm zu. »Wo ist sie? Ich will sie sofort sehen!«

Oyun wollte ihm den Weg versperren, aber er schäumte regelrecht vor Wut und stieß sie so heftig zur Seite, dass sie bis zur anderen Seite der Jurte donnerte.

Nun trat Solongo hinter dem Wandschirm hervor und verbot ihm kategorisch noch näher zu kommen. »Nein, Yeruldelgger, auf gar keinen Fall! Es ist besser, wenn du sie jetzt nicht zu sehen bekommst. Tu dir das nicht an!«

Auch sie stellte sich ihm in den Weg, aber er griff über ihre Schulter hinweg, bekam eine Ecke des Wandschirms zu fassen und riss ihn um.

Saraa lag mit angelegten Armen und leicht gespreizten Beinen gänzlich nackt da. Ihr Rumpf und ihr Geschlecht waren von dicken Blasen überzogen. Der Schock dieses Anblicks war so groß, dass er wie versteinert stehen blieb. Oyun nutzte die Gelegenheit, um den Wandschirm wieder aufzurichten.

»Du bist ein Riesenrindvieh!«, fluchte Solongo und schloss ihn in die Arme. »Ich habe dich gewarnt! Du hättest sie in diesem Zustand nicht sehen sollen. Und schwöre mir, wenn das Schlimmste erst mal vorbei ist und sie sich wieder einigermaßen erholt hat, dass du ihr gegenüber nie, niemals erwähnst, dass du sie so gesehen hast! Hast du mich verstanden? Niemals!«

Solongo hatte Tränen in den Augen. Erschüttert und mit hängenden Armen blieb Yeruldelgger in ihrer Umarmung stehen.

Oyun wusste nicht recht, was sie tun sollte. »Sie wird schon davonkommen und sich wieder erholen«, sagte sie. »Solongo hat da ein paar Wundermittel. Sie hat versprochen, dass keine Narben zurückbleiben.«

»Oyun hat recht. Solange Saraa ruhig liegen bleibt und sich pflegen lässt, kann sie in einer Woche wieder aufstehen und sich anziehen. Komm«, fuhr sie fort und nahm Yeruldelgger bei der Hand. »Nehmt euch Sitzkissen und setzt euch. Ich muss mich jetzt erst mal weiter um Saraa kümmern. Oyun kann dir ja in der Zwischenzeit erzählen, was sich abgespielt hat.«

Seine Assistentin berichtete ihm also, was sich vom Beginn der Beschattung der jungen Frau auf dem Parkplatz vor dem Kommissariat bis zur Ankunft von Solongo in Begleitung von Gantulga in der Unterwelt alles zugetragen hatte. Yeruldelgger hörte ihr zu, ohne sie auch nur einmal zu unterbrechen, und blieb auch danach noch eine ganze Weile schweigend sitzen. »Ich verstehe das nicht«, murmelte er schließlich, sein Blick ging ins Leere. »Hätte Saraa tatsächlich sterben können? Kann man auf diese Weise Menschen umbringen?«

»Solongo meint, auf jeden Fall. Sie hat bereits Autopsien bei zwei Stockbesoffenen vorgenommen, die solche Verbrennungen aufwiesen. Laut ihr hatten sie Verbrennungen dritten Grades, als sie irgendwann aus ihrem Suff aufgewacht sind, und dann sind sie unter schrecklichen Qualen gestorben.«

»Aber die Verbrennungen hätten Saraa doch aufwecken müssen, oder?«

»Nicht unbedingt, bei dem, was sie intus hatte. Sie befand sich praktisch in einem Alkoholkoma. Die Burschen, die Saraa das angetan haben, wollten sie nicht nur töten, sondern regelrecht zu Tode quälen.«

»Aber warum nur? Ich verstehe überhaupt nicht, was das soll.«

»Vielleicht steht das im Zusammenhang mit den Ermittlungen

wegen der Chinesen und dieses Nazi-Kaspers, den du da vernommen hast«, sagte Oyun

»Wie das?«, erwiderte der Kommissar überrascht. »Saraa hat dem Typen doch ein Alibi gegeben. Auch wenn ich nach wie vor der Überzeugung bin, dass das vorn und hinten nicht stimmt, werden wir ihn doch anstandslos wieder ziehen lassen!«

»Vielleicht hat jemand Angst, dass sie es sich noch mal anders überlegt. Ihre Zeugenaussage wurde doch protokolliert, oder? Dann bleibt die Aussage ja gültig, auch wenn die Zeugin tot ist.«

»Sie hat vielleicht nicht mehr den gleichen Stellenwert wie eine Zeugenaussage vor Gericht, aber es stimmt, sie bleibt gültig.«

»Stellen wir uns also vor, jemand hätte Saraa mit Erfolg zu dieser Falschaussage verleitet: Indem man sie eliminiert, eliminiert man auch das Risiko, dass sie widerruft. Insbesondere nach der Show, die du im Verhörzimmer abgezogen hast.«

»Oyun, es hat doch außerhalb dieses Zimmers niemand mitbekommen, was ich dort für eine ›Show abgezogen‹ habe, wie du es nennst. Niemand außerhalb hatte einen Grund zu glauben, dass sie es sich anders überlegen könnte. Und selbst wenn, ist das immer noch keine ausreichende Erklärung für eine solche Rohheit.«

Yeruldelgger verbarg sein Gesicht in seinen großen Händen, ausnahmsweise einmal, ohne es unwirsch durchzukneten, und schwieg eine Zeit lang. Oyun wagte es nicht, sein Schweigen zu unterbrechen. »Saraa auf diese grausame Weise leiden zu lassen, bevor sie stirbt, hätte doch gar nichts für sie geändert«, stellte er unvermittelt fest und blickte seiner Kollegin dabei fest in die Augen. »Aber für mich ändert das alles. Ich glaube, diese Botschaft galt mir. Eine Botschaft, die ihre Gültigkeit hat, ganz egal, ob Saraa stirbt oder nicht. Sie wollten, dass Saraa leidet, um mich gefügig zu machen. Sie wollten, dass ich sie leiden sehe oder dass ich genau weiß, wie sehr sie gelitten hat. Sie wollten, dass ich mich schuldig fühle, dass ich mich mitschuldig mache am Leiden von jemandem, der mir sehr nahesteht.«

»Aber wie kannst du nur so etwas sagen?« Oyun war zutiefst beunruhigt, weil sie spürte, dass Yeruldelgger von dem, was er da vorbrachte, felsenfest überzeugt war.

»Weil ich es schon einmal erlebt habe. Weil schon einmal ein Mensch, der mir das Liebste war, um meinetwillen leiden musste, Oyun, und auch tatsächlich gestorben ist. Und jetzt fängt es wieder von vorn an!«

»Es fängt nicht wieder von vorn an, Yeruldelgger«, widersprach Solongo, »das ist völlig unmöglich!« Sie trat hinter dem Wandschirm hervor, wo sie alles mit angehört hatte. Zum Teil war sie mit den Ereignissen vertraut, auf die Yeruldelgger anspielte.

»Ich glaube doch, Solongo. Es fängt alles wieder von vorn an. Anders lässt sich nicht erklären, was da gerade passiert ist.«

»O nein«, seufzte sie und nahm ihn in die Arme. »Möge Gott oder wer auch immer die Macht dazu hat, dich beschützen, Yeruldelgger.«

Oyun wollte angesichts dieses Ausbruchs von Nähe und Intimität zwischen den beiden schon den Kopf abwenden, aber sie fing den Blick des Kommissars auf, und darin lag so viel wilde, unmittelbare Entschlossenheit. Er hatte in diesem Moment aufgehört, sich Schuldvorwürfe zu machen und sich vor irgendetwas zu fürchten. Sein Blick verriet bereits die Entscheidung, die er getroffen hatte: Er wollte diesem erpresserischen Druck auf keinen Fall nachgeben.

»Also, wie geht es jetzt weiter?«, fragte Oyun, wie um ihrem Chef die Hand zu reichen, in der Hoffnung, dass er sie mit beiden Händen ergreifen würde.

»Ich werde die jagen, die hinter mir her sind, sie aus ihren Löchern treiben und zur Strecke bringen«, murmelte Yeruldelgger.

»Einspruch, Euer Ehren!«, widersprach Oyun. »*Wir* werden sie jagen, *wir* werden sie aufstöbern und dir erlauben, sie zur Strecke zu bringen.«

Er wollte gerade etwas erwidern, als er hinter sich eine Stimme hörte: »Klingt super! Kann ich da mitmachen?«

Er drehte sich um und sah Gantulga mit seiner Baseballkappe, der ihn lachend anschaute.

»Partner?« Der Junge streckte Yeruldelgger seine Hand entgegen, in der Erwartung, dass dieser spontan einschlug.

»Wer ist das denn?«

»Darf ich dir Gantulga vorstellen?«, sagte Oyun. »Ein sehr netter Junge und seit heute Nacht mein Partner. Ganz nebenbei verdankt Saraa ihm ihr Leben. Und ich ihm meines auch.«

»Gut. Können wir dann los?«, drängelte der Junge.

»Wohin denn?«, wollte Oyun wissen.

»Zu mir, in den neunten Bezirk. Wie ich höre, hat es dort ordentlich Rabatz gegeben!«

»Tja«, meinte Oyun mit einem entschuldigenden Schulterzucken in Richtung Yeruldelgger, »wie ich schon sagte: Der Junge hat Humor.«

»Ich mache keine Scherze«, widersprach Gantulga ganz entschieden. »Abgesehen von dem Ärger, den wir ohnehin schon hatten, braut sich da neuer Ärger zusammen.«

18

Diesmal im dritten Stock!

Allmählich erlangte der Mann im Dunkeln das Bewusstsein wieder, vor allem seine Nase registrierte den ekelhaften Gestank im Tunnel. Es dauerte ein paar Sekunden, bis er sich wieder daran erinnerte, was geschehen war, dann wischte er sich mit einer ungehaltenen Geste erst einmal die Kakerlaken aus dem Gesicht und richtete sich in eine kauernde Stellung auf. Vergeblich versuchte er, seine Makarow und seine Lampe zu ertasten; schließlich stand er auf, wobei er sich jedoch den Kopf an den Rohren anstieß. Er stieß einen derben Fluch aus und durchwühlte seine Hosentaschen, bis er sein Zippo fand. Dann fuhr er mit dem kleinen Rädchen über seinen Oberschenkel, und kurz darauf erleuchtete eine große, gelbe, rußende Flamme den Tunnel mit tanzenden Schatten. So konnte er immerhin den leblosen Körper des Schwachkopfs mit dem verbrühten Gesicht erkennen. Das Röcheln, das zwischen den völlig aufgequollenen Lippen hervorkam, verriet ihm, dass der Mann noch nicht tot war. Er packte ihn am Kragen und schleifte ihn durch den ganzen Tunnel bis zum Eingangsschacht. Obwohl er alles andere als kräftig gebaut war, schaffte er es, den schlaffen Körper des Verbrühten an die Oberfläche zu bringen, indem er ihn an einem Arm hinter sich herzog. Falls er die schattenhaften Gestalten in der Unterwelt überhaupt bemerkt hatte, die nur darauf warteten, wieder ihre angestammten Plätze einnehmen zu können, schien es ihn nicht sonderlich zu kümmern.

Oben angekommen, kniete er sich kurz hin und lud sich mit geübtem Griff, wie man es aus Kriegsfilmen bei amerikanischen GIs und Marines kennt, den Schwerverletzten quer auf die Schultern. Mit dieser Last durchquerte er im Laufschritt die Siedlung mit ihren düsteren Ecken und der fahlen Straßenbeleuchtung. Nachdem er das Gebäude mit der Wohnung, aus der er alles beobachtete, betreten hatte, holte er tief Luft und stieg, immer zwei Stufen auf einmal nehmend, in den dritten Stock hinauf.

Kurze Zeit später sahen ihn einige der Kanalisationsbewohner erneut, wie er mit irgendeinem Gegenstand in den Armen von seinem Gebäude zur Eingangshalle des gegenüberliegenden Wohnblocks hastete. Dort durchquerte er die Eingangshalle mit der kaputten Deckenbeleuchtung und verschwand im Dunkeln über die Treppe nach oben, ohne das Licht einzuschalten. Nach ungefähr zehn Minuten tauchte er wieder unten auf und lief zu seinem Gebäude zurück. Er hatte dessen Eingang noch nicht ganz erreicht, als im anderen Gebäude eine der Wohnungen im zehnten Stock explosionsartig in Flammen aufging.

Nach zehn Minuten war die Feuerwehr vor Ort. Die Feuerwehrleute waren noch damit beschäftigt, ihre Schläuche auszurollen und die in Panik aus dem Gebäude strömenden Hausbewohner zu beruhigen und sie mitsamt der Masse der Neugierigen und Gaffer, die aus allen umliegenden Wohnblocks herbeiströmt kamen, von dem Haus fernzuhalten, als sich in einer weiteren Wohnung im hinter ihnen liegenden Häuserblock eine Explosion ereignete. Diesmal im dritten Stock!

19

… der sich mit Blaulicht langsam näherte

»Was habt ihr denn hier zu suchen?«, ereiferte sich Chuluum, als Yeruldelgger zusammen mit Oyun an der Brandstätte auftauchte. Den Jungen, den sie mitbrachten, ignorierte er einfach; der beobachtete ohnehin lediglich fasziniert das beeindruckende Feuer im zehnten Obergeschoss.

»Nichts! Wir haben lediglich davon gehört und sind aus reiner Neugier hier«, erwiderte der Kommissar schulterzuckend.

»Das hier ist mein Fall! Mickey hat ihn ausdrücklich mir übertragen«, betonte Chuluum, einen Finger anklagend in Richtung der beiden ausgestreckt.

»Kein Problem, reg dich ab!«, versuchte Yeruldelgger ihn zu beschwichtigen. »Wir sind wirklich bloß als Zuschauer hier und werden noch nicht mal Fragen stellen.«

Gantulga zupfte Oyun am Ärmel. »He, Partnerin!«

»Nicht jetzt, Gantulga, nicht jetzt!«, antwortete sie und zog ihren Arm etwas unwirsch weg, ohne den Jungen anzuschauen.

Die zweite Explosion hatte die Feuerwehrleute völlig überrascht, und nun war ein Teil von ihnen damit beschäftigt, das zweite Gebäude zu räumen. Die anderen suchten nach einer Möglichkeit, das Feuer im zehnten Stock zu löschen, da ihre Leitern zu kurz waren; sie reichten gerade mal bis zum siebten Stockwerk.

Auf dem nachts normalerweise völlig verlassenen Gelände herrschte ein Gewusel wie auf einem Basar: Panische Hausbewohner liefen zwischen den herumstehenden Gaffern und den mit Löscharbeiten beschäftigten Feuerwehrleuten umher. Zuschauer, die noch einigermaßen bei Sinnen und vor allem nüchtern waren, versuchten den Feuerwehrleuten zu helfen oder die unmittelbar Betroffenen zu trösten und zu beruhigen. Diejenigen, die bereits zu viel getrunken hatten, beschimpften die Feuerwehrmänner als inkompetent, gaben ihnen überflüssige Ratschläge oder gar Befehle oder machten sich über sie lustig und warfen ihnen leere Flaschen an die Helme. Es kam zu ersten Rangeleien unter den Betrunkenen, sogar die Feuerwehrleute wurden angegriffen; die versuchten die Menge zu beruhigen und in Schach zu halten, indem sie ihr eine kalte Dusche aus dem Feuerwehrschlauch bescherten. Daraufhin schlug die Stimmung um, und die Polizisten bemerkten, wie die Spannung stieg.

»He, Partnerin«, murmelte Gantulga und zupfte erneut an Oyuns Ärmel.

Mit einer brüsken Geste zog sie ihren Arm zurück. »Lass mich jetzt in Ruhe, Gantulga! Das ist kein Spiel hier, verstanden?«

Wie Yeruldelgger beobachtete sie aufmerksam die Menschenmenge, wie sie sich bewegte oder nicht bewegte, wann die Leute die Blicke abwendeten oder hinsahen, wer sich davonstehlen wollte und wer hartnäckig blieb. Sie versuchte die ganze Szenerie im Gedächtnis abzuspeichern, um später bei der Suche nach Indizien darauf zurückgreifen zu können. Pyromanen waren immer davon fasziniert, welches Ausmaß ihre wahnsinnigen Brandstiftungen erreichen konnten. Mörder aus Eifersucht hingegen flohen immer aus der Menge. Menschen, die einen schweren Unfall verursacht hatten, gingen angesichts der dadurch ausgelösten Dramen regelrecht in die Knie. Auftragsmörder blieben ganz ruhig und gelassen, wie Polizisten, und entfernten sich schließlich wie zufällige Passanten.

Als Oyun sich wieder nach Gantulga umdrehte, war er verschwunden, aber sie hatte keine Zeit, darüber nachzudenken, da Yeruldelgger ihr mit dem Ellenbogen in die Seite stieß. »Ich glaube, sie haben eine Leiche gefunden«, sagte er.

Sechs Feuerwehrleute kamen aus dem Inferno im zweiten Gebäude heraus und schleppten einen Leichnam mit sich. Der vorderste Feuerwehrmann stolperte, brach zusammen und riss sich Gasmaske und Helm vom Kopf, um frische Luft zu atmen. Auch die anderen sanken auf die Knie und ließen ihre Last dabei fallen. Andere Feuerwehrmänner eilten ihnen zu Hilfe und überließen den offensichtlich toten Körper den Rettungshelfern.

Yeruldelgger beobachtete, wie Chuluum auf der anderen Seite des Geschehens, nahe am Eingang des ersten Gebäudes, mit einem der Einsatzleiter von der Feuerwehr diskutierte. Er gab Oyun ein Zeichen, ihm unauffällig zu folgen. Sie näherten sich den Rettungssanitätern, die gerade damit beschäftigt waren, den verkohlten Leichnam zu bedecken. Als der Verantwortliche sie wegscheuchen wollte, ließen sie ihn unauffällig ihre Polizeimarke sehen.

»Könnten wir ganz kurz einen Blick darauf werfen?«, fragte der Kommissar höflich.

»In dem Zustand, in dem er ist, können wir ohnehin nichts mehr für ihn tun. Wenn Sie von der Polizei sind, sollten sie das mit Ihrem zuständigen Gerichtsmediziner absprechen«, entgegnete der Mann.

Yeruldelgger kauerte sich hin und murmelte nur, das sei genau das, was er als Nächstes tun werde, sich das gemeinsam mit »seiner« Leichenbeschauerin ansehen. Oyun hielt etwas Abstand, weil sie nicht so recht wusste, was er bei diesem Leichnam suchte, der stark nach verbranntem Fleisch und feuchter Asche roch. Sie wandte den Blick ab und fragte sich, wo Gantulga abgeblieben sein mochte. Vielleicht hatte sie etwas zu unwirsch reagiert und ihn damit vertrieben. Sie drehte den Kopf nach der anderen

Seite, um zu schauen, ob sie ihn irgendwo entdeckte, und wäre beinahe mit Chuluums Kopf zusammengestoßen.

»Was habt ihr denn noch hier zu suchen?«, schrie er Yeruldelgger an, der vor der verbrannten Leiche kauerte.

»Diese Frage hast du uns schon einmal gestellt«, antwortete der, ohne sich zu bewegen.

»Genau! Aber du bist immer noch da, obwohl das hier *mein* Tatort ist!«, bellte Chuluum.

»Aha – interessant. Damit bestätigst du also, dass hier ein Verbrechen stattgefunden hat.« Yeruldelgger beugte sich vor, um den Schritt des Toten näher in Augenschein nehmen zu können.

»Zwei Explosionen, die offensichtlich jeweils einen Brand auslösen sollten, fast zur gleichen Zeit in zwei benachbarten Gebäuden – was soll das deiner Meinung nach denn sonst sein? Eine außer Kontrolle geratene Bar-Mitzwa?«, lästerte Chuluum.

»Eine Bar-Mitzwa!«, wiederholte Yeruldelgger erstaunt, begutachtete aber unbeirrt die Stelle zwischen den Beinen des Toten. »Eine Bar-Mitzwa! Hast du das gehört, Oyun? Eine Bar-Mitzwa. Wo hat unser Chuluum denn solche Ausdrücke her?«

So wie er gerade mit schief gelegtem Kopf dastand, erinnerte er an Vincent D'Onofrio von *Criminal Intent – Verbrechen im Visier*.

Chuluum stand kurz davor, vor Wut aus der Haut zu fahren, aber er beherrschte sich gerade noch. Yeruldelgger erhob sich und wandte sich als Erstes an den Menschenauflauf, der sich durch den lautstarken Streit um sie versammelt hatte. »Verschwindet! Haut ab! Haut ab jetzt! Lasst uns gefälligst in Ruhe unsere Arbeit machen, elendes Säuferpack.«

Er rief einige uniformierte Polizisten herbei, die das Gelände räumen und eine Absperrung errichten sollten. Yeruldelgger fasste Oyun am Arm, und gemeinsam schlenderten sie davon wie ein Paar zufälliger Passanten. Chuluum gab den Rettungssanitätern kurz ein Zeichen, dass sie mit dem Abtransport noch einen Moment warten sollten, und kniete sich dann seinerseits auf den Boden. Er beugte sich in Beckenhöhe der Leiche so weit über diese, wie es der entsetzliche Anblick und der gleichermaßen entsetzliche Gestank zuließen, in der Hoffnung, ebenfalls zu erkennen, was der Kommissar dort so interessiert betrachtet hatte.

»Spar dir die Anstrengung, ihm einen zu blasen!«, rief Yeruldelgger im Weggehen, ohne sich umzudrehen. »Ihn wird es nicht wieder lebendig machen, und dir wird es keine neuen Erkenntnisse bringen.«

Oyun wandte noch einmal den Kopf – genau in dem Moment, als sich ihr Kollege unter dem Gelächter der umstehenden Feuerwehrleute und dem Gespött der Rettungssanitäter erhob. Voller Wut warf er sein Notizbuch gegen den nächsten Rettungswagen, der sich im Rückwärtsgang und mit blinkendem Blaulicht langsam näherte.

20

… mich am Wochenende mit meinen Ermittlungen beschäftigen

Als Yeruldelgger am nächsten Morgen ins Kommissariat kam, war er äußerst gereizt; die Ereignisse der Nacht hatten ihn stark aufgewühlt. Auf dem Weg in sein Büro lief ihm Mickey über den Weg, der ebenso schlecht gelaunt war.

»Im Fall der Chinesen gibt es noch nichts Neues«, knurrte der Kommissar.

»Das trifft sich ja gut, denn ich habe einiges mit dir zu bereden! Komm in mein Büro, und zwar sofort!«

Yeruldelgger folgte ihm und fragte sich, was für eine Bombe Mickey platzen lassen wollte. Als sein Vorgesetzter die Tür aufstieß, verstand Yeruldelgger sofort, worum es ging. Der chinesische Diplomat, der sich bereits in der Ziegelei so wichtigtuerisch aufgeführt hatte, saß am Besprechungstisch, flankiert von zwei Lakaien, die traditionelle Mao-Anzüge trugen, aber wie amerikanische Anwälte posierten und völlig verkrampft dastanden. Yeruldelgger taten die drei Typen jetzt schon ein bisschen leid, weil er keineswegs in der Stimmung war, sich von irgendjemandem Vorwürfe anhören zu wollen. Was Mickey anbelangte, mal abwarten, welchen Ton er anschlug: Trotz seiner formalen Position als Yeruldelggers Vorgesetzter war dieser Karrierist noch lange nicht gegen einen Wutausbruch des Kommissars gefeit.

Die drei Chinesen hatten sich wie bei einem Volkstribunal nebeneinander auf derselben Seite des rechteckigen Tisches platziert. Mickey nahm quasi von Amts wegen an der Stirnseite Platz und zog seinen Stuhl demonstrativ geräuschvoll heran, um schon dadurch seinen Zorn und seine Verärgerung zum Ausdruck zu bringen. Er forderte Yeruldelgger auf, ihnen gegenüber Platz zu nehmen; das war definitiv ein schlechter Einstieg.

»Ist das hier ein Erschießungskommando? Soll ich mit auf dem Rücken gefesselten Händen und verbundenen Augen vortreten? Und soll ich auch noch die Adresse meiner Eltern hinterlassen, damit ihr ihnen die Rechnung für die Gewehrkugeln schicken könnt?«

Er setzte sich bewusst an das andere schmale Ende des Tisches, um die von den Chinesen vorgegebene Sitzordnung zu durchkreuzen.

»Also, was gibt's denn?«, wandte er sich bewusst respektlos an seinen Chef.

Die drei Chinesen hatten beobachtet, wie er sich widersetzte, und drehten ihre Köpfe wie auf Kommando gleichzeitig zum oberen Ende des Konferenztisches.

»Kommissar, diese drei Herren sind hier, weil sie sich wegen Ihres Verhaltens am Tatort der Ermordung dreier ihrer Landsleute offiziell beschweren wollen.«

Nun wandten sich die drei Köpfe mit der mechanischen Präzision einer Akrobatengruppe im Pekinger Nationalzirkus Yeruldelgger zur Linken zu.

»Na schön«, räumte er in verbindlichem Ton ein. »Bei uns hat man schließlich das Recht, Beschwerde einzulegen und sich zu beklagen, also können sie davon auch gern Gebrauch machen.«

Diese Entgegnung wirkte wie ein Peitschenhieb, und die drei Chinesen drehten in Erwartung der Replik seines Vorgesetzten wieder simultan die Köpfe.

»Was haben Sie zu dem Vorwurf zu sagen, Kommissar?«

Mickey wusste um Yeruldelggers Schlagfertigkeit und ging es lieber vorsichtig an.

Die Köpfe der Chinesen schossen von links wieder nach rechts.

»Nichts. Rein gar nichts«, erwiderte Yeruldelgger und machte eine abwehrende Geste, als bedauerte er diese kurze Antwort.

»Kann ich jetzt wieder gehen?« Er stemmte seine großen Hände auf die Tischplatte und erhob sich langsam, um sie endgültig aus dem Konzept zu bringen. Das löste einen raschen Rechts-links-rechts-Schwenk bei den drei Chinesen aus; der Vize-Botschafter fing sich als Erster und erhob sich wütend, gefolgt von den anderen beiden.

»Das Verhalten dieses Kommissars ist nicht akzeptabel und eine Beleidigung für unsere ermordeten Landsleute«, schrie er mit einer Stimme, die einschüchtern wollte, aber einfach nur schrill war. Yeruldelgger war bereits losgegangen, und es sah aus, als wollte er den Raum gleich verlassen. Dann brach es aus ihm heraus, sodass alle am Tisch wie gelähmt dasaßen. Er donnerte beide Hände auf die Tischplatte, die erzitterte, und beugte sich so weit vor, dass er den drei Chinesen fast ins Gesicht spuckte. »In diesem Fall gibt es nicht nur drei ermordete Chinesen, Herr diplomatischer Vertreter, sondern auch zwei mongolische Frauen, deren Schenkel und einige andere Körperteile mit der Wichse eurer verblichenen Landsleute vollgespritzt waren. Diese mittlerweile leider verstorbenen Herrschaften haben eure Sklavenfabrik mal eben in ein Bordell verwandelt, um am chinesischen Valentinstag nicht zu kurz zu kommen. Ist es das, was Sie unter dem Deckel halten wollen, indem Sie versuchen, meine Ermittlungen zu torpedieren? Na schön, wenn Sie so weitermachen und nicht unverzüglich von Ihren sogenannten diplomatischen Interventionen Abstand nehmen, dann wird es nicht lange dauern, bis Sie etwas über den Fall in den Zeitungen lesen können.«

Der hocherzürnte Chinese wandte sich zu Mickey um, der vollkommen blass und sprachlos dasaß. »Ich bringe hiermit noch einmal offiziell als Repräsentant der Volksrepublik China die Empörung meiner Regierung über diesen Vorfall zum Ausdruck und verlange, dass die Ermittlungen im Fall unserer drei ermordeten Landsleute diesem korrupten Polizisten entzogen und entsprechend den Vereinbarungen zwischen der China Mining Corporation und Ihrer Regierung an uns übertragen werden.«

»Was soll das heißen, ›korrupter Polizist‹?« Yeruldelgger sah dem Chinesen unverwandt in die Augen, der es aber vorzog, mit seinem Blick Mickeys Unterstützung zu suchen.

»Was wollen Sie damit sagen?«, fragte der.

»Dieser Polizeibeamte hat selbst versucht, mich als offiziellen Vertreter meiner Botschaft zur Bestechung zu verleiten, als wir den Tatort betreten wollten. Die Aussagen dieser beiden Zeugen können das zweifelsfrei bestätigen.«

Einer der beiden Hilfsanwälte öffnete eine Aktenmappe aus gefärbtem Leder mit Krokomuster und zog zwei fotokopierte Blätter heraus. Er drückte sie Mickey in die Hand, der sie zunächst einmal durchlesen wollte, aber er kam nicht sehr weit. »Das ist ja alles auf Chinesisch!«

»Sie werden zu gegebener Zeit eine offiziell beglaubigte Übersetzung erhalten«, erwiderte der Chinese zornig im Ton eines typischen Rechtsverdrehers.

»Aber ich nehme an, Sie können mir den wesentlichen Inhalt mitteilen?«

»Selbstverständlich. Hierin wird durch zwei Zeugen bestätigt, dass dieser Mann versucht hat, mir ein Bestechungsgeld in Höhe seines ausstehenden Gehalts zu entlocken.«

»Stimmt das?« Mickey wandte sich ein wenig ratlos an seinen Untergebenen.

Die drei Chinesen drehten wieder die Köpfe wie beim Pingpong.

»Ich fasse es nicht!«, seufzte Yeruldelgger und verdrehte die Augen. »Als ich diesen Kasper nach Hause geschickt habe, weil er uns die Zuständigkeit am Tatort streitig machen wollte, meinte er, dass er sich deswegen bei meinen Vorgesetzten beschweren wolle. Ich habe ihn durchaus dazu ermuntert und ihn gebeten, sie bei der Gelegenheit an die Zahlung meines seit zwei Monaten ausstehenden Gehalts sowie an die mir noch zustehenden vierundsiebzig Tage Resturlaub zu erinnern.«

»Das ist eine eindeutige Aufforderung zur Bestechung!«, ereiferte sich der Chinese höchst empört. »Dieser korrupte Mensch hat damit die Höhe des erwarteten Bestechungsgeldes festgelegt!«

»Mickey, wenn du jetzt nichts unternimmst, damit der Typ endlich den Schnabel hält, werde ich diese Handlanger der Maoisten eigenhändig aus dem Büro entfernen, und zwar mit einem ordentlichen Fußtritt in den ...«

»Das ist inakzeptabel! Einfach inakzeptabel!«, schrie der chinesische Diplomat und sprang auf. »Das ist eine Beleidigung des chinesischen Volkes und seiner Regierung. Ich verlange, dass dieser Mann bestraft wird!«

»Was denn? Was denn?«, stieß Yeruldelgger plötzlich hervor. »Welches Recht hast du, hier irgendetwas zu verlangen? Und dann auch noch eine Bestrafung? Wer bist du eigentlich, dass du meinst, dir das anmaßen zu können? Weißt du überhaupt, wo du bist? Weißt du, dass du dich im Kommissariat der nationalen Polizei der Mongolei befindest? Hast du vergessen, dass du mit Beamten eines unabhängigen, souveränen Staates sprichst? Du hast hier absolut nichts zu verlangen, weder von ihm noch von mir. Eigentlich solltest du gar nicht hier sein. Du überschreitest nämlich deine diplomatischen Befugnisse. Den diplomatischen Zwischenfall wirst du noch andersherum erleben, wenn du weitermachst. Dann wird sich nämlich unser Außenministerium an deine Botschaft wenden, die dich dann bestimmt für dein Verhalten zur Rechenschaft zieht. Was fällt dir ein, Druck auf einen

Ermittler in einem fünffachen Mordfall auszuüben, um die Schandtaten einer Bande Perverser zu decken? Darin liegt doch der eigentliche Skandal! Verstanden? Über diese Tatsachen und dein arrogantes Verhalten wird morgen in den Zeitungen von Ulaanbaatar einiges zu lesen sein.«

Bei jedem seiner Sätze donnerte Yeruldelgger die Faust auf den Tisch, und die Chinesen zuckten jedes Mal zusammen. So stellte er sicher, dass diese Auseinandersetzung auch außerhalb des Zimmers in den Nachbarbüros und auf den Fluren gehört werden konnte und dass die gesamte Etage versammelt wäre, wenn die Chinesen unter Ausstoßen wütender Proteste und Drohungen das Gebäude verließen. Nachdem er seiner Ansicht nach lang und laut genug herumgeschrien hatte, bis sich tatsächlich sämtliche Bediensteten draußen vor Mickeys Bürotür versammelt haben mussten, setzte Yeruldelgger mit voller Absicht noch einen drauf: Wutentbrannt warf er den Tisch, der ihn von den Chinesen trennte, einfach um und machte einen großen Schritt auf sie zu. Während er mit ausgestrecktem Zeigefinger auf die Tür wies, brüllte er ihnen direkt ins Gesicht: »Und jetzt macht euch aus dem Staub! Verpisst euch! Wir sind hier in der Mongolischen Republik, das ist *unser* Land, *unsere* Polizei und *unsere* Ermittlung! Ihr habt hier in diesen Räumen und in dieser Angelegenheit keinerlei diplomatische Rechte und keinerlei Zuständigkeit.«

Mickey zögerte kurz, was er tun sollte: Yeruldelgger in den Griff bekommen oder die Chinesen nach draußen bringen. Da er jedoch immer schon Angst vor der schieren körperlichen Kraft des Kommissars gehabt hatte, ging er eilig zur Tür und bat die zu Tode erschrockenen Chinesen mit einer Handbewegung, ihm vorauszugehen. Als er die Tür öffnete, sah er sich einer kompakten Menge stummer Zeugen gegenüber.

»Euer Verhalten ist eine Beleidigung für unser Land!«, rief Yeruldelgger ihnen voller Genugtuung hinterher. »Dieses anmaßende Verhalten ist eine Beleidigung unserer Polizei, eine Missachtung unserer Gesetze und unserer Demokratie. Dieser dreiste Einmischungsversuch in eine laufende Untersuchung ist infam!«

Panisch sahen sich die drei Chinesen um; sie waren quasi zwischen dem wütenden Yeruldelgger und dieser Mauer des Schweigens aus bedrohlich dreinschauenden mongolischen Kriminalbeamten eingeklemmt. Endlich konnte Yeruldelgger in ihren Augen den Widerschein der Angst erkennen, den er sich erhofft hatte, um sich seiner Wirkung sicher zu sein. Eine unkontrollierbare, existenzielle Angsterfahrung, die sie nicht mehr loslassen würde, hatte sich ihnen für immer eingeprägt und würde bei irgendeinem unerwarteten Zwischenfall erneut auftauchen. Jetzt konnte er sie ziehen lassen.

»Jetzt verpisst euch und begießt sorgsam euer diplomatisches Vorgärtchen, aber lasst uns ein für alle Mal in Ruhe unsere Ermittlungen durchführen. Wir sorgen schon dafür, dass die Mörder eurer geschätzten chinesischen Landsleute geschnappt werden. Haut ab!« Damit knallte er die Tür so fest er konnte zu. Zum einen war das wie ein Signal an die versammelte Menge, für die drei Chinesen eine Gasse Richtung Ausgang zu bilden. Zum anderen sollte es auch ein klares Signal an Mickey sein, dass die Vorstellung hiermit beendet war.

»Na, wie fandest du's? War ich gut?«, fragte Yeruldelgger ihn in völlig ruhigem und beherrschtem Ton.

Der Hauptkommissar reagierte allerdings anders als erhofft. »Mann, sag mal, spinnst du? Weißt du, was das für Typen sind? Ist dir eigentlich klar, dass die kübelweise Scheiße über uns auskippen werden? Vor allem über mir? Sieh dir das doch mal an!«, schrie er und warf die aktuellen Tageszeitungen auf seinen Schreibtisch. Das Massaker an den Chinesen und den beiden Frauen beherrschte die Titelseiten sämtlicher Ausgaben. Die populärste Boulevardzeitung von Ulaanbaatar berichtete unter der Schlagzeile »China verlangt nach Schuldigen« auf Seite eins ausschließlich über den Fall. Die übrigen Titel mussten sich die Nachrichten über den »Fall der entmannten Chinesen« mit einem Bericht über den Besuch einer großen Wirtschaftsdelegation aus Korea teilen. »Yeruldelgger, ich habe ein für alle Mal die Nase voll von deinen abartigen Ausfällen. Gestrichen voll, hast du mich verstanden? Mir reicht's! Du machst einfach, was du willst, berichtest an niemanden, wirst Zeugen gegenüber handgreiflich. Mir stehen deine Dummheiten bis hier, hörst du, bis hier! Für mich ist auch das, was Saraa heute Nacht zugestoßen ist, keine Entschuldigung. Im Übrigen hätten sie dich meiner Meinung nach schon vor fünf Jahren feuern sollen, denn seitdem bist du völlig durchgeknallt. Du brauchst nicht zu glauben, dass du dir einfach alles erlauben kannst, bloß weil jemand deine Tochter umgebracht hat, verstanden? Natürlich tut es mir ehrlich leid um Kushi, aber ...«

Mickey konnte seinen Satz nicht beenden, denn Yeruldelgger hatte sich auf ihn geworfen und presste ihn gegen die Wand. Mit der einen Hand hatte er ihn am Revers seines Alpakajacketts gepackt und drückte ihm mit dem Unterarm die Kehle zu, mit der anderen hatte er seine Pistole gezogen und hielt sie seinem Vorgesetzten an die Schläfe. »Wage es nicht noch einmal, in meiner Gegenwart den Namen meiner Tochter auszusprechen, hast du mich verstanden? Nie wieder! Und hör endgültig damit auf, dich in meine Ermittlungen einzumischen und mir damit auf die Nerven zu gehen. Habe ich mich klar ausgedrückt?«

Yeruldelgger ließ ihn los und ging in Richtung Tür. Blass und zitternd sackte Mickey an der Wand zusammen; sein Gesicht war aschfahl geworden. Dann rappelte er sich wieder auf und strich seinen Anzug glatt. Sicherheitshalber wartete er ab, bis sein Untergebener das Büro verlassen und sich ein Stück entfernt hatte. In den angrenzenden Büros taten alle so, als wären sie in wichtige Unterlagen vertieft.

Als er meinte, dass Yeruldelgger weit genug entfernt war und keine unmittelbare Bedrohung mehr für ihn darstellte, stellte er sich mit geschwellter Brust in den Türrahmen seines Büros. »Du bist tot, Yeruldelgger!«, rief er ihm von Weitem hinterher. »Hast du mich verstanden? Beruflich gesehen bist du tot. Ich entziehe dir hiermit sämtliche Fälle, verstanden? Habt ihr es alle gehört? Yeruldelgger arbeitet nicht mehr für uns, verstanden?«

Keiner der Anwesenden verzog eine Miene. Nur Billy, ein junger Inspektor in der Ausbildung, wagte es, Yeruldelgger mit weit aufgerissenen Augen anzuschauen. Der entdeckte in dem Blick außer großem Erstaunen auch ein bisschen Bewunderung, was ihm den Jungen auf Anhieb sympathisch machte. Kurz darauf betrat er sein eigenes kleines Bürozimmer am anderen Ende des Stockwerks, wo Oyun bereits auf ihn wartete.

»Was hast du jetzt wieder angestellt?«, fragte sie mit mehr Anteilnahme in der Stimme, als ihr lieb war.

»Ich hätte Mickey fast abgeknallt«, stieß Yeruldelgger aus.

»Wegen der Chinesen?«

»Nein, wegen Kushi. Er hat ihren Namen ausgesprochen.«

»Was für ein Idiot!« Oyun schüttelte traurig den Kopf. »Was hat er sonst noch gesagt?«

»Hast du ihm schon was von vergangener Nacht erzählt?«, wollte Yeruldelgger wissen, ohne auf ihre Frage einzugehen.

»Von den Bränden?«

»Nein, von Saraa. Davon, was in der Kanalisation passiert ist.«

»Nein.«

»Woher weiß er dann davon?«

»Was meinst du wohl?« Oyun deutete mit dem Kinn auf das leere Büro ihres Kollegen.

»Chuluum? Glaubst du das wirklich?«

»Wer sonst?«

»Ist er irgendwo in der Nähe? Hast du ihn heute Morgen schon gesehen?«

»Nein, aber du hast doch selbst angeordnet, dass er Adolf beschatten soll. Und den hat man heute Morgen freigelassen. Vielleicht hat er sich ja zur Abwechslung mal an deine Anordnung gehalten.«

»Ja, kann sein«, überlegte Yeruldelgger. »Übrigens hat Mickey mir jetzt sämtliche Ermittlungen entzogen.«

»Sämtliche Ermittlungen? Was soll das? Was wirst du jetzt machen?«

»Natürlich das Einzige, wovon ich wirklich was verstehe«, antwortete Yeruldelgger und verließ sein Büro. »Ich werde mich am Wochenende mit meinen Ermittlungen beschäftigen.«

21

Solongo lachte auf

Yeruldelgger hatte noch einen Platz an Bord des Flugs ZY 955 von Eznis Airways nach Dalandsadgad für sie ergattert, der um sieben Uhr morgens starten sollte. Die kleine zweimotorige Saab 340B hatte gerade mal vierunddreißig Sitzplätze; dass die Reservierung geklappt hatte, war ein kleines Wunder. Normalerweise waren alle Flüge Wochen im Voraus ausgebucht. Das zweite, noch größere Wunder bestand darin, dass sie auch einen Platz für einen Rückflug am Nachmittag bekommen hatten. Um siebzehn Uhr sollte sie wieder in Ulaanbaatar sein.

Solongo flog sehr gern mit Propellermaschinen. Das Brummen der Motoren und die Vibrationen des Rumpfs hatten für sie etwas Beruhigendes, eine Art elementarer Hartnäckigkeit. Zudem klebte die zweimotorige Maschine am Himmel wie ein sturköpfiger Käfer. Im Gegensatz zu Düsenflugzeugen flog sie drei- bis viertausend Meter tiefer, sodass Solongo beim Blick aus dem Fenster einmal mehr Gelegenheit hatte, sich davon zu überzeugen, wie schön die Landschaft ihrer Mongolei war. Als sie diese unendlichen Weiten von oben bewunderte, ging ihr das Herz auf, und sie empfand es als ein großes Glück, hier geboren zu sein und zu leben.

Zunächst flogen sie an Dalandsadgad vorbei, weil die Landepiste von Süden her angesteuert wurde, und überquerten in einer großen Schleife die ersten Sanddünen der Wüste Gobi. Sie klebte mit der Stirn am Bullauge, als das Flugzeug sich zu einer Seite neigte, und sah zu, wie dieses wellenförmige, goldfarbene Sandmeer im Licht der Morgensonne kurzzeitig etwas näher kam.

Der Flughafen von Dalandsadgad verfügte nur über eine ziemlich kurze Start- und Landepiste am Rand der Steppe, an deren Ende ein einfaches Abfertigungsgebäude stand, dessen Mauern im Erdgeschoss weiß und im ersten Stock blau angestrichen waren. Ein bronzenes Kamel, das auf einem Sockel auf einem von Wind und Sonne ausgetrockneten Rasenstück stand, sollte wohl eine Art Denkmal darstellen, wirkte aber eigentlich nur deplatziert.

»Hast du am Wochenende schon was vor?«, hatte Yeruldelgger gefragt.

Solongo hatte gedacht, sie könnten zwei Tage miteinander verbringen, sich um Saraa kümmern, draußen im Garten sitzen und sich leise unterhalten. Er hatte ihr gesagt, er werde jemanden auftreiben, der sich um Saraa kümmerte, denn er sei noch im Fall des kleinen Mädchens auf Solongos Hilfe und Unterstützung angewiesen, dessen Seele ihm der alte Nomade anvertraut hatte. Sie war unschlüssig gewesen, hatte vorgebracht, sie müsse am nächsten Morgen noch einige Fälle und Akten abarbeiten, darunter einen ungeklärten Mordfall, in dem Chuluum ermittelte. Yeruldelgger hatte ihr das systematisch ausgeredet, indem er Fall für Fall einen Grund erfand, warum sie das noch aufschieben konnte. Als sie schließlich einwilligte, diesen »Sonderauftrag« für ihn zu erledigen, stellte sich heraus, dass er bereits alles arrangiert hatte, einschließlich eines Leihwagens am Flughafen.

Ein Mann, der ganz den Eindruck eines Betrügers machte, erwartete sie in der Ankunftshalle und übergab ihr wortlos die Schlüssel zu einem großen Jeep. Der Wagen war nachlässig geparkt, die Motorhaube wies zur Innenstadt. Solongo setzte sich hinters Steuer, machte eine Kehrtwende, indem sie über die ausgefahrenen Radspuren holperte, fuhr in die Gegenrichtung davon und ließ den Mann in einer Wolke aus ockerfarbenem Staub stehen. Nach ungefähr einem halben Kilometer hatte sie die letzten weißen Jurten hinter sich gelassen. Nun gabelte sich die Straße in nordöstlicher Richtung zu einer Vielzahl von Wegen, als ob jeder Wagen, der hier jemals entlanggefahren war, Wert darauf gelegt hätte, seine eigene Spur in den Steppenboden zu ziehen. Solongo suchte sich eine davon aus und folgte ihr, ohne sich weiter um die andern zu kümmern, die mal kreuzten, mal abbogen, wie auf einem Verschiebebahnhof. In einer Stunde würde sie in Bajandsag ankommen, wo sie einen Großteil ihrer Jugend damit verbracht hatte, an den Roten Klippen nach Saurierknochen zu buddeln.

Bei den Roten Klippen von Bajandsag handelt es sich keineswegs um Felsklippen, wie es in den Reiseführern oft heißt. Sie sind nicht höher als die Sanddünen von Duut Manchan. Es sind die letzten Überreste einer ehemals größeren Hügelkette aus rötlichem Sandstein, die von Wind und Regen abgetragen und verweht wurden. Ursprünglich war dieses Sandsteingebirge der Meeresboden eines vor sechzig Millionen Jahren ausgetrockneten Ozeans gewesen, der heutzutage nur noch von der Sonne und von Touristen abgetragen wird, die sich etwas Sand als Souvenir mitnehmen. Auch wenn es sich nicht um echte, hohe Klippen handelt, erglühen die steilen Abhänge der Roten Klippen immerhin bei Sonnenuntergang in wirklich flammenden Farben. Solongo bedauerte deshalb sehr, nicht bis zum Abend bleiben zu können. Sie liebte den Anblick dieses Naturschauspiels und musste immer daran denken, dass in der rötlich glühenden Erde sicherlich noch viele Fossilien der ausgestorbenen Giganten der Kreidezeit schlummerten. Vielleicht ein anderes Mal. Heute musste sie sich darauf konzentrieren, für Yeruldelgger Antworten auf seine Fragen zu finden, weswegen sie auf der Staubstraße weiterfuhr, die sich am Kamm der Felsenkette entlangzog und an der die Souvenirhändler und Saurierknochenverkäufer ihre Stände aufgeschlagen hatten.

Als sie die erste dieser Jurten erreichte, erwartete sie dort bereits ein Junge in mongolischer Tracht. Er schien etwas enttäuscht zu sein, dass sie Mongolin war. Da sie nur diesen einen Tag für ihre Nachforschungen zur Verfügung hatte, entschied sie sich, den Stier gleich bei den Hörnern zu packen. »Guten Tag, kleiner Bruder. Ich suche noch ein Stück, das genauso aussieht wie dieses hier«, sagte sie zu dem Jungen und zeigte ihm den falschen Saurierzahn, den das kleine Mädchen in seinem geballten Fäustchen festgehalten hatte. »Hast du das verkauft?«

Selbst für einen Jungen, der noch ein halbes Kind war, war diese Frage einfach zu direkt. Er betrachtete sie nur misstrauisch und sagte vorsichtshalber gar nichts, ließ den Saurierzahn aber nicht aus den Augen.

»Ich arbeite als Touristenführerin in Ulaanbaatar«, schwindelte ihm Solongo vor. »Ich bringe demnächst eine Gruppe mit zwanzig Personen hierher und möchte jedem so einen Zahn schenken. Hast du eine Ahnung, wo ich noch mehr davon bekommen kann?«

Ohne ein Wort machte der Junge auf dem Absatz kehrt und verschwand in der Jurte. Über dem offenen Eingang hatte jemand auf ein ausgebleichtes Stück Stoff mit ungelenker Handschrift »Dinosaurier-Museum« geschrieben. Sie folgte dem Jungen in das Innere, in dem wahrhafte kleine Schätze von Saurierfossilien lagerten; in einem nachgeahmten Nest wurden Sauriereier präsentiert.

Solongo zeigte sich höchst begeistert. »Gehört das alles dir? Hast du das alles gefunden?«

Der Junge nickte bloß, da er gerade damit beschäftigt war, in einem ziemlich zerfledderten Exemplar der *Enzyklopädie der Dinosaurier* herumzublättern, die nichts anderes als ein Pop-up-Bilderbuch für Kinder war. Schließlich hielt er ihr eine Seite unter die Nase, aus der die furchterregende Schnauze eines Raptoren mit ihren spitzen Zähnen hervorragte. »So sieht dein Zahn aber nicht aus, siehst du? Das ist kein Raptorzahn!«

»Ich weiß.« Solongo nickte. »Du kennst dich mit Dinosauriern offenbar sehr gut aus. Im Übrigen ist das auch gar kein Zahn!«

»Hab ich auch schon gesehen«, bestätigte der Junge mit einem gewissen Stolz. »Das ist ein Knochen, aus dem man einen Zahn geschnitzt hat. Das machen die da hinten, in den beiden Jurten hinter dem zweiten Hügel. Sie haben zwar eine Werkstatt für so was, aber kein Museum, so wie ich!«

»Vielen Dank. Ich muss mir erst mal diese merkwürdige Werkstatt ansehen, aber danach komme ich zurück und sehe mir dein Museum und das Buch genauer an. Das verspreche ich dir!«

»So wie du versprichst, zwanzig französische Touristen hierherzubringen?«

»Ja, es stimmt, da habe ich ein bisschen gemogelt. Aber ich werde nachher wieder vorbeikommen. Das schwöre ich!«

»Man mogelt oder lügt nie nur ein bisschen, das geht überhaupt nicht«, meinte der Junge nachdenklich und zuckte die Schultern. »Man lügt einfach nur, das ist alles.«

Solongo verließ die Jurte wieder. In dieser Steppenlandschaft war weit und breit kein Mensch zu sehen. Die Reisebüros und Tourguides legten die Ausflüge zu den Roten Klippen immer auf den späten Nachmittag, denn erst dann, im schrägen Licht der Abenddämmerung, standen die Abhänge wirklich »in Flammen«. Lediglich von Südosten näherte sich ein Wagen auf demselben Weg, den sie gekommen war, und dann erkannte sie ganz weit im Norden einen einsamen Reiter, der auf dem Gipfel eines kleinen Hügels unbeweglich auf seinem Pferd saß.

Als sie bei den beiden bezeichneten Jurten ankam, stand vor dem offenen Eingang der ersten bereits eine Frau hinter einem kleinen Verkaufsstand, an dem sie Steine und Knochen anbot. Bei der zweiten, sehr viel größeren Jurte war die Tür geschlossen, doch man konnte das sirrende Geräusch einer Werkzeugmaschine vernehmen, wie von einer Schleifmaschine oder einem Bohrer. Dort hinten war außerdem ein Pferd angebunden, welches Solongo aufmerksam beobachtete.

»Guten Tag«, sagte Solongo zu der Frau am Verkaufsstand. »Ich würde gern noch einmal genau so ein Stück kaufen wie dieses hier. Das hast doch du verkauft, oder?«

»Das da?«, antwortete die Frau misstrauisch. »So was hat hier jeder im Angebot.«

»Nein, das ist einzigartig. Es ist ein Imitat, ein angeblicher Zahn, der aber aus einem Knochen zurechtgeschnitzt wurde.«

»Ah ja, stimmt.« Die Frau tat, als würde sie erst jetzt erkennen, worum es sich handelte. »Die verkaufen wir als Souvenirs an Touristen. Der Verkauf von echten Fossilien ist streng verboten, wie du sicher weißt.«

»Ja, das weiß ich. Du stellst hier also so was her?«

Die Frau wusste nicht, was sie antworten sollte, und verhielt sich so wie die meisten Mongolen draußen auf dem Land, wenn sie nicht wussten, was sie sagen sollten: Sie schwieg einfach.

»Hör zu, ich bin nicht hierhergekommen, um dir Schwierigkeiten zu bereiten; ich möchte nur denjenigen ausfindig machen, der dieses Stück hier gekauft hat, das ist alles. Vielleicht hast du es ihm ja verkauft? Das müsste ungefähr fünf Jahre her sein. Warst du vor fünf Jahren schon hier?«

Jetzt war ganz klar, dass die Frau überhaupt nicht mehr antworten würde. Sie stand einfach nur mit gesenktem Blick da. Solongo sah sich noch einmal in der Umgebung um. Der Reiter stand noch an derselben Stelle. Es machte ganz den Eindruck, als wäre er ihr die ganze Zeit über den Hügelkamm gefolgt und würde sie beide nun von dort oben beobachten. Ein wesentliches Element für das Überleben der Nomaden in dieser Umgebung war von jeher die Neugier gewesen, und Solongo fühlte sich davon keineswegs bedroht. Doch ein ungutes Gefühl veranlasste sie, sich umzudrehen. Das Auto, das sie bereits vorhin bemerkt hatte, war stehen geblieben; der Fahrer war ausgestiegen und sprach, auf die offene Fahrertür gestützt, in sein Mobiltelefon. Auch er schien sie zu beobachten.

Nun ging Solongo einfach um die kleine Jurte herum auf die andere zu und betrat sie, ohne anzuklopfen. Das Innere ähnelte den typischen traditionellen Jurten mit der Feuerstelle oder dem Herd in der Mitte und den üblichen bunt bemalten Möbeln, nur dass hinten links in der Ecke, wo normalerweise das Gästebett steht, ein Mann an einer kleinen improvisierten Werkbank saß. Umgeben von einem Haufen unterschiedlicher Werkzeuge, schnitzte und schliff er an Knochenstücken herum.

»Guten Tag«, begann sie ohne weitere Umschweife und ohne dem Mann Gelegenheit zum Nachdenken zu geben, »ich bräuchte dein Pferd für einen kurzen Ritt. Ich zahle jeden Preis.«

Der Mann antwortete erst einmal gar nicht. Er klemmte die beiden Zangen ab, die sein Schleifwerkzeug mit einer Autobatterie verbanden, blieb sitzen und starrte Solongo an.

»Du brauchst dir keine Sorgen wegen des Pferdes zu machen«, fuhr Solongo fort. »Ich bin hier in der Gegend aufgewachsen. Ich kann gut reiten und werde dein Pferd respektvoll behandeln. Also, wie viel?«

»Fünfhundert?«, schlug der Mann vor.

»Das ist nicht gerade wenig, aber ich bin einverstanden. Ich lasse dir meinen Wagen als Pfand da. Das Geld bekommst du, wenn ich zurück bin. Und ich lege noch hundert drauf, wenn mir der Ritt gefallen hat.«

Ohne seine Antwort abzuwarten, verließ Solongo die Jurte und band das Pferd los. Sie trieb es sofort zum Galopp an, um dem Mann, der ihr gefolgt war, zu beweisen, dass sie eine geübte Reiterin war. Sie stellte sich in den Steigbügeln auf, ermunterte das Tier mit dem in der Steppe üblichen »Tschu, tschu« und galoppierte auf den einsamen Reiter zu.

Der Mann beobachtete, wie sie mit dem Pferd den Hügel erklomm, ohne dass er sich selbst von der Stelle rührte. Als sie sich näherte, bemerkte sie, dass er eine lange Urga unter die Achsel geklemmt hielt. Seiner Haltung im Sattel konnte sie schon aus einiger Entfernung entnehmen, dass er nicht mehr ganz jung war. Ein älterer Reiter, der seine verstreute Herde beobachtete. Zweifellos Pferde, die von den nomadischen Züchtern verfolgt und mit der Urga eingefangen werden, einer Art Lasso, das aus einer Schlinge und einer langen Stange aus Weidenholz besteht. Beim Galopp über das letzte Stück den Hang hinauf drehte Solongo sich um, um zu sehen, was der Fahrer des Wagens hinter ihr machte. Er stand noch immer an derselben Stelle, aber sie hatte das Gefühl, dass er sie weiterhin beobachtete.

Bei dem Reiter handelte es sich tatsächlich um einen älteren Nomaden, der aufrecht in seinem Holzsattel saß; er war in einen traditionellen Deel aus dicker blauer Baumwolle gehüllt, der mit einer breiten orangefarbenen Schärpe gegürtet war. Wohlwollend hatte er dem Aufgalopp von Solongo zugesehen, die ihr Pferd wenige Meter von ihm entfernt zum Stehen brachte.

»Guten Tag, Großvater«, sagte sie und zügelte das von dem scharfen Ritt aufgeregte Pferd.

»Du musst beim Reiten hier besonders auf die Eingangslöcher zu den Bauten der Murmeltiere achten«, sagte der alte Reiter als Erstes. »Da kann ein Pferd ganz schnell ins Straucheln geraten.«

»Da hast du ganz recht, Großvater. Aber die Versuchung, endlich mal wieder einen ordentlichen Galopp hinzulegen, war einfach zu groß. In Ulaanbaatar habe ich dazu nicht oft die Gelegenheit.«

»Und du bist von dort hergekommen, weil du wegen eines Saurierzahns Erkundigungen einziehen willst?«

»Woher weißt du das?«

»Der Wind hat es mir erzählt«, erwiderte der alte Mann mit einem schelmischen Lächeln. »Er kann kein Geheimnis für sich behalten.«

»Und was hat dir der Wind sonst noch erzählt?«

»Dass du diejenige suchst, der man den Zahn gegeben hat, den du in deiner Tasche bei dir trägst.«

»Leider ist diejenige, der man den Zahn gegeben hat, nicht mehr am Leben, Großvater.«

»Das kleine blonde Mädchen ist tot?«

»Kanntest du sie etwa?«

Der Alte blieb eine Weile reglos in seinem Sattel sitzen, den Blick in den makellos blauen Himmel gerichtet, die Hände auf dem Sattelknauf. Die lange Urga klemmte immer noch unter seinem Arm. Solongo fragte sich, ob er ein stilles Gebet für das kleine Mädchen sprach oder versuchte, seine Erinnerungen wachzurufen. »Im Frühling sind es fünf Jahre. Ein älteres Wohnmobil, ein Uljanowsk UAZ 452 mit getönten Scheiben. Sie kampierten vier Tage lang am Fuß der Roten Klippen da unten, nicht weit von hier. Ein junges Paar. Ausländer. Aber keine Asiaten. Sie sprachen eine schöne Sprache. Aber es war kein Englisch. Auch kein Russisch oder Deutsch. Die junge Frau war blond und sehr schön. Sie trug die Haare kurz geschnitten, fast wie ein Mann. Und sie war groß und schlank. Schöne Brüste. Der Mann trug eine Brille. Er war älter, etwas kleiner, mit schwarzen Haaren. Sie interessierten sich für Dinosaurier. Das Mädchen war vier oder fünf Jahre alt. Sehr niedlich und hübsch. Lockige Haare. Sie war den ganzen Tag mit einem kleinen rosa Dreirad unterwegs, das ihr Vater aus dem Uljanowsk ausgeladen hatte. Oft ist sie damit in einem der Murmeltierlöcher stecken geblieben. Sie hatte ein glockenhelles Lachen. Ich habe sie von hier aus häufiger beobachtet. Ich glaube, sie waren sehr glücklich.«

»Kannst du dich an das Kennzeichen des Uljanowsk erinnern?«

»Nein, nicht genau. Auf jeden Fall war es ein Kennzeichen aus Ulaanbaatar, und ich erinnere mich an die doppelten Glückszahlen: zweimal die neun.«

»Und wer hat ihr den Saurierzahn gegeben?«

»Das war der alte Souvenirhändler da unten. Der die Sachen in seiner Jurte fabriziert.«

»Woher weißt du das alles?«

»Es war Frühling. Am vierten Tag ihres Aufenthalts hatte es die ganze Zeit geregnet. Ich habe gesehen, wie ihr Uljanowsk im Schlamm stecken blieb, als sie versuchten, auf die Staubstraße zu gelangen, um zurückzufahren. Ich bin dann runter, um ihnen zu helfen. Der alte Händler hat bis zum Schluss versucht, ihnen noch etwas anderes zu verkaufen. Er hat dem Mädchen den falschen Zahn in die Hand gedrückt und den Eltern erzählt, es sei ein Glücksbringer, der ihr Kind vor Albträumen und der Angst vor der Dunkelheit bewahren würde. Sie haben nicht gewagt, das zurückzuweisen, und haben ihm das Geld dafür gegeben.«

»Ist es immer noch derselbe Souvenirhändler?«

»Ja«, erwiderte der alte Nomadenreiter und fuhr – ihre Absichten erahnend – fort: »Aber er wird dir nichts sagen. Ein Mann ist gekommen und hat ihm neue Werkzeuge geschenkt. Der Wind erzählt, dass er dafür sein Gedächtnis ausgetauscht hat.«

»Wie lange ist das her?«

»Nicht sehr lange. Zwei Tage, um genau zu sein.«

»Und wer war der Mann?«

»Der in dem Toyota da unten. Deshalb bin ich ja hier. Ich habe längst gesehen, dass er dir folgt. Und so habe ich dich zu mir gerufen, um dir zu sagen, was alle anderen dir nicht sagen werden.«

»Du hast mich zu dir gerufen, Großvater?«

»Natürlich. Weswegen bist du denn sonst im gestreckten Galopp hierhergekommen?«

Solongo war völlig verdattert und überlegte noch, was sie erwidern sollte, als ein heftiges Getrappel den Boden erschütterte. Der alte Mann richtete sich in seinen Steigbügeln auf, um besser über die Schulter hügelabwärts schauen zu können, wo sich fünf Reiter in wilder Hast näherten.

»Reite dort entlang«, riet ihr der alte Nomade und trieb sein Pferd mit dem Zügel an. »Immer geradeaus nach Westen und dreh dich nicht um.«

Er selbst ritt im Galopp in nördlicher Richtung davon und verschwand sogleich hinter dem Hügelkamm. Das abgehackte Pferdegetrappel war inzwischen deutlich vernehmbar. Solongo wusste zwar nicht, was sie von ihr wollten, aber sie war sich darüber im Klaren, dass sie es tatsächlich auf sie abgesehen hatten. Doch bislang hatte sie noch keine Angst vor ihnen. In ihrer Jugend hatten die Jungs es oft auf dieses idiotische Spiel angelegt, ihre Pferde bis zum Äußersten anzuspornen, damit das ihrige so unruhig wurde, dass es sie abwarf und sie sich über sie lustig machen konnten. Aber aus dem Alter für solche Spielchen waren sowohl sie als auch die heranstürmenden Reiter eigentlich heraus. Und bestimmt würden sie sich mit einem Lachen über ihren Abwurf nicht zufriedengeben.

Ihre Verfolger versuchten den Schwung ihres Galopps zu nutzen, um sie einzuholen. Sie hörte, wie sie ihre Pferde, die mit wildem Blick dahinjagten und bereits Schaum vor dem Maul hatten, zum Äußersten antrieben. Langsam bekam sie es doch mit der Angst zu tun; es kam ihr vor, als würde ihr Herz im Gleichklang mit dem herannahenden Hufgetrappel trommeln. Sie überlegte, ob sie nicht einen Haken schlagen, nicht versuchen sollte, die Verfolger durch eine Richtungsänderung abzuwimmeln, doch höchstwahrscheinlich handelte es sich um

Hirten, also sehr geübte Reiter, die es gewöhnt waren, Wildpferden nachzusetzen. Sie hatte keine andere Möglichkeit, als die Distanz zwischen sich und ihren Verfolgern möglichst groß werden zu lassen. Immerhin waren sie schon länger unterwegs, ihre Tiere müssten vor ihrem erschöpft sein.

Plötzlich sah sie, wie der alte Nomade direkt auf sie zugeritten kam; seine Urga hielt er wie eine lange Lanze unter dem Arm. Offensichtlich hatte er den Hügel weiter unten umrundet. Solongo verstand unwillkürlich, dass sie, ohne ihren Galopp zu verlangsamen, an ihm vorbeireiten, dass sich ihre Wege kreuzen mussten.

Für einen Augenblick kamen sie einander so nah, dass sie sich hätten berühren können. Unmittelbar danach schaute Solongo angestrengt über die Schulter nach hinten, weil sie mitverfolgen wollte, was der alte Mann jetzt vorhatte. Sie sah, wie er seinem Pferd die Sporen gab und direkt auf die kleine Verfolgergruppe zuritt. Kurz bevor er sie erreichte, drehte er seine Urga um neunzig Grad, sodass er sie quer vor der Brust hielt. Die ersten beiden Reiter konnte er so aus dem Sattel werfen. Einer der beiden kippte hintenüber; ihn hatte die Stange voll vor die Brust getroffen. Der andere versuchte ihr auszuweichen und duckte sich zur Seite, doch dabei kollidierte er mit den Hufen des dritten Pferdes, das ins Straucheln geriet. Die letzten beiden Reiter rissen daraufhin an den Zügeln, um ihre Pferde zum Stehen zu bringen und den Verunglückten zu Hilfe zu eilen. Das Interesse an der Verfolgung hatten sie schlagartig verloren.

Sie zügelte nun ebenfalls ihr Pferd und ritt in großem Bogen nach links, ohne die außer Gefecht gesetzte Reitergruppe aus den Augen zu lassen. Rasch war offensichtlich, dass einer der Gestürzten nicht mehr aufsteigen konnte. Auch die beiden anderen, die vom Pferd gefallen waren, wirkten angeschlagen und taumelten herum. Sie hielt ihr Pferd in sicherer Distanz an und beobachtete, wie sie sich langsam wieder sammelten. Einer nahm den Verletzten auf die Kruppe seines Pferdes, der andere kümmerte sich um das nunmehr reiterlose Pferd. Dann machte sich die Gruppe im Schritttempo auf den Rückweg nach Süden, woher sie gekommen waren, ohne sich noch einmal nach ihr umzudrehen.

Solongo beobachtete, wie der alte Mann in leichtem Trab zu der Stelle des Zusammenpralls zurückkehrte, ein paar Mal daran vorbeiritt und ohne abzusteigen die beiden Hälften seiner zerbrochenen Urga wieder aufsammelte, indem er sich seitlich aus dem Sattel beugte. Dann ritt er ohne einen weiteren Blick nach Osten davon, und sie begriff, dass ein weiterer Gruß nicht vonnöten war. Sie brachte ihr Pferd in Trab und steuerte nun die Jurte des alten Schwindlers an. Erwartungsvoll standen er und seine Frau schon davor. Das Auto war inzwischen verschwunden. Solongo nahm an, dass die beiden alles beobachtet hatten, aber für den Alten zählte nur das Geld. »Du hast sie überanstrengt. Das war mehr als ein gewöhnlicher Ausritt!«, bemerkte er sogleich mit ernster Miene, als sie aus dem Sattel sprang und ihm die Zügel wieder in die Hand drückte.

»Da hast du durchaus recht, Großvater. Aber es hat sich doch wenigstens gelohnt, denn nun kann ich gleich Anzeige erstatten, wenn ich in Ulaanbaatar zurück bin. Du kannst dir das Delikt noch aussuchen. Was wäre dir lieber: illegale Grabungen? Verbotener Handel mit Kulturgütern? Fälschung und Betrug an Touristen?«

»Wie kannst du nur gegenüber einem alten Nomaden so respektlos sein? Was scherst du dich denn um Traditionen?«, empörte er sich im Versuch, das Gesicht zu wahren.

»Welchen Respekt verdient denn jemand, der in seiner Jurte eine Fälscherwerkstatt einrichtet, um die Besucher ausgerechnet an einem Ort übers Ohr zu hauen, an dem es die Tradition gebietet, dass man sie herzlich empfängt.«

»Was verstehst du denn schon von Traditionen? Du Stadtkind, du Wolfskind! Die Reiter hatten schon recht: Du verdienst es nichts anders, als niedergetrampelt zu werden.«

»Dann sag ihnen, dass ich genau weiß, wer sie sind, und dass ich sie morgen von der Polizei festnehmen lasse.«

»Ach, die Polizei, mit der kenne ich mich aus«, erwiderte der Alte in herablassendem Ton. »Pass du lieber auf, dass sie dich nicht verhaften, wenn du nicht bald von hier verschwindest.«

»Ich gehöre selbst zur Polizei, alter Mann.« Solongo war angesichts dieser Dreistigkeit nun wirklich verärgert und zeigte ihm ihren Dienstausweis. »Wenn du mir nicht sofort erklärst, wer dieser Mann mit dem Toyota vorhin war, dann nehme ich dich gleich selbst mit.«

»Den kenne ich gar nicht.«

»Er hat dir einen Satz funkelnagelneuer Werkzeuge geschenkt, und du kennst ihn nicht?«

»Seinen Namen kenne ich nicht«, verbesserte sich der alte Fälscher, der sich langsam in die Enge getrieben fühlte.

»Rück gefälligst raus mit der Sprache, oder du landest heute noch hinter Gittern!«

»Er wird im Allgemeinen nur ›der Wolf‹ genannt, und er arbeitet mit der Polizei zusammen. Das ist wirklich alles, was ich weiß. Nur deswegen habe ich mich darauf eingelassen zu tun, was er verlangte.«

Solongo ließ die beiden einfach stehen, stieg in ihren Jeep und steuerte wieder die Staubstraße nach Dalandsadgad an. Im Rückspiegel beobachtete sie, wie die Frau sofort in ihre Jurte stürzte. Sie kam mit einem Schüsselchen voller Milch in der Hand heraus, die sie wie einen Segen in alle vier Himmelsrichtungen verspritzte, als einen Segen für ihre Fahrt. Zornig schlug ihr der Mann die kleine Schüssel aus der Hand und holte aus, um seine Frau zu schlagen. Als Solongo das sah, bremste sie scharf und drückte fest auf die Hupe, woraufhin der Mann innehielt, sodass seine Frau genügend Zeit hatte, sich in Sicherheit zu bringen. Dann ließ Solongo den abgewürgten Motor erneut an, der Jeep donnerte über die ausgefahrenen Spurrillen, und sie stob in einer gelben Staubwolke davon.

Sobald Solongo die Straße erreicht hatte, versuchte sie, Yeruldelgger anzurufen. Zu den großen Wundern in diesem Land gehörte der Umstand, dass Smartphones bisweilen an Orten funktionierten, an denen man es nie und nimmer für möglich gehalten hätte. »Ich bin's.«
»Wie geht's? Läuft alles rund?«
»So gut wie.«
»Was soll das heißen – so gut wie?«
»Ein bisschen Ärger, aber nichts Ernstes. Hör mal, hast du was zu schreiben zur Hand?«
»Warte einen Moment. Ich sitze gerade am Steuer... Hier hab ich was... Ja, bin bereit.«
»Also, vor fünf Jahren hat ein junges Paar einen Ausflug hierher gemacht, und sie hatten ein kleines Mädchen dabei. Ein Zeuge erinnert sich an ein rosafarbenes Dreirad. Es handelte sich um Touristen aus dem Ausland, aber nicht um Asiaten. Auch keine Russen oder Engländer oder Deutsche. Der Mann trug eine Brille; die Frau scheint eine ausgesprochene Schönheit gewesen zu sein. Sie waren vier Tage lang hier, interessierten sich für Dinosaurier. Sie fuhren ein Uljanowsk-Wohnmobil mit getönten Scheiben, zugelassen in Ulaanbaatar; im Kennzeichen sind zwei Neunen. Ich vermute, es waren Westeuropäer, allerdings sind solche Touristen normalerweise verpflichtet, einen Fahrservice anzuheuern, der sie herumchauffiert. Das haben sie offenbar nicht getan.«
»Das ist alles?«
»Das ist doch fürs Erste schon mal nicht schlecht!«
»Und was gab es für Ärger?«
»Jemand ist mir die ganze Zeit über gefolgt, und eine Gruppe

Reiter hat versucht, mir Angst einzujagen. Jemand hat sich das Stillschweigen des Mannes erkauft, der den gefälschten Dinozahn verkauft hat.«

»Verstanden. Fliegst du heute Abend zurück?«

»Mit der Maschine um siebzehn Uhr.«

»Dann hole ich dich am Flughafen ab. Bis später.«

»Bis später.«

Sie wollte gerade auflegen, als der Toyota wie aus dem Nichts hinter ihr auftauchte und ihren Jeep rammte. Der Aufprall war sehr heftig. Sie ließ das Telefon einfach fallen und umklammerte das Lenkrad, um gegensteuern und auf der Straße bleiben zu können. Yeruldelgger hörte das Krachen und den Fluch, den seine Freundin ausstieß.

»Solongo?«

Das Handy war gegen das Armaturenbrett geprallt und von dort auf den Beifahrersitz gefallen. Der Lautsprecher war nicht eingeschaltet, aber mit einem schnellen Seitenblick erkannte Solongo, dass das Gerät noch an war. Vielleicht hatte Yeruldelgger noch nicht aufgelegt. »Kannst du mich noch hören? Hörst du mich noch?«, rief sie im Wageninnern, während sie im Rückspiegel sah, dass der Wagen wieder auf sie zupreschte. Es handelte sich um einen dunkelgrünen Toyota. Dreitüriger Landcruiser. Der Fahrer war der einzige Insasse.

Yeruldelgger hörte einen erneuten Aufprall und eine Kaskade von Flüchen. »Solongo! Solongo! Sprich mit mir!«

»So ein Dreckskerl!«, schrie sie. »Er versucht, mich an den Abhang zu drängen. Sein Kennzeichen! Notier dir die Nummer ... vier-acht-zwei-sechs, nein, nein! Zwei-sechs-vier-acht, zwei-sechs-vier-acht Ulaanbaatar. Dunkle getönte Scheiben. Kaputte Windschutzscheibe ... Ich hoffe, du schreibst das alles mit!«

Der Kommissar hielt einfach am Straßenrand der Peace Avenue und notierte sich alles.

»Er will mich überholen, Yeruldelgger, er überholt mich gerade. Er ist jetzt links auf meiner Höhe. Er fährt scharf ran! O Gott, er hat eine Waffe! Er zielt auf mich!«

Yeruldelgger ließ sein Notizbuch fallen. Er umklammerte sein Handy und schrie aus voller Kehle hinein: »Dann brems, Solongo, brems jetzt! Brems, lass ihn vorbeirasen und ramm ihn von hinten! Solongo? Solongo?«

Als sie sah, wie der Fahrer mit der Waffe auf sie zielte, bremste die Gerichtsmedizinerin abrupt, umklammerte dabei mit aller Kraft das Lenkrad, um den Jeep in der Spur zu halten. Ihre Reaktion überraschte ihren Angreifer, und er bremste seinerseits eine Sekunde zu spät; mit der Waffe in der Hand hatte er seinen Wagen weniger gut unter Kontrolle. Der Toyota schlitzte das Blech an der Fahrerseite des Jeeps auf und rasierte den Außenspiegel ab. Nachdem er sie überholt hatte, schaltete Solongo zurück, um besser beschleunigen zu können, und brach nach links aus, um Abstand von dem Abgrund zur Rechten zu gewinnen. Das Gelände stieg recht steil an; die lang gestreckte Erhebung war mit größeren Steinen und Felsbrocken übersät. Stellenweise glitt der Jeep durch rutschiges Gras, wobei der Motor jedes Mal aufheulte, bis die Reifen wieder griffen und der Wagen über Geröll und Murmeltierlöcher hinwegschoss. Im Innenspiegel beobachtete sie den Toyota. Der Fahrer hatte beträchtliche Schwierigkeiten, aus einer der Spurrinnen herauszukommen, und brauchte dafür mehrere Anläufe. Dann musste er noch einen weiten Bogen fahren, bis er die Verfolgung wieder aufnehmen konnte. Er war etwa zehn Meter hinter ihr, und Solongo rechnete sich ihre Chancen aus. Sechs oder sieben Meter sollten ausreichen, um den Überraschungseffekt hinzubekommen. Als sie den Abstand zum Verfolger für passend hielt, steuerte sie den Jeep auf dem Abhang steil nach oben auf einen großen Felsblock zu. Unmittelbar bevor sie ihn erreicht hatte, umfuhr sie ihn, als wollte sie sich vor dem Verfolger verstecken.

Als der Toyota quer den Hügel hinauffuhr, um seinerseits hinter den Felsblock zu gelangen, trat Solongo voll auf die Bremse, legte den Rückwärtsgang ein und ließ den Jeep rückwärts mit dem anderen Fahrzeug kollidieren. Sie zielte auf dessen rechtes Vorderrad und ließ den Motor für den Zusammenstoß auf Hochtouren laufen. Durch den Aufprall kam der Toyota aus dem Gleichgewicht, stieg an der rechten Seite in die Höhe, kippte dann langsam auf die andere Seite und rollte, sich immer schneller überschlagend, den Hang hinunter, wo er in der Schlucht verschwand.

Solongo wunderte sich, dass sie keine Panik verspürte. Sie beobachtete den Absturz des Geländewagens ohne das geringste Mitleid für den Fahrer. Dann schaltete sie das Differenzial für den Allradantrieb ein und machte vorsichtig kehrt, um wieder auf die Strecke zu gelangen. Kurz bevor sie dort ankam, bemerkte sie die Pistole des Toyota-Fahrers, die offenbar bei einem der Überschläge herausgeschleudert worden war. Sie legte den Rückwärtsgang ein, blieb an der Stelle stehen und hob sie durch die geöffnete Fahrertür auf, ohne auszusteigen. Dann setzte sie ihre Fahrt nach Dalandsadgad unbehelligt fort.

Ein paar hundert Meter weiter hatte sie plötzlich Schwierigkeiten beim Gasgeben und sah, dass ihr Smartphone unter das Pedal gerutscht war. Sie bückte sich und griff danach. »Yeruldelgger? Bist du noch da?«

»Das sollte ich besser dich fragen«, erwiderte er.

»Ich glaube es fast selbst nicht, aber die Antwort lautet Ja.«

»Und der andere?«

»Ist in einer Art Gletscherspalte ohne Gletscher verschwunden, nachdem er sich zehnmal überschlagen hat.«

»Gut gemacht.«

»Ich weiß nicht, ob er das überlebt hat.«

»Das kann uns ziemlich egal sein. Hör zu, wenn du wieder in der Stadt bist, fahr einfach am Flughafen vorbei. Nach ungefähr zweihundert Metern kommt eine Kurve, und dahinter geht an einem großen Haus mit einem blauen Dach eine Straße nach rechts ab. Lass den Wagen einfach im Hof vom vierten Haus stehen, dem mit dem grünen Dach. Der Hof ist nicht verschlossen. Geh von dort zu Fuß zum Flughafen. Das sind keine dreihundert Meter. Verstanden?«

»Verstanden, Chef«, scherzte Solongo, die sich allmählich entspannte. »Gibt es auf diesem Flughafen einen Sicherheitscheck?«

»Nein. Da werden nur Inlandsflüge abgewickelt. Warum?«

»Ich habe mir die Pistole von dem Toyota-Fahrer geschnappt«, murmelte sie leise, als ob in dem Jeep mitten in der Wüste Gobi irgendjemand mithören könnte.

»Gut gemacht«, sagte Yeruldelgger anerkennend. »Eines Tages werde ich mich noch in dich verlieben, weißt du das?«

»Das wäre auch langsam Zeit!«, scherzte Solongo.

22

… und alles mit angehört hatte

»Ist Yeruldelgger nicht da?«, wollte Oyun wissen.
»Er ist auf dem Gebrauchtwagenmarkt«, erwiderte Solongo.
»Hast du an den Roten Klippen irgendwas rausfinden können?«
»Es gibt eine Spur zu einem Uljanowsk-Wohnmobil. Er will sich wohl mal etwas umhören.«
»Soweit ich gehört habe, ist es dort unten ziemlich drunter und drüber gegangen.«
»Ja, es ging ganz schön heiß her.«
»Yeruldelgger war ganz krank vor Sorge. So habe ich ihn noch nie gesehen.«
Solongo zog es vor, das unkommentiert zu lassen.
»Sag mal, ist da irgendwas zwischen euch beiden?«, erkundigte sich Oyun vorsichtig.
»Bei aller Freundschaft«, begann Solongo und legte behutsam eine Hand auf die Schulter der jungen Frau, »aber ich glaube wirklich nicht, dass dich das etwas angeht.«
»Manchmal denke ich aber doch! Schließlich sind er und ich Kollegen und Partner, und in gefährlichen Situationen habe ich oft den Eindruck, dass ihn nichts aufhalten kann und dass er dabei auch auf mich keine Rücksicht nimmt. Es wäre mir schon eine gewisse Beruhigung, wenn es da jemanden gäbe, der ihm

wichtiger ist als sein Leben. Verstehst du, was ich meine? Dass ihm das Leben etwas wert ist. Und wenn schon nicht sein eigenes, dann wenigstens das eines anderen Menschen, zum Beispiel deins!«

Die beiden Frauen saßen auf niedrigen, in bunten Farben bemalten Hockern draußen im Garten vor der Jurte. Solongo hatte Teeblätter in die Kanne geworfen; beim ersten Aufwallen des kochenden Wassers goss sie Milch hinein und nahm die Teekanne vom Feuer; dann kam noch eine Prise Salz hinzu. Oyun betrachtete sie beglückt dabei, wie sie jeden dieser traditionellen, geradezu rituellen Handgriffe ruhig, konzentriert und mit großer Eleganz ausführte. Dann goss Solongo noch etwas mehr Milch in den leicht gesalzenen Tee und schäumte das Ganze mit einem kleinen Bambusbesen auf, der ausschließlich für diesen Zweck benutzt wurde. Dann kam noch ein Löffel Mehl hinzu. So hatten es beide von Kindesbeinen an von ihren Müttern draußen in der Steppe gelernt.

»Ich bin schon sehr lange in ihn verliebt«, erklärte die Gerichtsmedizinerin nach einer Weile des Schweigens. »Aber ich denke nicht, dass er mich liebt. Im Übrigen glaube ich, dass Yeruldelgger gar nicht mehr in der Lage ist, jemanden zu lieben, seit ...«

»Seit?«

»Seit dem Tod seiner geliebten kleinen Kushi und dem Weggang von Uyunga natürlich.«

»Das war seine Frau?«

»Sie ist immer noch seine Frau«, erwiderte Solongo in sanftem Ton und blickte gedankenverloren in die Dampfwölkchen, die aus ihrer Teeschale aufstiegen.

»Was ist geschehen?«

»Das habe ich doch schon gesagt. Sie ist aus seinem Leben verschwunden. Sie konnte Kushis Tod nicht verwinden. Sie ist fortgegangen – sowohl im wörtlichen als auch im übertragenen

Sinn. Sie hat Yeruldelgger verlassen und lebt nun wieder bei ihrer Familie in einem der besseren Stadtviertel im Norden... aber im Geiste ist sie bei der kleinen Kushi. In ihrer Vorstellung lebt sie immer noch mit ihr zusammen.«

»Ist sie verrückt?«

»Sag das niemals! Uyunga ist gegangen, und sie ist jetzt woanders, in einer anderen Welt. In ihrer Vorstellung ist die Welt um sie herum aus den Fugen geraten. Eine Welt, die ihr ihr über alles geliebtes Kind genommen hat.«

Oyun trank einen kleinen Schluck von Solongos Tee und dachte an ihre eigene Kindheit zurück. Der Tod der kleinen Tochter dieses Mannes, den sie beide liebten, jede auf ihre eigene Art, trieb ihr Tränen in die Augen. Sie wandte den Kopf ab, um sie vor Solongo zu verbergen, die ihrerseits stur geradeaus blickte, um sie nicht ansehen zu müssen.

»Wie ist das passiert?«

»Das weiß niemand. Zu dieser Zeit wurden Ermittlungen wegen der großen Korruptionsaffären durchgeführt, bei denen es um gigantische Grundstücksgeschäfte ging. Yeruldelgger war einer Art Verschwörung von mächtigen Leuten auf die Schliche gekommen, die möglichst viel an sich raffen wollten, um es anschließend vermutlich an russische Oligarchen oder an chinesische Konglomerate weiterzuverkaufen. Irgendjemand hat Kushi entführt. Es gab weder Lösegeld- noch sonstige Forderungen. Vermutlich sollte dadurch Druck auf Yeruldelgger ausgeübt werden, seine Ermittlungen fallen zu lassen. Und angeblich hat er sie nicht fallen lassen. Wir vermuten, dass diejenigen, die Kushi entführt und anschließend getötet haben, Yeruldelgger moralisch brechen wollten, wenn sie seine Ermittlungen schon nicht unterbinden konnten.«

»Und? Ist ihnen das gelungen?«

»Ja, Kushis Tod hat ihn körperlich und seelisch fertiggemacht. Er war nicht mehr in der Lage, Ermittlungen durchzuführen.

Man hat ihm alle größeren Fälle entzogen. Wäre das nicht passiert, säße er heute auf dem Stuhl von Mickey.«

»Ist das der Grund, warum er niemanden mehr an sich heranlässt?«

»Na ja, es gibt einen Menschen, den er bedingungslos liebt, und das ist Saraa. Aber er hat es völlig verlernt, das durch Nähe oder durch Worte zum Ausdruck zu bringen.

Ich glaube, er hat sich in den Kopf gesetzt, alles zu ertragen, was sie ihm zumutet – quasi um sich selbst zu bestrafen. Er lässt sich unglaubliche Dinge von ihr gefallen. Es ist unvorstellbar, was dieser Mann an Tiefschlägen und an Hass einsteckt ... Aber falls es dich beruhigt: Wir sind kein Paar. Yeruldelgger will sein Privatleben außer mit Saraa eigentlich mit niemand anderem teilen. Aber sie möchte das nicht. Und solange sie lebt, lebt er auch nur für sie. Und was uns beide anbelangt, müssen wir uns wohl damit begnügen, dass er uns ganz gut leiden kann ...«

Sie lächelten einander liebevoll an, ohne ihre Tränen voreinander zu verbergen. Genauso wie die von Saraa, die nackt, aber mittlerweile hellwach hinter dem Paravent lag und alles mit angehört hatte.

23

… dass das wohl hieß, dass er ihn verstanden hatte

Khüan der Kasache hatte fünf große Container auf einer der Straßen aufgestellt, die zum Gebrauchtwagenmarkt von Da Khuree führten. Darin hatte er seine Autowerkstatt eingerichtet. Er hatte den Containern Klötze untergelegt und Teile des Stahlbodens mit dem Schweißbrenner herausgetrennt. Seine Mechaniker und er schoben sich unter die Container und werkelten an den Autowracks herum, um die Aufhängung und die Getriebe auszubauen, die er dann auf dem Markt zum Verkauf anbot. Der Markt selbst wirkte wie ein riesiger Parkplatz, auf dem sich Tausende von Autos aneinanderreihten. Er hatte sich im Laufe der Jahre zu einem der übelst beleumdeten Orte von Ulaanbaatar entwickelt. Der Markt war rund um die Uhr geöffnet; zu jeder Tages- und Nachtzeit wimmelte es von Käufern und Verkäufern, Hausierern, Taschendieben, fliegenden Händlern, Prostituierten, kleinen Gaunern, Bettelmönchen, ordinären Geschäftsleuten, Drogenhändlern und Bauerntrampeln. Seit ein paar Jahren hatte sich dieser Ort den übelsten Ruf von Ulaanbaatar erworben.

Die Werkstatt des Kasachen schien zu florieren. In allen fünf Containern standen irgendwelche Unfallwagen, die Khüans Mechaniker im Licht von Handlampen zerlegten; in der ganzen Werkstatt hing der schwere Geruch von Altöl, Rost und Benzin.

»Wo ist Khüan?«, sprach Yeruldelgger einen Mann in einer ölverschmierten Hose an, der sich tief über eine offene Motorhaube beugte.

Lediglich eine mit einem Schraubenschlüssel bewehrte Hand tauchte aus dem mechanisch-elektrischen Gewirr des Motorraums empor und deutete vage in eine Richtung. »Draußen, unter dem Lada.«

Yeruldelgger ging auf einen Lada zu, dessen Vorderrad von einem Wagenheber in der Luft gehalten wurde. Ein Mann schien den Lada gerade mit kräftigen Hammerschlägen zu zertrümmern. Er lag mit dem Rücken auf einem Gleitkissen auf Schienen, mit dem er leicht unter den Wagen rutschen konnte. »Komm mal raus da, Khüan«, sagte der Kommissar im Befehlston und stupste mit dem Fuß die Sohle des Mechanikers an.

»Yeruldelgger!« Die unter der Motorhaube hervordringende Stimme klang so laut und tief wie von einem Ungeheuer und dabei kein bisschen überrascht.

»Komm raus, oder ich lass den Wagenheber ab!«

»Seit deinem letzten Besuch hier arbeite ich nur noch mit Stützkeilen.«

Yeruldelgger kauerte sich hin, griff nach dem erstbesten Keil und zog ihn zu sich heran. »Bist du dir sicher, dass ein einziger genügt?«

»Schon gut, schon gut«, seufzte Khüan, der zuerst einmal, ohne große Eile an den Tag zu legen, ein paar Werkzeuge beiseitelegte, bevor er sich unter dem Lada hervorschob. »Weswegen bist du diesmal hier?«

»Um mit dir zu Mittag zu essen.«

Der Mann richtete seinen massigen Körper auf und erhob sich. Der Reißverschluss seines mit Ölflecken übersäten orangen Overalls stand bis zum Nabel offen; er überragte selbst Yeruldelgger um einen Kopf. Zunächst wischte er sich die Hände an einem vor Öl schwarzen Lappen ab, wobei sich die Muskeln an seinen Vorderarmen unter der Haut anspannten, als wären es Schiffstaue.

»Ist die Kaschemme der Alten in der Straße da hinten immer noch in Betrieb?«, fragte Yeruldelgger.

»Aber klar doch!«, antwortete der Kasache und schäumte sich die Hände mit russischer Flüssigseife ein. »Magst du immer noch geschmortes Hammelfleisch?«

»Mehr denn je! Die Restaurants, die Hammelsuppe mit lauwarmem Joghurt anbieten, sollten als Nationalerbe anerkannt werden.«

Bei dem »Restaurant« handelte es sich lediglich um eine Hütte aus Holz und Wellblech; sie gehörte einer alten Burjatin, die aus dem Norden kam, von der Grenze zu Sibirien, der Heimat der mongolischen Ethnie der Burjaten. Sie war seit vierzig Jahren verwitwet, und seit ebendieser Zeit kochte sie hier für das Gaunervolk des großen Marktes und war so für alle eine Art Großmutter geworden.

»Einen guten Tag, Großmutter!«, begrüßte Khüan sie beim Betreten des Lokals in einem unerwartet rauen Ton, der seine große Zuneigung zu der alten Frau kaschieren sollte.

»Die Stammkundschaft weint, wenn der große Türke erscheint«, erwiderte sie lakonisch.

»Das ist doch gar nicht wahr, Großmutter. Ich bringe sogar einen neuen Gast mit.«

Sie schaute von ihren Töpfen und Pfannen auf, um sich den neuen Gast in Begleitung des Kasachen anzusehen. Als sie Yeruldelgger erkannte, verzerrte sich ihr vom Alter und von vielen Wintern zerknittertes Gesicht noch mehr. »Der da?«, sagte sie, während sie ein vor Öl triefendes Sieb mit Frittiertem in die Höhe hielt. »Für meine Stammgäste ist der so schlimm wie zehn Türken auf einmal! Wenn du willst, dass ich euch was zu essen bringe, dann setzt du dich mit ihm hinten in die Ecke.«

Die beiden Männer leisteten der Aufforderung anstandslos

Folge, da ihnen ebenfalls daran gelegen war, nicht sonderlich aufzufallen. Wenn Khüan es schon nicht verhindern konnte, so legte er doch keinen gesteigerten Wert darauf, in Gesellschaft eines Polizisten gesehen zu werden. Und Yeruldelgger durfte ja offiziell gar keine Ermittlungen mehr durchführen, auf dem Markt hingegen wimmelte es in guter sowjetischer und postsowjetischer Tradition nur so von V-Leuten; also hatte auch er guten Grund, keine Aufmerksamkeit auf sich zu ziehen.

»Hammelsüppchen mit Joghurt, nehme ich an?«, hakte die Köchin nach.

Der Kasache winkte mit übertriebener Geste ab. Dieses Arme-Leute-Essen verabscheute er regelrecht und konnte nicht verstehen, was Yeruldelgger daran fand. Und was er noch weniger ausstehen konnte, war die Tradition, einen Teller nach dem anderen davon wegzuschlürfen. Stattdessen bestellte er für sich Chuuschuur, mit Schafsfleisch gefüllte Ravioli, und je ein Bier für Yeruldelgger und sich. Als die alte Köchin wieder abzockelte – wobei sie etwas vor sich hin murmelte, wonach Türken eben nicht wüssten, was gut schmeckt –, gab Khüan dem Kommissar zu verstehen, dass er wenig Zeit habe, und fragte, was er von ihm wolle.

»Ein Wohnmobil.«

»Willst du in Urlaub fahren?«, scherzte der Kasache.

»Ein Uljanowsk UAZ 452, in Blau, mit getönten Fenstern, älteres Modell«, erklärte Yeruldelgger ernst.

»Sonst noch was?«, mokierte sich Khüan.

»Der Wagen ist vermutlich schon vor fünf Jahren aus dem Verkehr gezogen worden. Er war in Ulaanbaatar zugelassen und im Kennzeichen waren zwei Neunen.«

»Aha!«, äußerte der Kasache in hörbar sachlicherem Ton. »Also geht es nicht um einen Urlaub.«

»Wie es aussieht, haben diejenigen, die den Wagen vor fünf Jahren zuletzt gefahren haben, einen ewigen Urlaub angetreten.«

»Verstehe«, erwiderte der Kasache. »Ich schaue mich ein wenig um und gebe dir Bescheid, wenn ich etwas Passendes finde.«

»Finde etwas Passendes – und zwar schnell!«, sagte Yeruldelgger mit Nachdruck.

»Aber mein Lieber, wie stellst du dir das vor? Ein Fahrzeug, das vor fünf Jahren verschwunden ist! Und du hast noch mit keinem Wort erwähnt, was für mich dabei herausspringt.«

»Versuch bloß nicht, mich für dumm zu verkaufen!« Der Kommissar tat, als könnte er seine Wut nur schwer bezwingen. »In diesem Land kann kein Fahrzeug die Grenze überqueren, ohne dass das auf der einen oder der anderen Seite genau registriert wird. In der Steppe würde jeder verlassene Wagen die Aufmerksamkeit von Nomaden oder Jägern auf sich ziehen, so was bleibt dort nicht unbemerkt. Das fragliche Fahrzeug ist dort nirgendwo, was nur den Schluss zulässt, dass es nach Ulaanbaatar gekommen ist, und wenn das der Fall ist, dann ist es auch zwingend hier auf diesem Markt aufgetaucht. Also wirst du es für mich ausfindig machen oder herauskriegen, wo es abgeblieben ist.«

»Und was bekomme ich dafür?«

»Es steht bereits vor dir!«, antwortete Yeruldelgger und deutete auf die noch in heißem Fett brutzelnden Chuuschuur, die die alte Burjatin gerade vor ihn auf den Tisch gestellt hatte. »Das geht auf mich.«

»Da sieht man wieder mal, wo unsere Steuergelder hinfließen«, seufzte der Kasache und biss herzhaft in eine der golden schimmernden Teigtaschen.

»Erzähl mir doch nichts! Du arbeitest doch die meiste Zeit schwarz!«

»Und wohin fließen dann unsere schwarzen Steuern?«, fragte Khüan zurück.

Ohne einander zuzulächeln, stießen sie mit ihren Flaschen

Dschingis National an und aßen schweigend ihre Mahlzeit. Yeruldelgger schlürfte laut schmatzend jeden einzelnen Löffel seiner Suppe, um sein kulinarisches Wohlbehagen angemessen zum Ausdruck zu bringen. Der alten Köchin, die ihn aus den Augenwinkeln beim Essen beobachtete, bereitete das große Freude, auch wenn sie sie nicht offen zeigte. Er tat älteren Menschen immer gern einen Gefallen. Das war man ihnen einfach schuldig nach allem, was sie durchlebt und durchlitten hatten, und wegen dem, was allen anderen erst noch bevorstand.

Nachdem der Kasache zwei Portionen Chuuschuur auf Yeruldelggers Kosten verzehrt hatte, verabschiedete er sich mit dem Versprechen, Erkundigungen einzuziehen, sobald es die Arbeit in seiner Werkstatt erlaubte. Vor dem Lokal trennten sich dann ihre Wege.

Khüan ging zurück zu seiner Containerwerkstatt und quetschte sich zwischen zweien der Stahlbehälter durch. Auf einer freien Brachfläche dahinter stand seine verdreckte Jurte; hier wohnte er, zugleich aber diente sie ihm als Lager und Büro. Drinnen ging er geradewegs zu einem kleinen Tischchen, holte sein iPhone aus einer Schublade und rief eine der Nummern aus der Kontaktliste an. Während er darauf wartete, dass sich der Anrufer meldete, nahm er den ausgebauten Anlasser eines Land Cruisers, der auf seinem Schreibtisch lag, in die Hand und betrachtete ihn eingehend, um sich zu beruhigen.

»Hallo, ich bin's. Erinnerst du dich noch an den blauen Uljanowsk von vor fünf Jahren? Ein Bulle hat danach gef…«

»Das ist das Beste an euch Kasachen, dass ihr immer so vorhersagbar agiert. Ihr könnt noch so stark, gaunerhaft oder auch verrückt sein, aber ihr verhaltet euch immer genau so, wie man es erwartet.« Yeruldelgger stand plötzlich am Eingang der Jurte, die Hände tief in den Manteltaschen vergraben. Khüan fragte sich, warum ihn keiner vorgewarnt hatte. Der riesige Gebrauchtwagenmarkt war schließlich ein einziges funktionierendes Netz mit geheimen Signalen und Zeichen. Einer seiner Leute in der Werkstatt hätte ihn auf jeden Fall warnen müssen, indem er einfach nur mit einem Werkzeug irgendwo draufschlug. In seinem Altai Car Service bedeuteten drei aufeinanderfolgende Schläge, ein einzelner und dann zwei dicht hintereinander, dass ein Polizist im Anmarsch war. Selbst im größten Lärm und dem Gewirr der Stimmen auf dem Markt hätte Khüan dieses Signal mit Sicherheit herausgehört. So wie das der Fall gewesen war, als der Kommissar heute bei ihm eintraf, bevor sie gemeinsam zum Essen gegangen waren.

»Meinst du, ich hätte mich bloß wegen deiner schönen Augen zu einem Mittagessen mit dir herabgelassen? Ich habe natürlich absichtlich meinen Mantel in deiner Werkstatt bei deinen Automechanikern zurückgelassen und ihnen gesagt, ich würde ihn nach dem Essen wieder abholen. Eine kleine Finte, damit sie davon ausgehen, du wüsstest Bescheid, dass ich noch mal auftauche. Deswegen haben sie dich nicht vorgewarnt. Glaubst du, wir von der Polizei wüssten nicht, wie ihr euch mit euren kleinen Tricks und Signalen verständigt und gegenseitig vorwarnt? Aber jetzt ist Schluss mit den Spielchen ...«

Der Kasache holte weit aus, um Yeruldelgger den Anlasser an den Kopf zu werfen, aber der hatte auch das schon kommen sehen. Er zog seine Pistole aus der Manteltasche und zielte in aller Seelenruhe auf Khüans Bein. Der Kasache heulte vor Schmerz laut auf und brach mit zertrümmertem Schienbein zusammen.

»Völlig vorhersehbar, wie ich es dir bereits gesagt habe«, meinte Yeruldelgger beinahe entschuldigend und zuckte mit den Schultern.

Er griff nach dem iPhone des Kasachen, um einen Krankenwagen herbeizurufen und Oyun darüber zu informieren, was gerade geschehen war. Zuerst gab er eine falsche Nummer ein und verfluchte seine Ungeschicktheit; dann wählte er nacheinander die beiden richtigen Nummern. Nachdem er aufgelegt hatte, betrachtete er das Smartphone etwas genauer und spielte ein wenig damit herum; das war wirklich ein gutes Gerät mit einer Fülle von Funktionen. »Hast du Schmerzen?«, fragte er grinsend den Kasachen.

»Blöde Frage! Was denkst du denn?«, stöhnte der massige Khüan.

»Gut so!« Yeruldelgger nickte zufrieden und ließ sich auf einem der bunt bemalten Hocker nieder, die Hände in den Manteltaschen. »Auf diese Weise kehrt wenigstens die Vernunft wieder zurück.«

Khüans Mitarbeiter standen draußen vor dem Eingang der Jurte und beobachteten alles, wagten aber nicht einzugreifen. Der Kommissar sagte ihnen, ein Krankenwagen sei bereits unterwegs und sie könnten wieder an ihre Arbeit gehen. Nachdem sie verschwunden waren, nahm Yeruldelgger das Innere der Jurte in Augenschein. Der Raum war mit x-beliebigen Einrichtungsgegenständen möbliert, die wahllos aufgestellt waren, ohne Kenntnis der Traditionen. Eine eigenartige Mischung aus Werkstatt und Wohnung, ohne den geringsten Respekt dafür, wie sich Seelen und Geister in einem Raum bewegen. Auch daran konnte man erkennen, dass Kasachen eben keine Mongolen waren. Dann wartete er schweigend auf die Ankunft des Krankenwagens.

Kurz bevor das Heulen der Sirenen die Ankunft von Polizei und Krankenwagen verkündete, beugte sich Yeruldelgger zu dem vor Schmerzen zitternden Khüan hinab. »Hör mir genau zu. Ich bin zu dir gekommen, weil ich mich nach einem günstigen Auto umsehen wollte. Falls du ihnen jemals den wahren Grund verraten solltest, werde ich wiederkommen und dir eine Kugel in den Ellenbogen jagen. Wir haben uns darüber gestritten, wer bei der Burjatin die Rechnung übernimmt. Du hattest etwas getrunken und hast mich mit einem Schraubenschlüssel bedroht. Daraufhin habe ich dich in Notwehr angeschossen. Und kein Wort von dem Anruf, den du gemacht hast, verstanden?«

Der Kasache zischte einen Fluch in seiner Muttersprache zwischen den Zähnen hervor, und Yeruldelgger sagte sich, dass das wohl hieß, dass er ihn verstanden hatte.

24

… das letzte Aufbäumen eines alten Boxers …

»Das war was Privates«, erklärte Yeruldelgger.

Mickey hatte von dem Zwischenfall auf der Golf-Range beim Abschlagüben erfahren, wozu er von einem Abgeordneten der Mehrheit eingeladen war. Eigentlich war vorgesehen gewesen, anschließend mit einem Richter und dem Justizminister an einer Wohltätigkeitsgala zugunsten der Waisenkinder von Angehörigen der staatlichen Sicherheitskräfte teilzunehmen. Auf diese Einladung hatte Mickey schon seit Langem hingearbeitet, denn das Ereignis klang nicht nur sehr vielversprechend, es versprach vielleicht auch eine Beförderung.

»Du bist verrückt, Yeruldelgger«, seufzte sein Vorgesetzter resigniert. »Komplett irre. Erst beleidigst du einen ausländischen Diplomaten, dann bedrohst du mich mit der Waffe und nun ballerst du auf den Besitzer einer Werkstatt. Du bist einfach verrückt, im medizinischen Sinne einfach krank, ganz ehrlich!«

»Aber er hat mich doch angegriffen, das hat er doch selbst gesagt.«

»Was hattest du dort überhaupt zu suchen?«

»Du hast den Kerl doch gesehen, oder? Ein Monster! Mit dem Anlasser eines Land Cruisers in der Hand. Ich habe aus Notwehr geschossen!«

»Hast du dort wegen irgendwas ermittelt? Ich habe dir sämtliche Ermittlungen verboten, Yeruldelgger.«

»Ich habe dort nicht ermittelt. Wir haben uns über gebrauchte Autos unterhalten und sind zusammen eine Kleinigkeit essen gegangen; dabei hat er dreimal so viel gefuttert wie ich und wollte die Rechnung nicht teilen. Als ich darauf bestanden habe, hat er sich strikt geweigert. Ich habe darauf bestanden, er ist ausgerastet, hat mich bedroht, und ich habe geschossen. Das war's.«

»Mit deiner Dienstwaffe, das ist es doch! Mit deiner Dienstwaffe!«

»Natürlich mit meiner Dienstwaffe, womit denn sonst? Ich habe doch nur die eine Pistole«, log Yeruldelgger. »Und was macht das bei berechtigter Notwehr für einen Unterschied?«

»Jetzt hör mir mal gut zu: Ich glaube dir kein Wort von dem, was du erzählst. Ich weiß nicht, was du dort zu suchen hattest, und ich weiß nicht, was du ihm eingetrichtert hast, aber ich werde es herausfinden. Da kannst du dir sicher sein! Wenn es nur nach mir ginge, wärst du längst gefeuert! Bis die interne Untersuchung in diesem Zwischenfall ermittelt hat, gibst du hier und jetzt Dienstausweis und Dienstwaffe ab. So lauten die Vorschriften, wenn ein Zivilist verletzt wurde, wie du selbst genau weißt. Da dieser Schwachkopf dich deckt, muss ich dich offiziell unbehelligt lassen, aber inoffiziell, unter vier Augen, Yeruldelgger, garantiere ich dir hiermit, dass du erledigt bist. So steht es geschrieben – und du selbst hast es so geschrieben.«

Mickey hatte dem Kommissar gegenüber einen so herablassenden Ton angeschlagen, wie man ihn nur gegenüber jemandem verwendet, bei dem jede Hoffnung verloren ist, dass es sogar vergeblich wäre, sich über ihn aufzuregen. Der Kommissar seinerseits ließ die Ansprache geradezu herausfordernd lässig mit den Händen in den Manteltaschen über sich ergehen. Die rechte Hand spielte dabei in der Tasche mit dem Handy des Kasachen. Er zog seinen Dienstausweis hervor und legte ihn zusammen mit der Dienstpistole auf Mickeys Schreibtisch. »Wenn es denn tatsächlich schon geschrieben steht ...«, murmelte er resigniert.

Er ging zur Tür und wollte sie gerade öffnen, als der Hauptkommissar ihn noch einmal im gleichen herablassenden Ton ansprach. »Das Handy auch, Yeruldelgger!«

»Handy? Welches Handy?«

»Das Mobiltelefon von dem Kasachen!«

»Ach ja! Das Mobiltelefon vom Kasachen! Stimmt, klar, das Handy vom Kasachen ...«

Er zog es aus der Manteltasche und ging zurück, um es auf dem Schreibtisch seines Chefs abzulegen, der seinen Dienstausweis und die Pistole bereits in einer abschließbaren Schreibtischschublade verstaut hatte.

»Irgendwann musst du mal deinen Überlegenheitsdünkel ablegen und aufhören, dich für schlauer als alle anderen zu halten. Nicht alle um dich herum sind bloß Dummköpfe!«, fauchte Mickey und steckte seine Sachen ein, um sich wieder zu der Gala zu begeben.

»Kann schon sein«, gab Yeruldelgger bereitwillig zu und verließ das Büro. »Vielleicht kommt ja irgendwann wirklich der Tag, an dem die anderen weniger dumm sind – ja, ganz bestimmt.«

Mickey gefiel weder diese Anspielung seines Untergebenen noch dessen Ton. Irgendwie hörte es sich wie eine unterschwellige Drohung an oder so, als ob er ihn erneut verschaukeln wollte. Er überlegte eine Sekunde, ob er ihn dabehalten sollte, um herauszufinden, was er damit gemeint hatte. Aber es war schließlich Sonntag, und er wollte rasch zurück zur Wohltätigkeitsgala unter der Schirmherrschaft des Justizministers. Deshalb tröstete er sich mit dem Gedanken, dass es sich bei dieser Äußerung von Yeruldelgger um das letzte Aufbäumen eines alten Boxers gehandelt hatte, dessen Zeit abgelaufen war.

25

Wirklich ein sehr schöner Sonntag

»Wie geht es ihr?«, fragte Yeruldelgger mit einem Blick auf den Wandschirm.

»Es verheilt alles ganz gut«, erwiderte Solongo.

»Und du?«, wollte Oyun wissen. »Wie fühlst du dich?«

»Sehr erleichtert!«, antwortete er scherzhaft. »Gestern wurden mir sämtliche Fälle entzogen, und heute durfte ich auch noch meinen Dienstausweis und meine Waffe abgeben.«

»O nein!«, rief Solongo. »Was hast du denn jetzt wieder angestellt?«

»Ich habe Khüan, dem Kasachen vom Altai Car Service, auf dem Gebrauchtwagenmarkt ins Bein geschossen.«

»Und wieso?«, hakte Oyun nach.

»Er wollte mir den Schädel mit einem massiven Anlasser von einem Land Cruiser zertrümmern. Hast du eine Ahnung, wie schwer so ein Ding ist? Wiegt bestimmt neun Kilo. Neun Kilo, und wenn ein kasachischer Riese dir den aus weniger als zwei Metern Entfernung über den Schädel zieht ... was hätte ich da sonst machen sollen?«

»Wie wär's damit, gar nicht erst den Zorn eines solchen Typen auf sich zu ziehen?«, sagte Oyun.

»Na ja, aber wenn dir dieser Kasache eine Information bezüglich eines Uljanowsk vorenthält, der möglicherweise der letzte

Aufenthaltsort eines kleinen blonden Mädchens war, das mit Erde im Mund und zusammen mit seinem rosafarbenen Dreirad einfach in der Steppe verscharrt wurde, dann hat nicht er Grund zornig zu sein, sondern ich.«

»Heißt das, du hast das Wohnmobil schon gefunden?«

»Der Kasache hat jemanden angerufen und dabei sehr genaue Angaben über das Fahrzeug gemacht, nach dem wir suchen.«

»Super! Gib mir sein Handy, und ich mache mich gleich morgen früh daran herauszufinden, wen er angerufen hat.« Oyun war regelrecht begeistert.

»Das Handy liegt zusammen mit meinem Dienstausweis und meiner Dienstwaffe in Mickeys Schreibtischschublade.«

»Mist!«

»Tja. Er hat zwar das Telefon, aber ich habe die richtige Nummer.«

»Was soll das heißen?«

»Das soll heißen, dass ich dem Kasachen gegenüber zwar so getan habe, als würde ich mich für die fabelhafte Welt der iPhones interessieren, aber in Wirklichkeit habe ich die Gelegenheit genutzt, die Nummer abzulesen, die er zuletzt angerufen hat.«

»Na schön. Aber Mickey kann die Nummer jetzt auch ablesen, und er wird uns zuvorkommen.«

»Bloß schade, dass ich die Nummer aus der Anrufliste gelöscht habe.«

»Auch da wird Mickey schnell dahinterkommen, Yeruldelgger. Wenn er Khüan ein bisschen grillt, wird der ihm schon verraten, wen er angerufen hat.«

»Genau aus dem Grund habe ich eine falsche Nummer eingegeben, bevor ich den Krankenwagen angerufen habe. Soll er die doch anrufen.«

»Eine falsche Nummer? Was heißt hier falsche Nummer?«

»Was meinst du wohl? Die von der Polizei natürlich. Das

bremst Mickey eine Weile aus, und wir haben genügend Zeit, dem richtigen Anruf nachzugehen.«

»Gut gemacht. Aber sobald sie die Rechnungen mit der Liste der Verbindungen durchkämmt haben, werden sie auf die richtige Nummer stoßen, die der Kasache angerufen hat.«

»Mach dir darüber keine Sorgen, Oyun. Bis die den Zusammenhang zwischen meinem Besuch in der Autowerkstatt und unserem Fall hier hergestellt haben, haben wir längst herausgefunden, wohin uns die letzte Fahrt des Uljanowsk führt.« Dann wandte sich Yeruldelgger seiner Freundin zu. »Was hast du uns denn Leckeres zubereitet, Solongo?«

»Frische Chuuschuur«, antwortete sie. »Sehr delikat.«

»Hmm!« Mit geschlossenen Augen sog Yeruldelgger tief die Luft ein. »Das ist ja ein sehr schöner Sonntag!«

»Kann ich vielleicht mitessen?«, meldete sich Saraa mit noch recht schwacher Stimme hinter dem Wandschirm.

»Aber selbstverständlich, mein Engel«, erwiderte Solongo. »Du darfst dir noch nichts anziehen, aber warte einen Moment, ich bringe dir gleich was, und dann kannst du dich von dort hinten mit uns unterhalten.«

»Was für ein schöner Sonntag«, seufzte Yeruldelgger mit Tränen in den Augen. »Wirklich ein sehr schöner Sonntag!«

26

… die inmitten eines Lärchenwaldes unter einem gleichgültigen Mond lag

Yeruldelgger telefonierte in Sachen Adolf ein wenig herum. Er tat, was er konnte, um ein wenig Staub aufzuwirbeln, teils um die Sympathisanten dieses Neonazigrüppchens nach Möglichkeit in Panik zu versetzen, teils um Informanten zu aktivieren. Er rief auch Chuluum an, um zu hören, was Adolfs Beschattung ergeben hatte. Doch der junge Inspektor ließ ihn abblitzen: Yeruldelgger habe mit der Untersuchung des Falles nichts mehr zu tun, Mickey habe ihn von allem abgezogen, er habe ihm nichts mehr zu berichten.

»Ich schau gleich mal bei dir vorbei«, erwiderte der Kommissar darauf, »und in der Zwischenzeit kannst du dir eine bessere Antwort ausdenken, andernfalls wirst du nicht mehr genug Zähne im Maul haben, um noch irgendjemandem irgendwas erzählen zu können. Versuch erst gar nicht abzuhauen, ich weiß immer, wo ich dich finde.«

»Mach dir wegen mir keine Sorgen«, antwortete Chuluum darauf erstaunlich gelassen. »Wenn du weißt, wo du mich findest, dann bewege ich mich nicht von der Stelle und warte auf dich.«

Im besten Fall, überlegte Yeruldelgger, würde er Chuluum endlich mal die Abreibung verpassen, die dieser schon lange verdiente. Im schlimmsten Fall würde er ihn dazu zwingen, die ganze Nacht von einer Bar zur nächsten zu fliehen, bis er bei irgendeinem Unterschlupf angekommen war. Er beschloss, sich zu Fuß auf den Weg zu machen; falls es nötig sein sollte, würde er die ganze Nacht damit zubringen.

Zuerst nahm er sich die Altai Lounge vor, die exklusivste Cocktailbar Ulaanbaatars, weil er wusste, dass Chuluum hier gern den Dandy-Bullen heraushängen ließ. Als er das rosa-weiße Emblem mit dem Adler erblickte, der eine Wodkaflasche in den Krallen hielt, wurde Yeruldelgger langsamer. Die große bronzefarbene Lexus-Limousine mit den getönten Scheiben vor dem Eingang der Bar war nicht zu übersehen. Er kannte diesen Wagen. Jeder in Ulaanbaatar kannte diesen Wagen, und er noch besser als jeder andere. Yeruldelgger kam der Gedanke, er müsse sich in der Bar vielleicht auf die eine oder andere Überraschung gefasst machen, aber er kam gar nicht erst hinein. Das arme kleine Kerlchen, das als mongolischer Krieger verkleidet den Eingang zur Bar bewachte, wollte ihm schon mit unterwürfiger Geste die Tür aufhalten, als der Chauffeur des Lexus ausstieg, um den Wagen herumging und seinerseits den Wagenschlag auf der Gehsteigseite öffnete. Der Blick, mit dem er Yeruldelgger fixierte, war mehr als eine harmlose Einladung. Der Kommissar näherte sich dem Wagen. Er musste sich sehr zusammenreißen, um seine Überraschung zu verbergen.

Im Inneren des Wagens saß dessen Eigentümer und neben ihm – Chuluum. Auch wenn sich der Inspektor Mühe gab, ganz cool zu wirken, bemerkte Yeruldelgger in seinen Augen ein aufmüpfiges, kleines, triumphales Glitzern.

»Inspektor, lassen Sie uns jetzt allein.« Erdenbat, der Mann, dem der Lexus gehörte und dazu noch halb Ulaanbaatar und ein Großteil der Mongolei, verabschiedete Chuluum ziemlich schnörkellos. Der Polizist erhob sich von der gegenüberliegenden

Sitzbank, umrundete den Wagen, ohne Yeruldelgger aus den Augen zu lassen, und verschwand in der Bar, deren Tür ihm der unterwürfig dienernde Mongolenkrieger aufriss.

»Steig bitte ein, Yeruldelgger.« Auch das klang eher nach einem Befehl als nach einer Einladung, aber der Kommissar hatte gar nicht vor zu kneifen. Selbst wenn er Erdenbat nicht gerade bewunderte, zollte er dessen Alter und seiner familiären Stellung als Vater durchaus Respekt. Unter den wachsamen Augen des Chauffeurs nahm Yeruldelgger im Fond Platz. Nun erkannte er auch den Fahrer. Er war früher ein gefeierter Sieger im Ringen, dem mongolischen Nationalsport, gewesen. Für die Sicherheit und den Stolz des Magnaten war das gerade gut genug.

»Wie geht es dir?«, fragte der alte Mann und tätschelte väterlich Yeruldelggers Knie.

»Was hatte der da bei Ihnen zu suchen?«, entgegnete der Kommissar.

»Wie ich höre, hast du deinen Dienstausweis und deine Dienstwaffe abgeben müssen.«

»Hat er Ihnen das gesagt?«

»Du weißt selbst, was er für ein Typ ist. Dieser kleine Dandy kann mir nichts berichten, was ich nicht schon wüsste. Ich wusste das schon, bevor du es mitbekommen hast.«

Für einen Mann in seinem Alter wirkte Erdenbat erstaunlich agil. Er war von überdurchschnittlicher körperlicher Konstitution und besaß einen skrupellosen Überlebensinstinkt, wodurch er die jahrelange Lagerhaft unter dem alten Regime überstanden hatte, und diese physische wie psychische Kraft sah man ihm heute noch an. Anschließend hatte er angeblich unter Einsatz seiner Fäuste und dank seines unbeirrbaren Ehrgeizes seinen Weg und sein Vermögen gemacht. Erdenbat war der Überzeugung, ihm sollte alles gehören, da man in einem anderen Leben versucht hatte, ihm alles zu nehmen. Yeruldelgger wusste nur zu gut, dass dieser Mann ebenso intelligent wie brutal war. Das machte ihn gefährlich, trotz seines Alters, und war zweifellos die Grundlage seines anhaltenden Erfolgs. So war er innerhalb von zehn Jahren zu einem der wohlhabendsten Männer des Landes aufgestiegen und zu einem Politiker und Machtmenschen geworden, an dem kein Weg vorbeiführte. Heute agierte er hinter den Kulissen der Regierung und hatte bei zwei Dutzend Firmen verschiedenster Art das Sagen, vom Autoverleih bis zum Uranbergbau. Außerdem war er Yeruldelggers Schwiegervater gewesen. Eigentlich war er es immer noch.

»Uyunga geht es ganz gut, auch wenn du mich nicht danach gefragt hast«, begann Erdenbat nach längerem Schweigen. Yeruldelgger erwiderte nichts. »Ich mache mir ein bisschen Sorgen um dich, Yeruldelgger. Es kommt mir vor, als wärst du ein bisschen überfordert.«

»Nein, durchaus nicht. Sie können ganz beruhigt sein, ich habe alles im Griff.«

»Man hat dir deinen Dienstausweis abgenommen, man hat dir deine Dienstwaffe abgenommen, du hast Zeugen misshandelt, die chinesische Botschaft verlangt, dass du abgezogen wirst, du hast auf einen Zivilisten geschossen: Willst du ernsthaft behaupten, dass alles glattläuft?«

»Es ist alles in bester Ordnung.«

»Weißt du, was mit dir passiert, mein Junge?«

»Nein, ich weiß es nicht so genau, aber Sie wissen es, nicht wahr? Und Sie werden es mir sicher mitteilen.«

Erdenbat antwortete nicht darauf. Er schwieg eine ganze Zeit lang, während der komfortable Lexus leise vor sich hin surrend und ganz mühelos durch das Chaos des Verkehrs von Ulaanbaatar glitt. Schließlich bog der Chauffeur in die Peace Avenue ein und setzte die Fahrt in Richtung Osten fort.

»Heute Abend bist du mein Gast; wir fahren raus in den Tereldsch-Nationalpark«, sagte Erdenbat nach einer Weile und hielt ihm ein Mobiltelefon hin. »Gib zu Hause Bescheid, dass du heute Abend nicht mehr zurückkommst.«

»Ich habe heute aber gar keine Lust auf den Tereldsch, und Sie wissen ganz genau, dass ich niemandem Bescheid geben muss«, erwiderte Yeruldelgger.

»Dann ruf wenigstens diese Frau an, diese junge Gerichtsmedizinerin, sie soll Saraa Bescheid sagen, dass sie sich keine Sorgen zu machen braucht.«

Yeruldelgger wandte sein Gesicht dem alten Mann zu, der ihm das Telefon hinstreckte und ihm fest in die Augen sah. Ein geradezu mineralischer Blick, so unbeirrbar und unerschütterlich wie die Mongolei selbst. Er wäre in der Lage, stundenlang regungslos dazusitzen, ihn zu beobachten und ihm das Telefon entgegenzustrecken. Der Kommissar überraschte sich bei dem Gedanken, dass das Gesicht von Dschingis Khan, wenn er ihn sich in all seiner Größe und Grausamkeit vorstellte, das Gesicht von Erdenbat war. »Saraa macht sich schon lange keine Sorgen oder Gedanken mehr um mich«, entgegnete er.

»Ich weiß, mein Sohn, das weiß ich«, seufzte der alte Mann in einem Ton, der väterlich und zugleich etwas herablassend klang. »Es kommt mir vor, als wäre ich inzwischen der Einzige, der sich noch Sorgen um dich macht.«

»Ich wiederhole es gern noch einmal: Dafür gibt es gar keinen Grund.«

»Ich glaube schon«, widersprach Erdenbat. »Deine kleine Tochter ist umgebracht worden, deine Frau ist wahnsinnig geworden, jemand hat sich an deiner großen Tochter vergriffen, und gewissermaßen setzt man dich gerade vor die Tür. Daher glaube ich sehr wohl, dass es gute Gründe gibt, sich Sorgen um dich zu machen.«

»Wenn Sie gestatten, ist das immer noch mein Leben, und ich bestimme lieber selbst darüber.«

»Es ist in der Tat dein Leben, mein Junge, aber es geht auch um das meiner Enkelin, um das meiner Tochter, um das meiner anderen Enkelin, und es geht auch um deinen Job, den du nur deshalb noch nicht verloren hast, weil ich das verhindert habe. Dein Leben betrifft also auch mich – ob es dir nun passt oder nicht.«

»Lass mich hier aussteigen!«, verlangte der Kommissar vom Chauffeur. Doch der reagierte nicht, sondern warf nur einen kurzen Blick in den Rückspiegel, um sich des stummen Einverständnisses seines Chefs zu vergewissern.

»Na komm schon, Yeruldelgger, wir sind schon aus der Stadt raus. Hier ist weit und breit nichts. Fahr mit mir in den Tereldsch; dort trinken wir Airag und Wodka unter dem Sternenhimmel, bis alles vergessen ist.«

Stattdessen zog Yeruldelgger eine Pistole aus der Manteltasche und presste sie dem Chauffeur in den Nacken. »Halt sofort an!«

Der Chauffeur blieb äußerlich vollkommen ruhig, allerdings verpasste ihm der Überraschungseffekt einen Adrenalinstoß, und er machte einen kaum wahrnehmbaren Schlenker.

»Fahr weiter«, befahl Erdenbat seinerseits ganz ruhig. »Er wird schon nicht schießen.«

»Du hast doch eben aus dem Mund deines Chefs gehört, was für schlimme Sachen ich in letzter Zeit angestellt habe«, wandte sich Yeruldelgger in geradezu freundlichem Tonfall an den Fahrer. »Du hast gehört, dass meine kleine Tochter getötet wurde, nicht wahr, dass meine Frau deswegen den Verstand verloren hat, dass meine andere Tochter überfallen worden ist. Weißt du, warum sie mich bei der Kriminalpolizei entlassen wollen? Weil ich meine eigene Tochter bei einem Verhör zusammengeschlagen habe, weil ich meinem Vorgesetzten die Knarre an den Schädel gehalten habe und weil ich einem Typen, der nichts verbrochen hat, eine Kugel ins Bein gejagt habe. Ich an deiner Stelle würde mir also sagen, dass der Typ, der mir gerade sein Schießeisen in den Nacken hält, ziemlich durchgeknallt und sehr, sehr depressiv sein muss, einfach völlig von der Rolle und absolut unberechenbar. Und dass es demnach für mich besser wäre anzuhalten, bevor mein Hirn völlig unnötigerweise an die Windschutzscheibe spritzt.«

»Herr Erdenbat?«, fragte der Chauffeur mit einem Blick in den Rückspiegel.

»Schon gut, schon gut. Halt an. Fahr an die Seite. Wir werden ein Stück zu Fuß gehen.«

Der Chauffeur steuerte den Wagen ruhig an den Straßenrand, wobei er darauf achtete, Pfützen und Schlaglöchern auszuweichen. Yeruldelgger stieg schweigend aus und schlug den Rückweg nach Ulaanbaatar ein. Sie hatten Gachuurt bereits durchquert und somit die asphaltierte Piste hinter sich gelassen, mussten also etwa fünfzehn Kilometer von den Vororten der Hauptstadt entfernt sein. Von dem Fluss, der unterhalb von ihnen vorbeifloss, stieg eine belebende Frische auf, der Himmel war mit Sternen übersät. Yeruldelgger schätzte, dass er für einen Fußmarsch zurück in die Stadt vier bis fünf Stunden benötigen würde. Vielleicht konnte er auch im Hotel Mongolia im nur vier oder fünf Kilometer entfernten Gachuurt übernachten.

Erdenbat rief ihm hinterher: »Yeruldelgger, warte auf mich!«

Als er sich umdrehte, war der Chauffeur mit aufgekrempelten Ärmeln schon direkt hinter ihm. Der alte Mann war noch ein Stück dahinter; die sorgfältig zusammengefaltete Weste seines Fahrers über dem Arm. Yeruldelgger erhielt einen furchtbaren Schlag in die Magengegend. Zwei Sekunden später setzte ein wahnsinniger Schmerz ein, der in seinen ganzen Körper ausstrahlte und ihn in die Knie zwang. Durch den anschließenden Fußtritt krümmte er sich zusammen und rollte sich auf die Seite. Er war schon zu oft in Schlägereien verwickelt gewesen, um nicht zu wissen, was ihn nun erwartete. Der Chauffeur würde ihn windelweich prügeln, und er würde sich kaum dagegen wehren können. Der erste Fausthieb hatte ihn völlig überraschend getroffen. Niemals konnte er jetzt noch die Oberhand gewinnen. Er konnte nur noch versuchen, den Schaden zu begrenzen, bis er bewusstlos wurde, oder eine unverhoffte Nachlässigkeit des Gegners nutzen und ihn überraschen. Aber der Chauffeur wusste, was er da tat – er war zweifellos ein Profi, der wusste, wie man jemanden nach allen Regeln der Kunst zusammenschlug.

Yeruldelgger zog sich in die Embryonalstellung zusammen, winkelte die Arme an, um damit Gesicht, Brust und Bauch zu schützen; außerdem ließ er sich auf den Rücken rollen, um auch Fußtritte gegen Nacken und Rücken zu vermeiden, die schlimmste Folgen nach sich ziehen konnten. Als er merkte, dass der Schläger weder mit der Fußspitze noch mit dem Absatz nach ihm trat, wusste er, dass ihm lediglich eine Abreibung verpasst werden sollte.

»Ist gut, das genügt!«, befahl Erdenbat. »Hilf ihm beim Aufstehen und schaff ihn zurück in den Wagen.«

Der Chauffeur packte Yeruldelgger mit einer Hand am Oberarm, schleifte ihn zurück zu dem Lexus und lehnte ihn gegen die Karosserie. Erdenbat trat hinzu und reichte dem Chauffeur seine Weste. Der klopfte sich den Staub ab, schlüpfte dann hinein, knöpfte sie in aller Ruhe zu und richtete sich sorgfältig Manschetten und Kragen, bevor er wieder seinen Platz am Steuer einnahm.

»Niemand zieht in meiner Gegenwart eine Waffe, mein Junge«, erklärte der alte Mann ganz unaufgeregt und zog Yeruldelggers Kleidung wieder glatt, »auch nicht in meinem Wagen und schon gar nicht gegen meinen Chauffeur. Und ich bin sehr schnell sehr gekränkt, wenn man meine Einladungen ausschlägt. Ich dachte, das wüsstest du.«

Er half dem Kommissar auf den Rücksitz und wies den Chauffeur an, die Fahrt in den Tereldsch fortzusetzen. Die unbefestigte Straße führte alsbald in nördlicher Richtung zwischen den in der Dunkelheit kaum sichtbaren Hügeln hindurch. Keiner der Insassen des Wagens sprach mehr ein Wort, bis sie Erdenbats Ranch erreichten, die inmitten eines Lärchenwaldes unter einem gleichgültigen Mond lag.

27

… über Saraa wachen und dabei an deren Vater denken

»Und er ist immer noch nicht zurück?« Saraas Stimme tönte hinter dem Wandschirm hervor.

»Nein«, antwortete Solongo, die gerade damit beschäftigt war, frische Salbe anzurühren.

»Machst du dir keine Sorgen?«

»Nein«, log die Gerichtsmedizinerin. »Schließlich ist das hier mein Zuhause und nicht seins. Er kommt hier immer nur ab und an vorbei, wenn es ihm passt, ohne Vorankündigung.«

»Hast du schon mal bei ihm nachgeschaut?«

»Ich weiß ja nicht mal, wo ›bei ihm‹ ist. Keine Ahnung, ob das überhaupt jemand weiß. Oyun vielleicht. Sie hat ihn sicher schon das eine oder andere Mal dort abgeholt oder abgesetzt.«

»Können wir sie nicht fragen?«

»Hab ich schon. Sie weiß nicht, wo er steckt. Sie meint, er hätte vorgehabt, sich mit Inspektor Chuluum auszusprechen. Ich vermute, sie wird versuchen, ihn ausfindig zu machen. Aber du musst dir um deinen Vater keine Sorgen machen. Der ist unverwüstlich.«

»Das sagst du, weil du ihn gern hast.«

»Stimmt. Und wenn du ihn auch ein bisschen gern hättest, dann wäre er innerlich bestimmt noch stärker.«

Solongo ging hinter den Wandschirm, wo Saraa immer noch nackt mit leicht abgespreizten Armen und Beinen auf dem Rücken lag. Der Baumsaft und das Bärenfett wirkten Wunder. An den verbrühten Stellen zeigte sich bereits der rosige Schimmer frischer Haut. Aber Solongo entnahm dem Blick der jungen Frau, dass sie immer noch Schmerzen hatte und gefasst das Auftragen der Salben erwartete, die ihr Linderung verschafften.

»Sag mal, Saraa, hast du wirklich mit diesem Nazi geschlafen?«, fragte sie, während sie eine frische Schicht auftrug.

»Ach, Quatsch«, gestand die junge Frau ein.

Sie wagte es nicht, Solongo anzusehen; stattdessen richtete sie den Blick nach oben auf die Öffnung im Dach der Jurte, wo man die Sterne sehen konnte. Dabei erinnerte sie sich mit einem Mal an einen Nachmittag in ihrer Kindheit, als sie in der Jurte ihres Großvaters auf seiner Ranch im Tereldsch ein Mittagsschläfchen gehalten hatte. Sie hatte sich mit dem Rücken auf Yeruldelggers Brust gelegt, der seinerseits auf dem Boden lag. Gemeinsam beobachteten sie, wie in der Dachöffnung der Jurte die vom Wind getriebenen Wolken im blauen Himmel vorbeizogen. Sie spielten ein Spiel, bei dem es darum ging, die Wolkenformationen zu benennen, und sie war immer als Erste dran: »Murmeltier«, »Ziege«, »Apfel«. Plötzlich hatte Yeruldelgger »Mama« gerufen, und Saraa hatte so laut gelacht, dass Uyunga angelaufen kam, sich ebenfalls zu ihnen legte und lachend zusammen mit ihnen den Wolken Namen gab. Und wenn die Formen besonders verdreht und merkwürdig waren, rief Yeruldelgger jedes Mal »Saraa«, und sie lachten sich kaputt.

»Nein«, wiederholte die junge Frau. »Es stimmt zwar, dass wir zusammen was getrunken und geraucht haben, aber dann ist jemand aufgetaucht, auf den sie schon gewartet hatten, um sie abzuholen. Irgendwann im Morgengrauen sind sie dann zurückgekommen, aber ich war zu bekifft und sie waren zu aufgeregt, um sich mit mir abzugeben. Derjenige, den ihr unter dem Namen Adolf festgenommen habt, hat mir eingeschärft, es wäre besser für mich zu bestätigen, dass ich die Nacht mit ihm verbracht hätte. Aber ich war ja sowieso dermaßen weggetreten, dass es genauso gut hätte stimmen können.«

»Hat er dich bedroht?«, wollte Solongo wissen.

»Nein, das war gar nicht nötig...«

»Warum hast du es dann gemacht?«

»Er hat mir gesagt, das würde meinem Vater gehörig auf den Geist gehen.«

»Und er hat wirklich von Yeruldelgger gesprochen?« Solongo war plötzlich hellhörig geworden.

»Ja. Er rechnete damit, verhaftet zu werden. Ich habe mitbekommen, wie er zu den anderen gesagt hat, sie sollten sich deswegen keine Sorgen machen, das wäre Teil des Plans.«

»Des Plans? Welchen Plans?«

»Das weiß ich nicht, Solongo. Ich war zu bekifft, das habe ich doch schon gesagt. Aber es gab einen Moment, da bin ich wieder halbwegs bei Sinnen gewesen. Das hat er gemerkt, und er hat mir noch mal ausdrücklich gesagt, ich bräuchte vor meinem Vater keine Angst zu haben. Er meinte, sie würden von jemandem beschützt werden, der stärker ist als er.«

Solongo betrachtete Saraa, die sie mit ihren tränennassen Augen nicht direkt ansehen wollte, sondern immer noch in den Dachausschnitt der Jurte mit dem Nachthimmel schaute. Sie strich ihr zärtlich über die Stirn, die keine Verbrennungen erlitten hatte, als ihr vibrierendes Mobiltelefon das Eintreffen einer SMS anzeigte. »Niemand ist stärker als Yeruldelgger«, sagte sie und stand auf. »Versuch zu schlafen, ich muss mir die Nachricht ansehen, die gerade gekommen ist.«

Sie drückte Saraa einen sanften Kuss auf die Stirn, rückte den Wandschirm zurecht und ging hinüber zu dem kleinen Schreibtisch, an dem sie abends gern saß und arbeitete. Auch sie hatte im Stillen gehofft, Yeruldelgger würde sich endlich melden, aber die Nachricht kam aus Deutschland. Es handelte sich um eine E-Mail ohne Textinhalt; im Betreff stand lediglich »Trekking«, und es gab einen Anhang. Solongo öffnete die Mail auf ihrem Mac und betrachtete den Anhang auf dessen großem Bildschirm. Es handelte sich um den Bericht über die Analyse der Splitter, die sie in dem Pedal des Dreirads gefunden und an ihren deutschen »Korrespondenten« geschickt hatte. Die Splitter stammten aus der Produktion einer chinesischen Glasfabrik in Gongshu und waren an die Wuyi International Vehicle Corporation Ltd. geliefert worden, einen Zulieferbetrieb in der Provinz Zhejiang südlich von Schanghai, der wiederum Teile für die koreanische Motorradmarke Zhenhua produzierte. Sie wurden für die beiden kleineren vorderen Seitenscheinwerfer verwendet, mit denen Zhenhua-Quads mit 250 Kubikzentimeter Hubraum ausgerüstet wurden, Baujahr 2007, Typenbezeichnung ZHST250.

Solongo klickte auf einen Link zu einem Foto dieses Quad-Modells. Die Maschine hatte ein elegantes, futuristisches Design, die Stoßdämpfer waren voll sichtbar, zwischen den beiden stabförmigen Lenkstangen waren drei Tachometer in gediegen traditionellem Look angebracht und am hinteren Ende ein leicht übertrieben wirkender Spoiler. Doch das, wovon Solongo den Blick einfach nicht abwenden konnte, war ein gitterförmiger Frontschutzbügel aus schwarzen Stahlrohren, der wie ein Schiffsbug wirkte. Oberhalb davon waren in der Mitte der große Scheinwerfer und seitlich zwei kleinere, rhombenförmige Scheinwerfer angebracht, die, leicht in die Länge gezogen und schräg gestellt, wie die böse blickenden Augen einer Mangafigur wirkten. Das war also die Maschine, die dem fröhlichen kleinen Kind auf seinem rosa Dreirad den Tod gebracht hatte. Der Fahrer musste wie aus dem Nichts angebrettert gekommen sein und die Kleine in voller Fahrt gerammt haben. Die multiplen Knochenbrüche ließen keinen anderen Schluss zu. Und der Kopf des

Kindes musste beim Aufprall das Glas des einen Scheinwerfers zerbrochen haben. So robust, wie dieses Fahrzeug auf dem Foto wirkte, war das wahrscheinlich der einzige Schaden an der ganzen Maschine gewesen.

Lange betrachtete Solongo das Bild und ließ sich die Fragen, die sich daraufhin stellten, durch den Kopf gehen. Jetzt war klar, wie und wodurch die Kleine zu Tode gekommen war. Es musste nur noch geklärt werden, durch wen. Die Möglichkeit eines Unfalls war durchaus nicht abwegig, aber das erklärte nicht, warum die Kleine lebend begraben worden war, und auch nicht, warum niemand etwas gesagt hatte. Wenn ein kleines blondes Prinzesschen auf einem rosa Dreirad in der Steppe von einem Flitzer mit dröhnendem Motor umgefahren wird, dann bleibt das dort draußen in der mongolischen Steppe nicht unbemerkt. Hätte der Unfall sich in der unmittelbaren Umgebung des Leichenfundorts ereignet, wo Yeruldelgger sie exhumiert hatte, dann hätten Dutzende von Nomaden davon gewusst und man hätte die Seele des Mädchens niemals einfach so dem Wind der Steppe überlassen. Irgendjemand hätte sich der Sache auf jeden Fall angenommen und zumindest heimlich für eine ordentliche Bestattung gesorgt.

Je länger sie darüber nachdachte, desto sicherer war sich Solongo, dass sich der dramatische Unfall – oder was auch immer genau passiert sein mochte – nicht an diesem Ort zugetragen hatte. Die Kleine war an diesem Ort lebend verscharrt worden, und offenbar war es in aller Heimlichkeit geschehen, aber der Unfall selbst hatte sich an einem anderen Ort ereignet. Immerhin verfügten sie jetzt über ein tatsächliches Beweisstück. Ein Fahrzeug wie so ein Quad hinterlässt unweigerlich Spuren. Fünf Jahre später zwar nicht unbedingt Spuren im Sand oder im Untergrund, aber irgendwelche nützlichen Spuren fanden sich immer. Irgendjemand mochte sich erinnern, Zeugen konnten ausfindig gemacht werden, Zeitangaben, möglicherweise sogar

Fotos. Hinzu kamen sicherlich noch die sogenannten administrativen Spuren, Einfuhrpapiere beispielsweise, denn das Fahrzeug dürfte aller Wahrscheinlichkeit nach importiert worden sein. In einem Land wie der Mongolei gab es bestimmt nicht gerade Hunderte von koreanischen Zhenhua-ZHST250-Modellen Baujahr 2007. In Anbetracht der Tatsache, dass sich der Unfall vor ungefähr fünf Jahren ereignet hatte, musste es sich damals um ein ziemlich neues Modell gehandelt haben.

Solongo fasste wieder Mut und entschied sich, Yeruldelgger eine Kopie der Nachricht zu schicken. Wo auch immer er sich gerade aufhielt, die Information würde auf jeden Fall nützlich für ihn sein. Außerdem schickte sie eine Kopie an Oyun und bereitete sich dann einen heißen Buttertee zu. Noch hatte sie keine Lust, sich schlafen zu legen. Stattdessen wollte sie lieber über Saraa wachen und dabei an deren Vater denken.

28

... als eine Nachricht von Oyun eintraf

Yeruldelgger liebte zwar diese Gegend, aber weder konnte er die »Ranch« leiden noch den Namen, den Erdenbat ihr gegeben hatte. Eine Ranch war in den lichten Wäldern zwischen den Hügeln des Tereldsch-Nationalparks völlig fehl am Platz. Natürlich forderte einem das, was der Magnat hier hatte errichten lassen, eine gewisse Bewunderung ab. Es handelte sich um eine lang gestreckte, ebenerdige Konstruktion ganz aus Holz und Glas, die auf etwa fünfzig Metern Länge zwei Hügel miteinander verband; eine Art transparenter Damm. Vor allem nachts sah es wie eine Talsperre aus rötlichem Holz mit flammenden Lichtpaneelen aus. In einer Raumflucht aufeinanderfolgender Zimmer folgten Wohnzimmer, Bibliothek, Bar, Billardzimmer aufeinander, die sich auf ein weites, fächerförmig ausbreitendes Sonnendeck aus Holzplanken hin öffneten. Wie bei einer Luxus-Lodge in Colorado. Was Yeruldelgger jedoch am besten gefiel, verbarg sich auf der anderen Seite in einer Talmulde, die von dieser von innen erleuchteten Konstruktion abgeschirmt wurde. Hier standen auf sanften Uferhängen, etwas oberhalb und rund um einen stillen See mit kristallklarem Wasser, auf Lichtungen unter den Lärchen blitzsaubere Jurten, deren inwendigen Komfort und Luxus er bereits kannte. Erdenbat hatte sich hier ein wahres Paradies geschaffen, eine Oase der Stille und des Friedens, ein überaus einladendes Refugium, das man von ihm so nicht erwartet hätte und in dem er auch Gäste empfing, die das gar nicht verdient hatten.

Bei ihrer Ankunft mitten in der Nacht lag die Ranch hell erleuchtet, aber still und schweigend wie immer da. Als der Chauffeur Yeruldelgger auf ein Zeichen seines Chefs hin beim Aussteigen behilflich sein wollte, verbat dieser sich das mit einem bitterbösen Blick und trotz der fast lähmenden Schmerzen, die er sich bei der Prügelei eingehandelt hatte. Da er den Weg kannte, ging er voraus, um nicht hinter dem alten Mann herlaufen zu müssen; währenddessen parkte der Chauffeur den Wagen in einer sehr geräumigen Garage. Während sich das Garagentor automatisch schloss, erhaschte Yeruldelgger einen Blick auf mehrere Luxuslimousinen und ungefähr ein Dutzend Quads.

»Dir steht hier immer noch deine Jurte zur Verfügung«, sagte Erdenbat von hinten, der offenbar keine Anstrengung unternahm, zu Yeruldelgger aufzuschließen. »Du kennst ja den Weg. Ich lasse dich allein dorthin gehen.«

Yeruldelgger durchquerte den großen Wohnsalon, ohne eine Antwort zu geben. Oh ja, er kannte sich hier sehr gut aus. Er ging durch die große Diele, die Bibliothek, wo die kleine Kushi früher herumgetollt war und ihre große Schwester Saraa geärgert hatte, die dort lesen lernen wollte, das Billardzimmer, wo er Kushi hochgehalten hatte, als sie alt genug gewesen war, um gegen ihre Schwester zu spielen, und schließlich Erdenbats Arbeitszimmer, in dem er die Mädchen oft dabei überrascht hatte, wie sie mit dem Kreisel eines Wahrsagespiels des Alten spielten, das ein reicher Koreaner ihm geschenkt hatte. Dabei musste man versuchen, Glasmurmeln mithilfe des Kreisels in kleine Löcher zu bekommen, die mit einem Symbol gekennzeichnet waren. Kushi war ganz verrückt nach diesem Spiel gewesen. Wenn Yeruldelgger oder Uyunga sie nicht draußen finden konnten, war sie mit Sicherheit hier, wo sie stundenlang zusehen konnte, wie die kleinen Kugeln mal hierhin, mal dorthin sprangen und aneinanderklackerten, während sich der Kreisel mit rasender Geschwindigkeit um seine eigene Achse drehte.

Als er auf der anderen Seite gegenüber dem See, in dem sich die Sterne spiegelten, ins Freie trat, traf den Kommissar ein Schlag, der viel schmerzhafter war als die Hiebe und Tritte, die ihm der Chauffeur zugefügt hatte. Hier an diesem See hatte er gemeinsam mit Kushi, Saraa und Uyunga die glücklichsten Jahre seines Lebens verbracht. In warmen Sommernächten hatten sie oft zu viert aneinandergekuschelt im Gras gelegen, zum Himmel hinaufgesehen und ihre eigenen Sternbilder erfunden, denen sie Fantasienamen gaben. Bei der Erinnerung daran fingen seine Knie so sehr an zu zittern, dass er stehen blieb und nach Atem rang. Er spürte, dass Erdenbat ihn aus der Ferne beobachtete, und drehte sich um. Die schattenhafte, unbewegliche Gestalt zeichnete sich vor dem großen Erkerfenster der Bibliothek ab. In diesem Moment begriff Yeruldelgger, dass Erdenbat ihn hier zur Ranch mitgenommen hatte, damit er noch grausamer litt als unter den körperlichen Schmerzen, die ihm irgendein Schläger zufügen konnte. Nur um seinen Ruf zu wahren, hatte Erdenbat ihn verprügeln lassen. Zweifellos würde Erdenbat ihm am nächsten Morgen beim Frühstück erklären, dass dies alles nur zu seinem eigenen Besten geschehen war. Er behauptete immer, für andere nur das Beste zu wollen. Auch gegen ihren Willen oder wenn er entschied, sie müssten bestraft werden.

Auf dem Gelände rund um den See standen etwa fünfzehn Jurten. Anhand verschiedener Schnarchtöne und des Gemurmels erkannte Yeruldelgger, dass viele belegt waren. In der Dunkelheit sah er einen Mann, der, an einen Baum gelehnt, eine Zigarette rauchte. Er schien ganz in die Pracht des Sternenhimmels über ihm und die Schönheit der ausgedehnten Landschaft um ihn herum versunken zu sein. Yeruldelgger hätte nicht sagen können, woran er direkt merkte, dass der Mann Ausländer war, aber er wusste es jedenfalls sofort. Nach der Art, wie er seine Zigarette hielt, ein Japaner oder Koreaner – vermutlich eher Letzteres. Sie wechselten kein Wort miteinander, als der Kommissar auf seine Jurte zuging, die ein wenig abseits lag, ungefähr auf halber Höhe des Hangs, der sanft zum schwarzen See hinunter abfiel. Die Jurten waren sehr viel luxuriöser ausgestattet als gewöhnliche Nomadenjurten. Jede verfügte in Richtung des Sees über eine Art Terrasse vor dem Eingang, ein Sonnendeck aus Holz. Yeruldelgger zerrte die Decken der drei Betten in der Jurte nach draußen und legte sie dort übereinander. Dann rollte er sich wie ein Hund unter dem Sternenhimmel zusammen; vor Müdigkeit, vor Schmerzen und weil er auch innerlich so mitgenommen war, fiel er gleich in einen bleiernen Schlaf. So überhörte er auch das Signal seines iPhones, als eine Nachricht von Oyun eintraf.

29

Da unten liegt ein Junge auf dem Boden!

Auch inmitten des Chaos, das die Brände verursachten, erkannte Gantulga Sojombo sofort. Er hatte sich unter die Menge gemischt, die von den Feuerwehrleuten in Panik aus dem zweiten Gebäude evakuiert wurden. Eigenartig nur, dass Sojombo kein bisschen panisch war. Er folgte entspannt den anderen. Als ihn ein Rettungshelfer wegen der Wunde an seinem Hinterkopf behandeln wollte, stieß er ihn ungestüm beiseite und ließ sich dann mit der Masse weitertreiben. Ohne weiter beachtet zu werden, gelangte er so Schritt für Schritt immer weiter an den Rand des Einsatzgebiets rund um die beiden Häuser. Mehrmals versuchte Gantulga, Oyun auf den Mann aufmerksam zu machen, aber sie stieß ihn jedes Mal weg.

Sojombo trug seinen Namen wegen einer Tätowierung. Gantulga selbst hatte dieses mongolische Nationalsymbol nie auf seiner Schulter gesehen, aber die Prostituierten, die der Mann in seine Wohnung mitnahm, hatten ihm von diesem Zeichen erzählt. Nach ihren Rendezvous mit Sojombo amüsierten sie sich damit, Gantulga in den verlassenen Treppenhäusern oder unbewohnten Apartments ein paar Liebespraktiken beizubringen, und eines der Mädchen hatte ihm das komplexe Schriftzeichen mit Lippenstift auf den Bauch gezeichnet. Sojombos Tattoo enthielt aber eine wesentliche Abweichung gegenüber dem offiziellen mongolischen Zeichen. Dort, wo sich auf dem Wappenzeichen im Zentrum das Yin-Yang-Symbol befand, das in der Zeit des alten Regimes durch zwei Fische ersetzt worden war, die mit ihren stets geöffneten Augen für die immerwährende Wachsamkeit des Volkes standen, war bei Sojombo ein merkwürdiges Kreuz mit in rechtem Winkel gebrochenen Kreuzarmen eintätowiert. Der Mann behandelte die Frauen brutal und demütigend, aber er war ihnen als Stammkunde wichtig. Untereinander nannten sie ihn wegen seines Tattoos Sojombo.

Er hatte gemerkt, dass er in der Menge von wachsamen, aber für ihn unsichtbaren Augen beobachtet wurde. Er hatte es bereits gespürt, bevor er die junge Frau bemerkte, die er zuvor im Tunnel besser gleich umgebracht hätte. Er glaubte nicht, dass sie dort unten, halb geblendet von seiner starken Taschenlampe, sein Gesicht hatte erkennen können, aber jemand anderes hatte ihn für kurze Zeit außer Gefecht gesetzt, und vielleicht hatte sie dabei die Gelegenheit gehabt, sich ihn genauer anzusehen, bevor sie das Töchterchen des Kommissars rettete. Er beobachtete sie, ohne langsamer zu werden, und fragte sich, ob der Mann neben ihr der fragliche Kommissar war. Gleichzeitig ging ihm der Gedanke durch den Kopf, dass ihm nichts anderes übrig bleiben würde, als sie zu töten und vor ihrem Begleiter auf der Hut zu sein. In dem aufgeregten Durcheinander um sie herum, das er absichtlich herbeigeführt hatte, bewahrten nur die beiden die innere und äußere Ruhe eines geübten Jägers. So wie er selbst.

Nach und nach hatte er sich an den Rand der hell erleuchteten Zone kreisender Blaulichter und Scheinwerfer der Feuerwehr- und Rettungswagen treiben lassen, wo er sich nun in den Schatten einer dunklen Ecke verzog und sein Verhalten, das dem eines evakuierten Opfers entsprach, ablegte. Als er kurz darauf aus der dunklen Ecke auftauchte, verhielt er sich wie einer aus der Menge der Gaffer. Er mischte sich unter die Neugierigen, schritt von einem Zuschauergrüppchen zum anderen und tat hier und da seine Meinung über das ungewöhnliche Aufeinandertreffen zweier Explosionen und die Inkompetenz der Rettungseinheiten kund; dabei entfernte er sich allmählich immer weiter vom Schauplatz des Geschehens. Als er sah, wie sich eine kleine Gruppe von drei Männern und einer Frau aufmachte, um offenbar wieder nach Hause zu gehen, schloss er sich ihnen an und verwickelte sie kurz in ein Gespräch, als gehörte er dazu. Sobald sie das heruntergekommene Foyer des letzten Wohngebäudes in diesem Komplex betraten, um in ihre Wohnungen zu gehen, verabschiedete er sich mit einer letzten spöttischen Bemerkung über die unfähigen Feuerwehrleute von ihnen. Danach verließ er das Gebäude auf der anderen Seite der Eingangshalle. Es war, als hätte man eine Festung durch eine Pforte in der Mauer verlassen, und vor ihm erstreckte sich nun das Gelände mit den in der Nacht verstreuten dunklen und fensterlosen Jurten.

Furchtlos und offenbar ohne Orientierungsschwierigkeiten ging er nun so rasch weiter, dass Gantulga große Mühe hatte, ihm im Schatten eines Bretterzauns zu folgen. Zwei Querstraßen weiter mündeten die kleinen Gässchen in das betonierte Bett eines weitgehend versiegten Flusses; in diesem offenen Kanal sammelte sich jetzt nur während heftiger Gewitterstürme und der Schneeschmelze im Frühjahr Wasser. Im Schutz einer Jurte blieb Gantulga stehen und wartete ab, bis Sojombo das breite Niemandsland des Abwasserkanals durchquert hatte. Ein Hund knurrte laut in der Dunkelheit, und ein Mann wies ihn mit gepresster Stimme zurecht. Mit wenigen großen Schritten hastete der Junge zum Schatten eines weiteren Zauns auf der anderen Seite des Gässchens. Als er wieder einen Blick riskierte, um nach Sojombo zu spähen, war der Mann verschwunden.

Dann wagte sich auch Gantulga aus dem Schatten, um seinerseits die etwa zwanzig Meter des Kanals ohne Deckung zu überqueren. Eine kleine Fußgängerbrücke aus Sichtbeton überspannte den Kanal und verband die übrigen Jurten und ihr Labyrinth aus Zäunen mit der anderen Seite. Gantulga rannte über die Brücke und versuchte gleichzeitig von dort oben auszumachen, hinter welcher Jurte Sojombo verschwunden sein mochte.

Er kam zu der Straße, die parallel am Abwasserkanal entlangführte, als plötzlich wie aus dem Nichts ein Quad auftauchte und direkt auf ihn zuraste. Gantulga konnte im letzten Moment noch Sojombo erkennen, bevor er umgefahren und unsanft zu Boden geschleudert wurde. Dabei knackte es in seinem Bein, und als er versuchte, sich wieder aufzurichten, schoss ihm ein irrsinniger Schmerz durch den Oberschenkel. Er sah sich nach einem Ausweg um, sah aber nichts als die Rücklichter des Quads, die plötzlich stärker aufleuchteten. Sojombo hatte angehalten und sah über die Schulter zu ihm. Dann legte er den Rückwärtsgang ein. Gantulga rollte sich über die eigene Längsachse an den Rand des Kanals, dessen seitlich geneigte Wände in ein dunkles Nichts hinabglitten. Er rollte genau in dem Moment los, als Sojombo ihn überfahren wollte, und schrie bei jeder Umdrehung vor Schmerz auf. Sojombo hatte jedoch seinen Schwung falsch eingeschätzt, er verlor die Herrschaft über das Quad, die Maschine überschlug sich, der Motor heulte im Leerlauf auf. Sojombo hatte gerade noch rechtzeitig abspringen können; berappelte sich aber sofort wieder und rannte mit gezogenem Revolver auf der Suche nach Gantulga am Rand des Kanals entlang. Der hatte sich inzwischen bis in den Schatten der Brücke geschleppt. Nachdem sich das Quad überschlagen hatte, war es am Fuß der Brücke umgekehrt liegen geblieben und bot dem Jungen dort eine unverhoffte Deckung. Aber Sojombo war nicht der Mann, der eine Beute so rasch verloren gab. Gantulga beobachtete mit Entsetzen, wie er in das Kanalbett heruntersteig, um ihm den Rest zu geben.

Zum Glück waren in diesem Moment beunruhigte Stimmen zu hören, begleitet von Hundegebell. Sojombo zögerte, sah zu den Jurten; dann beugte er sich nach vorn und suchte erneut den Kanal ab und stieß einen lauten, zornigen Fluch aus. Gantulga beobachtete, wie er ein paar Schüsse in Richtung der Jurten absetzte, um etwas Zeit zu gewinnen, und dann sein Magazin leerte, indem er aufs Geratewohl in den Schatten unter der Brücke ballerte. Gantulga hörte, wie Kugeln in die Karosserie einschlugen oder auf dem Beton abprallten. Er hatte Angst, eine der Kugeln könnte den Tank treffen und ihn explodieren lassen. Aber dann hörte er, wie sich Sojombos Schritte rasch entfernten, und von der anderen Seite die zornigen Stimmen von Leuten, die sich daranmachten, ihn zu verfolgen, sowie das beunruhigte Gemurmel einiger Neugieriger, die sich dem Quad näherten.

»Wir brauchen einen Rettungswagen! Da unten liegt ein Junge auf dem Boden!«

30

... er wird versuchen, das Kloster zu erreichen

»Du bist nicht mehr der Mann, der du einmal warst«, sagte Erdenbat.

»Sie sind auch nicht der, der Sie vorgeben zu sein«, gab Yeruldelgger zurück.

»Mag sein, aber ich stelle immerhin noch etwas dar, wohingegen du immer mehr zu einem Nichts schrumpfst. So kann es mit dir nicht weitergehen, Yeruldelgger. Du bist auf dem besten Weg, alles zu verlieren. Du bist ein alter Griesgram geworden, noch dazu gewalttätig. Du vergreifst dich an Zeugen, du schlägst deine eigene Tochter, du schießt auf Informanten, du hast keinerlei Respekt vor deinen Vorgesetzten, du führst deine Ermittlungen nur noch zu deiner persönlichen Befriedigung durch.«

Yeruldelgger war kurz vor Morgengrauen erwacht, im gleichen Moment, in dem die Vögel anfingen zu singen. Ein leichter Frosthauch aus den bewaldeten Hügeln wehte ihm um die Nase, und ihn fröstelte. Er beobachtete voller Bewunderung, wie die frühe Morgendämmerung den See und den Horizont mit einem Silberglanz überzog, wie sich dann der Himmel über den bläulichen Nebelschwaden am Boden sanft rötete und schließlich das ganze Tal in ein warmes goldenes Licht getaucht wurde, in dem die sanften Hänge rund um die Jurten erglühten.

Schließlich stand er auf und ging hinein, um sich einen heißen Buttertee zuzubereiten. Auf dem Sonnendeck rückte er sich einen kleinen Hocker mit Blick auf den See zurecht und wartete in aller Ruhe auf Erdenbat. Der tauchte auch schon wenig später auf und war sich seinerseits sicher, dass der Kommissar ihn bereits erwartete.

»Sie werden dich bald feuern, Yeruldelgger, ich hoffe, du bist dir darüber im Klaren. Daran wird bereits gearbeitet. Und bald ist es so weit. Sehr bald.«

»Meinen Sie, ich wüsste das nicht längst? War das wirklich den ganzen Aufwand wert, mich so zusammenzuschlagen und mich hierherzuschleifen, nur um mir das zu sagen?«

»Ich musste dir eine Abreibung verpassen, um dich überhaupt hierherzubekommen, weil du so störrisch bist wie ein Esel, mein Sohn. Und genau hier wird sich dein weiteres Leben entscheiden. Hier mein Angebot, und dieses Angebot mache ich dir nur ein einziges Mal – hier und jetzt: Scheide freiwillig aus dem Polizeidienst aus und arbeite für mich.«

»Und wenn ich mich weigere?«

»Wenn du dich weigerst, wird dein Leben eine einzige Hölle.«

»Ach«, mokierte sich Yeruldelgger, »mein Leben ist doch sowieso schon die Hölle.«

»Unterschätze niemals die Macht des Bösen, mein Junge. Du kannst dir gar nicht vorstellen, über welche ungeahnten Möglichkeiten es noch verfügt, dich richtig leiden zu lassen.«

»Seltsam, auf mich hat dieses Angebot eher was von einer Drohung, oder täusche ich mich da?«

»Da täuschst du dich. Man muss dir gar nicht erst mit dem Schlimmsten drohen, denn du ziehst das ganz von selbst magisch an. Ich schlage dir vor, dass du aus dem Polizeidienst ausscheidest und die Leitung meines Sicherheitsdienstes übernimmst. In einigen Wochen finden in Ulaanbaatar die alljährlichen Naadam-Spiele statt; dazu habe ich viele wichtige Persönlichkeiten eingeladen und erwarte eine große Anzahl sehr vermögender Ausländer. Ich habe vor, hier auf der Ranch einen eigenen kleinen Privat-Naadam zu veranstalten. Was die Politik und meine Geschäfte betrifft, habe ich noch einiges vor, und da brauche ich jemanden wie dich. Oder vielmehr jemanden wie den Mann, der du früher mal warst, aber du kannst wieder so werden. Ich weiß ja, was du alles durchgemacht hast. Vergiss nicht, dass wir diese Prüfung gemeinsam bewältigen mussten.«

»Das stimmt nicht, ich musste diese Prüfung ganz allein bestehen. Sie haben sicherlich auch viel durchgemacht, aber ich musste das alles ganz allein bewältigen.«

»Wie du meinst. Ich merke, dass dein Zorn noch immer nicht besänftigt ist, mein Sohn. Falls du mein Angebot annimmst, dann solltest du dich darauf einstellen, hier zu wohnen, um die Sicherheit der Ranch und des Naadam zu gewährleisten, bis du wieder du selbst bist. Und wenn du dich dafür bereit fühlst, wirst du mir auch in Ulaanbaatar zur Seite stehen. So lautet mein Angebot. Nimm dir die Bedenkzeit, die du brauchst; so lange kannst du gern hierbleiben.«

»Das wird nicht nötig sein. Ich kehre nach Ulaanbaatar zurück. Haben Sie vielen Dank für Ihre Gastfreundschaft.«

Erdenbat sah Yeruldelgger an und erwiderte nichts. Seine Widerstandskraft und seine Hartnäckigkeit verärgerten ihn nicht unbedingt. Die Wut, die Yeruldelgger erfüllte, machte ihn vielmehr zu einem nützlichen, gewaltbereiten Brutalo. Er würde es wirklich sehr bedauern, ihn zerstören zu müssen.

»Wie du willst, mein Sohn. Das ist deine freie Wahl. Ich lasse dich zurückbringen.«

»Nein danke. Ich komme schon allein zurecht.«

»Na hör mal! Wir sind hier im Norden des Tereldsch, hundert Kilometer von Ulaanbaatar entfernt!« Erdenbat war ziemlich erstaunt. »Hier gibt es weit und breit kein Taxi.«

»Das ist mir schon klar«, gab Yeruldelgger zurück und verfolgte konzentriert einen Jungfernkranich, der den See gerade mit eleganten Flügelschlägen überquerte. »Ich gehe zu Fuß nach Hause. Ich kenne ja den Weg.« Er stellte seine Teetasse ab, stand auf und ging zum See hinunter.

Erdenbat sah ihm nach, wie er sich ruhig und gelassen entfernte. Er versuchte ein letztes Mal, den körperlichen und seelischen Zustand Yeruldelggers einzuschätzen, gab es dann aber auf. Es nützte nichts mehr, die Würfel waren gefallen. Yeruldelgger gehörte von nun nicht mehr zu seiner Welt. Sollte er doch zum Teufel gehen. Denn egal welchen Weg er von nun an einschlug – jeder würde ihn dorthin führen: zum Teufel. So viel war sicher.

Der alte Mann zog sein Mobiltelefon aus der Hosentasche und gab eine Nummer des internen Netzes der Ranch ein.

»Er hat sich geweigert. Damit wird alles etwas komplizierter. Jetzt musst du dich um ihn kümmern. Er geht zu Fuß durch den Wald. Ich vermute, er wird versuchen, das Kloster zu erreichen.«

31

... der nichts lieber täte,
als euch allesamt umzubringen ...

Unmittelbar nach dem Anruf aus dem Bezirkskrankenhaus im 14. Bezirk veranlasste Oyun, dass Gantulga in das Krankenhaus Nr. 1 im Zentrum verlegt wurde, wo Solongo arbeitete, die sie ebenfalls verständigte. Die Verlegung ging so schnell vonstatten, dass der Junge bei ihrer Ankunft im Krankenhaus bereits auf seinem Zimmer lag.

»Das Schlimmste ist ihm erspart geblieben«, erklärte ihr Solongo sogleich, die auf Oyun gewartet hatte, um sie zu beruhigen. »Er hat zwei Knochenbrüche und eine Vielzahl von Quetschungen, aber die Operation ...«

»Operation? Was für eine Operation?«

»Einer der beiden Knochenbrüche wurde durch ein Projektil verursacht.«

»Durch eine Kugel? Jemand hat auf ihn geschossen?«

»Beruhige dich, Oyun, bitte beruhige dich wieder. Alles wird wieder gut, wirklich. Das Krankenhaus hat dich eben deshalb angerufen, weil er alles gut überstanden hat und weil ihn jemand abholen sollte.«

»Schon gut, schon gut, ich beruhige mich ja. Aber was ist denn eigentlich passiert?«

»Er wurde im Flusskanal des Jurtenviertels hinter dem Gebiet mit dem großen Wohnblock gefunden, wo es kürzlich gebrannt hat. Mehrere Zeugen haben laute Motorgeräusche und Schreie gehört. Sie sind nach draußen gerannt, weil sie dachten, es hätte einen Unfall gegeben. Da haben sie jemanden gesehen, der aufs Geratewohl in der Dunkelheit um sich geschossen und sich aus dem Staub gemacht hat, sobald er die Meute auf sich zukommen sah. Dann sind sie in den Kanal gestiegen und haben zuerst ein zu Schrott gefahrenes Quad entdeckt, das sich mehrmals überschlagen hatte, und anschließend den ohnmächtigen Jungen. Sie haben gar nicht erst einen Krankenwagen gerufen, sondern den Jungen aus dem Kanal nach oben geschleppt und ihn dann gleich ins Bezirkskrankenhaus getragen, das nur wenige hundert Meter entfernt liegt. Als er aufgewacht ist, hat er wohl darum gebeten, dass du verständigt wirst. Also das ist die ganze bisher bekannte Geschichte.«

»Und wie geht es ihm jetzt?«

»Seit er aufgewacht ist ziemlich gut. In den ersten Tagen hatten sie ein wenig Angst, weil ...«

»In den ersten Tagen?«

»Ja. Er lag vier Tage im Koma. Der Unfall hat sich am Tag des Brandes beziehungsweise der Explosionen ereignet.«

»O nein!« Oyun seufzte bei der Erinnerung an jenen Abend tief auf.

Jetzt fiel ihr wieder ein, dass Gantulga in dem Riesendurcheinander mit all den Rettungswagen und Feuerwehrleuten zweimal versucht hatte, sie auf etwas aufmerksam zu machen, und dass sie ihn jedes Mal einfach abgewimmelt hatte.

In dem Moment verließ ein gestresst wirkender Arzt Gantulgas Krankenzimmer, dicht gefolgt von einer Schwester mit strenger Zerberusmiene, die ihnen mit unmissverständlicher Geste verbot, das Zimmer zu betreten.

»Ganbold!«, rief Solongo dem Arzt hinterher.

Er drehte sich um und lächelte Solongo an, als er sie erkannte.

»Können wir zu ihm?«

»Den beiden Damen ist der Zutritt gestattet«, lautete die neue Anweisung an die verstimmte Schwester.

»Vielen Dank«, sagte Solongo, an den Arzt gewandt, der bereits weitereilte und sich lediglich mit einem kurzen Winken verabschiedete.

»Na, Partner?«, fragte Oyun gleich beim Betreten des kleinen Zimmers.

Die Augen des Jungen strahlten vor Glück, als er die junge Inspektorin erblickte. Sein linkes Bein war bis zum Oberschenkel eingegipst und der rechte Arm geschient. Er richtete sich auf, indem er sich an einem Haltegriff hochzog; gleich eilten die beiden Frauen an sein Bett, um ihm ein Kissen als Stütze in den Rücken zu stopfen.

»Und? Habt ihr ihn schon geschnappt?«, fragte Gantulga aufgeregt.

»Wen denn? Meinst du den, der dir das angetan hat? Kennst du den etwa?«

»Na klar! Das war Sojombo! Der Typ, der dich in der Kanalisation umbringen wollte.«

»Bist du dir sicher?«

»Na, also hört mal! Jeder in der Gegend weiß, wer das ist. Das ist so eine Art Polizist, der mit denen aus dem zehnten Stock rummauschelt, denen aus der Wohnung, die gebrannt hat. Er selbst wohnt im Haus gegenüber, im dritten Stock, in der anderen Wohnung, die anschließend hochgegangen ist. Von da hat er dich in der Nacht beobachtet und ist dir in die Kanalisation gefolgt.«

»Hör zu, Gantulga. Derjenige, der den Brand in der Wohnung im dritten Stock verursacht hat, ist darin umgekommen. Wir haben seinen Leichnam hier im Gebäude in der Gerichtsmedizin.«

»Das kann nicht sein. Ich habe ihn doch genau gesehen, und das war es auch, was ich dir an dem Abend sagen wollte. Er hat sich ganz unauffällig unter die Leute gemischt, die aus dem Haus kamen, und sich dann aus dem Staub gemacht. Deswegen bin ich ihm ja auch gefolgt, weil du mir nicht zuhören wolltest!«

Solongo und Oyun wechselten einen Blick, um sich zu vergewissern, dass sie jetzt das Gleiche dachten. Als Solongo von Gantulga durch die Kanalisation zu der Stelle geführt worden war, wo sich Oyun und Saraa befanden, war außer ihnen niemand sonst im Tunnel gewesen. Sie waren davon ausgegangen, dass es dem Mann mit dem verbrühten Gesicht und dem Mann mit dem Revolver gelungen war zu entkommen, ob nun gemeinsam oder nicht. Erst jetzt verstanden sie, was wirklich passiert war.

»Ich melde mich so schnell wie möglich!«, rief Solongo, schon im Begriff, das Zimmer zu verlassen. »Sobald ich mir sicher bin.«

Oyun blickte ihr nach, wie sie sich im Laufschritt den Gang hinunter entfernte. Dann wandte sie sich wieder Gantulga zu und bemerkte zu ihrem eigenen Erstaunen, welche Freude ihr der Anblick dieses Kerlchens bereitete. »Also, Partner, wie fühlst du dich jetzt?«

»Was meinst du, bekomme ich vielleicht 'ne Medaille oder so was?«

»Weil du eigenmächtig gehandelt hast? Ohne deine Partnerin? Ohne Deckung und ohne Unterstützung? Insubordination wird im Allgemeinen mit einer Rüge bedacht und nicht mit einer Medaille belohnt«, mahnte sie halb scherzhaft, halb im Ernst.

»Na und?«, erwiderte der Junge trotzig. »In eurer kleinen Truppe funktioniert das ja wohl nicht so, oder?«

Oyun betrachtete Gantulgas freches Gesicht, der sie stolz über seine Dreistigkeit anstrahlte. Sie schüttelte den Kopf, konnte kaum glauben, was sie da hörte, erlag dann aber seinem belustigten Blick, der nichts anderes erwartete. »Tu mir so was nicht noch mal an, Partner, hast du mich verstanden? Und jetzt erzähl mir, was du sonst noch weißt.«

Gantulga berichtete ihr alles. Er erzählte von Sojombos Tätowierung, den Schilderungen der jungen Prostituierten, den Gerüchten über den korrupten Bullen, der Wohnung im zehnten Stock, die irgendjemandem als Unterschlupf diente und die er von seinem gegenüberliegenden Apartment im dritten Stock aus beobachtete, dem kleinen Drogenhandel, den er von dort aus protegierte, den Schlägereien, die er dort anzettelte, den Orgien, die er dort veranstaltete. Als Gantulga über das Tattoo sprach, das eines der Mädchen auf seinem Bauch nachgezeichnet hatte, läuteten bei Oyun sämtliche Alarmglocken. Das mongolische Nationalsymbol in Kombination mit einem Hakenkreuz anstelle des Yin-Yang-Symbols – das hatte mit Sicherheit nichts Gutes zu bedeuten. Noch während Gantulga erzählte, wie wütend er gewesen war und welche Angst er gehabt hatte, der Tank des Quads könnte von einer Kugel getroffen werden und explodieren, sprang sie auf und zog ihr iPhone aus ihrer Hosentasche. Das, sagte sie sich, wäre ja zu schön.

Sie suchte nach der E-Mail, die Solongo wegen des zersplitterten Scheinwerfers mit ihr in Kopie an Yeruldelgger geschickt hatte. Sie kopierte den Namen des Quad-Modells und suchte im Internet nach einem Foto.

»Schau dir mal dieses Quad hier an. Sah es so aus?«

»Nein«, antwortete Gantulga, ohne zu zögern. »Jedenfalls nicht ganz genau so. Aber es war auch ein koreanisches Quad, da bin ich mir sicher.«

Oyun konnte ihre Enttäuschung nicht verbergen. Es wäre ja auch wirklich zu schön gewesen, wenn sich alle Puzzleteile an dieser Stelle wie von selbst zusammengefügt hätten. Dann wollte sie ein paar Dienststellen anrufen, um sich zu erkundigen, wo das verunfallte Quad gelandet war, als ihr Gerät anfing zu vibrieren und Solongos Name auf dem Display aufleuchtete.

»Hallo Solongo. Jetzt sag mir bloß, dass wir recht hatten.«

»Wir hatten recht. Komm doch gleich zu mir.«

»Bin sofort da!«

Oyun versprach Gantulga, so schnell wie möglich wieder bei ihm zu sein, dann hastete sie den Gang hinunter in Richtung Gerichtsmedizin. Solongo erwartete sie bereits und führte sie in den zweiten Autopsieraum, wo sie den Leichnam vorbereitet hatte, der von der Feuerwehr aus der Wohnung im dritten Stock geborgen worden war. Die Gliedmaßen dieser Leiche waren grotesk verrenkt und ihre Haut völlig verkohlt; Solongo hatte von der Gesichtshaut lange Streifen abgeschnitten.

»Ich weiß, das sieht nicht sonderlich appetitlich aus«, fing Solongo an, »aber sieh dir die Hautschichten an. Es gibt hier zwei verschiedene Arten von Verbrennungen übereinander. In der unteren Schicht handelt es sich um Verbrühungen, darüber liegt die verkohlte Schicht. Bei dieser Leiche hier handelt es sich um den Typ aus der Kanalisation. Mithilfe dieses Leichnams wollte uns der Typ aus der Wohnung weismachen, er selbst sei bei dem Brand umgekommen. Der Junge hat völlig recht. Da draußen läuft ein Killer durch die Gegend, der nichts lieber täte, als euch allesamt umzubringen ... Saraa, dich und ihn ...«

32

Sobald sie wusste,
wie sie ihn erreichen konnte ...

Oyun beobachtete, wie Chuluum am anderen Ende der Etage in seinem Büro offenbar lustlos seiner Arbeit nachging. Von Yeruldelgger hatte sie bisher noch nichts gehört, und eigentlich wollte sie sich davon momentan nicht weiter beunruhigen lassen. Doch die Ereignisse überschlugen sich gerade, ständig trafen neue Informationen ein, denen sie nachgehen sollten. Folglich stellte sich die Frage, inwiefern sie Chuluum vertrauen konnte. Was wusste er über den Fall, und konnte sie gefahrlos so wichtige Fakten vor ihm verbergen?

Sie hatte sich immer schon gefragt, ob sie all diesen Geschichten vom sechsten Sinn Glauben schenken sollte. Diesem ganzen schamanistischen Gedöns, an das Yeruldelgger glaubt, das er allerdings schamhaft immer nur als Instinkt abtat, um sich nicht weiter dazu erklären zu müssen. Hin und wieder hob Chuluum den Blick, wie um sich zu vergewissern, dass sie ihn immer noch beobachtete, bis er sie mit hochgezogenen Augenbrauen fragte, ob sie etwas von ihm wolle.

»Sag mal, Chuluum, hast du eine Ahnung, wo Yeruldelgger abgeblieben ist?«

»Null«, erwiderte der Inspektor brüsk und vertiefte sich wieder in seine Akte. »Außerdem ist er mir ziemlich egal.«

»Na ja, verstehe ich durchaus. Er ist im Moment ziemlich eigenartig. Da wir ihn gerade offenbar nicht erreichen und du ohnehin seine Ermittlungen übernommen hast, hab ich mir gedacht, wir beide könnten uns vielleicht auf den neuesten Stand bringen. Was hältst du davon?«

»Damit du ihn jeden Abend hinter meinem Rücken briefen kannst?«

»Du erstattest Mickey doch auch jeden Abend Bericht.«

»Klar, aber der ist schließlich auch mein Vorgesetzter.«

»Und Yeruldelgger ist meiner«, erwiderte Oyun.

»Red nicht so einen Quatsch. Yeruldelgger ist gar nichts mehr«, korrigierte sie Chuluum.

Oyun stieß einen tiefen Seufzer aus, allerdings konnte Chuluum nicht mit Sicherheit sagen, ob sie jetzt wütend oder resigniert war und sich in die neuen Verhältnisse fügte. Schließlich zog sie einen Stuhl heran und setzte sich ihm direkt gegenüber. »Jetzt hör mir mal zu. Wir können natürlich noch eine ganze Weile so weitermachen, aber auf die Dauer führt das zu nichts. Mir persönlich geht dieser Zickenkrieg zwischen Mickey und Yeruldelgger allmählich auf die Nerven. Wir haben hier zwei Fälle, die gelöst werden wollen. Warum machen wir uns nicht gemeinsam daran? Ich sage dir, was ich weiß, und du sagst mir, was du weißt, und dann machen wir gemeinsam Fortschritte. Was meinst du?«

Chuluum betrachtete Oyuns Miene eingehend, doch es gab kein Anzeichen, dass ihr Vorschlag nicht ehrlich und ernst gemeint war. Nach einem kurzen Moment antwortete er. »In Ordnung. Dann verrate du mir doch mal, was ihr mir verheimlicht.«

»Einverstanden. Das kleine Mädchen in der Steppe ist von einem Quad koreanischer Bauart überfahren worden. Anhand von Glassplittern eines zertrümmerten Scheinwerfers ließen sich Modell und Baujahr eindeutig identifizieren. Yeruldelgger ist der Auffassung, dass das Mädchen bei einem Unfall umkam und man seinen Leichnam an einer anderen Stelle in der Steppe verscharrt hat, um ihn loszuwerden.«

»Sonst noch was?«, hakte Chuluum nach. Er wollte die Oberhand bewahren, und merkte gar nicht, dass genau das Teil von Oyuns Strategie war.

»Die Kleine war zusammen mit ihren Eltern vor fünf Jahren ein paar Tage bei den Roten Klippen. Ein Zeuge hat sie identifiziert. Offenbar Touristen, die mit einem alten, dunkelblauen Uljanowsk 452 unterwegs waren. Yeruldelgger wollte dieses Wohnmobil auf dem Gebrauchtwagenmarkt ausfindig machen, deswegen hat er dort ein oder zwei Informanten … na ja, etwas unter Druck gesetzt.«

»Und? Ist dabei was herausgekommen?«

»Woher soll ich das wissen? Seitdem ist er nicht mehr aufgetaucht, und gemeldet hat er sich auch nicht. Ich weiß nur, dass er sich am gleichen Abend noch mit dir treffen wollte. Er hat wohl versucht, dich anzurufen. Bist du dir sicher, dass du nicht weißt, wo er abgeblieben ist?«

»Absolut sicher. Das habe ich dir doch schon gesagt. Und was habt ihr in der Sache mit den Chinesen herausgefunden?«

»Die verkohlte Leiche, die sie in der Wohnung im dritten Stock gefunden haben, ist nicht die des Brandstifters.«

»Wie willst du das wissen?« Mit einer solchen Neuigkeit hatte er nicht gerechnet.

»Das hat die Autopsie ergeben. Der Mann war schon tot, bevor er verbrannte. Laut einer Zeugenaussage hat der eigentliche Mieter jener Wohnung das Durcheinander während der Evakuierung des Hauses genutzt, um sich unauffällig aus dem Staub zu machen.«

»Und, habt ihr die beiden schon identifiziert, ich meine den Flüchtigen und den Leichnam?«

»Nein«, erwiderte Oyun.

»Du lügst!«

»Wenn ich lüge, dann weißt du bereits, wer die beiden sind, und dann hast du mich auch hintergangen! Im Übrigen bist du jetzt an der Reihe, mir zu sagen, was du weißt und was du mir bisher verheimlicht hast.« Anklagend war ihr Zeigefinger auf Chuluum gerichtet.

Der junge Inspektor stand unvermittelt auf und schob die Hand mit dem ausgestreckten Finger von sich. Er rückte sein Sakko zurecht, wandte ihr den Rücken zu und trat ans Fenster, um ihr nicht in die Augen sehen zu müssen. »Ich verheimliche dir gar nichts«, verteidigte er sich mehr schlecht als recht. »Du wirst allmählich genauso paranoid wie Yeruldelgger.«

»Na dann erklär mir doch bitte mal eine Sache, wenn du tatsächlich mit so offenen Karten spielst, wie du behauptest: Worin besteht der Zusammenhang zwischen den drei toten Chinesen in der Fabrik und den beiden Bränden?«

»Wie? Zusammenhang? Was für ein Zusammenhang? Wovon sprichst du? Ich habe keine Ahnung, worauf du hinauswillst.«

Es war überhaupt nicht schwer gewesen, Chuluum an den Haken zu bekommen, und jetzt zappelte er an ihrer Leine. »Siehst du das denn nicht? Ist das dein Ernst? Du willst von mir wissen, ob ich neue Informationen bezüglich des Chinesen-Massakers habe, und dann setze ich dich über die neuesten Erkenntnisse bezüglich des Brandopfers ins Bild, und du wunderst dich nicht mal darüber? Welchen Schluss soll ich deiner Meinung nach daraus ziehen, Chuluum? Mal abgesehen davon, dass du sehr viel mehr weißt, als du sagen willst? Du kennst den Zusammenhang zwischen den beiden Ereignissen, hältst damit aber hinter dem Berg.«

»Na, und wenn schon! Selbst wenn ich etwas wüsste, was du nicht weißt, bin immer noch ich derjenige, der die Ermittlungen führt. Ich bin derjenige, der entscheidet, wer was wissen soll und wer nicht.«

»Was das angeht, hast du recht«, gab Oyun zu und stand auf,

um an ihren Schreibtisch zurückzukehren. »Allerdings vergisst du dabei zwei Kleinigkeiten. Erstens: Eine der Verbindungen zwischen der Ermordung der Chinesen und dem Tod des Verbrannten ist der versuchte Mord an Saraa, der Tochter von Yeruldelgger. Und an dem Tag, an dem er hier aufkreuzt und diesbezüglich Erklärungen von dir verlangt, möchte ich nicht mit dir tauschen. Und zweitens: Wir wissen inzwischen sehr viel mehr über die beiden Fälle und über das, was du uns verschweigst.«

Chuluum verschlug es die Sprache, was Oyun nicht besonders überraschte, da sie ohnehin nicht mit einer Antwort gerechnet hatte. Ostentativ den Kopf schüttelnd, machte sie sich auf den Weg zu ihrem Büro, wurde aber noch einmal von ihm zurückgerufen. »Oyun, einverstanden! Einverstanden! Komm noch mal her. Ich kann dir alles erklären.«

Natürlich gab sie vor, als müsse sie es sich erst noch überlegen, aber ihr Kollege machte so verzweifelte Anstrengungen, um sie von seiner Aufrichtigkeit zu überzeugen, dass sie sich unbedingt anhören musste, was er zu sagen hatte. Sie machte auf dem Absatz kehrt und stellte sich vor seinen Schreibtisch. Chuluum schob ihr einen Stuhl unter, eine Geste, die für einen Macho wie ihn etwas übertrieben galant war. Dann setzte er sich ebenfalls wieder hin. »Das mit dem Typen aus dem dritten Stock wusste ich schon. Das ist einer von unseren Informanten, der sich im Umfeld dieser beknackten Nazis herumtreibt, die wir schon seit einiger Zeit beobachten. Er dealt ein bisschen und hat sonst noch so ein paar Sachen überall im Norden der Stadt laufen. Selbstverständlich habe ich auch ein paar Informanten in der Gegend um diese berüchtigten Wohnblocks; die haben mich wegen der Schießerei in den Tunneln in der Kanalisation verständigt. Ich habe erst sehr viel später erfahren, dass Saraa in diese Geschichte verwickelt ist. Das hat wohl mit ihrer Zeugenaussage wegen dieses Adolfs neulich hier zu tun. Aber ich war tatsächlich davon ausgegangen, dass der Informant in seiner Wohnung im dritten Stock verbrannt ist.«

»Das ist er eben nicht«, erwiderte Oyun. »Ist er eigentlich ein Bulle?«

»Aber im Leben nicht!«, empörte sich Chuluum. »Er hat uns nur ab und zu Informationen gesteckt, mehr nicht.«

»Trotzdem hat er das mir gegenüber behauptet, unmittelbar bevor er versucht hat, mich zu erschießen. Warum sollte ein Typ wie er in so einem Augenblick lügen?«

»Der Typ ist wirklich durchgeknallt. Nur weil sie uns mit Informationen versorgen und man sie deshalb ihre zwei, drei kleinen schmutzigen Dinger drehen lässt, halten die sich schon für Bullen und werden unkontrollierbar.«

»Da ist was dran! Er ist sogar so weit gegangen, auf einen Zeugen zu schießen.«

»Auf einen Zeugen? Einen Zeugen wovon? Etwa im Zusammenhang mit diesem Fall?«

»Tja, Pech für dich, Chuluum, denn es handelt sich ausgerechnet um einen direkten Zeugen für den Mordversuch an Saraa.«

»Na und? Was heißt hier ›Pech für mich‹?«

»Weil es dein Informant ist, Chuluum. Dein Typ wusste ganz genau, was gegen Saraa geplant war. Er folgte den beiden Tätern in die Kanalisation, hat versucht, mich zu erschießen, hat die beiden Wohnungen in die Luft gejagt, um wichtige Beweise verschwinden zu lassen, und er wollte einen wichtigen Augenzeugen beseitigen. Was meinst du wohl, wie Yeruldelgger das alles gefällt? Es handelt sich schließlich um deinen Informanten!«

Der junge Inspektor sprang auf und wirkte plötzlich sehr nervös. »Wenn du mir sagst, wer dein Zeuge ist, dann stellen wir ihn unter Zeugenschutz. Ich sorge dafür, dass ihm nichts passiert.«

»Du willst ihn in Zeugenschutz nehmen?«, erwiderte sie spöttisch und stand ebenfalls auf. »Damit er am Ende auch auf kleiner Flamme in der Kanalisation zu Tode geköchelt wird?«

»Sag mir sofort, wer dieser Zeuge ist, Oyun! Das ist ein Befehl, hörst du?«, ereiferte sich Chuluum und drohte ihr mit dem Finger. »Wenn nicht ...«

»Dann was?«, fragte Oyun herausfordernd. »Rufst du dann deinen Sojombo an, damit er mich abknallt? Oder irgendeinen Killer in einem Toyota, damit ich die Roten Klippen hinunterstürze?«

»Was? Was ist das jetzt wieder für eine Geschichte?«

»Du weißt ganz genau, wovon ich spreche. Außer Yeruldelgger und mir warst du der Einzige, der wusste, dass Solongo dort einer Sache nachging.«

»Wie? Solongo hat dort ermittelt? Ich denke, sie ist Gerichtsmedizinerin. Sie hatte dort nichts verloren! Und du vergisst, was du mir vorhin zum Vorwurf gemacht hast: Ich erstatte Mickey jeden Abend Bericht. Jeden Abend – so lautet seine strikte Anweisung. Demnach wusste auch er davon, er und alle anderen, mit denen er darüber gesprochen hat.«

Dieser Punkt ging an Chuluum, und Oyun musste das Gesagte erst einmal verdauen. Hinter jeder undichten Stelle und jedem krummen Ding, das sie Chuluum zuschrieb, steckte womöglich Mickey. Den Grund dafür kannte sie noch nicht, ebenso wenig wie den für Chuluums Verhalten. Aber ganz offensichtlich gab es jemanden in ihrer Abteilung, der einige Risiken auf sich nahm, um ihnen das Leben schwer zu machen. Ein unsichtbarer Feind, der offensichtlich über sämtliche laufenden Ermittlungen sehr genau Bescheid wusste und durch die Auseinandersetzung, die sie soeben mit Chuluum gehabt hatte, sicherlich gezwungen wäre zu reagieren. Sie musste Yeruldelgger unbedingt warnen. Sobald sie wusste, wie sie ihn erreichen konnte ...

33

... mit einem Hakenkreuz anstelle des Yin-Yang-Symbols ...

Yeruldelgger kannte sich in den Bergen und Tälern bis nach Ulaanbaatar bestens aus. Erdenbats Ranch lag etwa acht Kilometer östlich des großen Khar-Sees. Dorthin führten mehrere Staubstraßen, und ganz bestimmt würde er unterwegs auf Wanderer oder Reiter treffen. Zu Fuß wäre er in knapp drei Stunden am See, wo er sich dann im goldfarbenen Sand am Ufer ausstrecken und zuschauen könnte, wie die untergehende Sonne die umgebenden Bergkämme in flammende Farben tauchte, während das Wasser des Sees tintenschwarz wurde. Mit Sicherheit könnte er auf die Gastfreundschaft einiger Nomaden vor Ort zählen, zweifellos anständige und scheue Menschen, die ihn in ihre Jurte aufnehmen und Kumys und mit Zwiebel gefüllte, in Hammelnierenfett gebratene Teigtäschchen mit ihm teilen würden, sollte er bei Anbruch der Nacht bei ihnen auftauchen.

Doch er schlug lieber die südliche Richtung ein. In dieser Bergregion des Khar-Sees mit weiteren kleinen Seen verlief eine Hauptwasserscheide Asiens. Nördlich davon flossen alle Bäche und Flüsse in Richtung Sibirien und auf den Baikalsee zu. Südlich strömte alles durch eine Vielzahl von Tälern mit südwestlicher Ausrichtung in die Gegend von Ulaanbaatar. Unmittelbar südlich des kleinen Sees erhob sich ein Gebirgsmassiv wie eine runde Festung von etwa einem Dutzend Kilometern Durchmesser. Die Felswände stiegen bis zu tausendachthundert Metern in die Höhe und umschlossen eine Reihe bewaldeter Täler, die der Fluss Tuul von Nord nach Süd durchquerte. Yeruldelgger kannte den Weg wie seine Westentasche. Noch bevor der Tereldsch zum Nationalpark erklärt worden war, in den Tagen des alten Regimes, als Erdenbat noch als Staatsfeind im Lager saß, hatten Uyunga und er den Gefahren der Wälder und den Verboten der Familie getrotzt und waren in vier Tagen bis zum Khar-See gewandert, wo sie im Freien campiert hatten.

Damals hatte Yeruldelgger ihr von dem buddhistischen Kloster erzählt, wo seine Familie ihn heimlich untergebracht hatte. Trotz der Verfolgungen durch das alte Regime wollte sein Vater die Familientradition aufrechterhalten. Jahrzehntelang war das Regime hartnäckig bemüht, die »Faulpelze und Abergläubischen«, wie sie sie nannten, auszurotten. Von den rund hunderttausend Mönchen, die es davor in der Mongolei gegeben hatte, waren am Schluss nur noch rund hundert in dem einzigen offiziell geduldeten und von der Regierung kontrollierten Tempel in Ulaanbaatar übrig geblieben. Mehr als zweitausend Tempel und Klöster im ganzen Land waren von sogenannten Volksmilizen, von der Staatssicherheit oder von der Revolutionsarmee dem Erdboden gleichgemacht worden. Nur rund ein Dutzend Mönche überlebte diesen Ausrottungsfeldzug, indem sie sich in entlegenen Orten im Gebirge oder in den Steppen versteckten. Einige schützte auch die Angst vor alten Legenden. So war es auch beim Kloster Yelintey. Aus Angst vor Denunzianten und Spionen erzählten die Alten nur mit gedämpfter Stimme davon, dass es einem einzigen Mönch dieses Klosters gelungen sei, den Razzien zu entgehen und dass er in den Ruinen des Klosters einen so reinen, vergeistigten und entschiedenen Buddhismus lehrte wie nie zuvor. Man erzählte sich auch, dass die Revolutionstruppen zweimal in großer Zahl angerückt seien, um den

Abergläubischen ein für alle Mal auszurotten, und dass sie beide Male besiegt worden seien – von einer unsichtbaren und geheimnisvollen Macht, wie der einzige Überlebende es nannte. Danach wurde er von seinen eigenen Verbündeten wegen angeblichen Verrats und Aberglaubens ermordet. Um dieser Legende endgültig den Garaus zu machen, lieh sich Marschall Tschoibalsan, der damalige Staats- und Regierungschef, in den Vierzigerjahren von der sowjetischen Luftwaffe ein Jak-9-Jagdflugzeug aus und ließ auch noch die Ruinen des Klosters Yelintey unter Beschuss nehmen. Dreimal kreiste die Jak-9 über der Anlage und feuerte ihre Munition ab, doch das Flugzeug kehrte nie auf den Flugplatz von Nalaich zurück, wo es gestartet war. Sein Wrack wurde nie gefunden, aber angeblich erhielt Marschall Tschoibalsan am darauffolgenden Tag in einem kleinen Päckchen, sehr sorgfältig wie in einem Origami verpackt, einen wunderschönen schwarzen Stein, der völlig glatt und von extremer Dichte war. Als der Marschall ihn in die Hand nahm, um sich an der überwältigenden Schönheit des Steins zu erfreuen, zerbröselte dieser zu grauem Sand, der ihm wie Wasser zwischen den Fingern hindurchrann; lediglich ein kleines, um einen roten Pfeil gewickeltes Pergamentröllchen verblieb in seiner Handfläche. »Das wird aus deinem Herzen und deiner Zunge«, stand auf dem Pergament. Technikexperten brauchten mehrere Tage, bis sie herausgefunden hatten, dass der kleine Metallpfeil vom Höhenmesser einer Jak-9 stammte. Daraufhin dauerte es nur wenige Minuten, bis der Marschall per Geheimbefehl jegliche weiteren Aktionen gegen das Kloster Yelintey untersagt hatte.

Yeruldelgger war in den 70ern fünf Jahre lang in Yelintey unterrichtet worden, von seinem dreizehnten bis zu seinem achtzehnten Lebensjahr. Das Kloster war zu dieser Zeit immer noch ein Provisorium inmitten der Ruinen gewesen. Die ursprünglichen Bauten krallten sich an den felsigen Hang einer Schlucht. Die ältesten Schüler, die nach der Wiederbegründung allesamt Jünger ihres Meisters geworden waren, hatten einen Schlaf- und einen gemeinsamen Speisesaal errichtet sowie eine Versammlungshalle für Gebet und Meditation, um die sich die Novizen kümmerten. Die Gemeinschaft bestand aus vier Mönchen und zehn Novizen um den »Nergui« – dessen Titel so viel wie »namenlos« bedeutet.

Trotz seines noch jugendlichen Alters dauerte es nicht lange, bis Yeruldelgger verstanden hatte, dass der Unterricht des Nergui mit dem traditionellen Buddhismus so gut wie nichts gemein hatte. Der Legende nach handelte es sich bei den Nergui um die Nachfolger des einzigen Überlebenden der Schlacht der Prinzessin Zengh. Im Jahre 630 war es der Prinzessin gelungen, die mongolischen Stämme der Jurchen und Ewenken zu vereinen und eine Rebellion gegen den chinesischen Kaiser Taizong anzuzetteln. Aus Verzweiflung rief Kaiser Taizong die berühmten Mönchskrieger des Klosters Shaolin zu Hilfe. Der Legende nach sind fünf dieser Shaolin-Kämpfer überraschend in das Hauptquartier des Rebellengenerals eingedrungen, obwohl es von fünfhundert Bewaffneten verteidigt wurde. Die Soldaten wurden einer nach dem anderen im Kampf Mann gegen Mann getötet, und jeder Offizier wurde aufgefordert, sich mit einer Waffe in der Hand einem Zweikampf mit einem waffenlosen Shaolin-Kämpfer zu stellen. Keiner hat einen dieser Zweikämpfe gewonnen, und alle wurden anschließend enthauptet. Nur ein General hatte sich geweigert, mit der von den Shaolin vorgeschlagenen Waffe zu kämpfen, und um seiner eigenen Ehre willen verlangt, den Kampf ebenfalls mit bloßen Händen auszufechten. Die Shaolin-Krieger waren beeindruckt von so viel Mut, erklärten allerdings, dass ein solcher Kampf zu ungleich wäre und gegen ihren Ehrenkodex verstieße. Daher schlugen sie dem mutigen Mongolen vor, sich so lange freiwillig in Gefangenschaft zu begeben, bis er ihre Kampftechniken erlernt hatte. Sobald er sich bereit dafür fühle, dürfe er einen unter ihnen für einen unbewaffneten Zweikampf auswählen und entweder sterben oder aber sich seine Freiheit verdienen. Da jeder Shaolin einen Kampfnamen seiner Wahl trug, wurde entschieden, dem Gefangenen keinen Namen zu geben, weswegen er Nergui, »der Namenlose«, genannt wurde.

Daraufhin gewährte der Kaiser den Shaolin zahlreiche Privilegien und überließ ihnen fünf Klöster in allen Teilen des Reiches. In der nachfolgenden Zeit entwickelten sich die Shaolin eher zu Kriegern als zu Mönchen, eher zu Kämpfern als zu Gelehrten, sie waren nicht mehr wohltätig, sondern gierten nach Reichtum. Das ging so weit, dass sie eines Tages nur noch als die räubernden Mönche von Shaolin bekannt waren. Die einzige Ehre, die ihnen noch geblieben war, war das Einhalten ihres Ehrenwortes, was ihnen Nergui bei jeder sich bietenden Gelegenheit in Erinnerung rief. Indem er stets bedauerte, die Meisterschaft seiner Kerkermeister noch nicht erlangt zu haben, schaffte es der Mongole listig, den in Aussicht gestellten Zweikampf weiter hinauszuschieben. Nach und nach dämmerte es den Shaolin, dass der namenlose Nergui, der seit Jahren tagaus, tagein trainierte, sie in der Kampfkunst und in der Kunst der Meditation längst überflügelt hatte, da sie selbst aufgrund ihres Alters, ihres opulenten Lebensstils und wegen der politischen Kompromisse träge geworden waren. Inzwischen war es schon so weit gekommen, dass die Novizen ihn den anderen vorzogen, und kein Meister oder neuer Schüler war mehr in der Lage, sich mit ihm, der den besten Unterricht aller fünf Shaolin-Klöster genossen hatte, zu messen. Die Äbte der fünf Klöster kamen daher zusammen und schlugen ihm nun den lange aufgeschobenen Kampf vor. Sollte er siegen, würde ihm nicht nur das Leben geschenkt, sondern er sollte dann auch in die Mongolei zurückkehren, um dort ein sechstes Shaolin-Kloster zu begründen. Der Legende nach entledigte sich Nergui seines Gegners mit einem einzigen Hieb, den er so schnell ausführte, dass es den Äbten unmöglich war, ihn zu beschreiben, und der seinen Gegner dreißig Schritte durch die Luft warf, ohne dass Nergui selbst dabei einen einzigen Schritt getan hätte. Sein Gegner war der beste Shaolin-Kämpfer aller fünf Klöster, und er war entsprechend der mongolischen Tradition ohne Blutvergießen ums Leben gekommen.

Nergui, wie er nun offiziell genannt wurde, bat nur um ein Pferd und zog ohne Nahrung oder Waffen Richtung Norden los. Die Äbte sorgten dafür, jegliche Spur von ihm in der Legende der Shaolin zu tilgen, und auch das Vorhandensein eines sechsten Klosters wurde aus dem Gedächtnis verbannt.

Yeruldelgger kannte diese epische Geschichte in- und auswendig, ebenso wie ihre Fortsetzung. Das Vorbild der Nergui verlieh ihm jetzt Mut und Kräfte, mit denen er nicht gerechnet hatte. Er war mittlerweile seit zwei Stunden in Straßenschuhen auf diesem felsigen Untergrund unterwegs, und sein Mantel blieb immer wieder am Gestrüpp hängen, aber er war noch nicht außer Puste. Er wollte diesen Gebirgskamm überqueren, indem er dem schmalen Tal des Tuul entlang der Berghänge folgte. Mittlerweile traf er auf überwachsene Trampelpfade, die von Jägern in sicherer Distanz zum Flussbett angelegt worden waren. Während der Schneeschmelze oder bei heftigen Sommergewittern konnte sich der friedliche Fluss rasch in ein reißendes Gewässer verwandeln, das das Tal überschwemmte und deutlich über die Flussufer stieg. Dabei wurde der nahezu ebene Boden abgetragen und ausgespült, sodass an dieser Stelle nicht mehr als zähes Bodendeckerkraut mit winzigen bläulichen Blüten wuchs. Etwas weiter oben an den sanften Abhängen war der Bewuchs dichter und blühte üppiger. Am Rand dieses dichteren Bewuchses und des von Felsbrocken unterbrochenen Gebüschs zogen sich die Trampelpfade entlang. Weiter oben wurden die Abhänge steiler und waren, teilweise verdeckt von Lärchen und anderen Nadelbäumen, von tiefen Rinnen und Schluchten durchzogen.

Yeruldelgger marschierte in südlicher Richtung weiter. Sobald er dieses Stück durchquert hätte, würde er auf das breite, steinige Tal treffen, das sich halbkreisförmig um diese Berge erstreckte. Jenseits dieses Tals, in ungefähr fünf Kilometern Entfernung, erhoben sich die Vorberge eines weiteren, viel ausgedehnteren und imposanteren Gebirgszugs, in dessen Herz der großartige Tereldsch-Nationalpark lag. Dort lag, etwas versteckt im Schatten eines Felsüberhangs, das Kloster Yelintey. Yeruldelgger schätzte, dass er ungefähr noch drei Stunden brauchte, bis er in diesem Tal war. Aber er war ja im Morgengrauen losgegangen und hatte noch genug Zeit.

Ganz erstaunt stellte er beim Laufen fest, dass er noch immer über vergessen geglaubte Instinkte und verschüttete Kräfte verfügte. Er wunderte sich, mit welcher Leichtigkeit sein Körper, der von der Stadt und seinem Beruf gebeutelt war, mit der ungewohnten Anstrengung zurechtkam und ihn durch die wilde Natur des Gebirges trug. Er empfand keinerlei Furcht, weder angesichts der gewaltigen Gebirgslandschaft noch bei der Vorstellung, eine Nacht in der Kälte hier draußen verbringen zu müssen oder irgendwelchen Wildtieren zu begegnen. Er genoss ganz einfach das besonnene Gefühl, nur da und ausnahmsweise ganz für sich zu sein. Er war Teil dieser Welt gewesen, hatte so sehr mit ihr in Einklang gelebt, dass er sich von ihr genährt hatte. Die Kraft, die er aus dieser Symbiose gezogen hatte, war ihm inzwischen abhandengekommen, aber er erinnerte sich wieder daran. Mit einem Mal hatte er das Gefühl, dass er früher viel lebendiger gewesen war, lebendiger als heute, und vielleicht bestand noch die Möglichkeit, diese Kraft zurückzugewinnen.

Aber plötzlich nahm er die Gefahr wahr. Die Bedrohung war nicht in unmittelbarer Nähe, hatte nichts Wildes. Das war kein Bär, auch kein Wolf. Diese Gefahr deutete auf keinen Felssturz und keinen unerwartet aufziehenden Sturm hin. Da war kein

Bienenschwarm und auch keine Schlange. Diese kalte Gefahr lauerte irgendwo vor ihm in der Ferne, hielt sich versteckt. Yeruldelgger setzte seinen Weg unbeirrt fort, ohne den undurchdringlichen Horizont vor ihm aus den Augen zu lassen. Unmerklich entfernte er sich von dem Trampelpfad der Jäger und hielt schräg den Abhang hinauf auf den Waldrand zu. Er war sich sicher, dass er beobachtet wurde. Mit bewusst übertriebener Geste wischte er sich mit dem Mantelärmel über die Stirn und tat, als wäre er etwas erschöpft. Dann entledigte er sich mit einer ausholenden Geste seines Mantels, warf ihn auf den mit Lärchennadeln übersäten Boden und ließ sich erschöpft darauf nieder. Sobald er sich ausgestreckt hatte, rollte er hinter den wuchtigen Baumstamm der Lärche, wo ihn das Gestrüpp verdeckte, und musterte von dort den gegenüberliegenden Hang.

Das Tal, das er durchquert hatte, durchbrach den noch vor ihm liegenden Bergrücken in nord-südlicher Richtung. Unmittelbar vor dem Durchbruch durch das Bergmassiv vereinte es sich mit einem weiteren schmalen Seitental, das schräg zum Khar-See hinabführte und etwas häufiger genutzt wurde. Die beiden Talkessel vereinigten sich ein paar hundert Meter weiter südlich von seinem jetzigen Standort, und von dort witterte Yeruldelgger die Gefahr. Irgendjemand oder irgendetwas lauerte dort in einem Hinterhalt auf ihn. Vielleicht jemand, der sich zu spät an seine Verfolgung gemacht hatte und deshalb den Weg durch das andere Tal gewählt hatte, um ihn so zu überholen. Mittlerweile war sich Yeruldelgger sicher: Dort lauerte jemand, der ihn umbringen wollte. Doch noch immer empfand er keine Angst.

Während er noch vollauf damit beschäftigt war herauszufinden, wo sich sein Verfolger verborgen halten mochte, streifte eine Kugel seine Schulter und schlug in die junge Weide hinter ihm ein. Zwei Sekunden später zischte eine zweite in den Stamm der großen Lärche, hinter der Yeruldelgger in Deckung gegangen war. Er spürte regelrecht, wie der Einschlag im Holz in seinem Kopf widerhallte. Sein Verfolger benutzte Patronen für die Wildschweinjagd und verfügte wahrscheinlich über ein Gewehr mit Zielfernrohr, durch das er ihn genauso gut sehen konnte wie durch ein Fernglas. Allerdings handelte es sich um einen miserablen Schützen. Offenbar mangelte es ihm an Erfahrung und auch an Geduld, denn wegen seines verfrühten Losgeballers hatte er den Vorteil des Überraschungseffekts nun verspielt. Yeruldelgger wiederum befand sich auch nicht gerade in einer vorteilhaften Position. Hinter ihm stieg das Gelände steil an; auch konnte er sich nicht ins Unterholz zurückziehen, ohne zuerst seine Deckung zu verlassen.

Da der Mann ihm nichts anhaben konnte, solange er hinter der Lärche blieb, beschloss Yeruldelgger, vorerst an dieser Stelle zu bleiben. Bestimmt würde sein Verfolger schon bald wieder die Geduld verlieren und sich einen anderen Schusswinkel suchen. Während eines solchen Platzwechsels konnte er unmöglich das Gewehr auf ihn gerichtet halten und einen präzisen Schuss abgeben; dementsprechend konnte auch Yeruldelgger die Gelegenheit nutzen und ein Stück weiter oben am Waldsaum bessere Deckung finden. Selbst wenn er aufs Geratewohl auf Yeruldelgger schießen würde, war die Chance gering, dass er ihn mit seinem Jagdgewehr auch traf. Auf diese Distanz machte schon eine minimale Abweichung einen Fehlschuss von mehreren Metern aus.

Während er den gegenüberliegenden Hang fest im Auge behielt, dachte Yeruldelgger nach. Der Verfolger war ihm mit Sicherheit nicht schon seit dem Abend zuvor auf den Fersen. Erdenbat hatte ihn quasi in seinen Lexus gezwungen und entführt, und niemand hätte dem Wagen über die Staubstraßen des Tereldsch unbemerkt folgen können, allein schon weil man in der weiten, offenen Landschaft, auch auf größere Entfernung jedes Scheinwerferpaar bemerkt hätte. Und falls der Mann sich von Norden her näherte, musste er gewusst haben, dass Yeruldelgger die Nacht auf der Ranch verbracht hatte. Es handelte sich also wahrscheinlich um jemanden von der Ranch selbst. Und da dort nichts geschah, was Erdenbat nicht ausdrücklich angeordnet hatte, ließ das nur den Schluss zu, dass der Oligarch selbst den Befehl gegeben hatte, ihn aus dem Weg zu räumen.

Yeruldelgger wollte schon auflisten, was das in der Konsequenz alles für ihn bedeutete, als er gegenüber eine winzige Bewegung wahrnahm. Vorsichtig spähte er an dem Lärchenstamm vorbei und sah, wie der Schütze durch das Gebüsch talabwärts in Richtung des Flusses kroch. Yeruldelgger nahm an, dass er quasi aus der Froschperspektive eine bessere Schussposition zu gewinnen versuchte. Nun sprang er seinerseits auf und versuchte, möglichst schnell steil nach oben zu kommen, wo die Deckung hinter den dichten Blättern der ersten Bäume besser war. Dabei achtete er nicht einmal auf die zwei Schüsse, die abgegeben wurden. Nach wenigen Sekunden befand er sich im Schutz der Bäume, aber diesmal hatte er es doch mit der Angst zu tun bekommen, und sein Herz schlug wie wild. Er setzte sich auf einen großen Stein, um wieder zu Atem zu kommen; das allerdings erwies sich als fatal, denn schon dröhnte das Motorenwummern des Jeeps durch das Tal, der aus dem morastigen Untergrund des Flusstals kommend den Abhang hinaufjagte.

Gleich darauf sah er zwischen den überhängenden Zweigen hindurch, wie die Räder des allradgetriebenen Wagens versuchten, sich einen Weg nach oben durch den Wald zu fräsen. Dann wurde die hintere Tür mit Kraft aufgestoßen, krachte gegen einen Baumstamm, und als Nächstes tauchten Rangerstiefel auf, die sich in seine Richtung bewegten. Wegen des steilen Abhangs konnte der Mann Yeruldelgger von oben noch nicht erkennen, aber er war nur noch fünfzig Meter entfernt – trug dem Gelände entsprechendes Schuhwerk, war besser ausgerüstet und noch dazu bewaffnet. Yeruldelgger versuchte eilig, den Abhang weiter hinaufzuklettern, aber in seiner Hast trat er ein paar Steinchen los, die nach unten kullerten und gegen ein paar Stämme spritzten. Sofort feuerte der Verfolger auf gut Glück in diese Richtung. Natürlich konnte er nicht wirklich davon ausgehen, so einen Treffer zu landen, aber er bezweckte damit vielmehr sein Opfer aufzuscheuchen und zu einem Fehler zu verleiten. Das wusste Yeruldelgger nur zu gut, und er hätte sich beherrschen müssen, aber er spürte, wie ihn die Angst erneut überwältigte. Hastig versuchte er, den immer steiler werdenden Hang hinaufzusteigen, doch schon bald musste er auch die Hände zu Hilfe nehmen. Alle paar Meter sah er sich angestrengt nach unten um, ob er seinen Verfolger irgendwo ausmachen konnte; aber gerade weil nichts zu sehen war, wuchs seine Furcht mit jedem Mal ein bisschen mehr. Der Mann konnte überall sein. Jederzeit konnte ihn ein Schuss überraschend treffen und töten wie ein Stück Wild. Vor Angst und Anstrengung strömte Yeruldelgger der Schweiß übers Gesicht und brannte in seinen Augen.

Bei einem erneuten Blick über die Schulter entdeckte er den Mann plötzlich, lediglich zwanzig Meter unterhalb von ihm zu seiner Linken. Einen Moment lang stand er wie erstarrt da. Der Schütze stand schussbereit da, hatte das Gewehr bereits angelegt. Yeruldelgger sprang ihm entgegen, um sich hinter dem Stamm einer breiten Lärche zu verstecken. Genau in dem Moment, als der Gewehrschuss ertönte, gab der Untergrund unter ihm nach, und er kippte ins Nichts. Er hörte, wie die Kugel an seinem Ohr vorbeizischte, dann sah er wild durcheinander Baumstämme, Baumwipfel und Felsen, während er unkontrolliert bergab rollte. Mit einem letzten Aufprall landete er rücklings in einer kleinen Schlucht, einem feuchten Loch, einer Sackgasse, über der sich der blaue Himmel spannte, vor dem sich die dunklen Wipfel der Lärchen abhoben. Einen Moment lang war er von diesem unerwarteten, überirdisch-schönen Anblick wie gelähmt, und zu seiner eigenen Überraschung fand er sich damit ab, dass dies das Letzte sein sollte, was er auf Erden sehen sollte. Er saß in der Falle, von dem Sturz tat ihm alles weh, alles war gebeutelt, und er hatte keine Kraft mehr, aufzustehen und zu kämpfen; auch bot sich ihm kein Weg, von hier zu fliehen. Er hob den Kopf und sah, wie sich der Mann keine zehn Meter über ihm über den Rand der schmalen Schlucht beugte. Er hielt sein Gewehr unter dem Arm, die Mündung zeigte zum Boden, er sah ihn durch die verspiegelten Gläser seiner Sonnenbrille an und wirkte vollkommen gelassen. Er machte nicht den Eindruck, als hätte er es eilig, sondern betrachtete Yeruldelgger, wie er übel zugerichtet am Boden der Schlucht lag, als müsste er erst noch eine Entscheidung treffen. Dann nahm er das Gewehr in die andere Hand, zog eine automatische Pistole hervor, stellte sich mit leicht gespreizten Beinen auf und zielte auf Yeruldelgger.

Yeruldelgger zwang sich dazu, seinen bevorstehenden Tod zu akzeptieren. Er würde sterben, daran konnte er nichts mehr ändern. Allerdings erfüllte ihn der Gedanke, dass ihm gleich ein spitzes Projektil den Schädel zertrümmern würde, mit Entsetzen. Er hielt sich die Hand vors Gesicht, um sich den Anblick seines Mörders zu ersparen, und erahnte daher nur den flüchtigen Schatten über der Schlucht, als sich der Schuss mit einem fürchterlichen Krachen löste. Sowie er die Hand wieder sinken ließ, sah er, dass der Schütze nicht mehr da war und dessen Gewehr in die Schlucht fiel. Er konnte gerade noch erkennen, dass die Waffe hinter ihm aus seinem Sichtfeld verschwand, hörte, wie sie von einem Felsen abprallte, und dann knallte ihm auch schon der Kolben gegen die Stirn. Blut lief ihm übers Gesicht und in die Augen, was seine Panikgefühle in dem ganzen Durcheinander noch mehr verstärkte. Halb ohnmächtig vernahm er noch einen dumpfen Aufprall irgendwo, hörte, wie Steine den Hang hinunterrieselten und gegeneinanderprallten, wie Stoff zerriss und ein Zweig unter einem Schritt knackte, und dann landete ein menschlicher Körper, von dem ein Arm auf sein übel zugerichtetes Gesicht fiel, wie ein nasser Sack auf ihm. Bevor er vollends das Bewusstsein verlor, erkannte er eine Tätowierung unter dem zerrissenen Stück Stoff an der ihm zugewandten Schulter des Mannes. Es war das mongolische Nationalzeichen, allerdings mit einem Hakenkreuz anstelle des Yin-Yang-Symbols in der Mitte.

34

Leichter gesagt als getan ...

Fünf Monate zuvor, zu Beginn des Herbstes, als es morgens bereits frisch war, tagsüber aber immer noch heiß wurde, war der Burjate eines Tages sehr früh auf den Gebrauchtwagenmarkt gekommen. Der ganze Markt erstreckte sich über ein riesiges dreieckiges Areal im siebzehnten Bezirk im Osten der Stadt. Er hatte seinen Wagen gleich am südlichen Rand des Geländes geparkt, entlang des Gehwegs, so wie es die meisten Provinzler machten. Es kam nicht infrage, sich weiter in den Gebrauchtwagenmarkt hineinzuwagen und damit womöglich in das Revier von jemandem einzudringen, der ein größerer Fisch war als er selbst. Das bisschen Weisheit, das er noch von seinem früheren Nomadenleben übrig hatte, lautete: abwarten. Er kauerte sich einfach vor die Motorhaube, wie es die Nomaden in der Steppe machen, wenn sie Tabak tauschen, und betrachtete dieses schier unendliche Meer von Autos, während er darauf wartete, jemandem aufzufallen.

Er hatte den Kasachen an seiner Art, sich zu bewegen, und an seinem schiefen Blick erkannt. Junge, noch etwas arrogante Reiter, die die Herden beisammenhalten müssen, suchen den Blick jedes einzelnen Tieres, was sie ermüdet und die Tiere dagegen aufregt, wodurch die Aufgabe wiederum deutlich erschwert wird. Ältere, erfahrene Reiter lassen den Blick lediglich über den

Widerrist der Pferde schweifen, bis sie nichts als eine wogende Masse von Tierleibern sehen. Dadurch erspüren sie viel leichter das Temperament der Tiere, identifizieren diejenigen, die willig folgen, und diejenigen, die eher bockig sind, die müden Tiere, die sich von der Masse mittreiben lassen, und solche, die wegen einer Verwundung das Vorankommen der gesamten Herde verlangsamen. Erst dann, wenn ein erfahrener Reiter ein krankes Tier entdeckt hat, lässt er es nicht mehr aus den Augen, egal was sonst um ihn herum passiert. Das Tier nimmt ihn sehr schnell wahr, und der Reiter kann sich ihm trotz der anderen Pferde nähern. Es wartet auf ihn, entweder um sich zu unterwerfen oder um sich zu verteidigen. In jedem Fall aber wartet es auf ihn.

In der aufgrund der morgendlichen Kühle noch überschaubaren Menge war dem Burjaten mit seinem unbestimmt schweifenden Blick die Art, wie sich der Kasache zwischen den aufgereihten Autos bewegte, sofort aufgefallen. Sie ähnelte dem üblichen langsamen Schlendern der Besucher, aber ohne deren zögerndes Verharren von Zeit zu Zeit. Er hatte etwas von der Selbstsicherheit der Verkäufer an sich, allerdings ohne ihr Drängen. Und anders als der allgemeine Zug der frühmorgendlichen Besucher, die meist zügig ins Zentrum des Markts gelangen wollten, kreiste der Kasache immer nur um die ersten vier, fünf Wagen, die am Anfang der riesigen Parkfläche standen. Dem Burjaten war außerdem aufgefallen, dass er während des Umherschlenderns rauchte. Dabei blieben die Männer hier immer stehen, wenn sie rauchten. Der Blick des anderen hatte ihn schon mehrmals wie zufällig von der Seite gestreift. Als er dann gespürt hatte, dass der Kasache für das Treffen bereit war, hatte er ihm auch von Weitem direkt in die Augen gesehen.

Der Kasache mit seiner sichelförmigen Silhouette war groß und schmal und hatte einen übergroßen Nike-Trainingsanzug an. Unter der offenen Trainingsjacke trug er einen Kapuzenpulli mit aufgedrucktem Madonna-Porträt sowie eine Daunenweste. Er hatte den alten schäbigen Nomaden-Deel mit Hornknöpfen und das Amulett am Hals des Burjaten sehr wohl bemerkt. Alles Hexer! Gleich nachdem sich ihre Blicke gekreuzt hatten, warf er seine Zigarette weg und überquerte die Straße. Aus einer Seitentasche seiner Daunenweste zog er eine Tabaksdose, die er vorsichtig öffnete und dem Nomaden mit beiden Händen hinstreckte, der ihn nicht aus den Augen ließ. Er nahm sie mit der rechten Hand entgegen, wobei er mit der anderen sein Handgelenk stützte, um zu signalisieren, dass auch er die Traditionen respektierte. Nachdem er sich eine Prise Tabak herausgenommen hatte, reichte er die Tabaksdose auf die gleiche Weise zurück, wie er sie in Empfang genommen hatte. Daraufhin bediente sich auch der Kasache, und jeder rollte sich eine Zigarette, wobei sie darauf achteten, dass sich ihre Blicke nicht kreuzten. Dann sogen beide schweigend und genussvoll den beißenden blauen Rauch ein, und erst nachdem sie in aller Ruhe ausgeatmet hatten, machte der Kasache wie beiläufig eine Bemerkung über den guten Zustand, in dem sich das Wohnmobil befand. Der Burjate kauerte vor dessen Motorhaube und sah gleichzeitig dabei zu, wie ein Verkäufer auf der anderen Straßenseite in einiger Entfernung einen leichtgläubigen Kunden übers Ohr haute. Der Burjate bedankte sich für das Kompliment und betonte noch einmal ausdrücklich, in welch ausgezeichnetem Zustand sich der Wagen befand. Er fügte noch hinzu, wie schwer es ihm falle, sich davon zu trennen. Dabei beobachtete er etwas weiter rechts, wie ein Bündel Geldscheine zwischen zwei Männern den Besitzer wechselte. Nun begannen sie mit den eigentlichen Verkaufsverhandlungen; der Burjate entschuldigte sich, keine Papiere für den Wagen zu haben, wofür der Kasache durchaus Verständnis zeigte, wobei er im Gegenzug von dem Burjaten Verständnis dafür erwartete, dass sich das im Preis auswirkte, was der Burjate akzeptierte.

Trotz der Gerissenheit des Nomaden hatte der Kasache durchaus verstanden, dass die ganze Sache etwas anrüchig war, aber das Wohnmobil befand sich wirklich in einem guten Zustand, und er hatte den Eindruck, dass der Nomade ihn unter allen Umständen loswerden wollte. An diesem Tag hatte er ein gutes Geschäft gemacht, aber der Wagen war wohl eine heiße Ware, und er selbst war polizeilich zu bekannt, als dass er ihn lange hätte behalten können. Sobald der Burjate verschwunden war, rief der Kasache jemanden mit seinem Handy an und wechselte ein paar Sätze in seiner Sprache. Zehn Minuten später erschien Khüan, ebenfalls ein Kasache, der eine Art Werkstatt in einigen ausgedienten russischen Containern betrieb, und kaufte ihm den Van gleich wieder ab.

»Was hat Khüan dann damit gemacht?«, hakte Oyun nach.

Dank der Nummer, die Yeruldelgger auf Khüans Mobiltelefon gelöscht hatte, war es Oyun gelungen, den ersten Käufer des Wohnmobils zu identifizieren. Damit waren sie Chuluum immerhin einen Schritt voraus. Es war nicht schwer, den Typen auf dem Gebrauchtwagenmarkt ausfindig zu machen, wo er nach wie vor Provinzlern, die knapp bei Kasse waren, ihre Wagen abluchste. Um ihn in Ruhe ausfragen und ein wenig in die Zange nehmen zu können, hatte sie den Kasachen genötigt, zu ihr in den Nissan zu steigen, und war mit ihm zu einem von Mauern umschlossenen Gelände am Nordrand des Marktes gefahren.

»Das weiß ich doch nicht! Vermutlich hat er ihn weiterverkauft. Schließlich ist das sein Geschäftsmodell.«

»Und dein Geschäftsmodell? Das besteht hauptsächlich darin, arme, verschuldete Nomaden abzuzocken, wie?«

»Moment mal! Dieser Typ war keiner von den Nomaden, denen das Wasser bis zum Hals steht. Er wollte das Wohnmobil unter allen Umständen loswerden, das war ganz offensichtlich!«

»Und du meinst, dieser Kauf verbessert deine Lage irgendwie? Hast du eine Ahnung, wofür er das Wohnmobil benutzt hat?«

»Woher soll ich das wissen?«, erwiderte der Kasache in mürrischem Ton. »Murmeltierschmuggel? Dinoeiertransport? Was weiß denn ich?«

»Dann werde ich es dir sagen, damit du eines Tages nicht auch noch ahnungslos im Knast stirbst, wo du unweigerlich landen wirst: Mit diesem Fahrzeug wurde vermutlich die Leiche eines fünfjährigen ausländischen Mädchens transportiert.«

»Na hör mal!« Der Kasache war kreidebleich geworden. »Damit habe ich nichts zu tun. Ich habe dem Burjaten den Wagen lediglich abgekauft und ihn sofort weiterverkauft. Das ist alles. Ich habe niemanden umgebracht!«

»Wer weiß!«, zischte Oyun zurück; endlich war es ihr gelungen, das übertriebene Selbstvertrauen dieses Kasachen ein wenig zu erschüttern. »Momentan haben wir dich in Verdacht, aber wenn du meinst, du kannst ihn auf andere abwälzen, musst du schon ein bisschen mehr Informationen über diesen ominösen Verkäufer rausrücken.«

»Aber ich weiß doch nichts über diesen Burjaten«, stöhnte der Kasache verängstigt. »Du weißt doch, wie die sind: Alles Schamanen und Hexer, aus denen man nie schlau wird, außerdem reden sie fast nichts. Mann! Ich habe diesem Typ sein Geld gegeben, und dann ist er sofort verschwunden.«

»In welche Richtung?«

»Was weiß ich? Da lang, Richtung Norden. Richtung psychiatrisches Krankenhaus.«

Nomaden bewegen sich niemals zufällig in irgendeine Richtung. Die Straße zum psychiatrischen Krankenhaus im Norden führte im weiteren Verlauf nur noch in das Viertel mit den Jurten. Wenn ein Nomade, der gerade in Ulaanbaatar war, genau diesen Weg und nicht einen anderen eingeschlagen hatte, dann sicherlich, weil er auf die Landstraße hinter dem Krankenhaus gelangen wollte. Sie verlief etwa vier Kilometer am Fluss entlang in südöstlicher Richtung bis zu der Ziegelei, wo die drei Chinesen ermordet worden waren, und mündete ein Stück weiter in die Überlandstraße, die in die Ostmongolei führte. Es war durchaus denkbar, dass der Burjate auf diesem Weg aus den weiten, menschenleeren Steppen gekommen war. Er konnte aber ebenso gut aus den bewaldeten Höhen des Tereldsch im Nordwesten gekommen sein oder von noch weiter her, aus dem Chentii ganz im Norden. Diese drei Straßen liefen alle an einem Punkt zusammen, der nur wenige Kilometer von der Stelle entfernt lag, an der Yeruldelgger das Mädchen ausgegraben hatte.

»Hat er irgendwas von sich gegeben, woraus man schließen könnte, wo er herkam? Gab es sonst irgendwas Auffälliges? Worüber habt ihr denn gesprochen? Wie war er angezogen?«

»Das habe ich dir doch schon gesagt. Er trug einen abgetragenen alten Deel, der war blau, glaube ich, Stiefel und so einen Burjaten-Hut... Er war eben ein Burjate!«

»Erinnere dich an irgendwas! Ich brauche einen Anhaltspunkt!«, bohrte Oyun weiter nach.

»Was soll ich denn noch sagen? Ich bin doch nur gekommen, um ihm seinen Wagen abzukaufen, nicht um ein Foto von ihm zu machen.«

Oyun zog ihre Pistole hervor und hielt dem Kasachen den Lauf an die Wange. »Das kleine Mädchen ist lebendig begraben worden, hast du mich verstanden? Also denk nach und lass dir was einfallen, bevor ich die Geduld verliere!«

»Die Knöpfe! Die Knöpfe von seinem Deel! Das waren Hirschhornknöpfe, da bin ich mir ganz sicher. Das habe ich schon mal gesehen. Knöpfe aus Hirschgeweih, die sollen angeblich als Schutz dienen. Er trug auch so ein Röhrchen aus Hirschgeweih an einem Lederband um den Hals. Das ist auch so ein Zaubertrick von diesen Hexern gegen Krankheiten. Das hat er wirklich getragen – ich schwör's!«

Endlich war Oyun auf etwas gestoßen, womit sie etwas anfangen konnte. Hirsche galten in fast allen Naturreligionen als heilige Tiere und spielten eine herausragende Rolle. Insbesondere Rothirsche und in Asien die Altai-Marale mit ihrem eindrucksvollen Geweih. Schamanen verwendeten deren Panten, die Basthaut, um damit an die fünfzig Krankheiten zu kurieren. Es handelt sich hierbei um richtiges Hautgewebe, das das Geweih während des Wachstums umgibt, bis das Geweih verknöchert. Schamanistische Heiler verwendeten sie seit Tausenden von Jahren. Es mochte ungefähr zwei Jahre her sein, als ihr ein hübscher, junger und sehr gesprächiger Nationalpark-Ranger all das und noch einiges mehr über Hirsche erzählt hatte, während sie gemeinsam unter einer Bettdecke in seiner Jurte mitten im Chentii-Nationalpark lagen und er Zeit schinden wollte, bis er wieder zu Kräften kam. Irgendwo hatte Oyun auch mal was von einem russischen Wissenschaftler gelesen, der die geheimnisvolle Wachstumssubstanz der Geweihe, das sogenannte Pantokrin, isoliert haben sollte, angeblich ein vielversprechendes Wundermittel gegen vorzeitiges Altern und Müdigkeit, es sollte die Wundheilung und natürlich die Potenz fördern und für ein langes Leben sorgen. Was sie aber im Moment viel mehr interessierte, war diese Spur, die die weiteren Ermittlungen sinnvoll eingrenzte. Denn Marale kamen im weiteren Umkreis eigentlich nur im Norden des Tereldsch vor. Also stammte der Burjate, der Verkäufer des Wohnmobils, vermutlich aus dieser Gegend, entweder aus dem Tereldsch oder aus dem Chentii-Gebirge nordöstlich von Ulaanbaatar.

»Das ist doch schon mal was«, sagte Oyun und steckte die Waffe weg. »Was kannst du mir sonst noch berichten?«

»Nichts weiter! Als er sich verabschiedet hat, habe ich ihn nur gefragt, ob er nicht noch andere Sachen hat, die er verkaufen will. Ich bin ja immer offen für ein Geschäft.«

»Na und?«

»Er hat nur gesagt, er kann sich mal umhören.«

»Er kann sich mal umhören? Wen wollte er deswegen fragen?«

»Seinen Bruder.«

Oyun warf den Kasachen ohne viel Federlesens aus ihrem Nissan und gab Vollgas; ließ ihn einfach mitten in der Pampa stehen. Kurz darauf trat sie voll auf die Bremse, legte den Rückwärtsgang ein und kam in einer Wolke von Staub und aufspritzenden Kieseln neben ihm zum Stehen. Sie lehnte sich über den Beifahrersitz und streckte den Arm aus, um das Fenster herunterzukurbeln. Der Kasache stand immer noch wie angewurzelt da.

»Wann war das alles?«

»Es ist fünf Jahre her, das habe ich dir doch schon gesagt!«

»Und wann genau vor fünf Jahren?«

»Kurz nach den Spielen, nach dem Großen Naadam. In der Woche darauf, würde ich sagen.«

In allen Provinzen bis in die kleinsten Dörfer hinein wurden irgendwann im Sommer solche Spiele veranstaltet. Aber das nationale Hauptfest, der Große Naadam in Ulaanbaatar, die »drei männlichen Spiele«, wie es wörtlich heißt, dauerte immer drei Tage, vom elften bis zum dreizehnten Juli, und fiel mit dem nationalen Unabhängigkeitstag zusammen. Das könnte gut zu den Reiseplänen einer kleinen Touristenfamilie passen, die in ihrem Wohnmobil rechtzeitig von den Roten Klippen bei Bajandsag nach Ulaanbaatar zurückkehren wollte, um den Großen Naadam nicht zu verpassen. Unterwegs konnte ihnen alles Mögliche zugestoßen sein: Vielleicht waren sie irgendeiner alkoholisierten Schlägerbande über den Weg gelaufen, Opfer eines Überfalls oder Diebstahls geworden oder – warum nicht? – mit einem Quad zusammengestoßen.

Oyun hätte Yeruldelgger gern von den neuen Erkenntnissen erzählt, aber der hatte sich immer noch nicht gemeldet. Bisher hatte sie sich vor Solongo und Saraa nichts anmerken lassen und immer behauptet, er würde sich bestimmt bald melden und es sei auch schon öfter vorgekommen, dass er bei schwierigen Ermittlungen eine Zeit lang abgetaucht war. Doch mit jedem Tag, der verging, ohne dass sie von ihm hörte, wuchs bei ihr die Besorgnis, dass dem Kommissar etwas zugestoßen sein könnte. Und wenn sie in diesem Zusammenhang an Chuluum dachte, wurde ihr so mulmig zumute, dass sie lieber erst gar nicht ins Büro ging.

Stattdessen fuhr sie nun lieber zu Solongos Jurte, die nicht einmal einen Kilometer entfernt lag. Zwar würde Solongo nicht zu Hause sein, aber Oyun konnte sich in der Zwischenzeit um Saraa kümmern sowie um Gantulga, den Solongo ebenfalls bei sich aufgenommen hatte. Obwohl ein Bein und ein Arm eingegipst waren, stand Gantulga aufrecht vor dem Wandschirm, als Oyun die Jurte betrat, und stieß mit seiner Krücke gegen den Wandschirm, um Saraa ein bisschen zu ärgern. »Stimmt es wirklich, dass du nackt hinter diesem Ding da liegst und dich kaum bewegen kannst? Würdest du es bemerken, wenn er umfällt?«

»Wenn du den Paravent noch mal anrührst, dann wird mein Anblick das Letzte gewesen sein, was du in deinem kurzen Leben gesehen hast.«

»Tja, wer weiß, vielleicht wäre der Anblick einer nackten jungen Frau, die mit gespreizten Beinen wehrlos daliegt, dieses Risiko wert?«

»Tut mir ja sehr leid, dass ich dich unterbrechen muss, Partner«, sagte Oyun da hinter ihm, »aber ich dachte, du wärst in erster Linie in mich verknallt. Nach allem, was ich eben mitbekommen habe, könnte ich richtig eifersüchtig werden. Und lass dir eins gesagt sein: Wenn ich eifersüchtig bin, dann kann ich sehr unangenehm werden, wenn du verstehst, was ich meine.«

»Das ist doch nicht meine Schuld«, erwiderte Gantulga und wandte sich ihr mit breitem, charmantem Lausbubenlächeln zu. »So ist nun mal die Natur. Was soll ich dagegen machen?«

»Pah, von was für einer Natur sprichst du da?«, spöttelte

Oyun. »Du bist doch noch feucht hinter den Ohren. Wenn man deinen Schniedel ein bisschen zusammendrückt, kommen da höchstens ein paar Tropfen Milch raus.«

»Genau! Gib's ihm!«, kam es mit lachender Stimme hinter dem Wandschirm hervor.

»Na gut, mein Lieber, jetzt mach dich hier mal dünn und setz dich draußen in den Garten.« Damit verscheuchte ihn Oyun. »Wir Frauen haben was unter uns zu besprechen.«

»Ach so, die beiden lesbischen Turteltäubchen wollen unter sich sein«, scherzte Gantulga, während er auf Krücken zum Ausgang hopste.

Oyun griff nach dem erstbesten Gegenstand und warf eine Tasse nach ihm, die ihn um Haaresbreite verfehlte. »Was ist das denn für eine Gossensprache in deinem Alter? Solange du dich hier in dieser Jurte aufhältst, drückst du dich gefälligst respektvoller aus! Wenn ich meine Unterhaltung mit Saraa beendet habe, wirst du wieder reinkommen und dich als Erstes mal bei ihr entschuldigen.«

»Ach was, lass ihn doch«, tönte die nachsichtige Stimme hinter dem Wandschirm hervor. »Er ist doch noch ein kleiner Bengel.«

»Mag sein, aber eben ein Rotzbengel«, bemerkte Oyun mit übertriebenem Nachdruck.

Sie wollte sich dem charmanten Lächeln von Gantulga nicht zu früh geschlagen geben, der sich bestimmt ohnehin draußen im Stillen über sie beide lustig machte.

»Gibt es irgendwas Neues von ihm?«, fragte Saraa, während Oyun ihr vorsichtig Bärenfett auf die Haut auftrug.

»Nein, aber deswegen mache ich mir keine Sorgen. So was ist bei den Ermittlungen schon öfter vorgekommen«, antwortete Oyun, wagte es aber nicht, sie dabei anzusehen.

»Du lügst«, entgegnete Saraa darauf ganz ruhig. »Das sieht man in deinen Augen, das hört man deiner Stimme an, und ich spüre es an deinen Händen.«

»So ist er eben, Saraa, dagegen können wir nichts machen. Er ist immer schon so gewesen: denkt nur an sich, macht nur, wonach ihm der Sinn steht, schert sich kein bisschen um andere. Natürlich bin ich beunruhigt, aber jedes Mal, wenn das bisher so war, ist er wieder aufgetaucht, als wäre gar nichts gewesen. Es hat keinen Zweck, sich deswegen verrückt zu machen.«

»Leichter gesagt als getan!«, murmelte Saraa.

35

Die abgezogene Haut von der Schulter des Tätowierten

Der Mann, der für die Sicherheit der Ranch verantwortlich war, hielt auf dem großen Sonnendeck gegenüber dem See gebührend Abstand. Erdenbat spürte seine Gegenwart – umso mehr, als er bemerkte hatte, wie sein koreanischer Gast, der ihm gegenübersaß, aufgeschaut und ihm über die Schulter geblickt hatte. Der Mann wusste aus Erfahrung, dass sich sein Chef gleich zu ihm umdrehen würde, und straffte automatisch die Schultern.

»Sprich«, befahl der Oligarch dem Mann, der ihm nicht ins Gesicht zu sehen wagte.

»Der Tätowierte ist immer noch nicht zurückgekehrt.«

»So, so«, erwiderte Erdenbat und wandte sich nachdenklich wieder zum See um.

»Und in zwei Stunden wird es dunkel.«

»Das weiß ich auch!«

Er vertraute nur sich selbst, niemandem sonst. Die langen Jahre in den Lagern und im Gulag hatten in ihm einen besonderen Überlebensinstinkt reifen lassen, der auf einem generellen Misstrauen gegenüber allen anderen gegründet war. Der Einzige, dem er vielleicht etwas weniger Misstrauen entgegenbrachte, war der Tätowierte. Und das beruhte vermutlich auf ihrer gemeinsamen Vergangenheit während der Zeit des alten Regimes, vor allem auf den zwei gemeinsamen Ausbruchsversuchen und den Repressalien, die sie daraufhin hatten erdulden müssen. Sein Misstrauen ging aber auch in diesem Fall so weit, dass er Verrat witterte. Doch ihn trieb nun noch ein weiterer Gedanke um, der in gewisser Weise noch abgründiger und beunruhigender war: Hatte er sich vor Yeruldelgger nicht ausreichend in Acht genommen? Hatte er den Tätowierten etwa überwältigt? Erdenbat hatte gesehen, wie sich Yeruldelgger in Straßenschuhen auf den Weg durchs Gebirge gemacht hatte, ohne Waffe und nach der Abreibung vom Abend zuvor nicht im allerbesten körperlichen Zustand. Der Tätowierte hingegen hatte ihm gut ausgerüstet und mit einem Jagdgewehr bewaffnet im Geländewagen nachgesetzt, damit er ihn überholen und sich auf die Lauer legen konnte. Bis dahin wäre Yeruldelgger schon stundenlang zu Fuß unterwegs gewesen. Bestand tatsächlich die Möglichkeit, dass Yeruldelgger ihm entwischt war? Und wenn der Tätowierte bisher noch nicht zurück war, bedeutete das dann, dass er immer noch hinter Yeruldelgger her war oder dass es dem Kommissar gelungen war, den Verfolger zu erledigen?

Erdenbat glaubte nicht an Wunder. Nicht an jene Legenden der Schamanen, mit denen sie den schlichten Gemütern von Nomaden, Jägern und Fallenstellern da draußen die Sinne vernebelten. Aber er war abergläubisch und verließ sich immer auf seinen Instinkt. Dieser hatte ihn vor den Hundemeuten gerettet, welche die Gefängniswärter auf ihn gehetzt hatten. Vor den Dolchen, die ihm Deportierte im Delirium zwischen die Rippen stoßen wollten, um an das Essen in seinem Blechnapf oder an seine Schnürsenkel zu kommen. Sein Instinkt hatte ihn veranlasst, in eisige Gewässer zu springen, um sich zu verstecken. Er hatte den Blicken sadistischer Politkommissare standgehalten, die nach Männern Ausschau hielten, mit deren Exekution sie ein Exempel statuierten. Sein Instinkt hatte ihn bis zum heutigen

Tage niemals im Stich gelassen, aber im Augenblick wusste er nicht, was er denken sollte: Der Tätowierte war bereits tot – das spürte Erdenbat, auch wenn er nicht benennen konnte, weshalb dem so war.

Erstaunt beobachtete der Koreaner, wie der alte Mann in die Ferne blickte, über den See, über die Bäume hinweg. Er hielt den Kopf leicht nach oben gereckt mit geweiteten Nasenlöchern, als witterte er am Horizont einen Hauch von Gefahr. »*Is there a problem?*«, fragte er auf Englisch.

Erdenbat antwortete nicht. Wenn der Tätowierte tatsächlich tot war, was war dann mit Yeruldelgger passiert? Sein ganzer Körper richtete sich nun voller Anspannung nach Süden aus, in Richtung des Tereldsch, wohin der Kommissar unterwegs war. Wenn man Erdenbat jetzt betrachtete, wirkte er wie ein Tier, das reglos dastand und die Witterung aufnahm. Beunruhigt und bereit zu Flucht oder Jagd.

Der Koreaner wagte es nicht, seine Frage zu wiederholen. Erdenbat hob sein Glas in Richtung des Mannes, der gekommen war, um ihn zu unterrichten und zu warnen, und der vorsichtshalber hinter ihm geblieben war. Er legte seinem Gast eine Hand auf die Schulter, ohne dabei den Horizont über den Bäumen aus den Augen zu lassen.

»Ich bin vor Einbruch der Dunkelheit wieder zurück. Fühlen Sie sich in der Zwischenzeit ganz wie zu Hause.«

Dann drehte er sich, mit dem Glas in der Hand, zu seinem Sicherheitschef um, der immer noch wie angewurzelt dastand. »Ich brauche einen Wagen und ein geladenes Gewehr. Sofort. Der Majordomus soll sich inzwischen um unsere Gäste kümmern.«

Der Sicherheitschef war ganz froh, von der Bildfläche verschwinden zu können, und kümmerte sich um das Verlangte. Keine fünf Minuten später raste der Oligarch am Steuer eines Land Rovers dem Tätowierten hinterher.

Nach einer Stunde Fahrt erspähte er den anderen Wagen am gegenüberliegenden Hang des Tals inmitten von stämmigen Lärchen. Als er am Rand der Staubstraße anhielt, fielen ihm die Reifenspuren auf. So umsichtig wie ein Jäger stieg Erdenbat aus dem Land Rover; seine Sinne waren aufs Äußerste angespannt. Bevor der Wagen des Tätowierten das Tal durchquert hatte und den Hang hinaufgeprescht war, um dort in dem lichten Lärchenwald stehen zu bleiben, hatte er an derselben Stelle gestanden wie sein Wagen jetzt. Erdenbat suchte die Umgebung ab. Das schmale Tal war nach Süden hin ausgerichtet; ein munterer Gebirgsbach floss durch seine breiten Blumenwiesen. Der Tätowierte hatte den Wagen so am östlichen Hang abgestellt, dass er von dem, der das Tal hinabwanderte, nicht gesehen werden konnte. Erdenbat hätte denselben Standort für einen Hinterhalt gewählt. Durch das Gebüsch hindurch hatte ein Schütze ausreichend Zeit, sein Ziel auf der gegenüberliegenden Hangseite ins Visier zu nehmen. Und Yeruldelgger konnte keinen anderen Weg genommen haben, denn die Nachmittagssonne hatte den westlichen Berghang zu diesem Zeitpunkt bestimmt in goldenes Licht getaucht. Als Gejagter wäre man dort also nicht nur zu exponiert gewesen, sondern auch geblendet worden. Der Tätowierte hatte sich dafür entschieden, der Zielperson im Schutz des Gebüschs aufzulauern, und Yeruldelgger hatte sich entschieden, oberhalb des gegenüberliegenden Ufers am Waldsaum entlangzugehen, wo es im Schatten der Bäume etwas kühler war. Warum lag sein zerschossener Leichnam dann nicht hier irgendwo, umgeben von Tausenden summenden schwarzen Fliegen? Und warum war der Tätowierte wie vom Erdboden verschluckt, obwohl sein Wagen noch am Waldrand stand?

Sorgfältig und systematisch wie ein Fallensteller suchte Erdenbat das gesamte Terrain ab. Die Reifenspuren des Geländewagens hatten sich gut sichtbar in zwei parallelen Streifen in den weichen Untergrund gegraben. Doch instinktiv wusste der alte

Mann, dass der Tätowierte sich niemals auf eine Verfolgungsfahrt im Wagen quer durch den Wald eingelassen hätte, bei der seine Zielperson die Oberhand gehabt hätte. Immer noch musterte er das Gelände und entdeckte dabei Spuren von zertretenem Gras, die um ein Gebüsch und zum Bach hinunterführten. Wieso hatte sein Handlanger den Schutz des Waldes verlassen. Die Antwort auf diese Frage machte ihm Angst.

Er suchte den Untergrund um den Land Rover herum ab und war erstaunt, dass er nicht auf Anhieb fand, wonach er suchte. Dann sah er in Ruhe zu seinem Wagen hinüber und kniete sich schließlich hin, um darunterzuschauen. Hier entdeckte er die Patronenhülse. Genau, wie er es sich gedacht hatte. Der Tätowierte hatte von hier aus geschossen; aber aus einem für Erdenbat momentan unerklärlichen Grund hatte er Yeruldelgger verfehlt, der daraufhin losgelaufen und im Wald in Deckung gegangen war. Daraufhin musste der Tätowierte wohl oder übel hangabwärts gelaufen sein, um einen besseren Schusswinkel zu haben. Erdenbat folgte dem Pfad aus niedergetretenem Gras und fand dort ohne langes Suchen zwei weitere Patronenhülsen. Wieder hatte der Tätowierte sein Ziel verfehlt und war auf dem gleichen Weg zurück zum Wagen gelaufen, um so schnell wie möglich auf den anderen Berghang zu gelangen und Yeruldelgger durch den Wald zu verfolgen. Hatte er ihn erwischt? Warum war er immer noch hinter ihm her? Eine Verfolgung im Wald – so etwas konnte Stunden dauern.

Erdenbat ging zu seinem Land Rover zurück, lud das Magazin seines Gewehrs und durchquerte höchst wachsam das kleine Tal bis zum anderen Wagen. Er hielt den Lauf seiner Waffe auf die offene Autotür gerichtet, näherte sich mit größter Vorsicht und warf einen Blick ins Wageninnere. Auf dem Beifahrersitz lagen eine Feldflasche, das Fernglas und eine Patronenschachtel. Er schob sich auf den Sitz und inspizierte noch das Handschuhfach. Die zweite automatische Makarow des Tätowierten lag immer noch darin. Yeruldelgger hatte also keine Waffen oder sonstige Ausrüstung aus dem Wagen mitgenommen.

Von Neuem musterte Erdenbat den gesamten Waldsaum. Dabei wurden sowohl schreckliche als auch aufregende Gefühle in ihm wach. Wie oft war er schon selbst von Mördern verfolgt worden! Oder hatte seinerseits Menschen gejagt und umgebracht. Er hatte das gemacht, um etwas zu essen zu bekommen, um zu überleben, um sich zu rächen. Im wohlgeordneten Chaos der Natur entdeckte er kurz darauf einen Haufen Kieselsteine am Fuß eines Baumstamms, der frisch zu sein schien. Er suchte mit den Blicken den Hang ab, um zu sehen, von wo die Kiesel nach unten gekullert sein mochten, und erahnte die Spur schon, bevor er sie wirklich sah. Die Spur führte zwischen ein paar Bäumen hinauf, von wo der erste Schwung Geröll heruntergerieselt war. Nur ein kleines Stück weiter oben fand sich ein zweiter Steinrutsch, der sich deutlicher abzeichnete. Er war vertraut mit solchen Spuren. Wie die Spuren eines Tieres, das sich im Schutz einer Deckung sicher glaubt, versucht, noch ein bisschen tiefer ins Dickicht vorzudringen, und dann doch vom Jäger aufgescheucht wird, weshalb es panisch aufspringt und einfach nach vorn springt, um zu entkommen.

Erdenbat beschleunigte den Schritt, wollte zügig bergan gehen, geriet dabei aber ins Stolpern. Er konnte sich gerade noch am Stamm einer jungen Birke festhalten, doch in dem Moment, als ihm auffiel, dass der untere Teil des Birkenstamms von einer Gewehrkugel zerfetzt war, knickte der Stamm auch schon ab, und der alte Mann stürzte, überschlug sich dabei mehrmals, bis er auf dem Boden einer etwa zehn Meter tiefen Schlucht zum Halten kam.

Er blieb einen Augenblick auf dem Rücken liegen, und als er seine Sinne allmählich wieder beisammenhatte, blickte er in ein ovales Stück Himmel, das sich rötlich färbte und von Lärchenspitzen wie von einem zarten Geflecht eingefasst war. Außerdem nahm er etwas neben sich wahr, das ihn erschaudern ließ. Langsam drehte er den Kopf und entdeckte das Zeichen dicht vor seinen Augen, sorgfältig auf einem flachen Stein ausgebreitet. Das mongolische Nationalsymbol, allerdings mit einem Hakenkreuz statt des Yin und Yang in der Mitte. Das Zeichen war mit blauer Tinte wie auf ein Stück blutendes Papier gezeichnet. Die abgezogene Haut von der Schulter des Tätowierten.

36

»Nein, kann man nicht sagen«, musste Oyun seufzend zugeben

Solongo betrachtete die nackt auf ihrem Bett hinter dem Paravent dösende Saraa. Seit sie Saraa bei sich gesund pflegte, verabreichte sie ihr außer dem Schmerzmittel auch noch ein pflanzliches Beruhigungsmittel auf der Basis chinesischer Pfingstrosen. Langsam überzog sich ihre verbrühte Haut wieder mit neuer glatter, die noch rosig schimmerte. Trotz der Schmerzen verbrachte Saraa viele Stunden in einem schläfrigen Dämmerzustand. Während Solongo das Mädchen anschaute, musste sie unwillkürlich an Yeruldelgger, Saraas Vater, denken. Rein assoziativ kamen ihr dabei auch die Eltern des Mädchens mit dem Dreirad in den Sinn. Bisher hatte sich noch keiner der Ermittler viele Gedanken über sie gemacht. Wo waren sie abgeblieben? Yeruldelgger schien sich mit dieser Frage noch gar nicht richtig beschäftigt zu haben.

»Leg die Hunde an die Leine!«, rief Oyun von draußen in die große Jurte. Dann trat sie ein, ohne Solongos Antwort abzuwarten.

»Wie geht es ihr?«, fragte Oyun mit einem Blick auf den Wandschirm.

»Sie schläft.«

»Und wie geht's dir?«

»Es geht so. Noch komme ich klar.«

»Er hat sich immer noch nicht gemeldet?«

»Nein, aber deswegen mache ich mich nicht verrückt.«

»Ich verstehe nicht, wie du so cool bleiben kannst«, entgegnete Oyun. »Es sind inzwischen drei Tage. So lange war er noch nie unterwegs, ohne ein Lebenszeichen von sich zu geben.«

»Ach, er wird schon noch am Leben sein – was denkst du!«

Oyun fand Solongos Unerschütterlichkeit bemerkenswert und fragte sich, ob das echte innere Überzeugung oder Autosuggestion war. Es sei denn …

»Du verheimlichst mir doch nichts, Solongo? Du weißt wirklich nicht, wo er steckt oder was er vorhatte?«

Solongo schüttelte den Kopf. »Mein Ehrenwort.«

»Ich würde dir ja zu gern glauben, aber für jemanden, der zuversichtlich ist, wirkst du viel zu besorgt auf mich.«

Solongo fasste Oyun am Arm und dirigierte sie sachte zum Eingang der Jurte, damit sie nach draußen in den Garten gingen.

»Vorhin sind mir die Eltern des toten Mädchens in den Sinn gekommen. Wo sind sie eigentlich abgeblieben? Habt ihr mal in diese Richtung Ermittlungen angestellt?«

»Darüber haben Yeruldelgger und ich auch schon nachgedacht. Wir haben drei Vermutungen: Die erste und traurigste Annahme ist, dass sie den Unfalltod der Kleinen selbst verursacht haben und danach verschwunden sind. Demnach hätten sie sie selbst verscharrt, um das Ganze zu vertuschen, und wären in ihre Heimat zurückgekehrt, also sehr weit weg.«

»Wie kommt ihr denn darauf? Wie könnten Eltern mit so was leben?«

»Wer weiß? Vielleicht haben sie sich in irgendeiner Provinz in ihrem Kummer vergraben, vielleicht bedauern sie unendlich, was sie, womöglich in einer Art Panikreaktion, hier getan haben. Oder sie sind woanders hingezogen und versuchen, das hier Geschehene zu vergessen. Die zweite Hypothese lautet, dass sie damals an derselben Stelle und von derselben Hand getötet wurde wie ihre Tochter. Entweder beim gleichen Unfall umgekommen oder umgebracht von dem, der den Tod des Mädchens verursacht hatte, weil er sie als Zeugen beseitigen wollte. Wobei die Nomaden lediglich das Grab des Kindes gefunden haben. Bis jetzt jedenfalls.«

»Und wie lautet eure dritte Annahme?«

»Die lautet, dass sie ebenfalls getötet wurden, aber an einem anderen Ort und zu einem anderen Zeitpunkt als die Kleine. Das wäre natürlich das dramatischste Szenario. Über die Einzelheiten könnte man vieles mutmaßen, aber eine Vorstellung wäre schrecklicher als die andere.«

Sie schwiegen eine Weile, waren versunken in den Anblick der Pflanzen im Garten und des blauen Himmels, an dem in großer Höhe kleine weiße Wölkchen rasch dahinzogen.

»Der Reiter, der mir bei den Roten Klippen begegnet ist, hat von einem jungen Paar mit einem kleinen Kind gesprochen. Könnt ihr denn nicht die Ein- und Ausreiseunterlagen überprüfen, um herauszufinden, ob damals ein Paar mit Kind eingereist und ohne Kind ausgereist ist?«

»Yeruldelgger hat längst eine entsprechende Amtshilfe beim Zoll angefordert. Auf das Ergebnis warten wir noch. Zollbeamte arbeiten eben wie Zollbeamte!«

»Und sonst habt ihr nichts?«

»Die einzige Spur, die wir bis jetzt haben, ist das Wohnmobil, das die Ausländer gemietet hatten. Es sieht so aus, als wäre es nach dem Vorfall auf dem Gebrauchtwagenmarkt in Ulaanbaatar von einem Burjaten aus dem Chentii verkauft worden.«

»Woher willst du das wissen?«

»Ein Zeuge hat ihn mir beschrieben. Er trug einen Deel mit Hirschhornknöpfen und offenbar ein Amulett, das möglicherweise Hirschhornpuder enthielt. Von der Sorte gibt's bei den Burjaten im Chentii doch sicher reichlich?«

»Woher weißt du das denn?«, fragte Solongo erstaunt.

»Ich habe an den Wochenenden schon öfter Quad-Touren unternommen, um aus Ulaanbaatar rauszukommen. Ich finde es herrlich. Vor ungefähr zwei Jahren habe ich bei so einer Spritztour ein wildes Wochenende mit einem Nationalpark-Ranger im Chentii verbracht«, plauderte Oyun und hob entschuldigend die Augen zum Himmel.

»Ein wildes Wochenende mit einem Nationalpark-Ranger? Wie muss man sich das vorstellen?«, hakte Solongo amüsiert nach.

»Na ja ... wild eben.«

»Wild. Okay. Gibt es eigentlich was Neues in Sachen Chinesen?«

»Nichts. Wegen des Alibis, das Saraa dem Typen gegeben hat, ist die Nazispur erst mal kalt, und wir haben bislang keine andere. Yeruldelgger ist nach wie vor überzeugt, dass sie es waren oder dass sie zumindest ihre Finger im Spiel hatten. Aber mit einer Überzeugung allein kommt man nicht weit, vor allem dann nicht, wenn es sich um die Überzeugung eines Phantoms handelt, das seit drei Tagen verschwunden ist. Zumal wenn man bedenkt, dass er inzwischen von allen Ermittlungen suspendiert ist und ich ja mittlerweile praktisch genauso, auch wenn es noch nicht offiziell ist.«

»Was werdet ihr als Nächstes tun?«

»Was er machen wird, weiß ich wirklich nicht. Ich werde der Spur mit dem Quad nachgehen. Ich habe das Gefühl, dass es da zwischen dem Quad, das das Mädchen vermutlich umgefahren hat, und dem des Typen, der Gantulga ummähen und abknallen wollte, einen Zusammenhang gibt. Das kann kein Zufall sein.«

»Meinst du, es war dasselbe Quad?«

»Gut möglich. In beiden Fällen handelte es sich mehr oder weniger um das gleiche Modell.«

»Trotzdem ist das doch alles ziemlich dürftig, oder?«

»Ja, es ist dürftig, aber das ist eben alles, was wir haben.«

»Adolf verkauft übrigens auch Quads«, sagte Saraa auf einmal hinter ihnen.

Oyun und Solongo drehten sich gleichzeitig um. Saraa stand splitternackt vor ihnen auf der Schwelle zum Jurteneingang. Ihre Haut war noch fleckig, mit rosig schimmernden Stellen, und sie hielt Arme und Beine ein wenig gespreizt, um jede Reibung mit anderen Körperteilen zu vermeiden.

Unwillkürlich stürzte Solongo auf sie zu, blieb dann aber wieder unvermittelt stehen, weil sie nicht wusste, was sie tun sollte. Sie konnte sie weder in eine Decke oder in einen Bademantel hüllen, weil die Haut dafür noch zu empfindlich war, noch konnte sie sie umarmen oder ins Innere zurücktragen.

»Ich kann einfach nicht mehr daliegen. Ich muss mich mal ein bisschen bewegen. Ich bin aufgewacht und habe euch hier draußen gehört. Kurz nach dem Großen Naadam im vergangenen Jahr hat Adolf mit dem Verkauf von gebrauchten Quads einen Haufen Geld verdient. Offensichtlich war das nicht das erste Mal, und in den vergangenen Monaten hat er schon mehrmals angedeutet, dass er bald wieder einen Haufen Kohle machen wird.«

»Und wieso hast du uns das nicht schon längst erzählt?«, fragte Oyun aufgebracht.

»Hey«, fuhr Solongo dazwischen, »nicht so ruppig mit der Kleinen, okay?«

»Das ist doch das erste Mal, dass in dem Zusammenhang von Quads die Rede ist«, entschuldigte sich Saraa, den Tränen nah. »Woher hätte ich das denn wissen sollen?«

»Schon gut, schon gut«, versuchte Oyun sich zu entschuldigen. »Es tut mir leid. Ich bin wohl auch etwas am Ende mit den Nerven. Sei mir nicht böse. Aber diese Informationen sind in der Tat sehr wichtig. Was weißt du sonst noch?«

»Nichts. Leider. Im vergangenen Jahr kannte ich diese Bande noch gar nicht. Ich habe nur gehört, wie sie ein paarmal darüber geredet haben, als sie betrunken und zugedröhnt waren.«

»Das ist nicht weiter schlimm«, versuchte Oyun sie aufzumuntern. »Aber sag mal, dieser Adolf und seine Gang, haben die selbst auch Quads?«

»Ja. Ab und zu machen sie damit für zwei oder drei Tage Ausflüge.«

»Bist du mal dabei gewesen?«

»Nein, nie. Bei diesen Touren sind die Typen allein unterwegs. Da sind nie Frauen dabei.«

»Hast du eine Ahnung, wo sie da hinfahren?«

»Ich hab mal gehört, wie sie irgendein Kaff in der Nähe der Selbe-Quelle erwähnt haben, ungefähr zwanzig, dreißig Kilometer nördlich von Bator. Anscheinend hat Adolf dort eine Ranch mit Strecken für die Quads.«

»Eine Ranch?«

»So nennen sie es immer.«

»Fährt er oft dorthin? Nimmt er dabei Leute mit?«

»Es gibt ...«

Plötzlich verlor sich Saraas Blick, und sie verdrehte die Augen. Dann begannen ihre Beine zu zittern, und sie knickte ein, Solongo hatte gerade noch Zeit, sich hinter sie zu stellen, um sie aufzufangen, ohne ihre verletzte Haut zu berühren.

»Sie ist ohnmächtig geworden«, erklärte die Gerichtsmedizinerin. »Rasch, pack sie an den Waden, aber komm nicht an die verbrühten Stellen. Wir tragen sie zusammen auf ihr Bett zurück. Das kann leicht mal passieren, wenn man tagelang liegt. Aber das ist nicht weiter schlimm. Du kannst dann ruhig gehen, ich kümmere mich schon um sie.«

»Was soll das heißen, ›du kannst dann ruhig gehen‹?«, echauffierte sich Oyun, während sie die ohnmächtige Saraa wieder aufs Bett legten. »Schmeißt du mich raus?«

»Das nicht, aber wäre es nicht besser, der Sache mit den Quads von Adolf gleich nachzugehen?«

»Jawohl, Chefin! Wird gemacht, Chefin!« Oyun lachte.

»Was ich damit sagen wollte: Wäre es nicht wichtig, dass du dich gleich dahinterklemmst?«

»Es ist echt nicht zu fassen! Du und Yeruldelgger, ihr gebt ja ein reizendes Paar ab!«

»Wie? Was für ein Paar?«

»Ja, ja, ich hab schon verstanden«, entgegnete Oyun lediglich auf dem Weg nach draußen. »Ach, übrigens, wo ist eigentlich Gantulga abgeblieben?«

»Er hat mir nicht gesagt, wohin er wollte. Nur, dass er vorhabe, Ermittlungen anzustellen.«

»Ermittlungen? Mit zwei Krücken und einem eingegipsten Arm?«

»Das hat er gesagt.«

»Und du hast ihn einfach so gehen lassen?«

»Hat sich der Kerl etwa schon mal an deine Anweisungen gehalten?«

»Nein, kann man nicht sagen«, musste Oyun seufzend zugeben.

37

Wir sollten ihn nicht Mickey nennen, sondern Goofy

»Wo ist Yeruldelgger abgeblieben?«, schrie Mickey Oyun an.

Es war das erste Mal, dass er sie zu sich ins Büro zitiert hatte. Im ganzen Kommissariat hatte Mickey den Ruf eines Frauenverächters. Nur ganz wenigen Frauen wurde der Zutritt in sein Allerheiligstes gewährt, das von den Kollegen nur »der Herrenclub« genannt wurde, auch wegen Mickeys berühmtberüchtigten Whiskeyvorräten, mit denen er seine Vorgesetzten und besondere Gäste traktierte.

Außerdem erinnerte man sich im gesamten Polizeiapparat auch sehr gut daran, dass die wenigen *females*, wie er sie auf Englisch zu nennen pflegte, dieses Büro fast immer unter Tränen und völlig geknickt verließen, nach allem, was er ihnen – für die gesamte Etage gut hörbar – an den Kopf geworfen hatte. Noch nie hatte er dem Vernehmen nach einer seiner Inspektorinnen ein Glas angeboten. Für diejenigen, von denen er ein wenig Sex im Austausch für eine Änderung im Einsatzplan oder eine Versetzung erwartete, gab es das, was alle im Kommissariat Mickeyland nannten. Dabei handelte es sich um eine kleine, rustikal eingerichtete Einzimmerwohnung in einem Gebäude in der Seoul Street, in dessen Erdgeschoss sich der Irish Pub befand. Ansonsten war für weibliche Wesen in seiner Welt des

Muskeltrainings, des Motorsports und des Karrierismus allenfalls als Blitzableiter für seinen Frust Platz.

Oyun war über all das bestens im Bilde und keineswegs bereit, seinetwegen Tränen zu vergießen. Sie konnte sich noch gut daran erinnern, wie Yeruldelgger ihr geschildert hatte, welche Szene Mickey ihm gemacht hatte, und hatte sich vorgenommen, sich dabei ähnlich zu verhalten. Falls Mickey vorhaben sollte, seine Grenzen in sexueller oder in dienstlicher Hinsicht zu überschreiten, würde sie ihm ebenfalls ihre Kanone vors Gesicht halten und ihn fragen, wem von beiden, Yeruldelgger oder ihr, er es eher zutrauen würde abzudrücken.

»Das weiß ich doch nicht, Süchbaatar«, antwortete sie und benutzte absichtlich seinen mongolischen Vornamen.

»Wie? Du weißt das nicht? Du bist doch seine Assistentin, ihr hängt immer zusammen rum – wie wollt ihr denn euren Job machen, wenn du nicht einmal weißt, wo er ist?«

»Du hast ihn doch von sämtlichen Fällen abgezogen, wir haben keinen gemeinsamen Job mehr«, erwiderte Oyun ganz ruhig und sachlich. Sie hatte die Hände locker in den Hüften aufgestützt, sodass ihre Pistole, die unter der Jacke im Gürtel steckte, leicht zu erreichen war, und schaute geradeaus über Mickey hinweg, der ein wenig kleiner war als sie.

»Werd bloß nicht frech, Oyun!«, drohte er mit so lauter Stimme, dass man es auch jenseits von Tür und Wand hören konnte. »Dich habe ich nirgendwo abgezogen.«

»Süchbaatar, bis jetzt habe ich meine Anweisungen nur von Yeruldelgger erhalten. Aber seit er nicht mehr da ist, kann ich auch nicht mehr viel machen.«

»Verdammt, ich erteile hier die Anweisungen und Befehle«, ereiferte sich der Hauptkommissar mit knallrotem Gesicht. »Vergiss diesen beknackten alten Jammerlappen, kapiert? Yeruldelgger existiert nicht mehr, er ist vom Dienst suspendiert... Für dich ist er gestorben, verstanden?«

»Ich habe verstanden, Süchbaatar. Das wird auch der Grund sein, warum er nicht hier ist. Er wird sich damit abgefunden haben, dass er hier nichts mehr zu suchen hat.«

»Mach dich nicht über mich lustig, Oyun, mach dich bloß nicht über mich lustig! Sonst bist du auch erledigt, das schwöre ich dir bei allem, was mir lieb und teuer ist!«

»Das ist aber riskant, Süchbaatar!«

»Wie bitte? Was ist riskant?«

»Bei allem zu schwören, was einem lieb und teuer ist.«

»Was ...«

»Das Einzige, was dir in deinen Augen lieb und teuer ist, Süchbaatar, bist du selbst. Dieser kleine Wicht, der hier den großen Boss markiert. Deswegen könnte es riskant sein, darauf zu schwören ...«

»Du verdammte kleine Nutte ...« Mickey war schon im Begriff, sich mit erhobener Hand auf sie zu stürzen, und Oyun meinte schon, der Zeitpunkt wäre gekommen, die Pistole aus dem Gürtel zu ziehen, als das Telefon klingelte und Mickeys Attacke unterbrach. »Beweg dich ja nicht vom Fleck! Beweg dich keinen Zentimeter von hier weg! Ich bin noch nicht fertig mit dir!«, schrie er sie an und trat an seinen Schreibtisch zurück, um den Hörer in die Hand zu nehmen. »Was gibt's?«, bellte er in die Muschel. »Oh, Verzeihung! ... Entschuldige, entschuldige ... Nein, nein, ich war nur gerade dabei, einer etwas begriffsstutzigen Mitarbeiterin die Meinung zu sagen ... Wie bitte? Wie? ... Wann war das?«

Oyun hörte, wie befangen Mickey auf einmal war, sah die verstohlenen Blicke, die er ihr zuwarf. Er redete ganz leise, verdrückte sich in die entfernteste Ecke seines Büros, und drehte ihr den Rücken zu. Ihr war die Unterbrechung sehr willkommen, denn sie konnte sich aus der provokant nachlässigen Körperhaltung lösen, die sie bewusst eingenommen hatte, und zu seiner Trophäenwand schlendern. Auf den Fotos war nichts anderes zu sehen als Mickey hier und Mickey dort, bei allen möglichen prestigeträchtigen Freizeitaktivitäten und stets in den vorteilhaftesten Posen: beim Polo, beim Golf, beim Skifahren, auf der Jagd, beim Hochseeangeln ... Dann hingen da noch die Medaillen, die Ehrenurkunden, die Diplome ... Oyun beugte sich über jeden Fotoabzug, betrachtete jedes Detail, jedes Gesicht, wobei sie gleichzeitig die Ohren spitzte, um herauszuhören, mit wem und über was der Hauptkommissar sprach. Als ihr eigenes Telefon in der Tasche vibrierte, ging sie gar nicht dran, weil sie sich lieber darauf konzentrieren wollte, was er sagte.

»Und du bist dir sicher, dass er es ist? Und der andere ist wirklich ... Soll ich dir ein paar von meinen Leuten schicken? Einen Helikopter?«

Oyun beugte sich nun ganz weit vor, zog unauffällig ihr Mobiltelefon aus der Tasche, schaltete den Ton wieder ein und stellte den Wecker; dann ließ sie es wieder in die Tasche gleiten.

Eine Minute später klingelte ihr Telefon in der Stille des Zimmers so laut, dass Mickey zu Tode erschrocken herumfuhr und ihr einen wütenden Blick zuwarf. Sie zuckte mit den Schultern, wie um sich zu entschuldigen, zog ostentativ ihr Handy aus der Hosentasche, um den Rufton abzustellen, und legte es dann übervorsichtig am Rand des Konferenztisches ab, als handelte es sich um eine geladene Waffe.

»Ich weiß, das weiß ich sehr wohl ... Dessen bin ich mir bewusst ... Das weiß ich auch ... Ich glaube, wir könnten ...«

Plötzlich hielt er inne. Er drückte den Hörer noch einige Sekunden lang an sein Ohr, dann streckte er die Hand von sich und betrachtete ihn irgendwie geistesabwesend. Oyun beobachtete ihn aus den Augenwinkeln, während sie weiter so tat, als würde sie sich für die Fotos an der Trophäenwand interessieren. Offensichtlich hatte der Anrufer unvermittelt aufgelegt. Mickey schien zutiefst beunruhigt zu sein, jedenfalls wirkte er nicht sehr glücklich, wie Oyun mit heimlichem Vergnügen zur Kenntnis nahm. Außerdem hatte dieser Anruf seiner Wut einen nachhaltigen Dämpfer verpasst, und das kam ihr sehr zupass.

»Ärger, Chef?«

»Das geht dich nichts an!«

»Und was ist mit Yeruldelgger?«

»Was soll mit Yeruldelgger sein?«

»Soll ich noch irgendwas für Yeruldelgger machen?«

»Ach was, kümmere dich nicht mehr um ihn. Du führst seine Ermittlung weiter und berichtest ausschließlich an mich.«

»So wie Chuluum mit seinen Ermittlungen?«

Oyun wurde fast schon unverschämt, aber sie wollte austesten, wie sehr ihm dieser mysteriöse Anruf wirklich zu schaffen machte.

»Du kannst jetzt verschwinden, und halte dich gefälligst an meine Anweisungen. Erledige deinen Job und sonst nichts!«

Oyun ging zur Tür und verließ das Büro grußlos. Kurz bevor sie die Tür zumachte, rief Mickey ihr noch hinterher.

»Oyun?«

»Ja?«

»Vergiss Yeruldelgger!«

Als sie die Tür endgültig schloss, hatte sie das Gefühl, dass Mickey bereits eine andere Nummer auf seinem Telefon wählte. Wäre nicht der ganze Stock voll von Speichelleckern gewesen, die wegen Mickeys Geschrei noch wie gelähmt dasaßen, hätte sie gern ein bisschen an der Tür gehorcht, aber das war gar nicht nötig. Sie verharrte noch für ein paar Sekunden gegenüber all diesen Arschkriechern, die es nicht wagten, ihr direkt in die Augen zu sehen.

»Na, heult das ganze Rudel wieder mit dem Leitwolf? Traut euch doch, Leute, traut euch doch nur ein einziges Mal im Leben. Alle hier wissen doch, wie gerne wir diesem Gartenzwerg den Garaus machen würden. Also, wer hat den Mumm dazu? Ihr erwartet doch wohl nicht, dass ich hier die Eier habe, es zu tun, oder?« Kopfschüttelnd setzte sie ihren Weg ans andere Ende des Stockwerks fort. Fast meinte sie die Blicke der anderen im Rücken zu spüren. Weniger wegen ihrer guten Figur, obwohl sie durchaus ansprechend war, als vielmehr wegen der Pistole in ihrem Gürtel.

Sobald sie das Gefühl hatte, sich weit genug entfernt zu haben, damit sich die Anspannung ein bisschen gelegt hatte, machte sie unvermittelt auf dem Absatz kehrt und ging mit entschlossenen Schritten erneut auf Mickeys Bürotür zu. Aus den Augenwinkeln beobachtete sie, wie sich einige beeilten, ihre Schreibtische zu verlassen und irgendwohin zu verschwinden, während andere sich tief hinunterbeugten; einer oder zwei machten sich tatsächlich schussbereit, aber keiner versuchte, sie aufzuhalten. Mit wenigen Schritten war sie bei der Tür, trat ohne anzuklopfen ein und überraschte Mickey mitten in einem erneuten Telefonat. Wie ein ertappter Schüler sprang er vom Stuhl und riss die Augen vor Schreck und Überraschung weit auf. Oyun beachtete ihn nicht weiter, sondern ging zu der Wand, wo sie die Fotos betrachtet hatte. »Mein Handy!«, formte sie mit den Lippen überdeutlich, aber stumm, machte dazu mit ausgestrecktem Daumen und kleinem Finger die Geste des Telefonierens und deutete mit der anderen Hand auf den Konferenztisch am anderen Ende von Mickeys Büro.

Bevor er irgendwie reagieren konnte, schnappte sie sich ihr Handy und machte sich unverzüglich auf den Rückweg zur Tür, wobei sie extra auf Zehenspitzen ging, um ihm zu signalisieren, dass sie ihn auf keinen Fall bei seinem Telefonat stören wollte. Sie schlüpfte nach draußen und schloss die Tür leise hinter sich.

»Pah!«, rief sie den verängstigten und verdatterten Kollegen entgegen, von denen die meisten ernsthaft geglaubt haben dürften, dass sie zurückgekommen war, um Mickey umzubringen. »Das heben wir uns für einen anderen Tag auf, falls in der Zwischenzeit keiner von euch den Mut hat.«

Lediglich ein junger Praktikant wagte es, offen zu lachen. Er war ein knackiger junger Typ, der stets ihren Blick suchte, wenn sie sich über den Weg liefen. Sie glaubte sich zu erinnern, dass er Shinebileg hieß, aber allgemein nur Billy genannt wurde. Sie verließ auf dem schnellsten Weg die Abteilung; sobald sie außer Sichtweite war, drückte sie die Pausetaste der Diktierfunktion auf dem Gerät. Sobald sie in ihrem Büro angekommen war, schickte sie die Audiodatei an Solongo und Yeruldelgger. Dann löschte sie die Datei von ihrem Gerät, ebenso wie den Sendebericht der letzten beiden Mails. Keine Sekunde zu früh, denn in diesem Moment betrat Mickey ihr Büro.

»Oyun, wir konnten unsere kleine Unterhaltung vorhin leider gar nicht richtig zu Ende führen. Ich möchte nicht, dass du mich missverstehst. Ich habe nichts gegen dich oder gegen Yeruldelgger, aber er ist leider so vollkommen durchgeknallt, dass ich fürchte, er wird alle, die ihm nahestehen, mit sich in den Abgrund ziehen. Es würde mir sehr leidtun, wenn du da mit im Boot sitzt, weil du eigentlich eine sehr gute Kriminalistin bist. Na ja, vielleicht habe ich mich vorhin ein bisschen gehenlassen, aber dieser Typ schafft es irgendwie, mich zu provozieren, selbst wenn er gar nicht da ist.«

Sie erwiderte nichts. Ihr Handy lag auf dem Schreibtisch, und sie hatte sofort bemerkt, dass Mickeys Blick darauf gefallen war. Er zögerte kurz, als wollte er noch etwas sagen, dann ging er zurück zur Tür.

»Ach, Mist«, sagte er plötzlich und hielt inne. »Ich hab doch glatt vergessen, eine Verabredung heute Abend abzusagen. Könnte ich bitte kurz dein Handy benutzen, bei meinem ist gerade der Akku leer.«

Oyun hatte gar keine Gelegenheit zu antworten, da hatte er schon ihr Telefon in der Hand und gab eine Nummer ein.

»Bitte. Bedien dich«, sagte sie trotzdem.

Mickey bedeutete ihr mit einem kurzen Handzeichen, dass

jemand auf seinen Anruf antwortete. »*Gloria? Yes, how are you, sweety? Excuse me, but...*« Er legte seine Hand über das Mikrofon des Handys und artikulierte mit den Lippen überdeutlich, aber kaum hörbar: »Entschuldige, das hier ist doch ziemlich privat, verstehst du?« Dabei grinste er Oyun komplizenhaft an. »Ich bringe es dir gleich zurück.«

Dann glitt er mit einem Augenzwinkern zur Tür hinaus. Oyun ließ ihn ohne Weiteres gehen und lehnte sich, sehr zufrieden mit ihrer kleinen List, in aller Ruhe auf ihrem Bürostuhl zurück. »Wir sollten ihn nicht Mickey nennen, sondern Goofy.«

38

… als hätte er sich vorübergehend aus dieser Welt verabschiedet

Als Erstes nahm Yeruldelgger den herben Geruch der Lärchenrinde wahr, dann das staubige Aroma der grauen Erde, die eine strahlende Sonne unter der dünnen und vergilbten Grasdecke erwärmt hatte. Danach die bläuliche Frische der Schatten im Unterholz und schließlich den leicht säuerlichen Geruch junger Birkentriebe.

Nachdem er die Augen geöffnet hatte, wurde ihm klar, dass er auf einer Lichtung flach auf dem Bauch lag. Er zwang sich, vorsichtshalber reglos liegen zu bleiben, und horchte auf bedrohliche Geräusche, aber ringsum herrschte Stille. Er lag mit dem Gesicht auf dem Boden, sodass er die Lichtung in einem schiefen Winkel sah. Mühsam hob er den Kopf, um seine Umgebung zu betrachten, dann drehte er ihn vorsichtig, um herauszufinden, wo er überhaupt war. In diesem Moment traf ihn der erste Schlag.

Yeruldelgger wollte sich hinknien, aber von den Prügeln, die er am Vortag bezogen hatte, und dem Sturz war sein Körper noch ganz steif und gehorchte ihm nicht. Genau dann, als er sich verletzlich, schwach und wehrlos nur auf allen vieren halten konnte, traf ihn der zweite Schlag und riss ihm die Arme weg, sodass er wieder mit dem Gesicht im Dreck landete. Er war vielleicht alt und müde, aber immer noch entschlossen genug zu versuchen, sich gegen den Angriff zu wehren. Er kniete sich ohne Hände hin, um einen möglichen Angriff abwehren zu können, als ihn ein dritter Schlag in den Rücken traf. Unter Schmerzen drehte er sich beim Fallen um, damit er seinen Gegner in Augenschein nehmen konnte, und da erhielt er einen vierten Schlag, diesmal gegen die rechte Schläfe. Er taumelte und wäre fast zusammengebrochen, konnte jedoch schwankend aufstehen. Der nächste Schlag riss ihm die Beine weg, sodass er mit seinem ganzen Gewicht auf den Rücken fiel; sekundenlang konnte er nicht atmen, als hätte er keine Lunge mehr. Es dauerte einen Augenblick, bis er wieder zu Atem und zur Besinnung kam. Er versuchte, seine Gegner aus dieser Position heraus zu sehen, aber die Lichtung lag genauso still und friedlich da wie in dem Moment, in dem er erwacht war.

Dennoch konnte er ihre Gegenwart überall spüren. Er ahnte, dass sie ein Spiel mit ihm spielten, sich amüsieren wollten. Die Schläge waren nicht dazu gedacht, ihn wirklich zu verletzen oder gar zu töten, er sollte nur getriezt und provoziert werden, damit er durchdrehte und in Panik geriet. Sie würden wieder zuschlagen, ohne dass er voraussehen konnte, woher der nächste Schlag kam. Rasch drehte er sich auf den Bauch, konnte aber nur einen hellen Schatten erkennen, der über ihn hinwegsprang. Als er sich aufsetzen wollte, traf ihn der nächste Schlag gegen die Schläfe und wieder landete er im Dreck. Noch im Fallen erhielt er einen Schlag in die Magengrube. Der Schmerz strahlte in seinen ganzen Körper aus. Trotzdem rappelte Yeruldelgger sich noch einmal auf; schwankend stand er mitten auf der Lichtung wie ein Betrunkener, der von einer unsichtbaren Meute angegriffen wird. »Zeigt euch!«, schrie er.

Ein weiterer Schlag, so hart und kräftig wie keiner zuvor, ging zwischen die Schulterblätter und schleuderte ihn an den Rand der Lichtung. Er sah sich schon ins Dickicht stürzen, als ihn jemand von hinten packte und herumwirbelte. Bis ihm bewusst wurde, wer ihn da angriff, hatte sich der Schatten auch schon unter ihn geschoben und schleuderte ihn durch die Luft. Yeruldelgger wurde von dem Gefühl der Panik erfasst, das einen zwingt, das Unvermeidliche zu akzeptieren. Nicht mehr auf der Hut sein, die Arme hängen lassen, sich allem überlassen, die Schläge einstecken, wie sie kommen und darauf hoffen, dass der andere dem Gemetzel durch Kraft oder Treffsicherheit ein Ende bereitet. Doch noch immer verfügte er über den Instinkt eines Polizisten und klammerte sich am Ärmel dessen fest, der ihn festhielt. Ein aussichtsloses Unterfangen. Sobald er auf dem Boden aufkam, machte sein Gegner mit einer Hebeltechnik weiter, ohne dass er ihn hätte sehen können, wodurch Yeruldelgger erneut auf dem Bauch lag und sein Gegner so plötzlich wie er aufgetaucht war auch wieder verschwunden war.

Yeruldelgger lag nun in der gleichen Position auf der Erde wie bei seinem Erwachen und beging ganz starrsinnig den gleichen Fehler wie am Anfang, indem er versuchte, sich aufzurichten. Prompt riss ihm ein erneuter Schlag die Arme unter ihm weg, und er fiel wieder in den Staub. Doch nun wurde er rasend vor Wut. Mit letzter Kraft sprang er auf und schrie aus vollem Hals: »Zeigt euch! Zeigt euch, ich habe keine Angst vor euch! Wo seid ihr?«

Ihm tat alles weh, er schwankte hin und her wie ein angeschlagener Boxer und drehte sich um die eigene Achse, um seinen Gegnern Paroli bieten zu können. »Zeigt euch!«

»Ist es nicht ein bisschen anmaßend zu meinen, wir müssten mehrere sein? Was meinst du?«

Um zu sehen, wer ihn da von hinten angesprochen hatte, wirbelte Yeruldelgger so schnell herum, dass er beinahe das Gleichgewicht verloren hätte, aber außer einem Schatten, der ihn umkreiste und die Beine unter ihm wegziehen wollte, konnte er nichts erkennen. Reflexartig sprang er hoch, um dem Auszuweichen, doch kaum war er wieder auf seinen Beinen gelandet, da brachte ihn ein Schlag von hinten in die Kniekehlen zum Taumeln. Dieses Mal war er auf seinen Sturz gefasst, warf sich mit einer Rolle vorwärts nach vorn und stand sogleich wieder auf, die Knie für einen guten Stand leicht gebeugt, die Hände kampfbereit, um auf seinen Gegner einzuschlagen.

Mit einem Mal war der weiße Schatten wieder verschwunden. Instinktiv drehte Yeruldelgger sich um, um seine Faust auf Augenhöhe nach vorn schnellen zu lassen. Doch der alte, durch und durch sehnige Mann blockte seine Faust mit der flachen Hand ab. Genauso gut hätte Yeruldelgger gegen eine Wand aus Marmor boxen können, denn die hätte er mit seiner Faust ebenso wenig erschüttert. Ohne auch nur mit der Wimper zu zucken, packte der Alte den Kommissar vollkommen mühelos, hob ihn vom Boden hoch und warf ihn drei Meter weit von sich. Wie von einer unerwarteten Explosion durch die Luft gewirbelt, landete Yeruldelgger völlig perplex auf dem Hosenboden.

»Viel zu viel Wut«, urteilte der Greis und rückte seinen weißen Kimono wieder zurecht.

»Wer bist du?«, fragte Yeruldelgger und setzte sich auf.

»Hast du wirklich alles vergessen und weißt es nicht mehr?«

Yeruldelgger versuchte, seine Aufmerksamkeit nicht auf seinen schmerzenden Körper, sondern auf sein Gegenüber zu richten. »Bist du etwa … Du bist Batbajar, nicht wahr? Du warst einer der Großmeister im Kloster, wenn ich mich nicht irre.«

»Du irrst dich«, sagte der Alte.

»Nein, nein, ich erkenne dich genau wieder. Du bist Batbajar. Du warst es, der mir beigebracht hat, wie man Murmeltiere, Wildschafe und Hirsche jagt.«

»Für dich wäre es besser gewesen, du hättest dich jetzt daran erinnert, was ich dir über das Kämpfen beigebracht habe.«

»Also bist du Batbajar!«

»Nein, heute bin ich der Nergui.«

»Der Nergui!«, rief Yeruldelgger überrascht und rappelte sich auf. »Wie lange schon?«

»Schon fast so lange, wie du gebraucht hast, um denjenigen zu vergessen, der ich war, bevor ich ich war.«

»Ich habe nichts vergessen«, log Yeruldelgger. »Weder das Kloster noch den Nergui.«

Der Schlag, den er daraufhin erhielt, ließ ihn erneut durch die Luft wirbeln und auf dem Bauch landen. Der Alte stand hinter ihm. Doch als Yeruldelgger den Hals streckte, um den Kopf aufzurichten, stand der barfüßige Nergui bereits direkt vor ihm. »Ist schon gut«, sagte der Kommissar, ohne aufzustehen. »Ich habe die Lektion verstanden.«

»Gar nichts hast du verstanden, und das war auch nicht als Lektion gemeint. Andernfalls hättest du kein einziges Mal aufstehen können.«

»Was war es dann? Ging es darum, mich vorzuführen?«

»Nein, lediglich ein Mahnruf.«

»Und wofür?«

»Ein Mahnruf, um dir zu zeigen, was aus dir geworden ist: ein Mann voller Wut. Und wütende Männer sind weder gute Männer noch gute Kämpfer. Sieh dich doch nur an: Deine Wut richtet sich sogar gegen deinen eigenen Körper. Du bist dick, fett und lahm geworden. Auch unser jüngster Novize könnte dich mit drei Fußtritten außer Gefecht setzen.«

»Weil er vermutlich sonst nichts zu tun hätte!«, schnaubte Yeruldelgger verärgert. »Das Leben außerhalb der Klostermauern ist schon ein bisschen komplizierter, Nergui. Jenseits dieser Wälder fängt der Dschungel erst so richtig an. Tag für Tag muss ich bei den schlimmsten Verbrechen ermitteln. Ein kleines Mädchen, das lebendig begraben wurde. Drei Chinesen, denen man die Eier abgeschnitten hat. Was denkst du denn? Glaubst du, da bleibt mir noch Zeit für Meditation oder die Katas irgendeiner Kampfkunst?«

»Du machst einen recht arroganten Eindruck für einen Mann, der sich am Boden wälzt. Aber sag mir eines: Hat dir deine Wut geholfen, einen der beiden Fälle zu lösen, oder hast du uns deshalb gerufen, dass wir dir dabei helfen?«

»Was? Ich habe niemanden gerufen und niemanden um Hilfe gebeten, Nergui. Und euch zuallerletzt. An euch habe ich schon seit Ewigkeiten nicht mehr gedacht.«

»Das glaubst du nur, Yeruldelgger. Aber deine Wut und dein Schmerz sind so groß, dass die Blätter jedes Baumes in diesem Land ihretwegen rascheln. An jedem Tag und in jeder Nacht trägt der Wind die Klage deiner Verzweiflung durch die Steppe seit dem Tod deiner kleinen Tochter …«

»Woher weißt du das? Wage es niemals, ihren Namen auszusprechen.«

»Ich weiß sehr wohl, dass Kushis Name deine Wut entfacht. Wir haben jede Wendung in deiner Verzweiflung verfolgt, in jeden Abgrund des Entsetzens mit dir geschaut. Auch uns hat jede deiner Wunden geschmerzt, jeder Rückschlag, den du einstecken musstest, jede verlorene Hoffnung.«

»Warum seid ihr mir dann nicht schon früher zu Hilfe gekommen?«

»Warum hast du nicht schon früher darum gebeten?«

»Du hast doch gesagt, ich hätte es getan.«

»Du hast es erst vor wenigen Tagen getan. An dem Tag, an dem du Saraa niedergeschlagen hast. Erst an diesem Tag haben wir den Hilfeschrei deines Herzens gehört, und wir haben dich hierhergebracht, damit du wieder auf den rechten Weg zurückfindest. Kannst du dich an diese Lichtung erinnern?«

»Allerdings«, erwiderte Yeruldelgger zutiefst bewegt, als er sich nun umschaute. »Du warst mein Lehrmeister und hast mir Kempo beigebracht. Hast du den Mann ausgeschaltet, der mich hier im Wald töten wollte? Was ist mit ihm passiert?«

»Dafür genügte ein Novize. Auch er war ein Mann des Zorns.

Ein Mann des kalten Zorns, den er seit der Zeit der Grausamkeit für sich behielt. Er ist jetzt tot, und wir kümmern uns um seine Seele.«

Mit einem Mal fühlte sich Yeruldelgger vollkommen erschöpft, als hätte er keine Kraft mehr. Er kauerte sich hin, rieb sich kräftig mit den Händen übers Gesicht und massierte seine Augen.

»Ich bin so müde, Nergui. Ich kann einfach nicht mehr. Ich bitte dich um eure Gastfreundschaft. Bitte!«

»Das sechste Shaolin-Kloster steht denjenigen, die dort ihre Ausbildung erfahren haben, immer offen. Du musst nicht um Gastfreundschaft bitten; das hier ist dein Zuhause. Aber der Tagesablauf ist dort für alle gleich. Du musst deine Pflichten ausüben und am Training und an den Meditationsübungen teilnehmen.«

»Bei aller Liebe, Nergui. Das kann ich niemals absolvieren. Ich bin einfach zu kaputt. Ich habe gar keine Kraft mehr in mir, gar keine.«

»Die Kraft ist noch immer in dir, Yeruldelgger. Aber deine Seele ist schwach. Du wirst zwei Tage und zwei Nächte lang durchschlafen und dich dabei wieder mit deinem Totem vereinen. Dann wirst du fünf Tage und fünf Nächte lang gegen die zehn Novizen und die vier Meister kämpfen. Danach wirst du nach Hause zurückkehren.«

Die letzten Worte des Nergui hörte Yeruldelgger gar nicht mehr. Vor lauter Erschöpfung war er im hellen Staub der Lichtung eingeschlafen. Er roch nicht den herben Geruch der Lärchenrinde, ebenso wenig das staubige Aroma der grauen Erde, die eine strahlende Sonne unter der dünnen und vergilbten Grasdecke erwärmt hatte, oder die bläuliche Frische der Schatten im Unterholz oder den leicht säuerlichen Geruch junger Birkentriebe. Vollkommen erschöpft war er in einen Tiefschlaf gefallen, als hätte er sich vorübergehend aus dieser Welt verabschiedet.

39

… hielt ein hässliches graues Auto neben dem Bretterzaun

Die Sonne hatte den höchsten Stand erreicht, und Solongo betrachtete ihren reglos daliegenden Garten. Kein Lüftchen regte sich. Sie umklammerte eine Tasse heißen Buttertee mit beiden Händen und war barfuß über den Rasen bis zu den Bäumen vorgegangen. Man hätte meinen können, sie sei in ein Gebet versunken, und in der Tat war es fast so: Sie dachte an Yeruldelgger, der seit nunmehr fünf Tagen nicht nach Hause gekommen war.

»Er ist noch am Leben.«

Überrascht drehte sich Solongo um und sah zu ihrem Erstaunen einen älteren Mann auf einem Pferd wenige Schritte entfernt von ihr stehen. Es war der alte Nomade, der sie bei den Roten Klippen vor den wilden Reitern gerettet hatte. »Was hast du gesagt?«

»Der Mann, an den du gerade denkst, ist noch am Leben.«

»Hast du ihn gesehen?«

»Nein, aber ich weiß es trotzdem.«

»Du weißt es trotzdem?«

»Ja, und du weißt es auch. In deinem tiefsten Inneren machst du dir gar keine Sorgen um ihn. Du machst dir Gedanken darüber, was er im Augenblick wohl tut. Oder was er gerade nicht tut. Ist es nicht so?«

Solongo betrachtete den alten Mann. So, wie er sich aus dem Sattel schwang, konnte man sowohl auf einen langen Ritt als auch auf Beschwerlichkeiten des Alters schließen. Aber er schien keine Schmerzen zu haben. In seinem Gesicht zeichnete sich vielmehr ein spitzbübisches Lächeln ab, das aber auch eine von eisigen Winden und blendender Sonne in Gestalt vieler Fältchen in sein Gesicht eingegrabene Miene sein konnte. »Was machst du hier?«, fragte sie ihn. »Und wie hast du mich überhaupt gefunden?«

»Diesmal hast du mich gerufen. Da ich ohnehin anlässlich des Großen Naadam nach Ulaanbaatar zum alljährlichen Pferdemarkt kommen musste, bin ich schon etwas früher gekommen, um deinem Ruf zu folgen und dir zu bringen, was du benötigst.«

Schweigend betrachtete Solongo den Nomaden und amüsierte sich über die ruhige Selbstsicherheit dieses Mannes. Dieser Greis strahlte einen gefassten, unverzagten Optimismus aus, der sich bereits auf sie übertrug. »Kann ich dir einen Tee anbieten?«

Mit einem Nicken nahm er an. Dann löste er ein kleines gerolltes Päckchen von seinem Sattel, das in ein Tuch eingeschlagen und mit zwei Lederriemen zusammengebunden war. Angesichts der Sorgfalt, mit der er es in seinen Gürtel klemmte, vermutete sie, dass es für sie bestimmt war. Wie es der Tradition entsprach, ließ er ihr beim Betreten der Jurte den Vortritt.

»Ich will aber hoffen, dass dein Pferd in meinem Garten nichts anfrisst«, legte sie ihm auf dem Weg zum Eingang nahe.

»Ich habe es gut erzogen. Es wird nichts anfressen.«

»Musst du es denn nicht anbinden?«

»Auch in dieser Hinsicht habe ich es bestens dressiert. Es wird sich nicht von der Stelle rühren.«

Solongo konnte sich ein Lächeln nicht verkneifen und trat vor ihrem Gast ins Innere der Jurte. Er musste einen langen Ritt in der heißen Sonne hinter sich haben und war in der brütenden Hitze in der Stadt angelangt, weshalb er die Ärmel seines

Deels hochgeschlagen hatte. Vor dem Überschreiten der Schwelle hatte er sie aber aus Respekt vor den Geistern wieder bis zu den Handgelenken hinuntergerollt. Außerdem richtete er seinen Hut und achtete darauf, die Schwelle zuerst mit dem rechten Fuß zu überqueren und drinnen auf der linken, den Gästen vorbehaltenen Seite stehen zu bleiben. Dort wartete er, bis Solongo ihm bedeutete, weiter hereinzukommen. Und nach gutem traditionellem Brauch hatte er seine schmale Reitgerte vor dem Eintreten zwischen die Seile gleiten lassen, die die Filzlagen der Außenhaut der Jurte zusammenhielten. Solongo mochte die Beachtung all dieser Regeln, weil sie Respekt und einen lebendigen Sinn für Tradition zum Ausdruck brachten. Schon seit einiger Zeit waren diese Rituale und Gesten zu bloßer Folklore trivialisiert, weil diejenigen, die sie überhaupt noch praktizierten, nicht mehr von ihrer Sinnhaftigkeit überzeugt waren. Für Solongo hingegen stellten diese respektvollen Gesten ein sinnhaltiges Gleichgewicht zwischen den Beteiligten her.

Sie bat den alten Mann, weiter ins Innere der Jurte zu gehen, die sehr viel größer war als die übliche traditionelle Jurte. Ihr entging nicht, dass ihn die Größe beeindruckte, dass er aber auch die traditionelle Anordnung und Einrichtung zu schätzen wusste. Wie sie es bei ihm nicht anders erwartet hatte, nahm er direkt auf dem Boden Platz, und sie tat es ihm gleich. »Du sagst, ich hätte nach dir gerufen?«, begann sie neugierig und gleichzeitig erstaunt.

»Jawohl – nach mir oder jedenfalls nach jemandem, der dir helfen kann, doch anscheinend habe ich dich als Einziger gehört.«

»So, so, anscheinend«, erwiderte Solongo leicht amüsiert.

»Du wolltest doch noch mehr darüber wissen, was sich damals bei den Felsen zugetragen hat, und du hast dir auch wegen zwei Menschen, die du liebst, Sorgen gemacht.«

»*Zwei* Menschen?«

»Jawohl. Wegen demjenigen, von dem ich dir bereits gesagt habe, dass er noch am Leben ist, und wegen derjenigen, die du pflegst und für die ich dir das hier mitgebracht habe.«

Der Alte setzte sich ihr genau gegenüber und überreichte ihr mit ausgestreckten Händen das in Stoff eingerollte Päckchen. Sie wartete ab, bis er sie bat, es zu öffnen, und wickelte es dann bedacht und ohne Eile auf. Zum Vorschein kamen zwei Gläser mit Schraubverschluss. Sie erkannte auf Anhieb, dass das eine Glas Bärenfett enthielt, so alt, dass es klar wie Wasser war; das andere enthielt Blütenharz.

»Wäre es möglich, dass ich mir die junge Frau ansehe?«, fragte der alte Mann.

»Woher weißt du eigentlich, dass es sich um eine junge Frau handelt?«

»Aufgrund der Art und Weise, wie du an sie denkst«, erwiderte er, als wäre das ganz selbstverständlich.

Sie standen auf, und Solongo klappte den Wandschirm auf, hinter dem Saraa schlief. Der Heilungsprozess war mittlerweile immerhin so weit fortgeschritten, dass Solongo sie mit einem ganz zarten hellblauen Schleier aus Seidenmusselin bedecken konnte. Der alte Mann trat an das Lager und hob das Tuch ein wenig an. Saraa lag mit leicht abgespreizten Armen und Beinen auf dem Rücken.

»Sie ist eine schöne junge Frau«, bestätigte der Nomade anerkennend, »mit festen Brüsten und Schenkeln; nur die Waden sind noch nicht gerundet genug.«

»Ich nehme aber nicht an, dass du nur deswegen gekommen bist«, unterbrach ihn Solongo.

»Du solltest besser ein anderes Tuch nehmen«, erklärte der alte Mann. »Du bedeckst sie mit einem Himmel, weil der Himmel leicht ist und damit sie ruhig atmet. Aber es wäre besser, ein grünes Tuch zu nehmen, grün wie die fruchtbare, reichhaltige Erde. Genau das braucht ihre nachwachsende Haut, sie muss mit Bärenfett versorgt werden, so wie du das machst. Aber tausche die Farbe aus.«

»Ist das alles?«

»Nein, Sorge sollte dir vor allem das hier bereiten.«

Er deutete auf Saraas Wange, wo an manchen Stellen bereits die glatte, rosige und glänzende neue Haut durchschimmerte, und zeigte auf ein paar Flecken mit purpurfarbenen oder bräunlichen Konturen. »Du musst aufpassen, dass sich das nicht weiter ausbreitet, wenn du möchtest, dass ihr Gesicht schön bleibt und sie vollkommen gesund wird. Hier könnte sich eine Infektion bilden und sich weiter ausbreiten. Koche einen weißen Tee auf, lasse ihn ein paar Minuten ziehen und abkühlen und wasche diese Stellen damit ab. Gehe am frühen Morgen in deinen Garten, sammle so viele Spinnennetze wie möglich und lege sie auf die gut gesäuberten Stellen. Dann verheilen sie viel schneller und viel besser.«

»Das werde ich machen«, erwiderte Solongo zuversichtlich.

Aber der alte Mann hörte sie schon nicht mehr. Er hatte sich direkt hinter Saraa gestellt und seine Hände an ihre Schläfen gelegt. Mit höchster Konzentration richtete er seine geschlossenen Augen auf die kreisrunde Dachöffnung in der Jurte. Solongo betrachtete sein von Stürmen gezeichnetes Gesicht und seine glatten Wangen, die wie von Sandstürmen poliert zu sein schienen, und mit einem Mal spürte sie eine außergewöhnliche Kraft- und Willensanspannung, die sie zuvor noch nicht wahrgenommen hatte. Bis zu diesem Moment hatte sie sich damit begnügt, ihn als das zu erachten, was er war: ein etwas exzentrischer, älterer Nomade. Doch nun begriff sie, dass er noch etwas ganz anderes war.

»Ihre Brandwunden werden verheilen«, sagte er, ohne die Augen zu öffnen, »aber sie wird noch sehr viel mehr Zeit brauchen und noch viel leiden, bis ihre anderen Wunden verheilt sind, und diese kannst du nicht versorgen. Ein aufreibendes

Schicksal erwartet sie. Du musst zulassen, dass sie leidet, darfst sie aber nicht vergessen. Darunter werdet ihr alle noch zu leiden haben, aber sie sicherlich am meisten und bisweilen aufgrund von euren Fehlern.«

Solongos Blick war von dem Gesicht des alten Mannes zu dem der jungen Frau hinübergewandert, und ihr stiegen die Tränen in die Augen. Denn sie verstand sehr wohl, dass mit diesen Worten nicht nur die Tochter gemeint war, sondern auch ihr Vater, Yeruldelgger.

»Du brauchst nicht zu weinen«, tröstete der alte Nomade sie. »Aus diesem Leiden wird auch ein neues Glück erwachsen, und ihr werdet lernen, es zu teilen.« Er blickte ein letztes Mal auf Saraas Körper, dann zog er das himmelblaue Seidentuch wieder über sie. »Wirklich ein sehr schönes Mädchen. Denk daran, das Tuch auszutauschen.«

Sie kehrten wieder zu ihren Sitzplätzen zurück, wo die Teetassen standen, und der kleine Alte verharrte schweigend, bis Solongo ihn schließlich fragte: »Dann sag mir jetzt bitte, wozu du hierhergekommen bist.«

»Du hast mit all deinen Sinnen nach mir gerufen. Du hast unzählige Stunden damit zugebracht, dir Fragen wegen dieser abscheulichen Verbrechen zu stellen, und ich habe sie alle gehört. Also bin ich gekommen, um dir zu sagen, was ich weiß.«

»Und das wäre?«

»Zum Beispiel was sich mittlerweile an den Roten Klippen abgespielt hat. Du solltest wissen, dass der ältere Mann, der den Leuten damals den nachgemachten Saurierzahn für das kleine Mädchen verkauft hat, nicht mehr da ist.«

»Ist er weggegangen?«

»Nein, er ist tot. Er soll bei der Suche nach Fossilien an einer Stelle ausgerutscht sein, wo man noch nie welche gefunden hat.«

»Du glaubst also eher, dass er getötet wurde?«

»An der Stelle, wo er angeblich verunglückt sein soll, sind die Erde und die Felsen stark mit seiner Angst imprägniert. Ich habe seiner Witwe dabei geholfen, die beiden Jurten abzubauen. Ich habe ihr auch Pferde zum Transport geliehen; sie ist weiter nach Osten gezogen, in die Nähe einer ihrer Schwestern.«

»Und was ist mit dem Toyota-Fahrer?«

»Ich habe mir seine Papiere ausgeliehen.« Der Nomade zog eine lederne Brieftasche aus der Schärpe seines Deels.

Solongo öffnete sie, blätterte sie durch und zog ein Blatt nach dem anderen heraus. Es kamen auch zwei Familienfotos zum Vorschein, auf denen der lächelnde und treusorgende Familienvater zu sehen war, der versucht hatte, sie umzubringen. Außerdem ein Führerschein und ein Ausweis, beide auf denselben Namen ausgestellt, die Visitenkarte eines Taxiunternehmens in Ulaanbaatar sowie die Karte eines Restaurants in Dalandsadgad, auf deren Rückseite eine Telefonnummer handschriftlich notiert war. »Wie hast du dir das alles *ausgeliehen*?«, fragte Solongo erstaunt.

»Ich habe beobachtet, wie du ihn gezwungen hast, auf den Abhang zuzusteuern, und wie du anschließend nach Dalandsadgad davongerast bist. Dann bin ich hin, um mir das näher anzusehen. Er war bewusstlos, aber noch am Leben. Also habe ich rasch seine Taschen durchsucht und bin im Galopp zu dem Saurier-Museum des kleinen Jungen geritten, um ihn zu bitten, die Reiter zu informieren, die hinter dir her waren. Sie sind dann auch rasch gekommen, haben den Toyota wieder aufgerichtet, und zwei von ihnen haben den Mann ins Krankenhaus von Dalandsadgad gebracht. Mach dir nicht die Mühe, ihn zu suchen. Er ist seitdem verschwunden.«

Nachdenklich saß Solongo einen Moment lang da. Sie suchte eine befriedigende Antwort auf eine Frage, die sich geradezu aufdrängte. »Warum wollte mich dieser Typ dort umbringen, wo ich mich doch eigentlich für den Tod eines kleinen Mädchens interessierte, das fünf Jahre zuvor an einer sechshundert Kilometer entfernten Stelle umgebracht wurde?«

»Das ist nicht die richtige Frage«, erwiderte der Nomade, während er genussvoll den heißen Tee schlürfte.

»Aha. Aber du hast eine schlüssigere Frage als meine?«

»Allerdings«, gab er zurück.

Solongo sah ihn verblüfft an, während er in aller Ruhe weiter seinen Tee genoss. »Und? Wie lautet deine schlüssigere Frage?«

»Die richtige Frage lautet: Warum hat der Mann an genau jenem Tag und an genau dieser Stelle auf dich gewartet?«

»Und warum soll diese Frage richtiger oder schlüssiger sein als meine?«

»Weil deine mehrere Antworten zulässt: Er ist der Mörder, er ist ein Komplize des Mörders, er ist nicht der Mörder, aber er weiß etwas, er ist ein Auftragsmörder ... Das, was du aus diesem Gewirr herauszuziehen versuchst, kann dich überallhin führen: zu dem kleinen Mädchen, zu dessen Eltern, zu deren Mörder, zu irgendwelchen Zeugen, zu dem Mann, der in den Abgrund gestürzt ist, zu dessen verschwundener Frau, zum Toyota-Fahrer ... Das ist doch alles ziemlich verwirrend, oder? Auf meine Frage hingegen gibt es nur eine Antwort: Woher wusste er, dass du kommst? Damit hast du den Faden in der Hand. Wer wusste davon, dass du diese Tagesreise unternimmst? Nur wer das wusste, konnte dem Toyota-Fahrer Bescheid gesagt haben. Das ist doch viel einfacher, meinst du nicht?«

»Tja, wenn man es so sieht ...« Solongo überlegte. »Und was denjenigen anbelangt, von dem du gesagt hast, dass er noch am Leben ist, was weißt du noch über ihn?«

»Er wird wiederkommen, aber mit blutender Seele und blutendem Herzen, weil ihn Monster am Gängelband haben, die nur du im Zaum halten kannst.«

»Was soll dieses Gerede bedeuten, Großvater? Ich möchte lediglich wissen, ob es ihm gut geht und wann er zurückkommt.«

»Hab herzlichen Dank für den Tee«, erwiderte der Nomade daraufhin so förmlich, als wäre er ein kleiner, überaus wohlerzogener Junge; er stellte seine Tasse neben sich auf den Boden und stand auf. »Von dort, von wo er zurückkommen wird, kehrt man nie voll und ganz zurück. Es kann ihn zerstören, alles um ihn herum zerstören oder ihn wieder aufrichten. Für einen alten Schamanen wie mich ist es zu stark. Jetzt sollte ich mich verabschieden, es kommt jemand.« Der Alte verneigte sich mit aneinandergelegten Händen und verließ die Jurte. Er überprüfte den Sitz des Zaumzeugs, schwang sich in den Sattel und machte mit seinem Pferd kehrt. Dann ritt er ohne ein weiteres Wort oder einen Blick zurück davon, doch sein Herz lachte, weil er wusste, dass Solongo hinter ihm ein wenig Milch in alle vier Himmelsrichtungen verspritzte, um ihm eine gute Reise zu wünschen. Als er die Umzäunung passierte, hielt ein hässliches graues Auto in einer Ausbuchtung neben dem Bretterzaun.

40

… ging im Geprassel des Gerölls unter, das bei ihrem Blitzstart gegen den Bretterzaun spritzte

»Wer war der alte Mann auf dem Pferd?«, wollte Oyun wissen.

»Erinnerst du dich an meinen unglücklichen Zwischenfall bei den Roten Klippen? Das war der alte Nomade, der mich dort vor den Reitern gerettet hat, die hinter mir her waren.«

»Dieser alte Mann? Und was hatte er hier zu suchen?«

»Er hat mir Salben für Saraa mitgebracht und außerdem das hier: die Brieftasche des Toyota-Fahrers, der mich von der Piste in die Steilabhänge abdrängen wollte.«

Oyun nahm die Brieftasche, die Solongo ihr entgegenstreckte und schaute in jedes einzelne Fach. »Hat er dir auch gesagt, wer das war und was er mit dieser ganzen Sache zu tun hat?«

»Der Großvater meint, am einfachsten würde ich eine Antwort darauf finden, wenn ich herausbekomme, woher er wissen konnte, dass ich dort aufkreuze.«

»Damit liegt er nicht falsch. Er würde einen ganz guten Kriminalisten abgeben. Der beste Ansatzpunkt dafür bist immer noch du selbst.«

»Genau das hat er auch gesagt«, erwiderte Solongo verblüfft.

»Demnach hätte er nicht nur einen guten, sondern einen ausgezeichneten Kriminalisten abgegeben. Moment mal, was ist denn das? Das erinnert mich an etwas ...«

»Das ist eine Visitenkarte von einem Restaurant in Dalandsadgad. Kennst du es?«

»Nein«, antwortete Oyun, »aber ich kenne diese Telefonnummer ... Hier, das ist eine Nummer in Ulaanbaatar. Sagt dir die nichts?«

»Sollte sie das denn?«

Oyun antwortete nicht, sondern zog ihr iPhone hervor und scrollte durch ihre Kontaktliste. Als sie einen bestimmten Kontakt gefunden hatte, verglich sie die Nummer auf der Karte mit der auf ihrem Telefon und hielt Solongo das Handy vor die Nase. Oyun beobachtete, wie sich erst ungläubiges Erstaunen, dann äußerste Besorgnis auf Solongos Gesicht abzeichnete.

»Das kann doch nicht sein«, murmelte Solongo.

Der Name, der auf dem Bildschirm erschien, war beiden nur zu gut bekannt: Süchbaatar.

»Mickey«, murmelte Solongo. »Das kann doch nicht wahr sein! Er doch nicht!«

»Es kommt noch dicker – deswegen bin ich auch hier«, sagte Oyun. »Ich hab dir da was per Mail geschickt, das wir uns unbedingt anhören müssen.«

Solongo nahm ihr iPad, loggte sich in ihren E-Mail-Account ein und öffnete den Anhang von Oyuns Nachricht.

»Das habe ich vor ungefähr einer Stunde mit meinem Handy in Mickeys Büro aufgenommen«, sagte Oyun.

Solongo erkannte sogleich die Stimme des Hauptkommissars. Sie klang ängstlich und zornig zugleich.

»*Er ist stinksauer*«, geiferte Mickey. »*Und du weißt selbst am besten, wozu dieser Typ fähig ist, wenn er wütend ist!*«

In der darauffolgenden Gesprächspause konnte man erahnen, dass der Gesprächspartner am anderen Ende der Leitung selbst in Panik geriet und Mickey fragte, was er nun tun solle.

»*Er will, dass der andere abgeknallt wird. Er soll ein für alle Mal erledigt werden, und das ist jetzt dein Job.*«

Am anderen Ende der Leitung protestierte der Angerufene so laut, dass man einzelne Wortfetzen verstehen konnte: Darum müsse er sich nicht kümmern ... Das gehe zu weit ... Er wolle damit nichts –

»*Halt die Klappe, Adolf, und hör mir jetzt mal gut zu* –«

Solongo unterbrach die Wiedergabe. »Hat er gerade Adolf gesagt? Das hat er doch gerade gesagt, oder?«

»Ja«, bestätigte Oyun. »Den Namen hat er gerade genannt. Dieser Mistkerl telefoniert hinter unserem Rücken mit unserem Hauptverdächtigen im Mordfall der drei Chinesen. Aber lass uns mal weiterhören.«

»*Hör genau zu, was ich dir sage. Er hat ihm schon den Tätowierten hinterhergeschickt, aber er ist sich so gut wie sicher, dass der andere den umgebracht hat, kannst du dir das vorstellen? Er denkt, der andere hat den Tätowierten umgebracht, und jetzt ist dieser Irre irgendwo da draußen und will sich einen nach dem anderen von uns vornehmen. Also wirst du ihm zuvorkommen, ihn aufspüren und abknallen, verstanden? Wenn du das nicht schaffst, fühlt er sich bedroht und wird sämtliche Verbindungen zu uns kappen, damit man ihm nichts nachweisen kann. Ist dir jetzt klar, worum es hier geht? Und noch was: Am besten kapierst du ganz schnell, was auf dem Spiel steht, denn wir sind die Ersten, zu denen er eine Verbindung herstellen wird!*«

Adolf schien Einwände vorzubringen und zu jammern, aber Mickeys harscher Ton ließ ihm keine Wahl. »*Ja, du hast schon recht, das ist alles nur deswegen so gekommen, weil dieser Blödmann unbedingt die Leiche dieses Mädchens ausgraben musste.*«

»Was?!«, schrie Solongo und stoppte nochmals die Wiedergabe. »Hast du das gehört?«

»Ja, habe ich. Genau darum geht es: Adolf spricht von der Leiche unseres Mädchens. Es gibt irgendeine Verbindung zwischen diesem Verbrechen und ihm ... während wir die ganze Zeit nur in Richtung der Chinesen ermitteln!«

»Also wirklich!«, seufzte Solongo ganz außer sich. »Heißt das etwa, dass es eine Verbindung zwischen dem Chinesen-Massaker und dem Tod des Mädchens gibt? Obwohl die Verbrechen fünf Jahre auseinanderliegen?«

»Vielleicht nicht direkt«, sagte Oyun. »Aber im Augenblick sind die einzigen Verbindungen zwischen den beiden Fällen Adolf, der irgendwie darin verwickelt ist, und Mickey, der die Aufsicht über beide Ermittlungen hat. Außerdem wissen wir jetzt, dass die beiden direkt miteinander in Verbindung stehen, zumindest im Fall des Mädchens.«

»Sagen sie sonst noch etwas?«

»Nein, sie legen kurz danach auf«, antwortete Oyun und ließ den Rest der Aufnahme weiterlaufen.

Hör endlich auf zu jammern und hör mir zu, wenn du willst, dass wir aus der Sache rauskommen. Ich sorge dafür, dass der andere genau lokalisiert wird, und dann geb ich dir Bescheid, wo du ihn findest, und du brauchst ihn nur noch abzuknallen. Kümmere dich bis dahin mal um unsere Freunde, die schon auf dem Weg sind. Da er wegen dem anderen sowieso schon ziemlich stinkig ist, also sorg dafür, dass du das nicht auch noch vermasselst. Sobald du sie hast, kommst du unverzüglich hierher zurück.«

Adolf musste über diese Anweisungen zu Tode erschrocken sein und versuchte wohl noch einmal sich herauszuwinden, indem er abtauchte, abtauchte und völlig von der Bildfläche verschwand ...

»Eins kann ich dir versprechen, du Idiot: Wenn du nicht tust, was ich dir sage, dann knöpfe ich mir dich persönlich vor. Ich finde dich und knall dich ab. Ist das klar genug? Und jetzt leg auf.«

Klick.

Solongo stand auf und bereitete schweigend einen Tee zu. Ebenso schweigend reichte sie Oyun eine Schale, und dann überlegte jede für sich, was das soeben Gehörte zu bedeuten hatte.

»Es ergibt durchaus Sinn, dass Mickey hinter allem steckt, was mir bei den Roten Klippen passiert ist«, überlegte Solongo schließlich laut. »Er war einer der wenigen, die wussten, wo ich an dem Tag hinfuhr. Ich hatte mit ihm an einem Fall gearbeitet, und ich brauchte eine Ausrede, das zu vertagen. Da musste ich ihn einfach informieren. Ich habe ihm zwar nicht genau gesagt, worum es ging, aber als er mich gefragt hat, ob ich erreichbar wäre, musste ich ihm sagen, das könnte schwierig werden, weil ich zu den Roten Klippen unterwegs sei. Und jetzt stellt sich heraus, dass ausgerechnet der Toyota-Fahrer Mickeys Telefonnummer in seiner Brieftasche hat. Und als sie bei dem Anruf bei Adolf über das Mädchen sprechen, kommt noch dazu heraus, dass Mickey irgendwas mit dem Tod des Kindes zu tun hat. Das wussten wir bislang nicht, aber es ist vollkommen klar.«

»Gleichzeitig ist jetzt auch klar, dass sowohl er als auch Adolf nur Handlanger sind. Jemand, der anscheinend stinksauer ist, setzt sie enorm unter Druck und will, dass der, den sie den ›anderen‹ nennen, abgeknallt wird. Womöglich ist Mickey nur ein korrupter Bulle, der für irgendeinen Auftraggeber die Drecksarbeit erledigt. Irgendein sehr mächtiger Auftraggeber, aber inwiefern sollte so jemand in den Tod eines Kindes verwickelt sein?«

»Eines Kindes und vermutlich dessen Eltern, vergiss das nicht. Wir wissen immer noch nicht, was aus ihnen geworden ist. Vielleicht war das Kind nur eine Art Kollateralschaden in einer Sache, bei der es darum ging, eine alte Rechnung zu begleichen, irgendwelche mafiösen Geschäfte abzuwickeln oder Industriespionage zu betreiben ... Wenn wir nur wüssten, wer diese junge Familie war!«

»Und was meinst du – um wen handelt es sich wohl bei dem ›anderen‹? Denkst du dasselbe wie ich?«

»Was denkst du denn?«, antwortete Solongo ausweichend, weil sie im Grunde nicht wahrhaben wollte, was Oyun andeutete.

»Das weißt du doch selbst, oder? Da denkt man doch automatisch an Yeruldelgger.«

»Stimmt, natürlich denkt man vor allem an ihn«, sagte Solongo besorgt.

»Was aber andererseits immerhin auch bedeuten würde, dass er wohl noch am Leben ist.«

»Eigentlich nur, dass der Typ, der ihm einen Killer auf den Hals hetzt, annimmt, dass er noch am Leben ist«, stellte Solongo richtig.

»Na gut, dass er angeblich noch am Leben ist, wenn du so willst.«

»Angeblich noch am Leben, aber mit dem Damoklesschwert eines Exekutionsbefehls über sich, den irgendein Allmächtiger im Hintergrund ausgesprochen hat, der sich dafür korrupter Polizisten und durchgeknallter Neonazis bedient.«

»Zugegeben«, meinte Oyun, »aber trotzdem immer noch angeblich am Leben.«

»Was ja auch der alte Schamane behauptet hat«, bemerkte Solongo mit einem traurigen Lächeln, um sich ein wenig zu trösten.

»Siehst du!«, rief Oyun etwas zu überschwänglich. »Jetzt musst du nur noch abwarten bis...« Ein Piepton aus ihrem iPhone unterbrach ihre optimistische Emphase. Das Signal kündigte keinen Anruf an, sondern das Eintreffen einer Nachricht.

»Hast du mir auch was geschickt?«, fragte sie Solongo, ohne den Blick vom Bildschirm abzuwenden, den sie bereits mit den Fingern bearbeitete.

»Allerdings. Ich habe dir eine Datei von meinem Kontakt in Deutschland weitergeleitet. Es handelt sich um ein Bild von dem Modell des Quads, mit dem das Mädchen angefahren wurde. Es konnte anhand der Splitter vom Glas des Scheinwerfers identifiziert werden.«

»Aha.« Die Inspektorin öffnete die Datei und betrachtete das Foto. »Verdammte Scheiße!« Damit sprang sie auf und rannte aus der Jurte.

»Was ist denn?«, rief Solongo ihr noch hinterher.

»Dieses Quad hab ich schon mal gesehen«, rief Oyun zurück. »Das kenne ich, und ich...«

Der Rest des Satzes ging im Aufheulen des Motors ihres Nissan und im Geprassel des Gerölls unter, das bei ihrem Blitzstart gegen den Bretterzaun spritzte.

41

… und fuhr auf dem schnellsten Weg zu Solongo zurück

Oyun stieg im Kommissariat die Treppe nach oben und betrat Yeruldelggers Büro. Von hier aus hatte sie einen guten Überblick über die gesamte Etage und über Mickeys Glaskasten, in dem er sich hinter Lamellenvorhängen verschanzte. Von Zeit zu Zeit schob er die Lamellen mit zwei Fingern einen Spaltbreit auseinander, aber hauptsächlich, um sich zu vergewissern, dass seine Truppe vollzählig war, und weniger, um sie zur Arbeit anzutreiben. Oyun musste jemanden finden, der ihr half. Billy, den knackigen, jungen Praktikanten, ließ sie dabei lieber außen vor; der himmelte sie zwar an, aber damit würde er seine Karriere verspielen, und das wollte sie nicht. In dem Moment klopfte ein sehr hoch aufgeschossener, schlanker Kollege mit hagerem Gesicht an die Tür.

»Wirst du ihn jetzt ersetzen?«

»Wen?«

»Yeruldelgger!«

»Nach allem, was ich weiß, ist der Kommissar noch nicht tot!«

»Das wollte ich damit doch gar nicht sagen.«

»Und was wolltest du sagen?«

»Verdammt, bei euch ist wirklich alles sehr vertrackt!«, seufzte der große Lulatsch und gestikulierte unbestimmt durch die Luft.

»Mal ist er da, mal nicht, mal heißt es, er ist entlassen, dann heißt es, er kommt zurück, jetzt ist er wieder verschwunden … Wo soll ich jetzt bitte schön mit meinem ballistischen Gutachten hin?«

»Ballistisches Gutachten? Worüber denn?« Oyun war plötzlich sehr interessiert.

»Über die Ermordung der Chinesen, über eine Makarow, die Yeruldelgger bei mir abgegeben hat, und die Geschosse, die ich für dich untersuchen sollte.«

»Ja und?«

»Ja und was? Womit soll ich anfangen?«

»Mit den Kugeln.«

»Das sind alles Neun-Millimeter …«

»Na prima.«

»Das sind alles Neun-Millimeter-zweiundzwanzig-Spezialpatronen sowjetischer Herkunft, abgeschossen mit einer Makarow PM. Du weißt schon, es handelt sich um dieses geringfügig vergrößerte Kaliber im Vergleich zu den normalen Neun-Millimeter-Geschossen, die seinerzeit extra produziert wurden für den Fall, dass den bösen Feinden von der NATO zufällig mal die Munitionsvorräte der Roten Armee in die Hände gefallen wären. Außerdem sorgt die Blattfeder für eine höhere Durchschlagskraft …«

»Das interessiert mich nicht!«, unterbrach ihn Oyun. »Was gibt's noch?«

»Vielen Dank für diese überaus kollegiale Anerkennung, Inspektorin! Was noch? Tja … nichts weiter.«

»Und was ist mit der Knarre?«

»Welche Knarre? Eine Makarow PM sowjetischer Bauart, das ist doch vollkommen offensichtlich.«

»Und das ist alles?«

»Ja. Außer du erinnerst dich noch an den Abzug der Russen Anfang der Neunziger?«

»Ja, und weiter?«

»Die armen Kerle sind damals wirklich mit eingezogenem Schwanz und löchrigen Hosentaschen abgezogen, sie hatten ja schon seit Monaten keinen Sold mehr bekommen. Also haben sie praktisch alles, was auf der Basis nicht niet- und nagelfest war, auf dem Schwarzmarkt verkauft, darunter natürlich auch kistenweise Waffen. Die Makarow PM war *die* Standarddienstwaffe der Sowjetarmee. Davon gab es Tausende, und praktisch alle russischen Soldaten sind ohne ihre Waffe im Halfter in die Heimat zurück. Heute ist diese Makarow in den Vereinigten Staaten heiß begehrt, und ich garantiere dir, der Schmuggel mit dieser Faustfeuerwaffe hat einige Leute in Ulaanbaatar sehr reich gemacht.«

»Und worin besteht der Zusammenhang zu unseren Fällen?«

»Du bist einfach noch zu jung, um dich an die Paranoia der Sowjets zu erinnern. Ihr Generalstab hat ganz unauffällig jede Partie Schlagbolzen modifizieren lassen, damit sie von jedem Geschoss einen eindeutigen Rückschluss auf die individuelle Waffe ziehen konnten, aus der es abgefeuert worden war. Die Markierungen auf sämtlichen Hülsen, die du mir gegeben hast, sind identisch. Die verschiedenen Waffen, die diese Hülsen durchlaufen haben, stammen alle aus derselben Waffenladung. Eine Ladung von zweihundert auf dem Schwarzmarkt erstandenen Makarows ist über Zwischenhändler hier in Ulaanbaatar an ultranationalistische Gruppierungen weiterverscherbelt worden. Ich meine mich sogar zu erinnern, dass dein Kumpel Yeruldelgger diese Waffen identifiziert hat, bevor... na ja, du weißt schon, was ich meine, vor dieser Tragödie mit seinem Kind.«

»Wenn ich dich richtig verstehe, dann haben alle diese Fälle einen gemeinsamen Nenner, und das sind die eindeutig identifizierbaren Waffen aus den Beständen der ehemaligen Roten Armee, die inzwischen in die Hände der Ultranationalen geraten sind. Ist das korrekt?«

»Genau das wollte ich damit sagen.«

Oyun musste das erst einmal schweigend verdauen. Der lange Lulatsch riss die Augen weit auf. Zunächst als Zeichen seines Erstaunens, dann seines Wartens und schließlich seiner Ungeduld.

Schließlich schien Oyun wieder einzufallen, dass er noch immer da war, und sie entließ ihn. »Gut, das wär's dann. Du kannst wieder gehen.«

»Wie, ist das alles? Du schickst mich einfach weg wie einen Hund?«

»Na, hör mal«, erwiderte Oyun leicht verärgert, »das ist doch dein Job, oder nicht? Willst du dafür noch 'ne Medaille?«

»Echt bescheuert, dass du durch Yeruldelgger einen so miesen Charakter hast. Eigentlich wärst du nämlich gar nicht mal so übel, aber da ist echt nichts mehr zu machen, wirklich nichts mehr zu retten.«

In der Tür machte er eine komisch verdrehte Kehrtwende, wie ein Schlangenmensch, der sich aus einer Kiste windet, und wollte schon gehen, als Oyun ihn noch einmal zurückrief. »He, warte mal! Bleib da!«

»Hey, das war doch als Kompliment gemeint, Oyun«, entschuldigte er sich vorsichtshalber.

»Es ist mir völlig wurscht, was du da von dir gegeben hast. Du kannst über mich denken, was du willst. Das Einzige, was ich jetzt noch von dir möchte, ist, dass du mit deinen Unterlagen noch hier im Büro bleibst, während ich Mickey unterrichte. Alles klar?«

»Wieso Mickey? Was habe ich mit Mickey zu schaffen?«

»Gar nichts. Kümmere dich nicht darum, aber bleib einfach so lange hier.«

Mit entschlossenem Schritt verließ Oyun das Büro. Sie musste diese Gelegenheit einfach ergreifen. Sämtliche Etagen waren videoüberwacht, und das Büro des Hauptkommissars wurde automatisch verschlossen, wenn er das Kommissariat verließ. Einem Gerücht nach hatte er für alle Fälle sogar eine Alarmanlage und Mikrofone installieren lassen. Also musste sie jetzt handeln. Nach allem, was sie heute durch den Nomaden und den Ballistiker erfahren hatte, könnte es ihr gelingen, wenn sie sich nicht einschüchtern ließ.

Sie griff nach ihrem iPhone, tippte auf dem Display herum und marschierte direkt in Mickeys Büro, ohne seiner Sekretärin überhaupt Zeit zum Reagieren zu lassen. Schon beim Anklopfen riss sie die Tür auf; Mickey war gerade damit beschäftigt, eine Akte zu lesen, schob sie aber sogleich unter einige andere Unterlagen auf dem Schreibtisch.

»Also, was soll denn …«

»Ich muss unbedingt mit dir sprechen, Süchbaatar. Es ist äußerst wichtig.«

»Ich habe dir ausdrücklich verboten, hier einfach so …«

»Halt mal die Klappe und hör mir zu. Es geht für die ganze Behörde um Leben und Tod.«

»Wie bitte? Was soll denn das heißen? Was ist das für ein Mist?«

Oyun hielt genügend Abstand zu ihm, womit sie ihn zwang, aufzustehen und auf sie zuzukommen, um ihr ins Gesicht zu schreien. Genau das hatte sie beabsichtigt.

»Pass mal auf, Süchbaatar, gerade vorhin ist ein Kollege von der ballistischen Abteilung bei mir aufgetaucht, der Lulatsch, der da drüben in Yeruldelggers Büro steht. Die Unterlagen, die er dabeihat, sind hochexplosiv, das kann ich dir sagen.«

»Von was für Gutachten faselst du da?« Mickey war ein wenig unsicher geworden und dämpfte die Lautstärke etwas; ihr schwarzmalerischer Tonfall hatte seine Wirkung nicht verfehlt.

Die Sekretärin streckte den Kopf herein und entschuldigte sich dafür, dass sie Oyun einfach so vorbeigelassen hatte. Mickey bellte sie an, sie solle sich wieder um ihren Papierkram kümmern.

»Süchbaatar, der Kollege hat verschiedene Unterlagen mitgebracht und war gerade dabei, mir zu zeigen, welche Verbindungen zwischen der Unterschlagung von Waffen aus ehemaligen sowjetischen Armeebeständen und deren Weiterverkauf an nationalistische Gruppierungen bestehen und welche Rolle die Polizei in dem Zusammenhang spielt. Da, im Büro von Yeruldelgger, mitten in der gesamten Etage, vor allen anderen – stell dir das mal vor!«

»Verdammter Trottel!«, schrie Mickey und raste mit geballten Fäusten und vor Wut zusammengebissenen Zähnen aus seinem Büro.

Oyun blieben nur wenige Sekunden, um die gesamte Foto- und Trophäenwand mit ihrem iPhone abzufilmen, das sie schon vor dem Eintreten auf Filmmodus gestellt hatte. Als sie wenige Augenblicke später hinter Mickey herspurtete, fing sie gerade noch den irritierten Blick seiner Sekretärin auf.

»Ein Wort zu ihm, und ich schneide dir bei der nächsten Gelegenheit die Nippel mit dem Cutter ab, kapiert?«, zischte sie der schüchternen jungen Frau im Vorbeigehen ins Ohr. Ohne eine Antwort abzuwarten, fegte sie hinter dem Hauptkommissar her und erreichte Yeruldelggers kleines Büro in dem Moment, als er dem nichts ahnenden Ballistiker einen Faustschlag gegen den Kopf versetzte.

Als es drei Inspektoren endlich gelungen war, den tobenden Mickey im wahrsten Sinne des Wortes in den Griff zu bekommen, er die durcheinandergewirbelten Unterlagen aufgelesen und alle angeschrien hatte, dass er hier der Chef sei und sämtliche Unterlagen einzig und allein ihm vorgelegt werden müssten, saß Oyun bereits gemütlich auf der Terrasse des Dorgio Clubs, der an dem kleinen baumlosen Platz hinter den Gebäuden des Obersten Gerichtshofs und des Infrastruktur-Ministeriums lag. Sie bestellte sich ein Bier, setzte sich in den Schatten der Markise und schaute sich die Aufnahme an, die sie auf die

Schnelle in Mickeys Büro gemacht hatte. Es dauerte auch nicht lange, bis sie das Foto gefunden hatte, das sie suchte, und als sie es näher betrachtete, musste sie erkennen, dass alles noch schlimmer war, als sie ohnehin schon befürchtet hatte.

Oyun stand gerade wieder auf, als der Kellner mit dem Bier ankam. Sie bezahlte rasch und ließ es stehen, ohne einen Schluck zu trinken. Im Laufschritt erreichte sie ihren Nissan auf dem Parkplatz des Kommissariats und fuhr auf dem schnellsten Weg zu Solongo zurück.

42

… für sie und für uns alle!

Es war das gleiche Quad-Modell wie auf dem Foto, das Solongos Kontakt in Deutschland ihr geschickt hatte. Aber da das Quad darauf mit einem Fahrer hinter dem Lenker sozusagen in Aktion zu sehen war, wirkte das Gefährt um einiges beeindruckender und gefährlicher. Man muss dazu sagen, dass der Fahrer nicht sonderlich groß war. Ein Koreaner, ganz offensichtlich wohlhabend und arrogant, stolz darauf, da zu sein, aufgedonnert wie ein Sportmodel mit einer goldenen Rolex am Handgelenk und einem protzigen Jahresring, wie sie an amerikanischen Traditionscolleges üblich sind. Er lächelte breit in die Kamera, hielt eine Flasche Wodka hoch, den anderen Arm hatte er um Mickeys Schulter gelegt. Der freute sich ganz offensichtlich, mit auf dem Foto zu sein, ähnlich wie ein Sport- oder Musikfan, der an der Seite seines Idols steht. Außerdem war im Hintergrund noch ein zweiter Koreaner zu sehen.

»Erkennst du den Typen wieder?«, wollte Oyun von Solongo wissen.

»Sein Gesicht kommt mir tatsächlich irgendwie bekannt vor.«

»Die beiden gehörten zu der koreanischen Delegation, die zum Großen Naadam eingeladen war. Die Fotos waren in allen Zeitungen. Ich glaube, der Typ ist der Vorsitzende des koreanischen Unternehmerverbands oder so was in der Richtung.«

»Na gut, das lässt sich ja schnell überprüfen«, meinte Solongo und gab ein paar Suchbegriffe in ihr iPad ein.

Die Suche nach »Vorsitzender Unternehmer Korea« ergab einhundertachtzigtausend Treffer. Sie reduzierte diese Zahl auf zwölftausend, indem sie »Besuch Mongolei« hinzufügte; dann schränkte sie die Suche durch Hinzufügen von »Naadam« auf achthundert ein. Bei den nunmehr vorgeschlagenen Links klickte sie auf den, der zur auflagenstärksten mongolischen Tageszeitung führte; sogleich erschien der Artikel über den Besuch der koreanischen Unternehmerdelegation anlässlich des mongolischen Nationalfests in Ulaanbaatar mitsamt Foto.

»Da haben wir ihn ja!«, sagte Solongo und deutete auf das Bild, auf dem er als Anführer der Delegation im Vordergrund gut zu sehen war. »Schau dir seine Uhr und den Ring an. Das sind dieselben.«

»Eindeutig.« Oyun nickte. »Aber er sieht anders aus. Er wirkt auf dem Foto sehr viel jünger.«

»Das stimmt. So um die sechs, sieben Jahre«, meinte Solongo.

»Also ich würde sagen: so um die fünf Jahre!«

»Und was hat dann Mickey mit diesem Fall zu tun, bei dem es um das rosafarbene Dreirad eines Mädchens geht, dessen Eltern verschwunden sind, und dem Quad eines koreanischen Unternehmers?«

Erneut beugten sich die beiden Frauen über das Foto, das Oyun aufgenommen hatte, als könnten ihnen die stolz und glücklich strahlenden Männergesichter des Hauptkommissars und des koreanischen Geschäftsmanns irgendeinen weiteren Aufschluss über die Hintergründe der Tat geben. Es handelte sich wohl eher um einen Schnappschuss vor oder nach einer Spritztour irgendwo draußen in einer bewaldeten Gegend; der Ausschnitt war jedenfalls nicht besonders sorgfältig gewählt. Am linken Rand sah man noch die Schulter von irgendjemandem, der sich aber nicht näher identifizieren ließ, und auf der anderen Seite reichte jemand einem anderen eine Dose Bier, der von dem Koreaner verdeckt wurde. Erst als Oyun dieser Geste folgte, erkannte sie im Hintergrund zwischen Mickey und dem Koreaner noch eine weitere Person, zwar nicht so scharf wie die beiden im Vordergrund, aber durchaus noch erkennbar. »Sieh mal an, wer damals bei der Spritztour mit dem Quad auch schon dabei war!«, sagte sie und deutete mit dem Finger darauf.

»Man könnte meinen, das ist …«

»Genau der ist es. Kein anderer als dieser Schwachkopf von Adolf.«

»Und was bedeutet das jetzt?«, fragte Solongo seufzend. »Dass hier Mickey und Adolf samt der Tatwaffe auf einem Foto vereint sind, und als Zugabe haben wir noch einen koreanischen Unternehmer und Funktionär?«

»Ich vermute mal, dass der Koreaner zu der Zeit noch keine offizielle Funktion innehatte. Sicher war er schon damals ein reicher Mann, aber ohne die Position von heute.«

»Und? Ziehst du daraus die gleichen Schlussfolgerungen wie ich?«

»Falls du an eine Spritztour im Rambo-Stil mit den schweren Quads denkst, bei der es zu einem Unfall mit Fahrerflucht gekommen ist, dann klingt das durchaus plausibel.«

»Erklärt aber nicht, wo die Eltern abgeblieben sind. Man kann mit einem Quad nicht drei Menschen auf einmal überfahren.«

»Es sei denn, man hat jemanden, der nach einer solchen Sauerei die Spuren beseitigt, damit keine Unannehmlichkeiten für ein hohes Tier aus dem Ausland entstehen.«

»Und du denkst, Mickey könnte die Aufräumarbeiten veranlasst haben?«

»Warum nicht? Findest du nicht, dass er uns bei diesen Ermittlungen genug Knüppel zwischen die Beine geworfen hat, die uns stutzig werden lassen könnten?«

»Mag sein. Aber wir haben bis jetzt noch nicht genug gegen ihn in der Hand, um ihn direkt mit so einem Verdacht zu konfrontieren. Und noch weniger den hochrangigen Staatsbürger aus Korea!«

»Stimmt, aber Adolf könnten wir uns durchaus vorknöpfen. Und ihm ein paar sehr direkte Fragen mit dem entsprechenden Nachdruck stellen, wenn du verstehst, was ich meine.«

»Was muss man sich denn unter ›entsprechendem Nachdruck‹ vorstellen?« Diese überraschende Frage kam von Gantulga. Die beiden jungen Frauen drehten sich gleichzeitig um und sahen, wie der Junge auf seinen Krücken hereinhumpelte.

»Wo kommst du denn schon wieder her?«

»Ich habe vor Ort ermittelt«, erwiderte Gantulga gespielt geheimnistuerisch. »Und? Wie läuft's hier?«

»Die Antwort auf genau diese Frage wollte der Typ neulich abends aus dir herausprügeln.«

»Also, wenn du meine Meinung dazu hören willst«, erwiderte der Junge und kam immer näher, »dann wollte der Typ mir an dem Abend erst gar keine Fragen stellen. Was habt ihr denn da für ein Foto?«

Ohne eine Antwort abzuwarten, klemmte sich Gantulga eine Krücke unter die Achsel und griff mit der freien Hand nach Oyuns iPhone. »He, den einen da kenne ich. Das ist doch euer Chef, oder? Und der da, das ist der Tätowierte, der Typ von dem Wohnungsbrand.«

Oyun riss ihm das iPhone so heftig aus der Hand, dass er das Gleichgewicht verlor und auf einem Fuß herumhüpfte, und Solongo, die sitzen geblieben war, hielt ihn am Hintern fest, damit er nicht fiel.

»He, zügle deine Libido, große Schwester«, wehrte sich der Junge scherzhaft.

»Meine Libido? Woher kennt der Junge nur solche Wörter?«

»Jetzt lasst doch mal eure Blödeleien!«, unterbrach Oyun das kleine Geplänkel und schaute konzentriert auf das Bild. »Wo siehst du den Tätowierten?«

»Da!« Er deutete mit dem Finger, konnte sich aber wegen der Krücken nicht weit genug vorbeugen. »Auf der rechten Seite, der ausgestreckte Arm, da sieht man seine Tätowierung.«

»Du machst Witze. Man kann fast nichts erkennen.«

»Das ist seine Tätowierung, ich schwör's dir. Das traditionelle mongolische Sojombo mit ihrem Kreuz-Dingsbums in der Mitte. Guck doch mal genau hin. Zwei von den abgewinkelten Kreuzarmen sind doch gut zu erkennen.«

Der Junge hatte recht. Sie konnten sich die Tätowierung mit dem Hakenkreuz anstelle des Yin-Yang-Symbols sehr gut vorstellen.

»Wer sagt dir, dass es genau der Mann aus der Brandnacht ist?«, fragte Solongo. »Das kann auch so eine Art Marken- oder Erkennungszeichen einer ganzen Gruppe sein, deren Mitglieder sich das alle haben stechen lassen.«

»Das ändert aber nichts am Ergebnis«, murmelte Oyun etwas gedankenverloren. »Er oder einer aus seiner Gruppe, feststeht, dass wir bei den Ermittlungen des Chinesen-Massakers auf den Tätowierten gestoßen sind, nicht in dem Fall des getöteten Mädchens. Jedenfalls könnte das eine Bestätigung dafür sein, dass zwischen den beiden Fällen eine Verbindung besteht; allerdings macht das die ganze Sache noch verwirrender.«

»Es bestätigt aber auch nur das, was wir vorhin schon beschlossen haben: Da der Tätowierte im Moment unauffindbar, der Koreaner unerreichbar und jetzt nicht der geeignete Moment ist, um Mickey in die Zange zu nehmen, müssen wir uns eben an diesen Deppen von Adolf halten, vielleicht spuckt er noch was aus.«

»Da kannst du dich auf mich verlassen«, sagte Oyun und stand auf. »Vielleicht kannst du in der Zwischenzeit mal ein bisschen was zu dem Koreaner herausfinden, damit wir uns ein besseres Bild von ihm machen können. Und versuch doch auch mal in Erfahrung zu bringen, wer der andere Typ auf dem Foto ist.«

»Wird erledigt«, sagte Solongo und stand ebenfalls auf, um sie zum Eingang zu begleiten.

»Ach, übrigens ...« Oyun drehte sich noch einmal um. »Wie geht es eigentlich Saraa?«

Die Stimme der jungen Frau drang sogleich hinter dem Wandschirm hervor. »Saraa fragt sich, warum ihr durchgeknallter Vater mal wieder spurlos verschwunden ist und dabei wie üblich alle seine Frauen hat in der Scheiße sitzen lassen.«

Oyun und Solongo tauschten einen besorgten und resignierten Blick. In Saraas Ton und Wortwahl klangen wieder einmal die ganze Gehässigkeit und Ablehnung durch, die sie innerlich zerrissen. Und auch sie beide zutiefst verletzten.

»He, ich bin keine Frau und sitze trotzdem in der Scheiße«, erwiderte Gantulga im Versuch, die Anspannung ein wenig zu lockern.

»Humpel du doch mal woandershin, du Krüppel«, entgegnete die junge Frau ohne jeden Hauch von Humor.

Solongo zuckte mit den Schultern, um Oyun zu verstehen zu geben, dass sie nichts tun konnten, und folgte ihr nach draußen zum Wagen.

»Für sie wäre es das Beste, wenn er bald zurückkäme.«

»Stimmt«, antwortete Oyun. »Für sie und für uns alle!«

43

… und sprach sehr leise mit Oyun, um Saraa nicht zu wecken

»Was soll das denn für eine Farbe sein?«

Solongo drehte sich um und sah Saraa direkt hinter sich stehen. Sie war vollkommen nackt, stand aber ganz unbefangen da, nur in einen dünnen grünen Seidenschal gehüllt. Irgendwie wirkte sie verändert. Das hatte man bereits am Ton ihrer Stimme erkennen können und nun auch an ihrer Miene, die sich wieder verfinstert hatte.

»Ein Freund hat mir dazu geraten, weil Grün beim Abheilen deiner Brandwunden besser hilft«, antwortete Solongo resigniert angesichts dieses provokanten Untertons.

»Und du gibst was auf so ein albernes, abergläubisches Geschwätz?«

»Ich glaube in der Tat an die Weisheit und die langen Erfahrungen der Älteren«, antwortete die Gerichtsmedizinerin um Geduld bemüht.

»Du glaubst also, dass die Alten weise sind? Und wenn dieser andere verrückte Alte uns wieder mal im Stich lässt, hältst du das dann auch für besonders weise?«

»Sprich nicht so von deinem Vater. Er ist nicht weggegangen, sondern er ist verschwunden. Ihm kann alles Mögliche zugestoßen sein!«

»Von wegen! Er hat sich aus dem Staub gemacht und wartet ab, bis Gras über die Sache gewachsen ist und er sich als vom Schicksal gebeuteltes Opferlamm präsentieren kann.«

»Ist er das etwa nicht?«

»Er? Du machst wohl Witze! Er ist ein Feigling, der sich hinter seiner Polizeimarke versteckt, statt sich dem wirklichen Leben zu stellen. Er hat Kushi sterben lassen, weil er seine Ermittlungen nicht einstellen wollte, er hat zugesehen, wie meine Mutter immer wahnsinniger wurde, statt ihr beizustehen, und auch bei mir hat er einfach zugeschaut, wie ich immer mehr abgleite, ohne mir je die Hand zu reichen.«

»In Wahrheit brauchst du niemanden, der dir auf deinem Weg in den Abgrund auch noch beisteht, Saraa, und was alles andere anbelangt, du weißt, dass du dir in die eigene Tasche lügst. Erdenbat hat deine Mutter zu sich genommen und Yeruldelgger jeden Kontakt zu ihr untersagt. Und was Kushi betrifft, da weiß bis heute niemand, wie und warum sie gestorben ist.«

»Da haben wir's! Verteidige du ihn auch noch! Eines Tages sprechen wir uns wieder, wenn er dich genauso hat fallen lassen wie uns!«

»Ja, du hast recht«, erwiderte Solongo schroff, um dieser Unterhaltung ein Ende zu setzen. »Wir können uns ja an dem Tag noch mal darüber unterhalten, falls dieser Tag je kommt. Aber in der Zwischenzeit möchte ich nicht, dass du bei mir zu Hause so über ihn sprichst.«

»Reg dich nicht auf, ich zieh sowieso schnellstmöglich Leine.«

»Das wollte ich damit nicht sagen.«

»Aber ich habe es gesagt, und genau das war es, was ich dir mitteilen wollte«, erwiderte Saraa und ging zurück, um sich wieder schlafen zu legen.

Solongo sah ihr nach, wie sie hinter dem Wandschirm verschwand, und blieb mit trauriger und verlorener Miene eine

Weile reglos sitzen. Dann wandte sie sich wieder ihrem Laptop zu und vertiefte sich in die Recherche.

Die Eingabe von »Park Kim Lee« in die Suchmaschine resultierte in siebenundvierzig Millionen Treffern. Aber mit einigen weiteren einschränkenden Suchbegriffen aus dem Bereich der Unternehmens- und Geschäftswelt konnte Solongo die Unmengen von Links zu Sportlern, Schauspielern und irgendwelchen Unbekannten eliminieren, bis nur noch wenige tausend Suchtreffer übrig blieben. Sie klickte auf die Bildersuche und fand gleich auf der ersten Seite ein Foto des Gesuchten und zwei Reihen darunter sogar genau dasjenige des Koreaners zusammen mit Mickey auf dem Quad, das sie bereits kannten. Als sie darauf klickte, wurde sie zur Webseite des WKR weitergeleitet, dem Club der Wild Korean Riders. Park Kim Lee schien ihn selbst gegründet zu haben und war wohl auch dessen wichtigster Promotor. Sieben Jahre zuvor hatte der Koreaner seinen Job als Kommunikationsdirektor des bedeutendsten koreanischen Autobauers aufgegeben, seine Aktienoptionen im Millionenwert verkauft und mit dem Geld seine eigene Kommunikationsagentur gegründet. In einem Industrieland auf Dienstleistungen zu setzen hatte sich für ihn ausgezahlt, und so stand er heute an der Spitze des führenden koreanischen Medienkonzerns, des viertgrößten in ganz Asien. Sein Vermögen wurde auf sieben Milliarden Dollar geschätzt, damit lag er drei Milliarden Dollar hinter dem Hauptaktionär von Samsung zurück. Park Kim Lee wollte sich fünf Jahre geben, bis er es auf die Liste der hundert vermögendsten Milliardäre auf der Welt schaffte. Ohne auch nur einen Moment daran zu zweifeln, dass er mit seinem noch recht jugendlichen Alter von gerade mal vierundvierzig Jahren im Verlauf der nächsten zwanzig Jahre auf dieser schmeichelhaften Rangliste noch einige Dutzend Plätze nach oben würde gutmachen können.

Als jemand, der beruflich in der Automobilindustrie groß geworden war, hatte dieser Mann eine besondere Vorliebe für alle Arten von Motorsport. Klickte man sich durch die einschlägigen Webseiten und Blogs, sah man ihn am Steuer sämtlicher denkbarer Fortbewegungsmittel zu Lande, zu Wasser sowie auf Schnee oder Eis. Er glänzte außerdem mit einer Reihe idiotischer Rekorde wie kürzeste Beschleunigung von null auf hundert, höchste Geschwindigkeit und stärkste G-Kraft bei der Beschleunigung sowie weiterer besonders testosterongesättigter Trophäen. Dazu hatte er das sportliche Erscheinungsbild und das sympathische Lächeln eines asiatischen Golden Boys, dem alles gelingt. Allerdings fragte sich Solongo, welche Haifischzähne sich wohl hinter diesem Lächeln verbargen, die zweifelsohne notwendig waren, um in so kurzer Zeit ein derartiges Vermögen anzuhäufen.

Als sie noch weiter recherchierte, um ein wenig mehr über seinen persönlichen Hintergrund und seinen beruflichen Werdegang zu erfahren, erkannte sie rasch, dass alles, jedes Wort und jedes Bild, von diesem Medienprofi perfekt in Szene gesetzt war.

Daraufhin kehrte sie wieder zu der Seite der Wild Korean Riders zurück und fand intuitiv, wonach sie gesucht hatte. Park Kim Lee war vor allem ein leidenschaftlicher Quad-Fahrer, der sich jedes Jahr zwei Wochen »losgelöst von Zeit und Menschen« gönnte, wie er es selbst formulierte, und wilde Touren in schwer zugängliche Gegenden unternahm, um »die Grenzen auszutesten und den Gefahren zu trotzen«.

Auch hier wurde deutlich, dass seine Formulierungen dem Zweck der Selbstvermarktung untergeordnet waren. Die Schlüsselbegriffe waren auf ihn gemünzt, nichts ließ Rückschlüsse auf ein bestimmtes Ereignis, auf einen bestimmten Ort oder ein bestimmtes Datum zu. Auch waren alle Fotos per Photoshop überarbeitet, aber das war genau das, was eine Kriminalistin wie Solongo auf die richtige Spur brachte. Das Foto, das ihn zusammen mit Mickey zeigte und auch auf verschiedenen offiziellen Webseiten zu finden war, wurde dort immer in einer überarbeiteten Fassung mit verändertem Ausschnitt gezeigt. Die Schulter des Tätowierten und der ausgestreckte Arm mit der Bierdose waren verschwunden, und anstelle des Gesichts von Adolf zwischen Mickey und Park Kim Lee war ein Stück von einem Laubbaum einkopiert. Dennoch war sich Solongo sicher, dass dieses Foto auf der Bilderstrecke in der Suchmaschine aufgetaucht war. Es musste also irgendwo im Netz herumgeistern.

Einige Minuten später landete Solongo bei einem Link, der einen nicht direkt auf die Seite der Wild Korean Riders weiterleitete, sondern über sie berichtete. Als sie daraufklickte, gelangte sie auf eine Website mit nur wenigen Einzelseiten, die von einem jungen Mann berichtete, der sich anscheinend auf einer Geschäftsreise nach Südchina mit einer plötzlich auftretenden, äußerst heftigen Hirnhautentzündung angesteckt hatte und auch daran gestorben war. Bei diesem Mann handelte es sich um den anderen Koreaner auf dem Foto, der im Hintergrund neben Park Kim Lee und Mickey zu sehen war. Es war eine ganz simple und schlicht gestaltete Seite, die die Mutter des verstorbenen jungen Mannes ins Netz gestellt hatte; sie war wie ein kleiner buddhistischer Tempel gestaltet, mit dem Bild eines vergoldeten, lächelnden Buddhas, der von elektrischen Kerzen und blinkenden Lichterketten beleuchtet wurde. Auf der Seite fanden sich einige 3D-Bilder von Votivgeschenken und Blumen sowie eine Animation des sich in die Höhe kringelnden Rauchs von Räucherstäbchen. Ein einziges Foto war so einmontiert, als hielte der Buddha es zwischen seinen übereinandergeschlagenen Beinen in den Händen. Aber es handelte sich weder um ein Porträt des jungen Mannes noch um das Foto, nach dem Solongo suchte. Trotzdem musste dieses Foto auf dieser Seite zu finden sein, wenn sie von der Bilderseite der Suchmaschine auf diese Webseite hierher verlinkt worden war. Erst als sie zufällig mit dem Cursor über den Bildschirm fuhr, entdeckte Solongo, dass sich der Pfeil der Maus über dem Porträt des jungen Mannes in eine kleine Hand verwandelte. Automatisch klickte sie darauf, und anstelle des Fotos öffnete sich eine kleine Diareihe. Die Bilder zeigten eine glückliche Familie und Fotos eines lächelnden Jungen, zuerst als Kleinkind, dann als Schüler, als jungen Verliebten, als Sportler. Zu jedem Foto gab es eine kurze Bildunterschrift mit einer kurzen Ortsangabe und einem Datum. Als das Foto erschien, nach dem sie suchte, hatte sie gerade Zeit zu entziffern: »Wild Korean Riders, Chentii, Mongolei 2007«. Sie ließ die Diareihe noch einmal durchlaufen, um sich zu vergewissern, dass sie alles richtig notiert hatte. Reglos saß sie vor dem Bildschirm und betrachtete gedankenverloren das Bild jenes lächelnden jungen Mannes, der so früh verstorben war, in den Händen des Buddhas. Ein junger Mann, der an einer tückischen Infektionskrankheit gestorben war, der aber offenbar Park Kim Lee gekannt und an einer seiner wilden Quad-Touren in den Chentii teilgenommen hatte. Ein junger Mann, dessen trauernde Mutter die Fotos nicht retuschiert hatte, sodass Solongo ihn nunmehr auf einem Bild mit seinem großen Quad im Chentii betrachten konnte, aufgenommen zu genau dem Zeitpunkt, als sich dort vermutlich ein tödlicher Unfall mit einem kleinen Mädchen ereignete.

Nach einer Weile griff sie zum Telefon und sprach sehr leise mit Oyun, um Saraa nicht zu wecken.

44

Die Wilden waren auch nicht mehr das, was sie einmal waren

Das Telefon klingelte erneut. Diesmal waren die beiden Kinder tatsächlich wach, und das Baby plärrte. »Um Himmels willen, kannst du denn nicht mal rangehen, Batnaran? Wir werden noch das ganze Viertel aufwecken«, stöhnte die junge Frau, schlaftrunken und überfordert mit den übellaunigen Kindern. Verdrossen richtete sie sich auf und lehnte sich an die Wand, zog das schreiende Baby zu sich heran und steckte ihm ihre malvenfarbene Brustwarze in den Mund, in der Hoffnung, dass es so verstummte. Ein letztes Aufschluchzen, das in gieriges Saugen überging, während sich die junge Mutter die Augen rieb, um nicht gleich wieder einzuschlafen.

»Als ob ich dran schuld wäre«, beschwerte sich der junge Mann und stieg über schlaftrunkene Kinder hinweg, deren Matratzen direkt auf dem Boden lagen. »Ich habe keine Ahnung, wer um diese Uhrzeit anruft! Das kann genauso gut für dich sein.«

»Jetzt red nicht rum, sondern geh einfach ran! Bitte!«

»Schon gut, schon gut, ich geh ja schon.«

Er fummelte in den Taschen seiner überall verstreuten Kleidung nach seinem Handy.

»Hallo? Wer ist da? Oyun? Welche Oyun? Ach, du bist's. Sag

mal, was willst du denn? Hast du mal auf die Uhr geschaut? Deine Entschuldigungen kannst du dir sparen. Du hast meine ganze Rasselbande aufgeweckt und außerdem meine Frau.«

»Wer ist diese Oyun?«

»Was soll das heißen – dringend? Du hast dich zwei Jahre nicht gemeldet, und jetzt ist es um zwei Uhr morgens auf einmal dringend? Was soll der Scheiß?«

»Batnaran, wer ist diese Oyun?«

»Was soll das heißen, Touren im Chentii? Was geht es dich schon an, ob im Chentii irgendwelche Geländetouren veranstaltet werden? Bist du neuerdings Nationalpark-Ranger? Ja, klar weiß ich, dass du bei der Polizei bist, trotzdem nervst du mich mit solchen Fragen um zwei Uhr morgens.«

»Batnaran, was ist das für ein Flittchen, das dich morgens um zwei aus dem Bett klingelt?«

»Ach, geh mir nicht auf den Zeiger! Nein, nicht du, ich rede mit meiner Frau, die du auch aufgeweckt hast... Also, was genau willst du wissen?... Ja, es gibt solche Geländetouren hier im Chentii... Natürlich weiß ich, dass das ein Nationalpark mit Naturschutz und allem drum und dran ist. Wofür hältst du mich? Schließlich arbeite ich hier... Tja, das wird eben für ein paar steinreiche Ausländer von sehr betuchten und einflussreichen Einheimischen organisiert – das ist doch alles nicht so schwer zu kapieren!«

»He, sag deinem Flittchen, sie soll uns endlich in Ruhe lassen, hörst du? Du könntest deinen Flittchen wenigstens sagen, dass sie dich nicht anrufen sollen, wenn die Kinder da sind!«

»Das ist kein Flittchen, das ist jemand von der Polizei. Soll ich sie vielleicht zum Tee hierher einladen?« Batnaran war genervt. »Sag ihr, dass du von der Polizei bist und kein Flittchen.«

Er hielt seiner Frau das Telefon ans Ohr, die sich so erschrocken abwendete, dass dem Baby die Brustwarze aus dem Mund rutschte. Mit einer verärgerten Handbewegung packte sie ihre Brust und schob sie dem Kind wieder hin.

»Ich bin eine Kriminalinspektorin und damit quasi eine Kollegin Ihres Mannes und habe sonst nichts mit ihm zu tun«, versuchte Oyun in möglichst mitfühlendem und entschuldigendem Ton zu sagen.

»Hallo, ich bin wieder dran«, sagte er. »Sie will dir sowieso nicht zuhören. Na gut, wo waren wir stehen geblieben? Aha. Na gut. Aber dann lässt du mich in Ruhe, verstanden? Also, solche Geländetouren finden mindestens einmal im Jahr hier im Chentii statt. Sie kommen aus Russland, machen erst mal irgendwo am Baikal einen drauf und fahren dann runter bis nach Ulaanbaatar. Einige von unseren Leuten verdienen sich als Führer was dazu; das wird alles von ganz oben gedeckt, wenn du verstehst, was ich meine… Du verstehst es nicht so ganz? Also von so weit oben, dass ich lieber nicht wissen will, wer genau dahintersteckt. Wie die Verrückten tauchen sie hier mit ihrer gesamten Ausrüstung auf, und wenn sie abfahren, lassen sie einfach alles hier. So beziehen die Führer und alle anderen ihr Gehalt… die werden in Quads bezahlt. In Quads oder in Motorrädern. Was meinst du denn, wie man sonst durch den Chentii kommt?… Wie bitte? Was? Wie, wann das ist? Was denkst du denn, warum wir alle für nächste Woche Urlaub bekommen haben? Natürlich findet es jetzt statt. Es findet immer um diese Zeit statt… Warte mal, warte, kannst du ihm nicht irgendwas in den Mund stopfen, damit er die Klappe hält?«, sagte er zu seiner Frau, die aufgestanden war und Verwünschungen gegen Oyun ausstieß, während sie in dem kleinen Zimmer auf und ab ging und das Baby wiegte, das schrie und nicht mehr trinken wollte.

»So, jetzt reicht's. Ich werde auflegen, weil hier inzwischen die Hölle los ist, hörst du? Das ist hier was völlig anderes als meine romantische Jurte mitten im Park, falls du verstehst. Also noch mal: Ja, sie müssten jetzt bald hier aufkreuzen, weil sie es immer so arrangieren, dass sie das Ende ihrer Tour mit einer Riesenparty während des Naadams in Ulaanbaatar feiern. Reicht dir das?«

»Ja«, antwortete Oyun, »vielen Dank. Und es tut mir leid, dass ich euch so aus dem Schlaf gerissen habe.«

»Na ja, das kannst du wohl sagen – und das nach zwei Jahren. Das kommt ziemlich unerwartet. Aber sag mal, zeltest du immer noch beim ...«

Oyun hatte aufgelegt. Einen Moment lang versuchte sie, sich vorzustellen, was sich gerade auf der anderen Seite der Leitung abspielte, bei diesem Mann, den sie splitternackt gesehen und der sie ganz ungestüm vor und in der Jurte inmitten des Chentii geliebt hatte. Vielleicht war er immer noch so muskulös und ruppig wie der Holzfäller mit den stählernen Muskeln, der er einst war. Aber wie enttäuschend, ihn jetzt so gehört zu haben. Die Wilden waren eben auch nicht mehr das, was sie einmal waren.

45

Alles im Leben ist kompliziert, immer!

Der Adlerhorst brummte geradezu, noch mehr als sonst; es herrschte eine gewisse Anspannung, als wäre die Atmosphäre elektrisch aufgeladen. Außer ein paar Touristen, die sich hierherverirrt hatten und sich noch über ihre eigene Kühnheit wunderten, ihr Abendessen unter einem Hitler-Porträt zu verspeisen, stellten die meisten ausländischen Gäste einen arroganten Stolz angesichts des Umstands zur Schau, dass sie hier vor aller Augen von Männern in schwarzen SS-Uniformen bedient wurden. Von der gegenüberliegenden Straßenseite hielt Gantulga nach den Stammgästen Ausschau. Sie schienen heute zahlreicher zu sein als sonst, und sie waren in sehr aufgekratzter Stimmung. Was ihn keineswegs von seinem Plan abhielt, sich mit den erstbesten Chinesen anzulegen, die ihm zufällig über den Weg laufen sollten. Da aber seit mehr als einer halben Stunde kein einziger Chinese vorbeigekommen war, musste Gantulga mit zwei japanischen Studenten vorliebnehmen, die sich mithilfe des Stadtplans ihres Reiseführers zurechtzufinden versuchten und auf die unglückliche Idee gekommen waren, ihn um Hilfe zu bitten.

Völlig unverhofft hob Gantulga eine seiner Krücken in die Höhe und schlug damit auf den größeren der beiden ein, wobei er eine Schimpfkanonade über das erbärmliche Volk der Chinesen losließ. Die beiden wussten überhaupt nicht, wie ihnen geschah, und wagten es nicht, sich gegen den Halbwüchsigen zu verteidigen, der einen Arm und ein Bein in Gips hatte. Das machte sich Gantulga zunutze, indem er immer lauter nationalistische und ausländerfeindliche Sprüche von sich gab, woraufhin die Leute aus dem Viertel auf ihn aufmerksam wurden, er die »guten Mongolen« als Zeugen nahm, um Hilfe rief, und es dauerte nicht lange, bis einige Stammgäste, die von einem Kellner verständigt worden waren, ihm zu Hilfe eilten.

»*Run away, run away now!*«, zischte Gantulga den beiden völlig verdutzten Japanern in seinem schlechten Englisch zu. »*They gonna kill you! They gonna kill you! Run now, don't stop! Now!*«

Die beiden Japaner brauchten einen Moment, um Gantulgas englisches Kauderwelsch zu entschlüsseln. Aber die Wörter *kill you*, in Verbindung mit der aufgebrachten Menge, lösten schließlich den erwünschten Fluchtreflex aus. Sie rannten davon, während Gantulga ein sich auf dem Boden wälzendes Überfallopfer spielte. Die eine Hälfte der Versammelten half ihm auf die Beine und stützte ihn auf dem Weg in den Adlerhorst, die andere Hälfte machte sich an die Verfolgung der vermeintlichen Angreifer.

Als sie aufgeregt, aber unverrichteter Dinge im Adlerhorst aufkreuzten, war man dort damit beschäftigt, sich um Gantulga zu kümmern. Er saß an einem Tisch, von dem ein italienisches Pärchen in den Trikots von Lazio Rom verscheucht worden war. Sein eingegipstes Bein lag ausgestreckt auf dem gegenüberstehenden Stuhl, er trank ein Bier und genoss die Aufmerksamkeit und die Schulterklapse der Stammkunden.

»Diese miesen Chinesen haben sich doch glatt geweigert, mir 'nen Dollar für was zu essen zu spendieren. Diese Idioten dachten, ich würde sie anbetteln! Dabei bitte ich einen Chinesen doch um nichts, ich nehme es mir einfach. Schließlich bin ich Mongole, also gehört mir hier alles und ihnen nichts. Alles, was sie haben, haben sie sowieso nur von uns gestohlen.«

»Da hast du völlig recht, kleiner Bruder! Diese verfluchten Diebe!«

»Ich muss in der Kanalisation übernachten, und die, die leben in den großen Villen, dabei sind sie nicht einmal bei sich. Das ist doch nicht normal!«

»Genau, die haben hier doch gar nichts zu suchen. Sie sind nur hier, weil sie uns aussaugen wollen.«

»Bevor ich mich in die Kanalisation verzogen habe, habe ich auf der Erde meiner Vorfahren gelebt, in der Nähe von Ojuu Tolgoi. Und wisst ihr, was sie in der Zwischenzeit mit unserer schönen Steppe gemacht haben? Dort ist jetzt eine riesige Kupfermine, wo sie das Erz im Tagebau abschürfen. Die klauen uns sogar die Eingeweide unserer Erde. So eine Unverschämtheit. Aber eines Tages werden wir sie alle wieder davonjagen; sollen sie doch nach Hause zurückgehen und in ihrem eigenen Dreck wohnen! Oder noch besser, wir schneiden ihnen die Eier ab, wie bei denen in der Zeitung neulich. So muss man es mit ihnen machen!«

»Ganz genau, kleiner Bruder! Aus dir spricht ein echter Mongole! Ein würdiger Nachfahre von Dschingis Khan! Das hier ist dein Zuhause!«

»Ja, hier ist unser Zuhause!«

»Du gehst nicht mehr in die Kanalisation zurück!«

»Er kann doch bei uns bleiben!«

»Ja, soll er doch bei uns bleiben!«

»Du bist jetzt Mitglied unseres Klans!«

»Ja, genau! Der Kleine wird unser Maskottchen.«

»Wie heißt du denn, Junge?«

»Gantulga.«

»Eisenherz? Das passt gut zu dir!«

»Auf Eisenherz!«, rief einer und schwang sein Bierglas.

»Auf Eisenherz«, schrie die Menge, und alle stießen auf Gantulga an.

»Weißt du was, Eisenherz? Morgen kommst du mit uns mit. He, Jungs, alle mal herhören! Morgen nehmen wir unser neues Maskottchen mit auf die Ranch. Das wird dir gefallen, kleiner Bruder. Zwei, drei Tage mit ein paar echten Kerlen, jeder Menge Bier und Wodka und ein Quad-Rennen. Das macht Spaß!«

»Ist das weit weg? Kann ich mit meinem Bein überhaupt mitkommen?«

»Das ist keine zwei Stunden von hier, Richtung Norden an der Selbe entlang. Wir fahren mit Quads dorthin, du wirst schon sehen.«

»Mit koreanischen Quads?«

»Nein, nein, die koreanischen, die stehen oben im Camp. Hier in der Stadt nehmen wir größere, amerikanische Quads, kleiner Bruder, was denkst du denn? Du wirst mit mir mitfahren. Total bequem, wie in einem Sessel.«

»Und kommen auch tatsächlich alle mit?« Gantulga gab sich größte Mühe, begeistert zu wirken.

»Nicht alle auf einmal. Aber im Lauf der Nacht treffen alle in kleineren Gruppen ein, und später stößt sogar Adolf zu uns.«

»Wieso ist er denn jetzt nicht hier? Wo steckt er denn?«

»Das geht dich nichts an, kleiner Bruder. Adolf muss sich um die Geschäfte kümmern, wie jedes Jahr um die Zeit, alles Weitere braucht dich nicht zu interessieren. Aber ich kann dir sagen, dass er mit richtig viel Kohle zurückkommt, und dann geht bei uns so richtig die Party ab.«

Spät in der Nacht, als der Alkohol im Adlerhorst in Strömen floss, verließ Gantulga das Lokal unter dem Vorwand, er müsse noch Medikamente für sein Bein holen. Er bat darum, mal eben telefonieren zu dürfen, und einer reichte ihm sein Handy. Gantulga wetterte, es sei so verdammt laut, und humpelte nach draußen.

Kaum hatte Oyun abgehoben, bat der Junge sie darum, mit dem Auto abgeholt zu werden. Zuerst wollte sie angesichts der frühen Morgenstunde protestieren, aber er schnitt ihr ziemlich bestimmt das Wort ab, indem er ihr erklärte, dass er sich fast die ganze Nacht im Adlerhorst um die Ohren geschlagen und so wertvolle Informationen gewonnen habe, dass sie sich dafür ruhig ein bisschen bewegen könne.

»He, deswegen musst du aber nicht unhöflich werden«, erwiderte sie etwas mürrisch.

»Was ist denn los? Störe ich dich etwa? Bist du nicht allein?«

»Was geht dich das an, du Rotznase? Kümmere dich gefälligst um deine Angelegenheiten.«

»Oh, entschuldige vielmals«, sagte der Junge übertrieben höflich, »aber das ist nun einmal so, bei meinen kleinen Liebchen werde ich rasend schnell eifersüchtig.«

Sie musste lachen, und sie verabredeten sich auf dem Parkplatz des Restaurants Havanna an der Ecke Seoul Street/Peace Avenue.

»He, Gantulga, von wo aus rufst du eigentlich an?«

»Von einem Handy, das mir einer von den Nazis gegeben hat.«

»Dann denk dran, meine Nummer sofort zu löschen!«

»Wird gemacht, Chef!«

Gantulga beendete das Gespräch und tippte auf dem Display herum, um Oyuns Nummer aus der Anrufliste zu löschen.

»Was soll das, kleiner Bruder?«

Gantulga fuhr zu Tode erschrocken herum, sein Herz setzte einen Schlag lang aus. Derjenige, der ihm sein Handy geliehen hatte, beugte sich über Gantulgas Schulter. »Was stöberst du denn da in meinem Telefon rum?«

»Ich stöbere doch gar nicht rum, ich wollte nur schnell die Nummer löschen, die ich gerade angerufen habe.«

»Du willst sie löschen?«, hakte der Mann argwöhnisch nach. »Darf man fragen, warum?«

»Ach, entschuldige«, stammelte der etwas überrumpelte

Gantulga, »aber ich bin ziemlich eifersüchtig, wenn es um meine Süßen geht, ich kann nicht anders.«

Der Kerl war etwas begriffsstutziger als Oyun. Unbewegt stand er da und verlangte eine Erklärung.

»Na ja, großer Bruder, du hast doch wohl nicht im Ernst geglaubt, dass ich mitten in der Nacht meine Krankenschwester anrufe, damit sie mir das Bein massiert, oder?«, sagte Gantulga augenzwinkernd und griff sich mit der freien Hand in den Schritt. »Falls du es genauer wissen willst: Ich könnte jetzt schon eine gute Massage vertragen, aber nicht grad am Bein, wenn du verstehst, was ich meine.«

Es dauerte ein paar Sekunden, bis der Groschen bei dem Typen fiel, dann aber brach er in schallendes Gelächter aus. Kopfschüttelnd steckte er sein Telefon wieder ein und ging zurück ins Lokal, um der versammelten Mannschaft zu erzählen, der Junge mit der Gipspfote würde jetzt mal eben eine kleine Nummer schieben.

Oyun fand dieses Intermezzo kein bisschen lustig. Sie war wütend auf Gantulga, weil der Junge solch ein erhebliches Risiko eingegangen war, worauf der wiederum beleidigt reagierte.

»Na hör mal, Partner, das mit der Quad-Tour ist für uns doch eine Superinfo! Hast du nicht schon überall nach koreanischen Quads gesucht? Und wer liefert dir ein Dutzend davon auf einem Silbertablett? Ich natürlich. Du findest sie auf einer Ranch keine zwei Stunden von hier entfernt.«

»Ja, Gantulga, aber du bist kein Polizist, und mit Typen wie denen ist nicht zu spaßen. Solange Yeruldelgger unauffindbar bleibt, ist das viel zu gefährlich für dich. Ich werde dich also jetzt bei Solongo absetzen, und da bleibst du dann auch, klar?«

»Und was machst du als Nächstes?«

»Gantulga, ich habe dir gerade gesagt, dass du die Finger von der ganzen Sache lassen sollst.«

»Na ja, aber ich kann mir doch wohl noch Gedanken darüber machen, was mit dir passiert?«

»Kannst du, macht aber gerade wenig Sinn, weil ich momentan selbst nicht weiß, was ich als Nächstes machen soll.«

»Warum bleibst du dann nicht einfach auch bei Solongo?«

»Weil ... weil ich mich einfach um alles Mögliche kümmern muss und einen Job habe.«

»Hm ... dein Leben ist echt kompliziert.«

»Jawohl, Gantulga, es ist kompliziert. Alles im Leben ist kompliziert, immer!«

46

… und ließ sich in einen sanften, ruhigen Schlaf hinübergleiten

In dieser Nacht hatte Solongo einen merkwürdigen Traum und wachte erschrocken und schweißgebadet daraus auf. Sie schwebte in großer Höhe über einer Landschaft, aber trotzdem war das nicht wirklich sie. Sie war eins mit dem Geist von demjenigen, der wie ein Adler über allem kreiste. Sie wusste, wer das war, konnte ihn aber weder sehen noch ihm einen Namen geben. Gemeinsam flogen sie über Wälder und Täler, und sie wusste, dass sie sich im Chentii befanden. Sie glitten über die ausgedehnte Steppenlandschaft, die von bläulich schimmernden Mooren und dunklen Wäldern durchzogen war. Unter ihnen wogten die Gräser, mit einem Mal ging es im Tiefflug über den Boden, als plötzlich das Terrain vor ihnen abfiel und sie in ein üppig grünes Tal hinabtauchten. Eine silberne Schlange glitzerte im fetten Gras und verwandelte sich in einen fröhlich dahinplätschernden Gebirgsbach. Genau unter ihnen kniete ein Mann unbeweglich, aber offenbar glücklich am Ufer. Sein Arm war nackt, er hatte den Ärmel seines Deels nach oben gekrempelt und dachte an die Seinen, die er liebte, während er ein Karpfenpaar beobachtete, das seine Schuppen in einem Loch voll spiegelglattem, kaltem Wasser verlor. Der Mann, dessen Gesicht sie noch immer nicht sah, lachte glücklich und zählte die Schuppen, die davontrieben; bei der einundachtzigsten streckte er seinen Arm in das kristallklare Wasser, als wäre es der Schnabel eines Reihers. Das Wasser teilte sich und umströmte seinen Arm, sein Herz schlug heftig vor Angst und vor Wut, und er zog den Arm mit einem Ruck aus einem Nest sich wütend windender Vipern. Er blutete vom Ellenbogen bis zur Faust, die eine erschrockene Puppe würgte. Alles war voller Blut, die Puppe, sein Arm und der Bach, der über die Ufer trat und die Wiesen überschwemmte. Dann schaute der Mann blicklos in den Himmel, streckte die Puppe schreiend nach oben, von wo ein Adler auf sie zuschoss, ihr die Augen aushackte und dann seinen Schnabel in die Kehle des Kindes schlug, dessen langer stummer Schrei den weinenden Mann lähmte. Seine Tränen verwandelten sich in eine Schar Krähen, die ihre schwarzen Schnäbel nun ebenfalls in die Kehle des Kindes hackten, es am Weinen hinderten, indem sie es von innen auffraßen. Solongo war inzwischen in die Seele dieses zutiefst erschrockenen Mannes geschlüpft, der beobachtete, wie der Stoff zerging, das Kind zerfiel und sich in seiner eigenen Kehle in Staub verwandelte, und dann wurde mit einem Mal alles schwarz. Von links fegte ein Windstoß heran, und der Mann, der sie war, hob seine vom Staub blinden Augen zum Himmel, während ein heißer Blutregen vom Himmel niederprasselte und die ganze Hügellandschaft in Asche verwandelte. Ein See trat über die Ufer und überschwemmte die gesamte Steppe, und die Erde fing an zu beben. Unter Tränen und mit kummervollem Herzen lief der Mann mit einer zerrissenen Frau auf den Armen einen der Hügel hinauf. Hinter ihm brach die Steppe zu Kohleklüften zusammen, aus denen Goldklümpchen hervorleuchteten. Je weiter er voranschritt, desto tiefer versank er in einer schwarzen Schlammbrühe, die ihm bis zu den Knien reichte, und desto mehr verwandelte sich der Hügel vor ihm in einen unpassierbaren schwarzen Berg, dessen Gipfel er wohl niemals würde erreichen können, um sich vor der Zerstörung hinter ihm in Sicherheit zu bringen. Dann riss die Erde vor ihm auf, und aus dem Spalt sprang eine Herde großer Altai-Marale hervor, deren Geweihspitzen mit metallischem Lärm gegeneinanderklirrten. Im Davongaloppieren traten sie mit ihren Hufen Geröll los, das wie Geschosse nach allen Seiten wegspritzte und den Mann durchbohrte, der mit jedem Schritt im Boden versank und frustriert aufschrie. Dann erschienen Wölfe mit wilden Blicken, die vor den abscheulichen Hirschen herliefen und ihnen den Weg bereiteten. Plötzlich war das lachende Mädchen unter ihnen. Zuerst amüsierte es sich über diesen mörderischen Lauf, doch mit der Zeit flößte er ihm einen immer verzweifelteren Schrecken ein. Da tauchte ein mit einundachtzig Schuppen bedeckter Mann auf, einen Reichsapfel in seiner vierfingerigen Hand. Er stieß gegen das Kind, stolperte, ließ den Reichsapfel fallen, der zwischen die Meute rollte, sich in einen rot-blauen Ball verwandelte, dem das Mädchen erneut lachend nachsetzte, zur großen Verzweiflung des Mannes, der Tränen der Wut vergoss und dessen zerrissene Frau im ungestümen Wind des Galopps regelrecht in Fetzen zerfiel. Die Wölfe rannten nicht mehr vor den Maralen her, jetzt waren es vier Pferde ohne Schweif, die immer wieder an ihr vorbeikamen und Solongo mit wilden Augen anschauten. Als das kleine Mädchen den Ball in Händen hielt und an sich presste, kauerte es sich vor lauter Angst zusammen, um sich vor den niedertrampelnden Hufen zu schützen, doch sein Körper verwelkte und wurde von Ungeziefer zerfressen. Würmer kamen aus ihrem Mund heraus, als sie die Erde ausspuckte, in dem Versuch, ihr rosafarbenes Dreirad zu erreichen, doch das gelang ihr nicht. Es stürzte den Abhang hinunter und zertrümmerte die Brust des Mannes, der im Schlamm feststeckte. Er konnte dem Zusammenprall nicht ausweichen, hielt sich die tote Frau schützend vors Gesicht, die an seinen Zähnen zerbrach und ihn mit scharfem Sand erstickte. Im Moment des Zusammenpralls wurde der Mann zu Yeruldelgger, und in den Armen hielt er seine geliebte Kushi, die lachte und das alles nur für ein Spiel hielt. Bewundernd betrachtete sie die Dinosaurierzahnkette um ihren Hals mit den siebzehn Zähnen, und ihr Lachen hallte unter dem inzwischen strahlend blauen Himmel wieder. Als sie ihm entwischte, fiel Yeruldelgger um, sah, wie die Welt in Zeitlupe zusammenbrach. Kurz bevor er ohnmächtig wurde, sah er einen Bären, der sich am Bauch einer Frau gütlich tat. Er öffnete die Augen wieder, weil es ihn irritierte, dass er genau das gleiche Gefühl verspürte wie am Anfang des Traums, nur umgekehrt. Er schwebte unter dem wabernden Himmel, und ein Schäfer in einem Bärenfell streckte die Hand nach ihm aus, damit er sich erhob. Aber die Finger des Schäfers waren lange Klauen, die sich schmerzhaft in das Fleisch seines Arms gruben, damit Yeruldelgger zuschaute, wie eine Meute Wölfe sein Kind zerfleischte. Kushi schrie auf und rief nach ihm, ohne zu verstehen, was vor sich ging. Yeruldelgger riss sich aus den Klauen des Schäfers los und verjagte die Wölfe mit wahnsinnigem Geschrei, aber Kushi war nicht mehr da. Nur die Puppe lag noch da; in einem Meer von Blut, in dem sich der Mond und die Sterne spiegelten. Der abgrundtiefe Verzweiflungsschrei Yeruldelggers war es, der sie aus dem Albtraum wachriss ...

Wie von einer starken Feder getrieben, richtete sich Solongo schweißgebadet im Bett auf und verbarg ihr Gesicht zwischen den Händen, bis sich ihr Atem allmählich wieder beruhigte. Bevor sie die Hände wegzog, hatte sie den seltsamen Eindruck, allein in der Jurte zu sein und trotzdem von einem durchdringenden Blick von unendlicher Reinheit durchdrungen zu werden. Schon als Kind hatte Solongo zweimal genau dieses Gefühl gehabt. In der Nacht, in der sie nach ihren Verbrennungen in einem Fieberdelirium gelegen hatte, und einmal während der Abenddämmerung, als ihre Mutter Tausende von Kilometern entfernt im Sterben gelegen hatte.

Als sie die Augen öffnete, sah sie einen buddhistischen Mönch am Fußende ihres Bettes sitzen, der sie mit einem Lächeln voll strahlender Güte betrachtete. »Das war nicht dein Traum, kleine Schwester.« Seine Stimme war kaum hörbar, aber sie glitt direkt in Solongos Herz wie ein warmer Sommerwind in der Dämmerung.

»Das weiß ich«, antwortete sie ganz ruhig, »und ich weiß auch, wer ihn mir geschickt hat.«

»Niemand hat ihn dir geschickt. Träume gehören weder denen, die sie erleben, noch denen, die sie interpretieren. Sie sind lediglich ein unsichtbares Band zwischen den Seelen und den Herzen.«

»Ich weiß«, wiederholte Solongo lächelnd. »Es heißt, sie drücken das aus, was in uns verborgen ist.«

»Oder in denen, die wir lieben«, ergänzte der Mönch. »Derjenige, der diese ganzen Qualen in sich einschließt, leidet sehr viel.«

»Ist er noch am Leben?«

»Die Antwort hängt ganz von dir selbst ab, kleine Schwester. Glaubst du, dass er stark genug ist?«

»Ja«, erwiderte Solongo aus voller Überzeugung. »Da bin ich mir ganz sicher.«

»Dann hängt jetzt alles davon ab, was er aus diesem Traum macht, und davon, wie du ihm dabei hilfst. Und jetzt schließe die Augen, kleine Schwester, damit du nicht siehst, wie ich mich entferne.«

Solongo schloss die Augen, wie die Vision des Mönchs es von ihr verlangte. Lange Zeit hörte sie ihrem Herzschlag zu und kam langsam wieder voll zu Bewusstsein. Als sie die Augen wieder öffnete, war der Mönch nicht mehr da. Sie schaute zu der großen runden Öffnung mitten im Dach der Jurte. Dort blickte man in einen Ausschnitt des mit Sternen übersäten Nachthimmels, und ihr gefiel die Vorstellung, dass der Geist des Mönchs auf diesem Weg entschwunden war, ohne dass sie das wirklich glaubte.

Jetzt hatte sie also die beruhigende Gewissheit, dass Yeruldelgger irgendwo am Leben war und vom Geist der Mönche beschützt wurde. Sie hatte nun auch die Gewissheit, dass sie tatsächlich allein in der Jurte war, was nichts anderes hieß, als dass Gantulga und Saraa während der Nacht gegangen waren. Sie musste gar nicht erst nachsehen. Solongo glaubte an spirituelle Erscheinungen. An jene unsichtbaren Bande, die weit entfernte Menschen miteinander verknüpften. Von Aberglauben oder Orakeln oder sonstigen wahrsagerischen Praktiken hielt sie hingegen nichts. Sie glaubte nur an jenes geheimnisvolle, bisher unerklärliche Mysterium zwischen dem, was in uns ist, und dem, was wir nicht kennen. Auf viele der Bilder und Szenen aus ihrem Albtraum konnte sie sich relativ leicht einen Reim machen. Lediglich die Szene in der Steppe, die sich hinter dem Mann, der die Frau auf den Armen trug, auftat und in sich zusammenstürzte, gab ihr ein Rätsel auf. Die aufgerissene Erde und die Zahnkette um Kushis Hals. Warum siebzehn Zähne? Warum wollte Yeruldelggers Unterbewusstsein ihre Aufmerksamkeit gerade auf diese Zahl richten?

Inzwischen hatte sich jedoch die heitere Gelassenheit des Mönchs auf sie übertragen, auch wenn er nur eine Einbildung gewesen war; ein Gefühl wie warmer Honig, der sich in einem ausbreitete. Sie streckte sich wieder wohlig auf dem Rücken aus, blickte durch die Dachöffnung in der Jurte auf die Sterne und ließ sich in einen sanften, ruhigen Schlaf hinübergleiten.

47

… und sich bei Oyun zu entschuldigen

Oyun hatte nicht viel geschlafen. Nachdem sie Gantulga am Vorabend zu Solongo gebracht hatte, hatte sie sich anschließend leise noch ein wenig mit ihr im Garten unterhalten und ihr ihre Sorgen im Hinblick auf Yeruldelgger mitgeteilt. Dann war sie mit ihrem alten Nissan auf dem Rückweg nach Hause in Richtung Süden bis zur Peace Avenue gefahren. Dann fuhr sie ein Stück in östlicher Richtung und nahm anschließend die Abzweigung nach Norden in Richtung Shiligeen, die in den Tereldsch weiterführte. Zwei Kilometer weiter parkte sie den Wagen, ganz in der Nähe der ehemaligen sowjetischen Militärbasis im zehnten Bezirk am Stadtrand von Ulaanbaatar. Hier lebte der jüngste ihrer Brüder mit seiner Frau und den gemeinsamen drei Kindern in einer von einem Bretterzaun umgebenen Jurtensiedlung; Sonne und Eis hatten die ehemals bunte Farbe des Zauns ausgebleicht und abblättern lassen. Oyun wurde immer leicht wehmütig ums Herz, wenn sie vor dieser Jurte anlangte, die auf einem winzigen Grundstück zwischen Zäunen und anderen Jurten eingezwängt war. Das traditionelle Zelt aus Holz und Filz wirkte, als kauerte es sich in eine dunkle Ecke wie ein scheues Tier in einem schlecht geführten Zoo. Dabei sind Jurten doch die Töchter der weiten Steppen, sagte sie sich jedes Mal, niemand sollte so eingezwängt werden. Wie sollte sich jemand, der sich in einer solchen Umgebung vergraben hatte, irgendwelchen Illusionen von einem Aufbruch zu neuen Horizonten oder einem lebensfrohen Umherziehen hingeben; stattdessen waren die Menschen hier für immer an die Hauptstadt gefesselt, mit der einzigen Hoffnung, irgendwie zu überleben.

Entsprechend der Tradition hatte Oyun ein nützliches Geschenk mitgebracht, und ihre Schwägerin bot ihr heißen Buttertee an. Dann sagte Oyun, sie sei wegen des Quads gekommen, und ihr Bruder ging mit ihr nach draußen. Die Maschine war unter einer Plane versteckt; ihr Bruder gab vor, das solle die Jungen daran hindern, damit zu spielen und darauf herumzuturnen, aber Oyun erkannte an seinem Gesichtsausdruck, dass die Plane eigentlich zum Schutz vor Dieben gedacht war. Er schämte sich dafür, wozu der stolze Geist der Steppe, in der man sich gegenseitig respektierte und half, hier in dem Armenviertel verkommen war. Das konnte sie nachvollziehen. Auch wenn die Maschine eigentlich ihr gehörte und ihr Bruder sie nur für sie aufbewahrte, bat sie ihn doch um Erlaubnis, sie ein paar Tage ausleihen zu dürfen. Im Gegenzug wollte sie ihm solange den Nissan überlassen. Eine halbe Stunde später fuhr sie im Sattel des Quads davon; und auch wenn ihre Schwägerin noch sehr jung und dies wirklich ein verkommenes Viertel war, verspritzte sie bei Oyuns Abfahrt doch ein paar Tropfen Milch in alle vier Himmelsrichtungen, um ihr eine gesegnete, sichere Fahrt zu wünschen.

Oyun fuhr nicht nach Hause, sondern zurück bis zur Stadtmitte, wo sie die Abzweigung in Richtung Norden am Kanal der Selbe entlang nahm. Nachdem sie den zwölften Bezirk hinter sich gelassen hatte, hielt sie ein paar Kilometer weiter vor der Pension Süchbaatar gegenüber dem Kindergarten Nr. 109, in der sie ein Zimmer reserviert hatte. In dieser Gegend waren die Jurten bereits durch typisch russische Isbas, die aus Holz in etwas rustikalem Stil gebauten Wohnhäuser, ersetzt.

Das Haus war noch ganz im sowjetischen Stil eingerichtet, und Oyun fragte sich, welche Art von unwahrscheinlichen Gästen einem solchen Etablissement das Überleben sicherte. Es war bereits zu spät, um noch auf andere Pensionsgäste zu treffen, die entsprechende Rückschlüsse zugelassen hätten. Alle schliefen bereits, einschließlich des Nachtportiers, der kein anderer war als der Besitzer selbst. Verschlafen und übellaunig öffnete er ihr und grummelte irgendetwas Unverständliches, als sie ihn bat, dafür zu sorgen, dass ihrem Quad nichts zustieß. Dann nahm Oyun die Schlüssel und stieg in ihr Zimmer im zweiten Stock hinauf. Im Zimmer roch es nach abgestandener Luft, altem Bettzeug und kaltem Tabak.

Oyun warf einen Blick aus dem Fenster auf diese triste, seelenlose Vorstadtumgebung im gespenstischen Licht einiger Neonlampen hier und da. Die paar Jurten, die es noch gab, standen in den Hinterhöfen und dienten nur noch als Abstellplatz oder Werkstatt. Sie bedauerte, sich keinen heißen Tee in einer Thermosflasche mitgebracht zu haben, und ließ sich auf das Bett fallen. Der Lattenrost ächzte, und die Matratze sackte nach unten durch, ohne zurückzufedern. Sie zog ihre Dienstpistole aus dem Gürtel und legte sie griffbereit auf den wackeligen Nachttisch neben ihr Mobiltelefon.

Es war zwei Uhr morgens. Sie hoffte, wenigstens vier oder fünf Stunden lang schlafen zu können, bevor sich ihr Informant meldete, um ihr Bescheid zu geben, dass die Quads aus dem Adlerhorst gestartet waren. Sie verschränkte die Hände im Nacken und versuchte einzuschlafen, ohne an Yeruldelgger zu denken.

Früh am nächsten Morgen wachte sie auf, ohne einen Anruf erhalten zu haben. An diesem grauen, zwielichtigen Morgen kam ihr das Zimmer noch deprimierender vor als am Abend zuvor. Sie trat ans Fenster und schob den schmutzigen Vorhang beiseite, um einen Blick nach draußen zu werfen. Sie fragte sich, warum ihre herrliche Mongolei, abgesehen von den glitzernden Neubauten in der Innenstadt Ulaanbaatars und der unvergleichlichen Schönheit der Steppen- und Gebirgslandschaften, allzu oft einen so heruntergekommenen Eindruck machte. Wann immer sie durch Vorstädte oder Dörfer fuhr, befiel sie dieses eigenartige Gefühl von schicksalsergebener Selbstaufgabe. Als beschränkte sich der Alltag der Menschen in diesem großartigen, weiten Land nur noch darauf, den jeweiligen Tag zu überleben. Das ganze Land wirkte wie eine verlassene Baustelle oder ein verfallenes Gebäude. Als wären Vergangenheit und Zukunft ohne jedes Leben, und als müssten die Menschen in einer aussichtslosen Gegenwart ausharren, die nicht mehr als ein paar kleine Lichtblicke der Hoffnung – oder aber Enttäuschungen – zu bieten hatte.

In dieser Absteige wurde nicht einmal Frühstück serviert. Der Hotelbesitzer, der auf einem Sofa in der Eingangshalle schlief, deutete lediglich mürrisch zum Dambadardschaa-Kloster, in dessen Umgebung sich angeblich ein paar Imbisslokale befanden, in denen man heißen Buttertee und etwas Gebäck bekommen konnte. Oyun fuhr mit dem Quad dorthin. Sie hatte diese Tempelanlage noch nie besichtigt, obwohl sie schon oft davon gehört hatte. Es gab eine Stiftung gleichen Namens, die im ganzen Land für die Wiederbelebung der traditionellen religiösen Kunst warb.

Oyun kam an der Südostecke des großen ummauerten Geländes an. Der Haupteingang, vom Tempel aus gesehen im Süden, wurde nicht mehr benutzt. Sie fuhr an der Außenmauer bis zum Osttor entlang, wo sich der Besuchereingang befand, aber hier konnte man nirgends etwas zu essen bekommen. Also machte sie wieder kehrt und fuhr bis zu einer Kreuzung an einer der Mauerecken zurück, wo sie im Vorbeifahren einige Verkaufsstände gesehen hatte. Hier gab es auch ein paar Imbissbuden für

Touristen, die mit großen bunten Reklameschildern warben, und vor einer von ihnen standen drei Tische mit Stühlen unter Coca-Cola-Sonnenschirmen. Oyun stellte die Maschine direkt neben einem der Tische ab. Als sie sich gerade hingesetzt hatte, rauschte eine große Luxuslimousine voller arroganter, neureicher chinesischer Touristen über den löchrigen Asphalt heran.

»Was willst du?« Die alterslose und auch ziemlich formlose Frau war so liebenswürdig wie eine sprichwörtliche Stiefmutter.

»Einen Buttertee, etwas Brot, Sahne und ein bisschen Heidelbeermarmelade.«

»Was glaubst du, wo du hier bist?«

»Ich dachte, in der Mongolei.«

»Solche Sachen habe ich nicht.«

»Ach ja? Was hast du denn dann?«

»Eis, Schokolade und verschiedene Limos.«

»Das ist doch kein richtiges Frühstück!«

»Etwas anderes habe ich aber nicht.«

»Das würde mich doch sehr wundern. Was hast du denn heute Morgen zum Frühstück gegessen?«

»Buttertee mit Sahne und Brot mit Heidelbeermarmelade.«

»Na, siehst du!«

»Tja, das ist aber für mich und nicht für dich.«

»Wieso? Weil ich eine Touristin bin?«

»Nein, weil du mit so einem Drecksding rumfährst«, erwiderte die Frau mit einem abschätzigen Blick und deutete dabei mit dem Kinn zu Oyuns Maschine.

»Wegen meines Quads?«

»Wegen deiner Gaunerbande. Wenn solche wie ihr hier auftauchen, ist das nie gut fürs Geschäft.«

Mit einem Mal war Oyun ganz Ohr und hielt nicht an dem ironischen Tonfall fest, mit dem sie der Frau bisher begegnet war.

»Hör zu, ich gehöre zu keiner Bande«, sagte sie lächelnd. »Ich bin allein unterwegs. Von was für Gaunern redest du?«

»Von dieser Wolfsbande, die ein paarmal im Jahr nach Norden in ihr Camp fährt und sich einen Höllenspaß daraus macht, alle hier zu terrorisieren.«

»Kennst du sie?«

»O ja. Die führen sich völlig unflätig auf, wenn sie hier auftauchen. Vergangenes Jahr haben sie meinen Mann verprügelt. Als er sich bei der Polizei beschweren wollte, haben die ihn ein zweites Mal in die Mangel genommen. Als ob sie über dem Gesetz stehen würden. Sie respektieren nicht mal den Tempel hier.«

»Hör zu. Mit diesem Gesocks habe ich nichts zu tun, und ich bin ziemlich hungrig. Sei so gut und mach mir ein ordentliches Frühstück. Wenn du willst, kann ich auch drinnen essen, damit mich die anderen Touristen nicht sehen. In der Zwischenzeit versuche ich, mit jemandem im Tempel zu sprechen. Aber ich bin bald wieder zurück. Mein Quad lasse ich in der Zwischenzeit hier stehen. Einverstanden?«

Die Frau erwiderte nichts darauf, aber Oyun erkannte, dass sie einverstanden war. Oyun betrat die Tempelanlage durch das Ostportal. Dann überquerte sie eine große Rasenfläche mit vertrockneten Bäumen und ging zwischen den vier kleinen Pavillons hindurch, die wie Wächterhäuschen wirkten. Von dort kam sie zum u-förmigen, weiß geschlämmten Haupttempel mit seinem hohen Dach; hinter einer eindrucksvollen Säulenkolonnade befand sich ein ebenfalls leicht vertrockneter Innengarten. Hier lief ihr ein junger Novize über den Weg, den sie bat, sie zu einem der für die Anlage verantwortlichen Mönche zu bringen. Es dauerte nicht lange, bis ein Mann unbestimmten Alters ohne Eile auf sie zukam.

»Ich würde Sie gern fragen, was Sie über die Bikerbande wissen, die allem Anschein nach die ganze Gegend hier unsicher macht?«

»Was willst du darüber wissen?«

»Ich habe gehört, dass sie auch vor dem Tempel keinen Respekt zeigen, stimmt das?«

»Das stimmt. Sie veranstalten unbändigen Krawall, machen sich über unsere Novizen lustig und verfolgen sie, wenn sie draußen unterwegs sind, sie stürzen die Opferschalen im Garten um, und im vergangenen Sommer haben sie ihre derben Parolen auf die Außenwände der Nordseite gesprüht, wo es keinen Einlass gibt.«

»Was für Parolen waren das?«, wollte Oyun wissen und ging neben dem alten Mönch her.

»Irgendwelche nationalistischen Sprüche über den unvergänglichen Ruhm der ewigen Mongolei, oder sie beschwören den großen Dschingis Khan, den sie ihren ›Führer‹ nennen, außerdem alle möglichen schamanistischen Symbole und Zeichen wie Wolfsköpfe, Hirsche und Adler …«

»Aber warum lassen sie ihre Wut ausgerechnet am Tempel aus? Wenn ich es recht verstehe, ist doch gerade dieses Kloster eines der Symbole für die Wiederauferstehung der alten, nationalen Religion?«

»Nicht für diese Leute, mein Kind, nicht für sie. In ihren Augen ist der Buddhismus mit seiner Gewaltlosigkeit ein Zeichen von Schwäche. Sie werfen uns vor, mit unserer Lehre den Kampfgeist der Nation geschwächt zu haben; angeblich hätten wir durch unsere Dekadenz den Untergang des alten Khanats eingeleitet und uns vom stalinistischen Terror überrollen lassen, ohne mit Waffen Widerstand zu leisten. Für sie sind wir der Feind Nummer eins im Inneren.«

Oyun mochte die Klostertraditionen und die Mönche, denn sie repräsentierten die Verbindung mit der Vergangenheit. Außerdem kannte sie auch ihr beeindruckendes Netzwerk, das sie im ganzen Land unterhielten, nicht nur zwischen den buddhistischen Tempeln, sondern auch zu den Familien der Novizen und den Schülern, die sie in ihren Kosterschulen aufnahmen. »Ich habe gehört, eine von diesen Banden soll sich in regelmäßigen Abständen in einer Art Camp weiter oben im Norden treffen. Haben Sie eine Ahnung, wo genau das ist?«

»O ja. Es heißt, dass sich das Camp ungefähr zwanzig Kilometer in Richtung Sanzai im Wald befinden soll, nicht weit von der Quelle der Selbe. Ungefähr zehn Kilometer von hier biegt die Landstraße, die nach Norden führt, in einem Dorf vor einem kleinen grünen Haus in westlicher Richtung ab. Da fährst du aber weiter geradeaus Richtung Norden auf der Piste, bis die Selbe linker Hand nicht mehr zu sehen ist. Dort ganz in der Nähe scheint sich das Camp zu befinden, auf der rechten Seite, ein oder zwei Kilometer waldeinwärts.«

»Vielen Dank«, sagte Oyun und verabschiedete sich respektvoll von dem Mönch.

»Für eine Polizistin bist du noch ziemlich jung und außerdem fast zu gut aussehend«, sagte er noch mit spitzbübischem Grinsen.

»Für einen Mönch sind Sie ein trefflicher Beobachter und weltlichen Dingen anscheinend auch nicht abgeneigt«, erwiderte sie mit einem Lächeln.

Oyun verließ den Tempelpark durch den Südeingang, um sich den Tempel aus diesem Winkel anzusehen, und kehrte dann zu der Terrasse und ihrem Frühstück zurück. Die Imbissbesitzerin winkte sie ins Innere, wo ein großes Durcheinander herrschte. Dort servierte sie Oyun eine große Scheibe frisches Brot, die dick mit Yaksahne und köstlicher Heidelbeermarmelade bestrichen war. Dann trank sie noch ihren heißen Tee, verabschiedete sich mit einem großzügigen Trinkgeld von der Frau, schwang sich wieder auf ihr Quad und fuhr auf der Landstraße nach Norden bis zu der bezeichneten Abzweigung.

Als sie dort ankam, klingelte ihr Handy. Auf dem Display las sie den Namen eines ihrer Informanten und hielt an, um den Anruf entgegenzunehmen.

»Sie sind gerade abgefahren. Ungefähr ein Dutzend Leute. Auf acht Quads.«

»Okay. Danke für die Info.«

»Warte. Nach allem, was ich gehört habe, ist eine erste Gruppe schon sehr früh am Morgen losgefahren. Aber ich weiß nicht, wie viele das waren. Da war ich noch nicht auf dem Posten.«

»Verstanden.«

»Oyun, ich konnte ja nicht ahnen ...«

»Ist okay, ich verstehe schon. Mach dir nichts draus. Das ist kein Problem.«

»Bist du sicher?«

»Ja, ganz sicher. Ich leg jetzt auf. Ich muss weiter.«

Bevor sie wieder losfuhr, ließ sie sich die ganze Sache noch einmal genau durch den Kopf gehen. Wenn die erste Gruppe tatsächlich schon sehr früh am Morgen aufgebrochen war, konnten sie unter Umständen sogar schon angekommen sein. Vielleicht waren sie in der Zeit, die sie im Tempel oder in der Imbissbude war, hier irgendwo vorbeigekommen. Aber das änderte nichts an ihrem Plan. Sie fuhr weiter nach Norden bis zu der Abzweigung, von der der Mönch gesprochen hatte. Mühelos entdeckte sie das grüne Haus, bei dem die Straße tatsächlich in westlicher Richtung abbog, während eine schlechte Schotterstraße geradeaus in Richtung Sanzai weiterführte.

Um auf Nummer sicher zu gehen, wollte sie lieber ein Stück vor dieser Abzweigung warten, damit sie die Bande auf keinen Fall verpasste. Also legte sie den Rückwärtsgang ein und wendete. Sie fuhr ein kleines Stück auf die Landstraße zurück. Zwanzig Meter vor der Abzweigung stand eine große Datscha mit einem blauen Dach. Diese Stelle war perfekt, um sich zu verstecken.

Sie stieg von ihrem Quad, kniete sich neben das linke Hinterrad und ließ die Luft ab. Während sie auf die Ankunft der Motorradgruppe wartete, musste sie dreimal die Hilfsangebote irgendwelcher Säufer aus der Umgebung ablehnen, weil sich offenbar blitzschnell herumgesprochen hatte, dass ein hübsches Mädchen mit einer Reifenpanne vor der blau angestrichenen Datscha festsaß.

Eine Stunde später donnerte der Pulk der Quad- und Motorradfahrer heran. Sie fuhren alle dicht beisammen, sämtliche Scheinwerfer waren eingeschaltet, obwohl helllichter Tag war. Ihre Haare flatterten im Wind, sie zogen eine große Staubwolke hinter sich her. Oyun sprang auf, hüpfte auf der Stelle, so hoch sie konnte, und winkte ihnen ganz wild und scheinbar verzweifelt zu. Eine junge Frau mit einem Quad konnten sie einfach nicht übersehen. Eine Minute später war sie vom Lärm der Motoren umgeben und dem sexistischen Spott all der Männer ausgesetzt. Sie ignorierte die meisten Typen ganz einfach und richtete sich nur an den, den sie für den Anführer hielt. Sie erklärte ihm, einer der Hinterreifen sei platt, und sie habe kein Werkzeug dabei. Als Erstes machte der Typ sich natürlich über ihr Modell Kymco Green Line 400 MXU lustig. So ein chinesisches Teil sei allenfalls zum Rasenmähen zu gebrauchen.

»Hör mal, du mit deinem amerikanischen Traktor lachst mich aus?«, erwiderte Oyun provokant.

»Du machst wohl Witze, kleine Schwester. Du hast wohl noch nie im Leben 'ne richtige Arctic Cat gesehen?«

»Das nennst du eine ›Katze‹? Ich würde eher sagen, das Ding sieht aus wie ein Ochse. Sag mir, wo du damit hinwillst, dann warte ich schon mal an der Tür auf dich. Vielleicht bekommst du sogar ein Küsschen, wenn du dich nicht allzu sehr verspätest.«

Oyuns freches Auftreten stachelte die Heiterkeit der Machogruppe an. Ein paar der Männer schlossen sogleich Wetten ab, bei denen die junge Frau als Siegerin erachtet wurde, um ihren Kumpel zu provozieren. Der war leicht eingeschnappt, ließ sich den Schneid aber nicht so schnell abkaufen und zog stattdessen aus einer Satteltasche eine Spraydose Reifendichtmittel, die er

Oyun zuwarf. »Reparier lieber deinen Reifen, dann kannst du ja versuchen, uns zu folgen, wenn du das schaffst«, sagte er und startete seine Maschine wieder.

»Sag mir wenigstens, wo du hinfährst, falls ich doch irgendwo auf dich warten muss.«

»Immer geradeaus Richtung Norden. Bis zu einer langen Mauer gleich hinter dem Ortsende von Sanzai. Aber wir warten dort nicht länger als eine Stunde auf dich!«

Der ganze Pulk startete die Motoren mit riesigem Auspuffgeknalle und Hochdrehen im Leerlauf; sämtliche Typen grinsten sie hämisch an. Oyun blies den Hinterreifen mit ihrem eigenen Reifendichtmittel schnell wieder auf und schwang sich dann auf die Maschine, um die Verfolgung aufzunehmen. Es dauerte nur ein paar Minuten, bis sie den Pulk eingeholt hatte. Ihr chinesisches Kymco hatte ebenfalls zwanzig PS wie die Arctic Cat, aber es wog nur fünfzig Kilo im Vergleich zu den dreihundertdreißig des amerikanischen Modells. Hinzu kam der Gewichtsunterschied zwischen Oyun und dem von fettem Gebäck und Bier aufgeschwemmten dicken Nazi, sodass der arme Kerl gar keine Chance hatte. Er musste tatenlos zusehen, wie die junge Frau an ihm vorbeizog, und dazu den Spott seiner Leute ertragen. Mal abgesehen davon, dass alle nun einen Heidenrespekt vor der Fahrerin hatten. Drei Kilometer weiter erreichte Oyun ein Mäuerchen, das die Straße zu blockieren schien. Sie achtete darauf, dass ihr Vorsprung nicht allzu groß wurde. Als alle zu ihr aufgeschlossen hatten, wartete die Bande vorsichtig ab, wie der Chef reagieren würde. Um ihn nicht weiter unnötig zu demütigen, war sie nicht von ihrem Quad abgestiegen, und sie hatte den Motor auch im Leerlauf weitertuckern lassen, um im Notfall sofort Gas geben zu können. Er fuhr zu ihr und ließ den Motor seines Quads ebenfalls weiterlaufen.

»Nicht schlecht. Komm mit. Da wo wir hinfahren, können wir die gleichen Maschinen nehmen und ein bisschen um die

Wette fahren. Dann werden wir ja sehen, wer hier der bessere Pilot ist.«

»Aber hoffentlich keine schwerfälligen amerikanischen Straßenkreuzer!«

»Nein«, antwortete der Arctic-Cat-Fahrer. »Da haben wir nur koreanische Maschinen.«

Volltreffer! Oyun beglückwünschte sich im Stillen und gab den anderen ein Zeichen, dass sie sich nun in den Pulk einzureihen gedachte.

Die Mauer entpuppte sich als ein lang gezogener Bretterzaun, der sich unerklärlicherweise mitten durch die Landschaft und quer über die Piste zog; man fuhr quasi durch eine Art Tor weiter. Der ganze Pulk fuhr hindurch und noch gut einen Kilometer weiter bergan Richtung Norden, bis sie auf einen schmalen Pfad kamen, der nach rechts mitten in den Wald führte. Dreißig Meter weiter stießen sie auf eine große Lichtung. Dort standen bereits fünf Quads gleich am Zugang der Lichtung. Linker Hand bemerkte Oyun zwei lang gestreckte, barackenartige Holzbauten an einem Hang, der sanft zur Lichtung hin abfiel. Eines der beiden Gebäude war fensterlos wie ein Hangar oder eine Werkstatt. Das andere erinnerte von außen an ein Refektorium. Auf der anderen Seite der Lichtung standen etwas versteckt unter den Bäumen vier kleine, schlichte Holzhütten und davor eine Jurte auf einer runden Betonplattform. Der Boden war von tiefen Furchen durchzogen, die an einer Stelle zusammenliefen, an der allem Anschein nach der Startplatz einer Geländebahn für Quads war.

In der Mitte der Lichtung prasselte ein großes Lagerfeuer; darum herum saßen ein paar Männer mit Bierflaschen in der Hand. Als die Neuankömmlinge eintrafen, erhoben sich alle, um sie zu begrüßen, als wären sie glückliche Heimkehrer einer siegreichen Nachhut nach der Schlacht. Ein Lärchenstamm war in vier Teile gesägt, die als Sitzbänke dienten. Oyun umrundete das Feuer, um die allgemeine Neugier zu befriedigen, und tat so, als würde sie stolpern, um von ihrer Panik abzulenken.

»He, Schwesterherz, pass auf, wo du hintrittst. Nicht dass du dir was brichst wie Eisenherz hier.«

»Eisenherz? So eine kleine Pfeife nennt ihr Eisenherz? Wie kommt ihr denn darauf?«, fragte Oyun und starrte den auf seine Krücken gestützten Gantulga so an, als wollte sie ihn mit Blicken durchbohren; die beiden Gipse waren bereits über und über mit Hakenkreuzen bemalt.

»He, mal sachte mit unserem Maskottchen, Schwesterherz. Dieser Knirps hat schon mal einen Chinesen verprügelt. Der ist einer von uns.«

»Was du nicht sagst!«, entgegnete sie und versuchte, sich nach dieser Überraschung wieder zu fangen. »Solche Knirpse sind nicht mein Ding. Zähl besser nicht auf mich, wenn ihr ihm die Windeln wechseln müsst. Zeig mir lieber mal eure Maschinen.«

Lachend führte der Typ Oyun zu dem hangarartigen Gebäude. Während er ihr von den Quads vorschwärmte, die sie gleich zu sehen bekommen würde, musste Oyun sich erst einmal mit der veränderten Situation befassen. Dass Gantulga hier war, noch dazu, wo er sich kaum bewegen konnte, änderte ihr Vorhaben. Oder zumindest änderte sich dadurch die Situation, denn während sie überlegte, wie sie sich ins Camp einschleichen konnte, hatte sie eigentlich keine weiteren Pläne ausgearbeitet. Abgesehen davon, dass sie vielleicht mit viel Glück auf das richtige Quad stoßen würde.

»He, Eisenherz, wir werden ein kleines Wettrennen mit der Dame veranstalten. Du kannst schon mal das Bier für den Sieger kalt stellen!«

»Und für die Dame stelle ich auch schon mal eins kalt!«, rief Gantulga, um die Männer zum Lachen zu bringen und sich bei Oyun zu entschuldigen.

48

Schon seit Langem war er ganz allein in dieser Nacht

»Du hast es schon einmal gelernt, aber du hast es wieder vergessen«, sagte der Nergui plötzlich mit einer merkwürdig heiteren Stimme, die in den nächtlichen Schatten, welche von den bewaldeten Hügeln auf die Mitte der Lichtung zugekrochen kamen, kaum hörbar war. »Träume sind eine eigene Sprache. Sie prophezeien nichts, und sie warnen nicht. Sie versuchen lediglich, dir mitzuteilen, was du dir selbst nicht eingestehen willst. Alles, was dir im Traum erscheint, ist bereits in dir. Ein Traum besteht aus verschütteten, verloren geglaubten Bruchstücken, flüchtigen Absichten und Gedanken, unterdrückten Rückschlüssen. Er zeigt dir dein eigenes Bild, folgt aber einer völlig anderen Logik und spricht eine ganz andere Sprache als in deiner Gedankenwelt. Du hast sie gelernt und wieder vergessen, aber die wichtigste Botschaft hast du verstanden, das will ich jedenfalls hoffen. Du hast dich wieder mit deinem Totem verbunden. Du bist wieder der goldene Adler mit den marmorierten Flügeln geworden, der du einst bei uns warst. Er trägt dich hoch hinaus über die Steppe und bringt dich an den Anfang deines Traums; das ist ein gutes Zeichen. Er überfliegt die Steppe, er geht die Probleme an, das ist als ein Zeichen für deinen Willen zu verstehen.«

Yeruldelgger saß ihnen gegenüber in der Mitte der Lichtung, wo sie Ausdauer, Kraft und Leidensfähigkeit ihrer Körper trainierten. Entsprechend der Tradition und aus Respekt vor den Mönchen hatte er sich in der Hocke vor den fünf kleinen, wackeligen Steinen niedergelassen, auf denen die Novizen saßen. Er konnte sich noch genau an die Exerzitien erinnern, bei denen es darum ging, auf diesen Steinen auszuharren. Der Nergui saß zu seiner Linken zwischen ihm und den Novizen, ein wenig in den Halbschatten zurückgezogen. Er schwieg.

»Der Mann am Anfang deines Traums steht für zwei verschiedene Personen«, erklärte der erste Novize. »In unserer Tradition steht der Fluss symbolisch für die Frau und die Mutter. Der Mann, der in aller Ruhe das Karpfenpaar im klaren Wasser betrachtet, ist ein Vater. Ein munter dahinplätscherndes Gewässer steht für eine glückliche Frau; und der Mann, der neben ihr kniet, ist ihr liebender Gatte. Die Puppe ist noch ihr einziges Kind. Doch der Mann, der seinen blutigen, ausgestreckten Arm in das weibliche Wasser gesteckt hat, ist nicht derselbe Mann. Das ist ein symbolisches Bild für Vergewaltigung und Tod. In deinem Traum hat er kein Gesicht, weil es sich um einen Unbekannten handelt, der tötet. Du jedenfalls kennst ihn nicht, und daher glaubst du, dass er auch dem Vater und ihrer Familie unbekannt ist, beziehungsweise ihnen fremd sein muss. Das denkst du, das lässt dich dein Traum annehmen.«

»In ganz Asien«, fuhr der zweite Novize fort, »inspirieren Karpfen die Drachenlegende. Im Westen sind Drachen Geschöpfe der Erde, die Feuer speien, aber im Orient gelten Drachen als Wassergeschöpfe. Es ist stets der heilige Karpfen, der den Drachen seine Schuppen schenkt, damit sie sich schützen können, und genau aus diesem Grund taucht der Karpfen in deinem Traum auf. Der Drache mit den einundachtzig Schuppen ist der koreanische Drache. Alles in deinem Traum versucht, deine Aufmerksamkeit auf dieses Land zu lenken. Als in deinem

Traum ein Sandsturm aufkam, der von links nach rechts wehte, dann ein Blutregen, der von rechts nach links fiel, war dies ein Hinweis auf die Trigramme in der Flagge des Landes des ruhigen Morgens: Oben links steht *Kun*, der Himmel, unten rechts *Kon*, die Erde. In der anderen Diagonale stehen oben rechts *Kam*, das Wasser, und unten links *Yi*, das Feuer. Das will dein Traum dir sagen. Der koreanische Drache ist der einzige in Asien, der mit einem Reichsapfel beziehungsweise einer Weltkugel dargestellt wird, die er in den vier Klauen seiner Pfote hält. Und als die Weltkugel zu Boden fällt, wird daraus ein blauroter Ball wie das Yin-Yang-Symbol in der koreanischen Flagge. Tief in deinem Innern liegst du mit deiner Intuition richtig, dass ein mächtiger Mann – der in der Rüstung – aus Korea gekommen ist und den Tod des kleinen Mädchens verursacht hat.«

»Bei einer wilden Jagd kam es dazu«, fuhr der dritte Novize in der Dunkelheit fort, denn mittlerweile war es Nacht geworden. »Die Hirsche, die aus dem Wald herausspringen, sind allesamt männliche Tiere. Eine ganze Meute großer wilder Männer, die den Berg mit ihren Hufen zertrampeln und sich vor den Wölfen nicht fürchten. Im Gegenteil, die Wölfe laufen vor ihnen her. In deinem Traum gehört der Mann in der Rüstung zu den Hirschen, nicht zu den Wölfen. Man könnte annehmen, dass es sich bei den Hirschen um Koreaner handelt und dass die Wölfe ihnen den Weg für ihren großen Ansturm frei machen. In unseren Träumen stehen Wölfe immer für Leute, die sich als Individuen zu einer starken, wilden Gruppe zusammengetan haben. Vor der sich das Volk fürchtet. Es ist nicht leicht, genau zu deuten, was dein Traum dir sagen will, aber eine bestimmte Sache solltest du unbedingt im Auge behalten. In deinem Traum werden die Wölfe in vier Pferde ohne Schweife verwandelt, und dahinter steckt mehr. Als sich die Reiterhorden von Dschingis über die ganze Welt ausbreiteten, trugen sie das Banner ihres Khans überallhin. Es zeigte eine weiße, goldgesäumte Flamme und darüber einen Dreizack, an dem vier weiße Pferdeschweife hingen, die für die vier Himmelsrichtungen standen, in welche sich sein Reich erstreckte. In deinem Traum stehen die Wölfe daher nicht für Koreaner, sondern für Mongolen, die sehr stolz darauf sind.«

»In deiner Vorstellung«, erklärte der vierte Novize, der in der Dunkelheit der Nacht nicht mehr auszumachen war, »wurde das kleine Mädchen von einer Bande rücksichtsloser koreanischer Männer überfahren, die von Mongolen angeführt wurden. Angesichts der Rüstung und der Hirsche könnte man annehmen, dass du dir Koreaner immer als reich und mächtig vorstellst, und die Wölfe stehen dafür, dass Mongolen für dich immer brutal und nationalistisch sind. Außerdem gehst du auch davon aus, dass die Eltern des Kindes ebenfalls umgekommen sind, nur seltsamerweise nicht an derselben Stelle und auch nicht auf dieselbe Weise oder durch denselben Täter. Der Bär, der sie tötet, taucht nur in deinem Traum auf, um sie umzubringen. Er scheint in keinerlei Beziehung zu den Hirschen oder den Wölfen zu stehen, und er verschwindet auch sogleich wieder aus deinem Traum. Aber du hältst ihn keineswegs für unschuldig. Er stellt vielmehr die Verbindung zwischen deinem persönlichen Schicksal und dem Tod deiner Tochter dar. Erst durch ihn erscheint Kushi in deinem Traum, und sein Fell schafft die Verbindung zu dem Schäfer.«

»In einem Traum ist ein Schäfer kein unschuldiger Tierhüter«, ertönte die Stimme des letzten Novizen. »Hier ist ein Schäfer immer ein Anführer, ein Chef, derjenige, der das Sagen hat. In deinem Traum gebietet er über die Wölfe, die den Koreanern den Weg ebnen. Es handelt sich um jemanden, der dir nahe genug steht, dass er dich am Arm festhalten kann, und grausam genug ist, ihn dir zu zerfetzen. Es ist jemand, der dich gezwungen hat, Kushis Tod mit anzusehen. Die Verbindung, die der Traum zwischen dem kleinen Mädchen auf dem Dreirad und

Kushi herstellt, entsteht nicht zufällig. Sie bringt nur zum Ausdruck, was du tief im Inneren denkst und vermutest, aber noch nicht in Worte fassen konntest. Dass nämlich eine Verbindung zwischen Kushis Tod und dem Mord an dem kleinen Mädchen besteht – und diese Verbindung ist der Schäfer. Falls du einen Türken kennst, dann musst du ihn finden, denn dein Traum sagt dir, dass er der Schäfer ist. In der Schlacht von Manzikert im Jahr 1071 errangen die Truppen des türkischen Sultans in Armenien einen entscheidenden Sieg über die Armee des byzantinischen Reichs. Als er nach den Kämpfen zwischen all den Gefallenen über das Schlachtfeld lief, bemerkte der Sultan, wie sich der aufgehende Mond und sein Begleitstern, der Schäferstern, in dem Meer aus Blut spiegelte. Dieser Anblick soll ihm die Idee zur türkischen Flagge eingegeben haben. Der Schäfer in deinem Traum ist also ein Türke, ein Mann mit großer Macht, und er hat sowohl mit dem Tod des Mädchens als auch mit dem deines Kindes zu tun. Das sagt dir dein Traum ...«

Es folgte ein langes Schweigen in vollkommener Dunkelheit. Yeruldelgger wartete auf eine Fortsetzung der Traumdeutung. Alles, was die Novizen in die Nacht hineingesprochen hatten, ergab Sinn. Er wusste, dass alles bereits in ihm war. Eigentlich hatte sich nichts Neues ergeben, außer dass alles nun ausgesprochen war. Aber ansonsten? »Hat die Zahl siebzehn irgendeine Bedeutung?«, fragte er schließlich in die Dunkelheit hinein. »Warum versuche ich im Traum, dieser Zahl eine besondere Beachtung und vielleicht eine bestimmte Bedeutung zuzuschreiben? Und was hat es mit dem heftigen Zertrampeln der Erde durch die Hufe der Hirsche auf sich? Warum reißt die Erde am Anfang meines Traums sogar auf und entblößt ihr Innerstes, und warum verkrallen der Mann und ich uns ineinander?«

Die Dunkelheit war so undurchdringlich geworden, dass Yeruldelgger den bedeckten Himmel nicht mehr von den tiefen Schatten unter den Bäumen unterscheiden konnte. Kein Stern war zu sehen, kein Mondlicht. Mit einem Mal hatte er den Eindruck, als schwebte er über einem finsteren Abgrund. Jenseits der Lichtung erstreckten sich die riesigen Wälder bis zu den Bergen und Seen, bis hinein in die Steppe und immer weiter über andere Länder und andere dunkle Ozeane, über die ganze Welt hinweg, die im Zentrum eines leeren Raums schwebte. Es kam ihm vor, als wäre er das letzte noch verbliebene Lesewesen inmitten dieses großen Nichts. Aber er war bereit, in diesem erloschenen Universum auszuharren, wenn das der Preis war, den er für die Antworten auf seine Fragen würde zahlen müssen. Keine Stimme erklang in dieser Nacht. Kein Raunen, kein Wort. Und plötzlich spürte er die Kälte und die Müdigkeit.

»Nergui?«

Yeruldelgger erhielt keine Antwort. Schon seit Langem war er ganz allein in dieser Nacht.

49

… während sie die Reste aus den Flaschen tranken

»Was hast du denn hier zu suchen?«, fragte Oyun wütend.

»Das könnte ich dich auch fragen. Du hast mir nichts davon gesagt, dass du herkommen willst.«

»Ich mache hier meinen Job, und wenn du hier alles vermasselst, dann sind wir beide dran!« Oyun war nach zwei Stunden Geländefahrt gerade in das Camp zurückgekehrt. Vier weitere Männer hatten sich ihr und dem Anführer angeschlossen. Sie hatte sehr darauf geachtet, bei den Wettfahrten den Abstand nicht zu groß werden zu lassen. Sie hatte sich meistens mit dem zweiten Platz zufriedengegeben, egal, wer gerade Erster war, um sich den Respekt und sogar die Bewunderung der Männer zu sichern, ohne sie zu demütigen. Nach ihrer Rückkehr hatte sie Gantulga herangepfiffen, wie man einen Hund oder einen Lakaien heranpfeift, damit er ihr zur Hand ging.

»Falls dich interessiert, wo die koreanischen Quads abgeblieben sind … der ganze Hangar ist voll davon«, murmelte der Junge mit Verschwörermiene.

»Na, wer hätte das gedacht!«, spöttelte Oyun. »Was meinst du wohl, wo dieses koreanische Quad herkommt, auf dem ich die letzten beiden Stunden herumgedüst bin?«

»Nein, was ich sagen will, ist, dass sie für die Fahrt nach

Ulaanbaatar und zurück jedes Mal die amerikanischen Quads nehmen und die koreanischen immer hier im Hangar zurücklassen.«

»Wow!«, erwiderte Oyun im gleichen Ton. »Und was schließt du daraus?«

»Also, ich weiß auch nicht... Aber findest du das nicht komisch?«

»Was soll daran komisch sein? Die schweren amerikanischen Maschinen nehmen sie zum Angeben und mit den wendigen koreanischen geht's ins Gelände. Das scheint mir doch ganz normal, oder nicht?«

Verstohlen sah sie sich um. Zwei oder drei von den Typen beobachteten sie aus den Augenwinkeln. Deswegen drückte sie Gantulga ein Tuch in die Hand, damit er wenigstens so tat, als würde er ihre Maschine putzen. »Zunächst mal wüsste ich wirklich gern, wo sie die vielen Maschinen eigentlich herhaben.«

»Das kann ich dir sagen! Die ganzen Quads werden von Adolf besorgt. Deshalb ist er auch heute nicht hier. Er ist im Chentii, um neue abzuholen.«

»Woher weißt du das?«

»Na hör mal, ich bin schließlich Eisenherz, ihr Maskottchen. Einem Maskottchen erzählt man alles.«

»Und was weißt du sonst noch?«

»Nicht sehr viel. Heute Abend soll noch eine weitere Gruppe eintreffen und ganz spät am Abend der Oberboss.«

»Adolf?«

»Nein. Adolf ist im Chentii, wie gesagt. Der Oberboss ist viel wichtiger als Adolf.«

Oyun wollte gerade etwas antworten, als einer der Motorradfahrer mit zwei Bierdosen in der Hand auf sie zutrat. »Hör mal, Eisenherz, das ist die einzige Frau hier im Camp, du glaubst doch wohl nicht, dass wir die dir überlassen, Kumpel? Wie wär's mit einem kleinen Bierchen, meine Liebe?«

Beim Anblick seiner Zahnstümpfe musste Oyun unwillkürlich denken, dass er die Flaschen bestimmt mit den Zähnen aufmachte. Wenn sie jetzt schon mit dem Trinken anfingen, konnte sie sich vermutlich schon bald auf eine plumpe Anmache gefasst machen. Aber wie sollte sie eine ganze Motorradbande ein Wochenende lang davon abhalten, sich zu besaufen. Aber wie Yeruldelgger schon ab und an gesagt hatte, bestand die beste Art, einen reißenden Strom zu bewältigen, darin, schneller als die Strömung zu paddeln.

»Hast du denn nichts Stärkeres als so ein läppisches Bier, Bambi?«

»Aber sicher doch, meine Süße. Aber das gibt es erst bei der großen Fiesta heute Abend!«

»Also gut, dann verkneife ich es mir jetzt und warte bis heute Abend.«

Den ganzen Tag über versuchte Oyun den richtigen Abstand zu den Motorradfahrern zu wahren, deren Alkoholpegel immer mehr stieg. Schließlich war sie die einzige Frau unter zwei Dutzend faschistoiden Bikern, von denen die meisten den Intelligenzquotienten einer Qualle hatten. Sie durfte hier nichts unterschätzen. Weder die latente Gewalt, die in jedem von ihnen steckte, noch die Gruppendynamik, die ganz unerwartet einen hysterischen Wutausbruch hervorrufen konnte, und auch nicht ihr primitives Machogehabe oder die perverse, durchtriebene Veranlagung als einsamer Jäger, die jedem von ihnen innewohnte. Also forderte sie die Männer so gut sie konnte zum Trinken auf, damit sie bis zur Ankunft des letzten Trupps schon möglichst weitgehend außer Gefecht gesetzt waren. Sie wollte vor allem nicht, dass sie selbst Herr über den Grad ihrer Trunkenheit waren.

Gantulga verstand, was sie beabsichtigte, und fing an, ein bisschen den Barkeeper zu spielen. Er hatte sich Zugang zu den

Flaschen mit dem schlechten Wodka verschafft, ging damit von einem zum anderen und schenkte ihnen direkt in die offenstehenden Münder ein. Das passte bestens zu seiner Rolle als Maskottchen, seinem lausbubenhaften Aussehen und seinem umständlichen Hantieren mit den Krücken, das immer Anlass zur Heiterkeit gab. Er machte es großartig, und sie merkten gar nicht, wie er ihnen immer mehr einflößte.

Oyun nutzte jede Aufforderung zu einer kleinen Wettfahrt, um sich von der Gruppe zu entfernen. Wenn sie zurückkam, tat Gantulga jedes Mal, als wollte er ihr helfen, und Oyun tat, als würde sie einen großen Schluck Wodka direkt aus der Flasche trinken. Gantulga fühlte sich in seiner Rolle sichtlich wohl, und Oyun wurde wieder einmal klar, wie gern sie den kleinen Kerl tatsächlich hatte.

»Wieso bist du eigentlich hier, Oyun?«, hakte er noch einmal nach. »Ich hätte doch alles herausfinden können, was du wissen willst.«

»Ah ja?«, erwiderte sie bewusst schroff, damit keiner der anderen auf die Idee kam, sie würden einander kennen. »Und woher sollte ich wissen, dass du hier bist, Schlaukopf?«

»Ja, okay, stimmt schon, ich hätte es dir sagen sollen. Aber jetzt, wo wir beide hier sind, kann ich dir doch helfen, oder? Was genau suchst du denn?«

»Ich suche ein koreanisches Quad, und zwar ein ganz bestimmtes. Baujahr 2007. Erinnerst du dich noch an das berühmte Modell ZHST250-KS?« Sie zeigte ihm verstohlen das Foto auf ihrem iPhone.

»Fast alle Quads stehen draußen, aber keins davon ähnelt deinem ZHS-Dingsbums. Und ein paar sind auch noch in der Werkstatt, soviel ich weiß.«

»Genau die würde ich mir gern mal ansehen.«

»Kein Problem, du musst dich nur noch ein bisschen gedulden. Wir gehen da heute Abend hin, wenn alle sturzbetrunken sind. Dürfte nicht mehr lange dauern, bei der Menge, die ich denen einflöße.«

Gantulga legte ein unglaubliches Selbstvertrauen an den Tag. Oyun fragte sich, ob ihm tatsächlich klar war, was für Risiken sie da eingingen. Sie hatte eine unbestimmte Vorahnung, dass die Situation mit dieser Säuferbande von einem Moment auf den anderen ganz übel aus dem Ruder laufen konnte, und sie sollte recht behalten.

Als die Dämmerung hereinbrach, wurde es mit den purpurnen Schatten, die sich über die ganze Region legten, einen Moment lang aber ganz besinnlich. Im Sonnenuntergang zeichneten sich die sanften Umrisslinien der Hügelkuppen mit den spärlichen Tannen und Lärchen vor dem noch etwas helleren Himmel ab. Unbeweglich ragten sie in der weiten Prärielandschaft auf. Dann flammte der Himmel über dem Camp noch einmal in Rosa und Violett auf, durchzogen von einigen lilafarbenen Wolkenschlieren. Das brennende Lagerfeuer erleuchtete die Mitte der Lichtung, und alle lauschten, wie sich die Nacht über dem Lodern der Flammen und dem Knistern der Glut senkte.

Alle waren hier versammelt, und alle waren leicht groggy vom Alkohol und von den Quad-Rennen quer durch den Wald, womöglich auch ein wenig berauscht von der Weite und Großartigkeit der Landschaft hier draußen und der Vorstellung, wie sich hier in jede Richtung des Horizonts dasselbe stolze und wunderschöne Land erstreckte, bis es irgendwo an die Grenzen anderer Welten stieß. Die meisten Männer hatten sich auf dem Boden ausgestreckt. Ein paar hockten auf den Baumstämmen. Dann fing einer der Motorradfahrer an zu singen, und es war weder eine Kampfhymne noch ein Trinklied. Der Mann hatte eine echte Schlägervisage, saß aber ganz aufrecht und mit stolz gereckter Brust im Schneidersitz vor dem Lagerfeuer, das Kinn leicht angehoben, um seine Kehle nicht einzuengen. Mit geschlossenen Augen intonierte er ein Volkslied im traditionellen

Kehlgesang, dessen magischer Klang in dieser Dämmerstunde jedermanns Herz berührte. Er stimmte zwei Melodien an; die eine kam aus seiner Kehle, rau und tief, lang gezogen und dumpf, wie die weiten, ewigen Steppen. Seine Obertonstimme klang hingegen nasal, schwoll an und ab wie das Getrappel von Pferden in der freien Wildbahn.

Oyun ließ sich von der Schönheit des Gesangs gefangen nehmen. Gantulga hatte sich an sie gelehnt, die anderen schwiegen, keiner trank mehr etwas, alle lauschten bewegt dieser gesanglichen Beschwörung der Schönheit der Welt.

Dann rief plötzlich einer, dass der Rest der Truppe ankomme, und der Bann war gebrochen; der Gesang wurde durch Hochrufe unterbrochen, man prostete einander mit den Flaschen zu. Wenige Augenblicke später erschien eine kleine Gruppe von Motorradfahrern auf der Lichtung. Es waren fünf Männer auf drei Maschinen, die wie Waffenbrüder nach der Schlacht willkommen geheißen wurden und sich sogleich erkundigten, was eine Frau hier zu suchen habe. Derjenige, der bislang das Sagen gehabt hatte, stellte Oyun dem Anführer der Neuankömmlinge vor. Man spürte sofort, dass dieser nun den ersten Rang einnahm, und Oyun fragte sich, ob es sich bei ihm um den erwarteten Oberboss handelte.

Er zeigte sich ihr gegenüber von Anfang an feindselig. Dieses Camp war eine Macho-Enklave, kein Teesalon für Damen. Die anderen berichteten, was für eine außergewöhnliche Quad-Fahrerin Oyun sei, dass sie jedem Paroli bieten könne und schon einige von ihnen ins Schwitzen gebracht habe. Doch er erwiderte nur, wer seine Zeit damit verschwende, sich auf Wettrennen mit Frauen einzulassen, tauge nicht mehr als eine Bande chinesischer Schwuchteln. Damit ignorierte der neue Chef Oyun und zog stattdessen Gantulga, das neue Maskottchen, in eine bärige Männerumarmung.

Zwei der Neuankömmlinge hinter ihm ließen Oyun nicht

aus den Augen, und ihr wurde klar, dass sich ihre Situation soeben zu ihrem Nachteil verändert hatte. Die Mühe, die sie sich den ganzen Tag über gemacht hatte, um von der Gruppe akzeptiert zu werden, war durch die Ankunft der Neuen mit einem Schlag zunichtegemacht. Inzwischen war es dunkel, Wettrennen konnten nicht mehr gefahren werden, um sie mit ihren Fahrkünsten zu beeindrucken. Von einer Sekunde auf die andere war sie nur noch eine Frau inmitten einer betrunkenen, machohaften Motorradgang. Daher beschloss sie, sich möglichst unauffällig zu verhalten, die Männer untereinander reden zu lassen, ohne sie zu unterbrechen oder ihnen Fragen zu stellen.

Mit der Zeit zahlte sich diese Strategie aus. Bei allen, die rund um das prasselnde Feuer versammelt waren, taten der Alkohol und die Dunkelheit ihre Wirkung, ihre Zungen lösten sich. Oyun erfuhr, dass Adolf, der Anführer der Neonazis, in der Tat zu seiner jährlichen Tour ins Chentii aufgebrochen war, von wo er mit neuen Quads zurückerwartet wurde. Einer erzählte auch etwas vom sogenannten Bären-Camp, in das Adolf ihn einmal mitgenommen hätte und in dem es junge, verschüchterte Mädchen gegeben habe, die sie zusammen mit den Koreanern gebumst hätten. Das wurde von einem anderen bestätigt, und daraufhin scherzten ein paar darüber, was für ein Glück Adolf doch hatte, jedes Jahr dorthin zu kommen.

Oyun versuchte, sich alles zu merken. Namen, Daten. Sie saß da, den Kopf auf die angezogenen Knie gestützt, als wäre sie müde oder betrunken, doch sie hörte höchst konzentriert zu und sammelte Informationen. Dadurch vervollständigten sich für sie etliche Teile des Puzzles, das sie seit Yeruldelggers Verschwinden Tag und Nacht umtrieb. Endlich zeichnete sich eine tatsächliche Verbindung zwischen dieser Neonazibande und dem Tod des kleinen Mädchens ab. Diese Verbindungslinie führte vom Chentii-Gebirge über Adolf und die koreanischen Quads bis zu jenem ominösen Bären-Camp, über das sie noch kaum etwas wusste.

Oyun hob den Kopf und tat so, als würde sie einen großen Schluck aus der Wodkaflasche nehmen. Das Feuer knisterte, die Flammen loderten orangegelb in den dunklen Himmel auf. Als ein großer Ast in der Gluthitze auseinanderbrach, stob ein Funkenregen in die Höhe wie kleine glühende Kometen, die zu den Sternen am Himmel aufsteigen wollten. Rings um die Lichtung ließ das Feuer die übergroßen Schatten der reglos dasitzenden Männer tanzen.

Als sie sich die Lippen mit dem Handrücken in etwas übertriebener Trinkermanier abwischte, bemerkte Oyun, dass einer der beiden Neuankömmlinge, die sie schon bei ihrer Ankunft so scheel angesehen hatten, sie auch jetzt eindringlich musterte. Sie prostete ihm von Weitem zu; dann ließ sie den Kopf wieder nach unten fallen, als wäre sie schon viel zu betrunken, und konzentrierte sich wieder aufs Zuhören. Sie erkannte die Stimme von Gantulga, der sich unverdrossen und gut gelaunt darum bemühte, die Männer möglichst rasch betrunken zu machen. Schließlich hörte sie, wie jemand darüber sprach, dass der Oberboss in der Nacht eintreffen sollte, und zum ersten Mal versetzte ihr die Angst einen Adrenalinstoß. Sie konnte nicht anders, sie musste sich einfach einen Eindruck vom Allgemeinzustand der Gruppe verschaffen, doch kaum hatte sie den Kopf weit genug gehoben, kreuzte sich ihr Blick sofort wieder mit dem, der sie nicht aus den Augen ließ. Daraufhin versuchte sie sofort, ihrem Blick eine gewisse Schwere zu verleihen, und tat, als könnte sie nicht einmal mehr die Flasche hochheben. Doch der Gesichtsausdruck des anderen ließ keinen Zweifel zu: Er hatte nicht die geringste Lust, ihr zuzuprosten.

Oyun legte den Kopf auf ihre Knie. Zum ersten Mal an diesem Abend konzentrierte sie sich darauf, was geschehen könnte, statt darauf, was gesagt wurde. Vor ihrem geistigen Auge ging sie durch, wo sich alles im Camp befand und legte sich einen Fluchtweg zurecht, falls es hier brenzlig wurde. Sie war darauf vorbereitet gewesen, dass die unflätigen Typen ihr an die Wäsche wollten, weshalb sie ihre Waffe gar nicht erst eingesteckt hatte, um sich nicht zu verraten. Im Notfall würde sie also ohne sie auskommen müssen. Aber wie auch immer sie sich ihren Rückzug vorstellte, sie stand allein mehr als zwanzig Männern gegenüber. Abgesehen davon, sich ein Quad zu schnappen, es zu starten und damit in die Nacht zu verschwinden, bevor sie ergriffen wurde, sah es nicht sonderlich vielversprechend für sie aus, falls es gefährlich werden sollte.

Plötzlich bemerkte sie, dass sich die Atmosphäre rund um das Feuer verändert hatte. Sie konzentrierte sich wieder auf das Gespräch, und ihr Herzschlag setzte einen Moment lang aus, als sie mitbekam, dass die Männer über sie sprachen. Sie hob aber nicht gleich den Kopf, versuchte erst zu verstehen, worum es ging, bevor sie reagierte.

»Seht euch nur Galsan an, der kann gleich nicht mehr!«

»Der hat sie schon so lange angestarrt, dem ist schon längst einer in der Hose abgegangen.«

»He, Galsan, willst du dein Rohr mal wieder durchputzen?«

Oyun hob den Kopf. Alle Männer hatten sich ihr zugewandt, und derjenige, der sie die ganze Zeit über beobachtet hatte, war aufgestanden und kam auf sie zu. Falls er vorhatte, sie anzufassen, falls er auch nur eine falsche Handbewegung machte, würde sie ihn mit Wodka besprühen, sich auf den Rücken werfen und ihn mit einem gewaltigen Fußtritt mitten ins Feuer befördern. Als lebendige Fackel würde er hoffentlich lange genug für Panik sorgen, sodass sie abhauen konnte.

Von allen Seiten kamen zotige Sprüche und spöttische Bemerkungen, während er sich näherte. Eine halbe Sekunde zu spät erkannte sie, dass er gar nicht in sexueller Hinsicht an ihr interessiert war. Ohne Zögern und ohne ein Wort trat er vor sie, funkelte sie bitterböse an und versetzte ihr völlig überraschend einen Fausthieb, der ihre Wange aufplatzen und sie rückwärts aus dem Lichtkreis taumeln ließ. »Sie ist ein Bulle«, schrie er. »Diese Schlampe ist bei der Polizei. Sie war im Tunnel, als wir die Tochter von dem anderen Bullen fertigmachen wollten.«

Oyun versuchte sich aufzusetzen, um sich zu verteidigen, aber Blut floss ihr in die Augen, sie konnte nicht richtig sehen. Gleich darauf traktierte der Mann sie mit Fußtritten, also rollte sie sich zur Seite und zog die Beine an, um Kopf und Bauch zu schützen. Alle Übrigen hatten sich gleichzeitig erhoben, und ein paar Biker versuchten, ihren Angreifer zurückzuhalten. Bislang hatte sie das Schlimmste vermeiden können. Als die Schläge aufhörten, rappelte sich Oyun in Kauerstellung hoch. »Euer Kumpel ist ja völlig durchgeknallt«, sagte sie und wischte sich mit den Händen das Blut und die Tränen vom Gesicht. Sie hatte beschlossen, lieber weiterhin die begriffsstutzige Betrunkene zu mimen als das unschuldige Opfer, das aufmuckte.

»Also, bist du bei den Bullen oder nicht?«, wollte der neue Anführer wissen.

»Sehe ich vielleicht aus wie ein Bulle?«, entgegnete sie provozierend.

»Wie sieht ein Bulle denn aus?«

»Was weiß denn ich? Frag doch lieber deinen durchgeknallten Kumpel da, der scheint es ja ganz genau zu wissen. Vielleicht hängt er ja selbst ein bisschen zu viel mit Bullen ab?«

»Wieso behauptet er, du wärst im Tunnel gewesen? Stimmt das?«

»Ihr seid ja wohl nicht ganz bei Trost. Was soll ich denn da unten in der Kanalisation? Da gibt's nur Gestank und Misere. Was hat er eigentlich da zu schaffen? Geht er da hin, um sich einen Schuss zu setzen oder um sich einen runterzuholen?«

Einen Augenblick lang dachte Oyun, es sei ihr gelungen, die Stimmung wieder zu ihren Gunsten zu wenden. Ein paar von ihnen machten spöttische Bemerkungen über den, der sie geschlagen hatte. Selbst der Chef konnte sich schließlich ein Grinsen nicht verkneifen. Aber eine andere Stimme setzte diesen Hoffnungen schnell ein Ende. »Galsan hat vollkommen recht. Sie ist bei den Bullen. Ich habe sie gesehen, als der Tätowierte seine Wohnung in Brand gesteckt hat. Da hat sie mit dem anderen Bullen ermittelt, dem Vater von Adolfs Schlampe.«

»Was redest du denn da für einen Unsinn?«, rief Gantulga. »Ich war auch dort, als es gebrannt hat. Ich wohne da, aber sie habe ich noch nie gesehen.«

»Willst du mich verarschen? Ich kenne dich, ich weiß genau, wer du bist. Du hängst immer mit ein paar anderen Jungs da rum. An dem Abend habt ihr auch in der Gegend geschnorrt. Du hast sie angesprochen, sie um Geld angebettelt. Mehrmals sogar, aber sie hat dich abblitzen lassen.«

»Das war nicht sie. Die hätte ich wiedererkannt!«

»Das war sie, ganz sicher. Und ich bin mir sicher, dass sie von der Polizei ist, Jungs, das könnt ihr mir glauben!«

»Verfluchte Bullen!«, schrie einer in der Dunkelheit.

Jetzt versuchte Oyun aufzustehen, wollte weglaufen, aber da bekam sie einen Tritt mit einem Stiefel gegen das Kinn. Sie knallte nach hinten und schlug mit dem Kopf auf den Boden. Ihr Mund war voller Blut, und sie war stark benommen, spürte aber, wie sie von mehreren Männern an den Beinen gepackt und in den Lichtkreis des Feuers gezogen wurde. Sie versuchte, sich zu wehren, wurde aber mit einem Schlag in den Bauch außer Gefecht gesetzt. Noch bevor sie sich davon erholen konnte, packten die einen auch schon ihre Hände und rissen ihre Arme zur Seite, während ihr andere die Bluse und ihre sonstige Kleidung vom Körper rissen, bis sie mit entblößtem Oberkörper dalag. Ein Typ knetete eine ihrer Brüste mit aller Kraft, ein anderer biss in die andere Brust hinein, bis Blut kam. Sie schrie und bäumte sich auf, um sich freizustrampeln, aber einer der Männer kniete sich auf ihre Arme, während ein anderer sich mit seinem ganzen Gewicht auf ihre Brust setzte und seinen Hosenschlitz öffnete, um ihr seinen Penis in den Mund zu schieben. Ein anderer drückte ihren Kiefer auseinander, damit sie nicht zubeißen konnte. Irgendwie bekam sie ein Bein frei und rammte demjenigen, der rittlings auf ihr saß, das Knie in den Rücken. Er klappte über ihr zusammen, fiel nach vorn und drückte ihr dabei seinen Penis noch tiefer in den Mund. Oyun würgte und erbrach den billigen Wodka auf seinen fetten Bauch und ihr blutüberströmtes Gesicht. Sobald er sein Gleichgewicht wiedergefunden hatte, stand der mit Blut und Erbrochenem besudelte Typ auf und schlug sie mit zwei Faustschlägen halb bewusstlos. Ganz benommen bemerkte sie noch, wie ihre Jeans und ihr Slip jetzt auch noch von ihr gezerrt wurden. Wut, nicht Angst, verlieh ihr neue Kraft. Angewidert von dem Erbrochenen, hatten die Kerle, die sie festhielten, ihren Griff etwas gelockert. Sie bekam die Arme frei, schnellte mit dem Oberkörper nach oben und zertrümmerte mit ihrem Schädel die Nase des fetten Typen, der immer noch auf ihr saß. Er taumelte benommen zur Seite, Blut schoss aus seiner Nase und tropfte auf Oyun hinunter. Aber schon waren andere Hände da, die sie auf den Boden drückten, und als sie den Kopf hob, sah sie ihre nackten Beine, die gespreizt nach oben gehalten wurden, um ihr Geschlecht dem Chef zu präsentieren.

Gantulga war wie gelähmt. Alles war so schnell eskaliert. In Sekundenschnelle hatte sich ein Horrorszenario aufgetan und er hatte nichts dagegen tun können. Als die Vergewaltigung begann, hatten sich für einen Sekundenbruchteil ihre Blicke gekreuzt, und Oyun hatte ihm stumm zu verstehen gegeben, sich auf keinen Fall selbst zu verraten; er sollte sich raushalten, sollte nicht versuchen, etwas zu unternehmen. Dabei hätte er sich am liebsten auf die Kerle geworfen, sie mit seinen Krücken verprügelt, mit Wodka bespritzt und angezündet, aber auch er wusste, dass er damit nicht weit gekommen wäre. Oyuns Blick bedeutete auch, dass er sich schützen sollte; er versuchte, sich einzureden, dass sie recht hatte, dass sich etwas ereignen würde, was es ihm erlaubte, sie dann zu retten.

Die ganze Männerhorde ging jetzt wie entfesselt auf die junge Frau los, um sie einer nach dem anderen zu vergewaltigen, während diejenigen, die gerade nicht an der Reihe waren, auf sie urinierten und in ihre Brüste und Beine bissen.

»Verfluchter Bulle!«, schrie der Chef, während er sich die Hose wieder zuknöpfte. »Wenn die hier glaubt, dass sie sich aus der Affäre ziehen kann, indem sie in Ohnmacht fällt, werde ich ihr einen reinschieben, der sie aufweckt!« Er trat ans Lagerfeuer heran und wählte einen Ast, den die Flammen umzüngelten, an einem Ende war die Rinde noch grün und ließ weißen Rauch aufsteigen. Das andere Ende glühte rötlich wie ein Stück Schmiedeeisen in der dunklen Nacht. Der Chef zog einen Motorradhandschuh über, griff nach dem glühenden Ast, hielt ihn triumphierend in die Höhe, damit die ganze Meute ihn sehen konnte, und kam damit auf Oyuns halb leblosen Körper zu. Als die anderen merkten, was sich nun anbahnte, verstummten alle und beobachteten fasziniert dieses widerliche Spektakel, dessen Zeugen sie gleich werden sollten. Noch einmal hielt der Chef die glühende Fackel in die Höhe und rief: »Das hier ist der brennende Phallus der neuen mongolischen Nation, du verfluchter Bulle!« Er pustete gerade auf die Astspitze, um die Glut neu anzufachen, als Oyun stöhnend aus ihrer Bewusstlosigkeit erwachte. Alle Männer starrten wie hypnotisiert auf die Glutspitze, die in der Nacht leuchtete, aber die Perversion ihres Anführers hatte ihren Höhepunkt noch nicht erreicht. Alle warteten darauf, ob er tatsächlich wagte, seine Ankündigung wahrzumachen. Einem Maulhelden wie ihm fehlte dann aber doch der Mut dazu. Er schien abzuwarten, ob irgendetwas geschah, das ihn in die Lage versetzte, sein Vorhaben wirklich auszuführen, oder ihn das Ganze ohne Gesichtsverlust abbrechen ließ. Doch keiner seiner Männer griff ein, und Oyun, die langsam wieder zu sich kam, lieferte ihm den willkommenen Vorwand, indem sie zwischen ihren angeschwollenen Lippen ein kaum hörbares »Ihr verdammten Hurensöhne« hervorpresste.

»Also gut, du Schlampe, du hast es so gewollt.«

Mit seiner Krücke schlug Gantulga dem Chef die rauchende Fackel aus den Händen. Das glühende Stück Holz wirbelte hoch in den Himmel und landete dann auf der Schulter eines der Männer, der erschrocken aufschrie.

»Was fällt dir ein?«, donnerte der Chef.

»Bist du dir darüber im Klaren, was du da tust? Die gehört zu den Bullen, Mann!«

»Ich weiß, dass sie ein verdammter Bulle ist. Was meinst du, warum wir sie uns vorknöpfen, du Rotznase?«

»Aber denk doch mal ein bisschen nach. Wenn sie wirklich bei den Bullen ist, willst du dann gar nicht wissen, was sie hier macht? Warum sie hergekommen ist? Hat sie was gegen euch in der Hand? Will sie euch was anhängen?«

»Keine Ahnung«, antwortete der Chef leicht verunsichert.

»Du hast keine Ahnung, und jetzt willst du sie einfach umbringen, weil du Bock hast, ihr dieses Teil da reinzurammen? Eins kann ich dir sagen: Wäre ich hier der Big Boss, auf den ihr alle wartet, dann würde ich ganz genau wissen wollen, warum diese Tussi sich in meine Gang eingeschlichen hat. Und wenn sie wirklich eine Abreibung mit dem glimmenden Ast verdient, dann würde ich nicht wollen, dass das ein anderer für mich macht. So würde ich das als Chef handhaben.«

»Da hat er nicht ganz unrecht«, meldete sich eine Stimme aus dem Dunkeln.

»Ja, das stimmt, das denke ich auch. Und ich bin sicher, dem Big Boss wäre das auch lieber...«, sagte ein anderer.

Der Chef starrte Gantulga eindringlich an. Von den umstehenden Männern kam zustimmendes Gemurmel; manchen wurde erst jetzt so richtig bewusst, was sie bereits getan hatten und was fast passiert wäre. Der Chef verharrte einen langen Moment, ohne etwas zu sagen.

Gantulga war derjenige, der das Schweigen schließlich brach: »He, Mann, dafür habt ihr ja ein Maskottchen: um aufzupassen, dass keine größeren Dummheiten passieren.«

»Verdammt, der Junge hat recht«, sagte der Chef. »Wir können sie nicht umbringen, wir müssen sie erst mal ausquetschen. Hinterher soll der große Boss entscheiden, was wir mit ihr machen.«

»Da bin ich ganz deiner Meinung.« Gantulga nickte dem Chef eifrig zu. »Nur wird sie in dem Zustand, in den ihr sie jetzt gebracht habt, nicht viel von sich geben. An deiner Stelle würde ich ihr die Gelegenheit geben, sich ein bisschen zu erholen, bis der Oberboss da ist. Er will sie doch bestimmt selbst ins Kreuzverhör nehmen, meinst du nicht?«

»Da hast du recht. Was machen wir jetzt also mit ihr?«

»Wir sperren sie ein, bis er kommt.«

Der Chef gab daraufhin zwei Männern die Anweisung, Oyun in die Werkstatt zu schleppen. Dort warfen sie sie einfach auf den Boden, fesselten ihr die Hände auf dem Rücken und banden sie an einen der Pfosten, der das Dach trug. Als sie wieder nach draußen gegangen waren, zupfte Gantulga den Chef verstohlen am Ärmel und gab ihm mit einem Zeichen zu verstehen, er solle die beiden anderen vorgehen lassen.

»Was ist denn noch?«, fragte der Chef ungeduldig.

»Also, was ich sagen wollte«, begann der Junge mit etwas betretener Miene. »Es ist mir ein bisschen peinlich darüber zu sprechen, beziehungsweise dich zu fragen ... Na ja, also es ist so ... Also, ihr habt vorhin ja praktisch alle euren Spaß mit ihr gehabt, nur ich nicht ...«

»Wieso hast du nicht mitgemacht? Niemand hätte dich gehindert. Du hättest es so machen sollen wie wir, wenn du Bock auf sie gehabt hättest.«

»Na ja, stimmt schon, aber es war mir irgendwie peinlich, verstehst du?«

»Nein, ich kapiere es nicht. Wo ist denn das Problem?«

»Hör mal, das ist mir echt peinlich. Versprich mir, dass du dich nicht über mich lustig machst und dass du den anderen nichts davon sagst, okay?«

»Ja, ist ja gut, ich verspreche es. Raus mit der Sprache.«

»Ach, Mann. Ich bin eben noch jung, verstehst du? Und mein ... Ding ist nicht so ... Also, ich wollte mich vor euch nicht lächerlich machen mit meinem ... Ihr anderen, ihr habt so richtig große, dicke Schwänze, Bikerschwänze eben, aber ich ... Verstehst du, was ich meine? Und dann auch noch der Gips und die Krücken und so, da hätte ich mich vor euch doch vollkommen lächerlich gemacht. Darum konnte ich nicht mitmachen. Aber ich würde natürlich schon gern mal. Das Ganze hat mich mächtig aufgegeilt.«

»Klar, versteh ich, mein Junge. Aber was genau willst du jetzt von mir?«

»Na ja, ich dachte mir, jetzt, wo sie da drin liegt und gefesselt ist, da dachte ich, ich könnte vielleicht ... ohne, dass sie anderen zugucken ...«

»Du willst sie mal richtig rannehmen? Da drin? Jetzt? Aber sicher, mein Junge, warum nicht? Nur zu! Bums sie durch, so viel du willst! Zeig ihr, dass auch du ein großer Krieger bist, ein echter Mongole eben!«

»O danke! Vielen Dank, Mann! Aber tu mir einen Gefallen und sag den anderen nichts davon. Wenn doch noch welche kommen und sich über mich lustig machen, dann klappt das nicht.«

»Ich sage kein Wort!«, sagte der Chef lachend und zwinkerte ihm zu.

»Und lass mir ein bisschen Zeit, ja? Mit meinem Bein hier und dem Gipsarm, da geht das alles nicht so schnell. Und ich würde es gern ausgiebig genießen. Schließlich bekommt man nicht alle Tage eine Tussi von den Bullen in die Finger.«

»Nutz den Moment, wie du kannst! Ich sorge schon dafür, dass dich keiner stört, bis du selber auf den Knien rauskommst. Ich gebe dir mein Wort!«

»Danke, Mann!«, sagte Gantulga und gab ihm mit der Krücke einen freundschaftlichen Klaps auf die Schulter.

Er drehte sich um, hüpfte auf einem Bein weiter und drückte schon die Tür zur Werkstatt auf, als der andere hinter ihm flüsterte: »He, Stahllatte, wenn du meinst, dass deiner dafür zu klein ist, nimm doch die Krücke dazu.«

Lachend gesellte er sich zu seinen Kumpeln, die sich wieder um das große Lagerfeuer versammelt hatten. Der Rausch der gemeinsamen Vergewaltigung und der viele Alkohol, den Gantulga ihnen im Laufe des Abends eingeflößt hatte, taten ihre Wirkung. Viele lagen da und schliefen schon; mit dem Gesicht zum Feuer, den Rücken der kalten Nacht zugewandt. Andere dösten oder hielten nur mit Mühe ihr Gleichgewicht, während sie die Reste aus den Flaschen tranken.

50

... das ihn daran hinderte,
Oyuns leblosen Körper zu überfahren

Gantulga stand da und weinte im Halbdunkel der Werkstatt, die voller Gerümpel, Werkbänke und alten, auseinandergenommenen Quads war. An den Deckenbalken baumelte ein Sammelsurium von allen möglichen Gegenständen, und an einer der Holzwände war ein altes Fahrrad an zwei Eisenhaken aufgehängt. Und mitten darin, direkt auf dem Boden, lag Oyuns zerschundener Körper. Ihr Gesicht war von den Schlägen völlig entstellt. Die Haut an einem ihrer Wangenknochen war aufgeplatzt und um die Wunde herum angeschwollen; einer ihrer Zähne war abgebrochen und hatte ihr die Lippe etwas aufgeschlitzt. Sie sah aus, als hätte man ihr bei lebendigem Leib das Fell über die Ohren gezogen, jedenfalls war ihr Körper von oben bis unten mit blauen Flecken übersät, von der Brust über den Bauch bis hinunter zu den Knien und die ganzen Innenseiten ihrer Schenkel. Auf ihren Brüsten und Waden prangten massenweise Bissspuren, die eine lila-gelbliche Färbung annahmen. Einer dieser Widerlinge hätte ihr fast eine Brustwarze abgerissen. Auch überall da, wo sie festgehalten worden war, an Armen, Handgelenken, Beinen und Knöcheln, an den Schultern und Hüften, bildeten sich riesige Blutergüsse. Die Haare waren voller Blut von den Fußtritten gegen den Kopf, und ihre Finger waren ganz blau von den Absätzen, mit denen sie auf ihr herumgetrampelt waren.

Gantulga stand wie versteinert da. Er brachte keinen Ton heraus und war wie gelähmt von dem Anblick. Er konnte nur weinen, weil Oyun wie tot vor ihm lag.

»Na, mein Hübscher«, murmelte sie mit geschlossenen Augen, weil sie zu schwach war, die Lider zu heben, »macht dich mein Traumkörper so an, dass du deswegen Freudentränen vergießt?«

Er wusste, dass sie so sprach, um ihn zu schonen. Sie zwang sich zu diesen Scherzen, damit er jetzt nicht von Mitleid und Schmerz überwältigt wurde. »Geht's?«, fragte er etwas unbeholfen, wagte es aber nicht, näher zu treten.

»Was machst du eigentlich hier, Partner?«

»Hör zu, du darfst jetzt aber nicht sauer auf mich sein. Ich habe dem Chef gesagt, ich würde mich auch gern noch beteiligen.«

»Woran willst du dich beteiligen?«

»Na ja, ich wollte damit sagen ... Ich habe ihnen vorgemacht, dass ich dich auch noch ein bisschen vergewaltigen wollte.«

Oyun versuchte zu lächeln, aber mit ihren aufgesprungenen und geschwollenen Lippen bekam sie lediglich eine groteske Grimasse zustande. »Ist das nicht ein bisschen anmaßend, Partner, hm?«

»Ich habe durchblicken lassen, ich hätte es noch nie gemacht und wäre zu schüchtern und würde mich schämen, es vor all den anderen zu machen. Deswegen hat mir der Chef erlaubt, hier mir dir allein zu sein, ohne dass uns jemand überwacht.«

»Sehr gut gemacht, Kleiner. Dann müssen wir uns jetzt beeilen und zusehen, dass wir von hier verschwinden.«

»Nicht so schnell, wir haben genug Zeit, um erst noch ein bisschen nachzudenken.«

»Meinst du? Die werden sich nicht allzu lange zurückhalten,

um sich zu vergewissern, dass du auf deine Kosten kommst, das kannst du mir glauben.«

»Nein, bestimmt nicht. Ich habe ihnen gesagt, ich sei noch ganz jung und hätte nur einen Kleinen, also würde es dauern, verstehst du? Noch dazu mit dem Gips und den Krücken! Das konnten sie nachvollziehen, falls nötig darf ich mir die ganze Nacht Zeit nehmen.«

»Du bist wirklich ein pfiffiges Kerlchen, Partner! Aber deswegen musst du dir jetzt wirklich nicht die Augen aus dem Kopf weinen. Binde mich lieber mal los, und dann such was, womit ich meinen Traumkörper bedecken kann, bevor dein kleiner Freund ...«

»He, ich habe nur deswegen behauptet, dass er klein ist, um Zeit zu gewinnen, das ist alles! Er ist nämlich ...«

»Schon gut, das kann warten. Jetzt such mal lieber etwas für mich zum Anziehen oder wenigsten zum Zudecken, und mach mich hier los.«

Als Gantulga die Fesseln aufknotete und dabei die ganzen Blutergüsse auf Oyuns Armen sah, kamen ihm erneut die Tränen. Sie wollte lieber allein aufstehen und ließ sich nicht von ihm helfen; stattdessen scheuchte sie ihn auf der Suche nach irgendeiner Art von Kleidungsstück herum. Ihr ganzer Körper war malträtiert, jeder Muskel schmerzte, und bei den ersten Schritten hatte sie den Eindruck, dass es ihr den Bauch zerriss.

»Guck mal, ich hab das hier gefunden.« Gantulga hielt einen alten, ölverschmierten Camouflage-Overall in den Händen, der offensichtlich bei Reparaturarbeiten getragen wurde.

»Das genügt schon«, sagte Oyun und lehnte sich an die Werkbank. »Ich warte noch kurz mit dem Anziehen. Falls einer von denen hier auftaucht, muss ich nackt sein, sonst ...«

»Falls einer von denen wieder auftaucht, bringe ich ihn um«, rief Gantulga.

»Ich auch, darauf kannst du Gift nehmen. Aber für diesen Fall brauchen wir so was wie eine Waffe.«

Der Junge durchsuchte die Werkstatt erneut und fand einige Schraubenschlüssel und einen Kanister Benzin. Dann hob er eine Abdeckplane hoch, unter der ein altes, verstaubtes Quad zum Vorschein kam, das schon zur Hälfte auseinandergebaut war.

»He, Partner, ist das hier nicht dein Quad?«

»Wie? Mein Quad?« Oyun stützte sich auf dem Weg dorthin an allem ab, um sich aufrecht halten zu können. Was sie unter der Plane entdeckte, flößte ihr wieder etwas Kraft und Mut ein. Das war genau das Modell, nach dem sie gesucht hatte. Da es in der Tat schon ziemlich auseinandergenommen war, vermutete sie, dass es quasi als Ersatzteillager diente. Aus dem kleinen Scheinwerfer vorne links ließen sich allerdings keine Ersatzteile mehr gewinnen. Das Glas war kaputt und die Verkleidung eingedellt. Angestrengt streckte Oyun die Hand nach dem Scheinwerfer aus, aber ihre Beine versagten, sie fiel auf die Knie und sackte gegen das Quad. Gantulga wollte ihr aufhelfen, hörte jedoch gleichzeitig, wie sich draußen jemand näherte, und da wurde auch schon gegen die Tür gehämmert. »He, Stahllatte, kommst du da drin allein zurecht, oder brauchst du ein bisschen Hilfe?«

»Lass nicht zu, dass sie mir noch mal was antun, bitte«, bettelte die junge Frau.

»Du kannst auf mich zählen, und bitte verzeih mir.«

»Was soll ich dir verzeihen?«

»Das«, antwortete Gantulga und packte sie mit der Faust grob an den Haaren.

»Was machst du da?«, stöhnte sie, als sie bemerkte, dass die Hose des Jungen nur noch um seine Knöchel hing.

Als der Biker die Tür mit einem Fußtritt öffnete, sah er als Erstes Gantulgas nackten Hintern, wie er sich scheinbar von hinten an Oyun vergnügte und sich dabei an ihren Haaren festhielt, damit sie sich im schön entgegenstreckte.

»Verdammt noch mal, hau ab! Du hast versprochen, dass ich ungestört bin, also hau sofort ab!«, schrie der Junge gespielt wütend.

»Was habt ihr da beim Quad zu suchen? Hast du sie etwa losgebunden?«

»Was denkst du denn, wie ich sie mit meinem Gips und den Krücken bumsen soll, wenn sie an dem Pfosten hängt? Ich tu, was ich kann, aber jetzt verschwinde und lass mich in Ruhe!«

»Schon gut! Schon gut! Ich wollte auch nur kurz vorbeikommen, um dir zu sagen, dass jetzt alle pennen und ich mich auch hinlege. Wenn du mit ihr fertig bis, vergiss nicht, sie wieder zu fesseln und anzubinden. Ruf mich, wenn du was brauchst, oder hau sie um, wenn sie dir lästig wird.«

Der Typ warf die Werkstatttür hinter sich ins Schloss. Gantulga verharrte noch einen Moment in der obszönen Haltung, um sicherzugehen, dass er tatsächlich schlafen gegangen war.

»Findest du nicht, dass du das ausreichend in die Länge gezogen hast?«, murmelte Oyun. Noch immer kniete sie mit durchgedrücktem Rücken da, ihre Pobacken berührten seinen Bauch.

Er machte einen Satz nach hinten, stolperte dabei über seine heruntergelassene Hose. »Oh, entschuldige! Entschuldige vielmals!«, stammelte er. »Ich wollte nicht ... das heißt, ich wollte natürlich schon gern ... Na ja, du weißt schon, was ich meine.«

»Du bist eben ein richtiger kleiner Sexteufel«, fluchte sie, während sie sich unter Schmerzen aufrichtete.

»Nein, nein, Oyun, ich schwöre, das habe ich nur gemacht, um ...«

»Das war doch nur ein Scherz!«, versicherte sie ihm. »Du bist wirklich ein richtig gewiefter Junge. Du hast dich gerade super verhalten, so wie eigentlich jedes Mal, seit ich dich kenne. Du hast echt was bei mir gut. Danke, Partner!« Fast hätte es Oyun bei den letzten Worten die Kehle zugeschnürt. Es war verrückt, aber sie entwickelte langsam wirklich starke Gefühle für diesen Jungen. Es war eine Mischung aus Zärtlichkeit und Bewunderung, das Bedürfnis, ihn zu beschützen und ihn gleichzeitig an ihrer Seite zu haben. Er hatte eine unfassbar schnelle Auffassungsgabe und ein großes Einfühlungsvermögen, sowohl für Situationen als auch für Menschen.

»Hast du danach gesucht?«, fragte er, nachdem er mit den Fingern ein paar Glassplitter von dem zertrümmerten Scheinwerfer geklaubt hatte. »Solongo wird vermutlich herausfinden können, ob das Glas das gleiche ist wie das, das im Pedal von dem Dreirad des kleinen Mädchens gefunden wurde, oder?«

»Da vermutest du ganz richtig, Partner. Und da wir jetzt ziemlich sicher sein können, dass wir ungestört bleiben, könntest du mir vielleicht wieder den Overall geben, statt meine Arbeit zu machen.«

Gantulga hielt ihr den Overall hin und half ihr, ihn überzustreifen. Sie lehnte sich jedes Mal ganz unbefangen gegen ihn, wenn sie bei irgendeiner Bewegung ein plötzlicher Schmerz durchzuckte. Schließlich fand sie die Position, in der ihr das Stehen am erträglichsten war, und schlug Gantulga vor, gemeinsam darüber nachzudenken, wie sie am besten entkommen konnten. Im Augenblick schienen alle zu schlafen, benebelt vom Wodka. Aber sie hatten beide nicht vergessen, dass noch die Ankunft des großen Bosses erwartet wurde, der jederzeit aufkreuzen konnte. Deswegen war es wichtig, jetzt schnellstmöglich das Weite zu suchen.

Mit Gantulgas Hilfe machte Oyun einen Rundgang durch die Werkstatt und suchte ein paar Sachen zusammen, die ihnen nützlich sein konnten: Schnüre, einen kleinen Schneidbrenner, Streichhölzer vom Adlerhorst, eine große Schachtel mit Nägeln, einen Kanister mit Benzin und ein scharfes Teppichmesser. Sie fassten einen fast schon verzweifelten Plan, und kurz darauf schlüpfte der Junge mit den Schnüren und den Nägeln nach draußen. Oyun sah sich in der Zwischenzeit das abgewrackte Quad noch einmal genauer an. Als sie die Metallplakette mit der Seriennummer des Motors gefunden hatte, brach sie sie mit einem großen Schraubenzieher ab und steckte sie in die Brusttasche ihres Overalls. Als Gantulga zurückkam, erklärte er ihr, was er getan hatte. Am liebsten würde Oyun versuchen, wieder an ihr Handy zu kommen, das irgendwo beim Feuer neben ihren zerrissenen Klamotten auf dem Boden herumliegen musste, aber dann entschieden sie, dass das zu gefährlich war. Gantulga hob das Fahrrad von der Wand und schob es leise nach draußen. Dann schnappte er sich einen Benzinkanister und verschwand. Zum Glück wurde der Mond gerade von dichten Wolken verdeckt.

Oyun ging ebenfalls nach draußen bis zu dem Quad, das der Ausfahrt des Camps am nächsten war. Hinter ihr lief Gantulga zwischen den anderen Maschinen hin und her und goss Benzin darüber.

»Sag mal, spinnst du? Was machst du denn da, Kleiner?«

Gantulga drehte sich um. Der Chef stand mit in die Hüfte gestemmten Händen direkt hinter ihm. In der vollständigen Finsternis konnte Gantulga sein Gesicht nicht erkennen, aber seine Körperhaltung wirkte sehr bedrohlich. »Was glaubst du wohl, was ich mache? Ich muss pissen! Musst du nie hinterher pissen?«

»Wieso musst du mit einem Benzinkanister in der Hand pissen?«

»Das mach ich immer so!« Gantulga war überrumpelt, und ihm fiel keine bessere Ausrede ein.

»Verarsch mich nicht! Hier stinkt doch alles nach Benzin! Du verdammter Hurensohn willst unsere Quads ab…« Der Satz erstickte in einem unverständlichen Gurgeln. Oyun hatte ihn von hinten gepackt und ihm mit dem Teppichmesser die Kehle durchgeschnitten. Das Blut aus der Halsschlagader spritzte Gantulga mitten ins Gesicht, der unwillkürlich einen Satz nach hinten machte. Dabei schlug der Kanister gegen die Metallverkleidung eines der Quads. Das Geräusch schallte laut durch die Nacht.

»He, was ist denn da los?«

Oyun ließ den leblosen Körper zu Boden gleiten und schnappte Gantulga an der Schulter. »Keine Zeit mehr herumzutrödeln, Partner. Anzünden und abhauen lautet die Devise!«

Auf der Lichtung erwachten die noch etwas betrunkenen Männer; in der Dunkelheit entstand erst einmal ein Durcheinander. Dann flammten einige Taschenlampen auf, und Oyun sah, wie die Lichter zunächst orientierungslos in Richtung Wald und Himmel umhertanzten; bald aber konzentrierten sie sich zunehmend in ihre Richtung.

»Lass den Kanister fallen und bring dich in Sicherheit!«, rief sie Gantulga zu. »Beeil dich, hier knallt's gleich!«

Gantulga verschwand in der Dunkelheit, und Oyun zündete das ganze Päckchen Streichhölzer an, um es auf die mit Benzin übergossenen Quads zu werfen. Aber ihr verletzter Arm versagte ihr den Dienst, und die Streichhölzer schafften es nicht ganz bis zu den Quads. Inzwischen kamen schon etliche Männer auf sie zugelaufen. Mit einem Aufschrei, der ihre Wut und ihren Schmerz aufflammen ließ, schwang sie sich auf den Sattel des Quads, das sie sich für die Flucht ausgesucht hatte. Sie hörte Gantulgas Stimme, konnte ihn aber nirgendwo sehen. »Oyun, fahr ohne Scheinwerfer los, und versteck dich dann links in dem Wald. Und zieh den Kopf ein!« Der Junge hatte bis jetzt so viel Geistesgegenwart und Einfallsreichtum bewiesen, dass sie unwillkürlich tat, was er sagte. Trotz der Schmerzen presste sie sich an die Lenkstange, fuhr ohne Licht los und steuerte direkt auf den Waldrand zu. Gleichzeitig sah sie, wie ein ganzes Stück weiter links ein Quad mit voll aufgeblendeten Scheinwerfern aus dem Camp fuhr, und wie Gantulga den Bikern entgegenhumpelte und ihnen zurief: »Da hinten ist die Schlampe! Sie will abhauen! Sie hat sich eine Maschine geklaut! Ihr müsst sie wieder einfangen!«

Die wütenden Männer stürmten zu den Quads, um die Verfolgung aufzunehmen. Versteckt im Wald, beobachtete Oyun, wie die ersten Quads losdüsten. Einige Sekunden später hörte sie die Motoren aufheulen und sah, wie sich einige Scheinwerfer gen Himmel richteten, begleitet vom lautstarken Fluchen der Fahrer. Die ersten Verfolger hatten sich in den von Gantulga quer über die Zufahrt gespannten Seilen verfangen.

Plötzlich stand er neben ihr.

»Gut gemacht, Partner!«

»Wart's mal ab. Das ist noch nicht alles.«

»Wir müssen von hier verschwinden, bevor sie uns entdecken. Irgendwer hat bestimmt meine Rücklichter gesehen, als ich hier im Wald gebremst habe.«

»Das glaube ich nicht, weil ich sie schon vorsorglich mit den Krücken kaputt geschlagen habe.«

»Tatsächlich?«

»Ja. Und ich hab mir noch ein paar andere Sachen einfallen lassen, von denen du gar nichts mehr mitbekommen wirst. Aber du solltest das Chaos nutzen, um zu verschwinden. Den einzigen Typen, der uns hätte verraten können, hast du ja schon abgemurkst. Die andern verdächtigen mich nicht, und niemand weiß, dass du inzwischen einen Overall anhast. Misch dich unter sie. Das andere Quad wird vorausfahren und sie ablenken und wegführen. Du musst nur mit ihnen im Pulk fahren und dann nach links abbiegen, um bis runter zum Dorf zu kommen. Schalte einfach den Motor und die Scheinwerfer aus, und lass dich im Leerlauf runterrollen. Da unten finden wir uns dann schon irgendwo.«

»Aber wer fährt denn das andere Quad, dem sie in die andere Richtung folgen?«

»Niemand. Ich habe das Gaspedal und die Lenkung blockiert. Ich hoffe, dass es lange genug geradeaus fährt, um dir möglichst viel Vorsprung zu verschaffen.«

»Und du? Was machst du in der Zwischenzeit?«

»Ich? Die haben mich in der ganzen Aufregung bestimmt schnell vergessen. Mach dir keine Sorgen. Ich habe den kleinen Schneidbrenner neben den Benzinkanistern in der Werkstatt stehen lassen. Ach so – und halt dich bis zum Ausgang der Ranch dicht am Waldrand. Auf der Zufahrt sind überall Nägel verstreut. Bis bald, Partner!«

Oyun wollte noch etwas sagen, ihn umarmen, sich bei ihm bedanken, sich vergewissern, von ihm hören, dass er vorsichtig sein würde, doch er war bereits in der Dunkelheit verschwunden. Sie startete den Motor, fuhr aus dem Wald heraus und schloss sich drei Quads mit röhrendem Motor an, deren Fahrer die wildesten Flüche gegen die weit vor ihnen fahrende Maschine ausstießen, von der sie meinten, dass sie von ihr gesteuert würde.

Dann kam das erste abrupt zum Stehen, als ein paar Nägel seinen rechten Vorderreifen zum Platzen brachten. Der nachfolgende konnte mit knapper Not ausweichen, und der dritte drehte sie zu ihr um, um sie zu warnen, dass überall Nägel verstreut waren. Für den Bruchteil einer Sekunde konnte sie sehen, wie sich sein Gesichtsausdruck von Staunen in Wut verwandelte, als er sie erkannte. Aber ihm blieb keine Zeit, den übrigen Fahrern einen Warnruf zuzuschreien, denn in diesem Augenblick flog die Werkstatt mit einer gewaltigen Explosion in die Luft. Brennende Trümmer wurden in den Nachthimmel geschleudert und verteilten sich in weitem Umkreis über die Lichtung. Ein brennendes Stück Holz entzündete die Benzinspur, die sich sofort zwischen den verbliebenen Quads, die drei weitere Typen gerade zum Laufen bringen wollten, ausbreitete. Menschen wie

Maschinen fingen Feuer, und bis dem Mann, der sie erkannte hatte, das Ausmaß des Schreckens bewusst wurde, war auch er eine brennende Fackel.

Oyun machte sich das Chaos zunutze. Hinter ihr fuhr niemand mehr, der sie hätte überholen können, und die Fahrer vor ihr gaben in der Aufregung nach der Explosion noch mehr Gas, um die vermeintliche Übeltäterin einzuholen.

Sobald sie den abschüssigen Zufahrtsweg erreicht hatte, gab sie noch einmal Gas, um mehr Schwung zu bekommen; dann schaltete sie den Motor und die Scheinwerfer aus und rollte im Leerlauf den Abhang bis zu dem etwa zwei Kilometer entfernten Dorf hinunter. Ohne die Motorbremse donnerte das dahinrasende Quad mit voller Härte in jedes Schlagloch und schlingerte in den Spurrinnen der Piste hin und her. Oyun weinte vor Schmerzen. Sie wünschte sich nichts sehnlicher, als endlich gerettet zu werden, sie sehnte sich nur noch nach Ruhe und Pflege, sie wollte, dass jemand kam, der sie beschützte und von allem abschirmte. Sie hoffte inständig, dass Yeruldelgger irgendwie, irgendwo ihre Nachrichten erhalten hatte. Dass er wusste, wo sie war, und ihr zu Hilfe eilen würde. Sie brauchte ihn hier und jetzt. Sie wollte, dass er sie rettete.

Plötzlich bemerkte sie in einiger Entfernung zwei Scheinwerfer, die in der Dunkelheit auf und ab tanzten. Es gab keinen anderen Weg, das Fahrzeug konnte nur direkt auf sie zukommen. Sie machte eine Vollbremsung, doch die Maschine geriet ins Schleudern. Die Hoffnung, dass Rettung nahte, verlieh ihr die Kraft, die Maschine in den Griff zu bekommen und zum Stehen zu bringen. Mit schmerzverzerrtem Gesicht stieg sie ab und stellte sich dem ankommenden Fahrzeug gegenüber mitten auf die Straße. Es war eine deutsche Luxuslimousine. Der Wagen blieb mit voll aufgeblendeten Scheinwerfern fünf Meter vor Oyun stehen. Der Fahrer ließ den Motor laufen und wartete lange, bevor er ausstieg. Als er draußen war, blieb er neben der geöffneten Tür stehen. Geblendet von den Scheinwerfern, dauerte es eine Weile, bis Oyun erkannte, um wen es sich handelte.

»Mickey, um Himmels willen. Wie kommst...«

Die Kugel traf sie mitten in die Brust, und Oyun fiel rückwärts über ihr Quad. Der Hauptkommissar wollte kein Risiko eingehen. Er trat auf sie zu, um ihr den Gnadenschuss zu geben, als mitten aus der Dunkelheit ein Phantom auftauchte, ihn unter entsetzlichem metallischem Gerassel streifte und zum Taumeln brachte und hinter seinem Wagen verschwand. Mickey verlor das Gleichgewicht und drehte sich um, um aufs Geratewohl zu schießen. Dann aber bemerkte er die Scheinwerfer, die sich mit hoher Geschwindigkeit näherten. Wutentbrannt stieg er wieder in seinen Wagen und fuhr mit durchdrehenden Reifen davon; dabei verfluchte er das Quad, das ihn daran hinderte, Oyuns leblosen Körper zu überfahren.

51

… als wir dich so dringend gebraucht hätten

Als er am Bretterzaun am Ortsende von Sanzai vorbeikam, glaubte Yeruldelgger einen orangen Blitz wie bei einem Trockengewitter über den Lärchenwipfeln gesehen zu haben. Wenige Sekunden später legte sich ein dichter gelblicher Staubfilm auf die Windschutzscheibe. Als rechts und links neben der Piste die Umrisse der ganzen Umgebung sichtbar wurden, ging ihm auf, dass der lodernde Lichtschein auf dem Hügel vor ihm nicht von einem Gewitter stammte. Das war eine Explosion. Weil er einen Moment lang fasziniert auf den unerwarteten Feuerschein dort oben geblickt hatte, hätte er um ein Haar die Limousine vor ihm übersehen, die mitten auf der Fahrbahn stehen geblieben war. Vermutlich ein Fahrer, den die Explosion ebenfalls überrascht hatte. Er ging vom Gas und konnte die Gestalt des Fahrers vor dem Wagen erahnen. Aus irgendeinem Grund hatte er mit einem Mal ein beklommenes Gefühl. Die Scheinwerfer des Fahrzeugs waren voll aufgeblendet und erlaubten es Yeruldelgger, ein Motorrad oder etwas Ähnliches zu erkennen. Plötzlich rollte aus der Dunkelheit ein eigenartiges Gefährt heran und streifte den Mann, der daraufhin strauchelte. Im selben Moment erkannte Yeruldelgger die Umrisse einer Waffe in der Hand dieses Kerls, und er bemerkte einen schlaffen menschlichen Körper in unnatürlicher Stellung vor dem Motorrad. Nun schoss das seltsame Gefährt in den Lichtkegel seiner Scheinwerfer.

Er konnte nur noch das Lenkrad herumreißen, um nicht frontal mit Gantulga zusammenzustoßen, der panisch auf einem alten Fahrrad ohne Bremsen auf ihn zugerast kam, wobei Beine und Krücken in alle Richtungen abstanden. Eine der Krücken zertrümmerte den linken Außenspiegel, und das seltsame Gefährt wurde wie bei einem akrobatischen Salto quer über seine Motorhaube katapultiert. Im Rückspiegel verfolgte Yeruldelgger, wie der Junge von der Dunkelheit verschluckt und dann vom rötlichen Schein seiner Bremsleuchten angestrahlt wurde, als er seinen Wagen zum Stehen brachte. Yeruldelgger sprang sofort heraus, um dem Jungen zu Hilfe zu kommen; er lag in zwanzig Metern Entfernung rücklings auf einer der Fahrspuren.

»Gantulga! Gantulga! Alles okay?«

»Oyun! Er hat Oyun erschossen!«

»Wie? Was sagst du da?« Yeruldelgger wandte sich zu der Gestalt vor dem Motorrad um. »Ist das etwa Oyun?«

»Ja doch! Er hat auf sie geschossen. Der Typ in dem Wagen hat direkt auf sie geschossen!«

Yeruldelgger wandte den Kopf und konnte gerade noch erkennen, wie der andere Wagen in der Dunkelheit verschwand. »Beweg dich nicht! Beweg dich unter keinen Umständen! Ich komme sofort zurück und kümmere mich um dich! Aber beweg dich keinen Zentimeter! Verstanden?« Dann rannte er zu Oyun. Als er das vollkommen entstellte Gesicht seiner jungen Kollegin sah, musste er sich die Tränen untersagen, um einen klaren Kopf zu behalten. Sie war bewusstlos und hatte eine Schusswunde mitten in der Brust, die aber nicht stark blutete. Er versuchte sich zu erinnern, ob das ein gutes oder ein schlechtes Zeichen war, aber letztlich kam es darauf jetzt nicht an. Er versuchte ihren Puls am Handgelenk zu fühlen, spürte aber nichts. Dann suchte er ihn an der Halsschlagader, doch auch da war nichts zu finden. Er suchte weiter nach der richtigen Ader, und endlich konnte er etwas ertasten, ein ganz schwaches Pulsieren.

»Ist sie tot?«, fragte Gantulga hinter ihm.

»Ich habe dir doch gesagt, du sollst dich auf keinen Fall bewegen! Ist nichts gebrochen?«

»Doch. Ein Gips und eine Krücke sind in die Brüche gegangen. Ist sie tot?«

»Nein, sie lebt noch. Hilf mir, schnell. Wir bringen sie weg. Dabei kannst du mir berichten, was passiert ist.«

»Das ist aber eine längere Geschichte«, seufzte Gantulga und half Yeruldelgger mehr schlecht als recht, Oyun auf den Rücksitz zu betten.

»Das passt ja gut, wir haben nämlich bestimmt noch eine Stunde Fahrt vor uns.«

»Meinst du, sie hält durch? Können wir sie nicht schon unterwegs in einer Praxis versorgen lassen?«

»Nein, wir bringen sie in das Krankenhaus, in dem Solongo arbeitet. Ich vertraue nur noch ihr.«

»Die Sache ist ernst, oder?«

»Keine Ahnung. Vermutlich steckt die Kugel in der Nähe des Herzens. Aber sie lebt, und sie blutet nicht sehr stark.«

»Ist das ein gutes Zeichen?«

»Ich weiß es nicht, ich weiß es einfach nicht, verdammt noch mal!«

Mühsam zog sich der Junge mit seinem zerbrochenen Gips und den Krücken auf den Beifahrersitz. Er hatte die Beifahrertür noch nicht ganz geschlossen, als Yeruldelgger den Wagen bereits wendete, um nach Sanzai hinunterzufahren.

»Hast du gesehen, wer auf Oyun geschossen hat?«

»Nein, leider nicht. Ich war voll damit beschäftigt, dieses beschissene Fahrrad irgendwie in den Griff zu bekommen.«

»He, du sollst nicht in diesem Ton reden!«

»Weißt du, wer es war?«

»Wer was war?«

»Der, der auf sie geschossen hat.«

»Denkst du, ich würde dich fragen, wenn ich es wüsste?«

»Wer weiß? Vielleicht wolltest du so eine Art Augenscheinbeweis.«

»Augenscheinbeweis? Wo hast du das denn her?«

»Na ja, von den Augenzeugen. In den Krimiserien im Fernsehen suchen sie doch immer nach Augenzeugen.«

»Wir sind hier aber nicht im Fernsehen, Kleiner. Wir befinden uns in der Realität. Jawohl, in der Scheißrealität«, regte sich Yeruldelgger auf und warf beim Fahren einen Seitenblick auf Gantulga. »Ich weiß schon, sag nichts, sag bloß nichts. Ich bin ich, und du bist du. Und ich sage, was ich will, aber du eben nicht! Verstanden?«

»Ich habe doch gar nichts gesagt!«

»Aber du wolltest.«

»Also wissen wir nicht, wer auf Oyun geschossen hat.«

»Nein, bis jetzt gibt es nicht viele Hinweise darauf, wer es sein könnte. Er fuhr einen großen Wagen, deutsches Fabrikat. Ein Mercedes, wenn ich es richtig gesehen habe, aber ich war nicht mal geistesgegenwärtig genug, mir die Nummer zu merken. Viel haben wir also nicht in der Hand.«

»Und was ist damit? Meinst du, das könnte uns weiterhelfen?«

Yeruldelgger warf rasch einen Blick auf Gantulgas ausgestreckte leere Hand. Er war an einem Punkt angelangt, an dem er Gantulgas Scherze nicht mehr witzig fand, aber der Junge schüttelte seinen Arm mit dem Gips, bis ein Gegenstand in seine ausgestreckte Handfläche fiel. Es handelte sich um eine Patronenhülse, vermutlich ein Neun-Millimeter-Kaliber.

»Wo hast du die denn gefunden?«

»Ein paar Schritte hinter dir auf dem Boden, als du Oyuns Puls gefühlt hast.«

»Und? Ist das die Hülse der Patrone, die der Mann abgefeuert hat?«

»Was soll es denn sonst sein? Oder hast du dort heute Abend ein Tontaubenschießen oder einen Jahrmarkt gesehen?«

»He, halte dein loses Mundwerk mal ein bisschen im Zaum, ja, kleiner Bruder? Mit mir kannst du nicht so umspringen. Beantworte einfach meine Fragen, ohne irgendwelche Kommentare, klar?«

»Jawohl, Chef! Das ist ganz bestimmt die Geschosshülse der Patrone, die der Mann auf Oyun abgefeuert hat, Chef!«

Yeruldelgger verbiss sich ein Lachen. Der Junge war einfach nur herrlich. »Das ist ein wertvolles Beweisstück, Partner. Ich hoffe, damit finden wir was raus«, sagte er so anerkennend wie ein amerikanischer Serienkrimiheld.

»Ich hatte in der Eile keine andere Möglichkeit, als das Beweisstück mithilfe eines Kieselsteins in meinen Armgips zu drücken. Durch den Schweiß sind möglicherweise DNA-Spuren von dem mutmaßlichen Täter verloren gegangen, aber sicher nicht die Fingerabdrücke.«

Yeruldelgger sah zu ihm hinüber und konnte seine Überraschung nicht verbergen. Dieser Junge und dieses Land, ja eigentlich die ganze Welt überraschten ihn doch immer wieder aufs Neue. Mittlerweile schien es so zu sein, dass die ganze Welt, einschließlich der Menschen hier in den Jurten in den entlegensten Steppen und Wäldern, sich einer Sprache bediente wie die Forensiker aus Las Vegas oder Miami.

Dann herrschte eine Weile Ruhe im Wagen, und ihnen stiegen die Tränen in die Augen, weil sie beide an Oyun und ihren geschundenen Körper auf der Rückbank denken mussten. Nach längerem Schweigen forderte Yeruldelgger Gantulga auf, ihm zu berichten, was eigentlich vorgefallen war. Der Junge gab alles scheinbar emotionslos wieder, als könnte er die Erinnerung an den Horror in dem Camp und das, was Oyun am Ende widerfahren war, durch die Reduktion auf die reinen Fakten ausblenden. Yeruldelgger hörte ihm zu, ohne den Blick von der nächtlichen Straße zu nehmen, die im Lichtkegel der Scheinwerfer aus dem Nichts auftauchte. Nur seine mahlenden Kiefer bei jedem grausamen Detail verrieten seine zunehmende Wut.

»Ich nehme stark an, dass jener Mann, der auf Oyun geschossen hat, der große Boss war, den sie so spät noch erwarteten«, bemerkte er und war selbst überrascht, dass er mit dem Jungen redete, als wäre er ein Kollege.

»Das nehme ich auch an«, bestätigte der.

»Bist du dir ganz sicher, dass du ihn nicht erkennen konntest?«

»Ja. Er stand voll im Gegenlicht der Scheinwerfer.«

»Falls dir noch irgendwas dazu einfällt …«

»Na klar sage ich es dir dann sofort!«, schrie Gantulga los. »Was denkst du denn? Wofür hältst du mich? Es geht doch um Oyun! Der Typ hat ihr mitten in die Brust geschossen! Meinst du, ich würde ihn jetzt nicht am liebsten selbst abknallen?«

Yeruldelgger trat hart auf die Bremse, und der Wagen geriet ins Schlingern, aber er konnte ihn abfangen.

»He, beruhige dich, Gantulga! Ich habe keinerlei Zweifel an dir. Ich kenne selbst unter den erfahrendsten Polizisten nicht viele, die die Situation dort so bravourös gemeistert hätten wie du. Also kein Grund durchzudrehen! Die Folgen von dem Ganzen werden dir noch lange zu schaffen machen, kleiner Bruder, aber du musst noch eine Weile durchhalten. Das Ganze ist nämlich noch nicht vorbei. Verstanden?«

Gantulga blickte nach hinten zum Rücksitz. »O Scheiße«, sagte er bloß.

Yeruldelgger sah über die Schulter. Durch das Bremsmanöver war Oyun zwischen die Sitze geglitten. Er hielt an, sprang aus dem Wagen und riss die hintere Tür auf. Gantulga brauchte mit Gips und Krücke deutlich länger, bis er sich aus dem Beifahrersitz emporgehievt hatte. Nachdem er die Tür auf seiner Seite geöffnet hatte, versuchten sie mit vereinten Kräften, Oyun wieder auf die Rückbank zu hieven. Yeruldelgger schob seine Arme unter ihren Rücken, um sie möglichst schonend anzuheben, ohne ihre Wunde zu berühren. Aber es war eine ungünstige Position, und er bekam sie nicht richtig zu fassen. Schließlich hakte er seine Arme unter ihre Achseln und verschränkte sie vor ihrem Bauch, um Oyun hochzuziehen.

»Warte mal!«, sagte er zu Gantulga, der seinerseits mit seinem gesunden Arm versuchte, ihre Beine anzuheben. »Was ist das?«

Yeruldelgger zog Oyuns Körper langsam zu sich, lehnte sie an sich und schob seine Hand in Höhe der Wunde über ihre linke Brust. »Sie hat da irgendwas …« Er zog den Reißverschluss des Overalls auf und fuhr mit der Hand unter den rauen Stoff, wo er dann leicht geniert feststellte, dass sie darunter nackt war und er direkt ihre Brust berührte. Aber er spürte nur ihre zarte, von Blutergüssen angeschwollene und aufgeplatzte Haut. Was er davor über dem Stoff mit den Fingern ertastet hatte, fühlte er nun auf dem Handrücken. Er zog die Hand heraus, fand die Brusttasche und öffnete den Druckknopf, mit dem sie verschlossen war. Darin steckte eine von einem heftigen Einschlag deformierte Metallplakette. »Was ist das?«, fragte er Gantulga.

»Ich glaube, das ist die Identifikationsnummer von dem koreanischen Quad, nach dem wir gesucht haben. Sie hat es abmontiert und als Beweismittel eingesteckt«, erklärte der Junge, warf seinerseits einen Blick darauf und sah Yeruldelgger erstaunt an. »O Mann! Meinst du, das könnte …«

»Ich will es hoffen, Gantulga, ich will es schwer hoffen!«, murmelte Yeruldelgger und zog den Reißverschluss des Overalls noch weiter auf, sodass die Brüste und der Bauch zum Vorschein kamen. Beim Anblick des misshandelten Körpers mit all den Bissspuren, Schürfwunden und den vielen verschiedenfarbigen Blutergüssen hielt er einen Moment entsetzt inne. Doch was er dann entdeckte, entlockte ihm einen kleinen Freudenschrei.

»Tatsächlich, kleiner Bruder! Schau hier: Dieser Schweinehund hat nur die Plakette getroffen! Was für ein unglaublicher Zufall! Was für ein Glück! Hier, die Kugel ist nur ein kleines Stück ins Fleisch eingedrungen.« Yeruldelgger weinte vor Freude. Der enorme Aufprall der Kugel hatte auf der linken Brust einen deutlich sichtbaren Abdruck hinterlassen. Dort, wo die Kugel die Plakette in der Mitte durchschlagen hatte, war die Haut von dem Geschoss aufgerissen worden. Aber es steckte noch sichtbar im Fleisch, nicht mehr als einen Zentimeter tief.

Mit Gantulgas Hilfe bettete Yeruldelgger Oyun auf die Rückbank, dann stiegen sie wieder vorne ein. Erleichtert wollte Yeruldelgger weiterfahren, als Gantulga ihn mit einer Handbewegung davon abhielt. Mit Mühen drehte er sich um, streckte seine Hände zwischen den Sitzen durch und zog den Reißverschluss von Oyuns Overall wieder zu, um sie nicht einfach so halb nackt daliegen zu lassen, auch wenn sie bewusstlos war. Yeruldelgger betrachtete diesen verantwortungsbewussten, starken Jungen und strubbelte ihm lediglich kurz die Haare, um nicht zu gefühlsduselig zu werden. »Gut gemacht, kleiner Bruder, gut gemacht!«, sagte er und ließ den Motor endlich anlaufen. Sie fuhren eine Zeit lang in flottem Tempo dahin, und Yeruldelgger sagte sich, wie glücklich er sich doch schätzen könne, dass es in seinem Leben Menschen wie Gantulga, Oyun und Solongo gab.

»Darf ich dich was fragen, Yeruldelgger?«

»Natürlich, kleiner Bruder. Worum geht's?«

»Warum warst du nicht da, als wir dich so dringend gebraucht hätten?«

52

Er scrollte zu Erdenbats Nummer ...

Mickey war am Boden zerstört. Das Ganze wuchs sich zu einem regelrechten Albtraum aus. Im Schein der brennenden Ranch versuchte er, sich ein Bild vom Ausmaß des Desasters zu machen. Es gab mindestens zwei Tote. Einer war bei lebendigem Leibe verbrannt, und einem war die Kehle durchgeschnitten worden. Ein paar lagen mit nicht unerheblichen Verbrennungen benommen auf dem versengten Waldboden. Dann entdeckte er neben den vom Feuer zerstörten Quads noch einen weiteren Toten, dessen Kopf fast abgerissen war. Er selbst hatte Oyun mit einem Schuss in die Brust erledigt, ausgerechnet eine Kollegin aus Yeruldelggers Team. Und dann war da noch dieser Junge, der aus dem Nichts aufgetaucht war und ihn vielleicht erkannt hatte, den musste er auch noch eliminieren. Dazu dieser unkontrollierbare Haufen von Nazitrotteln, die bei der kleinsten Anspannung die Nerven verloren und sicher gleich beim ersten Verhör auspackten. Er musste Erdenbat warnen. Er brauchte dessen Schutz. Das war der Alte ihm schuldig. Die Geschehnisse des heutigen Tages waren eine direkte Folge dessen, was fünf Jahre zuvor passiert war; damals hatte er, Mickey, ihnen aus der Klemme geholfen, Erdenbat und seinen Koreanern. Jetzt hatte Erdenbat eine Gelegenheit, sich zu revanchieren.

Als plötzlich der andere Wagen aufgetaucht war und er den

Schauplatz auf der Zufahrt fluchtartig verlassen musste, war er ohne Licht nur ein paar hundert Meter weit gefahren und hatte angehalten, um zu beobachten, was als Nächstes passierte. Er stand wegen seiner Tat selbst noch so sehr unter Schock, dass er sämtliche Zeugen erschossen hätte, wäre ihm der Wagen nachgefahren. Aber der Fahrer wendete das Fahrzeug und fuhr wieder nach Sanzai hinunter. Anhand des Scheinwerferlichts konnte er sicher sein, dass der Fahrer nicht in Sanzai angehalten, sondern in Richtung Ulaanbaatar weitergefahren war.

Daraufhin hatte er seinen Weg zum Camp fortgesetzt und dabei erst das Ausmaß des Schadens entdeckt. Dann hatte der Polizist in ihm die Oberhand gewonnen, und er hatte die unversehrtesten Männer regelrecht ins Verhör genommen, um zu erfahren, was genau vorgefallen war. Dann hatte er ihnen aufgetragen, alle auf der Lichtung zu versammeln, einschließlich der Toten, um zu überprüfen, ob alle da waren.

»Ich will gar nicht wissen, was ihr gemacht habt. Ich sage euch jetzt, was hier passiert ist und was als Nächstes passieren wird – und das werdet ihr alle auswendig lernen, kapiert? Zuerst mal: kein einziges Wort über die Frau. Sie war nie hier. Sie hat nie existiert. Den Ersten, der das vergisst, lasse ich sofort abknallen, verstanden? Als Nächstes: Die Explosion war ein Unfall. Sämtliche Toten bringt ihr in die Werkstatt, und die zerstörten Quads werden auch dort oben aufgestellt. Um den forensischen Bericht werde ich mich kümmern und eure Ärsche retten. Nächster Punkt: Hier hat keiner jemanden verfolgt, klar? Ihr alle wart wie üblich schwer besoffen, irgendein Depp hat in der Werkstatt rumgeblödelt, und dann ist alles in die Luft geflogen. Das war's, mehr wisst ihr nicht. Was mich angeht: Ihr kennt mich nicht. Ihr habt mich hier heute Abend nicht gesehen. Ich werde in ein bis zwei Stunden wiederkommen, um ganz offiziell die Ermittlungen zu leiten. Noch mal: Ihr habt mich nie gesehen. Der Erste, der was anderes behauptet, ist ein toter Mann. Ist das allen klar?«

Mickey überwachte anschließend noch, wie die Toten und die ausgebrannten Quads in die Werkstatt geschleppt wurden, dann sah er nach den Verwundeten. Drei von ihnen hatten fast überall am Körper sehr schwere Verbrennungen erlitten. Er rief zwei der relativ unverletzten Männer herbei und schärfte ihnen ein, welches Risiko die Schwerverletzten darstellten. »Bei diesen Jungs besteht jederzeit die Gefahr, dass sie anfangen zu plaudern – sei es aufgrund von Schmerzen oder Medikamenten –, und wenn sie reden, dann seid ihr alle dran. Sie müssten doch sowieso nur schrecklich leiden und würden für den Rest ihres Lebens stark entstellt bleiben.«

»Was soll das denn heißen?«, wollte einer der Männer wissen, der noch nicht wahrhaben wollte, was Mickey unterschwellig verlangte.

»Das bedeutet im Klartext, dass es sowohl für sie als auch für euch das Beste wäre, wenn die drei sterben, bevor ich hier offiziell mit der Polizei eintreffe.«

»Soll das etwa heißen ...«

»Genau das soll es heißen. Erstickt sie am besten. Menschen mit schweren Verbrennungen sterben häufig durch Ersticken. Und sie haben bestimmt schon einen Haufen Mist eingeatmet, das mit der Autopsie deichsle ich dann schon. Es sind drei. Legt sie etwas abseits ab, als hättet ihr erste Hilfe leisten wollen, und erstickt sie dort. Die Leichen könnt ihr einfach liegen lassen. Ihr sagt, ihr hättet die Verletzten vom Feuer weggebracht und die Toten vor der Werkstatt versammelt. Ich kümmere mich darum, dass die anderen gleich ein bisschen abgelenkt sind, damit ihr Zeit dafür habt. Und nicht vergessen: Wenn sie nicht sterben, sterbt ihr. Ihr Idioten habt euch diesen ganzen Scheiß hier eingebrockt, weil ihr die Kleine vergewaltigt habt. Jetzt müsst ihr auch dazu beitragen, euren Kopf aus der Schlinge zu ziehen.«

Mickey überließ die beiden ihrer tödlichen Aufgabe und lenkte die anderen ab, indem er ihnen seinen angeblichen Plan und die nächsten Schritte auseinandersetzte. Er würde die örtliche Polizei alarmieren, und sobald die hier auf der Bildfläche erschienen sei, würde auch er aufkreuzen und die Leitung der Ermittlungen übernehmen. Er würde die Befragungen selbst durchführen, und dann täten sie gut daran, sich an alles zu erinnern, was er ihnen eingetrichtert hatte.

Als die beiden anderen wieder zur Gruppe stießen, war er sich sicher, dass für das Notwendigste gesorgt war und er im Moment alles getan hatte, was man tun konnte, um die Lage unter Kontrolle zu behalten. Dann rief er bei der Polizei an, um einen Explosionsunfall mit vielen Opfern zu melden. Bevor er dann noch seinen Wagen von der Zufahrt wegbewegte, um ihn zu verstecken, damit er später den Eindruck erwecken konnte, er sei erst einige Zeit nach den ersten Rettungssanitätern eingetroffen, wandte er sich noch ein letztes Mal an die versammelten Biker-Nazis.

»Sorgt dafür, dass hier nicht die geringste Spur von der Kleinen zu finden ist. Ihr habt sie bestimmt wie die Wilden vergewaltigt, aber ich will nicht, dass die Bullen irgendetwas finden, das Aufschluss auf sie gibt. Also kein Slip, kein BH und auch sonst keinerlei Klamotten, nichts. Wenn ihr euch an alles haltet und genau das tut, was ich euch sage, passiert euch nichts. Wenn sich auch nur einer von euch verplappert, kommt ihr alle für die nächsten zwanzig Jahre in den Knast. Also sucht noch mal alles nach Sachen von ihr ab und verbrennt sie! Ihr habt ungefähr eine Stunde Zeit, bis der Zirkus hier losgeht.«

Dann fuhr Mickey von dort weg und versteckte sich. Die aufleuchtenden Scheinwerfer und Blaulichter würden ihm schon mitteilen, wann die Rettungskräfte eintrafen. Nun war es an der Zeit, seinen eigenen Hintern zu retten. Er scrollte zu Erdenbats Nummer und drückte auf *Anrufen*.

53

… würde er sich ihn als Erstes vorknöpfen

»Wie ist das passiert?«, fragte Mickey. Sein Gesicht wirkte nach der Schreckensnacht völlig übermüdet.

»Jemand hat direkt auf sie geschossen!«, erwiderte Yeruldelgger.

»Oh Scheiße! Sie ist tot?«

»Nein.«

»Nein?«

»Nein, sie liegt im Koma.«

Mickey war am frühen Morgen ins Krankenhaus gekommen. Yeruldelgger hatte die ganze Nacht dort verbracht, aber schon auf den ersten Blick erschien er dem Hauptkommissar erstaunlich ruhig und gefasst für einen Polizisten, der gerade seine engste Mitarbeiterin verloren hatte.

»Hat sie schon etwas über den Schützen aussagen können?« Mickey war hochnervös.

»Sie liegt noch im Koma! Das habe ich dir doch gerade gesagt.«

»Na ja, vielleicht davor? Vielleicht hat sie ja was gesagt, bevor sie ins Koma gefallen ist? Vielleicht hat sie den Rettungskräften was gesagt.«

»Die Rettungskräfte – das war ich! Ich habe das Dreckschwein sogar noch wegfahren sehen, so nah war ich dran. Fast direkt hinter ihm.«

»Du warst dort? Du hast ihn gesehen? Hast du was erkannt?«

»Nein. Ich hätte ihn verfolgen können, aber in dem Augenblick ist mir dann auch noch der Junge direkt vors Auto gefahren.«

»Der Junge? Welcher Junge? Wir haben einen Zeugen?«

»Nein. Er sagt, der Schütze stand voll im Gegenlicht, er konnte nichts erkennen.«

»Was für ein Pech aber auch!«, seufzte Mickey, mit einem Mal sehr viel ruhiger. »Was sagen die Ärzte zu Oyuns Zustand?«

»Sie schwebt in Lebensgefahr.«

»Scheiße! Das tut mir echt leid für dich, Yeruldelgger.«

»Ist schon gut. Und was war bei dir da oben los?«

»Ein unglaubliches Chaos. So eine Bikergang, lauter Idioten. Haben aus Versehen ihre Quad-Werkstatt angezündet, und dann ist das ganze Ding in die Luft geflogen. Fünf Tote, stell dir das vor! Ich frage mich, was Oyun dort oben zu suchen hatte.«

»Wie?«

»Ich habe gehört, ihr ... Unfall sei auf der Zufahrtstraße zu diesem Camp passiert.«

»Ach ja? Ich hatte eher den Eindruck, dass sie von dort heruntergefahren kam.«

»Du hast gesehen, wie sie aus dem Camp kam?«

»Nein. Sie und der Schütze befanden sich mitten auf der Zufahrtsstraße. Er war sicher auf dem Weg dorthin. Bei ihr weiß ich es nicht. Ich hatte nur den Eindruck ...«

»Negativ. Da oben gab es nicht den geringsten Hinweis. Wir haben alles durchkämmt. Das war offenbar so ein typisches Männerbesäufnis. Wenn sie auf dem Weg dorthin war, dann ist sie schon vor ihrer Ankunft umgelegt worden.«

Yeruldelgger sah Mickey eine Zeit lang direkt in die Augen. Eine sehr lange Zeit ... »Und wie erklärst du dir das Ganze?«

»Ich weiß es auch noch nicht so recht. Ich bin ja erst spätnachts am Tatort eingetroffen, etwa zwei Stunden nach der

Explosion. Ungefähr einen Kilometer vor diesem Camp war ein verunglücktes Quad. Aber zu dem Zeitpunkt konnte ich mir darauf überhaupt keinen Reim machen. Danach haben mich das Durcheinander und die Ermittlungen im Camp voll in Anspruch genommen. Du kannst dir ja vorstellen, was da los war: fünf Tote! Erst im Morgengrauen bin ich von dort aufgebrochen und habe beim verunglückten Quad angehalten. Ich dachte, jemand sei damit gestürzt. Vielleicht jemand, der nach der Explosion in Panik geraten ist und abhauen wollte, oder jemand, der tagsüber im Übermut wegfahren wollte und zu Fuß wieder ins Camp zurückmarschiert ist, nachdem er auf die Fresse geflogen ist. Ich konnte mir nicht vorstellen, dass jemand abgeknallt wurde, und am allerwenigsten dachte ich dabei an Oyun. Erst als ich ins Büro kam, habe ich gehört, was ihr dort passiert ist.«

»Bist du noch mal dorthin zurück?«

»Wohin? Ins Büro?«

»Nein, ins Camp.«

»Nein, ich bin völlig kaputt. Ich wollte aber im Laufe des Tages noch mal hinfahren.«

»Und als du auf der Rückfahrt bei dem Quad gehalten hast, hast du da irgendwelche Beweisstücke eingesammelt, irgendwelche Sachen? Zum Beispiel eine Patronenhülse?«

»Eine Patronenhülse? Nein. Wieso eine Patronenhülse? Hast du so was gefunden?«

»Nein. Ich konnte ja nichts sehen. Es war stockfinster.«

»Du hättest ja vielleicht die Scheinwerfer einschalten können.«

»Mickey, ich hatte Oyun auf den Armen ... mit einer Kugel in der Brust!«

»Ja klar, natürlich. Das ist wahr!«

Sie schweigen einige Sekunden lang. Der argwöhnische Hauptkommissar ließ Yeruldelgger währenddessen nicht aus den Augen. »Das ist wirklich ein unglaublicher Glücksfall, dass du mitten in der Nacht ausgerechnet dort vorbeigefahren bist.«

»Das war gar kein so großer Zufall, Mickey. Während ich weg war, hat Oyun mir immer wieder Nachrichten geschickt, wo sie steckt und was sie gerade macht, um mich auf dem Laufenden zu halten. In ihrer letzten Nachricht hieß es, sie sei zu diesem Camp unterwegs, um Nachforschungen zu diesen Möchtegernnazis anzustellen.«

»Im Zusammenhang mit welchen Ermittlungen?«, wollte Mickey wissen.

»Soweit ich weiß, ging es um die drei Chinesen«, log Yeruldelgger.

»Ich frage mich echt, was sie bei denen wollte. Ich habe sie ja in der Nacht verhört. Das ist nichts weiter als eine Bande ultranationaler Dummköpfe. Wenn man den ganzen minutiös ausgetüftelten Tathergang in dem Chinesen-Fall betrachtet und es damit vergleicht, wie diese Schwachköpfe sich dort oben quasi selbst in die Luft gesprengt haben, dann frage ich mich wirklich, wie Oyun darauf gekommen ist, zwischen denen und unserem Fall irgendeine Verbindung herzustellen.«

»Da hab ich auch keine Ahnung«, seufzte Yeruldelgger. »Oyun wollte es mir sagen. Aber jemand hat ihr vorher eine Kugel in die Brust gejagt. Irgendwie oder durch irgendwen muss sie von dort runtergekommen sein.«

»Übrigens, mein Lieber«, begann Mickey süffisant, »darf ich dich bei der Gelegenheit daran erinnern, dass ich dir sämtliche Fälle entzogen habe und dass du nahe daran bist, endgültig gefeuert zu werden? Das weißt du hoffentlich noch?«

»Selbstverständlich weiß ich das noch.«

»Also, was hattest du dort oben zu suchen, und wo hast du eigentlich die letzten zehn Tage verbracht?«

»Ach, da oben war ich nur, um meine Kollegin logistisch zu unterstützen. Und die zehn Tage, das war eine Art Selbstbesinnungsseminar.«

»Aha«, maulte Mickey wenig überzeugt. »Halt dich jedenfalls

von jetzt an aus allem heraus. Um den Schutz und das Wohlergehen von Oyun werde ich mich fortan persönlich kümmern.«
»Ihren Schutz? Du meinst, sie muss beschützt werden?«
»Na, hör mal! Irgendjemand ist ihr bis da rauf gefolgt und hat auf sie geschossen, aber sie ist noch nicht tot. Und auch wenn du und der Junge nichts sehen konntet, bin ich sicher, dass sie den Schützen genau gesehen haben muss. Was wollen wir wetten, dass er versuchen wird, die Sache zu Ende zu bringen?«
»Da hast du ganz recht, aber zerbrich dir darüber nicht weiter den Kopf. Um Oyuns Schutz werde ich mich persönlich kümmern.«
»Kommt gar nicht infrage!«, erwiderte Mickey in scharfem Ton. »Du verschwindest. Ich will dich an keinem Tatort mehr sehen, und du hältst einen Mindestabstand von hundert Metern zu jedem Opfer und zu jedem Zeugen. Hast du mich verstanden?«
»Leck mich doch, Süchbaatar. Was Oyuns Schutz anbelangt, wenn ich mich nicht selbst darum kümmern darf, dann werde ich ihn zumindest organisieren, ob du das willst oder nicht. Im Übrigen sind sie schon da.«
Mickey folgte Yeruldelggers Blick und staunte, als er zwei Mönche auf sie zukommen sah. Yeruldelgger begrüßte den Nergui voller Ehrerbietung, wie es dessen Stellung entsprach und um den Rangunterschied zu dem Novizen in seiner Begleitung deutlich zu machen. Er wies ihnen mit einer Handbewegung den Weg zu Oyuns Zimmer, und sie gingen schweigend weiter. Der Nergui trat ein und ließ sich auf einem unbequemen Metallstuhl am Kopfende des Bettes nieder, wo Oyun, an Kabel und Schläuche angeschlossen, immer noch im Koma lag.
»Mein armer Yeruldelgger, jetzt bist du wirklich vollkommen durchgeknallt«, seufzte der Hauptkommissar kopfschüttelnd angesichts des Auftritts der beiden dürren, barfüßigen Klostermänner in ihren orangefarbenen Gewändern. »Was soll dieser Zirkus?«

»Sie wachen ab jetzt über ihren Körper und ihre Seele. Egal, ob sie stirbt oder aus dem Koma erwacht, sie werden bei ihr sein«, erklärte Yeruldelgger und entfernte sich langsam.

»He, warte mal! Wo willst du jetzt hin?«

»Das hast du doch selbst gesagt, Mickey. Mindestens hundert Meter Abstand zu sämtlichen Opfern und Zeugen. Ich gehe jetzt nach Hause.«

»Du gehst nach Hause? Und was wird aus Oyun?«

»Bei dir und den beiden Mönchen ist sie doch in besten Händen, oder?«

Mickey blickte ihm hinterher und wusste nicht recht, was er davon halten sollte. Dieser Typ hatte wirklich ein Talent dafür, alle Welt auf dem falschen Fuß zu erwischen. Hatte er irgendeinen Verdacht im Hinblick auf Oyun? Warum hatte er ihn mit keinem Wort auf die Vergewaltigung angesprochen? Und er selbst? Hatte er sich im Gespräch mit ihm irgendwie verplappert? Hatte er sich verraten? Hatte er... Um Himmels willen! Der Junge! Er musste auch den Jungen eliminieren, nicht nur Oyun. Und da sie im Moment im Koma lag und ganz bestimmt nichts ausplauderte, würde er sich ihn als Erstes vorknöpfen.

54

… bevor er sie in seine Arme schloss

»Es tut mir leid«, sagte Yeruldelgger.
»Weswegen?«, fragte Solongo. Ihre Gegenfrage klang nicht wie ein Verzeihen, sondern vielmehr nach der Resignation angesichts der langen Liste von Dingen, für die ihr Freund tatsächlich um Entschuldigung hätte bitten müssen.
»Wegen allem, was hier in der Zwischenzeit passiert ist. Vor allem für Oyun tut es mir leid, und weil ich so lange weg war …«
Nachdem er das Krankenhaus verlassen hatte, war er bei Solongo vorbeigegangen. Aber sie war nicht da gewesen, hatte zu viel Arbeit. Also hatte er ihr eine Nachricht geschickt und auf sie gewartet. Er hatte sich auf den Holzboden in der großen Jurte gesetzt und sich ans Bett unter der Bildtafel mit der Darstellung des Periodensystems gelehnt. Die Beine hatte er bequem ausgestreckt, aber darauf geachtet, dass die Füße nicht auf den Ofen in der Mitte der Jurte zeigten, um die Geister all derjenigen, die vor ihm an diesem Ort gelebt hatten, nicht zu kränken, und er musste lächeln. Er lächelte angesichts des Glücks, inmitten all des Trubels dieses Refugium zu haben, wo man in diesen Tagen von Tod und Verderben den Duft des Lebens einatmen konnte, und angesichts seiner unverbrüchlichen Bindungen zu Solongo, Oyun, Gantulga, dem Nergui und seinen Novizen und vielleicht sogar zu Saraa. In den wenigen Tagen im

Kloster hatte er seine Wut überwunden und seine Kraft zurückgewonnen. Man lernt nicht, wenn man allein ist, und der Gegner ist immer auch ein Partner. Seine Kraft wird zu der unsrigen, diese Kraft, mit der man zerstört, was die Wut nicht überwinden kann. Wie hatte er sich nur so weit von dieser grundlegenden Erkenntnis entfernen können? Er hoffte, inzwischen wieder Zugang zu diesem inneren Reichtum gefunden zu haben. Sich mehr auf das Fühlen als auf das Denken verlassen. Keine sinnlosen Kämpfe führen, die nur Beweis für die Unwirksamkeit sind, aber niemals zaudern, einen einmal begonnen Kampf fortzusetzen. Immer vorwärtsstreben, ohne Zorn, im eigenen Rhythmus. Die eigene Stärke aufrechterhalten. Nie versuchen, gegnerischen Schlägen und Vorstößen auszuweichen, indem man zurückweicht, sondern immer auf sie zugehen, indem man den eigenen Mittelpunkt verschiebt. Lieber den Angriff des anderen parieren, als selbst anzugreifen. Wie hatte er all das vergessen können? Welche Wut hatte ihn so blind gemacht, welche unkontrollierten Gefühlsaufwallungen hatten dazu geführt, dass er sich selbst nicht mehr kannte? Yeruldelgger wusste es nur zu gut: Es war Kushis Tod gewesen. Indem sie seinen unschuldigen kleinen Liebling getötet hatten, war es ihnen gelungen, seine Seele so aus dem Gleichgewicht zu bringen, dass er nur noch an Rache denken konnte. Aber dieser Zorn war jetzt verraucht. Er wollte keine Rache mehr. Weder für Kushi noch für Saraa noch für Oyun. Er war nur noch erfüllt von der geläuterten, inneren, besonnenen Pflicht, denjenigen das Leben zu nehmen, die ihm seine Liebsten genommen oder es versucht hatten. Diese Fülle und Ganzheit ließ ihn auch dann noch lächeln, als Solongo erst sehr viel später am Tag in ihre Jurte zurückkehrte.

»Für mich warst du gar nicht fort«, sagte sie, kniete sich neben ihn und küsste ihn auf die Stirn. »Ich habe einen deiner Träume mitgeträumt, und dabei ist mir auch ein Mönch erschienen, der mir verraten hat, dass du am Leben bist.«

»Ich weiß, ich habe deine Nähe und deine Wärme während dieses Albtraums auch gespürt. Der Nergui hat mir gesagt, dass Träume keine Prophezeiungen sind, dass sie nur in wirrer Form wiedergeben, was wir tief in unserem Inneren verstecken.«

»Dann warst du also eine Zeit lang im Kloster.«

»Ja, das erschien mir auf einmal ganz naheliegend. Außerdem hatte ich das Gefühl, dass sie dort schon auf mich gewartet hatten. Ich hatte so gut wie alles vergessen, was ich dort gelernt hatte. Sie haben mich so lange bei sich behalten, bis ich es wieder gelernt hatte. Zum Glück vergisst man die Lektionen des Nergui niemals wirklich. Man kann sie in seinem Inneren vergraben, so tun, als würde man sie ignorieren und vergessen, aber man trägt sie in seinem tiefsten Inneren bei sich. Ich brauchte einfach diese zehn Tage, um wieder zu mir zurückzufinden und zu verstehen, warum Erdenbat mich unbedingt töten wollte.«

»Erdenbat wollte dich umbringen?«

»Ja, davon bin ich überzeugt. Ich müsste in meinem Traum mal nach seinem Bild suchen. Aber diese Bedrohung hat mir in gewisser Hinsicht gutgetan, weil sie mir gezeigt hat, dass meine Wut alles überlagert hat; sie hat mir meine Kraft ausgesaugt, meinen Willen gebrochen und meine Intuition getrübt. Die Wut und die Angst, die damit einhergeht. Ich wurde von einem Mann verfolgt. Er hatte eine Waffe und ich nicht, und ich hatte Angst. Ich bin geflohen, bin weggelaufen, ich habe alles vergessen, was ich damals im Kloster gelernt habe. Dann bin ich in einen Abgrund, in eine kleine Schlucht gefallen, und als er oben am Rand erschien und sein Gewehr auf mich richtete, war ich verrückt vor Angst. Aber es war weniger die Angst vor ihm als vielmehr die Angst vor dem, was aus mir geworden war.«

»Haben die Mönche dich dort rausgeholt?«

»Das nehme ich an. Ich habe nur gesehen, wie ein Schatten oben über den Himmel glitt. Dann taumelte der Mann, der mich verfolgt hatte, und stürzte auf mich. Sein Gewehrkolben hat mich bewusstlos geschlagen, und ich bin erst im Kloster wieder zu mir gekommen.«

»Und dort haben sie sich um dich gekümmert?«

»So ist es«, antwortete Yeruldelgger demütig. »Sie haben mich zu Boden geworfen, mich geschlagen, gequält, seelisch fertiggemacht und körperlich bis an den Rand der Erschöpfung geschunden. Dann haben sie dafür gesorgt, dass ich mich wieder erhole, zu Kräften komme und zu mir finde.«

Solongo saß dicht neben ihm auf dem Boden, die Beine zur Seite abgewinkelt, den Kopf an seine Schulter gelehnt. Sie trug einen Deel aus blauer Seide. Er roch den metallischen Duft des Stoffs mit den Goldfadenapplikationen, die Süße, die von ihrem Nacken aufstieg, den Hauch eines Parfums und das Rascheln ihres Haars an seinem Ohr.

»Und was wirst du als Nächstes tun?«

»Als Nächstes? Als Erstes werde ich dich um Verzeihung bitten … Und ich bitte dich um noch mehr. Ich bitte dich darum, mich bei dir zu behalten; ich bitte dich darum, mit mir zusammenzubleiben, ich bitte dich darum, dein Geliebter sein zu dürfen, mich in deinen Armen zu verlieren, darum, dass wir gemeinsam durch die Steppe reiten. Ich bitte dich darum …«

Solongo drehte sich mit strahlendem Gesicht zu ihm um. Sie setzte sich rittlings auf seine ausgestreckten Beine und legte ihm einen Finger auf die Lippen. »Schscht. Bitte um nichts mehr. Lass uns mit dem anfangen, was du gerade gesagt hast.« Sie fing an, die lange Reihe kleiner Goldknöpfe aufzuknöpfen, die ihren Deel vorn zusammenhielten, und ließ den Mantel von den Schultern gleiten. Diese Bewegung, bei der sie ihren Rücken durchbog und ihre Brüste nach vorn streckte, überraschte ihn und erfüllte ihn zugleich mit Erwartung. Sie trug einen schwarzen BH und überließ es ihm, ihn aufzuhaken.

Ohne zu wissen, warum, murmelte er: »Danke«, bevor er sie in seine Arme schloss.

55

… mitten in der Nacht, zur arglosesten Zeit

Der Gedanke, dass Oyun jederzeit aufwachen und zu plaudern anfangen könnte, trieb ihn den ganzen Tag lang um. Während er die gesamte Stadt nach dem Jungen absuchte, stand ihm diese mögliche Katastrophe pausenlos vor Augen. Trotz aller Drohungen und Wutanfälle gegenüber seinen Spitzeln, gab es nicht die geringste Spur von dem Jungen. Viel schlimmer aber war, dass diese ziemlich überschaubare Schattenwelt im Stadtzentrum wenig Interesse daran zeigte, ihn weder zu fürchten schien noch bereit war, ihm zu helfen.

Mickey war vielleicht nicht der beste Kriminalkommissar der Welt, aber er hatte genügend Berufserfahrung, um zu spüren, wenn etwas faul war. Gerüchte machten immer viel schneller die Runde als handfeste Ermittlungsergebnisse. Was immer er in den offiziellen Berichten übertünchen oder beschönigen wollte, war bereits nach draußen gedrungen und schwirrte längst durch die Straßen und Gassen. Ein kleiner Dealer, dem er nahelegte, ihm bei der Suche nach dem Bengel zu helfen, um auf diese Weise seinen »Arsch zu retten«, erwiderte daraufhin lediglich, er solle lieber daran denken, seinen eigenen Arsch zu retten. Es war nie ein gutes Zeichen, wenn kleine Spitzel sich nichts gefallen ließen. Denn dann fürchteten sie jemand anderen mehr als einen selbst.

Mickey spürte, dass er die Dinge nicht mehr im Griff hatte

und dass ihn das in Gefahr brachte. Er setzte nun alle Hebel in Bewegung. Einen seiner Leute schickte er ins Krankenhaus, damit der dafür sorgte, dass niemand mehr Zutritt zu Oyun hatte, einschließlich der Kollegen. Der junge Inspektor erhielt den strikten Befehl, die Ärzte stets in Oyuns Zimmer zu begleiten. Strikten Befehl, dafür zu sorgen, dass niemand davon erfuhr, falls sie erwachte.

Am späten Vormittag raste er wie ein Irrer in das abgefackelte Camp, um sich dort noch einmal umzusehen und eine Erklärung dafür zu finden, wie Oyun an die Stelle gekommen war, wo er auf sie geschossen hatte. Über eine Stunde suchte er die Schotterstraße auf das Sorgfältigste nach seiner Patronenhülse ab; je länger er danach suchte, desto mehr war er davon überzeugt, dass Yeruldelgger sie gefunden haben musste. Er stellte sich genau an die Stelle, von der aus er meinte, den Schuss auf Oyun abgegeben zu haben, und feuerte zweimal aus seiner Pistole, um zu sehen, wo die Patronenhülsen landeten, aber er fand trotzdem nichts.

Dann brauste er nach Ulaanbaatar zurück. Unter Missachtung aller gebotenen Vorsicht platzte er direkt in den Adlerhorst hinein, um die dort anwesenden Motorradfahrer darüber auszuquetschen, woher dieser Junge überhaupt kam. Einer der Brutalos, der noch stark unter dem Schock der Ereignisse der vorangegangenen Nacht stand, erzählte ihm die Geschichte, wie es zu der Schlägerei mit den Chinesen gekommen und wie Gantulga zu ihrem Maskottchen geworden war. Sonst wusste er nichts über den Jungen, wohingegen Mickey jetzt immerhin dessen Namen kannte. Mit dieser neuen Information klapperte er noch einmal sämtliche Spitzel ab und fuhr dann ins Krankenhaus. Bevor er aus dem Wagen stieg, schraubte er noch einen Schalldämpfer auf seine Pistole und schob die Waffe in die Innentasche seines Jacketts.

Im Vorraum der Intensivstation entdeckte er seinen jungen

Inspektor in sich zusammengesunken auf einem Stuhl. Er weckte ihn mit einem Tritt gegen die Stiefel. Der junge Mann sprang überrascht auf und deutete eine Art militärischen Gruß an. Neben ihm stand vollkommen aufrecht, ohne sich mit dem Rücken an die Wand zu lehnen, der buddhistische Novize. Er hatte sich seit dem Morgen nicht einen Zentimeter bewegt. Mickey warf seinem Inspektor einen fragenden Blick zu, den dieser mit einem Schulterzucken beantwortete. Dann bemerkte er, dass der Nergui im Zimmer bei Oyun war, und verlor die Selbstbeherrschung. »Was hat der Kerl da drinnen zu suchen?«

»Er war schon drin, als ich hier ankam«, entschuldigte sich der junge Inspektor.

»Ich habe doch ausdrücklich angeordnet, dass niemand bei ihr im Zimmer sein darf! Niemand! Weißt du nicht, was ›niemand‹ bedeutet?«

Er schob den jungen Inspektor brüsk beiseite, betrat das Krankenzimmer und ging auf den Nergui zu. Doch zwei Meter vor dem reglos dasitzenden Mönch kam es ihm vor, als würde er gegen eine unsichtbare Wand rennen. So etwas hatte Mickey noch nie erlebt. Er hatte den Eindruck, gegen eine energetische Kraft anzurennen, doch außer ihm selbst gab es nichts, das ihn am Weitergehen gehindert hätte. Der Mönch saß immer noch etwas steif und reglos auf dem unbequemen Metallstuhl neben Oyuns Bett wie vor fünf oder sechs Stunden, und sein Blick bohrte sich in Mickeys Sternum. Der konnte die Intensität dieses Blicks fast wie Hitzestrahlen körperlich spüren.

»Es ist nicht das, was du willst«, sagte der Mönch ohne den Blick zu heben.

»Hör zu, Mönch, ich bin ...«

»Ich weiß genau, wer du bist, und ich wiederhole noch einmal: Das ist nicht das, was du willst.«

»Wie bitte?«, erwiderte Mickey gereizt. »Was soll das sein, was ich nicht ...«

Nun hob der Mönch den Kopf und sah Mickey direkt an, woraufhin dieser erstarrte. Der Blick des Mönchs war dunkel und leuchtend zugleich, voll konzentriert, hart wie Stein. Er war von einer solch unglaublichen Intensität, dass dieser eiskalte Strahl Mickey regelrecht gegen die Wand taumeln ließ.

»Es ist nicht das, was ich will, da hast du recht, bitte entschuldige«, murmelte der Hauptkommissar und trat den Rückzug an. »Du kannst hierbleiben. Bleib, so lange du willst.« Er verließ das Zimmer und ging mit immer schneller werdenden Schritten den Korridor entlang; dabei schossen ihm Tränen in die Augen, und er hob die Hände vors Gesicht und überließ es dem völlig verblüfften jungen Inspektor, die Tür zu schließen.

Sobald er das Krankenhaus verlassen hatte, machte er sich wieder auf die Suche nach Gantulga, war aber völlig verwirrt. Er musste diese Angelegenheit möglichst schnell hinter sich bringen, sämtliche Verbindungen zwischen sich und dieser verfluchten Affäre kappen, die ihn seit fünf Jahren verfolgte. Vor allem musste er Erdenbat beschützen, denn wenn der Türke sich bedroht fühlte, dann bedeutete Mickeys Tod für ihn, selbst nicht aufzufliegen.

Ohne etwas erreicht zu haben, was ihn maßlos ärgerte, fuhr er spät am Abend noch einmal ins Krankenhaus, um Oyun aus dem Weg zu schaffen. Aber die beiden Mönche waren immer noch da. Unbeweglich. Unerbittlich.

»Sie haben sich überhaupt nicht bewegt«, flüsterte ihm der junge Inspektor zu. »Sie haben weder ein Glas Wasser getrunken, noch sind sie ein einziges Mal pinkeln gegangen.«

Mickey schickte ihn kurzerhand nach Hause und blieb selbst vor Ort. Die kleinste Unaufmerksamkeit in ihrer Überwachung wollte er sich zunutze machen. Oyun war hier, leicht angreifbar in ihrem Krankenhausbett. Es würde vermutlich ausreichen, irgendeinen dieser Schläuche herauszuziehen oder ihr ein bisschen Luft in die Vene zu spritzen, sie mit einem Kissen zu ersticken oder ihr einfach eine Kugel hineinzujagen. Dazu brauchte er nicht mehr als drei Minuten. Nicht mehr als drei Minuten! Selbst diese verdammten Mönche mussten doch irgendwann mal zur Toilette gehen, so wie jeder andere Mensch auch. Eine andere Möglichkeit wäre, bis spät in die Nacht zu warten und dann alle auf einmal abzuknallen, Oyun, die beiden Mönchen und alle, die sonst hier vorbeikamen. Immerhin hatte er einen Schalldämpfer und um diese Zeit dürfte dann nicht mehr viel los sein.

Er beschloss, weiter vor Ort zu bleiben. Egal wie, die junge Inspektorin musste spätestens am Morgen tot sein. Das Risiko, dass sie redete, konnte er auf keinen Fall eingehen, wenn er Erdenbats Zorn nicht auf sich ziehen wollte. Er würde spätestens um drei Uhr morgens eingreifen, mitten in der Nacht, zur arglosesten Zeit.

56

… finde heraus, wo er steckt, und sag es uns

In dieser Nacht hatte Yeruldelgger mit Solongo nun wirklich nicht über die Arbeit reden wollen. Auch sie wollte in dieser Hinsicht nichts von ihm hören. Nicht jetzt, wo sie sich endlich gefunden hatten, nachdem sie einander schon so lange kannten. Sie hatten sich schweigend geliebt, sich danach ohne ein Wort ausgeruht und Yeruldelgger war aufgebrochen, ohne dass Solongo im Geringsten beunruhigt wäre. Sie wusste, dass er von nun an erst recht immer wieder zu ihr zurückkehren würde.

Gegen Mittag fuhr er beim Krankenhaus vorbei, um sich nach Oyuns Zustand zu erkundigen. Trotz der Bemühungen des jungen Inspektors, ihn davon abzuhalten, betrat er ihr Zimmer und unterhielt sich lange mit dem Mönch. Im Vorbeigehen klopfte er dem jungen Kollegen kameradschaftlich auf die Schulter. Von ihm erfuhr er, dass auch Mickey schon hier war, sich dann aber auf die Suche nach einem Zeugen gemacht habe. Er hatte die Anweisung gegeben, ihn sofort zu benachrichtigen, sobald Oyun aufwachte. Vom Krankenhaus fuhr Yeruldelgger direkt ins Büro und rief Billy zu sich, den jungen Inspektor, der sich in seine Kollegin verknallt hatte.

Als Chuluum im Kommissariat ankam, waren die beiden im Besprechungszimmer damit beschäftigt, die Beweise zu sortieren und Checklisten abzuarbeiten. »Was treibt ihr denn hier?«, wollte er wissen.

»Wir kümmern uns so um die Fälle, wie man das von Anfang an hätte tun sollen.«

»Was für Fälle?«

»Die Ermordung der drei Chinesen und der Tod des kleinen Mädchens. Beide«, erwiderte Yeruldelgger, ging weitere Unterlagen durch und machte sich Notizen auf einer Tafel.

»Hat Mickey dich wieder darauf angesetzt?«

»Nein.«

»Was hast du dann hier zu suchen?«

Yeruldelgger ließ den Stift sinken und sah Chuluum direkt in die Augen. »Ich mache hier einfach meinen Job. Glaubst du, dass mich daran jemand hindern kann?« Sein Blick war dabei so fest und ruhig, so entschlossen, dass Chuluums Selbstsicherheit ins Wanken geriet.

»Ich glaube nicht …«

»Du etwa?«

»Nein, nein! Ich nicht, um Himmels willen! Eigentlich hast du ganz recht. Du solltest deinen Job machen.«

»Mickey vielleicht?«

»Auch nicht.«

»Na, umso besser. Dann sind wir uns ja alle einig. Denn eins kann ich dir gleich sagen: Ich weiß mittlerweile, dass Mickey irgendwie in beide Fälle verwickelt ist. Wie genau, müssen wir noch herausfinden. Wir sortieren gerade die Beweise und Zeugenaussagen. Falls du dich uns anschließen willst …«

Chuluum zögerte keine Sekunde lang. Er zog sein Jackett aus, hängte es sorgfältig über die Rückenlehne eines Stuhls und trat vor die Wandtafel. »Wie geht ihr vor?«

»Wir machen gerade eine Aufstellung sämtlicher Tatsachen, die durch Beweise bestätigt sind, und stellen sie den noch offenen Punkten gegenüber.«

»Zum Beispiel?«

»Die Eltern des kleinen Mädchens: Wo sind sie abgeblieben? Warum wissen wir darüber nichts?«

»Vielleicht sind sie gestorben?«, meinte Chuluum.

»Das nehme ich auch an«, erwiderte Yeruldelgger und machte ein Kreuz neben das Wort »Eltern«. »Aber wann?«

»Wann?«

»Sind sie vor oder nach der Kleinen gestorben?«

»Was macht das für einen Unterschied?«

»Wenn wir davon ausgehen, dass das Mädchen von einem Quad umgefahren und tödlich verletzt wurde, dann waren die Eltern zu diesem Zeitpunkt entweder schon tot – was erklären würde, warum die Kleine ganz allein auf der Quad-Piste unterwegs war –, oder aber sie sind von dem Quad-Fahrer oder den Quad-Fahrern umgebracht worden, damit es keine Zeugen gibt.«

»Ist das denn so ein bedeutender Unterschied?«

»Ein entscheidender Unterschied. Dann sind die Mörder nämlich nicht die gleichen. Im ersten Fall sind die Täter wirklich völlig unbestimmt, genauso wie die Gründe für die Morde. Im zweiten Fall sind es mit Sicherheit die Quad-Fahrer, die die Unfallzeugen beseitigen wollten. Deshalb müssen wir jetzt unbedingt nach den Leichen der Eltern suchen.«

»Es gibt noch ein drittes denkbares Szenario«, schlug Billy vor. »Die Eltern haben ihr Kind eine Zeit lang unbeaufsichtigt gelassen, die Quad-Fahrer sind gar nicht groß stehen geblieben, sondern haben Unfallflucht begangen. Dann finden die Eltern den Leichnam des Kindes, geben sich die Schuld an seinem Tod, vergraben es direkt vor Ort und reisen wieder in ihre Heimat.«

»Das wäre menschlich nachvollziehbar, passt aber faktisch nicht dazu. Ich habe das im Ein- und Ausreiseregister inzwischen überprüfen lassen. Es gibt gar keine Visa-Registrierung, die zu unserer Familie hier passt.«

»Was heißt das genau?«, fragte der junge Inspektor.

»Seit 2002 läuft die gesamte Visa-Abwicklung elektronisch und zentralisiert. Es gibt eine Software, die anzeigt, wenn auf eine registrierte Einreise nach der erlaubten Aufenthaltsdauer nicht eine entsprechende Ausreise erfolgt. Reist jemand ein und nicht wieder aus, erfahren wir das.«

»Das Problem ist nur, dass sich kein Mensch darum kümmert, dieses System auszuwerten«, erklärte Chuluum. »Als ich an der Grenze in Tchör stationiert war, habe ich im Zusammenhang mit den Russen von vielen solcher Fälle erfahren. Die Soldaten, ihre Familien, ihre Geliebten, ihre Huren, dieser ganze bunte Haufen kam mit sogenannten Militärtransporten ins Land, und sie hielten sich alle ohne Visa hier auf. Dort habe ich seinerzeit Süchbaatar kennengelernt, der mir geholfen hat, diese verzwickten Situationen zu lösen.«

»Mickey hat beim Zoll gearbeitet?«

»Nein, nicht direkt beim Zoll, sondern bei der Grenzpolizei. Ihm genügte oft ein Anruf oder frisierter Bericht, um eine angebliche Abschiebung anzukündigen, und der Name verschwand aus den Akten beziehungsweise Dateien.«

»Gibt es auch eine Möglichkeit, diese Daten wiederherzustellen? Oder kann man es nachweisen, wenn sie manipuliert wurden?«

»Nein, das glaube ich nicht.«

»Aber Mickey wäre dazu jedenfalls in der Lage gewesen?«

»Er hätte da sicher was machen können, aber es weist nichts darauf...«

»Billy, versuch doch mal herauszufinden, ob sich in dieser Datei im Zeitraum zwischen Juli und September vor fünf Jahren ein ausländisches Paar mit einem fünfjährigen Kind findet, das als ›ausgereist‹ vermerkt ist.«

»Ihr müsst aber auch bedenken«, fuhr Chuluum fort, »dass unser Land im Herzen eines riesigen Nomadengebiets liegt. Unsere Grenzen sind ewig lang und durchlässig wie ein Sieb.

Die Eltern könnten auch einfach so über die Grenze gegangen sein, ohne dass es irgendjemand bemerkt hätte.«

»Das glaube ich nicht. Ein Zeuge hat sie eindeutig als Europäer identifiziert, und mit ziemlicher Wahrscheinlichkeit als nicht russisch. Ich sehe nicht, wie ein junges Paar, das das Verschwinden seiner Tochter kaschieren will, davon ausgeht, in Russland oder China besser damit zurechtzukommen als hier. Meiner Meinung nach sind sie ebenfalls tot und wurden irgendwo verscharrt oder begraben. Ich habe bereits die Nomaden, die die Kleine gefunden haben, gebeten, nach möglichen weiteren Gräbern Ausschau zu halten, aber ihnen ist in der Gegend nichts weiter aufgefallen. Wenn die Eltern irgendwo vergraben wurden, dann war das meiner Ansicht nach ganz woanders. Das kann theoretisch überall sein, aber ich würde ganz stark vermuten, dass es in der Nähe des Unfallorts passiert ist.«

»Was weiß man sonst noch?«, hakte Chuluum nach.

»Oyun hat einen hervorragenden Job gemacht, als es ihr gelungen ist, ein paar Glassplitter von dem Scheinwerfer einzusammeln. Solongo überprüft gerade, ob sie zu den Splittern passen, die wir am Dreirad des Kindes gefunden haben. Anhand der Plakette werden wir feststellen können, auf wen dieses Quad eingetragen war. Billy, darum kümmerst du dich. Wir brauchen den Namen des damaligen Besitzers.«

»Okay, Chef!«

»Dann wäre da außerdem noch das Wohnmobil, das die Europäer gefahren haben. Das sollten wir auch unbedingt finden. Ich habe mich da schon an Khüan, den Kasachen auf dem Gebrauchtwagenmarkt, gewandt, und Oyun hat die Spur bis zu einem Verkäufer weiterverfolgt, der vermutlich aus der Gegend um das Chentii-Gebirge stammt. Seitdem Mickey durch seine wirren Dienstanweisungen den ganzen Wirrwarr in den beiden Fällen angerichtet hat, hat sich niemand mehr darum gekümmert, wo das Wohnmobil abgeblieben ist. Jemand müsste den

Kasachen zum Sprechen bringen und die Spur so weit zurückverfolgen, bis wir den Verkäufer haben, damit wir das Fahrzeug sicherstellen und untersuchen können. Selbst nach fünf Jahren lassen sich darin womöglich immer noch wichtige Spuren finden.«

»Ich kümmere mich darum«, sagte Chuluum.

»Mir wäre es lieber, wenn du in dem Fall des Chinesen-Massakers weiterermitteln würdest«, widersprach Yeruldelgger.

»In dem Chinesen-Fall? Wieso?«

»Weil die identifizierten Waffen aus einer bestimmten Reihe sowjetischer Armeewaffen stammten, die von korrupten russischen Soldaten auf dem Schwarzmarkt verkauft wurden, und zwar in Tchör, wo du mal stationiert warst. Du musst uns helfen herauszufinden, wie es dazu kam, dass man mit Kugeln aus diesen Waffen die drei Chinesen umgebracht hat. Und warum aus Waffen des gleichen Typs bei den Roten Klippen auf Solongo geschossen wurde, sowie auf Oyun in der Kanalisation und ebenso auf Gantulga. Ich will wissen, welchen Zusammenhang es da gibt.«

»Das könnte aber dauern.«

»Das darf nicht mehr lange dauern, Chuluum. Sowohl die Ermittlungen im Chinesen-Fall als auch die wegen des toten Mädchens wurden von Anfang an schlampig betrieben. Es wurde nicht nur versäumt, die richtigen Fragen zu stellen, sondern es hat sich auch keiner um die grundlegende Ermittlungsarbeit gekümmert. Hätte Mickey beide Ermittlungen sabotieren wollen, wäre er nicht anders vorgegangen. Billy, ich möchte, dass du was zum Hintergrund der drei toten Chinesen recherchierst: Was waren ihre Aufgaben hier in der Mongolei, und was haben sie in den drei Jahren davor gemacht. Außerdem will ich viel über die beiden erhängten Frauen wissen.«

Billy notierte eifrig alles in seinem Laptop. Höchst zufrieden stellte Yeruldelgger fest, dass sich der junge Mann am Rand auch noch Namen und Bezeichnungen der Stellen notierte, die ihm weiterhelfen konnten.

»Ach, noch was, Billy. Ich möchte auch alles über diesen Chinesen von der Botschaft wissen, der plötzlich angerauscht kam und von Mickey quasi meinen Kopf gefordert hat. Der Typ hat sich aufgeplustert, als wäre er stinkwütend, tatsächlich aber hatte er einen Heidenschiss davor, etwas verlieren zu können, und ich will wissen, was das ist.«

»Vielleicht gehst du da ein bisschen zu weit, Yeruldelgger«, gab Chuluum zu bedenken. »Ich bin mir nicht sicher, ob es wirklich eine gute Idee ist, sich mit den Chinesen anzulegen. Diese Leute haben die Hälfte des Landes und die Hälfte unserer Regierung in der Hand. Vergiss das nicht!«

»Na, dann bleibt ja immer noch die andere Hälfte, die mich verteidigen kann. Mach dir keine Sorgen um mich. Kümmere du dich lieber um Adolf!«

»Um Adolf? Wieso das?«

»Weil er das Verbindungsglied zwischen den beiden Fällen ist. Seine Nazianhänger verdreschen bei jeder sich bietenden Gelegenheit Chinesen, und er besitzt so eine Art Freizeit- oder Trainingscamp, wo seine Leute zum Zeitvertreib auf koreanischen Quads durch die Gegend rasen. Das ist doch ein ziemlich großer Zufall, oder?«

»Stimmt, kann aber trotzdem Zufall sein … Wie auch immer, Adolf hält sich momentan sowieso nicht in der Stadt auf.«

»Na dann, finde heraus, wo er steckt, und sag es uns.«

57

… in Anbetracht der Umstände war das gar nicht mal so schlecht

Erdenbat beobachtete ihn, wie er immer tiefer in den Sand der großen Düne von Khongoryn Els einsank. Inzwischen ragte nur noch der Kopf aus dem Sand, und jedes Mal, wenn er panisch losschrie, drangen immer mehr der heißen, rauen Körner in seinen Mund und seine Kehle und erstickten seine Schreie zunehmend. Nur wenige Zentimeter von ihm entfernt, zwischen Erdenbats eisenbeschlagenen Stiefeln, kroch der gigantische Todeswurm der Wüste Gobi, Allghoi Khorkhoi, durch den Sand auf ihn zu. Ab und zu wurde ein Teil seines armdicken, mit Blut vollgesaugten Körpers an der Oberfläche sichtbar. Plötzlich schoss das legendäre Wüstenmonster hervor und spritzte ihm seine ätzende Säure in die Augen, die ihn wie ein Tausend-Volt-Blitz lähmte. Mickey zuckte zusammen und fiel von dem Sessel, in den er so tief gesunken war, als der Albtraum begonnen hatte.

»Alles okay, Mickey?«, fragte Yeruldelgger.

»Was … Oh Mann, was für ein Albtraum! Ich bin wohl eingepennt. Wie spät ist es eigentlich? Und was machst du hier?«

»Es ist fünf Uhr. Oyun ist gerade gestorben.«

»Oh verdammt«, zischte Mickey und erhob sich aus dem Sessel.

Sie standen allein auf dem Krankenhausflur. Die beiden

Mönche waren verschwunden. Das Bett in Oyuns Zimmer war bereits abgezogen. Nur zwei Kerzen, die die Mönche hinterlassen hatten, brannten noch im Zimmer.

»Was ist passiert?«

»Ihr Herz ist stehen geblieben«, antwortete der Kommissar.

»Wie lange ist das her?«

»Eine Stunde vielleicht.«

»Das tut mir leid, Yeruldelgger. Was für ein Schlag. Wirst du damit zurechtkommen?«

»Es wird schon gehen. Ich habe ihren Leichnam in die Gerichtsmedizin zu Solongo überführen lassen. Sie wird sie für die Trauerfeier herrichten. Wenn du nichts dagegen hast, würde ich mich gern persönlich darum kümmern, dass die Leiche der Familie übergeben wird, um den ganzen Papierkram...«

»Klar, versteh schon«, erwiderte Mickey und gab sich Mühe, möglichst betroffen zu wirken. »Nimm dir die Zeit, die du brauchst. Hat Solongo schon mit der Autopsie angefangen?«

»Noch nicht. Deswegen... äh, ich dachte, vielleicht...«

»Ja, ja, gewiss doch. Ich gehe bei ihr vorbei und sage ihr, sie soll sich auf das Nötigste beschränken. Man muss es für die Familie ja nicht noch schwieriger machen. Soll sie doch einfach ›Unfall‹ als Todesursache angeben; ich deichsle das schon mit den Akten. Aber eins kann ich dir versprechen, Yeruldelgger: Wenn wir denjenigen erwischen, der das gemacht hat, den knalle ich höchstpersönlich ab. Das verspreche ich dir.«

»Vielen Dank, Süchbaatar!«, erwiderte sein Untergebener, und sie gaben sich die Hand.

Auf dem Weg zum Krankenhausparkplatz fühlte sich Mickey mit einem Mal sehr erleichtert und war erfüllt von Verachtung für Yeruldelgger. Seine Haut war damit schon zur Hälfte gerettet; in Anbetracht der Umstände war das gar nicht mal so schlecht.

58

Niemand wusste, wo Saraa abgeblieben war

Yeruldelgger merkte sofort, dass alle anderen schon Bescheid wussten. Die meisten Kollegen hatten Oyun geschätzt, auch wenn sie fast ausschließlich für Yeruldelgger gearbeitet hatte, denn erstens war sie eine hübsche junge Frau gewesen und zweitens eine couragierte Polizistin, die sich auch gegenüber Mickey und seinen Speichelleckern behauptet hatte. Dafür und auch für ihre Fähigkeit, sich für ihren Kommissar ins Zeug zu legen, vor allem aber ihn zu ertragen, hatte man ihr Bewunderung entgegengebracht.

Seit dem Tod von Oyun war Mickey von der Bildfläche verschwunden. Er hatte sich im Morgengrauen die Leiche in der Gerichtsmedizin kurz angesehen und Solongo gegenüber bestätigt, dass aus Respekt vor der Kollegin und ihrer Familie auf eine Autopsie verzichtet werden könne. Sie wiederum hatte ihm mitgeteilt, dass sie bereits alle Vorkehrungen getroffen hatte, damit Yeruldelgger ihre Leiche im Lauf des Tages an die Familie übergeben konnte. Mickey hatte kein Problem mit der Vorstellung vom Tod, wohl aber mit dem konkreten Anblick. Trotzdem hatte er darauf bestanden, die Tote zu sehen. Als Solongo den nackten, starren Körper der jungen Frau abdeckte, wurde ihm beim Anblick der vielen Wunden ganz übel. Ein paar Sekunden lang betrachtete er die Einschusswunde in der Brust auf Höhe des Herzens, dann bedeutete er der Gerichtsmedizinerin, das Schubfach im Kühlraum wieder zu schließen. Anschließend zeigte ihm Solongo noch den Totenschein, aus dem seinem Vorschlag entsprechend hervorging, dass der Tod durch ein Unfalltrauma beim Zusammenstoß mit einem Quad verursacht worden war. Dann war Mickey gegangen und für den Rest des Tages nicht mehr im Büro aufgetaucht.

Yeruldelgger gab Billy zu verstehen, dass er ihm ins Besprechungszimmer folgen sollte, wo niemand es wagen würde, sie zu stören. »Du hast hoffentlich schon Neuigkeiten!«, grummelte er.

»Das stimmt. Aber vorher wollte ich dir noch mein tief empfundenes ...«

»Ist schon gut. Es wäre sicherlich ganz in ihrem Sinn, wenn wir uns jetzt mit allen Kräften darauf konzentrieren, ihre Arbeit fortzusetzen und die beiden Fälle zu lösen.«

»Aber natürlich. Selbstverständlich«, stotterte der offensichtlich selbst noch sehr mitgenommene junge Inspektor. »Gut, also, ich habe da etwas herausgefunden bezüglich der Chinesen.«

»Ah, das ist sehr gut! Hast du schon mit jemandem von der Botschaft gesprochen?«

»Nein, ganz und gar nicht. Nein, ich habe ihre Namen im Internet eingegeben und mir die entsprechenden Seiten und inoffiziellen chinesischen Blogs angesehen. Und das hier habe ich auf einer dieser Seiten gefunden, die offenbar in Hongkong erstellt werden.« Billy öffnete auf dem Display ein Video und startete die Wiedergabe. Man sah, wie eine chinesische Delegation in einer afrikanischen Hauptstadt von militanten Mitgliedern einer ökologisch ausgerichteten Nichtregierungsorganisation angegriffen wurde.

»Was soll das sein?«, fragte Yeruldelgger.

»Das ist eine Demonstration von Pure-Earth-Aktivisten in Libreville gegen eine Delegation chinesischer Prospektoren und Ingenieure, die von einer Geländebesichtigung im Norden von

Gabun zurückkommen, wo es um den Abbau von Mangan beziehungsweise Manganerzen geht.«

»Und was hat das mit unseren Chinesen zu tun?«

»Dieses Video direkt nichts, aber auf der Dissidenten-Website, von der aus darauf verlinkt wird, findet sich eine Liste mit den Namen der Ingenieure, die zu dieser Delegation in Afrika dazugehörten. Und die Namen von zweien unserer Opfer stehen auf dieser Liste. Das waren Bergbauingenieure.«

»Sehr gut gemacht, Billy. Der dritte ebenfalls?«

»Nein. Der gehörte der hiesigen chinesischen Botschaft an und wurde offiziell als Kulturattaché geführt. Aber er taucht auch auf einer ganzen Reihe anderer chinesischer Dissidenten-Websites und westlicher Internetseiten auf und wird dort als hochrangiger Repräsentant der Kommunistischen Partei Chinas bezeichnet. So eine Art Politkommissar, der im Zusammenhang mit den bedeutenden wirtschaftlichen Aktivitäten und Verhandlungen der Chinesen im Ausland, vor allem in der Dritten Welt, immer wieder genannt wird. Er war bereits in Nigeria und in der Volksrepublik Kongo stationiert, als dort über wichtige Schürfrechte verhandelt wurde.«

»Die Chinesen treiben sich auch in Afrika herum?«

»Sie haben in jedem dieser beiden Länder bereits fünf Milliarden Dollar investiert!«, erklärte Billy, ohne in seine Notizen zu schauen.

»Nicht schlecht, mein Junge! Das wirft doch ein ganz neues Licht auf unsere Ermittlungen. Und was ist mit dem anderen Chinesen von der Botschaft?«

»Er fungiert hier an der Botschaft in Ulaanbaatar als Handelsattaché. Diese Bezeichnung gilt im Allgemeinen als Tarnung für die Agenten des zehnten oder siebzehnten Büros der chinesischen Staatssicherheit. Die befassen sich hauptsächlich mit dem Sammeln von wissenschaftlichen oder technischen Daten oder eben von ökonomischen Informationen.«

»Mit anderen Worten, ein offizieller Handelsspion. Willst du das damit sagen?«

»Nein, er ist eher der auch nach außen hin Verantwortliche für eine Vielzahl eher offiziöser Aktivitäten: das Sammeln von Informationen, Lobbying, Einflussnahmen in Politik und Wirtschaft... Meiner Meinung nach ist er sozusagen der Wegbereiter für die drei anderen.«

»Also, ich glaube, wir sollten uns mit dem Herrn bei Gelegenheit mal ausführlicher unterhalten.«

»Daraus dürfte nichts werden. Er wurde gleich am Tag nach eurem Zusammenstoß in Mickeys Büro abberufen und hat das Land verlassen. Ich könnte mir vorstellen, dass sie den armen Kerl bereits in ein Umerziehungslager gesteckt haben.«

Yeruldelgger zog sich einen Stuhl heran und setzte sich Billy gegenüber. »Zwei Ingenieure beziehungsweise Geologen, zwei chinesische Spione, drei Tote und ein Ausgeschleuster – woran denkt man da?«

»An große Prospektionsvorhaben, hohe Geldsummen, einen Krieg um Bergbaukonzessionen, so was in der Art.«

»Da bin ich ganz deiner Meinung.« Yeruldelgger nickte. Das Engagement des jungen Inspektors gefiel ihm immer besser. »Bei mir ruft das im Übrigen ganz schlimme Erinnerungen wach. Aber was soll diese Inszenierung mit den drei Toten in der Fabrik?«

»Jemand will ihnen eine Heidenangst einjagen. Man will sie am liebsten rausschmeißen oder jedenfalls Druck auf sie ausüben, während irgendwo Verhandlungen laufen. Möglicherweise geht es auch um Vergeltung für irgendwas, was sie sich haben zuschulden kommen lassen. Oder was sie sich zu tun geweigert haben.«

»Wenn es eine Vergeltungsmaßnahme wäre, dann hätten wir sicher früher schon mal was von einer ähnlichen Sache gehört, mit anderen Opfern.«

»Nicht unbedingt. Bei diesen Geschäften ist so viel Geld im Spiel, da können mit solchen Verbrechen auch immaterielle Dinge vergolten werden, wie Vertragsklauseln, ein Exklusivrecht, so was in der Art.«

»Kann sein. Aber warum sind die Typen dann regelrecht kastriert worden? Er wäre doch völlig ausreichend gewesen, sie abzuknallen. Allerdings hat Oyun schon darauf hingewiesen, dass mit diesen Morden sozusagen zweierlei zum Ausdruck gebracht werden soll: die Tötung der Chinesen an sich als Warnung an ihre Landsleute, und die Leichenschändung, um die Öffentlichkeit zu schockieren – vielleicht eine Art Weckruf.«

»Das mit der Warnung an die Chinesen kann ich nachvollziehen«, murmelte Billy nachdenklich, »aber die Botschaft, die von der Schändung ausgehen soll, sehe ich noch nicht. Kann sein, dass jemand die feindselige Stimmung gegenüber den Chinesen anheizen will, aber dafür hätte es so was eigentlich nicht gebraucht. Es könnte doch auch eine Hinrichtung mit einer ganz bestimmten Botschaft an die Chinesen sein, das Ganze als rassistische Tat inszeniert, um die Öffentlichkeit und die Polizei von eben diesem Grund abzulenken.«

»Gut möglich ...«, räumte Yeruldelgger ein. »Und was wissen wir über die beiden Frauen?«

»Eindeutig zwei Prostituierte. Keine richtig professionellen, sondern eher Gelegenheitsprostituierte, wie ein Kollege von der Sitte meinte. Wobei die eine etwas regelmäßiger als Prostituierte gearbeitet hat. Ihm zufolge hatten die beiden ihre Ecken, wo sie Kunden an Land zogen. Hauptsächlich im Mass Club im Norden der Stadt oder in der Altai Lounge. Die beiden rissen die Kerle auf, und je nach Bedarf riefen sie noch ein oder zwei Kolleginnen für die Party an. Auf jeden Fall handelte es sich aber nicht um Edelprostituierte.«

»Im Mass oder im Altai, sagst du?«, unterbrach Yeruldelgger seinen jungen Kollegen und war mit den Gedanken bereits woanders. »Liegt der Mass Club nicht bloß wenige Schritte von diesem Wohnblock entfernt, wo die beiden Wohnungen ausgebrannt sind?«

»Ja, er befindet sich kurz vor diesem riesigen Gebäudekomplex dort, ein kleines Stück weiter östlich.«

»Und die Altai Lounge auf der Peace Avenue – weißt du, wem die gehört?«

»Nein, aber das kann ich sicher schnell rausfinden«, entschuldigte sich Billy wegen dieser Informationslücke.

»Brauchst du nicht. Das war keine Frage. Hinter dem Laden steckt Erdenbat, und ich habe das bestimmte Gefühl, dass unser Freund Chuluum dort die Drecksarbeit macht, um den Laden sauber zu halten. Das ist doch interessant!«

»Klar«, meinte Billy. »Und wenn wir beide gerade dasselbe denken, dann würde ich sagen, ja, es könnte durchaus interessant sein, da mal vorbeizuschauen und herauszufinden, wer die beiden jungen Damen kannte oder sich mit ihnen abgab.«

»Genau! Also werde ich mir mal die Altai Lounge vornehmen und du dir den Mass Club. Aber sag mir vorher noch, ob der frühere Besitzer des Quads schon identifiziert wurde, von dem Oyun die Plakette abgemacht hat?«

»Nein, noch nicht. Es sieht so aus, als handelte es sich um einen vorübergehenden Import aus Korea. Aber die koreanischen Behörden haben es nicht sonderlich eilig, uns da weiterzuhelfen.«

»Finde irgendwas, um ihnen ein bisschen Druck zu machen. Wir müssen das möglichst bald wissen, klar? In der Zwischenzeit höre ich mich in der Altai Lounge um, und wir treffen uns später wieder. Ich muss vorher bloß noch eine Kleinigkeit regeln...«

»In Ordnung, Chef!«, antwortete der junge Inspektor und konzentrierte sich schon wieder auf das Display seines Computers.

»Billy!«

»Ja?«

»Ich wollte damit sagen, dass ich mich um eine persönliche Angelegenheit kümmern muss, etwas Vertrauliches. Dafür sollte ich allein im Büro sein.«

»Ach, entschuldige! Das hatte ich nicht kapiert. Entschuldige, ich geh schon. Ich gehe sofort.« Billy stand auf, aber in der Eile verhedderte er sich mit den Füßen im Ladekabel und stolperte eher nach draußen, als zu gehen.

Sobald er allein war, schloss Yeruldelgger sorgfältig die Tür des Besprechungszimmers. Dann machte er ungefähr ein Dutzend Anrufe mit seinem Handy, die alle sehr kurz waren. Jedes Mal lautete die Antwort gleich: Niemand wusste, wo Saraa abgeblieben war.

59

Keine Sorge, sie wird es schon wissen

Mickey hatte sich einen White Russian bestellt. Seit er *The Big Lebowski* gesehen hatte, hatte er das zu seinem Lieblingscocktail erkoren. Das hatte Stil, wie er fand. Noch dazu mochte er die erstaunten Blicke, wenn er ihn bestellte. Außerdem bereitete ihm die kleine Provokation, das Wort »Russian« hier im Zentrum der Neuen Mongolei ganz salopp auszusprechen, immer viel Spaß. Chuluum bestellte seinen Whiskey »wie immer« ohne Eis und ohne Wasser.

»Ich wusste noch gar nicht, dass du hier schon Gewohnheiten entwickelt hast!«, gab Mickey sich erstaunt.

»Ich mache hier die Drecksarbeit für Erdenbat. Der Laden gehört ihm«, erklärte Chuluum.

»Und was für Drecksarbeit ist das genau?«

»Für Sicherheit sorgen, Leute ein bisschen unter Druck setzen, wenn nötig, Objektschutz … das Gleiche wie ein Sicherheitsdienst, nur viel diskreter. So wie du auch.«

»Was soll das heißen, so wie ich auch? Was unterstellst du mir?«

»Ach, Mickey, ich meine deine kleinen jährlichen ›Erholungsausflüge‹ ins Chentii-Gebirge. Du arrangierst doch dort immer diese Abenteuertouren mit Geländefahrzeugen für betuchte Koreaner; ist doch eine hübsche Nebenbeschäftigung und auch so eine Art von Service. Und eins kann ich dir versichern: Daran ist gar nichts auszusetzen! Ich bin der Letzte, der dir deswegen einen Vorwurf machen könnte.«

»Also, warum wolltest du mich unbedingt sehen, Chuluum? Doch nicht deswegen? Was beunruhigt dich?«

»Mich beunruhigt gar nichts, Mickey. Ich hatte nur den Eindruck, dass du in der Scheiße steckst und dass es Leute gibt, die davon keine Spritzer abbekommen wollen.«

»Soll das eine Drohung sein? Denkst du manchmal noch daran, dass ich dein Vorgesetzter bin?«

»Ganz ruhig, Mickey, das ist überhaupt keine Drohung. Ich wurde nur gebeten, dir eine Nachricht zu überbringen und herauszufinden, ob du Hilfe brauchst.«

»Du meinst doch sicher Erdenbat? Die Botschaft kommt doch wohl von ihm, stimmt's? Dann richte ihm aus, dass ich keine Hilfe brauche. Und erinnere ihn daran, dass ich seinen Arsch jetzt schon seit fünf Jahren beschütze und dass das der einzige Grund ist, warum ich heute diese Sache am Hals habe. Weil ich für ihn und seine koreanischen Kumpane den Kopf hinhalte. Du kannst das nicht verstehen, aber er wird es verstehen, verlass dich drauf!«

»Du magst ja mein Vorgesetzter sein, aber ich habe als Polizist selbst genug Erfahrung, also komm mir nicht mit der Leier, ›das kannst du nicht verstehen‹. Deine Geschichte mit dem Koreaner, die kenne ich längst in- und auswendig, Mickey. Und für das, was du für Erdenbat tust, ist er dir wirklich sehr dankbar. Das einzige Problem besteht doch darin, dass dieser Idiot von Yeruldelgger das Mädchen ausgegraben hat. Und das wiederum macht alles um einiges komplizierter. Außerdem ist der Koreaner inzwischen mehr als ein Typ, der gerne mal sein Geld für irgendwelche Quad-Touren rausschmeißt; mittlerweile ist er eben auch ein Eckpfeiler der gesamten Wirtschaft in seinem Land. Er ist superwichtig, und Erdenbat hat einiges mit ihm vor. Und dazu kommt, dass er im Augenblick hier bei uns ist, in der Mongolei, um seine Geschäfte voranzutreiben. Du hast doch sicher die Bilder von ihm in den Zeitungen gesehen?«

»Selbstverständlich habe ich sie gesehen!«, erwiderte Mickey in leicht gereiztem Ton, um wieder mehr Selbstsicherheit auszustrahlen.

Auf ein Zeichen von Chuluum brachte die etwas schwerfällige Bedienung mit ihrem dienststeifrigen Lächeln noch einen White Russian und einen trockenen Lagavulin.

»Du kannst Erdenbat mitteilen, dass ich alles in meiner Macht Stehende tue, damit die Affäre ein für alle Mal vergessen und vergraben bleibt!«

»Du hast ja durchaus Humor!«, spottete der Inspektor.

»Was meinst du damit?«

»Weil du gerade ›vergraben‹ gesagt hast. Die Angelegenheit mit dem lebendig begrabenen Kind vergraben: Du hast Humor.«

»Findest du das etwa witzig, wie?«

»Nein, aber was ich witzig finde, ist, dass du diese Meute von Bekloppten aufgeboten hast, um die Koreaner bei Laune zu halten. Ausgerechnet diesen Adolf. Wo hast du den nur aufgegabelt?«

»Anfangs war das einfach nur eine Bikergang, Leute, die sich für Quads begeisterten, und das passte perfekt zusammen.« Mickey senkte die Stimme. »Damals waren sie noch nicht zu so bescheuerten Hakenkreuzlern mutiert.«

»Dein Adolf war aber auch damals schon ein übler Rowdy und ein ausgemachter Dummkopf, hat nicht mal bemerkt, dass er die Kleine lebendig begraben hat.«

»Na und? Was hätte das schon geändert? Deswegen ist sie ja jetzt nicht wieder aufgetaucht. Damit konnte er doch nicht rechnen.«

»Ach nein? Das konnte er nicht wissen, dass diese Gegend am Rand der Steppe, wo er sie vergraben hat, immer mal wieder vom Fluss überschwemmt wird? Zuerst fährt dieser Idiot zweihundert Kilometer, um sie so weit wie möglich vom Unfallort entfernt zu vergraben, und dann macht er das ausgerechnet an einer der wenigen Stellen, an der so eine Leiche wieder zum Vorschein kommen kann. Und er hätte nicht zufällig ein bisschen tiefer graben können? Sieh mal, Mickey, Erdenbat weiß und erkennt durchaus an, was du für ihn und den Koreaner getan hast; was er allerdings nicht verzeiht, sind solche Fehler und Kleinigkeiten, die bei der ganzen Sache schiefgegangen sind.«

»Was soll das heißen, er verzeiht das nicht?«

»Du musst das verstehen. Als du ihn damals am Abend des Unfalls angerufen hast, hast du ihm versprochen, du würdest dich um alles kümmern. Und jetzt muss er feststellen, dass du, statt dass du dich ganz professionell selbst darum gekümmert hättest, die Angelegenheit an den erstbesten Schwachkopf delegiert hast, mit der Folge, dass ihr jetzt Yeruldelgger am Hals habt.«

»Jetzt rück schon raus mit der Sprache«, ereiferte sich Mickey, »wie genau lautet die Botschaft, die Erdenbat mir übermitteln will?«

»Die Botschaft lautet: Räum die Sache aus dem Weg und lös das Problem!«

»Und wenn das Problem Yeruldelgger heißt?«

»Räum die Sache aus dem Weg und lös das Problem!«

»Verdammt, Chuluum, du weißt selbst sehr genau, dass Yeruldelgger seinerseits schon mit dem Aufräumen angefangen hat. Du kanntest doch auch den Tätowierten, nicht wahr? Dann weißt du wohl auch, dass er seit einiger Zeit verschwunden ist, stimmt's?«

»Ein Grund mehr, dass du dich daranmachst, die Sache …«

Dieselbe Bedienung mit den rundlichen Hüften beugte sich über ihren Tisch und setzte ihre Brüste in Szene, um ihnen noch eine Runde White Russian und trockenen Lagavulin zu servieren.

»Das habe ich nicht bestellt«, wandte sich Chuluum brüsk an die Serviererin.

»Ich auch nicht.« Mickey hielt abwehrend die Hände vor sich.

»Das kommt von dem, der da an der Bar sitzt«, murmelte die Bedienung mit ihren breiten Zähnen und den großen Zahnlücken.

Die beiden drehten sich gleichzeitig um und wären beinahe frontal mit Yeruldelgger zusammengestoßen, der mit einem Glas Perrier in der Hand gerade auf sie zugeschlendert kam und im Begriff war, sich zu ihnen an den Tisch zu setzen.

»Was trinkst du denn da?«, fragte Mickey, um Zeit zu schinden und diese Überraschung erst einmal zu verarbeiten.

»Französisches Mineralwasser«, erwiderte Chuluum anstelle des Kommissars. »Was machst du denn hier?«

»Ich ertränke meinen Kummer«, sagte Yeruldelgger und hob ihnen sein Glas Wasser entgegen.

»Wann findet die Trauerfeier für Oyun statt?«, hakte Mickey sogleich nach, dem die Ablenkung gerade zupasskam.

»Es wird keine geben. Es ist niemand eingeladen. Ich werde die Überführung zu ihren Eltern in der Steppe begleiten, und dort wird man sie irgendwo auf die traditionelle Weise begraben; das ist alles.«

»Du weißt natürlich, dass solche wilden Beerdigungen heute nicht mehr erlaubt sind«, wagte Chuluum vorzubringen und sah ihm dabei direkt in die Augen.

»Meinst du, jemand wird mich daran hindern?«

»Nein, das glaube ich nicht ... wirklich nicht«, erwiderte Chuluum und wandte sich dabei wieder Mickey zu.

»Aber ich werde natürlich gut aufpassen!«, ergänzte der Kommissar.

»Worauf aufpassen?«

»Dass sie tief genug begraben wird, damit sie nicht eines Tages wieder an die Oberfläche kommt«, erwiderte Yeruldelgger mit einem bedeutungsvollen Blick in die entsetzten Augen des Hauptkommissars.

Dann hob er sein Glas für einen Toast: »Auf Oyun!«

»Auf Oyun!«, rief Chuluum.

»Auf Oyun!«, murmelte Mickey.

»Na gut«, seufzte Yeruldelgger, »ich glaube, ich werde mir jetzt mal eins von den Mädchen leisten.«

»Wie bitte? Du willst was?«, empörte sich der Hauptkommissar.

»Als wir mal an einem sehr langen Abend gemeinsam eine Observation durchgeführt haben, musste ich Oyun versprechen, nicht zu trauern, falls sie mal im Dienst sterben sollte. Sie wollte, dass ich mich um alles kümmere, und dann sollte ich mir ein Mädchen zur Erinnerung an das gönnen, was wir eben nicht gemeinsam gehabt hatten. Ich glaube, sie hatte sich in mich verknallt.«

»Meinst du das wirklich im Ernst?«

»Mein lieber Mickey, ich bin in der Steppe aufgewachsen. Bei uns ist ein Versprechen eben ein Versprechen. Und ein Versprechen, das man einer Toten gegeben hat, ist wie eine heilige Pflicht!«

»Tja, wenn auf diese Weise die Pflicht ruft«, flüsterte Chuluum und winkte ihm eine der jungen Frauen an der Bar diskret herbei.

»Ich glaub's ja immer noch nicht.« Mickey erhob sich in leicht übertriebener Empörung, heilfroh über einen Vorwand, sich aus dem Staub machen zu können. »Willst du das wirklich machen? Oyun ist noch nicht mal richtig unter der Erde, und du willst das wirklich machen? Ich lasse euch beide jetzt am besten allein. Das muss ich mir nicht ansehen.«

»Weißt du, wo man am besten hingehen könnte?«, fragte Yeruldelgger seinen Inspektor, während die Hand der jungen Frau bereits unter sein Hemd glitt.

»Keine Sorge, sie wird es schon wissen.«

60

… in einem kleinen Tal vor seiner Ranch …

Von der Wohnung aus hatte man auf der einen Seite einen Blick auf das Flachdach des Allgemeinen Krankenhauses im vierzehnten Bezirk mit seinen vertrockneten Rasenflächen und auf der anderen Seite über die breiten, von zahllosen kleinen Geschäften gesäumten Gehwege an der Ringstraße auf der Höhe des Happy-Sansar-Supermarkts. Der riesige Wohnkomplex erhob sich etwa dreißig Meter entfernt von der lärmigen und von Autoabgasen verpesteten mehrspurigen Ringstraße. Dazwischen standen bunt zusammengewürfelt basarartige, große Läden, die allen möglichen Trödel verscherbelten, sodass die breiten Gehwege entlang der Parkplätze fast den Eindruck einer Shoppingmall machten.

Von dem Fenster im sechsten Stock aus beobachtete Yeruldelgger das sorglose Treiben auf der Straße. Es handelte sich um eine kleine, mit Möbeln und Nippes überladene Zweizimmerwohnung; in einer Ecke lag ein Haufen Kinderspielzeug. Es roch nach abgestandener Luft, Staub und Keksen aus saurer Milch. Die junge Frau hatte erst mehrere Schlüssel probiert, bevor sie den richtigen fand. Kaum hatte sie die Tür geöffnet, fing sie schon an, sich auszuziehen; da hatte sie den Schlüssel noch nicht einmal neben dem Fernseher abgelegt, wie es die meisten Leute machen, wenn sie nach Hause kommen und erst einmal alles ablegen. Yeruldelgger hatte sich nicht geirrt. Das hier war nicht die Wohnung der jungen Frau, und mit möglichst sanfter Stimme bat er sie innezuhalten. »Das ist nicht notwendig ...«

Das war ein paar Minuten her, und nun saß sie wieder mehr schlecht als recht angezogen in einem Sessel aus kaputtem Leder, während er nachdenklich am Fenster stand und auf die chaotische Stadt hinunterblickte, die er einfach nicht hassen konnte. Er ließ den Geruch dieser Räume und das Parfum der jungen Frau auf sich wirken. Ihm fiel ein berühmter Satz von Marilyn Monroe ein, die angeblich gesagt hatte, sie schlafe immer nackt, mit nichts als einem Hauch Parfum bekleidet. Die junge Frau hatte wohl Ähnliches im Sinn: sich für ihre Klienten auszuziehen und sie mit ihrem Parfum zu benebeln. Schon als er neben ihr hierhergelaufen war, hatte er den Eindruck gehabt, in einer viel zu verschmutzten Stadt in einer viel zu stark parfümierten Wolke unterwegs zu sein.

»Ich habe überhaupt nichts gegen dich, kleine Schwester, nimm es nicht persönlich. Du bist ein hübsches Ding, das ist nicht das Problem. Ich bin einfach nicht deswegen hierhergekommen.«

»Du bist ein Bulle, stimmt's?«

»Ja, das stimmt.«

»Mist. Chuluum hätte mich ruhig vorwarnen können.«

»Wir arbeiten zusammen. Wir sind in derselben Abteilung und unterstehen einem gemeinsamen Chef, der zusammen mit uns im Altai war«, erklärte Yeruldelgger, der mit dem Rücken zu ihr dastand und nach wie vor die friedliche Umtriebigkeit Ulaanbaatars von oben betrachtete.

»Chuluum untersteht niemandem«, erwiderte sie leicht provokant. »Im Altai ist er der Chef, solange der Türke nicht da ist.«

»Nennst du Erdenbat den Türken?«

»Wen denn sonst? Man merkt gleich, dass du keine Ahnung

hast, wer Erdenbat ist. Würdest du ihn kennen, wäre dir klar, dass die Bezeichnung Türke zu seiner Statur passt wie die Faust aufs Auge.«

»Ich kenne Erdenbat ganz gut, kleine Schwester. In einem anderen Leben habe ich mal seine Tochter geheiratet.«

»Ach, verdammt!«, erwiderte sie und zog den dünnen Stoff über ihren großen Brüsten enger zusammen. »Dann bist du wohl Yeruldelgger? Der verrückte Bulle? Hab ich recht?«

Er ließ den grauen Vorhang, den er mit einem Finger beiseitegehalten hatte, los und drehte sich zu ihr um.

»Das sagt man über mich?«, fragte er in sanftem Ton. »Dass ich verrückt bin?«

»Tu mir bitte nichts.«

»Das habe ich nicht vor«, antwortete er und ließ sich auf ein Zweisitzersofa gegenüber dem massiven Couchtisch fallen. »Wo sind wir hier? Das ist ja wohl nicht deine Wohnung?«

»Nein. Bis vor Kurzem hatten wir ein Apartment in einem Haus direkt beim großen Wohnblock, hinter dem Krankenhaus, aber da hat es gebrannt.«

»War das einer von den beiden Bränden in der vorletzten Woche?«

»Ja«, antwortete sie, sofort wieder in der Defensive.

»Weißt du, wie es dazu kam?«

»Du bist doch der Bulle, nicht ich.«

»Ist nicht so wichtig, das interessiert mich im Augenblick gar nicht besonders. Ich möchte mich mit dir über die beiden erhängten Mädchen unterhalten, die, die mit den Chinesen zusammen waren.«

»Nie davon gehört!«, sagte die junge Frau kurz angebunden.

Yeruldelgger ließ es einfach so stehen und sagte nichts dazu. Stattdessen fixierte er sie schweigend, und was sie diesem Blick entnahm, genügte schon, ihre Abwehr zu brechen. Es war keine Drohung, sondern eine eiserne Entschlossenheit. Eine eingefleischte Willenskraft, so unerschütterlich wie ein Felsen in der Steppe.

»Mann, was willst du von mir? Warum musst du alles aufwühlen und verkomplizieren? Nimm mich doch einfach, mach mit mir, was du willst, und hab deinen Spaß! Wieso willst du mit mir über die beiden sprechen?«

»Wieso willst du nicht über die beiden sprechen?«

»Wenn ich es tue, findet Chuluum das heraus, und dann kann ich nie wieder im Altai arbeiten. Wovon soll ich dann leben?«

»Und wenn du mir nichts erzählst, dann wirst du am Ende gar nicht mehr arbeiten, nirgendwo!«, erklärte Yeruldelgger ganz sachlich.

Die junge Frau senkte den Kopf und hüllte sich eine Zeit lang in Schweigen. Ihr stiegen die Tränen in die Augen, und sie schüttelte den Kopf mit den glänzend schwarzen Haaren, als wüsste sie nicht mehr ein noch aus. Ihr Gesicht war so rund wie das der meisten mongolischen Frauen. Ohne das viele Make-up hätte sie genauso gut eine fröhliche Nomadin draußen in der Steppe sein können, die ihr hartes Leben in einer Jurte verbrachte, zwischen der Steppe und dem weiten Himmel. Aber solch ein hartes Leben wollte sie nicht haben. Stattdessen führte sie ein Leben ohne Sinn oder den weiten Steppenhorizont inmitten von Abgasen und Beton, aber das fand sie erträglicher. So lange zumindest, wie ihr keine Typen wie Yeruldelgger über den Weg liefen. »Ich kannte sie schon, sie waren Semiprofessionelle. In dem anderen Apartment haben wir gelegentlich auch mal zusammengearbeitet, wenn ganze Gruppen ankamen. Die waren okay. Ich weiß nicht, warum die Chinesen die beiden besonders gern mochten. Der Typ von der Botschaft wollte immer, dass sie bei ihren kleinen Partys mit dabei sind. Was ihnen zugestoßen ist, ist ganz schrecklich.«

»Wer hat denn an dem Abend die kleine Party in der Fabrik organisiert? War das der Typ von der Botschaft?«

»Nein, an diesem Abend war der chinesische Valentinstag, daher hatte der Kerl von der Botschaft etwas in einer Wohnung im Botschaftsviertel organisiert, die er nur für diese Zwecke benutzt.«

»Warst du dabei?«

»Nein.« Die junge Frau beantwortete die Frage etwas zu schnell und sah plötzlich aus dem Fenster.

»Wer hat den Chinesen die Frauen gebracht? War das Chuluum?«

»Nein, für die Chinesen war immer der andere zuständig, dein Chef da. Der hat die Mädchen dafür rekrutiert.«

»Mickey?«

»Er heißt doch nicht Mickey! Der heißt Süchbaatar.«

»Ich weiß. Mickey ist sein Spitzname bei der Polizei. Und du bist dir da ganz sicher?«

»Ganz sicher. Er hat die Frauen immer angeschleppt. Meistens bleibt er am Anfang noch ein bisschen. Sieht dem Striptease zu und so. Aber dann geht er.«

»Und woher weißt du das so genau?«

»Er hat mich auch schon mal für eine Party bei den Chinesen ausgewählt. Wir Frauen erzählen uns natürlich, was da so alles abgeht, für alle Fälle ...«

Yeruldelgger betrachtete die junge Frau eine Zeit lang schweigend. Sie versuchte seinem Blick standzuhalten, doch nach ein paar Sekunden fummelte sie nervös in ihrer Handtasche herum, zog eine Zigarette heraus, zündete sie mit zitternden Fingern an und schaute dem blauen Rauch hinterher, den sie mit Nachdruck zur Decke hin ausstieß.

»Hat Mickey euch hinterher auch wieder abgeholt?«

»Was redest du da? Ich habe dir schon gesagt, dass ich an dem Abend gar nicht da war.«

»Was für ein Parfum trägst du eigentlich?«

»Wie bitte? Was geht dich denn das an?«

»Wie heißt es?«

»Das ist was Französisches.«

»Von wegen. Was Französisches aus Shenzhen, also *Made in China*.«

»Mir doch egal. Hauptsache meine Freier mögen es.«

»Ich weiß noch, wie dieser Typ von der Botschaft in der Nacht des Chinesen-Massakers in seiner Limousine angerauscht kam und wie er nach genau diesem Parfum gestunken hat. Du warst an diesem Abend mit ihm zusammen, stimmt's?«

»Weil er nach dem gleichen Parfum roch wie ich jetzt? Ist das alles, was du an stichhaltigen Beweisen anzubieten hast? Du bist mir ja ein toller Bulle.«

»Und du, glaubst du, ich wäre einfach zufällig im Altai aufgekreuzt? Ich habe mir eure Akten vorher genau angesehen. Dein Spitzname in deinem Metier ist Colette, auf gut Französisch, weil du immer das gleiche ›französische‹ Parfum verwendest. Du hast schon mehrmals eine Nacht auf dem Revier verbracht, weil du versucht hast, anderen Frauen, die es ebenfalls verwenden wollten, die Augen auszukratzen. Stimmt doch, oder?«

Trotzig schwieg die junge Frau.

»Hast du dich bei dem Chinesen wohlgefühlt?«

»Kannst du mich jetzt nicht endlich mal in Ruhe lassen? Deinetwegen werde ich noch umgebracht, und ich bin mir ziemlich sicher, dass du das sowieso längst weißt und dass es dich einen Scheiß interessiert.«

»Dir wird nichts passieren«, erwiderte Yeruldelgger, kramte in seinen Taschen herum und zog eine Handvoll Geldscheine hervor. »Da nimm das und tauch zehn Tage lang draußen in der Steppe unter. Wenn du wieder zurückkommst, hast du nichts mehr zu befürchten.«

Die junge Frau warf einen Blick auf das Bündel Geldscheine. Dann blies sie den Zigarettenrauch zur Seite weg, machte die Zigarette in einem aus dem Hotel Mongolia geklauten Aschenbecher aus, nahm ihm das Geld ab und begann, die Scheine zu zählen. Es war ungefähr das Zehnfache einer durchschnittlichen Tageseinnahme, und sie fragte sich, ob dieser Bulle wirklich so gut über sie informiert war oder ob er sie nur zufällig aufgegabelt hatte.

»Das stimmt doch so?«, fragte er.

Die junge Frau hob die Augen zur Decke und legte das Geld auf den Couchtisch, um sich, weniger hektisch als zuvor, eine weitere Zigarette anzuzünden.

»Also noch mal: Hat Mickey, also Süchbaatar, euch an jenem Abend abgeholt?«

»Nein. Aber er ist zwischendurch zweimal vorbeigekommen. Beim ersten Mal habe ich ihn nur flüchtig in einem Spiegel gesehen. Er wollte sich wohl nur vergewissern, dass alles in Ordnung ist. Das zweite Mal kam er sehr spät, als wir schon fertig waren. Außer mir schliefen schon alle. Dieses Schwein hat mich da im Badezimmer auf die Schnelle quasi vergewaltigt. Er war richtig sauer. Hat die Sache nicht mal ganz durchgezogen. Auf einmal hat er mich einfach gegen die Wand geknallt und dann den Chinesen aufgeweckt. Die beiden sind fluchtartig aufgebrochen, und ich habe sie nicht wiedergesehen. Er hatte mir nur noch schnell gesagt, ich soll den anderen Frauen Bescheid geben und wir sollen uns vom Acker machen.«

»Meinst du, er kam, um den Chinesen über das Massaker an seinen Landsleuten in der Fabrik zu informieren?«

»Ich wüsste nicht, warum Süchbaatar sonst noch mal bei uns aufschlagen und die Chinesen so in Panik versetzt haben sollte.«

»Und was sagt ihr untereinander so über die beiden ermordeten Frauen?«

»Dass es mit chinesischen Freiern immer gefährlicher wird. Immer mehr Menschen hassen sie regelrecht, und das fällt jetzt auch auf uns zurück.«

»Du meinst, sie wurden deswegen ermordet?«

»Was denkst du denn?«, gab sie herausfordernd zurück. »Man hatte ihnen die Eier der Chinesen in den Mund gestopft, da ist die Botschaft doch wohl klar?«

Yeruldelgger erwiderte nichts. Er erhob sich und betrachtete die junge Frau von oben, wie sie zu ihm aufsah und durch den Zigarettenrauch hindurch nervös seine Reaktion beobachtete. Dann wandte er sich zum Fenster. Es wunderte ihn nicht, dass er unten den Wagen von Chuluum vor dem Supermarkt schräg geparkt sah. Er ließ den Vorhang fallen und ging zur Tür. »Ich muss jetzt gehen. Ruf Chuluum an und sag ihm, dass ich schon wieder fort bin. Und dann setz dich schleunigst ab, wie ich es dir gesagt habe.«

Die junge Frau reagierte nicht, sondern blieb in dem abgenutzten Ledersessel sitzen und schaute hinaus auf den grauen Himmel hinter dem nikotinvergilbten Vorhang.

Fünf Minuten später hörte sie, wie ein Schlüssel ins Schloss glitt und die Tür geöffnet wurde. Sie drückte rasch die Zigarette aus, stopfte die Geldscheine in ihre kleine Handtasche, die sie fest gegen den Bauch drückte, und ging zur Tür.

»Na?«, fragte Chuluum noch auf der Schwelle.

»Tja, es war ungefähr so, wie du gesagt hast. Er hat mich ausgefragt.« Damit trat sie hinaus ins Treppenhaus.

»Und? Was hast du ihm gesagt?«

»Ich habe ihn angelogen, wie du mir gesagt hast.«

»Hat er dir geglaubt?«

»Hast du schon mal versucht herauszufinden, was dieser Typ denkt? Keine Ahnung. Aber ich habe ihm das gesagt, was du wolltest.«

»Hast du ihm von Mickey erzählt?«

»Ich kann nur wiederholen: Ich habe ihm das gesagt, was du wolltest!«

»Hat er dich bezahlt?«

»Ja.«

»Zeig her!«

Sie wollte wortlos weitergehen.

»Zeig her!«

Chuluum riss ihr die Handtasche aus den Händen und holte das Bündel hervor. Sie entschloss sich, lieber gleich alles zuzugeben. »Ich habe nichts von ihm verlangt! Er hat mir das gegeben, damit ich für ein paar Tage untertauchen kann. Ich schwöre es dir, es ist nur dafür gedacht.«

»Ich glaube dir. Zu so etwas ist dieser Verrückte durchaus fähig.«

»Dann gibst du mir das Geld zurück?«

»Träumst du oder wie? Los, wir hauen hier ab.« Chuluum packte sie am Arm und zerrte sie unsanft die Treppen hinunter. Die Absätze ihrer Stöckelschuhe hallten bei jedem Schritt auf dem nackten Beton des Treppenhauses wider.

Yeruldelgger wartete anderthalb Stockwerke höher ab, bis sie zwei Etagen nach unten gegangen waren, und folgte ihnen langsam. Von all den Geschichten, die ihm die junge Frau erzählt hatte, hätte sie nur bei einer Sache lügen können, und das war Mickeys Rolle in dem ganzen Spiel. Chuluum sagte dem Hauptkommissar also, wo es langging. Das war doch mal eine interessante Neuigkeit.

Yeruldelgger vergewisserte sich, dass die beiden das Gebäude verlassen hatten, dann rief er Billy an, um ihn zu fragen, ob er bei der anderen jungen Frau schon etwas in Erfahrung gebracht habe. Der junge Inspektor entschuldigte sich, er habe noch keine Zeit gehabt, in den Mass Club zu fahren, weil im Zusammenhang mit einer anderen Ermittlung noch eine Menge Papierkram zu erledigen sei. Yeruldelgger versicherte ihm, das sei nicht weiter schlimm. Er hatte bereits erfahren, was er wissen wollte. Sie verabredeten sich zu einem späteren Zeitpunkt in einem bekannten Restaurant, dem Mongolian Barbecue, und Yeruldelgger nutzte das schöne Wetter, um zu Fuß zum Krankenhaus Nummer 1 zu gehen, wo Solongo Dienst hatte. Unterwegs kaufte er eine Zeitung bei einem nicht einmal fünf Jahre alten Jungen, der ihm auch noch billige Schmuggelzigaretten andrehen wollte. Die gesamte erste Seite der Zeitung beschäftigte sich nur mit den Vorbereitungen für den Großen Naadam, und in einem Extrakasten wurde auch ausführlich über den Privat-Naadam berichtet, den Erdenbat für eine koreanische Delegation in einem kleinen Tal vor seiner Ranch organisierte.

61

Das ist etwas, das du dir ansehen musst

Nachdem Mickey erfahren hatte, dass Oyuns Leichnam zu ihrer Familie überführt werden sollte, fuhr er noch einmal in die Gerichtsmedizin. Von Weitem sah er zu, wie sie in einen Sarg gebettet wurde; zu seiner eigenen Überraschung fiel ihm auf, dass Oyun trotz der Leichenblässe und der Schwellungen im Gesicht immer noch schön war. Er fragte sich, ob Yeruldelgger sie gebumst hatte.

Dann signalisierte Solongo den Bestattern die Freigabe und kam zu Mickey herüber. Sie fasste ihn am Arm und steuerte ihn mit leichtem Nachdruck Richtung Ausgang. »Tut mir leid, Mickey, dass ich im Moment wenig Zeit für dich habe, aber auf mich warten zwei Autopsien, die ich dringend fertig machen muss – da hat's eine regelrechte Schlacht zwischen Besoffenen gegeben. Du weißt ja, wie es in den Tagen vor dem Großen Naadam immer zugeht. Yeruldelgger hat sich um den ganzen Papierkram für unsere arme Oyun gekümmert. Er wird ihren Leichnam der Familie übergeben. Die leben noch traditionell als Nomaden, irgendwo östlich von Bor Undur.«

»Wie denkt er denn darüber?«

»Wie meinst du das?«

»Na ja, ihr beiden steht euch doch sehr nah, soweit ich weiß. Da hat er dir doch sicher erzählt, was er von dem Ganzen hält.

Wird er in der Angelegenheit weiter ermitteln? Hat er irgendeine heiße Spur?«

»Süchbaatar, du bist sein Vorgesetzter, und du hast ihm alle Fälle entzogen. Wie kommst du darauf, mir solche Fragen zu stellen?«

»Na hör mal, jeder weiß, dass er nicht das tut, was man ihm sagt, sondern nur das, wonach ihm der Sinn steht. Ich habe das Thema zu seinem eigenen Besten angesprochen, Solongo. Oyun ist dabei umgekommen, und ihm kann das Gleiche blühen!«

»Was soll das heißen? Ist er wirklich in Gefahr? Weißt du mehr?«

»Nein, nein, ich will damit nur sagen, wenn jemand so weit gegangen ist, einen Polizisten oder eine Polizistin zu töten, dann wird er möglicherweise nicht zögern, es ein zweites Mal zu tun, wenn ihm jemand irgendwie in die Quere kommt. Wir müssen alle auf uns aufpassen.«

»Ach, mach dir um Yeruldelgger keine Sorgen. Er ist schon ein großer Junge. Aber was ich dich bei der Gelegenheit noch fragen wollte: Die Leichen der Motorradfahrer von der Explosion im Camp sind noch gar nicht bei mir eingetroffen.«

»Ja, das stimmt. Ich dachte mir, dass du dich in erster Linie um Oyun kümmern willst. Deswegen habe ich die fünf Toten dem Leichenbeschauer im Krankenhaus Nummer sieben bringen lassen. Damit du Gelegenheit hast, zu Oyuns Trauerfeier zu gehen.«

»Das ist nett gemeint, Mickey, aber außer Yeruldelgger geht da keiner hin. Oyun und er haben sich über dieses Thema wohl mal während einer Beschattung unterhalten, die sich länger hingezogen hat. Sie wollte niemanden dabeihaben. Nur ihn und ihre Familie und ein Grab in der Steppe, damit sie mit ihrem Schöpfer allein sein kann und keinen Besuch empfangen muss. Das war ihr Ding.«

»War sie etwa auch dem Mystizismus zugewandt?«

»Was meinst du damit?«

»Yeruldelgger hat's neuerdings wohl mit den Mönchen, ist dir das nicht aufgefallen?«

»Kann schon sein. Soweit ich weiß, hat er sich in den zehn Tagen, in denen er von der Bildfläche verschwunden war, in so einer Art Retreat in einem buddhistischen Kloster aufgehalten. Der Fall mit dem kleinen Mädchen hat ihn doch ziemlich erschüttert. Das hat ihn sehr an Kushis Tod erinnert.«

»Ach, und noch was: Weiß jemand, was aus dem Jungen geworden ist, der Zeuge von Oyuns Tod gewesen ist? Allem Anschein nach war er für die Motorradgang so eine Art Maskottchen.«

»Wie du weißt, kann ich dir in der Regel recht zuverlässig darüber Auskunft geben, wie meine Toten getötet wurden. Aber was aus den Lebenden geworden ist, davon bekomme ich nicht so viel mit. So, jetzt ist es aber wirklich höchste Zeit, dass ich mich verabschiede. Ich muss jetzt wirklich meine zwei Besoffenen aufschneiden.«

Mickey runzelte die Stirn und fragte sich, wie eine so attraktive Frau wie Solongo sich diesen Beruf aussuchen konnte. Bei der Gelegenheit fragte er sich, ob Yeruldelgger auch mit ihr geschlafen hatte.

Die Gerichtsmedizinerin begleitete ihn noch in den Gang hinaus und vergewisserte sich, dass er auch wirklich gegangen war. Auf dem Weg zurück ins Leichenschauhaus zog sie ihr Handy aus der Tasche und rief ihren Freund an. »Ich bin's. Oyuns Sarg ist unterwegs. Mickey war vorhin hier und hat zugeschaut, wie sie hineingelegt wurde.«

»Hat er irgendwas gesagt?«

»Nur dass du nicht vorsichtig bist und besser aufpassen solltest. Außerdem hat er sich nach Gantulga erkundigt.«

»Weiß er, wer er ist?«

»Nein, aber er weiß, dass er ihr Maskottchen war.«

»Mach dir keine Sorgen. Er ist an einem sicheren Ort.«
»Im Kloster?«
»Und wenn sie dich abhören?«
»Glaubst du, sie würden so weit gehen?«
»Findest du nicht, dass sie auch so schon sehr weit gegangen sind?«
»Da hast du auch wieder recht... Ach, wo wir schon von Gantulga sprechen: Wie hat er das mit Oyun denn aufgenommen?«
»Er ist ein sehr intelligenter Junge.«
»Was soll das heißen?«
»Dass er eben sehr intelligent ist. Hör mal, ich habe mich heute Abend mit Billy zum Essen im Mongolian Barbecue verabredet. Hast du nicht Lust dazuzukommen?«
»Als deine Kollegin von der Gerichtsmedizin oder als deine Gespielin?«
»Als meine Partnerin. Was hältst du davon?«
»Ich liebe dich.«
Yeruldelgger wartete, bis sie aufgelegt hatte, um dann seinerseits zu sagen, dass er sie auch liebte. Er hatte noch Hemmungen und Schamgefühle, was solche neuen Eingeständnisse anbelangte.

Jetzt musste er nur noch einen letzten Punkt klären. Dafür fuhr er in einem überhitzten Bus quer durch die ganze Stadt. Als der Mann die Tür seiner Wohnung in einem Elendsviertel öffnete, bereute er es sofort. »Bist du Batnaran?«
»Und wer bist du?«, fragte der Mann misstrauisch zurück.
»Ich bin von der Kripo. Ein Kollege von Oyun.«
»Von Oyun? Nicht schon wieder. Ich habe ihr doch schon alles erzählt. Dem habe ich nichts hinzuzufügen.«
»Es gibt da noch ein Problem«, erwiderte Yeruldelgger ganz ruhig. »Seitdem du zuletzt mit ihr gesprochen hast, ist die Sache nämlich ein bisschen komplizierter geworden.«

»Davor habe ich sie gleich gewarnt! Ist ihr was zugestoßen?«

»Sie hat eine Kugel mitten in die Brust abbekommen«, erklärte Yeruldelgger sachlich.

Batnaran gab sich Mühe, sich nichts anmerken zu lassen. Ihm schwante, dass sich hinter der Gelassenheit des Beamten etwas viel Schlimmeres verbarg. »Und weiter?«, sagte er schließlich.

»Tja, und du warst der Letzte, mit dem sie hier in der Stadt gesprochen hat. Deswegen verkomplizieren sich die Dinge jetzt auch für dich.«

Batnaran bat Yeruldelgger in seine winzige heruntergekommene Wohnung. Überall blätterte der Lack ab. Er bot ihm einen schlechten chinesischen Whiskey oder einen Buttertee an. Yeruldelgger entschied sich für den Tee. Batnaran erwiderte, den könne nur seine Frau zubereiten, die aber bald zurück sein werde. Auf Bitten des Kommissars erzählte er noch einmal alles, was er über die berüchtigten Wettfahrten der Koreaner wusste.

Yeruldelgger ließ ihn reden. Wenn er in Schweigen verfiel, tat Yeruldelgger nichts weiter, als ihn scharf ins Auge zu fassen. Sein eigenes bedrohliches Schweigen ließ den Mann jedes Mal fortfahren und in seinen Angaben immer genauer werden. Nach zwanzig langen Minuten wusste Yeruldelgger, dass er im Fall des zu Tode gekommenen Mädchens einen weiteren Faden in der Hand hielt. Insgesamt drei Mal hatte der Nationalpark-Ranger ein Touristencamp erwähnt, das auf diesen Touren offenbar immer das letzte Übernachtungslager war. Yeruldelgger setzte die Befragung dann im Stil einer normalen Unterhaltung fort. Ohne direkte Fragen zu stellen, erfuhr er von Batnaran alles über das Bären-Camp – wo genau es sich befand, wie man dorthin kam, wie viele Jurten, wie viele Chalets es gab. Er erfuhr, dass dort eine ältere Köchin sowie zwei jüngere Frauen als Küchenhilfen tätig waren und dass sich drei oder vier Mädchen aus dem Nachbarort unter der Aufsicht eines ziemlich finsteren Schlägertypen um das Putzen und Bedienen in der Anlage kümmerten.

Yeruldelgger kam schnell zu dem Schluss, dass die Beschreibung der örtlichen Gegebenheiten und der Gesamtumstände sehr gut zu der Vorstellung passte, die er sich von dem Unfall gemacht hatte. Allmählich fügten sich in diesem Fall die einzelnen Puzzleteile – das kleine Mädchen, der Koreaner, Mickey und Adolf – zu einem einigermaßen stimmigen Gesamtbild zusammen, die Spuren, die sie hinterlassen hatten, führten nun erstmals zu einem konkreten Ort. Einem Ort, an dem er womöglich auch auf die Spur der verschwundenen Eltern des Kindes stoßen würde. Hinzu kam, dass ihn diese Ortsbeschreibung auch sehr stark an den Hintergrund seines persönlichen Albtraums erinnerte.

Batnaran zufolge waren die Ranger und Wachleute in jenem Jahr eine Woche später als sonst in Urlaub geschickt worden. Er schloss daraus, dass der ganze Bikertrupp erst am Vorabend des Großen Naadam im Bären-Camp eingetroffen war und nicht schon eine Woche zuvor, wie es sonst immer der Fall gewesen war. Yeruldelgger behielt das Bauchgefühl für sich, dass auch die Teilnahme von Koreanern keineswegs ungewöhnlich war. Dann verabschiedete er sich rasch, noch bevor die Ehefrau des Mannes auftauchte, um den Tee zuzubereiten.

Kaum war er draußen, rief er bei Billy an, um ihm den Termin am Abend im Mongolian Barbecue zu bestätigen.

»Das trifft sich gut, dass du anrufst«, erwiderte der junge Inspektor. »Ich habe zwei gute Nachrichten für dich. Erstens sind wir mit der Auswertung der Plakette von dem Quad fast fertig.«

»Dann sag mir bitte, dass es da eine Verbindung zu dem Koreaner gibt, kleiner Bruder.«

»So ist es! Die Kfz-Meldebehörde in Korea hat unsere Anfrage jetzt beantwortet. Dieses Quad war bei ihnen auf den Namen der Firma Korean Vanguard eingetragen. Hauptanteilseigner: die Holding von Park Kim Lee, der gleichzeitig ihr Vorstandsvorsitzender ist.«

»Sehr gut gemacht, Billy!«

»Das ist nicht mein Verdienst, sondern Oyuns, die sämtliche Anfragen und die Informationen dazu schon beschafft hat, bevor ... na ja ... Also, das wäre das eine. Als wir diese Information bekommen hatten, verging keine Viertelstunde, da klingelte hier das Telefon, und die koreanische Botschaft erkundigte sich nach den Gründen für unser Interesse an Korean Vanguard. Eigentlich wollten sie Mickey sprechen, aber weil er nicht da war, habe ich den Anruf angenommen. Ich habe ihnen bloß gesagt, wir hätten ein halb abgewracktes, offenbar gestohlenes Quad gefunden und versuchten, dessen rechtmäßigen Eigentümer zu ermitteln. Das werden sie uns so nicht lange abnehmen.«

»Das kann uns egal sein. Hauptsache, wir können eine direkte Verbindung zu Park Kim Lee nachweisen.«

»Außerdem haben wir noch was zu den Glassplittern von dem Scheinwerfer, die Oyun in dem Camp eingesammelt hat. Eine schnelle vorläufige Überprüfung hat ergeben, dass sie mit großer Wahrscheinlichkeit von demselben Scheinwerfer stammen wie diejenigen, die du an dem Dreiradpedal des Mädchens gefunden hast. Solongo bemüht sich darum, über ihren deutschen Kontakt eine Bestätigung zu erhalten, aber das kann noch ein bisschen dauern. Auf jeden Fall sind die Leute in unserem forensischen Labor schon fest davon überzeugt, dass zumindest einer der Splitter hundertprozentig zu denen aus dem Camp passt.«

»Das sind alles wirklich sehr gute Neuigkeiten, Billy. Jetzt haben wir nicht nur den Nachweis einer Verbindung zwischen Park Kim Lee und dem Quad, sondern auch zwischen dem Quad und dem Unfall mit dem Mädchen. Er ist der Mörder des Mädchens, es sei denn, er kann irgendwie beweisen, dass er nicht der Fahrer war. Umso besser, dass Oyun auch ein Foto von ihm auf dem Quad gemacht hat. Diesmal bekommen wir unseren Täter zu fassen. Gute Arbeit, mein Junge!«

»Warte, warte! Da ist noch was.«

»Hast du nicht gesagt, du hättest nur zwei gute Nachrichten?«

»Na ja, für mich gehörten die Sache mit der Kfz-Registrierung und das mit dem Scheinwerferglas irgendwie zusammen, weil beides das Quad betraf. Das war sozusagen die erste gute Nachricht.«

»Dann sag mir endlich die zweite!«

»Sag mir, wo du bist, dann hole ich dich dort ab. Das ist etwas, das du dir ansehen musst.«

62

... wir müssen rechtzeitig zum Abendessen zurück sein

»Und deswegen sind wir jetzt drei Stunden lang durch die Prärie gefahren?«

Billy war so aufgeregt über das, was er Yeruldelgger zeigen wollte, dass er es geschafft hatte, die ganze lange Fahrt über kein Wort darüber zu verlieren. Sie hatten Ulaanbaatar über die Yaarmag Road in westlicher Richtung verlassen, waren dann am Dschingis-Khan-Flughafen vorbeigefahren und an einer Abzweigung nach Südosten in Richtung des Chustain-Nuruu-Nationalparks abgebogen. Ein paar Kilometer weiter endete die asphaltierte Straße und ging in eine Staubstraße über, auf der sie dann lange quer durch die karge Steppe unterwegs waren.

Billy hatte viel Freude am Fahren. Die Spurrinnen fächerten sich immer wieder auf, und Billy suchte sich wie ein Fährtenleser stets diejenige aus, die ihm zu vermeiden half, die Achse in einem Schlagloch zu zerbrechen oder im Sand stecken zu bleiben. Manchmal entfernte er sich einige hundert Meter von der Hauptpiste und beobachtete aus den Augenwinkeln die von einem anderen Wagen in einer anderen Spurrille aufgewirbelten gelblichen Staubwolken. Dann vereinigten sich die Fahrspuren wieder, und er fuhr, ohne zu verlangsamen, in einer roten Staubwolke hinter dem anderen Wagen her. Yeruldelgger ließ Billy gewähren, denn er liebte solche wilden Fahrten durch die Steppe. Auch wenn er hier in einem Fahrzeug unterwegs war, erinnerte es ihn an herrliche Ritte unter freiem Himmel.

Nach zwei Stunden Fahrt kamen die von Sonne und Regen ausgebleichten ersten Bretterzäune von Altanbulag in Sicht. Der Ort war in einem schachbrettartigen Muster angelegt. An welcher Stelle man auch von der Überlandpiste kommend auf den Ort stieß, man fuhr einfach in eine beliebige Straße hinein. In jedem der von Zäunen umschlossenen Gevierte stand eine Jurte oder ein Holzhäuschen. Jenseits dieser rasterartigen Anlage waren die Jurten und Häuschen völlig planlos in der Gegend verstreut und durch ein Geflecht unregelmäßiger, verschlungener Wege miteinander verbunden.

Mitten im Dorf bog Billy plötzlich nach Süden ab. Ungefähr dreihundert Meter weiter liefen mehrere Staubstraßen auf eine ehemalige sowjetische Militärbasis zu, die man von fern an ihren niedrigen, mitten in die Landschaft gestellten Gebäuden erkennen konnte. Er nahm den Fuß erst wieder vom Gas, als sie sich der Basis genähert hatten, wo ein paar Männer untätig in ausgefransten Camouflage-Overalls neben schweren russischen Lastwagen unter Planen herumstanden.

Dann fuhr er auf einen schmalen Pfad, der weiter nach links abzweigte und ein paar Jurten miteinander verband, die nur wenige Schritte vom Schrottabladeplatz der Kaserne entfernt aufgebaut waren. Dort wurden sie von dem Mann erwartet. Bei der Vorstellung, zwei gestandene Polizisten aus der Stadt in Empfang zu nehmen, war ihm sichtlich mulmig zumute, auch wenn Yeruldelgger ihn mit der Anrede »Großvater« zu beschwichtigen suchte. Kaum hatten sie seine Umzäunung betreten, deutete er mit einer bedauernden Geste auf das Wohnmobil. Beziehungsweise das, was noch davon übrig war.

»Bist du dir sicher, dass es genau das ist, das wir suchen?«
»Daran besteht kein Zweifel. Unser Großvater hier hat das

Kennzeichen drinnen bei sich aufbewahrt. Es ist nicht mit dem ganzen Wagen verbrannt.«

»Wie ist das Ding hierhergekommen?«

»Der Großvater handelt ein bisschen mit Schrott, wie du dir angesichts seiner kleinen Schrotthalde nebenan vielleicht schon denken konntest. Das meiste kommt von der Kaserne, aber er hat auch Kontakte in der Stadt, zu den Schiebern vom Gebrauchtwagenmarkt. Die bringen ihm in erster Linie ihre heiße Ware, die er auseinandernimmt und verschwinden lässt, oder er verscherbelt es als Schrott oder Ersatzteile überallhin. So ist er wahrscheinlich auch an das Wohnmobil gekommen.«

»Was soll das heißen, ›wahrscheinlich‹? Bist du dir nicht sicher?«

»Nein. Ich kann nur vermuten, dass Oyun hier auf einer heißen Spur war. Sie hatte den ersten Verkäufer, jemand aus dem Chentii, bereits lokalisiert, und wir wissen, wer der erste Käufer war: ein Burjate, der ihn an den Kasachen weiterverkauft hat, dem du ins Bein geschossen hast.«

»Du meinst Khüan?«

»Genau der. Ich weiß, dass Oyun ihn im Auge hatte, aber so haben wir den Wohnwagen nicht gefunden.«

»Wie dann?«

»Vor drei Nächten hat irgendwer den Wagen angesteckt. Der Großvater wollte das nicht weiter an die große Glocke hängen, aber die Feuerwehr aus der Kaserne ist angerückt, hat ihm beim Löschen geholfen, und sie haben den Vorfall gemeldet. Oyun hatte eine Meldung durchgegeben, damit darauf geachtet wird, falls irgendwo, irgendwann eine Information bezüglich eines Wohnmobils genau dieses Typs und Baujahrs auftaucht, und heute Vormittag ist ein Bericht dazu auf unserem Schreibtisch gelandet.«

»Genial!«, murmelte Yeruldelgger. »Sie ist einfach genial!«

Da war er nun, mitten im Nirgendwo, im Herzen seiner geliebten Mongolei unter ihrem hohen, ewigen Himmel; zu seiner Linken konnte er die Ausläufer des Chustain Nuruu erkennen, hinter ihm dehnte sich die unendliche hügelige Steppenlandschaft bis zur Wüste Gobi, und vor ihm zeichneten sich die Umrisse des Bogd Khan Uul, des heiligen Berges, ab und weit in der Ferne die bis zum Baikal aufsteigenden Gebirgszüge. Und hier nun, mittendrin, zum Greifen nah, stand das verschmorte Wrack eines Uljanowsk UAZ 452. Seines Uljanowsk UAZ 452. Zum ersten Mal seit Beginn der Ermittlungen spürte er, wie sich sein Herz vor Hoffnung weitete. Weil nun die Aussicht bestand, dass er das damals in der Steppe dem Großvater gegebene Versprechen, sich um die Seele des verstorbenen Kindes zu kümmern, würde einhalten können.

»Sehen wir's uns mal aus der Nähe an?«, fragte er Billy gut gelaunt.

»Machen wir doch glatt«, erwiderte der junge Inspektor.

Khüan hatte damals gleich geahnt, dass dieser Wagen »heiß« war. Fahrzeugpapiere hatte er dafür nicht erhalten, und im Innenraum hatte er nur oberflächlich weggewischte Blutspuren entdeckt. Und doch hatte der, der ihn auf dem Gebrauchtwagenmarkt feilbot, alles im Inneren entfernt. Khüan vermutete, dass das Wohnmobil für Campingausflüge benutzt worden war; anscheinend waren darin einmal ein Bett und andere entsprechende Vorrichtungen installiert gewesen, vielleicht ein Gaskocher für Regentage. Das war zwar alles verschwunden, aber es gab Schraubenlöcher und noch Reste von Halterungen. Er hatte das Gefährt an den Großvater weiterverkauft, weil er mit Schrott handelte. Der alte Mann würde es sicherlich zerlegen, Einzelteile ausbauen und sie Stück für Stück verkaufen. Khüan hatte einen guten Preis ausgehandelt, der ihm etwas weniger Gewinn einbrachte, für den Großvater aber ein gutes Geschäft darstellte, sodass er sich überreden ließ, den Wagen zu nehmen und ihn möglichst weit von Ulaanbaatar und seinem Altai Car Service wegzuschaffen. Um sicherzugehen, dass er ihn wirklich nie wiedersah und der Alte ihn auch tatsächlich zerlegte, hatte Khüan den Motor so manipuliert, dass er nur die gut hundert Kilometer gerade noch schaffte.

All das sollte Khüan erst viel später berichten, als der Fall endgültig abgeschlossen war und er davon überzeugt war, dass das Fahrzeug absichtlich in Brand gesteckt worden war. Doch schon bei Yeruldelggers und Billys Besuch äußerte der alte Mann den Verdacht, der Kasache habe den Motor sabotiert. Vier Tage nachdem er den Wagen mit sich nach Altanbulag genommen habe, sei er gerade auf dem Weg vom Dorf zurück gewesen, als die Zylinderkopfdichtung auf Höhe der Kaserne den Geist aufgegeben habe. Ein paar Soldaten hätten ihm geholfen, ihn zurück zu seinem Grundstück zu bringen und in den Innenhof zu schieben. Einer der Soldaten hatte die Reifen haben wollen. Deshalb waren sie als Erstes abmontiert und das Gefährt aufgebockt worden. Später war ein anderer gekommen und hatte sich Ersatzteile für seinen eigenen Uljanowsk aus dem Motor herausmontiert. Erst als das hübsche blaue Wohnmobil ohne Motor und ohne Räder so aufgebockt herumstand, war Großvater auf die Idee gekommen, es zu behalten und sich darin eine Werkbank einzurichten.

»Was für ein Glück«, murmelte Yeruldelgger, der es kaum fassen konnte. »Was für ein Glück! Hast du was dabei, damit wir Beweisstücke sichern können?«

»Wenn ich dich schon hierherschleppe, dann komme ich doch nicht mit leeren Händen«, brüstete sich Billy und deutete auf einen kleinen Koffer.

Yeruldelgger nahm die Latexhandschuhe, die Billy ihm hinhielt, und zog sie sich unter den amüsierten Blicken des jungen Inspektors über.

»Sag bloß nicht, dass ich Horatio Caine ähnele, sonst wirst du umgehend zum Grenzschutz im Süden der Gobi verdonnert.«

»Von wegen!«, gab Billy schmunzelnd zurück. »Da landest du noch lange vor mir.«

Dass es sich um Brandstiftung handelte, war eindeutig. Man hatte einen leeren, zusammengeschmolzenen Plastikkanister zwischen dem Wohnmobil und dem Bretterzaun gefunden. Aber der Brandstifter schien sehr überstürzt gehandelt zu haben. Sicherlich aus Angst vor Entdeckung oder weil das Feuer viel heftiger losgelodert war, als er erwartet hatte. Das Benzin war ungleichmäßig verteilt und der Wagen dementsprechend nicht vollständig ausgebrannt. Vor allem hatte der Großvater in dem zur Werkstatt umfunktionierten Uljanowsk einen rauen, dicken Dielenboden verlegt, der teilweise nur angeschmort war, wodurch der eigentliche Boden weitgehend unversehrt war. Yeruldelgger fand dort auch prompt mehrere Blutspuren und dann noch weitere, als er die vermuteten Halterungen des Bettes abmontiert hatte. Billy fand auch welche, als er die hintere Nummernschildaufhängung abmontierte. Angetrocknete Blutreste fanden sich an den Hecktüren. In den verkrusteten Blutspuren klebten sogar noch Haare; sie sammelten für die Laboruntersuchungen alles sorgfältig in sterilen Plastikbeuteln.

»Ich hoffe, dir ist klar, wie wichtig das ist, was wir hier vor Augen haben«, sagte Yeruldelgger.

»Das war so eine Art Campingbus, in dem die Familie mit dem Mädchen übernachtete, das der Koreaner getötet hat. Wir können davon ausgehen, dass dieser Bus von dem ersten bekannten Verkäufer, dem Burjaten, aus dem Gebiet des Chentii-Gebirges auf den Gebrauchtwagenmarkt gebracht worden ist. Und dort wiederum vermuten wir den Unfallort.«

»Ganz richtig. Somit stellt sich die Frage, was aus den Eltern des Kindes geworden ist, oder vielmehr, wer sie getötet hat und wie. Ich verwette meine gesamte Horatio-Caine-Gage darauf, dass das Blut und die Haare, die wir gerade gefunden haben, von ihnen stammen. Was würdest du jetzt an meiner Stelle tun?«

»Also, ich würde unverzüglich den Koreaner verhaften und dann würde ich ins Chentii fahren und mich erkundigen, wer dort vor fünf Jahren einen blauen Uljanowsk UAZ 452 mit einem ausländischen Ehepaar und seiner süßen kleinen blonden Tochter gesehen hat.«

»Ganz genau. Aber denk daran, dass wir erst mal die Rückfahrt nach Ulaanbaatar vor uns haben, und wir müssen rechtzeitig zu unserem Abendessen im Mongolian Barbecue zurück sein!«

63

... zwei, drei Kleinigkeiten, die er eventuell noch brauchen könnte

Für den Naadam, das Nationalfest der Mongolen, war das Wetter einfach perfekt. Die Sonne schien strahlend von einem glasklaren, blauen Himmel auf die grünen und gelben Talmulden des Tereldsch herab. Zuschauer und Wettkämpfer waren schon früh am Morgen gekommen, um ihre weißen Jurten aufzubauen. Sie hatten sich über die Hänge vor dem Eingang zum Camp verteilt. In pastellfarbene Kasacks gekleidete Jungen mit verschlossenen Gesichtern bewachten ihre Pferde und beobachteten die Ringer neidisch beim Training. Diese waren durchweg große und schwere, athletische junge Männer, die nicht sonderlich muskulös wirkten. Sie waren unbehaart, hatten glatte Haut und Babygesichter, wodurch sie eher dick als stark wirkten. Auf sie waren die Augen aller, Männer wie Frauen, gerichtet. Sie trugen nichts als eng anliegende, slipartige blaue oder rote kurze Hosen, mit hohem Beinausschnitt, und auf dem Kopf den traditionellen kegelförmigen mongolischen Spitzhut aus besticktem Samt; viele hatten ihre Haare nach der Art von Sumoringern zu einem Knoten zusammengebunden. An den Beinen trugen sie halbhohe Stiefel mit weichen Absätzen, die mit kostbaren Mustern und Symbolen verziert waren. Sie trugen nur eine Art Bolero in der jeweiligen Farbe des Slips, der mit einer Kordel über dem Bauch zusammengebunden war; Brust und Bauch blieben dabei frei. Einer alten Legende zufolge sollte dadurch vermieden werden, dass sich die Demütigung von einst wiederholte, als eine als Kämpfer verkleidete Prinzessin sämtliche Männer und Anwärter auf den Titel »Titan« besiegt hatte; sie hatte einfach ihre Brüste unter ihrem Kasack mit einem Schal flach gepresst.

Man hatte weiß gestrichene Pfosten in den Boden gerammt, um daran Wimpel in Weiß und Gelb, den Farben Dschingis Khans, zu befestigen. Aus Unmengen von Lautsprechern tönten mongolische Volksmusik und symphonische Stücke von Agvaantseren Enkhtaivan. Rund um den Tisch der Wettkampfrichter drängten sich die Ringer, um sich für die Wettkämpfe einzutragen und der Auslosung beizuwohnen, die bestimmte, wer gegen wen anzutreten hatte. Inzwischen stiegen auch schon die ersten Zuschauer und Wettenden aus ihren Autos auf einem improvisierten Parkplatz und versammelten sich ebenfalls um die Wettkämpfer. Alle trugen ihre schönsten Deels in leuchtenden Farben, die in traditionellen Mustern gewebt oder bestickt waren. Etwas abseits von diesem Getümmel brachten mehrere Frauen Kessel mit Öl zum Sieden, in denen alsbald Teigtaschen mit Lammfleisch zubereitet werden sollten, und in gehörigem Abstand zum Gestank des Frittieröls und zum Lärm aus den Lautsprechern war unter einem Baldachin aus gelber Seide ein weiterer, mit einem weißen Tuch gedeckter Tisch aufgebaut. Die Tradition erlaubte zwar nicht, in Gegenwart der Wettkämpfer Alkohol zu trinken; gleichwohl standen darauf zahllose Weinkühler, in denen Flaschen mit französischem Champagner und polnischem Wodka gekühlt wurden. Auch Bier stand in großen Kühltaschen unter dem Tisch bereit.

Hier thronte auch Erdenbat, inmitten der Würdenträger und seiner Gäste, insbesondere einer Delegation koreanischer Unternehmer. Zudem war ein halbes Dutzend Journalisten und Fernsehreporter damit beschäftigt, ihre Geräte aufzubauen und einzurichten. Sie waren von dem Fernsehsender entsandt, dessen Eigentümer zugleich der Herr dieses Spektakels war.

Dann wurden die Pferde herangeführt, und die allgemeine Aufgeregtheit steigerte sich spürbar. Die Jungen standen nun im Zentrum der Aufmerksamkeit, auch jener der Ringkämpfer, die sie aufforderten, endlich aufzusteigen. Einige der Wettkämpfer machten sich einen Spaß daraus, die jungen, leichtgewichtigen Jockeys im Alter zwischen fünf und zwölf Jahren mit nur einer Hand in den Sattel zu hieven. Sie drehten ein paar Kreise und stimmten grelle, schrille Gesänge an, um die Pferde anzustacheln; schließlich stellten sich alle an der Startlinie auf. Auf das Zeichen eines ehrwürdigen älteren Mannes hin stoben sie mit ihren Pferden in wildem Galopp davon, über eine Strecke von etwa fünfzehn Kilometern, begleitet von einem ganzen Pulk Eltern und Fans, die mit waghalsigen Manövern in Geländewagen neben ihnen herjagten und dabei den Pferden ebenso Angst machten, wie sie die Kinder anfeuerten. Bis der Gewinner zurückkehrte, würden ein bis zwei Stunden vergehen – falls alles glattlief und nicht das eine oder andere Pferd unterwegs in das Loch eines Murmeltierbaus trat, strauchelte und seinen Reiter abwarf, wobei sich die Jockeys oft die Knochen brachen. Einzig die Bogenschützen ließen sich, weit abseits von diesem Trubel, nicht aus der Ruhe bringen. Sie standen mit dem Rücken zum Publikum da, um niemanden zu gefährden, und waren dabei, sich auf dem sechzig mal fünfundsiebzig Meter großen Feld richtig einzuschießen.

Den Bogenschützen galt Yeruldelggers besondere Vorliebe. Damals im Kloster war er der beste Schütze gewesen. Er liebte die Anspannung sämtlicher Muskeln im Körper, wenn man die Sehne zurückzog und dann festhielt, und wie man diese völlige innere Leere erreichen musste, damit die Hand nicht zitterte. Er hätte durchaus auch die Statur eines Ringers gehabt, aber das

Bogenschießen sprach ihn mehr an. Im Zusammenhang mit dem Naadam hatte sich diese Sportart inzwischen zu einer ausgesprochenen Frauendomäne entwickelt. Hier schoss jeder Mann vierzig Pfeile auf eine fünfundsiebzig Meter entfernt stehende Zielscheibe ab. Die Frauen mussten halb so viele Pfeile auf Zielscheiben in sechzig Metern Entfernung abschießen. Aber die Männer waren alle schon älter. Weil das Bogenschießen zu einem Frauensport geworden war, nahmen nur noch wenige jüngere Männer daran teil. Und keinem von ihnen gelang es, seine Zielscheibe mit allen Pfeilen zu treffen. Höchst selten hörte man nach jedem Schuss den spitzen Schrei, mit dem ein Richter seine Punktzahl durchgab.

Am Ende seines ersten Jahrs im Kloster traf Yeruldelgger mit allen Pfeilen auf die Zielscheibe. Damit war er ein ausgezeichneter Schütze. Um ihm diese Präzision anzutrainieren, hatte der Nergui damals die Zielscheiben mitten im Wald verteilt, sodass Yeruldelgger die Flugbahn des Pfeils auch zwischen den Baumstämmen und den Zweigen hindurch genau wählen musste. Er hatte seit Langem keinen Bogen mehr in der Hand gehabt, wusste aber durch seinen kürzlichen Aufenthalt im Kloster, dass er die Kraft und die nötige Konzentration für präzise Schüsse noch in sich hatte. So lautete die Lektion des Nergui: »Alles liegt allezeit in uns eingeschlossen. Wir vergessen es nur immer wieder.« Von einer Hügelkuppe aus warf Yeruldelgger zum letzten Mal einen Blick über das gesamte Treiben in die Runde. Bei solchen ländlichen Naadams war er in seiner Jugend oft dabei gewesen. Jeder Mongole hatte unvergessliche Erinnerungen an die Naadams seiner Jugend: der erste Schwips, der erste Kuss, eine erste Liebe, die erste Rauferei, eine erste Verwundung, eine Trennung, die erste Erfahrung von Verlorenheit und Einsamkeit in einer großen Menschenmenge ... Es bestand kein Zweifel daran, auch dieser Naadam würde Yeruldelggers weiteres Leben prägen.

Der Kommissar trat aus dem Schatten der Bäume am Waldsaum oben am Hang gegenüber von den Bogenschützen und wurde sofort bemerkt. Man rief ihm zu, er solle in Deckung gehen, solle die Schussbahn verlassen. Doch er dachte gar nicht daran. Ruhig und gelassen schritt er zwischen zwei der Zielscheiben hindurch und reagierte auch nicht auf die Zurufe der in der Nähe stehenden Kampfrichter, sondern marschierte quer über das ganze Feld, bis er auch die Reihe der Bogenschützen selbst durchquert hatte. Dann ging er an den ersten Jurten vorbei, wo sich der Geruch des Frittierfetts schon ausbreitete, bahnte sich seinen Weg durch die wogende Menge der Ringkämpfer, von denen einige ebenfalls empört reagierten, steuerte unter Erdenbats finsteren Blicken direkt auf die Ehrentafel unter dem Baldachin zu und baute sich vor dem Anführer der koreanischen Unternehmerdelegation auf. »Park Kim Lee? Ich verhafte sie wegen des Mordes an einem noch nicht eindeutig identifizierten Mädchen, das Sie im Juli 2005 bei einer illegalen Quad-Tour im Chentii-Wildschutzgebiet überfahren und getötet haben.«

Der Koreaner ließ sich die Worte übersetzen und dann von seiner hübschen, aber völlig panischen Dolmetscherin wiederholen. Yeruldelgger konnte zusehen, wie sein Blick zunehmend ängstlicher wurde, als ihm die Bedeutungsschwere dieser Beschuldigung klar wurde. Die Übersetzung wurde innerhalb der koreanischen Delegation blitzschnell von einem Ohr zum anderen weitergegeben, und schon bald richteten sich alle Augen auf Erdenbat. Eine merkwürdige Stille breitete sich rund um den Tisch aus, die in eigenartigem Kontrast zu der plärrenden Musik aus den Lautsprechern stand. Auf ein kaum wahrnehmbares Zeichen des Eigentümers des Geländes hin wurde sie umgehend ausgeschaltet.

»Was soll dieser Zirkus, Yeruldelgger?«, sagte Erdenbat. »Weißt du, wo du dich befindest und wer ich bin?«

»Ich befinde mich auf öffentlichem Territorium der Mongolei, wo ich in meiner Funktion jedes Recht habe, so zu handeln, und Sie sind nichts weiter als ein mongolischer Staatsbürger, der in gleicher Weise den Gesetzen der Mongolei unterliegt.«

»Dieses Gebiet untersteht mitnichten deiner Zuständigkeit, und das weißt du ganz genau!«

»Dann lassen Sie einen Richter über die Rechtmäßigkeit dieser Verhaftung entscheiden.«

»Niemand außer mir wird hier über irgendetwas entscheiden. Diese Leute sind meine Gäste, und ich werde dir nicht erlauben, Hand an sie zu legen.«

»Dieser Mann ist ein Verbrecher, er hat ein fünfjähriges Kind überfahren, es für tot gehalten und es lebendig verscharrt oder verscharren lassen. Wenn Sie jetzt mit Ihrem Handeln zur Verdeckung einer Straftat beitragen und Widerstand gegen die Staatsgewalt leisten wollen, kann ich Sie gleich mitverhaften.«

»Du wirst hier niemanden verhaften, weder meinen Gast noch mich selbst. Du bist bereits aus dem Polizeidienst ausgeschieden, sämtliche Fälle sind dir entzogen worden, also bist du hier mitnichten zuständig.«

Dann erhob sich Erdenbat von seinem Stuhl und wandte sich an die erschrockene Menge: »Dieser ehemalige Polizist hat kürzlich einem Zeugen ins Bein geschossen, um ihn zum Reden zu bringen, er hat Zeugen bei Verhören geprügelt, darunter seine eigene Tochter, er hat illegal gegen ausländische Staatsbürger ermittelt, seinen Vorgesetzten in dessen Büro mit der Dienstwaffe bedroht und seine Kollegen mitten in einer Untersuchung zehn Tage lang im Stich gelassen. Dieser Mann ist krank, er ist verzweifelt und deprimiert, weil er den tragischen Tod seiner kleinen Tochter nicht überwunden hat, und heute stößt er hier haltlose Beschuldigungen aus. Er müsste hier verhaftet werden.«

Mehrere Ringkämpfer traten auf Yeruldelgger zu. Der erste, der versuchte, Hand an ihn zu legen, fand sich im Nu in ein paar Metern Entfernung auf dem Boden wieder, ohne dass jemand verstanden hätte, wie es passiert war. Doch die Verschnaufpause währte nur kurz.

»Mach keine Sperenzchen, Yeruldelgger«, ertönte plötzlich Mickeys Stimme hinter ihm.

»Ich an deiner Stelle würde auf ihn hören«, bekräftigte Chuluum.

Yeruldelgger drehte sich um; die beiden hatten ihre Waffen auf ihn gerichtet. Der Anblick von Waffen löste am Ehrentisch Panik aus. Die Mitglieder der koreanischen Delegation wichen zurück, Erdenbat ließ sie zu ihren Fahrzeugen bringen. Der Kreis der gaffenden Menge vergrößerte lediglich den Sicherheitsabstand und wartete neugierig auf die Festnahme des Kommissars. Chuluum legte ihm Handschellen an und stieß ihn zu einem bereitstehenden Wagen. Als er bereits auf der Rückbank saß, beobachtete Yeruldelgger durch die dunkel getönten Fensterscheiben, wie Erdenbat Mickey heranwinkte und ihm etwas ins Ohr flüsterte. Dann kam Mickey zum Wagen zurückgerannt, setzte sich selbst ans Steuer und fuhr quer über das Grasland, bis er auf die Straße nach Ulaanbaatar stieß. Ein paar hundert Meter weiter zwang sie der ebenfalls dahinpreschende Konvoi der Koreaner, auf den Seitenstreifen auszuweichen, um sie überholen und mit Höchstgeschwindigkeit in die Stadt weiterfahren zu können. Yeruldelgger zählte drei Fahrzeuge; eines davon war Erdenbats Wagen.

»Ich hoffe, er hat die Videokassetten konfisziert!«, sagte der Kommissar, als Mickey wieder ganz auf der Straße fuhr.

»Er weiß schon, was er tut«, erwiderte dieser.

»Ich hoffe, ihr auch!«

»Wir auch was?«

»Ich hoffe, ihr wisst auch, was ihr tut.«

»Das tun wir. Mach dir um uns keine Gedanken«, zischte Mickey zwischen den Zähnen hervor.

Nachdem er sich mehrmals im Rückspiegel vergewissert hatte, dass ihnen niemand in Sichtweite folgte, bog Mickey eine Viertelstunde später nach rechts in eine schmale Staubstraße ein, die in eine kleine, dicht bewaldete Talmulde führte. Nach einigen hundert Metern verlangsamte er die Fahrt, vergewisserte sich, dass sie von der Straße aus nicht mehr zu sehen waren, und hielt schließlich an. Dann stieg er aus, sah sich gründlich in der unmittelbaren Umgebung um und bedeutete Chuluum, Yeruldelgger aussteigen zu lassen.

»Geh weiter da vor!« Er schubste den mit Handschellen gefesselten Kommissar über den Pfad vor sich, der zwischen Heidelbeersträuchern hindurch zu einer Gruppe Birken führte. Yeruldelgger überraschte sich selbst bei dem Gedanken, dass dies kein schlechter Ort zum Sterben wäre und dass der Heidelbeerstrauch, den er Solongo für ihren Garten geschenkt hatte, nicht weniger schön war als die wilden Sträucher hier, wo sie ihn hinschubsten, um ihn zu erledigen.

»Das hast du nun davon, dass du immer den Verrückten spielen musst«, sagte Mickey hinter ihm in ziemlich bösartigem und mitleidlosem Ton. »Man könnte fast sagen, du hast es nicht anders gewollt.«

Yeruldelgger hörte, wie der Schlitten der Pistole einrastete, blieb aber erstaunlich ruhig. Dabei war er in diesem Moment ein einziges Energiebündel, hoch konzentriert auf den Einschuss, der in der nächsten Sekunde erfolgen sollte. All seine Sinne drängten ihn, jetzt zu agieren. Er hatte einen guten Stand, den richtigen Schwerpunkt, sämtliche Muskeln waren angespannt, aber nicht verkrampft, und das Adrenalin schärfte sein Reaktionsvermögen und seine Fähigkeit, alles genau abzuschätzen. Er hatte genau vor Augen, wie weit die Pistole von seinem Rücken entfernt war. In Sekundenbruchteilen visualisierte er die Drehung seines Körpers und wie er Mickey die Waffe mit dem ausgestreckten Fuß aus der Hand schlagen würde –

Doch mit Chuluums Stimme brach alles ab. »He, warte mal, Mickey!«

Yeruldelgger merkte, wie der Hauptkommissar auf Chuluums Aufforderung hin kurz zögerte, wie er leicht abgelenkt war und sich sein Blick kurz von ihm abwandte, und entschied sich zuzuschlagen.

Der Schuss hallte in der heißen Luft wider. Yeruldelgger wunderte sich, dass es in der engen Talmulde kein Echo gab, dass er keine Erschütterung spürte, dass nichts aufblitzte, dass er keinen Schmerz spürte. Dann wurde er kräftig in den Rücken getreten, etwas fiel gegen ihn und glitt dann schwer an ihm herunter bis zu seinen Fersen. In dem Moment verstand er, dass er nicht tot war, nicht einmal verwundet. Er blickte über seine Schulter und bekam gerade noch mit, dass der Körper des Hauptkommissars zu seinen Füßen lag, anstelle des rechten Auges ein Loch, aus dem Blut herausspritzte. Chuluum stand zwei Meter von ihm entfernt, ein Stück weiter rechts. Yeruldelgger erkannte sofort, dass er sich bewusst so seitlich hingestellt hatte, damit die Kugel nicht auch noch Yeruldelgger traf, sollte sie Mickeys Schädel durchschlagen. »Er hatte den Auftrag, dich zu erschießen«, war alles, was Chuluum dazu sagte.

»Nicht du?«

Chuluum erwiderte nichts. Wortlos trat er den Rückweg zum Wagen an. Der Kommissar folgte ihm ebenfalls schweigend und versuchte bei sich irgendeine Art von Nachwirkung zu erkennen, spürte aber nichts.

»Steig vorne ein«, sagte Chuluum. »Wir müssen reden.«

Yeruldelgger stieg auf der Beifahrerseite ein, und der Inspektor fuhr im Rückwärtsgang bis zur Straße zurück; Mickeys Leiche ließ er einfach neben den Birken und Heidelbeersträuchern liegen.

»Du sagst ja gar nichts.« Erst nach einiger Zeit richtete Chuluum das Wort an Yeruldelgger. »Für jemanden, der eben um

Haaresbreite getötet worden wäre, bist du ziemlich entspannt. Ich bewundere so was.«

»Ich bewundere mich auch«, erwiderte der Kommissar, und beinahe meinte er es wirklich so.

»Es war nicht vorgesehen, dass du davonkommst«, fuhr Chuluum fort. »Aber ich habe mir überlegt, dass du nicht sterben musst, damit alles arrangiert werden kann.«

»Aber Mickey musste sterben?«

»Mickey hat sich zu viele Fehler geleistet; ich kann mir vorstellen, dass du weißt, welche ich meine.«

»Diese Geschichte mit den Koreanern?«

»Genau. Schon seit Ewigkeiten organisiert Erdenbat diese wilden Touren für reiche Ausländer. Sie sind für ihn Mittel zum Zweck, um ein Netzwerk aus persönlichen Beziehungen und Kontakten zu knüpfen, die sich für seine Geschäfte und Unternehmen auszahlen. Diese Typen tun nichts lieber, als um die Wette zu fahren, als müsste der mit den dicksten Eiern zwangsweise auch reicher und einflussreicher sein als die anderen. Vor fünf Jahren hat Park Kim Lee schon zum dritten Mal an der Tour teilgenommen, und er wollte unbedingt gewinnen, ließ sich die Führung von niemandem abnehmen. Kurz vor der Ankunft im Bären-Camp überfuhr er auf der kurvenreichen Piste mit voller Geschwindigkeit ein Mädchen, das mit seinem Dreirad mitten auf dem Weg unterwegs war. Da war wirklich nichts zu machen. Er konnte nicht mehr bremsen oder ausweichen. Es war ein Unfall. Das Mädchen war auf einmal einfach da – niemand konnte sich erklären, wie es da hingekommen war.«

»Und Mickey erhielt den Auftrag, die Sache zu bereinigen?«

»Erdenbat hat ihm die Taschen gefüllt, und im Gegenzug dafür von ihm verlangt, dass er bei den Waldhütern, den Nationalpark-Rangern und bei allen anderen, die Ärger machen wollten, alles wieder geradebiegt; sie alle haben schnell gelernt, sich nach Süchbaatars Wünschen zu richten.«

»Aber das Kind wurde hunderte Kilometer entfernt noch lebendig verscharrt. Wie ist das zu erklären?«

»Dass es dabei noch lebte, habe ich erst erfahren, als ich den Autopsiebericht gelesen habe, nachdem du den Leichnam mitgebracht hattest. Sie gingen wohl davon aus, dass das Mädchen schon tot war. Die gesamte Gruppe hat die Nacht wie geplant im Bären-Camp verbracht, um keinen Verdacht aufkommen zu lassen. Am nächsten Tag hat Mickey einen Typen losgeschickt, der das Kind so weit weg wie möglich verscharren sollte.«

»Und dieser Typ war Adolf?«

»Ja. Er hatte Adolf als ortskundigen Führer für diese Touren angeheuert, der immer vorausfuhr. Keine Ahnung, woher sich die beiden kannten. Vielleicht war er einer seiner Spitzel. Wie bescheuert! Dieser Typ hat so viel Hirnmasse wie ein Murmeltier. War nicht mal imstande, das Mädchen ordentlich zu vergraben, hat noch nicht mal gemerkt, dass sie gar nicht tot war.«

»Und woher weißt du das alles?«

»Ich habe eben gelernt, die richtigen Akten zu lesen.«

»Und es war nicht Erdenbat, der dir deine Anweisungen gegeben hat?«

»Doch ein bisschen, das gebe ich zu.«

»Und welchen Nutzen hat er davon?«

»Das weiß ich wirklich nicht, und ich will es auch gar nicht wissen. Er will sich bei den Koreanern einschmeicheln, nehme ich an.«

»Und was ist mit den Eltern des Kindes?«

»Da weiß ich auch nicht mehr als du. Niemand weiß etwas darüber, und da es sich mit diesem Schweigen anscheinend sehr gut leben lässt, wollte auch niemand mehr darüber herausfinden.«

»Und was ist mit den Chinesen?«

»Mit welchen Chinesen?«

»Die drei kastrierten aus der Fabrik.«

»Ach, diese Typen. Keine Ahnung. Das hat doch nichts mit dem Tod des Mädchens zu tun.«

»Das glaubst auch nur du!«

»Wie kommst du darauf? Gibt es dafür Anhaltspunkte?«

»In beiden Fällen ist Adolf involviert oder nicht?«

»In dem Chinesen-Fall hast du gegen Adolf nicht wirklich was in der Hand.«

»Aber ich habe mein Bauchgefühl, Chuluum, und das wiegt mehr als manches Indiz.«

»Aha! Genau dasselbe Bauchgefühl, aufgrund dessen du Mickeys Rolle in dem ganzen Schlamassel nicht durchschaut hast. Schönes Bauchgefühl!«

»Außerdem wäre da noch der Tätowierte.«

»Der Tätowierte? Der hat doch auch keinerlei Verbindung zu dem Fall des Mädchens.«

»Ich weiß, aber warum bist du dann so überzeugt davon, dass er bei dem Chinesen-Massaker eine Rolle gespielt hat?«

Chuluum antwortete nicht sofort darauf; stattdessen sah er Yeruldelgger tief in die Augen. »So, so, zum Dank dafür, dass ich dir das Leben gerettet habe, willst du mich jetzt reinlegen?«

»Oyun und ich haben den Tätowierten in keinem einzigen Bericht erwähnt.«

»Du glaubst wohl, ihr habt als Einzige in dem Fall ermittelt?«

»Jawohl, ich bin davon ausgegangen, dass wir die Einzigen sind, die in dem Fall ermitteln. Aber wir waren sicherlich nicht die einzigen Beteiligten.«

»Was soll das heißen?«

»Das soll heißen, dass du den Auftrag hattest, Adolf zu beschatten, was uns zu den beiden Typen geführt hat, die Saraa umbringen wollten, was dazu geführt hat, dass Oyun ihnen in die Kanalisation gefolgt ist, wo der Tätowierte sie abknallen wollte, bevor er euren Unterschlupf in die Luft gesprengt und versucht hat, den Jungen und auch mich umzulegen.«

»Vielleicht hatte Mickey ja doch irgendwie recht. Vielleicht hast du ja wirklich nicht alle Tassen im Schrank? Das alles packst du hier in meinem Wagen vor mir aus, in Handschellen und ohne deine Waffe! Wenn du mit deinen Unterstellungen richtigliegen würdest, dann hätte ich dich vorhin bei den Birken und den Heidelbeersträuchern abknallen müssen.«

»Jetzt behaupte nicht, dass ich hinsichtlich des Tätowierten falschliege.«

»Der Tätowierte ist ein durchgeknallter Typ, völlig unkontrollierbar, halb Gangster, halb Spitzel. Um den hat Mickey sich gekümmert. Ehrlich gesagt, es fällt mir sehr schwer zu glauben, dass er bei der Sache mit deiner Tochter die Finger im Spiel gehabt haben soll. Ich hatte vielmehr den Eindruck, dass er es dabei auf die zwei Täter abgesehen hatte. Soweit ich weiß, war deine Tochter da doch ganz schön zugedröhnt. Allem Anschein nach hast du sie in dieser Nacht stockbetrunken aufgefunden. Du solltest besser aufpassen, mit wem sie sich so abgibt.«

Yeruldelgger antwortete nicht. Nun war es an ihm, Chuluum mit einem stahlharten Blick zu fixieren. Einem Blick, wie ihn der Inspektor noch nie gesehen hatte. Darin lag reine Energie, ohne irgendein Gefühl oder Zorn.

»Das soll nur ein gut gemeinter Ratschlag sein«, sagte Chuluum und sah wieder nach vorn auf die Straße, um Yeruldelggers Blick nicht länger ertragen zu müssen.

»Dann halt besser die Klappe«, fuhr der Kommissar ihn in einem Ton an, der keinen Widerspruch duldete.

»Ja, schon gut. Entschuldige! Wie dem auch sei, der Tätowierte war jedenfalls ein absolut unkontrollierbarer Typ ...«

»Das Problem habe ich gelöst.«

»Du hast das Problem gelöst?« Chuluum war völlig irritiert. »Was soll das heißen: ›Das Problem habe ich gelöst‹?«

»Das heißt, dass ich das Problem gelöst habe, sodass es niemand anderes tun musste.«

»O nein, das kann doch nicht wahr sein. Jetzt sag mir bloß noch, dass du ... Weißt du wenigstens, für wen er sonst noch gearbeitet hat?«, seufzte der Inspektor.

»Für wen er sonst noch gearbeitet hat? Na klar, für Erdenbat, deinen Boss.«

»He, Erdenbat ist nicht mein Boss.«

»Du warst an dem Abend bei ihm, als ich quasi entführt und anschließend zusammengeschlagen wurde, du warst jetzt bei seinem kleinen, privaten Naadam vor Ort. Für jemanden, der nicht für ihn arbeitet, bist du schon verdammt oft dort.«

»Okay, ich erledige auch das eine oder andere für ihn«, gab Chuluum zu. »Da hat Mickey mich mit reingezogen. Dabei geht es um Objektsicherung, Personenschutz, gelegentliche Privatermittlungen – alles nichts Schlimmes. Deswegen ist er noch lange nicht mein Boss!«

»Nein, nur schlicht dein Auftraggeber.«

»Bei der einen oder anderen Gelegenheit. Mein gelegentlicher Auftraggeber.«

»Und er ist auch Adolfs Auftraggeber, hab ich recht?«

»Was meinst du denn, was so ein Bekloppter wie Adolf für Erdenbat tun könnte?«

»Ach, alles Mögliche. Er könnte kleine Mädchen verscharren, Chinesen die Eier abschneiden ...«

»Was faselst du da? Erdenbat gehört das halbe Land. Was soll so einer denn mit Verbrechen von sexuell Gestörten zu tun haben?«

»Ich weiß besser als jeder andere, wo Erdenbat herkommt und wozu er imstande war, um sein Vermögen anzuhäufen. Dieser Mann war zu allem fähig. Warum sollte er diese Exekution heute nicht angeordnet haben?«

»Du bist doch nicht ganz bei Trost, so über ihn herzuziehen, Yeruldelgger. Welches Interesse sollte er haben, drei chinesische Vorarbeiter kastrieren zu lassen?«

»Das weiß ich noch nicht, aber wenn es eine Verbindung zwischen ihnen und ihm gibt, dann werde ich das aus Adolf herausquetschen!«

»Du willst dir Adolf vornehmen?«

»Aber sicher, da du es ja offensichtlich nicht getan hast, als ich dir den Auftrag gegeben habe.«

»Was willst du damit sagen?«

»Du solltest ein Auge auf ihn haben und ihn beschatten. Stattdessen treibt er sich jetzt im Chentii herum und mimt bei den illegalen Abenteuertouren für eine Bande arroganter Koreaner den Reiseleiter, während sein Dreckshaufen von Schlägertypen gleichzeitig meine Kollegin vergewaltigt hat!« Chuluum sah Yeruldelgger von der Seite an. »Okay, ich meine *unsere* Kollegin.«

»Ich wollte es gerade sagen«, murmelte Chuluum.

»Na ja«, seufzte Yeruldelgger, »du wolltest es gerade sagen, aber du hast es nicht gesagt.«

Chuluum hüllte sich für längere Zeit in Schweigen. Der Kommissar amüsierte sich zunächst darüber, dann beschloss er, ihn einfach zu ignorieren, indem er geradeaus durch die Windschutzscheibe auf die Landschaft blickte. Bald mündete die Piste in eine asphaltierte Landstraße, die nach Ulaanbaatar führte. Auch er verlor kein weiteres Wort mehr, bis der Wagen sich in den chaotischen Verkehr in der Hauptstadt einfädelte. Ohne besonderen Grund, außer dem, ihn nach Möglichkeit zu verunsichern, bat Yeruldelgger Chuluum, ihn am Eingang der chinesischen Ziegelei abzusetzen, in der die drei Chinesen ermordet worden waren. Doch der Inspektor wirkte keineswegs beunruhigt. Auch wenn er während der gesamten Fahrt eine gewisse Verunsicherung nicht verbergen konnte, so hatte er inzwischen doch wieder eine gewisse Selbstsicherheit gewonnen, woraus Yeruldelgger den Schluss zog, sich lieber auf einiges gefasst zu machen.

Sobald Chuluum seinen Wagen vor der Fabrik geparkt hatte, gab er Yeruldelgger zu verstehen, er solle sich umdrehen, damit er ihm die Handschellen abnehmen konnte, und forderte ihn auf auszusteigen. Der Kommissar war schon mit einem Bein auf der Straße, als er zögerte und sich noch einmal auf den Beifahrersitz zurücksinken ließ. Chuluum hatte inzwischen das Seitenfenster heruntergelassen. »Ich kann also gehen?«, fragte Yeruldelgger.

»Natürlich! Vergiss diese alberne Verhaftung, vergiss das Ganze einfach.«

»Dann kann ich auch meine Waffe wiederhaben?«

»Deine Waffe? Aber gewiss doch, hier, nimm.« Chuluum zog die Pistole aus der Jackentasche und streckte sie Yeruldelgger hin.

»Aber das ist nicht meine«, stellte der fest und begann zu verstehen.

»Ups!«, sagte Chuluum und tat verlegen. »Das stimmt. Das da ist ja meine. Mist, dann habe ich wohl aus Versehen Mickey mit deiner Pistole erschossen und sie da draußen liegen lassen!« Dabei sah er Yeruldelgger direkt in die Augen, um seiner Antwort den gewünschten Nachdruck zu verleihen. »Das könnte dich in eine ziemlich beschissene Lage bringen. Aber ich hoffe, dass es dazu führt, dass du in Zukunft vorsichtiger bist, mit dem, was du sagst und was du tust. Sehr viel vorsichtiger, würde ich dir raten. Und auch etwas weniger arrogant. Es wäre wirklich gut, wenn du dich in Zukunft allen anderen gegenüber nicht mehr so arrogant aufführen würdest. Also dann bis bald, mein Lieber!«

Nachdem Yeruldelgger den Wagen ohne weitere Worte verlassen hatte, wollte Chuluum sich wieder in den Verkehr einfädeln, musste aber zuvor einen ganzen Konvoi Lastwagen vorbeilassen, die bis obenhin mit Kohle vollgeladen waren. Während er ungeduldig darauf wartete, dass es weiterging, bemerkte er im

Rückspiegel, wie Yeruldelgger in aller Ruhe wieder auf den Wagen zukam. Er war nun unbewaffnet und zu Fuß und bestimmt noch ganz benommen von der Tatsache, dass seine Waffe ihn so gut wie eindeutig mit dem Mord an seinem Vorgesetzten in Verbindung brachte. Aus reiner Vorsicht zog Chuluum dennoch seine Pistole unauffällig heraus und hielt sie in der rechten Hand neben seinem Oberschenkel.

»Ich glaube, ich habe meine Handypauschale weit überschritten!«, rief Yeruldelgger schon von Weitem und hob die Augenbrauen.

»Was redest du da?«

»Mein Kartenguthaben«, wiederholte Yeruldelgger und deutete auf sein aufgeklapptes Mobiltelefon. »Ich habe meine Freiminuten um ein Vielfaches überschritten. Eine Stunde siebenundfünfzig Minuten – kannst du dir das vorstellen? Wir haben uns eine Stunde und siebenundfünfzig Minuten lang unterhalten!«

»Das kann nicht sein. Die Diktierfunktion saugt in so einem Gerät so viel Saft aus der Batterie, das hält nie und nimmer so lange durch!«

»Nein, nein, das bestimmt nicht, da hast du recht! Da wäre meine Batterie schnell leer gewesen, aber das hat ja nichts mit den Handygebühren zu tun. Nein, unser Gespräch hat sage und schreibe fast zwei Stunden gedauert! Da hat man sich doch was zu erzählen, Kollege! Da waren doch ganz interessante Details dabei, nicht wahr, Solongo?«, sagte Yeruldelgger, der sich sein Telefon mittlerweile ans Ohr hielt. Dann streckte er sein Gerät dem Inspektor hin, um ihn zu provozieren. »Willst du vielleicht auch mal kurz mit Solongo sprechen? Ihr Guten Tag sagen? Vielleicht möchtest du, dass sie jetzt noch dein Dementi aufzeichnet?«

Chuluum dachte, dass Yeruldelgger in seiner Arroganz unvorsichtig geworden war, und er wollte seinen Nutzen daraus ziehen. Er hob seine Pistole hoch und streckte sie dem Kommissar entgegen, ohne zu ahnen, dass Yeruldelgger genau das erwartet hatte. Der stemmte sich mit dem Rücken gegen die Fahrertür und fuhr blitzschnell mit der rechten Hand, aus der er das Handy einfach zu Boden fallen ließ, durch das offene Fenster und packte Chuluums Hand, die die Waffe hielt, am Handgelenk. Der erste Schuss durchschlug die Wagentür. Yeruldelgger hielt Chuluums Handgelenk so eisern fest, dass der zweite Schuss in Chuluums Wade ging. Chuluum heulte vor Schmerz auf und ließ seine Pistole fallen. Bevor er wieder einigermaßen zur Besinnung kam, hatte Yeruldelgger bereits seinen Platz hinter dem Steuer eingenommen und ihn in den Fußraum des Beifahrersitzes geschoben. Noch bevor der Kommissar losfuhr, war Chuluum außerdem mit seinen eigenen Handschellen hinter dem Rücken gefesselt. »Du Hurensohn!«, zischte er zwischen zusammengepressten Kiefern hervor.

»Immer schön höflich bitte«, erwiderte Yeruldelgger ganz gelassen. »Du bist schließlich Polizist, vergiss das nicht, und außerdem ist es dir auf sehr geschickte Weise gelungen, mich zum Polizistenmörder zu stempeln. Also fordere mich lieber nicht noch weiter heraus.«

Er bog auf die Peace Avenue ein und fuhr mit Chuluum ins Krankenhaus Nummer 1, wo Solongo arbeitete. Er rief sie von unterwegs an, um seinen Krankentransport schon einmal anzukündigen. Da sie bereits ahnte, wie es um die Wade bestellt war, forderte Solongo auch sofort eine Tragbahre an.

»Inspektor Chuluum hat sich aus Versehen eine Kugel ins Bein gejagt«, erklärte Yeruldelgger mit breitem Grinsen, sobald sie angekommen waren. »Der Ärmste stellt sich so ungeschickt an, dass man ihm die Handschellen erst im OP abnehmen sollte, verstanden?«

Solongo glaubte Yeruldelgger kein Wort und wollte Chuluum fürsorglich helfen, sich auf der Bahre auszustrecken, doch der stieß sie mit der Schulter zur Seite. Yeruldelgger griff dem Inspektor, der sich nicht dagegen wehren konnte, ins Genick und drückte zu. Dieser Schmerz brach bei Chuluum jeglichen Widerstand, und er streckte sich auf der Bahre aus.

Solongo nickte dem Sanitäter kurz zu, damit er den Patienten ins Krankhaus rollte, und Yeruldelgger trat zur Seite, um ihn vorbeizulassen. Doch kaum waren sie mit der Bahre ein Stück weitergerollt, rief er ihnen nach, noch einen Moment zu warten. Wenn er darüber nachdachte, konnte an Chuluums Geschichte etwas nicht stimmen. Seine Waffe bei Mickeys Leiche liegen zu lassen ergab überhaupt keinen Sinn. Es würde bedeuten, den Kommissar ganz automatisch und viel zu schnell in die Sache zu verwickeln, und daran konnte dieser korrupte Bulle kein Interesse haben. Chuluum war doch viel cleverer. Seit Monaten, vielleicht schon seit Jahren manipulierte er Mickey wie eine Marionette. Sein eigenes Image als oberflächlicher Ermittler und Modegeck hatte er geschickt aufgebaut und gepflegt. Er hatte geduldig gewartet, in den Akten herumgeblättert und Erdenbat öfters einen Gefallen erwiesen. Er hatte sich gerade dadurch kompromittiert, dass er einen anderen Polizisten getötet hatte, der zudem formal sein Vorgesetzter war. Er gehörte nicht zu denen, die ihren besten Trumpf gleich beim ersten Stich ausspielten ...

Yeruldelgger holte sie ein, kurz bevor sie durch die Türen in der Notaufnahme verschwunden waren. Rasch durchsuchte Yeruldelgger die Taschen des verletzten Chuluum, der sich vor Schmerzen kaum rühren konnte, und fand sehr schnell, wonach er suchte. Seine Pistole steckte in einer der Taschen. Yeruldelgger nahm sie sogleich an sich und überprüfte das Magazin. Wie er sich bereits gedacht hatte, fehlte eine Patrone. Demnach hatte Chuluum Mickey tatsächlich mit Yeruldelggers Waffe erschossen; doch wie er es sich ebenfalls gedacht hatte, hatte er die Waffe eingesteckt, um ein Druckmittel in der Hand zu haben, mit dem er ihn gegebenenfalls erpressen konnte. Er hatte ihm vormachen wollen, dass er die Waffe am Tatort zurückgelassen hatte, um ihn zu verunsichern und vor allem zu verhindern, dass Yeruldelgger ihn durchsuchte, um sich seine Waffe wiederzubeschaffen. Später hätte er ihm gedroht, sie den Behörden zu übergeben.

Der Kommissar steckte die Pistole in seinen Gürtel und nahm Chuluum auch seine eigene Waffe weg. »Ich nehme jetzt deine Pistole in Verwahrung. Wenn du mich dranbekommen willst, hole ich sie wieder hervor. Ich glaube nicht, dass jemand wie Erdenbat sehr erfreut wäre, wenn man eine von deinen Kugeln im Schädel des Tätowierten fände. Oder in einem der Toten aus dem Camp von neulich Abend. Das könnte womöglich deine weitere Laufbahn beeinträchtigen, meinst du nicht? Du wirst mich künftig einfach in Ruhe lassen. Wen auch immer ich jetzt hochnehme, um dieses ganze Verwirrspiel endgültig aufzuklären, halte dich einfach raus. Du hast dir schon selbst ins Bein geschossen, Chuluum; pass auf, dass es nicht noch einen Kopfschuss gibt.«

Er gab dem Sanitäter ein Zeichen, dass sie jetzt weitergehen konnten, und schaute zu, wie die Bahre ins Krankenhaus gerollt wurde, dicht gefolgt von Solongo. Erst im letzten Moment drehte sie sich noch einmal um. Er wunderte sich über ihren Blick. Es war beinahe so, als würde sie mit einem Mal etwas Neues in ihm sehen. Dann verschwand auch sie in dem düsteren Korridor, und Yeruldelgger ging zurück zu Chuluums Wagen an der Rampe der Notaufnahme. Sein eigener Wagen war im Tereldsch geblieben. Der Hin- und Rückweg würde mindestens vier Stunden in Anspruch nehmen. Aber das musste unbedingt sein, selbst wenn er dann erst im Dunkeln heimkam. Es sei denn... Rasch lief er hinter Solongo her, um sich zwei, drei Kleinigkeiten von ihr zu leihen, die er eventuell noch brauchen könnte.

64

Damit kann man die Mädchen bestimmt total beeindrucken

»Es ist die Angst, die dich so fertigmacht, mein Lieber, die pure Angst. Deine Unwissenheit ist ihr Nährboden.« Yeruldelgger kniete am Rand der Kluft, ohne denjenigen, mit dem er sprach, in dem schwarzen Loch überhaupt sehen zu können.

Der Mann hatte entsetzliche Angst. Seine Schulter brannte. Es war ein permanenter Schmerz, eine Qual bei Tag und bei Nacht, die zu der schrecklichen Ungewissheit hinzukam, seit er in diese tiefe Kluft geworfen worden war, so tief wie ein Grab und so groß wie eine Kammer, als wäre er lebendig begraben. Alles, was er sehen konnte, war der offene Himmel hoch über ihm, aber er wusste nicht mehr, wie viele Tage und Nächte inzwischen vergangen waren.

Er war zunächst in einem Verlies aufgewacht. Dort hatte er fernab von allem mehrere Tage in völliger Dunkelheit verbracht, umgeben von vier Felswänden ohne jegliche Öffnung. Schattengestalten schoben ihm gelegentlich durch eine Luke eine Suppe zu. Er vermutete, dass dies immer nachts geschah, denn wann immer sich die Klappe öffnete, drang kein Licht von außen herein. Ganz zu Beginn, wahrscheinlich während des ersten Tages, machte er seiner Frustration gegen diejenigen, die ihn dort festhielten, mit Schreien und Verwünschungen Luft. Dann versuchte er, trotz seines Schmerzes und seines Zorns viel zu schlafen. Am vermutlich zweiten Tag hatte er weniger geschrien und vielmehr fieberhaft überlegt, wem dieser Kerker gehörte, wer ihn hier festhielt. Außerdem fuhr er mit den Fingerspitzen in der vollkommenen Dunkelheit über jeden erreichbaren Quadratzentimeter dieser Gefängniswände sowie über den festgestampften Erdboden und den Fels an der Decke. Am möglicherweise dritten Tag tat sich ein winziges Loch in der Decke auf, durch das ein bleistiftdünner Lichtstrahl ins Innere fiel. Erst in diesem Licht hatte er den mit Blut vollgesaugten Verband an seiner Schulter entdeckt; und gerade als er diesen verständnislos betrachtete, wurde ein Weidenkorb durch die Luke zu ihm herabgelassen. Das bisschen Licht, das dabei plötzlich in seinen Kerker schien, hatte ihn so geblendet, dass er das Gleichgewicht verloren und sich die Schulter an der Wand angeschlagen hatte. Auf allen vieren war es ihm gelungen, sich des Korbes zu bemächtigen und ihn in den schwachen Lichtstrahl zu zerren, um sich den Inhalt näher anzusehen. Er fand darin ein sauberes und sorgfältig gefaltetes Stück Tuch sowie einige kurze Stücke Hanfseil von der gleichen Art, wie die, mit denen der inzwischen schmutzige Schulterverband festgezurrt war. Außerdem enthielt der Korb einen Tontopf mit einer honiggelben Paste oder Salbe; er nahm also an, dass er damit die Wunde einreiben und den Verband wechseln sollte. Als er den dreckigen Verband löste, der an seiner Schulter klebte, war er zum ersten Mal wirklich zu Tode erschrocken. Auf seiner Schulter fehlte ein großes, rechteckiges Stück Haut, das perfekt herausgeschnitten war. An der Stelle, an der sein großes Tattoo gewesen war, klaffte nun eine großflächige, nässende Hautwunde. Diese Typen waren total durchgeknallt! Diese Barbaren hatten ihm einfach die Haut von der Schulter geschnitten! Noch lange Zeit nach dieser entsetzlichen Entdeckung war er stundenlang völlig niedergeschlagen vor der Luke sitzen geblieben, bereit, jederzeit aufzuspringen und jeden, der hereinkam, anzugreifen; lieber wollte er sterben, als sich noch einmal häuten zu lassen. Völlig entkräftet von dem dumpfen Brennen an seiner Schulter hatte er schließlich die Salbe aufgetragen, die den Schmerz sogleich linderte. Er trug eine dicke Schicht auf, bedeckte sie mit dem sauberen Tuch und band das Ganze mit den Schnüren fest. Danach ließ er in seiner Wachsamkeit nach, war mit einem Mal erschöpft von der Ungeheuerlichkeit dessen, was ihm angetan worden war, und fiel in einen unruhigen Schlaf.

Während er in seinen Albträumen dahindämmerte, wurde die Tür mit einem Mal heftig aufgerissen. Bevor er irgendwie reagieren konnte, packten sie ihn und führten ihn aus dem Kerker. Er hatte mindestens drei Schattengestalten wahrgenommen, aber alles war so schnell gegangen, dass er keine Chance hatte, sich zu wehren. Die heftigsten Gefühle und Empfindungen wühlten ihn innerlich auf: seine Angst, der Geruch der Nacht, seine Wut, die Gefühllosigkeit dieser Schattengestalten, seine nach wie vor schmerzende Schulter, der kurze Anblick eines regnerischen Himmels, der ruhige, beherrschte Zwang seiner Peiniger, das seidige Rascheln ihrer Kleidung, ihr müheloses Atmen, die Geräusche ihrer Schritte auf dem Boden. Er hatte nicht einmal versucht, sich dagegen zu wehren, als die Schattengestalten ihn in diese Kluft warfen.

Acht Schritte breit und zwölf Schritte lang. Die Wände doppelt so hoch, wie er groß war. Vollkommen glatt und senkrecht aus dem Erdreich geschnitten. Die ganze erste Nacht lang war er wach geblieben, in eine Ecke gekauert. Den ganzen Tag über hatte er in der Mitte gestanden und geschrien. Hundert Versuche hatte er schon unternommen, diesem Erdverlies zu entkommen. X-mal hatte er versucht, mit aller Kraft hochzuspringen, den Rand zu erreichen und sich dort irgendwo festzuklammern, er hatte versucht, Stufen in das Erdreich zu graben, oder sich in einer Ecke an den beiden Wänden abzustützen und Stück für Stück nach oben zu schieben. Jedes Mal war er irgendwann heruntergefallen und hatte seine unsichtbaren Bewacher verflucht. Allmählich verließ ihn der Mut, was er sich aber nicht eingestehen wollte; lieber redete er sich ein, dass er sie mit ihren eigenen Waffen schlagen würde. Er legte sich in der Mitte der Kluft auf den Boden, streckte sich aus, faltete die Hände im Nacken und beobachtete die über den Himmel ziehenden Wolken. Das war der Moment, in dem die ersten Schlangen zu ihm hinuntergeworfen wurden ...

»Wer bist du?«, wimmerte die Stimme unten in der Erdspalte.

»Wenn du der bist, für den ich dich halte, dann bin ich derjenige, dessen Tochter du töten und den du neulich erschießen wolltest.«

»Bist du Yeruldelgger? Bist du es wirklich?« Die Stimme in der Dunkelheit unten klang jetzt etwas kräftiger. »Wenn du es tatsächlich bist, dann musst du mich hier rausziehen. Diese Kerle sind vollkommen verrückt. Du musst mich unbedingt vor ihnen beschützen. Du bist schließlich Polizist, du kannst das nicht einfach zulassen. Sie haben mir ein ganzes Stück Haut abgeschnitten, einfach so! Ich schwöre es dir, Yeruldelgger, das ist die Wahrheit. Einfach so!«

»Willst du damit sagen, dass man dir die Haut mit deiner schändlichen Tätowierung vom Körper gezogen hat, bei der das Yin-Yang-Symbol unseres Sojombos durch ein Hakenkreuz ersetzt wurde?«

Von unten kam keine Antwort.

»Wie viele sind es eigentlich?«, fragte Yeruldelgger.

»Diese Typen? Keine Ahnung. Ich bekomme sie nie zu sehen.«

»Nein, ich meine, wie viele Schlangen?«

Voller Entsetzen fing der Mann im Graben an zu schreien. Der Kommissar hörte, dass er wie wild mit den Füßen auf den Boden stampfte.

»Diese Wahnsinnigen! Diese Wahnsinnigen! Diese verdammten Schweine«, kreischte der Mann. »Der ganze Boden ist voll davon! Hol mich hier raus. Hol mich hier raus, ich flehe dich an!«

»Was willst du damit sagen, der Boden ist voll davon? Sind es so viele, dass du sie nicht zählen kannst? Wie willst du dich gegen sie schützen, wenn du nicht einmal weißt, wie viele es sind?«, fragte Yeruldelgger ganz gelassen. »Ich habe dir doch schon gesagt, deine Unwissenheit ist der Nährboden deiner Angst.«

Erneut schrie der Mann in Todesängsten. Ein lang anhaltender, markerschütternder Schrei des Entsetzens.

»Versuch dich zu erinnern, wie sie aussahen«, forderte Yeruldelgger ihn ganz ruhig auf. »Waren es drei oder vier? Bist du dir überhaupt sicher, dass es sich um Giftschlangen handelt? Bei Giftschlangen tritt der Unterkiefer deutlicher am Kopf hervor, ihre Flanken sind gerade und ihr Körperende ist stumpf, nicht so spitz zulaufend. Jetzt im Dunkeln kannst du sie natürlich nicht sehen ...«

»Hör auf!«, kreischte der Mann im Graben panisch. »Hör auf, Yeruldelgger, ich flehe dich an, hör auf damit! Hör auf mit dem Spiel! Sie sind hier überall um mich herum. Das spüre ich. Yeruldelgger, bitte!«

»Du hast Angst, das kann ich verstehen. Sie hätten dir Alkohol zu trinken geben sollen. Wenn du betrunken wärst, wäre dir diese Gefahr gar nicht bewusst. Dann hättest du wahrscheinlich gar nicht mitbekommen, wenn du gebissen worden wärest, so wie die betrunkene Saraa nicht mitbekommen hat, dass sie in der Kanalisation auf der Heißwasserleitung langsam lebendig gekocht werden sollte.«

»Ich flehe dich an, Yeruldelgger! Ich wusste doch gar nicht, was sie mit Saraa vorhatten. Ich hatte nur den Auftrag, auf die beiden Männer aufzupassen, ihnen im Fall des Falles Rückendeckung zu geben. Ich wusste nicht, was sie vorhatten.«

»Du wusstest nicht, dass sie sie umbringen wollten?« Als von unten keine Antwort kam, wiederholte Yeruldelgger seine Frage.

»Doch, das wusste ich. Verzeih mir, Yeruldelgger. Ich wusste es, und ich bereue es zutiefst. Glaub mir das, ich schwöre. Ich wusste, dass sie was vorhatten, aber nicht, dass sie es auf diese Weise machen wollten, ich schwöre es.«

»Aber du wusstest, dass sie sie betrunken gemacht hatten, um sie dann umzubringen.«

»Ja, das wusste ich auch«, stöhnte er mit schwacher Stimme. »Ich wusste es, aber sie haben mich gezwungen! Sie haben mich gezwungen. Ich konnte gar nicht anders handeln, sonst hätten sie mich umgebracht, Yeruldelgger, sie hätten mich umgebracht.«

»Wer? Wer war es? Sag es mir!«

»Nein, nein! Das kann ich nicht! Sie sind viel zu einflussreich. Sie würden mich finden.«

Eine längere Stille breitete sich aus.

»Bei den Schlangen, die sie zu dir hinuntergeworfen haben, handelt es sich um Vipern.«

»Was? Was sagst du da?«

»Die Schlangen, die zu dir hinuntergeworfen wurden, sind Vipern. Diesen Graben benutzen sie auch zum Training.«

»Zum Training? Was für ein Training?«, stammelte der Mann, als fürchtete er sich bereits selbst vor der Antwort.

»Dabei sollen sie lernen, ihre Angst zu beherrschen, ihren Mut zu stärken und ihre Reflexe zu verbessern. Auf Geheiß des Meisters steigen sie in diese Grube hinab, dann werden die Vipern hinuntergeworfen, und sie müssen lernen, mit der Angst umzugehen. Sie dürfen die Schlangen nicht töten. Sie müssen drei Tage und drei Nächte lang mit den Schlangen in der Grube dort unten bleiben. Wie lange bist du jetzt eigentlich schon dort unten?«

»Hör auf, Yeruldelgger, hör auf damit! Hol mich hier raus! Hol mich hier raus!«

»Das Wichtigste, das Allerwichtigste ist, Ruhe zu bewahren. Das ist von Vorteil. Vielleicht sind Schlangen wie Hunde und werden vom Geruch der Angst regelrecht angezogen, wer weiß das schon? Außerdem ist es wichtig, sie gut im Auge zu behalten, zu wissen, wo sie sind, um sich in Sicherheit bringen zu können. Hast du den Tag dazu genutzt, sie genau zu beobachten? Wusstest du, dass sich eine Schlange nur mit den vorderen zwei Dritteln ihres Körpers ausstrecken kann, wenn sie zubeißen will? Das hintere Drittel braucht sie, um ausreichend Halt auf dem Boden zu haben. Erinnerst du dich, wie lang sie waren?«

»Hör auf damit! Ich bitte dich, hör auf! Ich bin am Ende, Yeruldelgger, ich kann nicht mehr, und ich habe Angst zu schlafen, weil ich fürchte, dass sie mich dann beißen. Ich sterbe vor Angst, Yeruldelgger.«

»Das verstehe ich nur zu gut, mein Lieber, aber du willst mir ja nicht sagen, wer Saraa töten lassen wollte.«

»Ich kann es nicht, Yeruldelgger, er bringt mich um!«

»*Sie* werden dich auch umbringen«, erwiderte der Kommissar. »Du hättest die Schlangen fangen sollen, solange es hell war. Dann müsstest du jetzt nicht befürchten, dass sie in der Dunkelheit zu dir geschlängelt kommen.«

Als Erwiderung drang aus dem schwarzen Abgrund lediglich ein weinerlicher Klagelaut herauf, dann ließ der Mann seinen Tränen freien Lauf.

»Als ich jünger war«, fuhr Yeruldelgger in vertraulichem Ton fort, während er weiterhin im Dunkeln am Rand des Grabens kauerte, »war ich oft da, wo du jetzt bist. Allerdings war ich bereits abgehärteter als du und hatte mich besser im Griff. Ganz automatisch habe ich gleich der ersten Schlange mit meinem nackten Fuß den Kopf zertreten. Dafür wurde ich bestraft, und mein Meister hat gleich zwei weitere Schlangen zu mir hinuntergeworfen. So habe ich gelernt, wie man sie mit der bloßen Hand fängt, indem man sie blitzschnell gleich hinter dem Kopf packt. Ich habe mich nackt ausgezogen, habe aus meiner Toga einen Beutel geformt und sie dort hineingesteckt. Wenn eine Schlange in einem Sack steckt, ist sie im Grunde harmlos, wusstest du das? Diejenigen, die ich nicht auf diese Weise mit einem blitzschnellen Griff packen konnte, habe ich erst mit einem Stock am Schwanzende zu mir herangezogen, um sie genauso hinter dem Kopf zu packen. Es gibt kein Tier, das instinktiv weiß, wie es sich verhalten und verteidigen soll, wenn man es hinten am Schwanz zieht. So habe ich sie alle in den Sack gesteckt. Und dann habe ich gelernt, wie man in ihrer Gesellschaft schläft. Ohne Angst zu haben, ohne mich zu bewegen ...«

Der Mann wimmerte weiter in seinem Loch; es klang wie das herzzerreißende Schluchzen eines Kindes.

»Was meinst du übrigens«, fuhr Yeruldelgger nach einer längeren Pause fort, »ist es in deiner Lage besser, in der Mitte da unten zu bleiben, um jederzeit in jede Richtung fliehen zu können, oder solltest du dich lieber in eine Ecke verziehen, um den ganzen Boden vor dir leichter im Auge behalten zu können? Sind Schlangen in der Lage, als Gruppe anzugreifen? Könnten sie dich in der Mitte einkreisen oder dich in eine Ecke treiben und dort angreifen?«

»Ich bitte dich, hör endlich auf! Es war ... es war Chuluum, der mich auf Saraa angesetzt hat.«

»Du meinst Süchbaatar?«

»Nein«, sagte der andere schniefend. »Es war Chuluum.«

»So, so. Aber wenn er dich auf sie angesetzt hat, wer hat dann ihn auf sie angesetzt?«

»Das weißt du doch ganz genau!« Der Mann atmete tief aus; er war bereit aufzugeben.

»Nein, woher?«, erwiderte Yeruldelgger, der jetzt gleichwohl anfing, die Zusammenhänge zu verstehen.

»Es war derselbe, der mir den Auftrag gegeben hat, dich zu töten.«

»Aha! Meinst du Erdenbat? Willst du damit behaupten, dass Erdenbat hinter dem Mordversuch an Saraa steckt? Das ergibt doch überhaupt keinen Sinn. Wieso hätte er diesen Auftrag erteilen sollen?«

»Um die Ermittlungen wegen des Massakers an den drei Chinesen zu behindern. Damit Saraa ihre Zeugenaussage zugunsten des Besitzers vom Adlerhorst nicht revidiert und um dir die Ermittlungen zu erschweren oder dich dazu zu bringen...«

Yeruldgger zündete ein Feuerzeug an und setzte damit eine Harzfackel in Brand. Der Stab loderte sofort hell auf und beleuchtete den Graben mit seinen umherhuschenden Schatten. Panisch schrie der Mann auf, als sich die Schlangen zwischen seinen Beinen hindurchwanden, um sich in die dunkleren Ecken zu flüchten. Er wirkte völlig verstört, wie ein Schatten seiner selbst. Nach Tagen und Nächten der Angst hatte er jeden Stolz, jede Arroganz verloren. Jeder Mensch muss mit seinen Ängsten leben, für wie mutig er sich auch hält. Dieser hier fürchtete sich vor der Dunkelheit und vor Schlangen. Yeruldgger sah einen Moment lang zu, wie er sich unablässig um sich selbst drehte, um alle Schlangen im Auge zu behalten. Wie erbärmlich, aber der Kommissar hatte kein Mitleid mit ihm. Er warf die Fackel in den Graben, und der Mann hob sie geradezu gierig auf und fuchtelte damit in die Richtung jeder Schlange, die ihn aufbrachte. Eine der Vipern richtete sich auf ihrem zusammengerollten Hinterschwanz auf, bereit zuzubeißen. Der Mann fuhr so heftig zurück, dass er eine andere Schlange hinter ihm beinahe zertreten hätte. Jetzt, wo er sie sah, pochte die Panik durch seine Adern.

»Wieso hat Erdenbat befohlen, die drei Chinesen zu töten?«

Der Mann antwortete nicht gleich. Er sprang mit der zitternden Fackel in der Hand hin und her, als wollte er damit den reglosen Schlangen drohen, die ihn unablässig fixierten. In der

Dunkelheit wirkte der vom Feuer beleuchtete Graben wie ein Eingang zur Hölle.

»Das weiß ich doch nicht! Er hat es so angeordnet, und Chuluum hat sich um alles gekümmert.«

»Warst du bei der Aktion auch mit dabei?«

»Nein, nein! Das schwöre ich dir!«

»Du lügst! Auch dieses Verbrechen trägt deine Handschrift.«

»Yeruldelgger, ich schwöre, ich war nicht dort. Ich habe die Chinesen nicht umgebracht.«

»Dann hast du also die beiden Frauen aufgehängt.«

»Das geschah auf Anweisung von Chuluum. Ich schwöre dir, so lauteten seine Befehle. Es wollte, dass es wie ein perverses Sexualverbrechen aussah. Es sollte ganz bewusst schockierend wirken. Damit sollte die Öffentlichkeit schockiert werden. Er wollte die Chinesen durch den Dreck ziehen.«

»Wie kamen die Eier der Chinesen in die Münder der jungen Frauen?«

»Chuluum ist mit den Typen aus dem Adlerhorst in die Ziegelei. Er hat die Chinesen einen nach dem anderen erledigt, während die Nazis die anderen in Schach hielten. Dann hat er uns befohlen, die Nutten zu erdrosseln, und den Nazis die Männerleichen zur Schändung und Misshandlung überlassen. Wir haben dann zu zweit die Frauenleichen in den Container am Markt gebracht. Er hat alle Befehle gegeben, Yeruldelgger, es war Chuluum – im Auftrag von Erdenbat.«

Der Kommissar kauerte immer noch am Rand der Kluft und schaute zu, wie der von panischer Angst erfüllte Mann im flackernden Licht der Fackel von einer Ecke in die andere sprang. Wie konnte jemand, der sich in anderen Situationen als so grausam erwiesen hatte, so feige sein? Yeruldelgger bedeckte sein Gesicht mit seinen großen Händen und rieb sich kräftig über die Augen und die Wangen, als könnte er auf diese Weise alles auslöschen, was er gerade gehört und gesehen hatte.

»Warum Saraa?«, fragte er erneut. »Warum tut man dem Kind so etwas Grausames an?«

»Das habe ich dir eben schon gesagt, Yeruldelgger: Erdenbat wollte dich von deinen Ermittlungen ablenken. Er wollte dich noch mal umbringen lassen.«

»Was soll das heißen, ›noch mal‹?«

Der Tätowierte antwortete nicht.

»Was soll das heißen?«

»Ich sage dazu nichts mehr«, murmelte der völlig gebrochene Mann mit der Fackel in der Hand, den Blick gebannt auf die Schlangen gerichtet. »Ich sage nichts mehr. Ich habe schon viel zu viel gesagt. Sie werden mich sowieso umbringen. Sie werden kommen und uns alle töten. Sie sind zu stark, Yeruldelgger, dagegen kannst du nicht ankämpfen.«

Hinter seinem Rücken fiel etwas auf den Boden. Der Tätowierte drehte sich um die eigene Achse, sprang sofort zurück und schrie vor Entsetzen auf.

»Das ist eine Klapperschlange aus der Gobi«, erklärte Yeruldelgger. »Die Vipern sind eher scheue Schlangen, aber Klapperschlangen sind echte Kämpfernaturen.«

Im Graben unten war der Tätowierte vor lauter Entsetzen angesichts des rasselnden Schwanzendes der Schlange mittlerweile verstummt. Diese Schlange versetzte ihn noch viel mehr in Panik als alle anderen. Sie war größer, massiger, stärker, ihr Kopf flacher, mit hornartigen Auswüchsen über den Nasenlöchern. Sie fixierte ihn mit ihren gelben, senkrecht geschlitzten schwarzen Pupillen. Ihr ganzer Schlangenleib war angespannt und bereit vorzustoßen; sie brachte die Hornschuppen ihres Schwanzendes zum Vibrieren, was das charakteristische, enervierende Klappern verursachte. Das Gewinsel und Gejammer, das daraufhin aus der heiseren Kehle des Tätowierten drang, berührte Yeruldelgger nicht sonderlich.

»Als ich Novize war, hatte ich vor dieser Prüfung am meisten

Angst: mich der Klapperschlange zu stellen. Sie reißt ihr großes Maul so weit auf, dass sie dich nicht beißt, sondern dir ihre Giftzähne quasi waagerecht ins Fleisch jagt. Ich gebe dir einen guten Rat: Versuch gar nicht erst, dich schneller zu bewegen als sie. Eine Zehntelsekunde, das liegt gar nicht mehr im Bereich der Wahrnehmung. Wenn du siehst, dass sie dich attackiert, hat sie in Wirklichkeit längst zugeschlagen, und das war's dann für dich.«

»Sag doch nicht so was!« Der Mann im Graben war wie gelähmt. »Sag nichts mehr und hilf mir hier raus, bitte! Hab Mitleid mit mir, Yeruldelgger, und hilf mir endlich hier raus!«

»Mein Meister hat mir beigebracht, dass man mit ihnen am sichersten umgeht, wenn man den Moment unmittelbar vor ihrem Angriff richtig voraussahnt. Er zwang mich, die Hand so weit nach ihr auszustrecken, um ihren Angriff zu provozieren, und sie rechtzeitig zurückzuziehen, sobald sich die Schlange verteidigen will. Das haben wir stundenlang geübt. Zunächst war meine Hand mit einem Lederhandschuh geschützt, der mit Zinksalbe bestrichen war; wenn man sich sicher genug fühlte, zog man den Handschuh aus. Das fand alles hier statt, im selben Graben, in dem du jetzt steckst.«

»Hab Mitleid, Yeruldelgger«, bettelte der Mann, »ich bitte dich, hab Mitleid …«

»Diese Klapperschlangen sind wirklich gefährlich«, fuhr der Kommissar fort, »aber wusstest du, dass man sie trotzdem einschläfern kann, indem man sie einfach von hinten hält und ihnen vorn den Bauch streichelt? Ungefähr so …«

Der Mann schaute nach oben und fing sofort an, durchdringend zu schreien. Hoch über ihm kauerte Yeruldelgger immer noch am Grubenrand, eine weitere Klapperschlange in den Händen. Er hielt sie tatsächlich ungefähr in der Mitte ihres Körpers und streichelte ihr über den Bauch. Die Schlange hing entspannt in seiner Hand, als hätte er ihr Drogen eingeflößt.

»Ich kann dir noch weitere Tipps geben«, fuhr er fort. »Wenn du sie packen willst, musst du sie in der Mitte des Körpers greifen. Dann können sie sich weder aufbäumen noch sich einringeln oder zubeißen. Schau, so hältst du sie am besten ...«

Yeruldelgger hatte die Klapperschlange waagerecht in die Hand genommen und streckte den Arm über dem Graben aus, die Enden der Schlange hingen an beiden Seiten gleich lang herunter. Der von neuem Entsetzen gepackte Mann zog sich in eine Ecke zurück, aus der er die anderen Schlangen mit der Fackel vertrieb.

»Das Entscheidende dabei ist, dass man den richtigen Augenblick abpasst, wenn man sie fallen lassen kann, ohne dass sie dabei Gelegenheit hat zu beißen. Also so!« Er öffnete die Faust und zog dabei blitzschnell die Hand zurück; die Schlange fiel nun ebenfalls hinunter. Der Mann schrie auf wie ein Verrückter, stürzte sich auf die Schlange und hieb immer wieder mit der Fackel auf sie ein. Als er spürte, mit welcher Wucht die Klapperschlange gegen den Holzstab biss, ließ er von seinem Vorhaben ab.

»Was soll Erdenbat schon mal mit mir gemacht und jetzt wieder versucht haben, indem er Saraa dermaßen quälte?«, insistierte Yeruldelgger mit ruhiger und fester Stimme, aber diesmal mit deutlich bedrohlicherem Unterton.

»Er wollte dich fertigmachen, dich völlig aus dem inneren Gleichgewicht bringen, so wie es ihm dank Kushi gelungen ist.«

Bei der Erwähnung von Kushi packte Yeruldelgger der Zorn. Er musste sich mit aller Macht zusammenreißen, um nicht sofort in den Graben zu springen und diesen Kerl eigenhändig zu erwürgen, der es gewagt hatte, den Namen seines über alles geliebten Kindes auszusprechen.

»Was sagst du da? Ich warne dich, wenn du mir nicht sofort sagst, was das heißen soll, werfe ich dir die nächste Klapperschlange direkt auf die Schulter, damit sie sich um deinen Hals wickelt und ihre Fangzähne direkt in deine Augen schlägt. Hast du mich verstanden?«

»Versprich mir, mich sofort hier rauszuholen, wenn ich es dir sage, Yeruldelgger. Ich bitte dich, versprich es mir.«

»Ich verspreche dir nur das, was ich dir bereits versprochen habe. Wenn du nicht redest, werfe ich dir die nächste Schlange direkt ins Gesicht.«

»Warte! Warte! Als du damals wegen des illegalen Verkaufs von Grundstücken ermittelt hast und dann deine kleine Tochter entführt wurde, wurde sie zu Erdenbat gebracht.«

»Du lügst!«, schrie Yeruldelgger den Mann an. »Du lügst! Wie kommst du auf so was?«

»Weil ich sie dort gesehen habe, ich schwöre es dir, es ist absolut wahr. Ich war dort, und ich habe sie gesehen. Sie lebte bei Erdenbat, erst in einer Jurte neben seiner Luxusranch im Tereldsch und später weiter weg, im Chentii.«

»Weiter weg? Wo genau soll das gewesen sein?«

»Bei einem alten Kameraden aus der Zeit im Lager. Als er sich eingestehen musste, dass du seinem Erpressungsversuch nicht nachgibst und die Ermittlungen weiter betreibst, hat er beschlossen, dir deine Tochter komplett zu entziehen. Du wirst dich daran erinnern, dass du ihn seinerzeit mehrmals auf der Baustelle besucht hast, als die Ranch errichtet wurde. Er hat dich damals in seiner Jurte empfangen, wie du dich erinnern wirst. Kushi hielt sich damals in einer der anderen Jurten auf dem Gelände auf. Deshalb hat er sie von dort weggebracht.«

Diese Neuigkeit traf Yeruldelgger wie ein Schlag. Er hatte auf der Suche nach seinem Kind Himmel und Hölle in Bewegung gesetzt, und jetzt erfuhr er, dass er mehrmals nur wenige Schritte von seinem Kind entfernt war, das bei seinem Großvater festgehalten wurde. »Inwieweit war Erdenbat an der Entführung beteiligt? Wer hat Kushi getötet? War er das?«

Yeruldelggers Verwirrung und Verzweiflung verleitete den

innerlich schon am Boden zerstörten Mann im Graben zu einer gewissen selbstmörderischen Arroganz. Sein Unterton war provokanter, als er es eigentlich beabsichtigt hatte, aber das führte immerhin dazu, dass er nun zum ersten Mal einen Augenblick lang von den Schlangen abgelenkt war und seine ganze Aufmerksamkeit auf den Kommissar richtete. »Was bist du nur für ein Schwachkopf, Yeruldelgger? Und dich hat man mal für den besten Polizisten von ganz Ulaanbaatar gehalten. Dabei warst du nicht mal imstande, deine eigene Tochter zu retten, die er direkt vor deiner Nase versteckt gehalten hatte. Erinnere dich daran: Wer hat damals behauptet, er hätte von den Kidnappern die Forderung erhalten, die Ermittlungen müssten eingestellt werden? Sag's mir! Wer war das?«

Yeruldelgger antwortete nicht sofort. Er war fassungslos angesichts der Enthüllungen, mit denen er noch rechnete; sein Schweigen ermutigte den Mann im Graben fortzufahren. »Wer hat behauptet, diese Forderungen der Entführer erhalten zu haben?«, schrie er von unten herauf und sah zu seiner Genugtuung, wie Yeruldelgger regelrecht ins Schwanken geriet.

»Erdenbat ... es war Erdenbat«, murmelte dieser ganz erschüttert. »Ich werde den Tag niemals vergessen, als er mich ganz frühmorgens angerufen hat, um mir zu sagen ...«

»Und wer hat sich dann später als der größte Aufkäufer von Land entpuppt? Sag's!«

»Erdenbat«, seufzte Yeruldelgger. »Erdenbat beziehungsweise seine Briefkastenfirmen.«

»Und ausgerechnet du, der oberschlaue Superbulle, hast nicht eins und eins zusammenzählen können?«

»Aber Kushi ist seine Enkelin. Und Kushis Mutter, seine Tochter, hat über die ganze Sache den Verstand verloren.«

»So ist eben Erdenbat! So war er immer schon. Erinnere dich: Wer hat damals gesagt, dass du der Erpressung nicht nachgeben sollst? Alle haben es gewollt und haben dich deswegen bekniet, aber hast du damals nachgegeben? Ums Verrecken nicht! Erinnere dich selbst, es stand groß in den Zeitungen, vor allem in diesem Massenblatt, das bekanntlich Erdenbat gehört.«

»Aber diese falsche Information hätte mir nichts anhaben können, wenn Kushi schon tot gewesen wäre!«

»Aha, nun kapierst du allmählich. Hat ja auch lange genug gedauert. Erdenbat dachte, dass du mit der Aufklärung von Kushis Entführung Tag und Nacht beschäftigt sein würdest und folglich die Untersuchungen wegen des Kaufs der Gebiete mit Seltenen Erden vernachlässigen oder sogar einstellen würdest. Erst als er einsehen musste, dass du mit deiner typischen schwachsinnigen Hartnäckigkeit beide Ermittlungen gleichzeitig weiterführen wolltest, steckte er mit seiner Entführung auf einmal in der Sackgasse. Er hatte sich schon in der Heldenrolle gesehen, und zugleich wärst du ihm für alle Zeiten zu Dank verpflichtet gewesen. Ich hätte so tun sollen, als hätte ich Kushi für ihn ausfindig gemacht und sie aus den Händen ihrer ›Entführer‹ befreit, und daraufhin hätte er sie dir wieder zurückgegeben. Und wenn dich deine Ermittlungen tatsächlich bis zu ihm geführt hätten, hätte er dich daran erinnert, was du ihm schuldest. Also hat er die Kleine von sich weggebracht, in dieses entlegene Camp im Chentii-Gebirge, das von einem seiner Lagerkameraden geführt wurde. Aber dann ist Kushi umgekommen.«

»Wie ist das passiert? Wie ist sie umgekommen? Sag mir, wie sie gestorben ist!«

Als hätten sie die Rollen vertauscht, klang es nun so, als wäre Yeruldelgger der Bittsteller, weil er etwas von dem Mann im Graben wollte. Doch der war zu sehr auf Rache aus, um daraus einen Vorteil für sich zu ziehen. Er hätte darauf bestehen können, erst aus dem Graben gezogen zu werden, bevor er weitersprach, doch er wollte lieber mit ansehen, wie dem Kommissar vor lauter Entsetzen die Gesichtszüge entglitten angesichts dessen, was er ihm mitzuteilen hatte. »Ich hatte extra für diese Fahrt einen Wagen gestohlen, und wir sind zu dritt ins Chentii raufgefahren. Nur Erdenbat, deine Tochter und ich. Sonst war niemand eingeweiht, nicht mal Erdenbats Leibwächter. Die Fahrt dauerte ziemlich lange, und der Kleinen ist unterwegs schlecht geworden. Deswegen haben wir angehalten, damit sie ein bisschen frische Luft schnappen konnte, aber dabei ist sie uns entwischt. Das war auf einer Gebirgsstraße in der Gegend von Arhust. Sie ist in eine Schlucht gestürzt und hat sich das Genick gebrochen. Wenn ich mich recht erinnere, hatte sie neue Schuhe an, in denen sie nicht gut laufen konnte.«

»Das stimmt, sie hatte kurz zuvor neue Sandalen bekommen«, wisperte Yeruldelgger, und Tränen liefen ihm über die Wangen. Am Morgen ihrer Entführung hatte Uyunga ihr ein kleines Geschenk versprochen, wenn sie den Tag über artig blieb, denn Kushi war angesichts der Aussicht, in die Jurte ihres Großvaters gefahren zu werden, wo sie ein paar Tage verbringen sollte, ganz aufgedreht gewesen. Ihr kleiner Engel mit den schwarzen Haaren hatte sich denn auch brav auf die Bettkante gesetzt und die Hände in den Schoß gelegt, bis Uyunga mit einer hübschen rosafarbenen Schachtel ankam. Unter Kushis erwartungsvollen großen Augen hatte sie die Schachtel geöffnet und das Seidenpapier aufgeschlagen. Lachend hatte Kushi die Hände ausgestreckt, um das Papier zwischen ihren kleinen Händchen zu zerknüllen. Dann zog Uyunga die rosa gefärbten Ledersandalen hervor, die mit einem kleinen weißen Katzenkopf verziert waren. Als sie erkannte, dass es sich um Hello-Kitty-Sandalen handelte, küsste sie die Schuhe vor lauter Freude mit ihrem kleinen kirschroten, runden Mund, presste sie dann mit leuchtenden Augen ganz fest an sich, und sie alle drei lachten vollkommen glücklich.

Der ganze Kummer der Erinnerung fachte die Wut und den Zorn Yeruldelggers von Neuem an. Er zwang sich zur Beherrschung, aber der Klang seiner Stimme verriet ihn. »Was habt ihr dann mit ihr gemacht? Wieso wurde sie erdrosselt aufgefunden?«

In dieser Sekunde begriff der Mann unten, dass er die Chance, aus seiner Falle zu entkommen, verspielt und der andere sich wieder gefangen hatte. »Das war Erdenbats Idee. Es war wirklich seine Idee, ich schwöre es dir! Erst als ihm klar wurde, dass deine Tochter nicht mehr lebte, kam ihm die Idee, das zu nutzen, um dich fertigzumachen. Deswegen durfte es nicht wie ein Unfall aussehen. Es muss wie ein Verbrechen aussehen, eine regelrechte Hinrichtung als Reaktion auf deine Verweigerung der Erpressungsforderungen. Er hat mir befohlen, ihre Leiche so weit entfernt wie möglich an der Straße nach Öndörehaan abzulegen, irgendwo, wo es ein oder zwei Tage dauern würde, bis man sie fand. Und in der Zeit ließ er seinen berühmten Artikel in seiner Zeitung erscheinen. Zwei Tage später warst du der meistgehasste Mann im ganzen Land, der lieber den Tod seines eigenen Kindes in Kauf nahm, als von einer ›läppischen‹ Ermittlung abzulassen. Und dieses Monster bist du in den Augen der meisten Leute nach wie vor.«

»Aber die Strangulationsspuren an ihrem Hals ...«

Der Mann im Graben schwieg, bis Yeruldelgger ihn anschrie: »Wer hat sie erdrosselt? Wer von euch beiden hat es getan?«

»Sie war doch schon tot, Yeruldelgger! Sie war doch schon tot!«

»Wer von euch?«, wiederholte er mit hasserfüllter Stimme.

»Ich war es nicht, Yeruldelgger, ich konnte das nicht über mich bringen ... Ich bin nur gefahren, das schwöre ich dir. Auf jeden Fall war sie bereits tot. Es änderte also nichts. Und jetzt, Yeruldelgger, ich bitte dich, lass mich jetzt ...«

Vom Grund des Grabens sah der Mann, wie sich die Gestalt des Kommissars vor dem schon fast ganz dunkel gewordenen Nachthimmel abzeichnete. Auf seinem Gesicht wechselten sich Schatten- und Lichtflecke ab, eine Mischung aus dem Flackern der Fackel und seinem aufwallenden Zorn. Er hielt bereits eine weitere Klapperschlange in der Hand, und den Mann ergriff erneut lähmendes Entsetzen.

»Nein, nicht noch eine, keine Schlangen mehr! Ich bitte dich! Ich bitte dich um Verzeihung! Bitte!«

Yeruldelgger blickte den Mann mit seinen schwarzen Augen durchdringend an; dieser Blick war völlig gefühlskalt, was noch schlimmer wirkte, als wäre er wütend gewesen. Dann trat er einen Schritt zurück, und von unten sah es aus, als hätte ihn die Dunkelheit verschluckt, nur sein Arm war noch zu sehen, dann fiel auch schon die Schlange oben ins Gras, nicht in seine Grube. Eine Welle der Erleichterung erfasste ihn mit einem so heftigen Aufschluchzen, dass er es nicht einmal fertigbrachte, sich bei Yeruldelgger zu bedanken, der sich von der Grube entfernte.

Bis er Yeruldelggers körperlose Stimme aus der völligen Dunkelheit vernahm: »An seinen Hals, Partner, an seinen Hals!«

Der Tätowierte erstarrte erneut und versuchte die Fackel in die Höhe zu recken, um zu sehen, was am Rand der Erdspalte vor sich ging. Im Feuerschein blitzte ein metallischer Gegenstand auf, doch als er erkannte, was es war, war es bereits zu spät. Mit dem Ende seiner Krücke schleuderte Gantulga die Schlange direkt auf ihn und verschwand dann ebenfalls in der Dunkelheit. Der Tätowierte schrie sich vor lauter Panik die Kehle aus dem Hals, während er versuchte, die Schlange abzustreifen. Dabei fiel ihm die Fackel aus der Hand, die er mit dem unkontrollierten Trampeln seiner Füße auch noch auslöschte. Seine Entsetzensschreie wurden noch heftiger, als die Schlange ihm in der völligen Finsternis ihre Giftzähne in Wange und Lippen stieß.

»Da ist immer noch sehr viel Wut«, stellte die Stimme des Nergui in der Nacht fest.

»Ich werde deswegen Buße tun«, erwiderte Yeruldelggers Stimme, »aber später.«

»Und was ist mit dem Jungen? Wirst du auch ihm beibringen, wie man Buße tut?«

»Dazu bin ich im Moment nicht in der Lage, das weißt du. Kannst du ihn noch ein Weilchen hierbehalten, bis sich die Lage geklärt hat?«

»Wenn er sich an unsere Regeln halten will, kann er bleiben.«

»Super!«, rief Gantulga. »He, du kannst mir den Trick mit der Schlange auch beibringen, wie man sie am Bauch streichelt. Damit kann man die Mädchen bestimmt total beeindrucken.«

65

So wie ich dich gewarnt habe, Chuluum. Wie ich dich!

Yeruldelgger fuhr mit Chuluums Wagen aus dem Tereldsch zurück. Er war bei Tagesanbruch losgefahren, als eine zartrosa Morgendämmerung die Lärchen bläulich färbte. Ulaanbaatar erreichte er, als gerade das übliche morgendliche Verkehrschaos begann; er fuhr direkt zu Solongo ins Krankenhaus. Dort stellte er den Wagen auf dem Besucherparkplatz ab. Auf dem Weg zur Notaufnahme bemerkte er mehrere Inspektorenkollegen, die den Eindruck erweckten, als hätten sie hier schon seit Tagen auf ihn gewartet. Einer stand draußen mit dem Rücken zu ihm, um nicht erkannt zu werden und Anweisungen von zwei Kollegen im Innern entgegenzunehmen, die so taten, als wären sie Patienten. Ein vierter hatte als versteckter Beobachter in seinem Wagen auf dem Parkplatz gesessen und stieg nun aus. Außerdem bemerkte Yeruldelgger zwei Polizisten hinter den Fensterscheiben im Erdgeschoss, die zu neugierig nach draußen spähten. Sechs Mann, das war ziemlich viel für eine einfache Verhaftung, selbst wenn sie annahmen, dass er bewaffnet war. Yeruldelgger ahnte schon, dass sie bei seiner Festnahme nicht zimperlich vorgehen würden, und beschloss, ihnen zuvorzukommen.

Sobald er die Eingangstür passiert hatte, hob er von sich aus die Hände, um gleich seinen guten Willen und seine Kooperationsbereitschaft zu signalisieren. Aber der Kollege, der sich draußen zu verbergen versucht hatte und ihm nun auf den Fersen folgte, hatte sich den Ablauf wohl etwas anders vorgestellt. Er stürzte sich von hinten auf ihn und wollte ihn zu Boden reißen. Dann flog er jedoch selbst quer durch die Eingangshalle und riss dabei ein paar Stühle um; alle erstarrten eine Schrecksekunde lang. Dann zogen sie wie auf Kommando gleichzeitig ihre Pistolen heraus und richteten sie auf den Kommissar, der vorsichtshalber gleich wieder die Hände hob. »Ich habe keine Waffe, ich leiste keinen Widerstand!«, rief er mit lauter, aber ruhiger Stimme.

Während ihre Kollegen ihn mit gezückten Pistolen in Schach hielten, warfen sich drei andere auf ihn, zerrten ihn zu Boden und legten ihm Handschellen an. Wegen des lärmenden Handgemenges kam von allen Seiten Krankenhauspersonal angelaufen. Zwei Pfleger kümmerten sich sogleich um den Inspektor, den Yeruldelgger zwischen die Stühle geworfen hatte. Einige Ärzte äußerten sich empört über diesen massiven Polizeieinsatz, aber sie wurden mit Pistolengewedel verscheucht. Alle wirkten nervös. Zu nervös für eine einfache Verhaftung.

»Was ist denn los, Jungs? Bin ich bei Rot über die Ampel gefahren?«, fragte Yeruldelgger, während sie ihn fest auf den Boden pressten und ihn nach seiner Pistole durchsuchten.

»Sie haben Süchbaatars Leiche mit deiner Kugel im Kopf gefunden, du Schweinehund. Es gibt nichts Verabscheuungswürdigeres als einen Polizistenmörder, und der verabscheuungswürdigste Polizistenmörder ist ein Polizist, der einen Kollegen umbringt«, zischte ihm der Mann, der ihn mit dem Knie im Rücken auf den Boden drückte, hasserfüllt ins Ohr.

»Und woher willst du wissen, dass ich es war, Schwachkopf?«

»Weil wir dafür einen Augenzeugen haben, Blödmann!«

»Ach, na ja. Du weißt ja, mit Zeugen ist das immer so eine Sache...«

»Stimmt. Aber dein Pech, dass es sich dabei um einen unserer Kollegen handelt, dem wir natürlich mehr Glauben schenken als einem gewöhnlichen Zeugen«, erwiderte der Inspektor, während er Yeruldelgger wieder auf die Beine half.

»Und ich? Bin ich etwa keiner von euren Kollegen?«

»Durchaus, und vor allem bist du derjenige, den bereits alle dabei beobachtet haben, wie er Süchbaatar die Knarre an den Hals gehalten hat. So leicht kannst du dich nicht aus der Affäre ziehen. Wir wissen um eure Vorgeschichte, außerdem hast du ein Motiv, wir haben einen Polizisten als Zeugen, und wir haben eine von deinen Kugeln im Opfer gefunden. Und jetzt haben wir deine Knarre, und die ballistische Abteilung wird das überprüfen. Schlimmstenfalls beendest du deine Tage im Knast, und bestenfalls kannst du darauf hoffen, dass dich einer von uns vorher umlegt für das, was du getan hast.«

»Wie recht du doch hast«, sagte Yeruldelgger. »Ich befürchte, dieses Mal habt ihr die besseren Karten in der Hand, um diese Angelegenheit zu Ende zu bringen.«

»Jetzt magst du vielleicht noch große Töne spucken«, flüsterte ihm einer der beiden, die ihn hochgezogen hatten, ins Ohr, »beim Verhör, das dich gleich erwartet, wird es dann ganz anders aussehen.«

Dann kamen Chuluum und Solongo im selben Augenblick durch zwei verschiedene Türen in die Notaufnahme. Mit einer kurzen Kopfbewegung gab Chuluum seinen Leuten zu verstehen, sie sollten sich Solongo in den Weg stellen; dann baute er sich vor Yeruldelgger auf, den drei Mann festhielten.

»Tut's weh?«, fragte der mit Handschellen gefesselte Kommissar und deutete mit einer Kinnbewegung auf das bandagierte Bein von Chuluum, der sich beim Gehen auf eine Krücke stützte.

»Für einen Polizistenmörder, der gerade von anderen Polizisten verhaftet wird, bist du ganz schön arrogant!«

»Das kommt vielleicht daher, dass ich selbst ein Polizist bin, wie ich es deinen Kollegen hier gerade erklärt habe.«

»Heute Morgen ist Mickeys Leiche hergebracht worden, Yeruldelgger. Sie liegt mit einer Kugel im Kopf hier in der Gerichtsmedizin, und ich kann bezeugen, dass du diese Kugel aus der Waffe, die wir gerade bei dir gefunden haben, auf ihn abgefeuert hast. Ich sage das nur für den Fall, dass du meinst, du könntest hier große Sprüche klopfen.«

»Ich klopfe keine Sprüche, Chuluum, ich bin nur ein bisschen nervös, weil ich an das bevorstehende Verhör denken muss, bei dem die lieben Kollegen mich zu Tode prügeln wollen. Das ist doch nachvollziehbar, oder? Und wer weiß? Vielleicht stellt sich ja noch heraus, dass das Geschoss bei Mickey zum einen Ohr rein und zum anderen wieder raus ist und dass sich in seinem Schädel gar keine Kugel mehr findet! Vielleicht hilft mir die Autopsie ja aus der Klemme, und ich komme doch noch davon. Mal sehen.«

»Ich habe die Leiche bereits gesehen, Yeruldelgger. Es gibt ein Einschussloch, aber kein Austrittsloch. Du hast nicht die geringste Chance!«

»Aber die Autopsie lässt du schon noch vornehmen? Ganz vorschriftsmäßig, oder?«

»Selbstverständlich, wenn du das für so wichtig hältst, und da deine Lieblingsgerichtsmedizinerin schon mal da ist, kann sie den Job gleich übernehmen. Dann kannst du dich am Ende wenigstens nicht über das Ergebnis beschweren.«

»Das ist ganz schön gerissen von dir, Chuluum, aber ich würde sogar noch ein bisschen weitergehen. Du, ich und zwei Kollegen deiner Wahl werden bei der Autopsie anwesend sein. So gibt es auf jeden Fall ein unstrittiges Ergebnis.«

Chuluum versuchte zu verstehen, worauf Yeruldelgger damit nun wieder hinauswollte, was für ein Spiel er spielte. Wollte er nur Zeit gewinnen? Angesichts seines Zögerns ergriff nun Solongo das Wort. »Also gut. Da sich jetzt offenbar alle einig sind, können wir damit anfangen«, sagte sie, wandte sich um und nahm den für das Krankenhauspersonal reservierten Korridor. Der Leichnam lag auf dem Seziertisch schon bereit. Es würde keine zehn Minuten dauern, bis die Kugel gefunden war.

Yeruldelgger bewunderte die Art und Weise, wie sie die Dinge in die Hand nahm und, ohne lange zu überlegen, instinktiv das Richtige tat. Chuluum war davon offensichtlich etwas aus dem Konzept gebracht und zögerte noch. Er konnte auf keinen Fall zulassen, dass Solongo sich in Gegenwart des Kommissars unbeobachtet an Mickeys Leiche zu schaffen machte. Gleichzeitig konnte er die Autopsie vor all den Zeugen auch nicht verweigern. Vor allem dann nicht, wenn seine eigenen Leute als Zeugen dabei sein sollten. Chuluum machte daher mithilfe seiner Krücke eine Kehrtwendung, grinste wölfisch in die Runde und wählte mit einem kurzen Wink zwei seiner Männer aus, die Yeruldelgger hinter ihm in den Untersuchungsraum der gerichtsmedizinischen Abteilung führen sollten.

Solongo wurde alles klar, als sie den Schädel noch einmal gründlich untersuchte. Zuerst machte sie Röntgenaufnahmen, die das Vorhandensein eines Geschosses bewiesen. Dann entschied sie, die Kugel nicht mithilfe einer langen Pinzette durch die Wundöffnung und den Wundkanal herauszuziehen, sondern machte vielmehr Fotos von der Wundöffnung und diktierte die Beschreibung für das Autopsieprotokoll. Anschließend öffnete sie den Schädel mit der Säge, um die Kugel in der Hirnmasse zu suchen. Sobald sie sie aus der weichen Masse der durchlöcherten Hirnhaut hervorzogen hatte, hielt sie das Beweisstück den vier Zeugen hin. Angeekelt vom Anblick von Mickeys zerstörtem Gehirn, bedeutete Chuluum ihr, möglichst rasch weiterzumachen, und gab seinen Inspektoren ein Zeichen, Solongo einen durchsichtigen Plastikbeutel zu reichen, damit das Asservat gesichert werden konnte. Die Gerichtsmedizinerin ließ die Kugel mit einer überdeutlichen Bewegung in das Plastiktütchen fallen wie ein Zauberer, der dem Publikum einen Gegenstand vorzeigt, den er gleich darauf vor seinen Augen verschwinden lassen will. Auf die gleiche ostentative Weise versiegelte der Inspektor das Tütchen. »Du bringst das jetzt sofort zur ballistischen Untersuchung. Sie sollen die erforderlichen Vergleiche machen, um herauszufinden, aus welcher Waffe die Kugel stammt. Das hat höchste Priorität, verstanden? Ich muss hier noch ein paar weitere Untersuchungen durchführen lassen. Die Übrigen können diesen Dreckskerl schon mal ins Kommissariat verfrachten. Sobald du die Bestätigung bezüglich Waffe und Geschoss von den Ballistikern hast, fährst du zu ihnen rüber, und dann könnt ihr mit dem Verhör beginnen und ganz nach Belieben mit ihm verfahren. Sobald ich hier fertig bin, stoße ich dazu.«

Damit drehte sich Chuluum zum Kommissar um, der immer noch in Handschellen zwischen seinen beiden Aufpassern dastand und immer noch ruhig und gefasst wirkte. »Ich habe dich gewarnt, Yeruldelgger!«

»So wie ich dich gewarnt habe, Chuluum. Wie ich dich!«

66

... sah es eher so aus, als wollte er sich damit verteidigen, statt damit zu drohen

Derjenige, den sie zu seiner Bewachung im Verhörraum zurückgelassen hatten, schien der Aggressivste von Chuluums Leuten zu sein. Yeruldelgger spürte, dass er einfach nur der Zornigste von allen war. Er konnte sich schon jetzt kaum zurückhalten, sein Gesicht mit Faustschlägen zu traktieren.

Von Anfang an hatte Yeruldelgger den jungen Inspektor während der langen, schweigenden Wartezeit genau beobachtet. Der Mann konnte einfach nicht stillsitzen. Trotz seines noch recht jungen Alters war er für seinen Polizistenjob bereits zu korpulent. Außerdem zog er das linke Bein ein wenig nach. Vielleicht war eine schwache Gewebsschädigung an der Hüfte die Ursache, die möglicherweise von zu viel gepanschtem Wodka herrührte. Andererseits deuteten weder seine Haut noch seine Haare auf einen typischen Alkoholiker hin. Also vermutlich eher eine Arthrose im Knie oder ein Problem mit dem Meniskus. Außerdem war er ziemlich kurzatmig. Sicherlich, weil er rauchte. Und viel zu viel aß und sich zu wenig bewegte. So einen musste man direkt von vorn attackieren. Sich direkt vor ihm aufstellen und ihm nicht in die Augen sehen. Sondern sein Sternum oder seinen Adamsapfel anvisieren, dann plötzlich nach rechts über ihn hinweg zur Seite schauen. Ihn damit vorübergehend aus dem körperlichen Gleichgewicht bringen, ihn zwingen, das Hauptgewicht auf das schwächere linke Bein zu verlagern, ihn dann durch einen Tritt mit der Ferse gegen das Knie außer Gefecht setzen und ihm gleichzeitig das Knie in den Bauch rammen, um ihm den Atem zu nehmen. Dadurch würde er unweigerlich zu Boden gehen, wo man ihm einen Tritt in die Leber verpassen könnte, der so schmerzhaft auf den ganzen Körper ausstrahlte, dass der Mann praktisch k. o. wäre.

»Was glotzt du so?«, brüllte der dickliche Inspektor.

»Du hast sehr schöne Augen, weißt du das?«, antwortete Yeruldelgger. Schon immer einmal hatte er diesen Satz in einer solchen Situation anbringen wollen. Er war ihm im Gedächtnis geblieben, seit er ihn einmal in einem französischen Film bei einer Vorführung in der Alliance française gehört hatte.

»Du verdammter Hurensohn«, wetterte der Inspektor und stürzte, die Fäuste schwingend, auf den Kommissar zu.

In diesem Augenblick ging die Tür auf, und der große, hagere Experte vom ballistischen Labor trat ein, gefolgt von allen anderen, die offenbar sehr erpicht darauf waren, Yeruldelgger ihrerseits in die Mangel zu nehmen.

»Er war's gar nicht!«, rief der Ballistiker.

»Was? Er war's nicht?«

»Nein! Die Kugel aus Mickeys Kopf wurde nicht mit der Waffe abgefeuert, die ihr ihm abgenommen habt. Sie kam nicht aus seiner Waffe. Er war's nicht.«

»Soll das heißen, wir wissen nicht, wer Mickey umgelegt hat?«

»Doch, das wissen wir ...«, erwiderte der Ballistikexperte und warf eine dünne Akte auf den Tisch. Sie enthielt nichts weiter als zwei Fotos und den Ausdruck eines Fingerabdrucks.

Der korpulente Inspektor, der Yeruldelgger so gern hatte fertigmachen wollen, griff nach der Akte, betrachtete die beiden Fotos und warf dann einen Blick auf die Bildunterschrift unter dem Fingerabdruck. »Verdammte Scheiße!«

»Ich glaub's nicht!«, sagte ein anderer, nachdem er ebenfalls einen Blick hineingeworfen hatte.

»Das kann nicht sein! Dann wurde Mickey von ...«

»Von Chuluum umgebracht. Der ballistische Befund ist völlig eindeutig. Die Kugel in Mickeys Kopf stammt aus Chuluums Dienstwaffe.«

Eine bleierne Stille machte sich im Verhörzimmer breit. Das Unbehagen war mit Händen greifbar. Alle Augen richteten sich auf den Kommissar. »Stimmt. Es war Chuluum, der Mickey getötet hat. Ich war ja dabei. Mickey hat mir aufgelauert, um mich zu erschießen, aber Chuluum hat ihn zuerst erschossen.«

»Aber warum?«

»Ich habe keine Lust, das mit einer Bande von Bullen zu erörtern, die mich am liebsten totgeprügelt hätten.«

»Aber was ist mit seiner Waffe? Wo ist seine Pistole?«

»Da könnt ihr mal gründlich suchen. Wahrscheinlich ist sie noch in seinem Wagen. Wenn außer Chuluum noch einer von euch draußen auf dem Parkplatz ist, dann kümmert euch mal schleunigst darum, bevor er sie verschwinden lässt.«

»Aber du bist doch heute Morgen mit seinem Wagen hier angekommen. Da hättest du ja reichlich Gelegenheit gehabt, die Pistole in den Wagen zu legen, um ihn diesem Verdacht auszusetzen.«

»Hätte ich machen können, das stimmt, aber woher hätte ich Chuluums Waffe haben sollen? Und habt ihr schon vergessen, was er vorhin selbst gesagt hat? Er hat ausdrücklich gesagt, dass er gesehen haben will, wie ich Mickey mit meiner Dienstpistole erschossen haben soll, nicht mit seiner. Das macht die Sache ein bisschen komplizierter, oder? Aber ihr müsst seine Hände nur noch nach Schmauchspuren absuchen, dann wisst ihr Bescheid.«

»Was soll das jetzt wieder heißen?«

»Das soll heißen, dass er gelogen hat, um mich zu beschuldigen, und dass nicht ich Mickey umgelegt habe, sondern er. Er hat Mickey abgeknallt und wollte sich aus der Affäre ziehen, indem er es mir unterschob.«

»Und wie erklärst du dir dann, dass er vor uns als Zeugen der Autopsie zugestimmt hat, wenn er wusste, dass man eine seiner Kugeln in Mickeys Schädel finden würde?«

»Gute Frage«, gab Yeruldelgger zu, »dafür gibt es keine plausible Erklärung. Aber das war jedenfalls der Grund, warum ich verlangt habe, dass die Autopsie vor Zeugen vorgenommen wird. Denn ohne Zeugen, so wie er es am Anfang wollte, hätte das Resultat oder zumindest der Bericht darüber ganz anders aussehen können.«

»Da euch jetzt vielleicht die Lust vergangen ist, ihn zu lynchen, könntet ihr ihm auch die Handschellen abnehmen und ihn endlich in Ruhe lassen«, drang eine Stimme von außen in den Verhörraum.

Yeruldelgger erkannte Billys Stimme; er drehte sich um, als dieser gerade eintrat und sich einen Weg zwischen den Kollegen hindurch bahnte. Angesichts der erneuten Wendung der Ereignisse wirkten sie alle etwas überwältigt; man spürte deutlich, dass sie das ganze Theater gründlich satthatten, und das pflanzte sich wie eine Welle aus dem kleinen Verhörzimmer nach draußen und durch das gesamte Kommissariat fort.

»Geht's einigermaßen?«, fragte der junge Inspektor, als er Yeruldelgger die drückenden Handschellen abnahm.

»Ich habe im Moment keinen Wagen mehr. Könntest du so nett sein, mich zu Solongo nach Hause zu bringen, und sie gleich im Krankenhaus anrufen und ihr sagen, sie soll auch dorthin kommen?«

»Willst du nicht hierbleiben, um dich darum zu kümmern, was jetzt mit Chuluum passiert?«

»Darum können sich die Jungs hier selbst kümmern«, erwiderte Yeruldelgger grinsend und deutete mit dem Kinn zu den versammelten Inspektoren hinüber. »Wir gehen jetzt.«

Gerade als sie beim Aufzug ankamen, gingen die Türen auf, und heraus trat Chuluum, der sich auf seine Krücke stützte. »He! Was treibt der denn hier?«, empörte er sich lauthals. »Wo wollt ihr beiden hin?«

Auf sein Geschrei hin versammelten sich sämtliche Polizisten schlagartig vor dem Aufzug. Sie sahen zu, wie Yeruldelgger und Billy rechts und links an Chuluum vorbeigingen und grinsend den Aufzug betraten. Chuluum war rot vor Zorn, hämmerte mit der Krücke auf den Boden und schrie die beiden an, sie sollten sofort zurückkommen. Sie drehten sich in der Liftkabine um und warteten in aller Ruhe, bis sich die Lifttüren schlossen. Als der übliche Klingelton anzeigte, dass sich der Lift nach unten in Bewegung setzte und Yeruldelgger offenbar ungeschoren das Haus verlassen konnte, blieb Chuluum einige Sekunden lang völlig verdattert stehen. Dann drehte er sich langsam um und sah sich einer geschlossenen Mauer aus sämtlichen Kollegen des Kommissariats gegenüber. »Was ist?«, schrie er voller Wut und fuchtelte drohend mit der Krücke gegen die Menge. Erst in diesem Augenblick erkannte er den Hass und die Wut in ihren Gesichtern. »Was ist?«, schrie er noch einmal. Aber diesmal klang seine Stimme schrill vor Angst, und als er die Krücke erneut hob, sah es eher so aus, als wollte er sich damit verteidigen, statt damit zu drohen.

67

Ich habe noch einen langen Weg vor mir

»Ach, dafür hast du die Instrumente gebraucht?«

»Ja.«

»Und du wusstest, wie man das anstellt?«

»Manchmal muss man sich eben was zutrauen.«

»Demnach hast du nicht mit Chuluums Pistole auf ihn geschossen?«

»Nein, das wäre zu kompliziert gewesen. Die Geschossbahn, die Schmauchspuren, dieses ganze Zeug…«

»Und was war mit der Kugel, die ich rausgeholt habe?«

»Das war diejenige, die Chuluum bei unserer kleinen Rangelei im Wagen abgefeuert hat. Sie hat seine Wade durchbohrt, und ich habe sie später auf der Fußmatte gefunden. Nachdem ich meine aus Mickeys Kopf rausgezogen hatte, habe ich seine reingesteckt.«

»Du kannst trotzdem von Glück sagen, dass ich die Autopsie durchgeführt habe. Die Kugel steckte gar nicht ganz am Ende der Geschosswunde, die die erste Kugel angerichtet hatte.«

»Ich bin dir sehr dankbar. Wie und wann hast du gemerkt, worum es ging?«

»Keine Ahnung. Ich habe es wohl eher instinktiv erfasst. Wir müssen eben akzeptieren, dass es zwischen uns besondere Schwingungen gibt.«

»Ja, das muss man wohl akzeptieren«, erwiderte Yeruldelgger und sah Solongo tief in die Augen.

Billy goss sich noch einmal geräuschvoll Tee nach, um diesen bedeutungsschwangeren, intimen Moment zwischen den beiden zu unterbrechen. »Und wie bist du überhaupt darauf gekommen, dir so was Abgefahrenes auszudenken?«, erkundigte er sich viel zu erpicht.

»Weiß auch nicht so recht. Das kam mir alles in den Sinn, als ich gerade mit Chuluums Wagen losfahren wollte, um im Tereldsch meinen Wagen abzuholen. Mit einem Mal erschien mir das ganz selbstverständlich.«

»Was genau denn?«

»Dass Chuluum nicht zögern würde, mir den Mord an Mickey in die Schuhe zu schieben; dass er das gleich am Vormittag versuchen würde. Also blieb mir nur diese Nacht, um zu reagieren.«

Billy ließ einige Sekunden verstreichen, bevor er erneut nachhakte. Diesmal war es ehrliche Neugier. »Was ist eigentlich genau passiert?«

»Mit Chuluum?«

»Nein. Ganz von Anfang an. Wie hat das alles überhaupt angefangen? Mit dem kleinen Mädchen, das überfahren wurde, den Chinesen, der Bikergang?«

»Das sind zwei Geschichten, zwei Fälle, die sich überschneiden, Billy. Vor fünf Jahren hat ein Koreaner mehr oder weniger aus Versehen das kleine Mädchen bei einer verbotenen Quad-Tour quer durch den Chentii-Nationalpark überfahren. Der Auftraggeber, quasi der Veranstalter der Tour, hat nach diesem Unfall von Mickey verlangt, dieses Problem diskret zu lösen. Mickey arbeitete schon seit Längerem als Handlanger für diesen Mann und erledigte so seine Drecksarbeit für ihn. Mickey seinerseits hat dann diesen Dummkopf, der sowohl der Anführer der Bikerbande ist als auch als Tourguide bei dem Chentii-Ausflug fungierte, damit beauftragt, die Leiche des Mädchens möglichst weit entfernt vom Unfallort zu begraben. Allerdings war das verunglückte Kind gar nicht tot, aber dieser brutale Typ hat es trotzdem lebendig begraben, dummerweise allerdings nicht tief genug in der Erde. Jetzt, fünf Jahre später, haben ein paar Nomaden durch Zufall dieses Grab gefunden. Die andere Geschichte handelt, vereinfacht ausgedrückt, von drei chinesischen Geologen und Prospektoren und zwei mongolischen Nutten, die alle bestialisch ermordet aufgefunden wurden, nachdem sie offenbar anlässlich des chinesischen Valentinstags eine Orgie gefeiert hatten. Die offensichtlichsten Verdächtigen für diese Tat waren ebenfalls der Dummkopf aus dem Chentii-Fall samt seiner Motorradbande aus mongolischen Nazis. Und in diesem Fall war ein anderer Polizist damit beauftragt, die Spuren zu verwischen und den Dreck aufzuräumen, nämlich unser lieber Kollege Chuluum. Und es sieht ganz danach aus, als wäre der Auftraggeber im Hintergrund in beiden Fällen derselbe.«

»Mickey und Chuluum, also wirklich!«, seufzte Billy kopfschüttelnd.

»Immer die gleiche alte Geschichte«, meinte Yeruldelgger. »Die Versuchung, die Drecksarbeit, das fehlende Geld am Monatsende, die Scheidung wegen der vielen Observationen, der schlechte Umgang. Und dieser kurze Moment der Illusion, während dem man glaubt, man würde straffrei ausgehen, man könnte die Fäden und Strippen ziehen. Diese Fäden, in denen man sich dann aber unweigerlich irgendwann selbst verheddert. Das Wasser hilft uns, den Kopf über Wasser zu halten, mein Junge, vergiss das nie, und das Wasser, in dem man ertrinkt, ist dasselbe Wasser, das einen trägt, wenn man schwimmt.«

»Und dieser Auftraggeber, wie du ihn nennst, ist kein anderer als Erdenbat, stimmt's?«, mischte sich Solongo mit sanfter Stimme ein.

»Genau«, erwiderte Yeruldelgger. »Aber mit hochrangigen

Puffern wie Mickey und Chuluum dürfte es schwierig werden, ihm in diesen beiden Fällen etwas nachzuweisen.«

»Aber wenn Erdenbat der Auftraggeber sein soll«, überlegte Billy weiter, »wie konnte er dann nur diesen abscheulichen Mordversuch an Saraa befehlen?«

»Damit werden wir ihn überführen. Wenn man sich das alles in Ruhe überlegt, bestand von den Abläufen her überhaupt kein Grund, sich an Saraa zu vergreifen. Sie hat Adolf ein Alibi verschafft, sie hasste mich, tat alles, um mir zu schaden … insofern gab es überhaupt keinen Grund, sie zu eliminieren. Aber das Ganze war gegen mich gerichtet; er wollte mich damit fertigmachen.«

»Was? Was soll das denn heißen?«, fragte Billy schockiert.

»Hast du gehört, was meiner kleinen Tochter Kushi zugestoßen ist?«

Billy senkte den Blick. Das war keine wirkliche Frage gewesen; Yeruldelgger wusste nur zu gut, dass jeder diese Geschichte von Kushis Entführung und ihrem Tod kannte, vor allem natürlich die Kollegen. Und da Billy selbst einmal Zeuge eines entsprechenden Wutausbruchs von Yeruldelgger geworden war, wusste er inzwischen auch, welche Reaktionen die alleinige Erwähnung des Vorfalls bei ihm regelmäßig auslöste. »Ja«, erwiderte er daher nur mit leiser Stimme.

»Gestern Nacht habe ich einen von Erdenbats Handlangern zum Reden gebracht. Die Umstände, unter denen das Gespräch stattfand, lassen die Annahme zu, dass ich ihn dazu bringen konnte, die Wahrheit zu sagen. Demnach hat Erdenbat selbst Kushis Entführung angeordnet. Seinerzeit ermittelte ich wegen mafiöser Machenschaften im Zusammenhang mit dem Erwerb von Grundstücken zur künftigen Ausbeutung Seltener Erden. Dabei ist es einigen Schlüsselfiguren in der Regierung gelungen, sich praktisch ohne Gegenleistung die Rechte an Abertausenden Hektar Land zu sichern, von denen sie wussten, dass dafür eines

Tages enorme Summen für die Schürfrechte an große internationale Konzerne vergeben würden. Erdenbat ist einer von denen. Also hat er Kushis Entführung organisiert; damit wollte er mich zwingen, die Ermittlungen einzustellen. Kushi ist dann bei einem Unfall zu Tode gekommen, nachdem sie ihren Entführern entwischt war. Vergangene Nacht habe ich dann auch erfahren, dass Erdenbat mit dem versuchten Mord an Saraa das Gleiche bezweckte. Wenn man weiß, wie es mir nach Kushis Tod ergangen ist, kann man nachvollziehen, dass er sich entsprechende Hoffnungen machte. Einen Schluss können wir jedenfalls mit Sicherheit aus alldem ziehen: Eine der beiden Ermittlungen ist von ebensolchem bedeutsamem Interesse wie seinerzeit bei dem Skandal um die Grundstückskäufe im Zusammenhang mit den Seltenen Erden. Erinnert euch an die Millionen von Dollar, die damals aufgewendet wurden, damit gewisse Leute riesige Mengen Land erwerben konnten, einzig zu dem Zweck, dafür später horrende Summen für Bergbaukonzessionen von den Russen und den Chinesen zu kassieren. Hinter einer unserer beiden Ermittlungen verbirgt sich ein Geschäft ähnlichen Ausmaßes. In diese Richtung müssen die Ermittlungen weitergeführt werden.«

»Und du glaubst, man lässt uns einfach machen? Erdenbat besitzt große Anteile an Fernsehsendern, mehr als die Hälfte unserer Zeitungen, die Hälfte der Parlamentsabgeordneten sind von ihm abhängig, und wahrscheinlich hat er drei Viertel der Polizei unterwandert«, gab Billy zu bedenken.

»All diese Leute sind mir herzlich egal. Was unsere Behörde anbelangt, ist es nun mal so, dass Mickey nicht mehr lebt und Chuluum im Augenblick sehr auf der Hut sein muss. Ein paar Tage lang wird das ganze Kommissariat ein völlig desorganisierter Haufen sein. Das müssen wir ausnutzen, um rasch voranzukommen. Billy, such dir am besten zwei oder drei Kollegen aus, denen du vertraust, und klopft in beiden Fällen noch mal alle Spuren und Beweise daraufhin ab, ob wir Erdenbat direkt etwas anhängen können. Vorher möchte ich aber bitte, dass du dir zusammen mit Solongo Kushis Fall noch mal minutiös vornimmst. Ihr habt zwei Tage Zeit, alles Schritt für Schritt, jeden Beweis, jede Zeugenaussage daraufhin auseinanderzunehmen, ob sich irgendwo eine Verbindung zu Erdenbat ergibt. Solongo, du siehst dir am besten die Beweisstücke an, und du, Billy, nimmst dir die Zeugenaussagen vor. Ich möchte, dass ihr die Verbindung zu Erdenbat findet, habt ihr mich verstanden? Ich brauche eine Verbindung! Es muss irgendwo Beweise geben.«

Billy und Solongo erwiderten nichts. Yeruldelggers innere Ruhe und die Überzeugungskraft seiner Worte hatten sie tief beeindruckt. Das waren keine unkontrollierten Wutausbrüche, sondern überlegte, sichere Schlussfolgerungen.

»Solongo, ich möchte außerdem, dass du dir Kushis Autopsieprotokoll noch einmal vornimmst.«

»Aber Yeruldelgger, das habe ich doch selbst erstellt!«

»Das weiß ich ja, aber sieh dir die Passagen zur Todesursache bitte noch einmal genau an.«

»Das war glasklar eine Strangulation!«

»Es gibt in diesem Fall überhaupt nichts mehr, was glasklar wäre. Der Mann, mit dem ich gesprochen habe, redete von einem Unfalltod infolge eines Sturzes; erst im Nachhinein soll eine Strangulation vorgetäuscht worden sein. Sieh es dir bitte daraufhin noch einmal genau an!«

»Aber dieser Mann, von dem du da andauernd sprichst, könnte der denn nicht die Verbindung beziehungsweise die von Erdenbat erteilten Aufträge bezeugen?«

»Das hätte er vielleicht tun können, aber mittlerweile ist er auch tot.«

»Hast du ihn umgebracht?«

»Nein, ich nicht!«

Solongo sah ihn unverwandt an, als hätte sie eine andere Antwort erwartet, aber Yeruldelgger wirkte unerschütterlich und hielt ihrem Blick stand. Nur ein feines Lächeln umspielte seine Mundwinkel. »Übrigens soll ich dich von Gantulga grüßen!«, sagte er schließlich, ohne den Blick abzuwenden.

Wieder sahen sie sich eine Weile schweigend an, während Billy mit konzentriert auf den Boden gerichtetem Blick versuchte, alles, was er gerade gehört und erfahren hatte, in seinem Kopf richtig einzuordnen. »Da bleibt nur noch eine Sache, auf die ich mir noch keinen Reim machen kann«, sagte er schließlich. »Was ist eigentlich aus den Eltern des kleinen Mädchens geworden?«

»Das möchte ich jetzt auch als Erstes in Erfahrung bringen«, entgegnete Yeruldelgger und stand auf. »Morgen früh weiß ich vielleicht schon mehr.«

»Du fährst weg?«, fragte Solongo erstaunt.

»Ja. Ich habe noch einen langen Weg vor mir.«

68

Dann versuchte er, Solongo anzurufen

Da Chuluum ihr das Geld weggenommen hatte, hatte Colette doch nicht untertauchen können. Schon auf der Straße vor der Altai Lounge roch es nach ihrem Parfum, von daher wusste Yeruldelgger, dass sie da war. Er entdeckte sie sogleich an der Bar; als er neben ihr stand, packte er sie am Arm und zerrte sie nach draußen auf die Straße. »So, dann komm mal mit, mein Täubchen, wir zwei machen jetzt mal zusammen einen hübschen kleinen Ausflug.«

»Ich bin mir nicht sicher, ob Chuluum damit einverstanden ist«, beschwerte sich die junge Frau mehr der Form halber; sie hatte etwas Mühe, auf den hohen Absätzen das Gleichgewicht zu halten.

»Mach dir keine Gedanken mehr über Chuluum, dessen Urlaub hat schon angefangen. Mindestens zwanzig Jahre. Auf Staatskosten.«

»Er sitzt im Knast?«

»Noch nicht, aber die Zelle ist schon gebucht. Der ist jetzt nichts mehr, kein Bulle und auch kein Zuhälter. Daher kannst du bedenkenlos eine Auszeit nehmen.«

»Zusammen mit dir?«

»Zusammen mit mir!«

Mehr sagten sie nicht, sondern fuhren nur schweigend aus

der Stadt hinaus. Yeruldelgger verließ Ulaanbaatar in Richtung Chentii. Zuerst auf der Straße nach Bayandelger, dann immer geradeaus in nördlicher Richtung bis zum Dorf Mungunmorit und von dort weiter nordöstlich über einsame Pisten, die sie gut zwanzig Kilometer nördlich von Erdenbats Ranch führten.

Yeruldelgger genoss jede Minute dieser langen Fahrt durch die ungezähmten Weiten des Chentii. Das Gebirge war durch lange Schluchten gegliedert, die unzählige, längst verschwundene Gebirgsbäche in die Oberfläche eingeschnitten hatten. Die gewundene Straße suchte stets den Weg des geringsten Widerstands über Pässe und schmale Durchlässe, über die man von einem Tal ins andere gelangte. Hier im Norden bildete die Taiga stellenweise blühende Lichtungen im dunklen Schatten der Nadel- und Lärchenwälder. Hin und wieder sah man eine einzelne weiße Jurte inmitten der Natur. Eine Frau in ihrem Deel aus blauem Satin, die sich um eine Schafherde kümmerte, oder einen Mann, der reglos mit seiner Urga unter der Achsel auf seinem Pferd saß und ihnen nachblickte, von der kalten Sonne gebräunte Kinder, die einem Hund mit gelblichem Fell hinterherliefen. Auch das eine oder andere Motorrad kreuzte auf; die Fahrer trugen meist ihre traditionelle Kleidung, gepaart mit einem Lederhelm, wodurch sie wie Fliegerpioniere wirkten. Jedes Mal fuhr Yeruldelgger ihretwegen wenn nötig einen kleinen Umweg, um sie zu begrüßen, nach Neuigkeiten zu fragen und sich nach dem Weg zu erkundigen. Der Fahrer schob dann seine Fliegerbrille auf die Stirn hoch, antwortete mit schwer verständlichem Gemurmel und fuhr dann lachend weiter, wobei sein Motorrad eine mächtige Staubwolke hinter sich herzog. Schweigsame Kinder hielten lediglich in ihrem Spiel inne und wagten nicht, jemanden anzulächeln, und Frauen verschwanden rasch in ihrer Jurte, um die Milch zu holen, mit der sie die Fahrt der Reisenden segneten, wenn diese längst vorbeigefahren waren. Trotz des Chaos, in dem sein Land und sein eigenes Leben versunken waren, spürte Yeruldelgger in solchen Momenten ein berauschendes Glücksgefühl, als ob sich sein Herz weitete.

Nach vier Stunden Fahrt kam das Camp gegen Ende des Nachmittags in Sicht. Zunächst waren sie durch ein ödes, heruntergekommenes Dorf gefahren, das aus locker verstreuten Pferchen und Schuppen bestand, dazwischen ein paar vom vielen Regen schmutzig gewordene Jurten. Es war eine dieser Ansiedlungen, in denen die Jurten bereits immer weniger wurden, solide Holzhäuser im russischen Stil aber noch nicht errichtet waren. Das hier war das Land der Schuppen und Baracken. Dann tauchte in etwa zwei Kilometern Luftlinie das Camp auf. Es zog sich von einem Bergkamm über einen lang gestreckten Bergwiesenabhang bis zu einem kleinen, dunklen, kalten See. Der Weg dorthin bestand aus einer kurvenreichen Staubstraße, die sich zwischen Waldstücken und Lichtungen hindurchwand, bis sie schließlich in einer grasbewachsenen Ebene mündete, die als Parkplatz für Motorräder und zugleich als Pferdeweide diente. Der wolkenverhangene Himmel sah so aus, als könnte jederzeit wieder ein heftiger Regenschauer ausbrechen. Beim Aussteigen warf Yeruldelgger einen prüfenden Blick über die ganze Umgebung und Colette auf ihre roten Absätze. Überall standen silbrige Pfützen im matschigen Gras, deren Oberflächen sich durch heftige Windböen kräuselten. Linker Hand erstreckte sich das Camp, das aus drei Reihen mit jeweils zwei Jurten bestand; dahinter gab es noch vier aus Holz gezimmerte Chalets, jedes mit einer hübschen kleinen Veranda. Sie waren terrassenförmig zum See hin angelegt. Ein weiter oben gegenüber den Jurten gelegenes, gedrungen wirkendes, niedriges, aus Rundhölzern gebautes Gebäude beherbergte vermutlich die Gemeinschaftseinrichtungen, Küche und Speisesaal. Der Bau wirkte in der Tat so massiv, dass man den Eindruck hatte, er würde unter seinem eigenen Gewicht im Boden versinken. Bei strahlendem Sonnenschein machte die Anlage sicherlich einen angenehmen

Eindruck, aber nach vier Stunden Fahrt unter einem regengrauen Himmel wirkte sie kalt und abweisend.

Aus einer der drei Latrinen, die ungefähr zwanzig Meter von dem Gemeinschaftshaus entfernt standen, trat ein Mann heraus. Sicherlich hatte er das Geräusch des ankommenden Wagens gehört und sich etwas überstürzt erhoben; nun blieb er wie angewurzelt stehen, starrte die beiden Neuankömmlinge an und schloss nicht einmal mehr seinen Hosenstall richtig. Er trug eine dicke Lederweste und eine Tarnhose; die Hosenbeine steckten in Gummistiefeln. Yeruldelgger wartete ein paar Sekunden lang, bis er auf den Mann zuging. Colette stakste wie ein Reiher mit zu Boden gerichtetem Blick hinter ihm her, um den Pfützen auszuweichen; die Arme waren angestrengt zur Seite gestreckt. Der Mann kam ihnen keinen einzigen Schritt entgegen. Ein ausgesprochener Schlägertyp, ein richtiger Finsterling. Bestimmt schmutzig, kräftig und vermutlich ein Trinker. Ganz offensichtlich hatte er hier das Sagen, die heruntergekommene Anlage passte jedenfalls zu ihm.

»Wir brauchen ein Bett für zwei Nächte!«, rief Yeruldelgger ihm im Näherkommen zu.

»Hier ist nichts frei!«, bellte der Mann zurück.

»Diese würde uns schon genügen«, entgegnete Yeruldelgger unverdrossen und ging auf die nächstgelegene Jurte zu.

»Alles reserviert, habe ich gesagt!«, brüllte der Mann, der ihm nun folgte.

Yeruldelgger drehte sich unvermittelt zu ihm und sah ihm direkt ins Gesicht. Damit hatte der Schlägertyp nicht gerechnet, und er hielt inne. Der Kommissar hatte ihn richtig eingeschätzt: Er war sehr kräftig, brutal, grausam, anmaßend und feige. Yeruldelggers eiserner Blick wirkte auf den Mann wie eine undurchdringliche Wand. Keiner von beiden wandte die Augen ab, aber Yeruldelgger bemerkte jene kaum wahrnehmbare leichte Bewegung des Kopfes zur linken Schulter hin, die fast immer das erste Anzeichen für Rückzug ist. Die meisten Menschen machen kehrt, indem sie den linken Fuß leicht zurücksetzen. Jetzt war er sich sicher, dass der Mann klein beigeben würde, und verharrte unerschütterlich in seiner herausfordernden Haltung. Einige Sekunden später drehte sich der Mann auf dem Absatz um und zog wortlos von dannen.

»Zwei Nächte, nicht länger«, rief ihm der Mann hinterher, um auch angesichts der Frauen, die aus der Küche herausgekommen waren und das Geschehen mitverfolgten, Haltung zu bewahren.

Colette ging voran und wollte gerade die Jurte betreten, da packte Yeruldelgger sie am Arm und zerrte sie zurück.

»He, was fällt dir ein?«

»Auf keinen Fall mit dem linken Fuß zuerst, weißt du das nicht mehr?«

»Glaubst du etwa noch an diesen alten Kram?«

»Allerdings«, antwortete er. »Und du tätest gut daran, ebenfalls daran zu glauben.«

»Was? Immer mit dem rechten Fuß zuerst eintreten, die Türschwelle nicht berühren, nichts ins Feuer werfen, sich drinnen immer im Uhrzeigersinn bewegen, die Fußspitzen nicht auf das Feuer richten ... du hältst dich immer noch an diesen Aberglauben?«

»Wenigstens kennst du die Regeln noch, das ist ja schon mal nicht schlecht. Also bemühe dich auch gefälligst darum, sonst kann ich nämlich sehr wütend werden.«

»Ach ja? Und was ist mit dem schlimmsten Tabubruch, eine Jurte mit einer Waffe am Körper zu betreten? Noch nicht einmal eine Reitgerte oder ein Stock sind erlaubt. Und du hast nicht zufällig hinten im Gürtel eine Knarre stecken? Also übertreib's mal nicht mit dem Respekt vor der Tradition.«

»Das Betreten einer Jurte mit einer Waffe gilt in der Tat als Beleidigung der Bewohner«, erwiderte Yeruldelgger ganz gelassen. »Aber das hier sind reine Touristenunterkünfte, in denen niemand auf Dauer lebt. Hier muss man keine Geister der Ahnen respektieren.«

»Na ja, wenn sich der Herr auf diese Weise Absolution erteilt«, höhnte Colette, »dann kann ich das auch!«

»Trotzdem gelten hier die traditionellen Regeln, schließlich bist du hier, um das zu tun, was ich will.«

»So, so? Deswegen sind wir also hierhergekommen? Nach neulich dachte ich schon, du hättest kein Interesse an mir.«

»Ich habe immer noch kein Interesse an dir«, erwiderte Yeruldelgger. »Noch mal: Es ist keineswegs persönlich gemeint, aber dieses Interesse habe ich nach wie vor nicht.«

»Was haben wir hier also zu suchen?«

»Wir wollen sie hinters Licht führen. Wir werden so tun, als ob. Wir tun so, als wären wir in der Tat deswegen hierhergekommen, aber das ist nur ein Vorwand. Verstanden?«

»Na, prima. Nur ein Vorwand. Schönen Dank auch. Darf ich jetzt wenigstens schlafen?«

»Schlaf doch«, erklärte Yeruldelgger, der im Grunde froh war, die Jurte verlassen zu können, die bereits von dem billigen Parfum duftgeschwängert war. Da er bereits vier Stunden Fahrt wie in einer Bonbonschachtel hinter sich hatte, benötigte er dringend frische Luft.

Ihre Ankunft war nicht unbemerkt geblieben. Die drei neugierigen Frauen machten sich wieder in der Küche zu schaffen, wobei sie aber den großen Bediensteteneingang offen stehen ließen, um sie in aller Seelenruhe beobachten zu können. Der Kommissar trat ein und gab sich besonders leutselig, indem er genussvoll die Küchenaromen einsog. Die vom Regen noch feuchte Luft verstärkte noch einmal die frischen Düfte von Fleisch und Gemüse. »Hmmm, Chuuschuur!«, seufzte er mit hochgereckter Nase.

Die drei Frauen lachten ihn beglückt an wie kleine Mädchen.

Es handelte sich um eine kleine, zahnlose ältere Frau mit einem hübschen runden Gesicht wie ein roter Mond, die beiden anderen waren sehr viel jünger. Vielleicht ihre Töchter. Yeruldelgger hielt ein wenig Abstand, stand einfach nur da und schaute ihnen bei der Arbeit zu. Die alte Mongolin schnitt auf einem großen Holzbrett, das durch langen Gebrauch eine Vertiefung in der Mitte aufwies, fettes Schafsfleisch in feine Streifen. Eine der beiden jungen hackte ohne tränende Augen große weiße Zwiebeln in Würfel, während die andere Knoblauchzehen schälte. In der Küche herrschte ein unglaubliches Durcheinander von Töpfen, Pfannen und Schüsseln. Die Arbeitsflächen erinnerten eher an die Werkbänke einer Schreinerei, der altmodische, wuchtige Herd in einer Nische wurde mit Holz befeuert, das hell brannte.

Yeruldelgger fiel eine große Schüssel mit fertigem Chuuschuur-Teig in einer Ecke auf. Dann sah er auf die Schüssel vor der Großmutter und versuchte abzuschätzen, wie viel Fleisch sie noch klein hacken wollte. Es waren bestimmt noch zehn Kilo. Dasselbe galt für die Zwiebeln und den Knoblauch. Für wie viele Personen wurde hier gekocht? »Pass auf mit den Gewürzen, Großmutter«, sagte er. »Ans Chuuschuur darf nichts anderes als Kümmel.«

»Wofür hältst du mich, du junger Angeber? Selbstverständlich Kümmel.«

»Und kein Paprika!«

»Kein Paprika, das verdirbt den Schafsgeschmack.«

Mit geschlossenen Augen sog Yeruldelgger noch einmal tief die Küchendüfte ein. Er konnte den bitteren Rauchgeruch von noch grünem Holz im Ofen sowie von fettem, kaltem Ruß wahrnehmen, den herben Schweißgeruch der Frauen, das seifenlose Abwaschwasser; als würde er den Duft eines köstlichen Gerichts in sich einsaugen. Die Frauen lachten ihn geschmeichelt und ein wenig stolz an, da sich so ein gut aussehender, kräftig gebauter Fremder für sie interessierte. »Und wer bekommt das alles zu essen?«

»Du bestimmt nicht!«, spottete eine der beiden jungen Frauen.

»Und wieso ich nicht?«

»Weil das alles für diese Hunde von Koreanern bestimmt ist!«

»Wie bitte? Koreaner, hier, die mir mein schönes Chuuschuur wegfuttern? Pah!«, empörte sich Yeruldelgger und spuckte zum Schein auf den Boden.

»Pah!«, riefen die Frauen und ahmten die Geste nach.

»Wo sind sie denn? Wo sind diese Chuuschuur-Räuber? Wo finde ich sie, damit sie es mir Stück für Stück zurückgeben?«

Doch inzwischen lachten die Frauen nicht mehr. Sie hatten die Köpfe gesenkt und fuhren schweigend mit ihrer Arbeit fort. Die alte Frau blickte demonstrativ über Yeruldelggers Schulter hinweg, um ihn zu warnen, und er drehte sich um. Hinter ihm war der Schlägertyp aufgetaucht und betrachtete ihn mit finsterer, verschlossener Miene. In einer Hand trug er ein ganzes Bündel toter Murmeltiere, die mit einer Schnur an den Hinterläufen zusammengebunden waren.

»Wie?«, empörte sich Yeruldelgger. »Bekommen diese Hunde von Koreanern etwa auch noch schönen Murmeltier-*Boodog* vorgesetzt? Den will ich aber auch!«

»Er ist für die Koreaner. Sie bezahlen dafür.«

»Ich bin auch bereit zu zahlen. Ich möchte auch was!«

»Macht zwanzigtausend Tögrög!«

»Was? Zwanzigtausend Tögrög? Dafür bekomme ich in Ulaanbaatar ein mexikanisches Festessen einschließlich Margaritas und Mariachis.«

»Zwanzigtausend Tögrög«, knirschte der Schurke zwischen den Zähnen hervor, der nie in seinem Leben eine Margarita getrunken hatte.

»Zwanzigtausend Tögrög, aber einschließlich Chuuschuur.«

»Fünftausend Tögrög extra für das Chuuschuur.«

»Einverstanden, fünfundzwanzigtausend Tögrög, du Abzocker! Das entspricht einer Mahlzeit für zwanzig Dollar, aber gut, das soll es mir wert sein, bevor ich es den Koreanern überlasse.«

Entweder war der Mann tatsächlich so widerwärtig wie nach dem ersten Eindruck zu schließen, oder er wollte einfach ausprobieren, wie weit er gehen konnte, als er Yeruldelgger die Hand hinstreckte. »Also fünfzigtausend Tögrög«, sagte er.

»Wie kommst du jetzt auf fünfzigtausend?«

»Du und die Frau. Zweimal fünfundzwanzig. Macht fünfzigtausend.«

Yeruldelgger packte ihn am Revers seiner abgetragenen Lederweste, wirbelte ihn einmal herum und presste ihn gegen die nächste Wand. Mit einem Unterarm drückte er ihm die Kehle zu, und mit seinen Knien presste er gleichzeitig die des Mannes gegen die Wand; dann ließ er die freie Hand nach unten fallen, packte die Hoden des Kerls und quetschte sie zusammen. Der röchelte eher vor Zorn als vor Schmerz; Yeruldelgger musste inzwischen den Kopf zur Seite wenden, um seinem stinkenden Atem auszuweichen. Er war sich sicher, dass er ihm wehtat, aber der Mann bat ihn nicht um Gnade. Unerbittlich. Er ließ zwar das Bündel mit den Murmeltieren fallen, aber selbst als er beide Hände frei hatte, machte er keinerlei Anstalten, sich aus dem Schraubstockgriff des Kommissars zu befreien. Als könnte er, ohne mit der Wimper zu zucken, sämtliche Schmerzen dieser Welt auf sich nehmen.

»Hör mir gut zu, mein Lieber: Wenn es bei fünfundzwanzigtausend bleibt, bin ich bereit, für das Essen zu bezahlen. Fünfzigtausend, dann esse ich, ohne zu zahlen. Das wird dich lehren, mich für einen dahergelaufenen Koreaner zu halten. Ich möchte, dass das Essen für meine Begleiterin und mich in der Jurte serviert wird. Aber nicht von dir, weil du mich aufregst. Schick eine der Frauen aus der Küche.« Damit ließ er die Hoden des Typen wieder los und packte ihn stattdessen mit beiden Händen am Kragen, wirbelte ihn noch einmal herum und warf ihn dann so weit wie möglich von sich. Der Mann wankte allerdings kaum, sondern fing sich rasch und stand fest auf beiden Beinen. Unerbittlich und dazu noch sicher auf den Beinen! Außerdem gekränkt, wie Yeruldelgger anhand des vernichtenden Blicks erkannte, den der andere den drei Frauen zuwarf. Die senkten daraufhin sofort wieder die Köpfe über ihre Schüsseln. Und hasserfüllt, gar keine Frage. Zweifellos ein gefährlicher Typ.

Mit zwischen die Schultern eingezogenem Kopf und ohne den Kragen seiner Lederweste zurechtzurücken, verließ der Kerl nun die Küche, bog um die Ecke und schlug den Weg zu den Chalets ein. Yeruldelgger wandte sich wieder den drei Frauen zu und hob lächelnd die Augenbrauen, um ihnen zu verstehen zu geben, was er von dem Mann hielt. Sie lachten hinter vorgehaltener Hand, damit der es nicht mitbekam.

»Was für ein Grobian!«, murmelte die alte Mongolin und spuckte hinter ihm her.

»Ein Mistkerl«, flüsterte eine der beiden jüngeren und spuckte ebenfalls aus.

»Ein Schweinehund«, zischte die dritte.

»Ist das dein Mann, Großmutter?«, fragte Yeruldelgger und sammelte die Murmeltiere ein, die noch nicht lange tot und somit noch warm waren.

Sie senkte den Blick und beackerte das Fleisch, in das sie heftig einschnitt. »Er war mein Ehemann, als ich noch jünger war. Jetzt ist er der Ehemann von allen. Er nimmt sich die, die er will, und wenn eine nicht will, dann bekommt sie Prügel. Er ist krank, denkt an nichts anderes. Alte, Junge, Schwangere, die eigene Familie oder nicht, er nimmt sich, wen er will. Selbst ganz junge Mädchen, Kinder. Du siehst ja, wie stark er ist. Wer könnte ihm hier Widerstand leisten?«

»Ich kann es, Großmutter, aber, na ja, vermutlich steht er nicht so auf mich.«

Die drei Frauen brachen in schallendes Gelächter aus und machten ihm Platz, als er die Murmeltiere in die Küche brachte. Er legte sie neben einem Holzblock ab, suchte nach einem Hackmesser und einem spitzen Messer sowie nach einer großen Schüssel für die Innereien und stellte sich neben sie hin. »Soll ich sie für den Boodog vorbereiten?«, schlug er vor.

»Wenn du weißt, wie das geht – warum nicht?«, neckte die alte Mongolin.

»Wenn du geeignete Steine hast, mache ich dir den besten Boodog weit und breit.«

Die alte Frau deutete mit ihrem Messer auf die Feuerstelle des gemauerten Herds. Rechts und links von der rötlichen Glut lagen große runde Kieselsteine bereit, die sich aufheizten. »Du schlitzt sie auf und nimmst die Eingeweide heraus und passt dabei auf, dass du nicht den Darm durchlöcherst, verstanden?«

»Ich schlitze sie auf, nehme die Eingeweide heraus, und achte darauf, den Darm nicht zu durchlöchern«, wiederholte er.

»Und die gründlich gereinigten Innereien legst du beiseite.«

»Und die gründlich gereinigten Innereien lege ich beiseite«, wiederholte Yeruldelgger ebenfalls, während er dem ersten Murmeltier bereits den Bauch aufschnitt.

»Dann reibst du das Innere gründlich mit Salz ein.«

»Dann reibe ich das Innere gründlich mit Salz ein.« Yeruldelgger zwinkerte den beiden jungen Frauen fröhlich zu. »Übrigens, wann sollen die Koreaner eigentlich hier eintreffen?«

»In drei Stunden werden sie hier sein. Und eine Stunde später muss das Essen fertig sein, um deine nächste Frage gleich zu beantworten«, erwiderte die alte Mongolin schalkhaft.

»Das wäre tatsächlich meine nächste Frage gewesen. Ist es dann nicht ein bisschen zu früh, die Murmeltiere jetzt schon zuzubereiten?«

»Du wolltest dich doch nützlich machen«, antwortete die Alte. »Der Boodog schmeckt am besten, wenn die Murmeltiere gerade erst getötet wurden, gleichzeitig muss man aber auch ein bisschen warten, damit das Fleisch weich genug wird. Außerdem müssen wir ja noch zehn Stück präparieren.«

Yeruldelgger erwiderte nichts mehr und lächelte nur vor sich hin. In einem anderen Leben, zu einer anderen Zeit, unter anderen unendlichen Himmeln hatte er viele Menschen wie diese alte Mongolin und ihre beiden Mädchen gekannt, die an ähnlichen Herdfeuern hantierten und die gleichen Traditionen pflegten. Sie nahmen die kleinen Tiere aus, füllten die Bauchhöhle anschließend mit heißen Steinen und nähten sie wieder zu, damit das Fleisch von innen her durchschmoren konnte, während sie gleichzeitig von außen gebraten wurden. Als Kind hatte er oft dabei zugesehen, wie die Erwachsenen das machten, dann selbst die Handgriffe gelernt und sich dabei ein paar Mal die Finger verbrannt und gelegentlich auch die Lippen, weil er unbedingt kosten wollte. Die Kunst bestand darin, die beiden Hitzequellen richtig zu dosieren. Die Garsteine im Inneren durften nicht zu heiß werden, damit sie nicht zu schnell zu viel Hitze abgaben und so die Naht reißen ließen, denn dann wäre alles umsonst. Man musste sie auch zum richtigen Zeitpunkt wieder vom Feuer nehmen, den heißen Braten schnell mit den Fingerspitzen öffnen, die fetttriefenden heißen Steine herausholen und sie zwischen den Händen hin- und herwerfen, denn die Hitze und das Fett verliehen einem Kraft. Dann wurde das kleine Tier zerteilt, und man nagte das zarte, saftige, fast noch rauchende Fleisch direkt von den Knochen.

Von ausländischen Besuchern hörte man oft, Boodog ähnele im Geschmack dem von Wildente. Yeruldelgger fand das abwegig. Murmeltier schmeckte wie Murmeltier, es war eine unvergleichliche mongolische Spezialität, deren Geschmack zu gleichen Teilen von der Jagd nach dem kleinen Steppentier kam wie von der gemeinsamen Zubereitung mit Freunden, der richtigen Auswahl der Steine und der Garung, bei der es hauptsächlich darauf ankam, das Fleisch im körpereigenen Fett zu braten.

»Wenn ich nur daran denke, dass du diese Köstlichkeit den Koreanern vorsetzt, Großmutter!«

»Sie sind nichts als eine Meute Hunde, die unsere Natur und unsere Landschaft zertrampeln und unterwegs schon so viel Wodka gesoffen haben, dass sie unser Chuuschuur und unseren schönen Boodog gleich wieder ausspeien!«

»Ist es wirklich so schlimm?«

»Du kannst es dir gar nicht vorstellen! Jedes Jahr fallen sie wie die Wilden hier ein, stellen ihre Maschinen einfach ab, wo sie wollen, laden kistenweise russischen Wodka ab, den sie noch vor der Grenze gekauft haben, schließen ihre Karaoke-Geräte an und heulen erbärmlich in die Mikrofone. Die ganze Nacht über zerschmettern sie immer wieder Wodkaflaschen im Lagerfeuer, damit es hell aufflammt, geilen sich mit dreckigen Witzen in ihrer Sprache auf, die wir nicht verstehen, und wenn wir ihnen das Essen servieren, greifen sie uns zwischen die Beine und kneifen uns in den Hintern. Und wenn sie betrunken genug sind, versuchen sie, uns an Ort und Stelle zu vergewaltigen, als wären wir nichts wert, während die anderen dabei zuschauen und lachen oder um uns herumtanzen und uns mit Wodka bespritzen. Selbst bei mir versuchen sie das«, sagte die alte Mongolin beschwörend, »selbst bei mir! Kannst du dir das vorstellen? Einmal ist ein mit Wodka bespritztes Mädchen dem Feuer zu nah gekommen und dann wie eine lebende Fackel herumgerannt. Das hat sie sogar noch mehr amüsiert, und einer von ihnen hat gebrüllt, man sollte sie statt der Murmeltiere grillen, und er hätte dann am liebsten das Schinkenstück für sich. So sind sie diese Koreaner!«

»Und dein Chef schreitet dagegen nicht ein?«

»Der Chef? Dieser Mistkerl verdient in so einer Nacht so viel wie ich vielleicht im ganzen Leben! Diese anmaßenden Koreaner sind stinkreich, und derjenige, der diese grauenhaften Touren organisiert, ist noch reicher als alle anderen zusammen. Während der gesamten zwei Wochen dieser Unglücksrallye werden sämtliche Parkranger und Polizisten im Chentii rein zufällig in den Urlaub geschickt, stell dir das nur mal vor. Wärst du in der Lage, so was zu bezahlen?«

»Und passiert das öfter?«

»Nein, zum Glück findet das nur einmal im Jahr statt, meistens in der Woche vor dem Großen Naadam. Der Mann, der im Hintergrund die Fäden zieht und alles organisiert, richtet dann auch noch eine Art Privat-Naadam im Tereldsch aus. Aber dieses Jahr hat dieser Privat-Naadam bereits stattgefunden, und ich fürchte, diese Bande arroganter Hunde könnte länger als eine Nacht hierbleiben.«

Schließlich hatte Yeruldelgger sämtliche Tiere ausgenommen, und sie lagen nun auf der massiven Arbeitsplatte aus Holz bereit. Inzwischen hatte die alte Mongolin ebenfalls sämtliches Lammfleisch für das Chuuschuur klein geschnitten; die beiden jungen Frauen gaben die gehackten Zwiebeln, Knoblauch und Kümmel dazu und vermischten und kneteten alles mit bloßen Händen. Dabei drückten sie die Fleischmasse immer wieder zwischen den Fingern hindurch. Bei diesem Anblick wurde Yeruldelgger von Nostalgie übermannt, denn er brachte Erinnerungen an glückliche Kindheitstage zurück, an denen er als kleiner Junge in der Küche mithelfen und das Fleisch auf die gleiche Weise durchkneten durfte. Als die Farce so weit fertig war, stand die Alte auf und räumte etwas Platz auf dem Tisch frei. Sie nahm den Teig, der bereits seit Längerem in einer Schüssel unter einem feuchten Tuch ruhte, griff sich immer wieder eine Handvoll davon, die sie zu Klößchen rollte und mit Mehl bestäubte, damit sie sie auf einem großen Teller aufstapeln konnte, ohne dass sie aneinanderklebten. Anschließend rollte sie jedes einzelne Klößchen mit einem schmiedeeisernen Rohr aus, das aussah, als hätte es jemand von einer Baustelle oder einer Heizungsanlage in Ulaanbaatar entwendet. Yeruldelgger bewunderte die Geschicklichkeit der alten Frau. Der Teig durfte weder zu dick noch zu dünn sein, damit der Fleischsaft beim Braten nicht in das Bratfett floss. Dann verstrich sie einen Esslöffel voll Farce auf der unteren Hälfte des kleinen Teigfladens, klappte die obere Seite darüber und drückte die Teigränder aneinander; auf diese Weise entstanden dicke halbmondförmige Teigtaschen.

Da Yeruldelgger ihr so interessiert und lächelnd dabei zusah, trat die alte Mongolin einen Schritt zurück und forderte ihn auf, es selbst zu versuchen. »Zeig mir, ob du es auch kannst, statt mir über die Schulter zu schauen wie ein Lehrmeister«, forderte sie ihn heraus.

Yeruldelgger wusste, mit welchem Kniff er die Falle umgehen musste, in die sie ihn locken wollte. Das hatte er sogar schon Saraa beigebracht, als sie noch ein Kind gewesen war. Er trat an den Arbeitstisch heran und schob die bereits fertig gefüllten Chuuschuur beiseite, was die alte Mongolin mit einem Stirnrunzeln quittierte. Dann rollte er einen neuen, handflächengroßen Teigfladen aus, bestrich die untere Hälfte mit der Fleischfarce, faltete die obere Hälfte darüber und begann, die Teigränder von den Enden zur Mitte hin mit den Daumen zusammenzudrücken. Bevor er hierbei den letzten Handgriff machte, um die Teigtasche endgültig zu verschließen, ließ er noch eine kleine Öffnung frei, drückte sanft mit der flachen Hand auf die Ravioli, damit die Luft entweichen konnte, und schloss erst danach den Teigrand endgültig.

»So ist es recht!«, jubelte die alte Frau und rubbelte mit ihren mehlbestäubten Händen seine Wangen. »Es gibt also doch noch ein paar echte Mongolen in diesem Land!«

»Eine große Bitte hätte ich noch, Großmutter: Frittiere sie

lieber in Schmalz und nicht in Öl, und heb zwei schöne Portionen für mich für heute Abend auf, wärst du so nett?«

»Sechs Chuuschuur und ein Murmeltier für jeden von euch beiden.«

Yeruldelggers Anwesenheit und kulinarisches Interesse, die Hitze vom Herd und der würzige Geruch des Wildfleischs hatte die Frauen in fröhliche, angeregte Stimmung versetzt. Die Alte gab einer der jungen Frauen mit einer Geste zu verstehen, sie solle für den Gast ein Bier aus dem Kühlschrank holen. Sie zog eine Flasche Chinggis-Bier mit den beiden sich aufbäumenden Pferden auf dem Etikett heraus, auf dem sich sofort Wassertropfen bildeten, aber Yeruldelgger lehnte dankend ab. »Herzlichen Dank, meine Liebe, aber könnte es nicht sein, dass du auch noch irgendwo ein Schlückchen destillierte Yakmilch versteckt hast? Das fände ich als Appetitanreger jetzt sehr fein.«

»Den ganzen Archi-Schnaps behält dieser Typ für sich, versteckt die Flaschen unter seinem Bett! Das Einzige, was ich dir anbieten könnte, wäre Airag, aber der ist sehr gut. Ich habe ihn selbst hergestellt. Im Sommer melke ich die Stute dafür achtmal am Tag; den Schlauch aus Rinderhaut, in dem die Milch fermentiert, habe ich selbst genäht, und ich schlage die Milch darin jeden Tag zwei Stunden lang selbst, denn der Mann hier ist dessen nicht würdig.«

»Dann nehme ich gern die vergorene Stutenmilch!«, willigte Yeruldelgger fröhlich ein.

Eine der jungen Frauen brachte ihm ein Glas, das groß war wie ein Krug, und Yeruldelgger nahm genüsslich einen Schluck. Nun hatte er den Eindruck, genug Vertrauen gewonnen zu haben, um auf das eigentliche Thema zu sprechen zu kommen, dessentwegen er sich bei ihnen eingeschmeichelt hatte. »Weißt du, Großmutter, im Hinblick auf das, was du mir vorhin über die Saufgelage der Koreaner und ihr schlechtes Benehmen euch gegenüber erzählt hast. Da brauchst du dir keine Sorgen zu machen: Heute Abend werden sie es nicht wagen, euch anzufassen, und morgen sind sie wieder weg!«

»Hör mal, mein Junge, du magst ja gerne groß und stark sein, aber das sind um die zwanzig Leute, und außerdem macht sie der Wodka hemmungslos. Ich kann dir sagen, die führen sich auf wie Besatzer, die ein von wilden Stämmen bewohntes Land erobern. Und wir sind quasi in dem Preis enthalten, den jemand dafür bezahlt hat, dass sie sich gut amüsieren. Deine Ankündigung ist zwar vielversprechend, aber du solltest nur Dinge versprechen, die du auch halten kannst.«

»Sieh mich an, Großmutter«, insistierte Yeruldelgger, nahm ihre Hände in seine und setzte sich ihr direkt gegenüber. »Sieh mir in die Augen und sage mir, ob du nicht daran glaubst, dass ich dazu in der Lage wäre?«

Die alte Mongolin wollte sofort antworten, doch dann kreuzte ihr Blick den von Yeruldelgger. In seinen Augen erkannte sie eine unerschütterliche Entschlossenheit. Felsenfeste Überzeugung. »Vielleicht schaffst du es tatsächlich. Vielleicht wird alles gut. Aber hüte dich vor dem Bären! Er ist ein Verräter, ein durch und durch verschlagener, nachtragender Mensch. Auch er ist groß und stark. Und mit ihm ist es aus, wenn du ihm das Gelage mit den Koreanern vermasselst.«

»Ihr nennt ihn den Bären?«

»Wegen ihm wird die ganze Anlage hier Bären-Camp genannt.«

»Ich dachte, der Name stammt von den Braunbären hier in der Gegend.«

»Die gibt es natürlich auch, vor allem jetzt im Hochsommer sieht man sie gelegentlich in den Wäldern in der Umgebung. Sie sind ganz verrückt nach Heidelbeeren und anderen Beeren, die auf den Lichtungen wachsen. Aber diese Tiere sind für uns weniger gefährlich als dieser ständig besoffene Abschaum.«

»Ist er noch für andere unglückliche Vorfälle verantwortlich, außerdem, was dem armen Mädchen passierte, als es Feuer fing wie eine Fackel?«

»Andere unglückliche Vorfälle?«, rief die alte Mongolin tief betroffen. »Seinetwegen ist unser ganzes Leben tagtäglich ein einziges Unglück!«

»Entschuldige, was ich sagen wollte, war: Kam es noch zu anderen Vorfällen im Zusammenhang mit den Gelagen der Koreaner?«

»Im Zusammenhang mit den Koreanern?« Die alte Frau wirkte erstaunt. Ihr Blick wurde eine Spur skeptischer. »Was soll denn sonst noch mit den Koreanern gewesen sein?«

»Ein schwerer Unfall vor fünf Jahren. Ein kleines Mädchen, das von einem Quad umgefahren wurde.«

»Ach das? Ja, hübsches kleines Ding. Hat schwer was abbekommen. Einer von den Motorradfahrern hat sie gleich nach Ulaanbaatar gebracht. Davon hat man später nie mehr was gehört. Ich hoffe sehr, dass die Kleine sich davon wieder erholt hat.«

»Nein ...«, sagte Yeruldelgger mit festem Blick auf die alte Mongolin, die den Kopf gesenkt hatte.

Langsam hob sie wieder den Blick, und er konnte sowohl eine große Trauer darin erkennen als auch eine tief sitzende, fast panische Angst. Er war sich absolut sicher, dass sie noch mehr wusste, als sie bisher gesagt hatte.

»Warum haben ihre Eltern sie nicht in dem kleinen blauen russischen Wohnmobil, mit dem sie gekommen sind, nach Ulaanbaatar gefahren?«

Mit einem Mal riss sich die alte Köchin wieder zusammen. Sie wischte sich die Hände an dem Geschirrtuch ab, das sie am Gürtel trug, und stand unvermittelt auf. Ihre Miene wirkte jetzt verschlossen, die beiden anderen blickten ratlos. »Du musst jetzt von hier verschwinden. Gästen ist der Zutritt zur Küche verboten.«

Sie schob Yeruldelgger regelrecht vor sich her nach draußen und sah ihm nach, wie er sich auf den Weg zu seiner Jurte machte. Als er sich ein letztes Mal zu ihr umdrehte, hielt sie seinem Blick stand, ohne nachzugeben, aber auch ohne Wut.

Als Yeruldelgger die Jurte betrat, fand er Colette beinahe splitternackt vor. Ihr wohlgeformter Körper wirkte fest und ihre Brüste ein wenig schwer, als sie sich vorbeugte, weil sie gerade in ihr Höschen schlüpfen wollte. »He, normalerweise bekomme ich dafür Geld!«

»Habe ich denn nicht bereits für zehn Tage im Voraus bezahlt«, erwiderte Yeruldelgger ohne falsche Scham.

Colette zog sich ein Sweatshirt in Blassviolett und Gelb über, den Farben der Lathorpe High School, und schlängelte sich in viel zu enge Jeans. »Ich muss dir was sagen«, begann sie, Yeruldelgger den Rücken zugewandt. »In dem letzten Chalet da unten, das dem See am nächsten ist, warten vier Mädchen auf eine Gruppe Koreaner.«

»Na und?«

»Das sind Minderjährige, Teenager um die vierzehn, fünfzehn. Sie spielen miteinander, wie Mädchen in ihrem Alter das tun. Auf dem Boden sind Matratzen ausgebreitet; sie tanzen, hören ihre Musik, kichern herum und veranstalten Kissenschlachten.«

»Mach's kurz, bitte! Was willst du mir damit sagen?«

»Das will ich dir damit sagen«, erwiderte Colette, nachdem sie sich zu ihm umgedreht hatte und mit einem Mal sehr ernst wirkte. »Ich habe in ihren Augen etwas gesehen, das ich nur allzu gut kenne. Sie haben eine Mordsangst. Sie albern dort herum, weil sie die Angst damit unterdrücken wollen. Ich kenne solche Blicke, das kannst du mir glauben. Ich erkenne so was sofort. Diese Mädchen werden die Koreaner heute Abend nicht nur bedienen, und das, was von ihnen erwartet wird, wird ihnen mit Gewalt abverlangt werden.«

»Bist du dir dessen sicher?«

»Also hör mal, du weißt doch, in welchem Gewerbe ich mein Geld verdiene!«

»Ist gut, ich glaube dir. Soll ich mich darum kümmern?«

»Lass nicht zu, dass diese Mädchen in eine solche Mühle geraten.«

»Weißt du, wer dahintersteckt?«

»Das ist der Chef des Camps, anscheinend ein brutaler Typ, den sie den Bären nennen und der sie regelrecht terrorisiert. Yeruldelgger, ich hab auch noch was anderes in diesen Blicken gesehen.«

»Was denn?«

»Sie haben das alles schon mal durchgemacht. Dieser Typ hat sie alle vergewaltigt, um sie zu entjungfern. Das sieht man in ihren Blicken, verstehst du. Diese verlorene Unschuld…«

»Weißt du, wo sie herkommen?«

»Aus dem Dorf weiter unten. Eine von ihnen ist die Tochter des Lebensmittelhändlers, soweit ich verstanden habe.«

»In Ordnung. Hier, nimm die«, sagte Yeruldelgger und zog seine Pistole aus dem Gürtel. »Weißt du, wie man damit umgeht?«

»Ist gar nicht nötig, ich hab meine da«, erwiderte sie und zog eine Makarow aus ihrer kleinen Handtasche.

»Umso besser. Dann pass auf dich auf und zögere nicht zu schießen, wenn es gefährlich wird. Der Typ ist brutal.«

»Mach dir keine Sorgen um mich. Kümmere dich lieber um die Kinder.«

Yeruldelgger steckte seine Waffe wieder ein und verließ die Jurte. Er bemerkte, wie die alte Mongolin ihn von der Küchentür aus beobachtete. Zwei Jungen hatten mitten auf der Wiese ein riesiges Lagerfeuer aufgeschichtet. Als sie ein brennendes Streichholzheftchen hineinwarfen, wurde Yeruldelgger klar, dass sie das Holz über mit Benzin getränktem Werg aufgeschichtet hatten. Der große Holzhaufen ging mit einem heißen Zischen fast explosionsartig in Flammen auf, was das ganze Camp für einen Moment erzittern ließ. Dann schien es so, als käme die Druckwelle zurück, und aus dem hell auflodernden Scheiterhaufen schossen nun rauchende Flammen weit in den wolkenverhangenen Himmel. Zuerst waren die beiden Jungen selbst etwas erschrocken und von dem Sog leicht benommen, dann betrachteten sie grinsend die schweren, dunklen Rauchwolken.

Yeruldelgger hätte ihnen am liebsten den Hintern versohlt, damit sie sich nie wieder trauten, das große Lagerfeuer auch nur mit kleinen Ästen und Zweigen in Gang zu setzen. Aber der kritische Blick der alten Frau aus der Ferne trieb ihn dazu, weiter bis zum Auto zu gehen. Er wollte möglichst rasch ins Dorf. Gleich nach der ersten Kurve bemerkte er den »Bären«, der mitten auf einer Weide stand und ihm hinterherblickte.

Nachdem er das Dorf erreicht hatte, fragte er die Erstbeste, die er traf, und fragte sie, wo der Lebensmittelladen war. Die Greisin wusch gerade Heidelbeeren in einer großen Metallwanne und erklärte ihm den Weg. Zwei Minuten später betrat er das kleine Geschäft durch die offen stehende Tür. Ganz im Sinne altehrwürdiger mongolischer Tradition und in scharfem Kontrast zu den Gepflogenheiten in Ulaanbaatar hatte die Frau hinter der Theke es nicht eilig, sich nach seinen Wünschen zu erkundigen. Yeruldelgger war grußlos eingetreten, und sie begnügte sich damit, den großen, breitschultrigen Mann von unten herauf zu betrachten.

Der Laden hatte das übliche gemischte Sortiment der Rundumversorger auf dem Land: von einem kleinen Angebot an Gemüse über amerikanische Billigkleidung, abgelaufene Reinigungsmittel, einfache Werkzeuge, Batterien, Schnüre, Milch, Mineralwasser, Limonaden und allerlei Konserven bis hin zu neonfarbenen Bonbons. Von der Decke hingen geflochtene Körbe, japanische Koffer, metallene Waschschüsseln und Teekannen herab. Schweigend betrachtete Yeruldelgger unter dem schrägen Blick der Frau hinter der Theke das ganze Sortiment; dann trat er auf sie zu. »Hat deine Tochter einen Job da oben in dem Camp?«

»Ja«, antwortete die Frau misstrauisch.

»Hol deinen Mann her!«

»Wie? Warum?«

»Hol deinen Mann, aber dalli!«

Ziemlich eingeschüchtert verschwand die Frau nach hinten und kam gleich darauf mit ihrem Mann zurück. Er wirkte viel zu freundlich und entgegenkommend, um seine Besorgnis zu kaschieren. »Was kann ich für dich tun?«

»Für mich kannst du gar nichts tun, du Dreckskerl, aber deine Haut kannst du retten, wenn du tust, was ich dir sage.«

»Wie bitte? Aber was ...?«

»Halt die Klappe und hör mir zu. Kennst du auch die anderen Mädchen, die zusammen mit deiner Tochter oben bei dem Bären im Camp sind?«

»Aber ja«, stammelte der Mann völlig überrumpelt. »Ja, ich kenne sie, ich kenne sie alle!«

»Dann schick deine Frau zu deren Eltern los, sie soll sie alle hier zusammentrommeln. Ich will alle in fünf Minuten hier sehen!«

Das Ladenbesitzerpaar blieb wie angewurzelt hinter der Theke stehen; sie waren vor Angst wie gelähmt.

»Na macht schon! Dalli!« Yeruldelgger schlug mit den Handflächen auf die Theke.

Das Paar zuckte zusammen, und die Frau verschwand im Hinterzimmer wie eine Kakerlake in einer Ritze. Der Kommissar verharrte schweigend gegenüber dem eingeschüchterten Händler, bis die Frau mit den übrigen Eltern zurückkam. Es waren allesamt arme, abgearbeitete Leute um die vierzig; ihren Gesichtern und Händen waren die Spuren von harter Arbeit und einem kargen Leben deutlich anzusehen; sie waren gewöhnt, zu Kreuze zu kriechen und die Augen niederzuschlagen. Aber keine noch so große Notlage in ihrem Leben war eine ausreichende Rechtfertigung dafür, was ihren Töchtern mit ihrem stillschweigenden Einverständnis angetan werden sollte.

»So, jetzt sind wir alle versammelt.« Der Händler versuchte es mit einem vorsichtigen Lächeln. »Was willst du von uns, mein Sohn?«

»Ich bin nicht dein Sohn. Sag so etwas nie wieder zu mir!«, brüllte Yeruldelgger und packte den Mann am Kragen seines schäbigen Deels. »Gott bewahre, ich will nicht dein Sohn oder der von irgendeinem von euch sein!«

Alle traten erschrocken einen Schritt zurück; teils reflexartig, teils aus Angst falteten die Frauen alle die Hände wie flehentlich vor der Brust.

»Aber was haben wir denn getan?«, wimmerte der Mann, den der Kommissar immer noch am Kragen festhielt und der sich auf die Zehenspitzen stellen musste, um noch Luft zu bekommen.

»Was ihr gemacht habt? Ihr habt eure Töchter diesem Abschaum namens Bär überlassen! Eure eigenen Töchter! Das Fleisch von eurem Fleisch!«, schrie Yeruldelgger sie an.

»Aber unsere Mädchen haben dort oben Arbeit bekommen«, erwiderte die Frau des Händlers.

»Ach ja? Und was denkt ihr, welche Art Arbeit sie dort verrichten?«

»Na ja, sie sind halt dort im Camp beschäftigt«, ergriff eine andere Frau das Wort. »Sie putzen und räumen die Jurten und Chalets auf, sie helfen in der Küche, bedienen die Gäste ...«

»Schwachsinn!«, fiel Yeruldelgger ihr ins Wort und ließ den Händler los, der wie ein nasser Sack in sich zusammenfiel. »Diesen Blödsinn will ich nicht hören. Eure Töchter prostituieren sich für die durchreisenden Koreaner, und ihr alle wisst das ganz genau!«

»Wie kannst du es wagen, so etwas zu sagen? Wie kannst du behaupten...«

»Ich behaupte es, weil ich es mit eigenen Augen gesehen habe!« Yeruldelgger fuchtelte mit dem Finger vor der Nase des Mannes herum, der gerade gesprochen hatte. »Es ist nicht besonders schwer, den Blick eines Teenagers zu entschlüsseln, der bereits vergewaltigt wurde und weiß, dass ihm das bald wieder bevorsteht. Mir könnt ihr nichts vormachen, ihr Heuchler. Jeder von euch weiß ganz genau, was sich in diesem Camp abspielt, und ihr kotzt mich an! Habt ihr mich verstanden? Ihr kotzt mich an, und ich hätte nicht übel Lust, euch sämtliche Knochen zu brechen. Am liebsten würde ich euch kurz und klein schlagen und eure Läden und eure Häuser am besten gleich mit! Wie kann man so tief sinken, dass man die eigene Tochter verkauft?«

Er schwang drohend seine Faust über den Köpfen der Leute, die nun eng zusammenrückten und bereit gewesen wären, alles widerstandslos über sich ergehen zu lassen.

»Moment mal, Moment mal!« Es war der Händler, der Widerspruch anmeldete, nachdem er sich wieder aufgerichtet hatte. »Du hast eben gar keine Ahnung, wie es hier ist, in was für einem Elend wir hier leben. Dieses Camp ist weit und breit die einzige Möglichkeit, ein bisschen Arbeit zu bekommen, ein bisschen Geld zu verdienen. Wir können es uns nicht leisten, irgendetwas zurückzuweisen, was der Bär von uns verlangt. Du kennst ihn nicht. Der Kerl ist ein Ungeheuer. Ich habe es versucht, ich habe es immer wieder versucht, das schwöre ich dir, für das, was mir am teuersten ist, ich habe immer wieder darum gebettelt, ihm nicht meine kleine Odval schicken zu müssen. Tags darauf kam er und hat eine meiner Ziegen mit einem Faustschlag getötet, einfach so, vor meinen Augen. Mit einem einzigen Faustschlag, ich schwöre es dir!«

Die Übrigen nickten dazu und drängten sich vor lauter Angst dicht zusammen.

»Na und?«, zischte Yeruldelgger. »Wenn du ein Mann wärst, würdest du für deine Tochter sterben. Männer geben ihr Leben für ihre Kinder. Hast du denn gar keine Ehre im Leib? Ein Mann beschützt seine Tochter mit seinem Leben. Ist deine Tochter denn weniger wert als eine Ziege? Hast du mehr Angst um deine Ziegen? Wo sind sie denn, deine Ziegen? Sag's mir, wo sind sie?« Er stieß die Leute beiseite und bahnte sich einen Weg in die hinteren Räume. Beim Durchqueren der armseligen Zimmer stieß er Möbel und Geschirr um, bis er den Hinterausgang dieser Bruchbude gefunden hatte, die auf einen schmutzigen Hof hinausführte. Die kleine Menschentraube lief mit Trippelschritten hinter ihm her; sie flehten den Himmel um Verzeihung an und baten ihn um Gnade.

»Sind das deine Ziegen dort? Sind sie das?«, rief Yeruldelgger und trat einen niedrigen Zaun ein, wo die kleine Herde magerer Tiere eingepfercht war. »So, und jetzt werde ich dir zeigen, was ich mit deinen Ziegen mache.«

Das Tier hatte nicht einmal mehr Zeit, vor Angst zu reagieren und wegzuspringen. Von Yeruldelggers Hieb getroffen, sank es leblos in den Matsch. Auf der anderen Seite des Zauns war der Händler regelrecht zusammengebrochen und flehte Yeruldelgger im Dreck kniend an. »Ich bitte dich, ich bitte dich inständig! Sie sind alles, was wir noch zum Leben haben! Töte sie nicht! Lass meine Ziegen am Leben!«

Yeruldelgger beugte sich zu ihm hinunter, packte ihn an seinem Deel, zerrte ihn über den Zaun und warf ihn mitten in den Pferch wie einen Strohballen vor seine eigene Herde, die verschreckt zurückgewichen war. »Du wimmerst hier um das Leben deiner Ziegen, aber deine eigene Tochter lässt du für ein bisschen Kleingeld missbrauchen? Wie passt das zusammen? Sag's mir! Sag mir, wie das zusammenpasst, sonst zieh ich deinen Ziegen hier einer nach der anderen eins über den Schädel!«

Der Mann lag auf den Knien vor Yeruldelgger, der wie ein

Berg drohend über ihm aufragte. Er weinte hemmungslos, sein ganzer Körper wurde von Schluchzern geschüttelt, er bot ein Bild tiefster Erniedrigung.

»Für nichts!«, klagte er lauthals. »Für nichts und wieder nichts habe ich ihm meine kleine Odval einfach überlassen! Für nichts!«

Nun stieg seine Frau über den umgefallenen Zaun, um ihm aufzuhelfen. Endlich sah Yeruldelgger in ihrem Blick, dass er erreicht hatte, was er von diesen Leuten wollte. Sie beugte sich zu ihrem Mann hinunter, schob die Hände unter seine Achseln und zog ihn sanft, aber bestimmt nach oben. Dabei sah sie aber Yeruldelgger fest in die Augen. »Für nichts, das ist wahr. Alles aus reiner Angst. Wir haben unsere Mädchen diesem Ungeheuer aus reiner Angst überlassen, und damit sind wir im Grunde noch schlimmer als er. Seit vielen Monaten belastet mich diese Scham, jede Nacht wird sie zum Albtraum, jedes Schweigen darüber wirkt wie ein Eingeständnis!«

»Das stimmt«, sagte eine andere Frau, die herbeigeeilt war, um ihr beim Aufrichten des Mannes zu helfen, der sich die Tränen vom Gesicht wischte. »Das ist alles so beschämend, aber wir haben es zugelassen, wir wussten wirklich nicht mehr, was wir taten. Wie konnten wir nur ...«

»Wie konnte das passieren?«, schrie ein anderer Mann und stieg über den Zaun. »Wie ist es dem Kerl gelungen, uns zu solcher Niedertracht zu verleiten?«

»Schluss jetzt!«, rief Yeruldelgger. »Hört auf mit diesem Gejammer über euer Elend. Was ihr gemacht, beziehungsweise zugelassen habt, ist absolut unverzeihlich, ich verachte euch dafür! Aber vielleicht habt ihr jetzt Gelegenheit, wenigstens ein Stück von eurer Würde zurückzugewinnen und zu retten, was zu retten ist. Fahrt sofort rauf ins Camp und holt eure Kinder dort ab. Noch ist Zeit dafür, noch sind die Koreaner nicht da. Fahrt hin, holt sie wieder nach Hause zurück, kümmert euch um sie und tröstet sie. Und wenn dieser Bär sich euch in den Weg stellt, dann schlagt ihm einfach den Schädel ein. Habt ihr mich verstanden?«

»Einverstanden.« Einer der Männer wandte sich den Frauen zu. »Bereitet zu Hause alles für den Empfang vor, wir fahren zu dritt hin und ...«

»Das kommt gar nicht infrage! Wir kommen auch mit«, unterbrach ihn die Frau des Händlers, »und wenn es nicht anders geht, schlagen wir dem Bären wirklich den Schädel ein, das können wir Frauen auch.«

»Sie hat recht!« Eine weitere Frau nickte eifrig. »Und wenn wir mit unseren Mädchen zurück sind, schlagen wir auch dem Schrotthändler den Schädel ein!«

»Dem Schrotthändler? Welchem Schrotthändler?«, hakte Yeruldelgger erstaunt nach.

»Na, dem Schrotthändler. Dem Bruder des Bären. Er wohnt am Ende des Dorfes, hat dort eine Art Autowerkstatt, wo er alles Mögliche repariert, auch Motorräder und so. Er spielt ein übles Spiel mit uns, denn er ist der jüngere Bruder des Bären und meint, er könnte sich alles Mögliche rausnehmen. Spioniert uns immer hinterher. Er ist es, der uns eigentlich ständig terrorisiert und der die Mädchen ausgesucht hat. Aber damit ist jetzt Schluss!«

»Kümmert euch jetzt um eure Töchter und habt keine Angst! Ich kümmere mich in der Zwischenzeit um diesen Schrotthändler«, sagte Yeruldelgger, von einer bestimmten Vorahnung getrieben, und ließ sich rasch den Weg erklären.

Wenige Minuten später stand er vor einer Art fensterlosem Gehöft, das aus ein paar Holzschuppen rund um eine an einem Betonbehälter befestigte Zapfsäule bestand; es lag direkt neben der Staubstraße, die aus dem Dorf hinausführte. Im Hof lag haufenweise Altmetall, dazu alte Reifen, abgewrackte Fahrzeuge aller Art, dazu kamen ein paar Gehege, in denen Ziegen und

Schafe und sogar zwei Pferde herumliefen. Yeruldelgger durchquerte zwei oder drei davon, bis er vor einem Schuppen stand, wo ein Mann damit beschäftigt war, die Spitze einer Stahlstange zurechtzufeilen. Er hatte in der Tat eine gewisse Ähnlichkeit mit dem Bären, wirkte aber kleiner und weniger kräftig. Der Mann trug einen blauen burjatischen Deel mit Hirschhornknöpfen. Yeruldelgger ging direkt auf ihn zu und packte den völlig verblüfften Mann, ohne ein Wort zu sagen, mit der Faust. Als er ihn hochhob, entdeckte er ein Amulett, das dem Mann um den Hals hing; es gab Yeruldelgger die Gewissheit, dass er richtiglag.

Er trug den Mann am ausgestreckten Arm vor sich her quer durch die kleine Werkstatt und schmetterte ihn gegen ein Holzregal an der Wand. Der Schrotthändler prallte so heftig mit dem Rücken dagegen, dass das ganze Regal ins Wanken geriet und alle möglichen Gegenstände auf ihn niederprasselten – Ölkanister, kleine Kannen, Kartons voller Glühlampen für Scheinwerfer, Bremsbeläge und Werkzeug. Bevor der Mann überhaupt fassen konnte, wie ihm geschah, warf Yeruldelgger ihn auch schon erneut auf die andere Seite der Werkstatt. Ein Mann tauchte aus dem Nichts auf, wollte dem Schrotthändler zu Hilfe eilen, doch der Kommissar setzte ihn mit einem einzigen Schlag mit dem Handrücken ins Gesicht außer Gefecht und kümmerte sich nicht weiter um ihn.

Der Schrotthändler nutzte die kurze Unterbrechung, um einigermaßen sein Gleichgewicht wiederzufinden, und griff nach einer Brechstange, die er zur Verteidigung vor sich hielt. Niemals zurückweichen, einen Angriff durch einen Schritt nach vorn parieren, den Gegner aus der Balance bringen ... Im Vorbeigehen griff Yeruldelgger seinerseits nach einem kleinen Amboss auf einer Werkbank und hob ihn hoch. Der Schrotthändler hielt die Brechstange vor sich, um seinen Kopf zu schützen, aber der Kommissar zielte mit dem Amboss auf seine Fußgelenke. Wortlos sackte der Mann über seinem zertrümmerten Fuß zusammen; er war hart im Nehmen, wie sein Bruder, aber seine Augen waren panisch geweitet.

»Denk mal an das blaue Uljanowsk-Wohnmobil, vor fünf Jahren. Hast du es damals auf dem Gebrauchtwagenmarkt in Ulaanbaatar an den Kasachen verhökert?«

»Welches blaue Wohnmobil?«

Yeruldelgger trat noch einmal fest mit dem Absatz auf den ohnehin schon halb zerquetschten Fuß des Schrotthändlers, der diesmal aufschrie, aber weniger vor Schmerz als vielmehr vor Angst, wie Yeruldelgger sehr wohl bemerkte. Er bückte sich, hob den Amboss vom Boden hoch und hielt ihn dem Mann unter die Nase.

»Bei jeder Lüge breche ich dir damit ein Fingerglied.«

»Es war mein Bruder! Mein Bruder! Der Bär hat mir den Auftrag gegeben, nach Ulaanbaatar zu fahren, um ihn dort zu verscherbeln.«

»Aber du warst es, der vorher alle Einbauten abmontiert hat?«

»Ja, das habe ich gemacht! Der Bär meinte, so würde er sich leichter verkaufen lassen.«

Yeruldelgger schlug dem Mann heftig gegen die Schulter, und der völlig verängstigte Mann hörte nur, wie sein Schlüsselbein brach.

»Du lügst schon wieder! Ihr beiden habt den Wagen ausgeräumt, um das Blut und sonstige Spuren von seiner Mordtat verwischen zu können, stimmt's?«

»Ja, das stimmt! Es stimmt! Schlag mich nicht mehr! Ich bitte dich! Nicht mehr schlagen! Ja, er hat gesagt, dass ich es so machen soll!«

»Mal unter uns, meinst du, dass die Opfer deines Bruders genauso geweint und darum gefleht haben, dass er sie in Ruhe lässt und sie nicht weiter misshandelt? Hä? Wie war das? Haben diese bemitleidenswerten Menschen nicht genauso um Erbarmen gefleht?«

»Aber ich musste ihm doch dabei helfen! Das war meine Pflicht! Er ist mein Bruder! Außerdem hätte er mich sonst umgebracht!«

Yeruldelgger ließ den Schrotthändler los, der stöhnend neben ihm zusammenbrach.

»Was hast du mit den Sachen gemacht, die du aus dem Wagen ausgebaut hast?«

»Weiß ich nicht mehr. Im Lauf der Zeit habe ich das eine oder andere verkauft oder woanders verbaut, manches habe ich auch wegge…«

»Finde sofort etwas aus dem Wagen, das du behalten hast. Sonst breche ich dir beide Knie!«

»Das Bett! Das Bett! Ich habe das Bett behalten! Ich habe es für meine Kinder genommen. Sie schlafen darauf. Es ist hier bei uns im Haus, gleich nebenan in ihrem Zimmer! Tu mir nichts, bitte!«

»Du hast dieses Bettgestell, auf dem unschuldige Menschen massakriert wurden, als Geschenk für deine Kinder behalten? Das hast du getan? Und da glaubst du, ich könnte dich verschonen? Was hast du sonst noch behalten, du perverses Schwein?«

Resigniert senkte der Mann den Kopf, als hätte er mit allem abgeschlossen und wartete nur noch auf den letzten Schlag wie jemand, der nichts mehr zu erwarten und sich völlig seinem Schicksal ergeben hat. »Das Spielzeug. Das Spielzeug des kleinen Mädchens. Ich habe auch eine kleine Tochter; für sie habe ich die Sachen behalten.«

Yeruldelgger holte mit dem Amboss aus und ließ ihn mit Wucht zwischen die Beine des Schrotthändlers fallen, wo er sich in die gestampfte Erde rammte. Vor Angst zuckte der Mann zusammen und nässte sich ein. Yeruldelgger packte ihn an der noch intakten Schulter und zog ihn mit eisernem Griff wieder hoch. Dann schleifte er ihn zu seinem Wagen; dass er dabei von mehreren Augenpaaren in der unmittelbaren Umgebung beobachtet wurde, war ihm vollauf bewusst. Er fuhr zum Lebensmittelladen zurück und zerrte den Schrotthändler nach hinten in den Ziegenpferch. Dort band er ihn inmitten des Matsches und Ziegenkots in sitzender Haltung an einen Pfosten des Gatters an. Im Laden fand er eine Rolle Klebeband und wickelte es ihm um den Mund. Aber der Schrotthändler war ohnehin nicht mehr in der Lage, um Hilfe zu rufen. Er stand dermaßen unter Schock, dass er nur noch winselte.

Bevor er sich auf den Weg ins Camp machte, um die Dorfleute dort davor zu warnen, was sie bei ihrer Rückkehr erwartete, schaute Yeruldelgger auf seinem Mobiltelefon nach, ob er hier Empfang hatte. Dann versuchte er, Solongo anzurufen.

69

… packte Kushis kleine Sandalen sorgfältig ein

Solongo hatte es Billy überlassen, die Ermittlungen im Fall des überfahrenen Mädchens und im Fall des Chinesen-Massakers weiter voranzutreiben, und konzentrierte sich auf die Neuuntersuchung der Umstände von Kushis Tod. In der vergifteten Atmosphäre, die seit Mickeys Ermordung und der darauffolgenden Inhaftierung von Chuluum im Kommissariat herrschte, traf sie auf keinerlei Widerstand, weil sie den Fall erneut aufrollen wollte. Sie hatte sich sämtliche versiegelten Asservate, die Zusammenfassung ihres eigenen Autopsieberichts und die Protokolle der Anhörung besorgt. Sie wollte nun strikt systematisch vorgehen, indem sie den Autopsiebericht und die Protokolle noch einmal gründlich durchsah, um festzustellen, ob es bereits hier irgendwelche Widersprüche gab, und schließlich sichtete sie die Beweisstücke aus der Asservatenkammer, um herauszufinden, ob alle Befunde übereinstimmten.

Beim erneuten Durchlesen des Autopsiebefundes konnte sie die Erinnerung daran nicht verdrängen, wie Yeruldelgger damals mit Kushis Leichnam im Arm die Tür zum Obduktionssaal aufgestoßen hatte. Er war ein gebrochener Mann gewesen. Als der Krankenwagen mit der Kinderleiche in der Notaufnahme eingetroffen war, hatte er sich geweigert, dass sein kleiner Liebling in einem schwarzen Plastiksack auf eine klapperige Rollbahre gelegt wurde. Obwohl es gegen die Vorschriften verstieß und das Risiko bestand, dass Beweise verfälscht wurden, hatte er Kushis Körper aus dem Synthetikgewebe des Leichentuchs ausgeschlagen und sie hochgehoben, um sie selbst zu Solongo zu bringen. Niemand hätte es gewagt, ihn davon abzuhalten. Damals galt Yeruldelgger unumstritten als der fähigste Kriminalbeamte in der Hauptstadt. Jeder Kollege und jede Kollegin teilte seinen Schmerz. Es waren dieselben Leute, die ihm in den folgenden Monaten vorwarfen, er hätte sich zu sehr auf seine Korruptionsermittlungen konzentriert, statt sein Kind zu retten.

Solongo war zwar Gerichtsmedizinerin, aber ihre Abteilung war personell und materiell nicht so gut ausgestattet, also musste sie gleichzeitig auch noch ein paar Aufgaben übernehmen, die eigentlich in die Zuständigkeit von Kriminaltechnikern gehörte. Anhand der verschiedenen Spuren und Materialproben, die man bei Kushi gefunden hatte, ließ sich leider nicht eindeutig feststellen, wo die Kleine gefangen gehalten worden war. Schon bei der damaligen Untersuchung wurden die Staubreste, Pollen und dergleichen, die man in ihrem Haar, auf der zarten Haut und in ihren Kleidern fand, sorgfältig untersucht. Man hatte rein gar nichts Auffälliges finden können. Es gab auch keinerlei Zeugen außer dem Autofahrer, der sie am Straßenrand gefunden hatte, wo sie so abgelegt worden war, dass man sie sehen musste, als hätte man gewollt, dass jemand sie findet. Solongo hatte alle Unterlagen mit nach unten in die Gerichtsmedizin genommen, um dort in aller Ruhe arbeiten zu können. Es war nicht sehr wahrscheinlich, dass jemand hier unverhofft auftauchte.

Sämtliche Gegenstände und Beweisstücke, die im Lauf der Ermittlungen aufgetaucht waren, lagen nun auf einem großen Tisch ausgebreitet vor ihr, und sie betrachtete alles einen Moment lang schweigend. Aber sie entdeckte nichts Neues. Es gab nichts, was ihr ins Auge sprang. Keine Spur, keinen Verdacht. Vielleicht hatte Yeruldelgger Erdenbats Handlanger doch nicht lange genug in der Mangel gehabt, um alles zu erfahren. Vielleicht fehlten noch ein paar Details. Wenn tatsächlich alles so abgelaufen war, wie Yeruldelgger kürzlich berichtet hatte, wie ließen sich dann die vorhandenen Beweisstücke mit Erdenbats Ranch in Verbindung bringen, wo Kushi angeblich festgehalten worden war? Der Wagen war gestohlen. Es hatte wenig Sinn, in dieser Richtung weiterzuermitteln. Aber die Ranch?

Sie ließ sämtliche Pflanzen und Baumarten, die im Tereldsch wuchsen, sowie etwaige Gesteinsvorkommen Revue passieren, doch nichts war so unverwechselbar, dass sich eine eindeutige Verbindung zwischen Erdenbats Ranch und den vorliegenden Asservaten hätte herstellen lassen. Sie hätte schon während der damaligen Ermittlungen dorthin fahren und Proben einsammeln müssen. Sie hätte sämtliche Pflanzen-, Blumen-, Sand- und Erdreicharten einsammeln müssen, um den Nachweis führen zu können, dass Kushi sich dort aufgehalten hatte. Solongo nahm die niedlichen kleinen, weiß und rosa gefärbten Hello-Kitty-Sandalen von Kushi in die Hand und legte sie wieder auf den Tisch. Aber damals hatte es eben keinen Grund gegeben, Erdenbats Ranch untersuchen zu lassen, niemand hatte ihn verdächtigt.

Die Schuhsohlen hatten tiefe Rillen, damit sie rutschfest waren, und die feste Erde, die sich darin festgesetzt hatte, war bereits von Solongo untersucht worden. Dazu hatte sie aus jeder Sohle eine ganze Rille freigekratzt, um die Herkunft der Erde zu bestimmen. Aber diese Erdkrümel konnten von jedem beliebigen Ort nördlich oder nordöstlich von Ulaanbaatar stammen. Sie nahm die kleinen Schuhe erneut in die Hand und schluchzte kurz auf; der Schmerz schnürte ihr beinahe die Kehle zu. Der Schilderung des Mannes zufolge war die arme Kleine gestorben, weil sie in ihren neuen Sandalen an einem Gebirgsweg den Abhang hinuntergerutscht war ...

Bei dem, was ihr gerade klar wurde, packte Solongo das Entsetzen. Hastig beugte sie sich erneut über ihren Autopsiebericht und blätterte nervös darin herum. »Punktförmige Zyanosen und Ekchymosen im Gesicht, Einblutungen ins Bindegewebe, laterale Prellungen ... kleine Splitterwunden mit Verkrustungen ... Einblutungen der Weichteile des Unterhautgewebes, Quetschungen des Muskelgewebes und der Schilddrüse ... Ekchymose im Bereich der hinteren Kehle unter der prävertebralen Aponeurose ... Läsion der Halsschlagader ... transversaler Riss der Tunica intima ...«

Solongo hatte nichts übersehen. Ihre damalige Autopsie war ebenso vollständig wie schlüssig, aber bei der Schlussfolgerung, die sie heute ziehen musste, lief ihr ein Schauer über den Rücken. Kushi war durch Strangulation gestorben, wie sie es vor fünf Jahren durch ihre Untersuchungen festgestellt hatte, und nicht an den Folgen eines Sturzes.

Sie blätterte noch einmal durch den Bericht, und ihre Augen füllten sich mit Tränen. Sowohl die Leichenflecke als auch der geringe Blutverlust wiesen eindeutig darauf hin, dass die Abschürfungen und Wunden durch einen Sturz erst *post mortem* entstanden sein konnten. Der Aussage des Mannes zufolge war nach dem Unfall ein Verbrechen vorgetäuscht worden, aber in Wirklichkeit war die arme kleine Kushi noch am Leben gewesen, bis sie erdrosselt worden war, so wie auch das andere überfahrene Mädchen noch gelebt hatte, als es vergraben wurde. Die gleiche Horrorvorstellung. Nur dass Kushis *post mortem* entstandene Wunden dieser Theorie widersprachen. Kushi war erdrosselt worden, bevor sie in die Schlucht fiel, und alles deutete darauf hin, dass ihr Körper dort nur deshalb hinuntergeworfen wurde, um einen Unfall vorzutäuschen. Aber zu welchem Zweck, wenn Erdenbat doch glauben machen wollte, dass seine kleine Geisel stranguliert worden war?

Solongo versuchte ihren Zorn zu beherrschen, indem sie

diese Szene gedanklich nachspielte. Der Tätowierte sitzt am Steuer und fährt. Erdenbat sitzt vermutlich mit der Kleinen hinten. Sie vertraut ihm vollkommen, schließlich ist er ihr Großvater; er gibt ihr ein Gefühl von Sicherheit. Vielleicht spielt er sogar irgendein kleines Spiel mit ihr. Gleichzeitig denkt er über die prekäre Situation nach, in der er sich befindet, denkt an Yeruldelggers verbissene Ermittlungen; die Fortschritte, die er dabei macht, dass er schon seine Komplizen im Visier hat. Und da beschließt er, Kushi zu töten. Es muss sein, es ist der nächste logische Schritt. Er wendet sich dem Kind zu und erdrosselt es, während der Fahrer völlig entgeistert im Rückspiegel alles beobachtet – dann ist es vorbei. Es kam zu keinem Unfall, zu keinem Sturz in einen Abgrund. Es ist schlicht ein kaltblütiger Mord. Nun ist Kushi nichts weiter als ein Chiffonpüppchen auf der Rückbank des Wagens, und Erdenbat beachtet sie nicht weiter. Er sagt dem Chauffeur, wo er hinfahren soll, und als er glaubt, eine passende Stelle gefunden zu haben, lässt er ihn wenden. Dann fahren sie die Strecke noch einmal entlang, nahe am Seitenstreifen, und er wirft Kushis Leiche zur Seitentür hinaus, der Wagen hält dabei nicht einmal an. Die postmortalen Wunden sind wie ein letzter Hohn nach all dem Entsetzen.

Solongo war sich ziemlich sicher, dass sie mit ihrer Hypothese richtiglag. Dem Tätowierten war es nur darum gegangen, Yeruldelggers Zorn zu besänftigen, indem er dieses Märchen von einem Unfall erfand, der im Nachhinein mit einem angeblichen Mord kaschiert werden sollte, aber beim wesentlichen Punkt hatte er nicht gelogen: Erdenbat war vor Ort gewesen, und er war es, der die Kleine erwürgt hatte.

Solongo dachte an ihren Freund. Wie sollte sie ihm diese grausame Tatsache beibringen? Ihm, den sie schon so lange Zeit heimlich geliebt hatte und der nun tatsächlich ihr Geliebter war. Wie konnte sie ihm erneut mit diesen niederschmetternden Fakten den Boden unter den Füßen wegreißen?

Sie hielt immer noch Kushis kleine Sandalen in den Händen. Kushi hatte sie sicher über alles geliebt. Sie wusste, es war idiotisch von ihr, aber sie wollte es dennoch tun. Das ganze Kommissariat war in den letzten Tagen ohnehin so ein chaotischer Hühnerhaufen geworden, dass es sicherlich niemanden kümmerte. Vielleicht war es auch ein Fehler, vielleicht wollte Yeruldelgger so etwas gar nicht, vielleicht blutete ihm dabei eher das Herz, als dass es ihn tröstete, dennoch entschied Solongo, dass sie ihm die kleinen Hello-Kitty-Sandalen, die Kushi einmal getragen hatte, geben wollte. Was kümmerten sie die Asservate? Die ganze Angelegenheit war längst erledigt, es gab keine Anhaltspunkte, die auf Erdenbat wiesen. Und wenn sie irgendwo einmal ein Ende finden sollte, dann sicherlich nicht vor Gericht. Wenn Erdenbat und Yeruldelgger die letzten verbliebenen Protagonisten in all diesen Dramen waren, dann würde diese Angelegenheit zwischen ihnen beiden geregelt werden, fern von allen anderen.

Mit den Sandalen in der Hand ging Solongo hinüber zu einem der Seziertische und griff nach der kleinen Handbrause, mit der sie für gewöhnlich die Leichen wusch. Sie drehte die Sandalen um, um die Reste angetrockneter Erde von den Sohlen zu spülen. Weil sie sich an manchen Stellen immer noch nicht lösten, drehte sie das Wasser weiter auf und hielt den Wasserstrahl schräg auf die Sohlen, wobei sie darauf achtete, dass das Leder nicht nass wurde. Sie hörte, wie ein kleines Steinchen auf die Metalloberfläche des Seziertisches fiel, und drehte instinktiv das Wasser ab. So ein Steinchen war unter Umständen ein brauchbarer Beweis, viel besser als Erde. Vielleicht handelte es sich um eine ganz bestimmte Art von Kies oder ein besonderes Mineral.

Zuerst suchte sie die stählerne Oberfläche des Tisches ab, fand aber nichts. Ohne die vermutete Stelle aus den Augen zu lassen, griff sie nach oben zu der großen Gelenklampe, die von der Decke hing, und zog sie näher heran, um in ihrem Licht mehr erkennen zu können. Immer noch nichts. Dabei war sie sicher, den metallischen Klang eines Aufpralls gehört zu haben, auch wenn es nur ein kleiner Gegenstand gewesen sein konnte. Dann betrachtete sie eingehend die Rinnen auf beiden Seiten, durch die Blut und andere Körperflüssigkeiten abfließen konnten, und endlich fand sie ihn in einem feinen Filter, der verhinderte, dass selbst kleinste Beweisstücke vom Wasser weggeschwemmt wurden. Zuerst beugte sie sich über den Filter, um das kleine Objekt genau zu betrachten, ohne es zu berühren. Es handelte sich um eine kleine, vollkommen runde Perle in einem purpurnen Farbton ... eine hübsche Glasperle.

Vorsichtig hob Solongo sie mit einer Pinzette auf und legte sie in ein transparentes Schächtelchen. Dann ging sie hinüber zu dem Tisch, auf dem sie die Asservate ausgebreitet hatte, und durchsuchte alles, vor allem Kushis Kleidungsstücke, nach etwas, zu dem die kleine Perle passen könnte. Doch sie fand nichts dergleichen, weder ein entsprechendes Halsband oder Armband noch sonst ein Schmuckstück.

Nun nahm sie die kleine Schachtel wieder in die Hand und betrachtete sie noch einmal sorgfältig von allen Seiten, bis ihr auffiel, dass es sich keineswegs um eine Perle in dem Sinn handelte, wie sie zuerst gedacht hatte. Das runde Ding hatte kein Loch, konnte also wohl kaum eine Schmuckperle sein. Sie stellte die Schachtel auf den Seziertisch, zog noch einmal den Lampenschirm heran und nahm außerdem eine starke Lupe zur Hand. Es war eine perfekt runde kleine Kugel aus einem Material und von einer so intensiven Färbung, wie sie es noch nie gesehen hatte. Zweifellos irgendeine Art von Kristall. Dieses Purpur besaß eine fast unirdische Tiefe und Reinheit.

Solongo rannte die beiden Stockwerke ins kriminaltechnische Labor hinauf und bat darum, das Massenspektrometer benutzen zu dürfen. Die wenigen um diese Zeit anwesenden Mitarbeiter im Labor störten sich nicht weiter an ihrer Anwesenheit, und sie nahm einfach ihre Untersuchung vor, ohne jemanden zu fragen. Nach wenigen Sekunden wurde das Ergebnis auf dem Bildschirm angezeigt, und es traf Solongo wie ein Erkenntnisblitz. »Gütiger Himmel! Warum habe ich nicht schon früher daran gedacht? Yeruldelggers Albtraum, die siebzehn Zähne an Kushis Halsband, die Eingeweide der Erde... dass ich das nicht erkannt habe... die Seltenen Erden... warum habe ich daran nicht gedacht!«

Sie wollte sofort Yeruldelgger verständigen, aber noch während sie nach seiner Nummer suchte, klingelte das Telefon in ihrer Hand. »Solongo?«, tönte es aus dem Gerät.

»Yeruldelgger! Ich wollte dich gerade...«

»Ich zuerst!«, unterbrach er sie. »In dem Fall mit dem überfahrenen Mädchen bin ich endlich weitergekommen, und wir haben ein paar Beweisstücke. Ich weiß inzwischen auch, wer die Eltern des Mädchens umgebracht hat. Sag bitte gleich Billy Bescheid, damit er die nächstgelegene Polizeidienststelle hier in Alarm versetzt. Sie sollen sich umgehend auf den Weg machen und einen Typ festnehmen, der hier ›der Schrotthändler‹ genannt wird. Ich bin nördlich von Bayandelger, in einem Dorf ungefähr zwanzig Kilometer hinter Mungunmorit, ganz in der Nähe eines Touristencamps, das unter dem Namen Bären-Camp bekannt ist. Der Verdächtige befindet sich dort in einem Ziegenpferch im Hinterhof des einzigen Ladens. Ich habe ihn dort für sie gefesselt zurückgelassen. Sie sollen mit zwei Autos hinfahren. Sie müssen auch noch Belastungsmaterial abtransportieren, nämlich ein Bett und Spielsachen. Solongo, sprich du am besten mit ihnen und erklär ihnen, wie sie die Beweisstücke am besten behandeln, damit sie nicht kontaminiert werden.«

»Ist Gantulga bei dir?«

»Nein, wieso?«

»Weil du so sprichst, wie er spricht, wenn er Horatio Caine nachmacht.«

»Solongo, ich bitte dich. Sag ihnen auch, dass sie den Schrotthändler ruhig ein bisschen in die Mangel nehmen können. Ich will, dass er alles rausrückt, was er aus dem blauen Wohnmobil behalten hat, in dem die Eltern damals mit der Kleinen unterwegs waren. Sie sollen sich beeilen und den Kerl samt den Beweisstücken umgehend nach Mungunmorit bringen und nicht länger im Dorf bleiben. Wir wollen nicht, dass der Mann Opfer eines Lynchmobs wird.«

»Hast du die Leichen der Eltern gefunden?«

»Nein, aber ich bin mir ziemlich sicher, dass sie hier in der Gegend getötet wurden und dass ihre Leichen auch irgendwo hier in der Nähe sein müssen.«

»Hat der Schrotthändler sie umgebracht?«

»Nein, der Mörder ist sein Bruder, er selbst ist bloß ein Komplize.«

»Willst du jetzt den Bruder festnehmen?«

»Im Moment noch nicht. Ich muss mich als Nächstes um einen Aufstand der hiesigen Dorfbewohner und anschließend um eine koreanische Invasion kümmern, damit die Situation hier nicht komplett aus dem Ruder läuft. Und was gibt es bei dir Neues?«

»Die Seltenen Erden!«

»Was ist damit?«

»Das hat mit deinem Traum zu tun: Die Zahl siebzehn, wie sie in Kushis Dinosaurierzahn-Halsband erscheint, ist ein symbolischer Hinweis auf die Seltenen Erden!«

»Was hat es damit noch mal genau auf sich?«

»Es handelt sich um eine besondere Gruppe von siebzehn Elementen im Periodensystem der Elemente nach Mendelejew. Darin sind sämtliche in der Natur vorkommenden chemischen Elemente dargestellt. Siebzehn sehr begehrte, selten vorkommende Metalle sind in den ›Seltene Erden‹ genannten Erzen enthalten, also quasi in der Erde vergraben wie fossile Saurierzähne, und man müsste die halbe Steppe umwühlen, um sie auszubeuten. Das war es, was dir dein Traum mitteilen wollte. Alle drei Fälle haben in diesen Seltenen Erden einen gemeinsamen Nenner.«

»Wieso alle *drei* Fälle? Wovon sprichst du? Soll das etwa heißen ...«

»Genau das. Ich weiß zwar noch nicht genau, wie, aber bei Kushis Tod ging es im Hintergrund auch um diese Seltenen Erden.«

»Wie kommst du denn darauf? Hast du dafür einen Anhaltspunkt gefunden?«

»Ich habe mir sämtliche Asservate zu dem Fall vorgenommen und alles noch mal durchgesehen, und dabei habe ich etwas gefunden, was uns damals bei den Untersuchungen durch die Lappen gegangen ist. In den Rillen von Kushis Sandalen habe ich durch Zufall eine kleine Kristallperle ausgewaschen.«

»Was für ein Kristall?«

»Na ja, es war eine absolut perfekt geformte runde Perle aus einer Art purpurfarbenem Kristall von außergewöhnlicher Reinheit. Ich habe es schon im Massenspektrometer überprüft. Eine derart reine Farbe ist ein eindeutiger Hinweis auf die Anwesenheit von Neodym in dem Kristall. Und Neodym ist eines von den siebzehn Elementen aus der Gruppe der Metalle der Seltenen Erden.«

Vom anderen Ende der Leitung kam keine Antwort. »Yeruldelgger?«

»Sind diese Seltenen Erden irgendwie wertvoll?«

»Viele Milliarden Dollar! Diese Metalle haben ganz besondere, außergewöhnliche Eigenschaften und sind für eine Vielzahl moderner Schlüsseltechnologien unverzichtbar. Sie werden für besonders leistungsfähige Magnete für Elektromotoren ohne

Magnetspulen gebraucht, sie sind für Solarzellen der dritten Generation unentbehrlich, zum Härten von Stahl und vieles mehr. Um dir einen Begriff von der wirtschaftlichen Bedeutung zu geben, fällt mir ein, was Deng Xiaoping, der große chinesische Reformer, darüber gesagt hat: ›Die Araber sitzen auf dem Erdöl, aber wir in China, wir sitzen auf den Seltenen Erden.‹ Gibt dir das eine Vorstellung von ihrem wirtschaftlichen Wert?«

»Hat jedes dieser siebzehn seltenen Elemente eine bestimmte Farbe?«

»Nein«, erwiderte Solongo und staunte ein wenig über diese Frage. »Allerdings werden einige davon dazu verwendet, andere Elemente zu färben.«

»Beispielsweise grün?«

»Stimmt. Praseodym wirkt grün.«

»Und rosa?«

»Yeruldelgger, worauf willst du ...«

»Was ist mit rosa?«

»Ja, man kann auch rosa Farbeffekte erzielen. Aus Erbium beispielsweise. Man kann auch Gelbeffekte aus ...«

»Scheiß auf Gelb!«, fiel er ihr barsch ins Wort.

»Sag doch, an was denkst du?«

»Ich denke an den Kerl, an dem ich mich grausam rächen werde, Solongo.«

»Yeruldelgger ...« Er hatte aufgelegt. Verblüfft und ratlos blieb Solongo einen Moment lang mit ihrem Telefon in der Hand stehen. Dann rief sie Billy an, um Yeruldelggers Anweisungen an ihn weiterzugeben. Schließlich ging sie wieder in die gerichtsmedizinische Abteilung hinunter und packte Kushis kleine Sandalen sorgfältig ein.

70

… ein Betrunkener, der einen noch stärker Betrunkenen geschultert hatte …

Als er das Camp wieder erreichte, stellte Yeruldelgger zu seiner großen Freude und Genugtuung fest, dass dort mittlerweile ziemlich viel los war. Die Leute aus dem Dorf verließen das Camp gerade mit ihren Mädchen, die sie umringt hatten, wie ein Rudel seine Jungen beschützt. Die Frauen marschierten voran, und die Männer bildeten die Nachhut, wobei sie den Bären unauffällig im Auge behielten. Von dem Küchentrakt aus beobachteten die drei Köchinnen die kleine Prozession mit verschränkten Armen, was Yeruldelgger als Zeichen der Solidarität interpretierte. Die beiden Jungen am Lagerfeuer weiter vorn, dessen knisternde Flammen noch immer viel zu hoch in den Himmel hinauflodern, sahen ebenfalls zu, offenbar ohne zu verstehen, was sich da eigentlich abspielte. Halb belustigt, halb eingeschüchtert beobachteten sie den Abzug der Mädchen mit ihren Eltern. Der ein wenig abseits stehende Bär wiederum beobachtete Yeruldelgger, der gerade eintraf.

Er stieg aus dem Wagen und ging auf die Dorfleute zu. In wenigen Worten berichtete er ihnen, dass der Schrotthändler im Ziegenpferch des Ladens angebunden war, damit sie sich nicht darüber wunderten. Für den Fall, dass sich jemand an dem Mann vergreifen würde, drohte er demjenigen an, persönlich zurückzukommen und alle seine Ziegen zu töten. Es handle sich bei ihm um einen wichtigen Zeugen in einem Mordfall, und die Bezirkspolizisten würden bald vorbeikommen, ihn abholen und in Gewahrsam nehmen. Dann beschimpfte er sie noch einmal, weil sie ihre Töchter dem Scheusal überlassen hatten, und beglückwünschte sie anschließend dazu, so mutig gewesen zu sein und sie zurückzuholen. Er ließ sie schwören, die Mädchen liebevoll zu behandeln, und gelobte seinerseits, gelegentlich vorbeizuschauen, um zu kontrollieren, ob sie ihr Versprechen auch einhielten. Dann ging er in aller Ruhe zu seiner Jurte, wobei er den Bären völlig ignorierte. Beglückwünschte noch die beiden Jungen für ihr schönes, großes Feuer und grüßte die Köchinnen mit einem breiten Grinsen und zwinkerte ihnen zu.

Gerade als er die Schwelle der Jurte überschritt, hörte er, wie aus der Ferne das erste Quad heranröhrte.

»Sag mal, steckst du hinter dem ganzen Aufruhr, der hier gerade stattgefunden hat?«, wollte Colette wissen, die rauchend auf ihrem Bett lag. Sie hatte sich wieder umgezogen und trug nun ein knappes rosafarbenes und grünes Oberteil mit Spaghettiträgern und ein grünes Satinhöschen mit dem Logo einer brasilianischen Sambaschule. Yeruldelgger fragte sich, ob ihr bewusst war, dass eine ganze Meute enthemmter koreanischer Biker im Anmarsch war. Doch er zog es vor, die Frage lieber nicht laut zu stellen, weil er befürchtete, die Antwort könnte Ja lauten. Daher begnügte er sich mit der Feststellung: »In einer Jurte wird nicht geraucht.«

»Ach ja, hab ich ganz vergessen. Das entspricht nicht der Tradition.«

»Nein, es entspricht nicht der Tradition.«

»Aber überall dort, wo du auftauchst, ein heilloses Durcheinander anzurichten – das gehört zur Tradition?«

»In der letzten Zeit sieht es wirklich ganz danach aus, das muss ich zugeben.« Er lächelte sie an. »Und leider müssen wir damit rechnen, dass es mit denen, die gerade eintreffen, noch lange nicht vorbei ist.«

»Kann durchaus sein. Mit wie vielen rechnest du? War nicht die Rede von ungefähr zwanzig? Und du? Für wie viel zählst du?«

»Ich? Na ja, immerhin sind wir zu zweit.« Er lächelte sie immer noch an.

»Hey, hey, nichts da, mein Lieber. Zähl mal lieber nicht auf mich. Wenn man in der Scheiße steckt, ist sich jeder selbst der Nächste.« Damit sprang Colette vom Bett auf und ging zum Rauchen nach draußen.

»Du hast ja recht«, spottete Yeruldelgger. »Mach sie nur richtig heiß. Nachdem diese Kerle zwanzig Tage lang auf ihren Rädern im Sattel saßen, haben sie vermutlich nicht übel Lust, mal was anderes zu reiten! Das passt mir ganz gut in den Kram, dessen kannst du dir sicher sein!«

Ein Quad nach dem anderen jagte mit röhrendem Motor oben aus dem Wald heraus und donnerte dann den gewundenen Pfad zum Camp herunter. Da war es kein Wunder, dass Park Kim Lee das Kind auf dem Dreirad überfahren und nicht mehr rechtzeitig hatte bremsen können. Die Fahrer waren ganz in Ledermontur mit Helm gehüllt wie Helden in Videospielen; ihre Gefährte waren über und über mit Schmutz und Aufklebern bedeckt. Das erste von ihnen nahm die letzte Kurve vor dem Camp auf zwei Rädern; das Knie des Fahrers streifte dabei fast den Boden, und er bremste und schlitterte über das fette Gras, wie es ihm gerade passte. Dann stellte er sich auf seiner Maschine auf, stieg schwankend ab, zog seine Handschuhe aus, löste den Helm und ließ sich mit ausgebreiteten Armen auf den matschigen Boden fallen wie ein siegreicher Marathonläufer. Der zweite hätte ihn beinahe überfahren, aber nachdem auch er abgestiegen war, warf er sich lachend auf ihn. Der dritte lehnte sich nach hinten an die festgeschnallten Gepäckstücke und verschränkte die Hände im Nacken, als wollte er zum Ausdruck bringen, wie erschöpft, aber zugleich glücklich er war. Nach und nach tauchten auch die übrigen in kleinen Gruppen auf. Die meisten ließen ihre knatternden Motoren noch etwas weiterlaufen; stinkende, blaue Schwaden stiegen von ihnen auf. Noch auf den Quads sitzend, beglückwünschten sie einander zur überstandenen Tour, indem sie sich gegenseitig etwas zuschrien, um den Motorenlärm zu übertönen. Als Außenstehender konnte man sie unter ihren Helmen überhaupt nicht unterscheiden. Einige, die schon abgestiegen waren, klopften sich auch gegenseitig auf die Schultern wie Formel-1-Champions. Schließlich trudelten noch weitere Quads ein, sie waren schwerer, beladen mit Ersatzteilen, Lebensmitteln und sonstigem Material, und alle erwarteten ungeduldig die Maschinen, die den georgischen Champagner und den russischen Wodka mitbrachten. Sie bespritzten sich gegenseitig mit drei Magnumflaschen und zielten von Weitem auch auf die Köchinnen, die rasch nach drinnen flohen und sich in ihrer Küche verbarrikadierten. Nach und nach beruhigte sich der ganze Überschwang wieder, und die Fahrer fanden sich in Gruppen zusammen und plauderten angeregt. Sie hatten tausend Kilometer wilder Fahrt quer durch die Natur hinter sich. Einer nach dem anderen zogen sie nun Helm und Handschuhe aus und öffneten schließlich auch die Reißverschlüsse ihrer mit Aufnähern von Motorsportfirmen gespickten Ledermonturen; einige waren sichtlich stolz, dass sie darunter lediglich Unterhose und Socken trugen.

Colette warf ihre Zigarette ins feuchte Gras, wo sie noch eine Weile weiter vor sich hin qualmte. Als sie bemerkte, dass sie die Blicke der halb nackten Männer auf sich zog, kehrte sie zu Yeruldelgger in die Jurte zurück. »Ich glaube, ich sollte mir mal was anderes anziehen!«

»Ich habe es nicht gewagt, diesen Vorschlag laut auszusprechen«, gestand Yeruldelgger. Er wusste es zu schätzen, dass sie darauf geachtet hatte, beim Eintreten die Schwelle mit dem richtigen Fuß zu überschreiten und sich in der Jurte immer im Uhrzeigersinn zu bewegen. Er saß am anderen Ende gegenüber dem Eingang auf dem Rand seines Bettes, von wo aus er durch die offen stehende Tür das Treiben der Koreaner beobachten konnte. Als sie an ihm vorbeiging, streiften ihre festen Schenkel sein Gesicht, eine zarte Berührung an seiner Wange. »Danke wegen der Mädchen. Das hast du gut gemacht.«

»Danke, dass du mich vorgewarnt hast. Wenn man sieht, was sich da anbahnt ...«

»Warum hast du mich überhaupt hierher mitgenommen?«

»Ich brauchte eine Begleitung, um quasi als Paar auftreten zu können, um sie an der Nase herumführen zu können; außerdem hatte ich dir ja einen Urlaub versprochen.«

»Laufen deine Urlaubsreisen immer so ab?«

»Daran erinnere ich mich nicht mehr. Es ist Jahre her, dass ich das letzte Mal in Urlaub gefahren bin.«

»Vor Kushis Tod, nehme ich an.« Yeruldelgger erwiderte nichts. »Ich hätte beinahe auch mal ein Mädchen bekommen. Aber ich musste es abtreiben lassen. Trotzdem ist auch das ein bisschen so, als ob ein eigenes Kind gestorben wäre, oder nicht? Du wirst lachen ... nein, wirst du nicht ... Stell dir vor, Chuluum war der Vater. Unvorstellbar, oder? Er meinte, es wäre ein Unfall mit einem gerissenen Gummi gewesen. Er meinte, mit einem Kind könnte ich nicht mehr arbeiten, das wäre nicht gut für meine Karriere, und wenn ich es wegmachen ließe, würde er mich dafür zur Königin der Altai Lounge machen. Dann hat er mich verprügelt, und ich musste es abtreiben lassen. Jedes Mal, wenn ich so eine süße kleine Göre auf der Straße sehe, versuche ich mir vorzustellen, wie mein Kind geworden wäre. Du hast Kushi natürlich für ein paar Jahre um dich gehabt und weißt deswegen genau, was du mit ihr verloren hast. Ich habe einen Traum verloren. Du hast ein wirkliches Kind verloren, ich einen Engel. Ich weiß gar nicht, wer von uns beiden unglücklicher ist.

Vielleicht sind wir ja beide gleich unglücklich. Soll ich dir ein echtes Geheimnis über mich verraten?« Als Yeruldelgger auch darauf nicht antwortete, fuhr sie fort: »Schön, ich werde es dir trotzdem sagen. Von Zeit zu Zeit habe ich nämlich das Bedürfnis, darüber zu sprechen. Weißt du, warum ich bei diesem Metier geblieben bin?« Yeruldelgger reagierte immer noch nicht. »Weil ich seit dieser Abtreibung gar keine Kinder mehr bekommen kann. Ich bin kein Leib mehr, sondern nur noch ein Geschlechtsteil, aber damit komme ich schon klar.«

»Na schön, aber ich komme damit eben nicht klar!«, murrte Yeruldelgger und stand abrupt auf.

»Ja, sicher, du ... ich verstehe schon, die Sache mit Kushi ...«

»Ich rede nicht von Kushi!«, schnitt er ihr das Wort ab. »Du hast noch andere Qualitäten außer deinem Leib und deinem Geschlecht. Hör auf, dich selbst zu bestrafen. Ich werde Chuluum für das zur Rechenschaft ziehen, was er dir angetan hat. Wenn du imstande bist zu lieben, dann gibt es genügend Waisenkinder, um die du dich kümmern kannst, und alleinstehende Männer gibt es auch mehr als genug. Warum lassen wir uns alle von diesem ziellosen, nutzlosen Dasein kaputt machen? Wir haben diese unermesslichen Landschaften, wir haben unsere traditionellen Sitten, jahrhundertealte Legenden, und sieh dir doch nur an, was aus uns geworden ist!«

»Das hat das Leben aus uns gemacht!«, seufzte Colette.

»Nein, das stimmt nicht, das Leben macht gar nichts mit uns. Wir sind es, die das Leben gestalten, mit all dem, worauf wir verzichten, wovor wir Angst haben, wen wir verlassen, unseren kleinen Gemeinheiten und unserer Wut. Wir selbst hindern uns daran, etwas anderes aus dem Leben zu machen.«

»Das ist leicht gesagt, Yeruldelgger, aber schau dich doch selbst an: Bist du derjenige, der dein Leben in diesem Augenblick in der Hand hat und es gestaltet?«

»Nein. Ich bin aus einem anderen Grund hier. Hier begleiche

ich meine offenen Rechnungen. Aber wenn ich das erledigt habe, das verspreche ich dir, dann werde ich mein Leben wieder in meine eigenen Hände nehmen.«

»Mögen die Götter dich erhören«, murmelte sie nur.

»Die Götter haben damit nichts zu tun. Sie bleiben uns fern und beobachten uns nur. Wenn das hier alles erst mal vorbei ist, dann mach es wie ich: Lass die Sache mit Chuluum hinter dir und such die Liebe anderswo.«

»Ein guter Rat. Du stehst nicht zufällig zur Verfügung?«

»Tut mir leid!« Yeruldelgger lächelte und zog die Schultern hoch.

»Nicht mal für eine Nacht?«

»Nicht mal für eine Nacht.«

»Nur eine einzige Nacht, auf die keine weitere folgt, nie mehr«, murmelte sie beinahe schon traurig. »Nur ein Mal; ein kleines Geschenk. Etwas nur zwischen dir und mir, woran wir uns immer erinnern können, eine kleine Glückskugel mit ein bisschen Liebe drin, damit ich mich immer daran erinnern kann, was du vorhin gesagt hast. So wie eins von diesen Souvenirs für Touristen, eine von diesen Schneekugeln zum Schütteln. Wenn ich dann mal traurig bin, kann ich dich in meiner Erinnerung immer schütteln, und dann geht es mir wieder besser. Nur du und ich, einer für den anderen...«

Yeruldelgger wollte gerade etwas antworten, der Blick der Frau hing schon an seinen Lippen, als jemand an die offene Tür der Jurte klopfte. Es war einer der beiden Jungen, die das Feuer in Gang gesetzt hatten. »Die Alte will dich sehen!«, rief er dem Kommissar zu und lehnte sich an den Türrahmen, um besser ins Innere der Jurte linsen zu können; den einen Fuß hatte er schon auf die Schwelle gestellt.

Yeruldelgger ging seufzend auf ihn zu. Er verpasste ihm einen Schlag auf die aufgestützte Hand, den der Junge nicht hatte kommen sehen. So unerwartet aus dem Gleichgewicht gebracht, fiel er der Länge nach in der Jurte hin. »Hat dir keiner beigebracht, dass man niemals an die offene Tür einer Jurte klopft? Und dass man sich niemals am Türrahmen aufstützt und den Fuß nicht auf die Schwelle stellt?«

»Was? Und deswegen schlägst du mich?«, antwortete der Junge und richtete sich leicht wütend und zugleich ängstlich wieder auf. »Wozu soll dieser alte Scheiß gut sein?«

»Das ist nicht die richtige Frage, mein Junge. Die richtige Frage lautet: Was kostet es dich, diese Dinge zu respektieren? Dieser ›Scheiß‹, wie du es nennst, ist nämlich deine Seele; es ist das, was dich an dein Land bindet ...«

»Ach Quatsch! Das ist doch alles dummes Zeug«, entgegnete der Junge, der wohl glaubte, damit ein wenig Selbstbewusstsein zur Schau stellen zu können.

»Dummes Zeug oder nicht: In meiner Anwesenheit respektierst du sie jedenfalls, wie es sich gehört. Und die alte Frau nennst du gefälligst auch Großmutter, wie es der Anstand gebietet. Hast du mich verstanden?«

»Pfff. Also, die Großmutter will dich sehen«, sagte der Junge und lief wieder davon.

Yeruldelgger schaute ihm hinterher, wie er sich zu seinem Kumpel trollte. Beide trugen amerikanische Baseballhemden mit Aufdrucken der New York Mets oder der Lakers und Baseballkappen, und er machte sich keine Illusionen darüber, dass sie ihn jetzt hinter vorgehaltener Hand einen alten Deppen nannten.

»Glaubst du das alles wirklich selbst?«, fragte Colette von drinnen.

»Ich glaube an alles, was Menschen miteinander verbindet«, antwortete der Kommissar etwas erschöpft.

Beim Blick durch die offene Tür der Jurte erkannte Yeruldelgger unter all den feuchtfröhlich aufgekratzten Bikern nun auch Adolf; ein Koreaner nach dem anderen trat an ihn heran, prostete ihm zu und klopfte ihm auf die Schultern, um sich dafür zu bedanken, dass er sie bis zum Camp geführt hatte. Noch war es draußen hell, aber sie hatten bereits mehrere Kisten Wodka und die ganze Karaoke-Ausrüstung ausgepackt und alles für das lange nächtliche Besäufnis vorbereitet. Von da, wo Adolf stand, konnte er Yeruldelgger nicht erkennen. Der hatte ohnehin vor, später das Überraschungsmoment zu nutzen. Auf der dem Jurteneingang gegenüberliegenden Seite schob er den innen hängenden Wandfilz und die dicke Filzmatte dahinter beiseite, nahm zwei Holzstäbe aus dem Tragegerüst der Jurte heraus, hob die äußere Abdeckplane an und schlüpfte nach draußen. Er achtete darauf, dass er zwar von der Küche aus, nicht aber von den Koreanern und Adolf gesehen werden konnte. Die alte Mongolin wartete schon draußen vor dem Küchentrakt auf ihn. Yeruldelgger warf einen Kieselstein gegen die Lärchenholzwand, um sie auf sich aufmerksam zu machen, und winkte sie heran. Sie verstand seine Absicht, wischte sich die Hände an dem Geschirrtuch ab, das in ihrem Gürtel steckte, und gab ihm durch ein paar Gesten zu verstehen, dass sie hinten herumgehen, und ihn dann beim letzten Chalet treffen würde.

»Du hast ihn richtig rasend gemacht«, begann sie mit leiser Stimme, als sie sich auf der kleinen Veranda am See trafen. »Nach dem, was du für die Mädchen getan hast, wird er sich an uns rächen, sobald du weg bist.«

»Bedauerst du es?«

»Nein, das war richtig von dir. Das hätte man schon längst tun sollen. Aber der Kerl ist verrückt. Er wird uns umbringen.«

»Er wird nicht mehr am Leben sein, wenn ich von hier wegfahre«, versicherte Yeruldelgger.

Die Alte hob ihr müdes Gesicht, das vom harten Leben gezeichnet war; seine Entschlossenheit und seine Stärke schienen sie aufhorchen zu lassen. »Wer bist du eigentlich?«, fragte sie ihn.

»Wer ich bin, ist nicht so wichtig. Ich weiß, wer er ist.«

»Wegen dieser Ausländer damals ...«

»Du meinst das junge Paar, das er umgebracht hat? Zunächst war ich noch nicht ganz sicher, aber jetzt bin ich mir ganz sicher.«

»Was hast du vor?«

»Offene Rechnungen begleichen.«

»Warum tust du das? Kanntest du dieses Paar?«

»Nein, aber ich habe die sterblichen Überreste ihres Kindes ausgraben müssen, und ein alter Nomade hat mir dessen Seele anvertraut. Damit die Seele der Kleinen Ruhe finden kann, muss ich ihre Eltern finden, auch wenn sie längst tot sind.«

Die alte Mongolin schwieg einen Moment lang und sah ihm ruhig in die Augen. Sie muss einmal eine Schönheit gewesen sein, dachte Yeruldelgger. So wie diese Jungfrauen mit ihren glatten Mondgesichtern, von denen man die vierzig schönsten Dschingis Khan mit ins Grab gegeben hat. Im Laufe der Zeit war ihr Gesicht runzelig geworden; es war gezeichnet von brennend heißen Sommern, bitterkalten Wintern, gierigen Händlern, wilden Liebschaften, kranken Kindern, entlaufenen Herden ... und auch von viel Gelächter, ganz bestimmt.

Dann senkte sie ihren Kopf wieder, und Yeruldelgger verstand, dass sie das, was sie ihm nun sagen wollte, nicht herausbrachte, wenn sie ihm in die Augen sah. Etwas weiter oben am Hang wieherten die Pferde, die der Bär vorsichtshalber dorthin gebracht hatte, damit sie von den vielen Motorrädern nicht verschreckt wurden. Er ließ seinen Blick über die von der untergehenden Sonne rötlich spiegelnde Wasseroberfläche schweifen. Über den Himmel zogen ein paar veilchenfarbene Wölkchen. Eine sanfte Welle plätscherte ans Ufer, die von einem Reiher bei seinem anmutigen Auffliegen aufgerührt worden war. Aus den Talsenken der umgebenden Steppe stiegen blaue Schatten empor. Auf der anderen Seite versank der Waldsaum immer mehr in tiefer Dunkelheit. Irgendwo sprangen noch ein paar Kaninchen herum, einige Enten; die Murmeltiere zogen sich für die Nacht in ihren Bau zurück. Ein einzelner Elch stand erstaunt auf einer vergessenen Lichtung. In der Ferne war vielleicht ein Wolfsrudel auf der Pirsch unterwegs. Ein Fuchs, der darauf achtete, dass er ihnen nicht über den Weg lief. Ein Luchs, der irgendwo auf der Lauer lag, und womöglich tief im Schatten der Lärchen ein hungriger Bär, mitten im Heidelbeergesträuch.

»Ich wusste, was kommen würde, als ich sah, dass er angeln ging«, begann die alte Mongolin. »Er hatte schon seit Tagen immer wieder das Treiben der jungen Familie rund um das kleine blaue Wohnmobil beobachtet. Vor allem die blonde Frau in Shorts mit ihren schönen Brüsten ohne BH unter der Bluse. Wenn sie sich draußen auf Knien über eine Waschschüssel beugte, um ihre Wäsche zu waschen, oder wenn sie sich nach unten beugte und der Kleinen das Haar kämmte ... Immer wieder habe ich von Weitem beobachtet, wie er einen Blick auf diese Brüste erhaschen wollte. Bestimmt hatte er sich auch schon nah an sie herangeschlichen, wenn sie sich wusch. Gut möglich, dass er sogar so weit gegangen ist, sie durch das Fenster des Wohnmobils zu begaffen. Das hat er auch früher schon bei Touristinnen gemacht, dafür hat er sogar Löcher in die Wände der Jurten gebohrt. Aber als er zum Angeln losging, war mir alles klar. Am ersten Tag ist er einfach an ihnen vorbeigegangen, ohne ein Wort zu sagen. Die drei saßen gerade beim Frühstück draußen in der Sonne. Von der Küche aus habe ich gesehen, wie er in einer Talmulde verschwunden ist, wo der Bach aus dem See fließt. Gegen Mittag kam er dann mit zwei schönen Forellen zurück, die er an ihren Kiemen trug, und alle haben sie längere Zeit hingeschaut und der Kleinen mit ausgestreckten Zeigefingern die Forellen gezeigt. Am nächsten Tag hat er das Ganze wiederholt, und wie das Dreckschwein es sich erhofft hatte, stand der Mann mit der Kleinen auf und trat näher heran. Daraufhin hielt er ihnen die Fische am ausgestreckten Arm entgegen, damit die Kleine die Fische mit den Fingerspitzen berühren und er ein paar Worte mit dem Vater wechseln konnte. Die junge Frau ist nicht mit aufgestanden. Ich bin mir ziemlich sicher, dass sie ihm nicht über den Weg traute. Als ich dann sah, wie der Ausländer zu seiner Frau zurückging und aufgeregt auf sie einredete, war mir klar, dass das Scheusal schon so gut wie gewonnen hatte. Am nächsten Tag kam er mit zwei Angelruten an, und der Mann ist mit ihm gegangen. Ich habe noch beobachtet, wie sie darüber diskutierten, ob die Kleine mitgehen soll. Wahrscheinlich hat er ihm etwas von glitschigen Ufern oder Giftschlangen im Gras oder sonst irgendwas vorgeschwindelt; jedenfalls ist es ihm gelungen, den Mann zu überreden, dass er die Kleine zu ihrer Mutter zurückschickt. Sie hat die Auseinandersetzung mit verschränkten Armen und finsterem Blick von weiter oben beobachtet. Als er mit dem heiter gestimmten Mann weiter zum Bach hinuntergehen wollte, gab er mir noch zu verstehen, dass ich der Kleinen ein Marmeladenbrot mit frischer Butter und Heidelbeerkonfitüre zum Frühstück zubereiten sollte. Obwohl er sonst furchtbar knauserig war, war er offenbar bereit, dafür zu bezahlen. Die Kleine stieg auf ihr Dreirad, und ihre Mutter begleitete sie zu mir hinauf in die Küche. Sie sprach zwar nur schlecht Russisch, aber wir konnten uns einigermaßen verständigen. Sie selbst wollte auf Butter und Marmelade verzichten, sagte etwas wegen ihrer Rundungen, aber sie nahm mein Angebot dankbar an, die Kleine ein wenig bei mir zu behalten und auf sie aufzupassen. Sie wollte die Abwesenheit ihres Mannes nutzen, um gründlich sauber zu machen. Dann ging sie zurück zu ihrem Wohnwagen, wobei sie sich noch ein paarmal umdrehte, um dem Kind zu verstehen zu geben, dass es bei mir bleiben sollte, aber die Kleine spielte längst mit einem Welpen und dachte gar nicht mehr an sie. Sobald sie das Wohnmobil erreicht hatte, machte sie sämtliche Türen und Fenster auf, holte alles heraus, putzte und räumte alles wieder ein. Sie war gerade wieder drinnen, als mein Herz anfing, wie wild zu rasen, denn ich sah, wie dieser Kerl wieder am Hang auftauchte. Ohne zu zögern, ging er völlig gelassen auf das Wohnmobil zu, als käme er nach Hause zurück, stieg hinten ein und schloss nicht einmal die Tür. Ich wusste, dass er die Frau nun vergewaltigte...«

»Bist du dir dessen wirklich sicher? Hast du es gesehen? Hast du was gehört?«

»Ich weiß es, weil er es immer wieder gemacht hat. Bei mir, bei anderen Küchenhilfen, bei jungen Frauen, die er für irgendwelche Jobs anheuert, selbst bei Touristinnen, die hier im Camp übernachten. Es hat schon mehrmals Gäste gegeben, die für eine Woche oder länger reserviert hatten und am zweiten oder dritten Tag unvermittelt abgereist sind, ohne ein Wort zu sagen, ohne zu bezahlen, und man sah ihnen an, wie erschrocken und wie beschämt sie zugleich waren... Ich weiß, dass er in den Wagen gestiegen ist und sie, ohne ein Wort zu verlieren, mit einem Schlag ins Gesicht sofort halb bewusstlos geschlagen hat. Ich weiß, dass er ihr die Shorts und den Slip mit einem Ruck heruntergerissen und ihre Bluse zerfetzt hat, um ihre Brüste kneten zu können, dass er ihre Beine auseinandergerissen und mit seinen Knien festgehalten hat, um sich ihr Geschlecht anzusehen, dass er in sie eingedrungen ist, da war sein Hosenschlitz noch kaum geöffnet, dass er ihre Hände dabei über ihrem Kopf festgehalten und ihr die eine Hand auf den Mund gepresst hat, um sie am Schreien zu hindern... Ich weiß, dass sie nicht verstanden hat, was ihr da geschah. Sie hatte das nicht im Geringsten kommen sehen, war von seiner donnernden Ohrfeige, vom durchdringenden Schweißgeruch dieses Dreckschweins halb betäubt. Panisch bei der Vorstellung, dass er es wagte, sie am helllichten Tag zu vergewaltigen, nur wenige Schritte von uns entfernt, nur wenige Schritte von ihrem friedlich spielenden Kind entfernt, nur wenige Schritte von ihrem Mann entfernt, den er zum Angeln weggeführt hatte. Ich weiß, dass sein animalischer

Sextrieb ihr schreckliche Angst eingejagt haben muss, seine bestialische Verschlossenheit, das Fehlen jeder Gefühlsregung auf seinem Gesicht, sein stumpfer Blick, der weder Reue noch Angst noch Mitleid kennt. Am Anfang weiß man gar nicht, wie einem geschieht. Man denkt und hofft, in der nächsten Sekunde wird ihm zu Bewusstsein kommen, was er da treibt, und er wird beschämt von einem ablassen und weglaufen. Oder es wird jemand kommen und ihm den Schädel einschlagen. Wie kann es sein, dass man im einen Moment noch ein vollkommen unbeschwertes menschliches Wesen ist und in der nächsten Sekunde die wehrlose Beute eines solchen Monsters? Und ich weiß, dass sie versucht hat, sich ihm zu widersetzen, als er sie kurzerhand umgedreht hat, um sie von hinten zu nehmen. Ich weiß, dass er ihren Kopf in die Matratze drückte, um ihre Schreie dabei zu ersticken. In einem solchen Moment ist man nur von Schmerz und Scham erfüllt, man kann nicht anders, macht, was er will, und schämt sich dafür. Da ist nichts Menschliches mehr in einem, man fühlt sich genauso unmenschlich, wie er es ist. Man ist nur noch ein übel zugerichtetes Stück Fleisch, entwürdigt, beschmutzt durch das Unglück, das einem widerfährt, und das Schlimmste an allem: Wenn du nachgibst, weil du keine Kraft hast, weil du dich vor dir selbst ekelst, dann stachelst du seine Wut erst recht an, weil er nicht in den Genuss kommt, seine Macht auszukosten ... Ich starre entsetzt auf das blaue Wohnmobil inmitten des grünen Steppengrases. Diese kleine, abenteuerlustige und lebensfrohe Familie, die sich vielleicht einen kleinen Traum vom Nomadentum erfüllen wollte, war damit unterwegs, und mit einem Mal war ihre ganze unschuldige Lebensfreude jetzt zerstört. Und es war noch nicht vorbei. Ungeheure Schmerzen, bodenlose Scham, zerstörtes Leben, zerstörte Zukunft! Alles durch die Schuld eines brutalen Monsters, das einfach stärker ist als man selbst. Wenige Minuten haben ausgereicht, um das ganze bisherige und zukünftige Leben dieser Menschen auszulöschen. Ich weiß, dass er ihr zugeraunt hat, er würde ihrer Tochter die Kehle durchschneiden, wenn sie redet. Ich weiß, dass er sich wieder ihrem Mann beim Angeln anschließen wollte, als wäre nichts gewesen. Aber als er das Wohnmobil wieder verließ, kam der Mann gerade den Hang hinauf. Er sah, wie das Ungeheuer leicht schwankend aus dem Wohnmobil stieg, und rief ihm von Weitem zu, was los sei. Der andere verharrte auf der Stelle und wandte sich dem Ehemann zu, ohne ein Wort zu sagen. Der hielt inne, als hätte er eine böse Vorahnung, und rannte dann den Hügel hinauf. Sobald er, atemlos vom Laufen und zutiefst beunruhigt, die Wagentür erreicht hatte, packte ihn dieses Scheusal und nutzte seinen Schwung, um ihn mit dem Kopf voran gegen die hintere Wagentür zu donnern. Von oben konnte ich sehen, wie der Rücken des Mannes gegen das Reserverad krachte, wie sämtliche Glieder schlagartig schlaff wurden. Der Aufprall hatte ihm das Genick gebrochen. Der Bär blieb einen Augenblick lang vor der Leiche zu seinen Füßen stehen, dann schulterte er sie und warf sie ins Wageninnere. Er sprang hinterher und hat dann wohl auch noch die Frau erwürgt. Ich nehme an, er tat es sogar mit relativ ruhigem Gewissen, weil er in seinem verqueren Weltbild glaubte, dass ihn der Tod des Mannes nun auch noch zum Töten der Frau verpflichtete. Nicht seine Schuld.«

Yeruldelgger hörte der alten Mongolin geduldig zu, auch während der langen Pausen, von denen ihre Erzählung unterbrochen war. Er konnte sich nur zu gut vorstellen, dass der Rest dessen, was nun noch zu sagen war, ihr das Herz brechen würde. »Und was war die ganze Zeit über mit der kleinen Tochter?«

»Sie fuhr lachend mit ihrem Dreirad herum, immer dem Welpen hinterher. Nachdem ich gesehen hatte, wie er den Mann tötete, rannte ich hinüber, um ihn daran zu hindern, auch noch die Frau umzubringen. Dazu musste ich die Kleine allein lassen. Ich konnte mir auch nicht vorstellen, dass ihr im Hof etwas zustoßen könnte. Ich bin hinter dem Wohnmobil hergelaufen, das gerade losfuhr. Ich glaubte, ich könnte es noch irgendwie aufhalten. Dabei habe ich nicht bemerkt, wie die Kleine hinter dem Welpen her auf den Weg fuhr. Ich hörte das Aufheulen des Motors und dachte, das Wohnmobil hätte sich im matschigen Untergrund festgefahren. So hatte ich einen Moment lang doch noch Hoffnung, ihn stoppen zu können, aber der Mistkerl fuhr einfach weiter, quer durchs Gelände. Also blieb ich stehen. Und da wurde mir klar, dass nicht der Motor des Wohnmobils aufheulte. Es waren die Quads der Koreaner, die viel früher als erwartet aus den Wäldern auf das Gelände des Camps rasten. Niemand war vorbereitet, niemand hatte Vorkehrungen getroffen. Die Kleine radelte auf ihrem rosa Dreirad mitten auf dem Zufahrtsweg, als das erste Quad mit voller Geschwindigkeit ...«

Die alte Mongolin ließ ihren Tränen freien Lauf, hob dann den Kopf und sah Yeruldelgger mit bittendem Blick an. Damit er ihr verzieh, was sie ihm gerade gestanden und worüber sie sicherlich noch nie zuvor gesprochen hatte. Sie hoffte, er würde verstehen, dass sie lange auf jemanden wie ihn gewartet hatte, jemanden, der ebenso stark war wie dieses Schwein, jemanden, dem sie sich anvertrauen und der nachvollziehen könnte, wie sehr sie seit fünf Jahren darunter litt.

Allmählich wurde es völlig dunkel. Die Schatten wuchsen aus dem Boden, und der Wald verschwand in der Finsternis. Yeruldelgger vermutete, dass sie in die Richtung sah, in die das Wohnmobil verschwunden war. Sie schwieg jetzt, war gefangen in diesem Albtraum, den sie gerade noch einmal durchlebt hatte, und in dem Bewusstsein, dass die Opfer des Bären nie wieder zurückkehren würden. Yeruldelgger überließ sie einen Moment lang ihrer traurigen Selbstversenkung und wandte sich um, weil der Partylärm immer deutlicher zu ihnen herüberdrang. Im Schein des größer werdenden Feuers tanzten bereits einige schwankende Gestalten. Irgendjemand sprach in einer fremden Sprache immer wieder Zahlen in ein Mikrofon, damit die Lautsprecher eingestellt werden konnten. Ein schriller Missklang zerriss die Dunkelheit und brachte die Betrunkenen dazu, eine La-Ola-Welle zu machen, und auch die alte Frau schreckte aus ihrer albtraumhaften Starre hoch. »Ich muss jetzt gehen«, sagte sie und wischte sich mehrmals über die Augen, um die Tränen zu trocken. »Wenn sie nicht bald was zu essen bekommen, schlagen sie hier alles kurz und klein. Ich schicke jemanden zu euch, der euch das Essen in die Jurte bringt. Du solltest deiner Gefährtin sagen, dass sie sich heute Abend besser nicht blicken lässt.«

»Sag mir noch eins, Großmutter: Hast du das Wohnmobil noch einmal wiedergesehen?«

»Ja, ungefähr drei Stunden später, weiter unten in der Nähe des Baches. Dieser Mistkerl ist damit querfeldein bis ins Dorf hinuntergefahren, wo sein Bruder eine Art Schrotthandel betreibt. Ich nehme an, er hat ihm dabei geholfen, den Wagen loszuwerden.«

»Noch eine allerletzte Frage: Sind hier jemals Polizisten aufgetaucht, um sich nach dem Verbleib der Familie zu erkundigen?«

»Nein, nie. Du bist der Erste.«

»He, woher weißt du, dass ich Polizist bin?«

»Ich weiß es nicht, ich kann es für das, was in diesem kaputten Land noch halbwegs intakt ist, nur hoffen.«

Yeruldelgger küsste der alten Mongolin die tränenfeuchten Hände und blickte ihr auf dem Rückweg zum Küchentrakt hinterher. Dann machte er im Schutz der Dunkelheit einen großen Bogen um die Jurten, kam an den Pferden vorbei und schlich sich auf demselben Weg wieder von hinten in seine Jurte. Durch die offene Tür beobachtete Colette von ihrem Bett aus die Partyvorbereitungen. »Das hätte ich mir niemals träumen lassen«, scherzte sie, »dass ich so viele potenzielle Kunden vor der Nase habe, ich aber mit einem Bullen Urlaub mache!«

»Es wird nicht mehr lange dauern, dann wirst du sehr froh sein, mich an deiner Seite zu haben«, erwiderte er.

»Ach ja? Wenn du anfängst, hier ganz allein aufzuräumen, ohne die Ankunft der Kavallerie abzuwarten, dann bin ich mir nicht ganz sicher, ob ich auf der richtigen Seite stehe.«

»Es kommt keine Kavallerie.«

»Das wird ja immer besser! Und was sieht deine Tagesordnung für den Ablauf der Feierlichkeiten vor?«

»Wir entledigen uns dieser koreanischen Trunkenbolde, ziehen den Chef hier für die Ermordung einer ganzen Familie zur Rechenschaft und nehmen den Bikerrowdy in Gewahrsam, der angeblich mit meiner Tochter geschlafen haben will.«

»Aha, da kommt also doch was Persönliches ins Spiel.«

»Diese ganze Geschichte ist äußerst persönlich.«

»Wenn du es so siehst ... Aber lass mich aus dem Spiel, wenn du von zur Rechenschaft ziehen sprichst.«

»Oh, er wird bezahlen. Cash. Ich will sehen, wie dieses Schwein abkratzt.«

»Alles klar«, erwiderte Colette, als würden sie eine Einkaufsliste durchsprechen. »Und mit wem fangen wir an? Schnappen wir uns Adolf?«

»Kennst du Adolf?«

»Selbstverständlich. Adolf ist Chuluums rechte Hand. Mickey verkörperte sozusagen das Biker-Ego von Adolf und Chuluum sein Nazi-Ego.«

»Woher weißt du das alles?«

»Wenn uns schon unsere Freier für Dummchen halten, was meinst du, was dann erst mit denen ist, die uns bumsen, ohne dafür zu bezahlen! Sie reden dermaßen hemmungslos mit uns, als würden sie sich mit ihren Goldfischen unterhalten. Chuluum hat kleine, intime Partys organisiert, zu denen hin und wieder auch Adolf eingeladen war, aber der Anführer der Gruppe, ihr kleiner ›Führer‹, wie sie ihn nannten, war Chuluum. Er hatte dieses Nazigrüppchen als Speerspitze einer künftigen mongolischen Nationalistenpartei gegründet. Untereinander nennen sie sich die Sojombo, nach der Tätowierung, die sie auf der Schulter tragen. Anscheinend stehen Auftraggeber hinter ihm, die eine bestimmte Agenda verfolgen: Sie sollen Unruhe stiften, damit sich der Ruf nach Recht und Ordnung weiterverbreitet, sie sollen Ausländer verunglimpfen, um die nationale Trommel rühren zu können, etablierte Mächte in Skandale verwickeln, um sie an den Pranger stellen zu können, Polizei und Justiz unterwandern, um sie in ihrem Sinn zu manipulieren. Chuluum hat immer damit angegeben, unantastbar zu sein, weil er unter dem Schutz der wahren Herren der Mongolei stand, der künftigen Herren eines neuen mongolischen Großreichs ... Mit seiner Bikerbande hat Mickey sich verarschen lassen wie ein Anfänger.«

»Wer glaubt denn einen derartigen Blödsinn?«

»Na ja, wie man sieht, kann man die Tochter eines bekannten Kriminalkommissars ungestraft umbringen, um ihn von einer Korruptionsermittlung abzuhalten, und das gleiche Spiel fünf Jahre später wiederholen!«

»Hatte Chuluum dabei die Finger im Spiel?«

»Was Kushis Tod anbelangt, wohl nicht direkt, aber ich habe gehört, dass er davon gewusst hat. Nachdem du die Leiche der Kleinen mit dem Dreirad gefunden hast, hat Chuluum Adolf zu verstehen gegeben, dass er grünes Licht hat, um sich um deine Tochter zu kümmern.«

»Trotzdem verstehe ich es noch nicht so ganz«, murmelte Yeruldelgger vor sich hin. »Was hat meine Untersuchung dieses Mordfalls mit den Umtrieben einer Splittergruppe mongolischer Ultranationalisten zu tun? Was kommt denen da in die Quere? Bei dem Chinesen-Massaker kann ich mir einen Zusammenhang noch irgendwie erklären, aber bei dem Tod des Mädchens? Das war doch nichts anderes als die Folge eines bedauerlichen Unfalls nach einem Doppelmord, um eine Vergewaltigung zu vertuschen.«

»Und was ist mit dem Koreaner, der die Kleine überfahren hat?«

»Was soll mit dem Koreaner sein? Mickey hat fünf Jahre lang alles getan, was in seiner Macht stand, um den Mann vor Strafverfolgung zu schützen. Alles mit dem Segen und unter der Protektion von Erdenbat. Da kann man doch wirklich nicht von der Verunglimpfung von Ausländern sprechen!«

»Dann musst du dich an Adolf halten. Du hast ihn ja hier direkt vor dir. Soll er es dir doch erklären. In solchen Situationen kannst du ja sehr überzeugend sein, wenn ich mich recht entsinne…«

Yeruldelgger wollte gerade darauf antworten, als eine weibliche Stimme von draußen hereinrief: »Nehmt eure Hunde an die Leine, wenn ihr was zum Essen haben wollt!«

»Tritt ruhig ein!«

Es war eine der beiden jungen Küchenhilfen. Sie trug eine rauchende und duftende Schüssel Chuuschuur herein, die vom Holzfeuer außen rußgeschwärzt war. Yeruldelgger wollte sich gerade darüberbeugen, um den würzigen Geruch tief einzusaugen, als es plötzlich draußen zu knallen begann.

»Sind das Knallfrösche? Machen die das sonst auch immer?«, fragte er die junge Frau.

»Nein, das höre ich auch zum ersten Mal. Soweit ich es mitbekommen habe, hat Tuguldur die Knallfrösche verteilt. Um sich über die Chinesen lustig zu machen, wie er sagte.«

»Wer ist Tuguldur?«

»Das ist Adolfs mongolischer Vorname«, erklärte Colette.

Yeruldelgger sprang auf und rannte nach draußen. In der Dunkelheit tanzten die betrunkenen Koreaner um das Feuer und zündeten ständig neue Knallfrösche an. Andere warfen sie ins Feuer, woraufhin wiederum Fontänen von Glutasche auf die Beine der Tanzenden und Umstehenden sprühten, was alle wahnsinnig komisch fanden. Ein wenig abseits schlug ein Typ mit O-Beinen und einem Bürstenhaarschnitt Akkorde auf einem Synthesizer an und schrie Lieder in die Nacht hinaus wie ein Marvin Gaye für Arme. Hände griffen in der Dunkelheit nach Yeruldelgger, um ihn in den Reigen hineinzuziehen. Er verpasste dem Typ einen Schlag mit dem Handrücken, dass der über den bereits mit Wodkaflaschen übersäten Boden rollte. Yeruldelgger selbst trat auf eine Bierdose und wäre um ein Haar ins Feuer gefallen. Rings um ihn schwankten die Gestalten fast schon im Delirium umher, doch Yeruldelgger kümmerte sich nicht um sie und schaute bloß, ob er Adolf irgendwo erkennen konnte. Der Mann, der zu Boden gegangen war, hatte sich wieder erhoben und wollte sich gerade mit Yeruldelgger anlegen, als er Adolf entdeckte, wie er bei dem Haus um die Ecke bog und in der Dunkelheit verschwand. Yeruldelgger stürzte hinterher, wobei er sich inmitten der ohrenbetäubenden Knallerei mit den Ellenbogen seinen Weg bahnen musste, woraufhin die Besoffenen sich wütend an ihn klammerten und versuchten, ihn festzuhalten. Mittlerweile wurden die Knallfrösche paketweise entzündet.

Sobald er den vom Feuer erhellten Kreis verlassen hatte, blieb Yeruldelgger stehen, um seine Augen an die Dunkelheit zu gewöhnen. Er zog seine Pistole aus dem Gürtel und ging bis zu der Hausecke vor. Adolf stand in der Tat nur wenige Schritte weit entfernt im Dunkeln und schaute durch eines der Fenster ins Innere des Hauses. Yeruldelgger sah, dass er eine Makarow in der Hand hielt. Adolf verharrte einen Moment lang und stellte sich auf die Zehenspitzen, offenbar, um besser ins Haus sehen zu können; dann drehte er den Kopf plötzlich in Richtung der Latrinen, die ein Stück rechts von ihm standen. Auf der anderen Seite des Hauses dauerte die Knallerei noch immer an; einige der Explosionen waren so hell, dass die Umgebung einen Moment lang wie von gelben Blitzlichtern erleuchtet wurde. Yeruldelgger konnte gerade noch erkennen, wie der Bär eine der Latrinen betrat, dann wurde es wieder dunkel. Schemenhaft sah er, wie sich Adolf nun auch auf die Latrine zubewegte. Er blieb mit der Waffe in der Hand und ausgestrecktem Arm ungefähr einen Meter vor der geschlossenen Tür stehen und wartete wohl nur noch eine weitere Abfolge des Feuerwerksgeknatters ab, um den Bären durch die geschlossene Holztür zu erschießen.

»Hier ist besetzt!«, grummelte der von drinnen. Bevor er sich vollends umgedreht hatte, um zu sehen, wer sich ihm von hinten näherte, war Adolf bereits bewusstlos, und Yeruldelgger kniete neben ihm, um ihn sich geräuschlos über die Schulter zu werfen. Als der Bär die Latrinentür mit einem unwirschen Fausthieb aufschlug, um nachzusehen, was da draußen los war, konnte er in der Dunkelheit nichts weiter erkennen als einen Betrunkenen, der einen noch stärker Betrunkenen geschultert hatte und um die Hausecke bog.

71

… nicht mehr die Bestie, die eine Bärin in der Zwischenzeit verschlungen haben würde

»Dein Chuuschuur wird langsam kalt!«, sagte Colette, die sich ihre Portion gerade schmecken ließ, als Yeruldelgger die Jurte wieder betrat, diesmal durch die Eingangstür. »Ach, musst du dich diesmal nicht durch den Wandfilz reinschleichen?«

»Nicht mehr nötig. Er ist nicht mehr in der Lage, mich zu erkennen«, erklärte Yeruldelgger und schleifte den bewusstlosen Adolf hinter sich her ins Innere.

»Ist er tot?«

»Noch nicht«, erwiderte Yeruldelgger sachlich.

»Wieso warst du denn so hinter ihm her?«

»Wegen dieser Knallerei. Es kam mir gleich verdächtig vor, dass hier auf einmal Feuerwerksknaller verteilt wurden. Die klingen doch wie Schüsse; ich dachte mir, das könnte für eine gute Geräuschkulisse sorgen, wenn man davon ablenken will, dass man jemanden umlegt. Und tatsächlich wollte sich dieser kleine Gangster das zunutze machen; ich habe ihn dabei erwischt, wie er den Bären abknallen wollte.«

»Und du hast ihn daran gehindert? Ich dachte, den wolltest du selbst tot sehen?«

»Stimmt, aber vorher will ich noch von ihm erfahren, wo die Leichen der Eltern des Mädchens abgeblieben sind, und …«

»Und?«

»Ich möchte selbst entscheiden, wann und wie er stirbt.«

»Dann fessle diesen Typen endlich und iss erst mal, solange es noch heiß ist.«

Yeruldelgger fischte eine große Chuuschuur-Teigtasche aus der fetten Brühe, hielt sie hoch, legte den Kopf in den Nacken und verschlang sie wie ein Seehund im Zirkus. Dann wischte er sich die Finger an Adolfs Kleidung ab und schnürte den nach wie vor Ohnmächtigen so zusammen, dass er sich nach dem Aufwachen nicht bewegen konnte. Colette goss ihm gerade etwas Chuuschuur-Brühe in den Teller, als die junge Frau aus der Küche mit dem gebratenen Murmeltier am Eingang erschien. Dessen köstlicher Duft erfüllte sogleich die ganze Jurte, aber die junge Frau wirkte unruhig und verängstigt. Als sie sich vorbeugte, um mit dem richtigen Fuß über die Schwelle zu treten, geriet sie ins Taumeln, und der Teller glitt ihr aus den Händen. Ein ziemlich struppiger und stark angeheiterter Koreaner wollte sie von hinten packen und hatte bereits mit beiden Händen unter ihren Rock gegriffen. Neben ihm tauchten noch zwei weitere Typen grinsend in der Tür auf und feuerten ihn an, die junge Frau an den Füßen aus der Jurte herauszuziehen.

Yeruldelgger fing den fettglänzenden Boodog auf, dann sprang er auf. Dem Koreaner, der die junge Küchenhilfe so grob behandelt hatte, versetzte er einen so kräftigen Tritt, dass er taumelnd die anderen beiden mit umriss. Der Kommissar stürmte nach draußen und trat dem Ersten, der aufstehen wollte, gegen das Knie. Der andere war zu betrunken, um sich ernsthaft wehren zu können.

Viele der koreanischen Biker lagen stockbetrunken auf dem Boden, die restlichen tanzten wie von Sinnen um das Feuer herum. Die paar, die sich einigermaßen aufrecht halten konnten, balgten sich um das Mikrofon, um im Karaoke-Stil Songs von Michael Jacksons Album *Thriller* auf Koreanisch zu grölen.

Zwei stritten sich gerade um das Mikro. Ein paar andere sprangen mit Wodkaflaschen in der Hand quer über das Feuer und schrien dabei wie Kamikazeflieger. Eine der Flaschen fing Feuer, und der Mann wälzte sich am Boden, um die Flammen an seinem Ärmel zu ersticken. Keiner hatte mehr die Kraft oder den klaren Kopf, um dem Mann zu helfen, aber alle Umstehenden grinsten breit, als der Verwundete seinen angekokelten Arm wie eine Trophäe lachend in die Höhe reckte. Der Boden war mittlerweile vollständig mit Glasscherben und zerquetschten Bierdosen übersät. Schalen mit Chuuschuur waren umgekippt, die Nähte der Boodog aufgerissen. Im Schein der durch den vielen verschütteten Alkohol noch größer gewordenen Flammen sah Yeruldelgger, wie die alte Köchin inmitten des ganzen Durcheinanders und der sich herumwälzenden betrunkenen Koreaner von dem Essen zu retten versuchte, was zu retten war. Als sie zwischen zwei Koreanern hindurchging, die nicht mehr in der Lage waren aufzustehen, versuchte einer von den beiden sie aufzuhalten, indem er sie mit einer Hand am Genick packte und nach unten zog. Mit der anderen packte er die Brust der alten Frau und gab auf Koreanisch ein wildes Gebrüll von sich, bei dem es sich ganz bestimmt um irgendwelche Obszönitäten handelte. Der andere nutzte ihre gebückte Haltung, um seine Hände unter ihren Rock zu schieben. Yeruldelgger verdrehte ihm den Arm und beide Hände und renkte ihm zum Klang einer hämmernden Macarena aus dem Synthesizer mit einem Fußtritt die Schulter aus. Der Mann heulte vor Schmerz laut auf, und sein Kumpel versuchte, sich aufzurappeln, aber Yeruldelgger zertrümmerte ihm mit einem Stoß seines Ellbogens den Kiefer. Dann stieg er mit der Waffe in der Hand quer über das ganze Chaos hinüber zu dem Synthesizer und brachte das Gerät mit mehreren gezielten Schüssen zum Schweigen. Schlagartig wurde es ganz still. Eine grandiose Ruhe senkte sich über das Tal. Endlich!

Auf der anderen Seite des Lagerfeuers begann jemand zu reden. Der Tonlage konnte man entnehmen, dass er wütend war, dass er wissen wollte, was los war, wer geschossen hatte.

Yeruldelgger zielte quer über das Feuer und verschoss seine letzte Patrone, die ganz in der Nähe des Plärrers in den Boden einschlug. »Gibt es hier jemanden, der dolmetschen kann?«, fragte er, während er ein neues Magazin nachlud.

»Ich«, murmelte eine schwache Stimme, die von der Seite kam.

»Dann sag deinen Leuten, dass die Party jetzt vorbei ist.«

Auf die Übersetzung wurden gleich Protestrufe laut, sodass die Lautstärke sehr schnell anschwoll. Der Mann, der für den Synthesizer zuständig war, jammerte seinen Landsleuten etwas vor und zeigte auf sein zerstörtes Equipment.

»Sie sagen, sie hätten für die Party viel Geld im Voraus bezahlt. Sie wollen wissen, wer für den kaputten Synthesizer aufkommt.«

»Wenn sie es so sehen, dann werde ich jetzt mal ganz andere Saiten aufziehen«, sagte Yeruldelgger und zog seinen Dienstausweis hervor. »Sag ihnen, dass sie alle unter Arrest stehen, weil sie unerlaubt ein Naturschutzgebiet mit Motorrädern durchquert haben. Ich will, dass sich jetzt alle mit dem Gesicht zur Wand aufstellen, und jeder soll seinen Pass bereithalten.«

Wieder übersetzte der Mann, und erneut antwortete der andere in einem provokanten Ton, dem man anhörte, dass er sich nicht einschüchtern lassen wollte. »Er sagt, er hat keine Angst vor dir, sie bräuchten keine Erlaubnis, sie würden von Leuten geschützt, die dich deine Arroganz noch bitter bereuen lassen werden.«

»Dann sag ihm, wenn er dabei an Park Kim Lee denkt, der ist mit eingezogenem Schwanz wieder zurück nach Korea gegangen, Mickey ist inzwischen tot, und Adolf liegt gefesselt in meiner Jurte.«

Nach der Übersetzung dieses Satzes herrschte rundum betretenes Schweigen; schlagartig kam einem die Nacht rund um das Lagerfeuer schwärzer und frostiger vor. Yeruldelgger wiederholte seine Anweisung. Die Koreaner, die ihre Reisepässe bei sich trugen, stellten sich entlang der Außenwand der Küche auf. Die anderen wuselten auf der Suche nach ihrem Pass zwischen den Quads herum und gaben durch beschwichtigende Gesten zu verstehen, dass sie nicht versuchen wollten abzuhauen. Ihr Adrenalin war verpufft. Als alle an der Wand standen, konfiszierte Yeruldelgger die Pässe. »Eure Papiere könnt ihr morgen beim Kommissariat in Ulaanbaatar abholen. Für heute packt ihr eure Sachen und verschwindet von hier: Ihr könnt auf der anderen Seite des Dorfes und in gebührendem Abstand im Freien übernachten. Ich will keinen von euch mehr hier sehen. Wer sich in einer Stunde hier noch herumtreibt oder wer auf die Idee kommt, morgen hierher zurückzukehren, dem jage ich eine Kugel ins Knie. Habt ihr mich verstanden?«

Solange die Übersetzung dauerte, blieben sie angespannt, fast wie in Habtachtstellung stehen, danach senkten sie die Köpfe wie beim Anhören einer Strafpredigt. Yeruldelgger gab ihnen durch eine Handbewegung zu verstehen, dass sie sich rühren durften, und sie verstreuten sich schweigend in der Dunkelheit. Nun waren sie wieder brave und folgsame Koreaner, wie man es von ihnen gewohnt war.

Unterdessen hatte Yeruldelgger aus den Augenwinkeln beobachtet, dass sich die drei Köchinnen in seine Jurte geflüchtet hatten, und als er sich nun auf den Weg dorthin machte, sah er sich aufmerksam nach dem Bären um, der sich während seines kleinen Auftritts nicht hatte blicken lassen. Er wollte schon aufgeben, als er hinter sich zuerst ein dumpfes Geräusch wahrnahm und gleich darauf das Trappeln galoppierender Hufe. Yeruldelgger fuhr herum und sah, wie der Bär mit hängenden Zügeln auf einem nervösen Pferd in gestrecktem Galopp direkt auf ihn zugeritten kam. Er machte einen Satz zur Seite, um dem wahnsinnigen Pferd auszuweichen, dem Schaum vor seinem Maul, dem kalten Geruch der Steigbügel, dem Duft von Leder ...

»Da!«, schrie die alte Köchin ihm zu. Yeruldelgger drehte sich um. Sie hatte eines der Pferde, die hinter der Jurte im Gatter weideten, losgebunden und es mit einem tüchtigen Klaps auf die Kruppe in seine Richtung traben lassen. Das nervöse Tier zitterte am ganzen Körper und schlug mit dem Vorderhuf immer wieder ungeduldig auf die Erde. Es hatte seinen Artgenossen vorbeigaloppieren sehen und wünschte sich nichts mehr, als sich ihm anzuschließen. Einen Moment lang scheute das Tier, weil im nahen Feuer ein glühender Holzscheit explodierte und einen Funkenregen versprühte; Yeruldelgger nutzte diese Irritation des Pferdes, um nach den Zügeln zu greifen und sich auf seinen ungesattelten Rücken zu schwingen. Angst und Ungeduld ließen das Pferd angespannt umhertänzeln, und schließlich jagte Yeruldelgger es im Galopp hinter dem Bären her. Glücklicherweise verzogen sich die Wolken gerade etwas, und schwaches Mondlicht erleuchtete den Weg. Ungefähr hundert Meter vor sich konnte Yeruldelgger den Flüchtenden auf seinem Pferd erkennen, und er wandte sein Tier sofort nach rechts, den Abhang hinab. Er wollte auf jeden Fall verhindern, dass der Bär im Dorf Unterschlupf fand. Als der bemerkte, dass sein Verfolger ihm den Weg abschneiden wollte, änderte er die Richtung, umrundete den See und hielt auf den Wald zu. Yeruldelgger hatte ihn rasch eingeholt. Zu seiner eigenen Überraschung war er von diesem unverhofften nächtlichen Ritt äußerst angetan; der zum Waldsaum ansteigende Grashang unter dem Mondlicht bildete eine wundervolle Szenerie, der Galopp seines Pferdes war angenehm und geschmeidig, rund und nicht abgehackt. Er spürte, wie sich die Flanken des Tieres rhythmisch zwischen seinen Schenkeln bewegten, so wie in seiner Kindheit, als er frei, glücklich und stolz auf den langen Wettritten während der Naadams bis zur Erschöpfung die Steppe durchquert hatte. Obwohl er sich anstrengen musste, die schemenhafte Gestalt des Bären nicht aus den Augen zu verlieren, genoss Yeruldelgger tief in seinem Herzen diesen Höllenritt. Alles war wieder da, die Seidenkasaks, die sie getragen hatten, die Gesänge in den Falsettstimmen der Kameraden, die Anfeuerungsrufe der Wettkämpfer, die Geländewagen, die den Reitern abseits der Wege folgten, die Warnungen vor ...

Der rasende Galopp wurde abrupt gestoppt, als sein Pferd unglücklich in ein Murmeltierloch trat, sich von hinten her aufbäumte und sich überschlug. Ohne Sattel und Steigbügel wurde Yeruldelgger in hohem Bogen vom Rücken des Pferdes katapultiert und landete so hart auf dem Rücken, dass er das Gefühl hatte, seine Lunge versagte ihm den Dienst. Einen Sekundenbruchteil später zog ein sengender Schmerz durch seinen Körper, sein Kopf schlug auf dem Boden auf, und bevor ihm schwarz vor Augen wurde, sah er noch einmal einen blendenden, runden Lichtkegel. Alles war so schnell gegangen, dass er bereits das Bewusstsein verloren hatte und nicht mehr mitbekam, wie der Bär sein Pferd wendete und auf ihn zugaloppierte.

Als er wieder erwachte, saß er im Gras an das Rad seines Wagens gelehnt. Der Bär hockte einige Meter entfernt im Schneidersitz mit hinter dem Kopf verschränkten Armen im Licht der Autoscheinwerfer da und wurde von Colette mit vorgehaltener Pistole in Schach gehalten. Yeruldelgger spürte, dass da noch jemand war, ein durchdringender Geruch hing in der Luft, kitzelte ihn in der Nase und erweckte sein Gehirn wieder zum Leben. Die alte Mongolin kauerte neben ihm und schwenkte ein Fläschchen mit hocharomatischen Pflanzenextrakten unter seiner Nase.

»Autos sind für so was doch besser geeignet«, spottete Colette. »Die treten wenigstens nicht in Murmeltierlöcher.«

»Was für ein Abwurf, ich dachte, ich würde sterben«, antwortete Yeruldelgger und versuchte, sich aufzurichten. »Ich dachte, ich hätte schon in den berühmten hellen Lichttunnel der Todgeweihten geblickt.«

»Das waren die Scheinwerfer des Geländewagens«, erklärte Colette.

»Wie habt ihr es denn geschafft, den zu überwältigen?«, fragte Yeruldelgger weiter und deutete mit dem Kinn auf den Bären, aber schon diese kleine Bewegung des Kopfes war wie ein Stromstoß in den Nacken.

»Wir haben sein Pferd zum Scheuen gebracht. Er ist auch runtergefallen, und dann habe ich ihm eine Kugel ins Bein verpasst.« Colette deutete auf ihre Makarow.

»Du lernst ja schnell!« Er lächelte sie an und stand auf.

»Das habe ich mir bei dir abgeschaut! Und das war noch der leichtere Teil. Viel schwerer war es schon, die Großmutter davon abzuhalten, ihn mit dem Wagenheber totzuhauen.«

»Da hatte sie recht«, wandte sich Yeruldelgger an die alte Mongolin. »Vorerst brauchen wir ihn noch lebend.«

»Ich weiß schon, wonach du noch suchst«, sagte sie, stand ebenfalls auf und streichelte ihm zärtlich über die Wange. »Und ich weiß, wo sie sind.«

»Die Leichen der Eltern?«

»Ja. Ich habe dir doch gesagt, dass er mit dem Wohnmobil querfeldein auf die Wälder zugefahren ist. Dort ist das Reich der echten Bären; der Wölfe und der wilden Bären. Ich bin mir sicher, dass er die Leichen dort in der Wildnis abgelegt hat, damit sie von den Tieren gefressen werden.«

»Hast du es so gemacht?«, fragte Yeruldelgger den Mann, bebend vor Zorn.

Der gab keine Antwort, sondern schaute lediglich stur auf das Gras zwischen seinen Beinen hinab. Der Kommissar wertete dieses Schweigen als ein Eingeständnis und wandte sich wieder an die alte Mongolin. »Großmutter, würdest du ihm trotz allem noch einen Verband anlegen? Es ist wichtig, dass er wieder gehen kann, sobald es hell wird.«

»Ich werde sein Pferd nehmen, um Verbandszeug aus dem Camp zu holen. Dein Pferd hat sich leider das Bein gebrochen. Du musst mir helfen, es zu erschießen. In einer Stunde bin ich wieder hier.«

Noch bevor Yeruldelgger sein Gleichgewicht wiedergefunden hatte, war die alte Frau bereits im Galopp in der Dunkelheit verschwunden. Im Kofferraum des Wagens fand Yeruldelgger ein paar Gurte, mit denen er den Bären an die Stoßstange fesseln konnte. Dann schlug er Colette vor, sich wegen der nächtlichen Kälte ins Wageninnere zu setzen. Dort blieben sie eine ganze Weile an die Polster gelehnt sitzen. Colette bedauerte schließlich, dass sie in der Eile des Aufbruchs vergessen hatte, Zigaretten mitzunehmen, aber Yeruldelgger sagte nichts dazu. Er schaltete die Scheinwerfer aus, um Batterie zu sparen, und danach beschien wieder lediglich das Mondlicht die Umgebung. Die Wolken waren verschwunden. Ganz in der Ferne, am Waldrand, glaubten sie mehrmals die Umrisse eines Bären zu erkennen, aber vielleicht waren es auch nur Schatten in der Dunkelheit.

»Gibt es hier tatsächlich Bären?«, fragte sie.

»Ja«, antwortete er etwas schläfrig, »es ist ein schönes Land ...«

Als die alte Mongolin eine Stunde später zurückkam, waren sie eingeschlafen. Vor lauter Müdigkeit war Colettes Kopf an Yeruldelggers starke Schultern gesunken. Die alte Frau betrachtete voller Bewunderung sein Gesicht mit den geschlossenen Augen; er hatte so eine ruhige Ausstrahlung von innerer und äußerer Stärke, dass sie es bedauerte, nicht mehr so jung zu sein. Sie breitete eine warme Decke über die beiden aus, die sie aus dem Camp mitgebracht hatte.

»Hast du auch eine für den Bären dabei? Sonst erfriert er uns noch«, sagte Yeruldelgger, ohne die Augen zu öffnen.

»Aha, das macht dir wohl Spaß, dich schlafend zu stellen!« Schmunzelnd tat sie ein bisschen empört.

»Aber nur, wenn ich dabei von schönen Frauen betrachtet werde«, erwiderte er immer noch mit geschlossenen Augen.

»Du bist mir ein schöner Schwindler!«, rief sie und gab ihm einen Klaps auf die Schulter.

»Aua!«, sagte Yeruldelgger etwas übertrieben und öffnete die Augen. »Wenn du dich abreagieren musst, dann halte dich lieber an den Bären. Aber bitte sorg auch dafür, dass er am Morgen wieder laufen kann.«

»Einverstanden. Aber ich mache das nur, weil du mir versprochen hast, ihn zu töten. Pass auf, ich habe dir noch was mitgebracht. In dem ganzen Durcheinander hast du noch gar nichts davon gehabt.«

Lautlos schlüpfte er aus dem Wagen, um Colette nicht aufzuwecken. Die Großmutter hatte sich im Camp die Zeit genommen, das Pferd ordentlich zu satteln. Sie öffnete nun eine Satteltasche und zog eine kleine Schüssel mit Chuuschuur sowie den Murmeltierbraten hervor. Noch bevor er Zeit und Gelegenheit gehabt hatte, sich bei ihr zu bedanken, war sie bereits damit beschäftigt, mithilfe eines ebenfalls mitgebrachten Holzbündels ein kleines Lagerfeuer in Gang zu bringen. Er ließ sich im Schneidersitz im gelblichen Schein des Feuers nieder, mit dem Rücken zur blauen Kälte der Nacht gewandt. Schon wurde das Wasser für einen Buttertee heiß, und er spürte, wie er innerlich von der einfachen Liebe der Menschen der Steppe überwältigt wurde.

Beim Knistern des Feuers hatte er gar nicht gehört, wie Colette, die inzwischen ebenfalls aufgewacht war, mit der Decke über den Schultern zu ihm gekommen war, bis sie sich still an ihn lehnte. Die alte Mongolin breitete jetzt ein Tuch aus und legte das dampfende Murmeltier darauf; mit einem Messer schnitt sie es der ganzen Länge nach auf, wo es zugenäht worden war; die äußere Haut war vom Wiederaufwärmen etwas angebrutzelt, doch innen war das Fleisch bestens durch. Die in die Bauchhöhle eingenähten heißen Steine hatten das Körperfett schmelzen und das Fleisch gar werden lassen. Yeruldelgger nahm den ersten heißen Stein vorsichtig mit der Hand heraus und reichte ihn der alten Frau mit einer respektvollen leichten Verbeugung. Glücklich über diese Beachtung der guten Sitten, nahm sie ihn dankbar entgegen und warf ihn rasch von einer Handfläche in die andere, um sich die Hände nicht zu verbrennen. Der zweite fetttriefende Stein ging an Colette; wie bei dem ersten sollte die Übergabe des fetten Steins dem Empfänger Kraft und Energie für die nachfolgenden Tage schenken. Colette hielt ihren Stein mit den Fingerspitzen fest und betrachtete ihn wie ein Juwel. Yeruldelgger behielt den dritten und rollte ihn wie ein Stück heiße Seife zwischen seinen Händen. Dann schnitt er die ersten Fleischstücke ab und hielt sie den Frauen hin, die sie mit Daumen und Zeigfinger entgegennahmen. Die andere Hand hielten sie wie eine Schale darunter, damit nichts von dem wertvollen Fett und Bratensaft verloren ging – auch das gehörte sich so. Es war ein ganz traditionelles Essen im Freien, wie in den alten Zeiten, draußen unter dem Sternenhimmel rund um ein Feuer im Gras sitzend, mit einem Pferd in der Nähe inmitten der unendlichen Weiten der Mongolei.

»Meine Güte, es ist so lange her, dass ich so etwas erlebt habe«, murmelte Colette, der die Gedanken an ihre Kindheit Tränen in die Augen trieben. »Es ist so lange her. Ich hatte schon so gut wie vergessen, dass es so was Schönes gibt. Wie konnte ich nur?«

Während des Essens und bis in die frühen Morgenstunden erzählten sie sich leise in ihrer Sprache, die dahinplätscherte wie ein Bach unter raschelnden Blättern, die Geschichten ihrer jeweiligen Kindheit und verbrannten sich die Lippen am heißen Buttertee. Obwohl jeder von ihnen heutzutage ein völlig anderes Leben führte als die anderen, stellte sich heraus, dass ihre Kindheitserlebnisse und Kindheitserinnerungen alle sehr ähnlich waren. In der Nacht fragte sich Yeruldelgger, ob der Mann, den sie an die Stoßstange gefesselt hatten, auch einmal solche Tage voller Glück gekannt hatte. Aber die beiden Frauen hatten offensichtlich keine Lust, sich darüber den Kopf zu zerbrechen; sie waren für die wenigen letzten Stunden der Nacht in Schlaf gesunken.

Kurz bevor das allererste Licht des Morgens den Himmel über dem von Lärchenwipfeln gezackten Horizont mit perlmuttfarbenem Glanz überzog und Tausende von Vögeln singend ihre Überraschung zum Ausdruck brachten, dass sie wieder eine Nacht überstanden hatten, erhob sich die alte Mongolin und räumte still das Biwak auf. Als sie alles in den Satteltaschen verstaut hatte, weckte sie vorsichtig Colette und bedeutete ihr, in den Sattel zu steigen. Dann schwang sie sich ihrerseits auf die Kruppe des Pferdes und lenkte es im Schritt zum Camp zurück. Nachdem Colette ihr einen erstaunten Blick zugeworfen hatte, erklärte sie ihr leise, dass die nun folgenden Stunden des Schreckens ganz allein Yeruldelgger gehören sollten. Er bekam noch mit, wie sie aufbrachen, blieb aber unbeweglich liegen und dankte der alten Mongolin im Stillen, dass sie von sich aus verstanden hatte, was er wollte.

Als sie in der ersten Morgenröte außer Sicht waren, stand er auch auf und streute ein wenig Erde auf das Feuer, um es zu löschen. Dann weckte er den Bären, der ebenfalls in einen Halbschlaf versunken war. Er band ihn von der Stoßstange los, fesselte ihm die Hände hinter dem Rücken und band seine Füße mit einem Strick so dicht zusammen, dass er nicht rennen konnte. Dann zog er ihn hoch. »Kannst du laufen?«

»Ich kann dich umbringen!«, brummte der Mann trotz seiner Fesseln und seiner Wunde.

»Das werden wir ja später noch sehen«, erwiderte Yeruldelgger. »Also los. Du weißt, was ich von dir will.«

Das war nicht als Frage gemeint, und der Bär verstand es auch nicht so. Nur eine seiner beiden Wangen verzog sich zu einer hässlichen Grimasse, und er spuckte dem Kommissar vor die Füße. »Mehr als ein paar abgenagte Knochen dürften von denen nicht mehr übrig sein.«

»Weil du sie den Tieren einfach so zum Fraß vorgeworfen hast?«, tobte Yeruldelgger.

»Das haben die Mongolen immer schon so gemacht«, erwiderte der Bär.

»Wage es ja nicht, mir irgendwas von Traditionen zu erzählen, sonst bringe ich dich auf der Stelle um!«

»Du wirst mich nicht umbringen«, erwiderte der Mann selbstsicher.

»Das werden wir ja sehen! Lauf jetzt los. Ich will sie finden.«

»Das ist aber gefährlich«, erklärte der andere. »Jetzt ist die Stunde der Bären.«

»Ich habe keine Angst.«

»Ich schon.«

Im heller werdenden Licht konnte Yeruldelgger die Gesichtszüge des Mannes allmählich besser erkennen. Er wirkte irgendwie verkniffen, und Yeruldelgger verstand, dass dieser brutale Typ zum ersten Mal in seinem Leben wirklich Angst hatte. Mit einem Stoß zwischen die Schultern trieb er ihn weiter in Richtung Wald voran. Sie erreichten den Waldsaum, als die Dämmerung in das Morgenrot der aufgehenden Sonne überging, und bahnten sich in den noch düsteren Halbschatten ihren Weg durch das Unterholz. Der Mann schien in der Tat einen bestimmten Weg einzuschlagen, den er kannte; gelegentlich streiften Zweige über sein Gesicht. Yeruldelgger sagte ihm, er solle stehen bleiben; dann befahl er ihm, sich hinzulegen und die gefesselten Hände vor den Körper zu nehmen. Der Bär verdrehte und wand sich, um die Beine irgendwie zwischen den gefesselten Armen hindurchzuquetschen, und stieß plötzlich einen Schmerzensschrei aus, weil sich sein verletztes Bein in den Fesseln verheddert hatte, worauf es wieder zu bluten anfing. Schließlich half Yeruldelgger ihm wieder auf die Beine und bedeutete ihm weiterzugehen. Jetzt konnte er sich mit den Armen besser gegen überhängende Äste und Zweige schützen, aber Yeruldelgger war nun noch vorsichtiger und hielt ausreichenden Abstand zu ihm, damit er nicht unverhofft irgendwelche falschen Bewegungen machte und ihn niederzuschlagen versuchte. Außerdem konnte er ihm so nicht irgendwelche Zweige ins Gesicht schnellen lassen.

Die alte Mongolin hatte ausgesagt, er sei nach ungefähr drei Stunden mit dem Uljanowsk ins Camp zurückgekehrt. Trotz seiner zweifellos großen körperlichen Stärke hätte der Mann niemals beide Leichname auf einmal tragen können. Er hatte also erst den ersten wegschleppen und ablegen und dann zurückkehren und den ganzen Weg noch einmal gehen müssen. Demnach konnte der Weg tief in den Wald hinein und wieder hinaus jeweils nicht länger als eine halbe Stunde gedauert haben. Yeruldelgger ließ das Display seiner Armbanduhr aufleuchten, um besser abschätzen zu können, wie lange sie unterwegs waren. Doch die nächste halbe Stunde führte der Mann ihn immer tiefer ins Unterholz hinein. Die ersten schrägen Sonnenstrahlen fielen durch die Baumkronen und bildeten helle Flecken auf dem Waldboden. Am Rand einer kleinen Lichtung blieb der Bär stehen.

»Ist es hier?«, wollte Yeruldelgger wissen.

»Hier war es.«

»Nimm die Arme wieder auf den Rücken.«

Der Mann tat dies, indem er sich an einen Baumstamm lehnte, um dabei nicht umzukippen.

»Jetzt leg dich hin!«

»Was hast du vor?«

»Leg dich gefällst auf den Boden! Auf den Bauch!«

Der Bär musterte den Kommissar aus den Augenwinkeln und kniete sich hin, verharrte aber in dieser Position. Yeruldelgger ging einmal um ihn herum und stieß ihn dann mit einem Fußtritt zu Boden. Dann kauerte er sich neben ihn, drückte ihm ein Knie in den Rücken und band die Hand- und die Fußfesseln an den nach hinten gebeugten Beinen so zusammen, dass er sich nicht mehr rühren oder gar aufstehen konnte. Mit dem Gesicht auf der Seite liegend, den blutenden Fuß in der Luft, stieß der Bär eine Flut von Verwünschungen über den Kommissar aus und verfluchte dessen Mutter und Großmütter über viele Generationen hinweg.

»Wo genau?«, fragte Yeruldelgger weiter.

»Hinter dem Gebüsch da, ein Stück nach links und noch ein bisschen weiter rein.«

Yeruldelgger trat um das Gebüsch herum, wo er im ersten Moment nichts anderes als einen einzelnen runden großen Kiesel auf dem Humusboden des Waldes sah. Das kam ihm immerhin so ungewöhnlich vor, dass er näher trat, um sich den Stein genauer zu betrachten. Bei näherem Hinsehen entpuppte sich der vermeintliche Kiesel aber als das Gelenk eines großen Knochens, vermutlich eines Oberschenkelknochens. Was das anging, hatte das Schwein also tatsächlich die Wahrheit gesagt. Hier waren die Leichen gewesen, und er hatte sie hierhergebracht. Yeruldelgger sah sich auf der kleinen Lichtung nach weiteren Beweisen für diese Schreckenstat um. Den Tieren zum Fraß hingeworfen, mussten die beiden Leichen nach und nach von Bären, Wölfen und Füchsen auseinandergerissen und abgenagt worden sein. Ihre Überreste waren vermutlich in einem Umkreis von mehreren hundert Metern verstreut. Manche Tiere hatten größere Fleischstücke aus den Leichen herausgerissen und weit fort bis in ihre Behausungen geschleppt, um ihre Jungen damit zu füttern.

Yeruldelgger sah sich weiter um, einerseits von dem Wunsch und der Notwendigkeit getrieben, möglichst viele sterbliche Überreste einzusammeln, andererseits geplagt von der Vorstellung, auf welche Horrordetails er noch stoßen würde. Es dauerte nicht lange, bis er auf einen menschlichen Schädel stieß, der von Würmern und Ameisen längst blankgeputzt war. Weitere verstreute Knochen. Ein paar abgerissene Rippen ... Er hatte genug gesehen. Später würde er ein Regiment von Forensikern anrücken lassen, am besten unter Solongos Leitung, damit sie die Überreste dieses bedauernswerten Ehepaares einsammelten und gerichtsmedizinisch untersuchten.

In einer Hinsicht hatte der Bär zweifellos recht: Er hatte seinen Opfern eine Bestattung gemäß den archaischsten Traditionen bereitet. In uralter Zeit hatte man Leichen in der Tat den wilden Tieren überlassen, weil man glaubte, sie würden die Knochen aufbrechen und dadurch die Seelen der Toten befreien. Aber dieser Mann hatte vorher die Frau vergewaltigt, dem Mann das Genick gebrochen und die Tochter schutzlos ihrem Schicksal überlassen. Für diese grausamen Verbrechen musste er bezahlen; entschlossen, ihm den Schädel einzuschlagen, ging Yeruldelgger wieder auf die Lichtung zu.

Als er das Bärenjunge bemerkte, blieb er wie angewurzelt stehen. Ein nicht einmal einjähriges Junges; es war vermutlich im Winter zur Welt gekommen und hatte wohl vor höchstens vier Monaten seinen Bau verlassen. Das lebhafte schwarze Pelzknäuel, tollpatschig, aber keineswegs harmlos, umkreiste neugierig und irgendwie erstaunt den gefesselten Mann auf dem Boden, schnüffelte an seinem verletzten Fuß, steckte die Nase in seine Kleider und tapste mit seinen kleinen Tatzen mit den bereits spitzen Krallen über die gefesselten Arme. Der Mann stellte sich tot; wahrscheinlich war er auch starr vor Panik.

Das Bärenjunge war hier sicherlich nicht allein. Solange sie noch so klein waren, ließen Bärenmütter nie zu, dass sich ihre

Kleinen allzu weit entfernten oder gar vor ihnen herliefen. Wo war sie? Von welcher Seite war das Bärenjunge auf die Lichtung gelangt, und von welcher Seite würde sie kommen, um es zu holen? Yeruldelgger wagte nicht, sich zu bewegen. Es gab nichts Wütenderes und Gefährlicheres als eine Bärin, die ihre Jungen verteidigte. Zweihundert Kilo geballte Angriffskraft, messerscharfe, tödliche Krallen und so kräftige Kiefer, dass sie einem Wolf mit nur einem Biss den Garaus machen konnten.

Der kleine Bär hatte ihn noch gar nicht bemerkt. Er versuchte nach wie vor, den Mann am Boden mit der Schnauze anzustupsen und zum Spielen zu bewegen. Er spürte genau, dass das dort ein lebendes Ding war, konnte aber nicht begreifen, warum es reglos liegen blieb. Allmählich wurde das Junge ungeduldig. Trotz seiner Panik spürte das auch der Mann. Er hoffte, dass das Tier die Lust verlieren und sich davontrollen würde. Dass es die Lichtung verließ und wieder im Wald verschwand. Aber nichts dergleichen geschah. Der Bär stupste ihm nur weiterhin mit der Schnauze in die Rippen, um ihn dazu zu bringen, sich zu bewegen, schnüffelte ausgiebig an seinen Haaren, leckte ihm über die Wange und ließ sich schließlich schwer mit dem Hintern neben ihn fallen. So blieb er eine Weile sitzen, nahm Witterung auf, wirkte erstaunt, enttäuscht, dann stand er wieder auf, verharrte einen Moment lang ratlos neben dem unbeweglichen Körper. Dann machte es eine Kehrtwende, um die Lichtung zu verlassen, kam noch einmal zurück, trottete wieder fort wie ein Kind, das sich nicht entscheiden kann, ob es gehen oder bleiben soll. Als es gerade wieder in Richtung Unterholz unterwegs war, ertönte aus dem Wald ein tiefes, beunruhigtes Brummen – seine Mutter rief es aus einiger Entfernung zu sich.

Die beiden Männer begriffen sofort, wie gefährlich die Situation nun werden konnte. Das Brummen war aus der entgegengesetzten Richtung gekommen, in die sich der kleine Bär bewegte. Wenn die Bärin hier auftauchte, befanden sie sich zwischen ihr und ihrem Jungen, und sie würde sofort angreifen, um es zu beschützen.

»Bind mich los!«, schrie der Mann. »Bind mich los!«

Damit erreichte er nur, dass er den kleinen Bären weiter erschreckte, der sich jetzt hin- und herwiegte, unentschlossen, ob er ins Unterholz fliehen oder über die Lichtung hinweg zu seiner Mutter zurückkehren sollte. Dafür müsste er aber an dem merkwürdig schreienden Ding auf dem Boden vorbei. Allmählich wurde der Bär panisch. Das zornige Brummen aus der Ferne, der Befehl zur Rückkehr, ertönte erneut. Die Tatzen des Kleinen fingen an zu zittern. Er konnte sich einfach nicht entscheiden und fing an zu quieken und zu kreischen wie ein weinendes Menschenkind, das sich im Wald verlaufen hat.

Yeruldelgger hechtete weg von der Lichtung, umrundete sie, um hinter die Bärin zu gelangen. Wo immer sie genau sein mochte, die Klagerufe ihres Jungen hatte sie mit Sicherheit vernommen und bahnte sich bestimmt gerade einen Weg durchs Unterholz, um ihm zu Hilfe zu kommen. Plötzlich sah er, wie sich an einer Stelle die Zweige heftig bewegten wie bei einem Sturm, und schon brach die riesige, wütende Bärin mit gesträubten Nackenhaaren und weit geöffnetem purpurnem Rachen, mit seinen spitzen gelblichen Zähnen, aus dem Dickicht hervor. Laut brüllend rannte Yeruldelgger nun auch auf die Lichtung, um den kleinen Bären mit seinem Geschrei auf sie zuzutreiben. Der Gefesselte blieb reglos liegen. Der verängstige Kleine sprang auf seine Mutter zu und rettete sich unter ihren Bauch. Noch während die Bärin ihr Junges in den Schutz des Unterholzes jagte, griff sie Yeruldelgger an. Der Mann am Boden war wie gelähmt und traute seinen Augen nicht. Yeruldelgger und die Bärin, die in ihrem Zorn große Stücke Waldboden ausriss, standen einander direkt gegenüber. Er hatte sich auf die Zehenspitzen gestellt, die Arme über den Kopf gehoben und brüllte und kreischte, von einem Bein aufs andere tänzelnd, um das Tier einzuschüchtern.

Das war seine einzige Chance. Alles andere würde ihm nichts nützen. Vor allem musste er der Versuchung widerstehen, seine Waffe zu zücken. Es hätte gar keinen Zweck gehabt zu schießen. Mit seiner Faustfeuerwaffe hätte er sie niemals töten, allenfalls verletzen können und damit erst recht ihre ganze Wut entfesselt.

Er musste jetzt versuchen, das Bärenjunge zwischen die Bärin und sich zu bringen und sie damit vor die Entscheidung zu stellen, ob sie sich lieber auf einen Kampf mit ungewissem Ausgang einlassen oder ihr Junges in Sicherheit bringen wollte. Vielleicht konnte er sie durch Einschüchterung überwinden und ausnahmsweise einmal entgegen den Lehren des Nergui den Rückzug antreten, indem er langsam rückwärtsging.

Wie er es erhofft, aber beinahe nicht für möglich gehalten hatte, blieb die Bärin nur wenige Meter entfernt vor ihm stehen und richtete sich brummend auf die beiden Hintertatzen hoch auf. Etliche Sekunden tanzten beide voreinander hin und her, das gleiche spiegelbildliche Einschüchterungsverhalten. Aber das Gebrumm und die Bewegungen der Bärin hatten sich verändert. Es war kein Angriffsverhalten mehr. Sie wollte den Rückzug mit ihrem Jungen sichern. Sie wollte Zeit gewinnen, damit der kleine Bär sich wieder fassen konnte, seinen Schrecken überwand und ihr wieder gehorchte. Dann ließ sie sich wieder auf alle viere fallen und wendete den Kopf nach hinten, um zu sehen oder zu hören, wo der Kleine war und wie es ihm ging. Yeruldelgger machte sich ebenfalls kleiner, um sie nicht weiter zu provozieren. Sie behielten einander im Auge und wiegten sich auf den Beinen hin und her wie zwei Sumoringer. Dann brummte sie ihrem Jungen zu, das angetapst kam, um sich zwischen ihren Hintertatzen zu verkriechen. Sie schubste es von Yeruldelgger weg, und gemeinsam zogen sie sich von der Lichtung zurück. Zwei Meter vor den ersten Bäumen wandte sie sich noch einmal um und fauchte ihn ein letztes Mal an, dann verschwanden sie im Dickicht.

»Wir müssen hier abhauen«, flehte der Mann, zitternd vor Angst. »Es kann sein, dass sie zurückkommt.«

»Darauf kannst du Gift nehmen«, erwiderte Yeruldelgger. »Sie hat schon Blut geleckt. Sie hat deine Wunde bereits gewittert, das wird sie ganz verrückt machen. Sobald sie das Kleine in Sicherheit weiß, kommt sie zurück, und dann bist du dran!«

»Was redest du denn da?«, sagte der andere in Panik.

»Dass du dich schon mal drauf gefasst machen kannst, wie du von einer wilden, wütenden Bärin bei lebendigem Leib zerfetzt wirst.«

»Das kannst du nicht zulassen! Das kannst du nicht zulassen! Du kannst mich hier nicht wehrlos liegen lassen!«

»Waren all die Mädchen, die du zum Sex genötigt oder schlicht vergewaltigt hast, nicht genauso wehrlos? War die Europäerin, die du getötet hast, nicht genauso wehrlos? Waren nicht alle deine Opfer, denen du das Leben zur Hölle gemacht hast, genauso wehrlos?«

»Ich bitte dich! Ich flehe dich an! Mach das nicht! Du Hurensohn, lass mich hier nicht allein liegen. Du Scheißtyp! Du Dreckskerl! Ich bitte dich, hab doch Mitleid!«

»Wie? Mitleid? Ich habe mit niemandem mehr Mitleid. Ich empfinde nur noch Wut und Zorn, aber bestimmt kein Mitleid mehr. Abschaum wie du hat meinen Vorrat an Mitleid restlos aufgebraucht.«

Yeruldelgger verließ die Lichtung in der entgegengesetzten Richtung, in der die Bären verschwunden waren. Das tiefe Brummen der Bärin war auch von weiter weg durch das Blätterdickicht noch zu hören. Sie trieb sich in sicherer Entfernung herum, angelockt von dem verletzten Mann.

Er musste jetzt schnellstmöglich verschwinden, geräuschlos und ohne ihr erneut über den Weg zu laufen. Bei seinem Rückzug bis zum Biwakplatz achtete er auf jedes kleine Geräusch. Ungefähr alle zehn Meter knickte er gut sichtbare Zweige ab, ohne sie ganz abzureißen. Solongo und ihr Team würden sie als Wegweiser brauchen, um die Lichtung ohne große Umstände zu finden. Er erinnerte sich an ein Märchen, das er einmal in der Alliance française gelesen hatte und in dem ein Bauernjunge zum selben Zweck, später den Rückweg zu finden, Brotstückchen auf den Weg gestreut hatte. Aber die Vögel hatten sie alle aufgepickt. Er lächelte bei dem Gedanken an diese andere, blutigere Geschichte, in der die Retter den Weg dank der Brotstückchen tatsächlich finden würden, aber nicht mehr die Bestie, die eine Bärin in der Zwischenzeit verschlungen haben würde.

72

Und zwar schon seit langer, sehr langer Zeit

Am frühen Vormittag traf Yeruldelgger wieder im Bären-Camp ein. Sein Wagen holperte quer über das Steppengelände, bis er den See erreichte, dann fuhr er den Hügel hinauf. Als er die Frauen um einen gedeckten Tisch auf der Veranda des ersten Chalets sitzen sah, ließ er den Wagen stehen und ging die letzten Schritte zu Fuß. Sie sahen den großen Mann mit schwerem Schritt auf sich zukommen. Colette hatte sich zu den drei Köchinnen gesellt. Der Tisch war draußen für ein einfaches Frühstück hübsch gedeckt. Dort standen ein Korb mit goldbraun getoasteten, handtellergroßen Weißbrotscheiben, zwei große Einmachgläser voll dunkler Heidelbeermarmelade, ein Schüsselchen frisch geschlagener Yakcreme, die so dick war, dass der Holzlöffel darin aufrecht stehen blieb. Ein dampfender Kessel mit Buttertee. Yeruldelgger stieg schweigend die Stufen zur Veranda hinauf und setzte sich an den Tisch. Eine der jungen Küchenhilfen schob ihm gleich den Brotkorb zu, und die alte Mongolin stand kurz auf, um ihm Tee einzugießen. Als der heiße Tee seine Lippen berührte, weckte das mannigfaltige Erinnerungen an seine Kindheit. Nachdem er die Tasse wieder abgesetzt hatte, legte die alte Frau ihre Hand mitfühlend auf seine. »Alles in Ordnung?«, fragte sie, als hätte seine Anwesenheit die Frage nicht ohnehin beantwortet.

Er sah sie an. »Alles in Ordnung. Ich habe getan, was du auch tun wolltest. Ab jetzt bist du frei und kannst mit deinem Leben tun, was du willst.«

»Hat er gelitten?«

»Er leidet vielleicht immer noch.«

Sie reagierte entsetzt. »Ist er etwa noch nicht tot?«

»Beruhige dich, er ist wahrscheinlich noch nicht tot, aber er wird sich wünschen, tot zu sein. Reden wir bitte nicht mehr darüber. Von jetzt an kannst du hier schalten und walten, wie es dir gefällt. Mach aus diesem Camp einen schönen Ort, damit all dieses Unglück in Vergessenheit gerät. Und bete für meine Seele und für das, was ich für dich getan habe.«

»Hör zu, ich möchte ...«

»Bete für meine Seele, Großmutter, das ist alles, was ich mir jetzt wünsche.«

Schweigend nahmen sie das Frühstück ein. Die Blicke der Köchinnen schweiften mit einem Ausdruck innerer Ruhe und Zufriedenheit über die Umgebung, so wie man sich nach einer gerade überstandenen Krankheit beruhigt in die Kissen zurücklehnt. Der Schmerz klingt ab, der Körper ist noch erschöpft, aber die Gewissheit ist da, dass man genesen wird.

Wenig später machte sich Yeruldelgger auf den Weg zu seiner Jurte. Die Koreaner waren längst verschwunden. Die einzige Spur von ihrer Anwesenheit war das letzte bisschen Glut unter der Asche. Die Frauen hatten sich wohl schon früh am Morgen darangemacht, sämtliche leeren Flaschen, Scherben und sonstigen Überreste der wilden Zecherei einzusammeln und zu beseitigen. Das war ihnen zweifellos ein starkes Bedürfnis gewesen. Er betrat seine Jurte, ohne Adolf, der immer noch an Händen und Füßen gefesselt dalag, auch nur eines Blickes zu würdigen. Der Stapel mit den Pässen der Koreaner lag auf einem kleinen Beistelltisch. Yeruldelgger entschloss sich, sie allesamt draußen in die Glut zu werfen.

Colette war ihm gefolgt. »Hast du dazu überhaupt ein Recht?«

»Nein«, erwiderte er, »aber was soll's? Ich habe einfach Lust, ihnen das Leben ein bisschen schwerer zu machen. Ihnen und ihrer Botschaft. Sollen die sich dort kümmern. So kommt diese ganze Sauerei wenigstens auch ans Licht der Öffentlichkeit.«

Anschließend machte er eine Reihe von Telefonanrufen. Zuerst bat er Solongo, mit einem Team von Kriminaltechnikern ins Camp zu kommen, um die sterblichen Überreste der Eltern des Mädchens mit dem Dreirad zu bergen und Spuren und Beweise zu sichern. Dann telefonierte er mit Billy, um ihn daran zu erinnern, dass er sich um die Verhaftung und das Verhör des Schrotthändlers, des Bruders des Bären, kümmern sollte; außerdem sollte er Solongo hierherbegleiten. Bei den übrigen Anrufen ging es ihm darum, den Verbleib von Saraa ausfindig zu machen, so wie er es schon die ganze Zeit machte, seit er nichts mehr von ihr gehört hatte.

Den Rest des Tages wollte er in Ruhe verbringen, sich in dem Camp ein wenig erholen. Er wollte den dankbaren Frauen beim Kochen zusehen, zum See hinuntergehen und Steine übers Wasser hüpfen lassen und die kreisförmigen Wellen auf der dunklen Wasseroberfläche betrachten. Von dort wollte er weiter zu dem Gebirgsbach hinuntergehen, zusehen, wie die Forellen auf ihrer Wanderung wie Silberpfeile durch das Wasser schnellten. Er wollte diese ganze Umgebung in sich aufnehmen, die grünen Abhänge der Hügel, die Wälder, und dabei wurde ihm klar, dass diese Gegend der Ort und die Landschaft seines Albtraums war. Er konnte kaum glauben, dass sich all die verschlungenen Fäden, die er in der letzten Zeit verfolgt hatte, gerade hier lösen sollten, wie er es sich bereits unbewusst vorgestellt hatte. Nur weil ein brutaler Kerl seine Sex- und Machtgelüste rücksichtslos ausgelebt und die Mutter eines kleinen, unschuldigen Kindes vergewaltigt und ihren Vater erschlagen hatte, war dieses Kind völlig allein gewesen. Weil ein auf seine Weise ebenso rücksichtsloser, stinkreicher Koreaner im denkbar unglücklichsten Moment mit seiner Maschine im wahrsten Sinne des Wortes den Weg des Mädchens gekreuzt hatte, war die Kleine Opfer eines schweren Unfalls geworden. Anschließend hatte ein moralisch durch und durch verkommener Karrierist bei der Polizei den größten Dummkopf, den er finden konnte, damit betraut, die Kleine so weit wie möglich entfernt zu verscharren. Und zufällig war genau derselbe Dummkopf von einem weiteren korrupten Polizisten in ein Massaker an drei Chinesen verwickelt worden ...

Yeruldelgger hatte genau herausgefunden, wie der Unfall und die beiden Verbrechensserien abgelaufen waren. Er hatte die Verbindung zwischen allen diesen Schreckenstaten aufgedeckt. Einer der beiden korrupten Polizisten war tot, der andere hinter Gittern, der idiotische Handlanger lag gefesselt in Yeruldelggers Jurte, und er hatte mit dem Mörder der Eltern des Mädchens abgerechnet. Die Hirsche, die Wölfe, die Karpfen, der Bär aus seinem Albtraum waren alle identifiziert; nur den Schäfer musste er noch dranbekommen. Denjenigen, der dafür gesorgt hatte, dass zwei korrupte Polizisten und der Dummkopf in die beiden Fälle verwickelt wurden. Denjenigen, der außerdem versucht hatte, seine Tochter umbringen zu lassen, um ihn von weiteren Ermittlungen abzuhalten, so wie er es fünf Jahre zuvor schon einmal getan hatte. Denjenigen, der Oyun eine Kugel mitten ins Herz hatte schießen lassen. Einen Mann, der mit den Koreanern dealte und mit den Chinesen Geschäfte machte, der Kriminalbeamte korrumpierte und nationalistische Splittergruppen manipulierte. Einen Mann, der wusste, wie vernarrt er in Kushi und Saraa war. Selbstverständlich wusste Yeruldelgger nur zu genau, um wen es sich bei dem Schäfer aus seinem Albtraum handelte. In seinem Unterbewusstsein hatte er es von Anfang an gewusst, aber es hatte erst all diese Schandtaten und Unglücksfälle gebraucht, damit er es sich endlich eingestand!

»Einen Tögrög für deine Gedanken«, sagte Solongo.

Yeruldelgger lag ausgestreckt auf dem Rücken im Gras und blickte traumverloren zu den Wolken am Himmel. Er drehte den Kopf; sie stand zwei Meter von ihm entfernt. Ihre Gestalt zeichnete sich vor dem weiten Himmel ab, ein Gefühl der Verliebtheit erfüllte ihn, und er machte sich klar, dass er sich seit Kurzem erlaubte, sie zu lieben. Und er sagte sich, dass sie das auch verdient hatte. Bevor er antwortete, atmete er so tief ein, als wollte er die ganze Luft der Mongolei in sich aufsaugen. »Ich denke an gar nichts.«

»Ich weiß schon«, erwiderte sie und ließ sich neben ihm im Gras nieder, »du gibst den Wolken Namen.«

»Ich weiß nicht, was mich noch davon abhält, dir die Kleider vom Leib zu reißen und mich mit dir nackt durch das Gras zum See zu wälzen, damit wir uns im eiskalten Wasser lieben können.«

»Möglicherweise die Tatsache, dass von dort oben am Hang ein gutes Dutzend Polizeikräfte zuschaut, die darauf warten, Anweisungen von dir zu erhalten.«

Yeruldelgger überstreckte den Kopf nach hinten, und es sah so aus, als hingen etwa zwölf Polizisten mit den Füßen von einem grasgrünen Himmel in ein blaues Nichts. Er fluchte leise vor sich hin, richtete sich rasch auf, rubbelte sich mit seinen großen Händen über das verschlafene Gesicht, griff nach Solongos ausgestreckter Hand und ließ sich von ihr aufhelfen.

»Und allem Anschein nach hast du deine Jurte mit einer gewissen Mitbewohnerin geteilt?«, fragte sie auf dem Weg zum Camp hinauf.

»Ganz so war es nicht. Wir haben im Freien kampiert, mal im Wagen, mal unter dem Sternenhimmel.«

»Nach der Nacht, die dir heute bevorsteht, wirst du aber keine Mitbewohnerin mehr brauchen, nicht einmal eine professionelle!«

»Na hör mal, sie ist doch ein ganz nettes Mädchen. Ich habe für sie diesen kleinen Ausflug ins Grüne arrangiert, weil sie mir Chuluum ans Messer geliefert hat und ich sie eine Weile aus dem Verkehr ziehen musste.«

»Ich weiß, ich habe nur Spaß gemacht. Wie heißt sie eigentlich?«

»Sie heißt ... na, zumindest nennt sie sich Colette, aber ich habe in der Tat keine Ahnung, wie sie wirklich heißt.«

»Also, ich muss schon sagen, Yeruldelgger, entweder verhältst du dich ihr gegenüber wie ein ziemlicher Rüpel, oder du schaffst es, mich sehr geschickt anzulügen. Du weißt tatsächlich nicht, wie sie in Wirklichkeit heißt?«

»Ich habe ihren Namen bestimmt mal in einer Akte gelesen, aber ich habe ihn wieder vergessen und sie nicht mehr danach gefragt. Meine Liebe, ich bin vor allem ein Mensch, der sehr müde ist.«

»Das trifft sich ja gut. Soweit ich sehe, sind alle anstehenden Fälle jetzt gelöst, oder? Möglicherweise fehlen ja noch ein paar kleine Puzzleteilchen hier und da, aber ich glaube, das kannst du getrost Billy und seinem neuen Team überlassen, meinst du nicht?«

»Nein, nicht ganz. Ich will Erdenbat noch zu fassen kriegen, und ich kann niemand anderem zumuten, zu ihm zu gehen.«

»Zu Erdenbat? Das letzte Mal, als du dort hingegangen bist, um ihn zu verhaften, hätte dir ein korrupter Bulle um ein Haar eine Kugel in den Kopf gejagt.«

»Das stimmt, aber mittlerweile hat sich die Lage geändert. Seitdem weiß ich, dass er für den Mord an Kushi und den Mordversuch an Saraa direkt verantwortlich ist.«

»Das glaube ich dir, aber das ändert nichts daran, wie gefährlich es für dich wäre, wenn du ihn allein verhaften willst.«

»Dieses Mal gehe ich aber nicht hin, um ihn zu verhaften ...«

Schweigend gingen sie weiter bis zum Camp. Als er zu seiner

Jurte abbog, sah Yeruldelgger, wie Colette gerade mit ihren Siebensachen herauskam.

»Wo willst du denn hin?«, fragte Yeruldelgger erstaunt, blickte dabei aber weniger auf Colette als vielmehr zu Solongo hinüber, die lediglich mit den Schultern zuckte und die Augenbrauen hob, um anzudeuten, dass sie keine Ahnung hatte, was hier vorging.

»Großmutter hat mir die kleine Ferienhütte unten am See für ein paar Tage überlassen«, erklärte sie. »So habt ihr beide hier eure Privatsphäre.«

»Ist das so offensichtlich?« Yeruldelgger staunte noch mehr.

»Was?«

»Dass wir ein Paar sind.«

»Das habe ich schon gemerkt, als sie noch gar nicht da war.« Colette lächelte ihn liebevoll an. »Auch wenn es dich nicht besonders interessiert, mein richtiger Name ist Altantsetseg. Im richtigen Leben, du weißt ja schon, dass ich mich beim Arbeiten Colette nenne.«

»Goldblume? Das passt gut zu dir!«

»Du sprichst doch ein bisschen Französisch. Das hat mir Chuluum mal bei irgendeiner Gelegenheit gesagt. Weißt du zufällig, was Colette bedeutet?«

»Keine Ahnung«, antwortete Yeruldelgger. »Bei denen haben die meisten Vornamen gar keine richtige Bedeutung.«

»Das kann nicht sein«, erwiderte Altantsetseg leicht enttäuscht. »Das Wort ›Colette‹ muss doch irgendeine Bedeutung haben!«

»Ja, doch, du hast ganz recht.« Yeruldelgger änderte blitzschnell seine Meinung, weil er sich an den Titel eines Romans erinnerte, den er in der Alliance française mal in einem Buchregal hatte stehen sehen. »Es bedeutet ›Erwachendes Herz‹.«

Das glückliche und stolze Lächeln, das daraufhin auf dem Gesicht der jungen Frau erstrahlte, nahm er als angemessene Entschädigung für diese kleine Lüge.

Der Nachmittag neigte sich dem Ende entgegen. Yeruldelgger besprach sich mit Solongo und Billy in der Jurte. Er berichtete ihnen von dem makabren Fund im Wald und wie der Tod der Eltern des Mädchens mit dem Dreirad mit den beiden Fällen verknüpft war. Sie konnten nun den gesamten Weg, den der Uljanowsk genommen hatte, rekonstruieren, sie kannten den Ort der Vergewaltigung und des Mordes, wie die Leichen in den Wald gekommen waren, wie der Bruder des Bären erst die wichtigsten Einbauten aus dem Wohnmobil herausgenommen und es dann in Ulaanbaatar an den Kasachen verkauft hatte, der es dann an Khüan weiterverkauft hatte, der es dann wiederum an den Schrotthändler von Altanbulag verscherbelt hatte. Dass sie die notwendigen Beweisstücke beim Bruder des Bären gefunden und die genetischen Fingerabdrücke der Opfer inzwischen sichergestellt hatten.

Was den Tod des Mädchens betraf, hatten sie Chuluums Zeugenaussage über Mickey, die Fotos von Mickey auf dem Quad mit dem Koreaner Park Kim Lee, sie hatten die Glassplitter, die den Zusammenhang zwischen dem Zusammenstoß zwischen dem Quad und dem Dreirad eindeutig bewiesen, und sie hatten den berüchtigten Adolf, der das Kind, von dem alle glaubten, es sei tot gewesen, noch lebendig vergraben hatte und der auch die Verbindung zu Erdenbat bezeugen konnte.

Was das Massaker an den Chinesen anbelangte, hatten sie deren Identitäten und berufliche Tätigkeit und damit den Zweck ihres Aufenthalts herausgefunden, außerdem hatten sie Adolf und seine Hakenkreuzler-Bikergang dingfest gemacht, die ihre Teilnahme an diesem rassistischen Verbrechen inzwischen zugegeben hatten. Was noch fehlte, war ein direkter Beweis für Chuluums Beteiligung, aber niemand hatte einen Zweifel, dass er das Chinesen-Massaker organisiert und die drei Männer höchstwahrscheinlich eigenhändig erschossen hatte, bevor sich Adolfs Bande an den Leichen austoben konnte. Was Colette darüber aussagen konnte, reichte nicht aus, um diese Verbindung wirklich gerichtsfest beweisen zu können, aber es war glaubwürdig genug, um von dort aus weiterarbeiten zu können. Auch wenn Mickeys wahres Gesicht im Laufe der Ermittlungen herauskommen würde, so war und blieb Chuluum ein Polizistenmörder, den seine Kollegen festgenommen hatten und zum Reden bringen würden.

Yeruldelgger gab zum Schluss noch eine kurze Zusammenfassung dessen, was er inzwischen über die Zusammenhänge zwischen dem Mordversuch an Saraa und Kushis Tod vor fünf Jahren erfahren hatte, und darüber, wie sie mit ihren Ermittlungen zusammenhingen. Aufgrund einer Fülle von Indizien entpuppte sich Erdenbat als der eigentliche Drahtzieher all dieser Verbrechen, allerdings lag ihnen bisher kein konkreter Beweis gegen ihn vor.

»Solongo, hast du mir diese Glasperle oder was immer das war mitgebracht?«

»Hier ist sie«, erwiderte die Gerichtsmedizinerin und zog ein kleines versiegeltes Plastiksäckchen aus der Tasche, das sie Yeruldelgger reichte.

Er hielt es vor seine Augen, um das Glaskügelchen besser betrachten zu können. Es handelte sich in der Tat um eine vollkommen runde, kleine Perle mit einer Färbung von unglaublicher Intensität. »Und was soll das noch mal sein?«

»Neodym. Es handelt sich um eines der Metalle der Seltenen ...«

»Neodym«, wiederholte Yeruldelgger und betrachtete das Kügelchen fasziniert. »Das behalte ich vorläufig mal.« Er steckte das kleine Plastiktütchen ganz beiläufig ein und fuhr fort, über die nächsten Punkte zu sprechen, und weder Solongo noch Billy wagten, ihn daran zu erinnern, dass es sich um ein zentrales Beweisstück für den Mord an Kushi handelte. »Mittlerweile ist es zu spät, um noch in den Wald hinunterzufahren und die

Knochen und Beweise dort zu sichern. Und in aller Frühe solltet ihr dort auch nicht aufkreuzen, weil das die übliche Jagdzeit der Bären ist. Es ist besser, wenn ihr dort am späteren Vormittag auftaucht, viel Lärm macht wie bei einer Treibjagd und am besten einen oder zwei Jäger aus der Gegend mitnehmt. Die Leute hier sind ja praktisch alle Wilderer. Vom Waldsaum an habe ich den Weg zur Lichtung ungefähr alle zwanzig Schritte mit umgeknickten Zweigen markiert. Ich muss euch noch warnen: Bei den Bären besteht das Risiko, dass sie seit ihrer letzten Mahlzeit ein wenig nervös geworden sind. Inzwischen dürften sie vielleicht die Hälfte von dem Mann verschlungen haben, der die Eltern des Mädchens vergewaltigt und getötet hat. Was davon noch übrig ist, dürfte kein besonders erfreulicher Anblick sein.«
Er sah beiden in die Augen, um jeden Zweifel zu beseitigen, was er von ihnen erwartete. »Billy, du hast jetzt die volle Verantwortung dafür, dass alles vorschriftsmäßig und korrekt abläuft. Solongo hat die Oberaufsicht über die kriminaltechnische Seite. Soweit ich sehe, arbeitet ihr beiden ja prima zusammen, also macht so weiter, dann sind wir bald am Ziel. Ich fahre gleich morgen früh in den Tereldsch. Es ist höchste Zeit, dass ich Erdenbat die Rechnung für Kushi präsentiere.«

»Ach, apropos Erdenbat«, meldete sich Billy zu Wort. »Ich habe eine ganze Reihe von Spitzeln zu Saraas möglichem Aufenthaltsort befragt. Laut zweien davon hält sie sich bei ihm auf.«

»In seinem Camp im Tereldsch?«

»Genaues haben sie mir nicht gesagt. Es hieß nur, sie sei ›bei Erdenbat‹.«

»Ein Grund mehr für mich, so schnell wie möglich dorthin zu fahren.«

»Nimmst du Verstärkung mit?«

»Nein. Das ist eine Sache zwischen mir und ihm. Und zwar schon seit langer, seit sehr langer Zeit.«

73

Jetzt hatte er einen Plan

Yeruldelgger fuhr im Morgengrauen ab. Alle waren früh aufgestanden, um ihn zu verabschieden – die drei Köchinnen, Colette, Solongo, ja sogar Billy war mit verstrubbelten Haaren aus Colettes Chalet aufgetaucht. Alle zusammen tranken sie ohne viele Worte heißen Tee, den die alte Mongolin zubereitet hatte, die ihm auch noch ein paar säuerliche Kekse aus getrockneter Milch einpackte. Bei der Abfahrt kurbelte er das Seitenfenster hinunter, um zu winken, und war glücklich zu sehen, wie die alte Frau Solongo die traditionelle Milchschale hinhielt und Solongo ihre Fingerspitzen hineintauchte, um ein paar Tropfen in alle vier Himmelsrichtungen zu verteilen. Der Wagen rumpelte zunächst über den unebenen Boden, glitt dann aber in die beiden Spurrinnen, und er konnte mehr Gas geben, bis er zur ersten Kurve im Wald kam.

So fuhr er rund drei Stunden lang, in denen er sich Mühe gab, nicht allzu sehr darüber nachzudenken, was Saraa wohl bei Erdenbat zu suchen hatte. Als er schließlich fast beim Camp angekommen war, hatte er immer noch keinen genauen Plan, wie er dem Türken gegenübertreten wollte. Eine Pistole steckte in seiner Manteltasche, eine zweite hatte er sich hinten in den Gürtel gesteckt. Er kannte sämtliche Pfade und Wege in der weiteren Umgebung und wählte den, der ihn in großem Bogen im Westen um den Besitz herum und durch einige Hügel führte, weil er von dort einen guten Überblick über die Gebäude und die Jurten hatte.

Als er den Wagen im Schritttempo durch schwieriges Gelände manövrieren musste, wurde er einen Moment lang von einem grellen Licht geblendet. Er hielt an und sah sich nach dem Ursprung dieses kurzen, aber starken Lichtreflexes um, doch er sah nichts Ungewöhnliches. Langsam steuerte er den Wagen auf demselben Weg zurück, auf dem er gekommen war, bis er wieder von dem Lichtreflex getroffen wurde. Von hier aus konnte er erkennen, dass die Spiegelung über einigen Lärchenstämme auf einem dreihundert Meter entfernten Hügelkamm entstand; dazwischen lag ein kleiner Taleinschnitt. Sobald er aus dieser Lichtachse herausfuhr, war der Lichtstrahl unsichtbar, und es gelang ihm nicht herauszufinden, wodurch er verursacht wurde. Aber er kannte diesen Hügelkamm. Dort hinauf führte eine kaum benutzte Staubstraße, die dementsprechend schwierig zu befahren war. Dafür brauchte man ein überaus geländegängiges Fahrzeug, nicht bloß eines mit Allradantrieb. Sein Gefühl sagte ihm mit einem Mal, dass hier etwas nicht ganz koscher war. Er stieg aus, ließ seinen Wagen stehen, und ging zu Fuß über den Grashang zum Waldrand. Von dort aus setzte er seinen Weg entlang eines gedachten Dreiecks fort, dessen Endpunkte von einem großen Stein, einem abgebrochenen Baum hinter ihm und dem Zielpunkt gebildet wurden, zu dem er sich im Schatten der Bäume aufmachte.

Zwanzig Minuten später erreichte er den Hügelgrat, etwas mehr als zehn Meter von dem Punkt entfernt, den er angepeilt hatte. Von dort oben entdeckte er sofort einen Jeep chinesischen Fabrikats, der unter einigen Lärchen stand. Dessen Rückspiegel hatte die Strahlen der noch niedrig stehenden Sonne reflektiert. Als Nächstes bemerkte er auf der anderen Seite des Jeeps einen Mann, der leise redete. Vorsichtig schob sich Yeruldelgger so weit vor, dass er ihn besser erkennen konnte. Der Mann schien ein Selbstgespräch zu führen, während er gleichzeitig mit dem Fernglas aufmerksam das gesamte Campgelände absuchte. Dann bemerkte Yeruldelgger einen dünnen Draht am Ohr des Mannes und wusste, dass er in ein Mikrofon sprach. War das hier eine Wachpatrouille oder ein Angriff? Erfolgte das Ganze in Erdenbats Auftrag, oder war es eine gegen ihn gerichtete Aktion? Er versuchte zu verstehen, was der Mann sagte, bekam aber nur mit, dass es sich um Chinesisch handelte. Nach dem Chinesen-Massaker in der Fabrik war der Verdacht aufgekommen, dass Erdenbat es in Auftrag gegeben haben könnte, also war hier vielleicht gerade eine Vergeltungsmaßnahme im Gang.

Yeruldelgger zog seine Waffe und pirschte sich näher an den Jeep heran. Der Mann wiegte sich wohl in Sicherheit und war zu sehr auf sein Gespräch konzentriert, als dass er etwas bemerkt hätte. Yeruldelgger glitt lautlos hinter ihn und fasste mit einer fließenden Bewegung gleichzeitig mit der linken Hand nach dem Mikrokabel und hielt ihm mit der rechten die Pistole an die Schläfe. Als er mit einer halben Drehung vor ihn trat, um ihn gegen den Wagen zu pressen, erkannte er den Mann wieder, der an dem Abend, als die verstümmelten Leichen in der Fabrik entdeckt worden waren, so stark nach Parfum gerochen hatte. Es war derselbe, der ihnen damals in Mickeys Büro den empörten Diplomaten vorgegaukelt und Sanktionen gegen Yeruldelgger verlangt hatte. Derjenige, den sie anschließend als Mitarbeiter der zehnten oder siebzehnten Abteilung des chinesischen Geheimdienstes entlarvt hatten und von dem man glaubte, er sei als Strafe für das Fiasko, das er angerichtet hatte, zur Umerziehung nach China zurückbeordert worden. Jetzt war er mit Sicherheit der Anführer eines Mordkommandos, und vermutlich befanden sich schon zwei oder drei seiner Männer auf dem Gelände des Camps. Dieser Mann war hier, um Tabula rasa zu machen, nicht um zu verhandeln. Yeruldelgger entschloss sich, diese Situation zu nutzen, und schaltete als Erstes das Mikro ab.

Jetzt hatte er einen Plan.

74

Ich doch auch, mein Liebling, ich doch auch

Als Yeruldelgger wieder in seinem Wagen saß, vollzog er ein waghalsiges Wendemanöver, bei dem er aufpassen musste, dass sich das Fahrzeug in dem unebenen Gelände nicht überschlug; dann fuhr er den Weg zurück, den er gekommen war, bis er sich wieder auf der regulären Straße befand. Er nahm die gerade Straße, die zwischen den Weiden zur Ranch führte, damit man ihn schon von Weitem kommen sah. Er stellte den Wagen möglichst nah an dem großen Sonnendeck ab, stieg langsam die Treppe hinauf und ging auf die großen Panoramafenster zu, schob eines auf und trat ein. Er durchquerte die Empfangshalle, den Billardraum und das traditionell eingerichtete Bibliothekszimmer und spazierte dann in Erdenbats Arbeitszimmer. Der saß hinter seinem Schreibtisch und erwartete ihn bereits.

»Du traust dich ja einiges«, empfing ihn der alte Mann beinahe anerkennend.

»Wie meinst du das?« Yeruldelgger tat so, als verstünde er nicht.

»Dass du es wagst, einfach so herzukommen, ganz allein, ohne Verstärkung. Andererseits ist das wieder mal typisch für dich.«

»Ich bin hier, um dich zu verhaften.«

»Du weißt genauso gut wie ich, dass ich das nicht zulassen werde«, erwiderte Erdenbat, als handelte es sich um eine unumstößliche Tatsache.

»Dann werde ich dich eben erschießen«, erwiderte Yeruldelgger.

»Und du weißt ebenso gut, dass du auch das nicht tun wirst.«

»Ich nehme an, du bist nicht ganz auf dem Laufenden, was in den letzten Tagen so alles passiert ist.« Der Kommissar zog seine Waffe hervor und richtete sie auf den alten Mann. »Mickey ist tot, Chuluum sitzt im Knast, Adolf ist ebenfalls verhaftet, und den Tätowierten habe ich selbst beseitigt. Und in allen vier Fällen gibt es genug Indizien und Beweise, die zu dir führen.«

»Vier Fälle?« Erdenbat gab sich höchst erstaunt.

»Der Tod des kleinen Mädchens nach dem Unfall mit dem reichen Koreaner vor fünf Jahren, den du beschützt. Die Vergewaltigung der jungen Mutter und die Ermordung der Eltern, bei der Mickey dafür gesorgt hat, dass es zu keiner Ermittlung kam, damit eben auch die Sache mit dem Unfall nicht herauskommt, und schließlich die Ermordung der drei Chinesen, über die Chuluum und Adolf bereits ausgepackt haben.«

Yeruldelgger konnte sich schon denken, was als Nächstes folgen würde, da ihm der zufriedene Blick nicht entgangen war, den Erdenbat auf jemanden hinter seinem Rücken geworfen hatte.

»Lass die Waffe fallen«, verlangte Saraa mit wütender Stimme hinter ihm.

»Ach, Saraa«, erwiderte Yeruldelgger ganz ruhig, »ich habe mir schon gedacht, dass du hier bist …«

»Lass die Waffe fallen!«

»Kommt gar nicht infrage«, sagte er, ohne Erdenbat auch nur den Bruchteil einer Sekunde aus den Augen zu lassen. »Ich bin hier, um Erdenbat zu verhaften, und wenn er sich weigert, erschieße ich ihn.«

»Ihn töten, was? Noch mehr Blut vergießen?«, ereiferte sich Saraa hinter ihm. »Du willst ihn auch noch vernichten? Hörst du denn nie damit auf? Hast du vergessen, wie viele Leben du schon vernichtet hast? Kushis, Mamas, meins, inzwischen auch Oyuns und vielleicht auch noch Gantulgas?«

»Ich habe überhaupt kein Leben zerstört«, entgegnete ihr Vater mit ruhiger Stimme. »Er hat sie auf dem Gewissen.«

»Du lügst! Er ist mein Großvater! Er ist alles, was ich noch an Familie habe. Er hat mir nie etwas zuleide getan, und von jetzt an wird er sich an deiner Stelle um mich kümmern.«

»Ach ja? Und wie? Indem er dich mit Adolf verkuppelt, dich betrunken macht, um dich dann auf kleiner Flamme gar zu kochen? Kümmert man sich neuerdings so um dich?«

»Nichts als Lügengeschichten! Nichts als Lügen!«

»Er steckt hinter allem, Saraa. Adolf sollte dich auf seine Anweisung hin verführen, damit er dich dann leichter manipulieren kann.«

»Mich manipulieren? Mich? Du bist echt noch schizophrener, als ich dachte. Nur wegen dir bin ich doch so ein Nichts geworden, weißt du noch? Ich bin doch ein Loser, ein Junkie, mein eigener Vater wollte mich nicht. Was sollte Erdenbat denn davon haben, eine Versagerin wie mich zu manipulieren?«

»Er will dich manipulieren, weil er glaubt, mich damit erpressen zu können. Er will mich zwingen, meine Ermittlungen aufzugeben.«

»Verdammt, ich glaub's ja nicht!«, zischte die junge Frau zwischen den Zähnen hervor und wedelte mit der auf ihn zielenden Waffe herum. »Selbst das beziehst du noch auf dich! Ich bin es aber, der das alles angetan worden ist, ich wurde fast umgebracht und um ein Haar entstellt, und du meinst, *dir* sollte damit was angetan werden? Weißt du überhaupt, was du da redest? Du denkst wirklich nur an dich! Immer nur an dich! Die ganze Welt dreht sich um dich. Lass jetzt die Waffe fallen!«

»Saraa, ich werde meine Waffe nicht fallen lassen.«

»Ich schwöre dir, ich schieße, wenn du die Pistole nicht fallen lässt.«

»Nein, du wirst mich nicht erschießen.«

»Ich werde schießen, ich schwör's!«

»Ja, du wirst vielleicht schießen, Saraa, aber du wirst mich nicht töten.«

»Mann, für wen hältst du dich eigentlich? Erdenbat hat recht, du bist völlig verrückt. Du meinst wirklich, dass ich nicht auf dich schießen werde, nach dem, was du allen, die mir lieb und teuer waren, angetan hast? Nachdem du erst so getan hast, als würdest du dich doch um mich kümmern wollen, nur um dann wieder zu verschwinden, wobei nichts anderes herausgekommen ist als Oyuns Tod? Woher nimmst du eigentlich die Arroganz zu glauben, ich würde dich nicht erschießen?«

Noch immer ließ Yeruldelgger Erdenbat nicht aus den Augen, der den Dialog zwischen den beiden ziemlich zufrieden zu verfolgen schien. Gleichzeitig spürte er, wie Saraa hinter seinem Rücken zunehmend nervös wurde und ihre Waffe seinen Schulterblättern immer näher kam. Er entschied sich, nun einen anderen Ton anzuschlagen. »Bevor du schießt, beantworte mir nur noch eine einzige Frage, Saraa. Wer hat dir diese Waffe gegeben?«

»Erdenbat«, antwortete sie leicht überrascht.

»Und wann hat er sie dir gegeben?«

»Als er gesehen hat, wie du angefahren kamst. Er wusste, dass du nur gekommen bist, um ihn zu töten. Da hat er sie mir in die Hand gedrückt, damit ich mich notfalls verteidigen kann; er kennt eben deine kranke Mordlust.«

»Nur dass er dich dabei getäuscht hat, Saraa.«

»Getäuscht? Ach ja? Und worin getäuscht? Doch offensichtlich nicht in dir, schließlich bedrohst du ihn gerade mit deiner Waffe!«

Aus ihrer Stimme hörte Yeruldelgger genau jene kleine Verunsicherung heraus, die er erwartet hatte. Er spannte seine Muskeln sanft an, brachte seine Atmung bewusst unter Kontrolle und verlagerte sein Gewicht auf sein Standbein, bevor er antwortete. »Er hat dich insofern getäuscht, als diese Pistole gar nicht geladen ist.«

»Was?«

»Die Waffe ist nicht geladen, Saraa.«

Es gab jetzt nur zwei Möglichkeiten, wie sie reagieren konnte. Entweder auf den Abzug drücken, um unmittelbar zu beweisen, dass die Pistole doch geladen war, wofür sie jedoch bereits unweigerlich entschlossen sein musste, ihn zu töten – und es war eine Sache, davon zu reden, aber noch mal eine ganz andere, es auch in die Tat umzusetzen. Außerdem hätte sie, wenn sie wirklich blind vor Wut gewesen wäre, schon längst gehandelt, ohne sich überhaupt auf dieses Gespräch einzulassen. Oder aber es gab die Möglichkeit, dass sie, beinahe als reflexhafte Reaktion, voller Überraschung auf die Waffe blickte, um nachzusehen, ob das, was ihr Vater da sagte, auch stimmte. In beiden Fällen würde eine Person wie Saraa, die keine Erfahrung im Umgang mit Waffen hatte und außerdem emotional unter Hochspannung stand, für einen winzigen Moment lang abgelenkt sein.

Yeruldelgger brauchte nur eine Sekunde, um sich einmal rasch zu drehen, ihr die Pistole zu entreißen, seine Tochter dabei drei Meter weit von sich zu stoßen, wo sie zu Boden ging, und sofort wieder Erdenbat ins Visier zu nehmen, der in der Zwischenzeit seinerseits eine Waffe gezogen hatte. Nun musste der Kommissar mit der ausgestreckten Rechten den alten Mann in Schach halten, während seine linke Hand mit der Waffe, die er ihr gerade entrissen hatte, auf Saraa zielte. »Ich kenne den alten Gauner gut genug«, sagte er zu Saraa gewandt. »Schau …« Ohne Erdenbat aus den Augen zu lassen, streckte er den linken Arm aus und betätigte dreimal hintereinander den Abzug. Saraa schrie auf, krümmte sich zusammen und verbarg ihren Kopf schützend in den Armen, obwohl der Abzugshahn wiederholt ins Leere klickte.

»Du hast auf mich gezielt! Du wolltest mich erschießen!«, kreischte sie. »Du hättest mich töten können! Die Pistole hätte geladen sein können! Du bist ein Irrer! Ein verrückter Mörder!«

»Saraa, ich konnte dich doch gar nicht töten, die Waffe war nämlich überhaupt nicht geladen, verstehst du das nicht?«, sagte er, indem er noch einmal auf den Abzug drückte, ohne dass eine Kugel herauskam. »Ich kenne diesen perversen alten Mann, Saraa. Alles, was er wollte, war, dass du mit der Waffe auf mich zielst. Er wollte nur diese Geste provozieren; er wollte, dass die Erinnerung daran, uns unser ganzes Leben verfolgt und langfristig uns langsam zerstört. Schlimmstenfalls hoffte er vielleicht noch, dass ich in einem Abwehrreflex tatsächlich auf dich schieße und dich verwunde oder sogar töte. Diese Erinnerung hätte mich bis an mein Lebensende verfolgt.«

»Wieder nur du! Immer nur du! Ich wäre dann zwar tot, aber leiden musst immer nur du, wie? Selbst wenn alles stimmt, was du sagst, wissen wir doch alle, was du ihm angetan hast und weswegen er so sauer auf dich ist. Du hast zugelassen, dass sein kleines Enkelkind stirbt, und es ist deine Schuld, dass seine Tochter verrückt geworden ist. Meine kleine Schwester, meine Mutter! Wenn es stimmt, was du sagst, dann hat das keinerlei Bedeutung. Ich verstehe ihn. Ich würde mich auch an einem Menschen wie dir rächen wollen.«

»Na gut, das ist nicht weiter schwierig«, erwiderte Yeruldelgger. »In meinem Gürtel, hinten am Rücken, steckt noch eine Waffe. Die ist auf jeden Fall geladen, das kannst du mir glauben. Von mir aus nimm sie und erschieß mich. Wenn du wirklich all das glaubst, was du sagst, dann nimm die Pistole und erschieß mich!«

Zutiefst verwirrt und erschrocken über alles, was ihr gerade widerfuhr, erhob sich Saraa langsam vom Boden und stellte sich hinter ihren Vater. Der behielt Erdenbat scharf im Auge, schob mit der freien Hand sein Jackett zur Seite, damit sie die Waffe wirklich sehen und danach greifen konnte, wenn sie wollte.

»Bitte, bedien dich! Wenn du dich wirklich an mir rächen willst, hast du jetzt die Gelegenheit dazu. Aber gib mir wenigstens noch die Zeit, dir vorher zwei, drei Dinge zu erklären.«

»Nur wenn du endlich deine Waffe runternimmst!«, antwortete sie, nachdem sie offenbar wieder ein wenig Selbstbewusstsein gewonnen hatte.

»Wenn ich das tue, wird er uns beide sofort erschießen, und ich wollte dir gerade erklären, weshalb er das tun wird.«

»Hör nicht auf ihn«, sagte Erdenbat. »Er wird versuchen, mir die Schuld für etwas zuzuschieben, das ich nicht getan habe. Dabei sucht er nur einen Vorwand, um mich zu töten, aber das lasse ich nicht zu.«

»Doch, von mir aus soll er ruhig sprechen«, sagte sie, »denn für das, was er mir angetan hat, wird er sowieso sterben.«

»Erdenbat trägt wirklich und wahrhaftig die Schuld an allem, wie ich es bereits gesagt habe. Das noch lebendig vergrabene Kind, die drei Chinesen, Oyun – er steckt hinter all diesen Verbrechen. Dafür gibt es ausreichend Beweise, und es steht ausführlich in den Akten.«

»Es existieren überhaupt keine Beweise gegen mich, Saraa, lass dir das nicht einreden!«

»Es gibt genug Beweise gegen mehrere Männer, die vor allem eins gemeinsam haben: Sie haben alle für ihn gearbeitet – Adolf, Mickey, Chuluum, der Tätowierte ...«

»Aha! Aber das sind keine Beweise gegen mich«, wiederholte Erdenbat siegessicher.

»Aber das werden sie mit Sicherheit sein, denn inzwischen gibt es keine korrupten Bullen mehr, die die weiteren Ermittlungen behindern oder torpedieren könnten. Aber all das interessiert mich im Augenblick gar nicht besonders, Saraa. Nur dieser letzte Fall ist für mich von Bedeutung.«

»Ah ja! Den hätte ich fast vergessen«, trompetete der Alte. »Es war ja noch von einem vierten Fall die Rede. Ein Fall, der mich unausweichlich ins Unglück stürzen wird, wie ich annehme.«

»Wieso wirfst du nicht die Kugeln, um das zu erfahren?«

»Die Kugeln?« Erdenbat reagierte erstaunt. »Was hat denn das damit zu tun? Ich dachte, du wärst nicht abergläubisch, ganz im Gegensatz zu mir.«

»Saraa, pass jetzt mal auf. Ich gehe ein paar Schritte zur Seite, bitte schieß noch nicht, ich will dir nur etwas zeigen.« Yeruldelgger trat ein Stück nach links, um Erdenbat zu zwingen, ihm mit seiner Waffe zu folgen. Er trat an dessen Schreibtisch heran, griff nach der mantischen Schale, die dort stand, und hielt sie hoch, damit Saraa sie über die Entfernung besser sehen konnte. Es handelte sich um eine flache Schüssel aus einem Edelholz, deren Rand nach innen gebogen war. Saraa konnte außerdem einen kleinen Kreisel erkennen und vernahm das Geräusch kleiner, leichter Gegenstände, die darin herumkullerten, vielleicht von kleinen Murmeln, die gegeneinanderstießen. »Das ist eine südamerikanische Variante des Würfelspiels. Man setzt den kleinen Kreisel in Bewegung, und er schleudert die Murmeln an den Rand der Schüssel, aber der nach innen gebogene Rand sorgt dafür, dass sie nicht herausgeschleudert werden. Eine Art Roulette. In der Schüsselwand befinden sich acht kleine Löcher, alle mit dem gleichen Durchmesser wie die Murmeln, und an jedem dieser Löcher steht eine Zahl. Nach jedem Kreiseln, das einem Würfelwurf entspricht, zählt man die Zahlen der Löcher zusammen, in denen Murmeln gelandet sind. Das ist das Grundprinzip. Bei diesem hier ist es insofern etwas anders, als es sich um eine koreanische Variante handelt. Statt Zahlen sind hier die vier Symbole der koreanischen Staatsflagge aufgezeichnet: Kun, der Himmel, Kon, die Erde, Kam, das Wasser, und Yi, das Feuer. Je nachdem, wo die Murmeln hineingefallen sind, kann sich der Abergläubische seine Glückschancen ausrechnen. Bei der südamerikanischen Originalvariante spielt die Anzahl der Murmeln keine Rolle, weil man nur die Zahlen ermitteln will. Bei der koreanischen Variante hingegen, bei der es um Wahrsagung geht, braucht man eine ungerade Zahl von Kugeln, weil man für die Interpretation des Ergebnisses immer mindestens zwei verschiedene Elemente braucht. Und wie viele Murmeln siehst du hier, Saraa?« Yeruldelgger wusste, dass er jetzt ihre Aufmerksamkeit gewonnen hatte. Und sie etwas von ihrem Zorn ablenkte. Und dass sie langsam zur Vernunft zurückkehrte. Er wusste, dass er sie retten und von Erdenbats Einfluss befreien konnte, wenn sie sich über die Schale beugte und zu zählen anfing und sich nicht glattweg weigerte, darauf zu reagieren.

»Ich sehe zwei Murmeln«, sagte sie. »Eine grüne und eine rosafarbene.«

»Genau, eine grüne und eine rosafarbene, also fehlt noch eine dritte; es handelt sich um eine purpurfarbene, und das ist diese hier!« Dabei zog er das kleine durchsichtige Plastiktütchen mit der Glasperle hervor, die Solongo in Kushis Sandale gefunden hatte.

»Was ist das für eine alberne Geschichte mit der Kugel aus der Schale?«, versuchte Erdenbat das Ganze herunterzuspielen; immerhin war er schon so weit verunsichert, dass er seine Pistole auf Saraa richtete.

»Was machst du da, Großvater? Warum zielst du mit deiner Waffe auf mich?« Die junge Frau war jetzt ziemlich ratlos.

»Um das zu tun, was er schon immer getan hat, Saraa«, antwortete Yeruldelgger an seiner Stelle. »Mich erpressen, indem er sich derjenigen bedient, die mir am nächsten stehen.«

»Großvater …« Ihre Stimme zitterte.

»Saraa, diese kleine Glaskugel ist der Beweis dafür, dass dein

Großvater selbst deine kleine Schwester Kushi getötet hat«, erklärte Yeruldelgger, dessen Waffe weiterhin auf Erdenbat gerichtet war.

»Blödsinn!«, rief Erdenbat. »Das kann genauso gut irgendeine x-bliebige Glaskugel sein, irgendein wertloser Schund.«

»Irrtum, Erdenbat. Bei dieser Glasperle handelt es sich nachweislich um reines Kristall, das seine Farbe von einem sehr seltenen darin eingeschlossenen Metall erhält«, erklärte Yeruldelgger weiter. »Es heißt Neodym. Die Färbung in den beiden anderen Kristallperlen entsteht durch Praseodym und Erbium. Alle drei sind extrem selten. Sagt dir das irgendwas?«

»Das war ein Geschenk von einem koreanischen Geschäftspartner«, versuchte Erdenbat zu erklären.

»Das ist doch vollkommen egal!«, fiel ihm Yeruldelgger ins Wort. »Worauf es ankommt, ist einzig und allein, dass dieses Kügelchen ohne den Schimmer eines Zweifels von hier stammt, von diesem Schreibtisch.«

»Mag sein, ja, vielleicht gehörte sie einmal zu den Murmeln in der Schale. Na, und wenn schon?«, rief Erdenbat mit zunehmender Ungeduld.

»Tja, zu dumm, dass bei einer gründlichen Überprüfung sämtlicher Beweismittel im Fall von Kushis Tod genau diese kleine Glasperle in der Sohle einer ihrer Sandalen gefunden wurde.«

»Na und? Das ist doch nichts Besonderes. Was soll das denn beweisen? Kushi war oft hier bei mir im Camp. Sie könnte irgendwann mal draufgetreten sein!«

»Tja, aber diese Sandalen waren nun mal neu, Erdenbat. Ganz neu. Uyunga, deine Tochter, meine Frau und die Mutter von Saraa und Kushi, hatte sie ihr am Morgen des Tages geschenkt, an dem sie entführt wurde. Kannst du dich noch daran erinnern, Saraa? Du warst auch mit dabei, als wir ihr die neuen Sandalen gegeben haben, damit sie hübsch aussieht, wenn sie zu Besuch zu ihrem Opa fährt.«

»Daran kann ich mich tatsächlich noch erinnern«, murmelte Saraa, die immer nervöser wurde, da der Alte seine Waffe weiterhin auf sie gerichtet hielt.

»Das beweist doch immer noch nichts!«, empörte er sich. »Sie könnte genauso gut ...«

»An dem Tag drübergelaufen sein?«, vollendete Yeruldelgger den Satz für ihn. »Ausgeschlossen. Du selbst hast uns damals mitgeteilt, dass sie gar nicht bei dir im Camp angekommen sei. Da diese Murmel mit dem Neodym aber nun mal eindeutig in Kushis Sandale steckte, ist das der eindeutige Beweis, dass sie nach ihrer Entführung hier bei dir im Camp gewesen sein muss. Und das bedeutet außerdem, dass du sie später getötet hast. Wer sonst hätte es tun sollen?«

Saraa war in Tränen ausgebrochen. »Großvater«, bat sie flehentlich.

Yeruldelgger ahnte, dass Erdenbat Saraas Verwirrung ausnutzen würde, jetzt, wo sie gerade nicht klar denken konnte. Sein Schuss löste sich im selben Moment, in dem auch Erdenbat abdrückte. Yeruldelggers Kugel traf Erdenbat in der Hand, was dazu führte, dass dessen Schuss in allerletzter Sekunde weit von Saraa abgelenkt wurde und seine Pistole ans andere Ende des Raumes flog. Saraa schrie vor Angst auf und betätigte ganz automatisch den Abzug ihrer Waffe. Der Rückstoß überraschte sie, und ihre Kugel ließ das Vitrinenglas des Bücherschranks hinter Erdenbat zersplittern. Yeruldelgger hörte Schritte, die sich rasch näherten. Er nahm den Leibwächter in Empfang, sobald dieser durch die Tür kam, indem er ihm einen gezielten Tritt gegen das Knie versetzte. Als der Mann versuchte, wieder aufzustehen, kugelte er ihm mit einem Kniestoß auch noch die Schulter aus. Der so außer Gefecht gesetzte ehemalige Kämpfer rollte daraufhin schreiend vor Schmerzen über den Fußboden. Immer mehr kamen herbeigelaufen, aber Yeruldelgger versetzte sie in Panik, indem er ihnen zurief, sie sollten in Deckung gehen, da es eine Schießerei gebe. Er richtete seine Waffe wieder auf Erdenbat und zog mit der anderen Saraa nach oben, die dermaßen von Angst und widerstreitenden Gefühlen überwältigt war, dass sie sich einfach auf die Knie hatte fallen lassen.

»Hab keine Angst, mein Liebling, ich bin ja bei dir. Hab keine Angst!«

Wie ein erschrockenes kleines Kind klammerte sie sich an ihn und verkroch sich fast hinter seinem Rücken. Dann blaffte er den Alten an, sich wieder an seinen Schreibtisch zu setzen und gefälligst die Hände auf dem Tisch zu lassen. »Von dir will ich jetzt nur noch eins wissen«, richtete Yeruldelgger das Wort an ihn. »Wozu das alles? Warum nur?«

»Warum? Ja, hast du denn gar nichts verstanden? Dieses Land hat mir so viel genommen, es schuldet mir alles! Ich habe meine ganze Jugend in Lagern und in Gefängnissen verbracht, ich wurde an Höllenorte verschleppt, die die Lager des russischen Gulag wie Ferienkolonien aussehen lassen. Sie haben mir alles genommen im Leben, meine Familie, meine Jugend. Ich wurde gefoltert, gedemütigt, sie haben mich wie ein räudiges Tier behandelt, ich war gezwungen zu töten, um fliehen zu können, ich war gezwungen zu töten, um selbst zu überleben. Ich habe das Fleisch von gestorbenen Mitgefangenen gegessen, und ich habe schließlich andere getötet, um selbst etwas zu essen zu haben und zu überleben. Niemand kann nachvollziehen, wie viel Freiheit und Würde mir dieses Land genommen hat, und deswegen hole ich mir jetzt alles wieder zurück, verstehst du? Ich nehme mir alles, was ich will. Ich nehme es mir, und ich habe jedes Recht dazu. Heutzutage zählen dazu vor allem diese Seltenen Erden, da hast du vollkommen recht. Diese seltenen kostbaren Metalle, diese siebzehn ganz besonderen chemischen Elemente sind für die modernen Technologien vollkommen unentbehrlich geworden. Keine Windenergie, keine Hybridmotoren, keine Solarzellen, keine modernen Legierungen sind mehr ohne sie denkbar. China verfügt über neunzig Prozent der Weltreserven an Seltenen Erden, und sie haben gerade beschlossen, nichts mehr davon zu exportieren. Sie wollen diesen Markt künstlich verknappen, damit die Nachfrage so sehr steigt, dass sie jeden Preis verlangen können. Eine normale Preisbildung nach ökonomischen Kriterien wird es nicht mehr geben, es werden rein politische Preise sein. Sie werden entscheiden, ob sie diesem oder jenem Land erlauben werden, eine moderne Industrie zu entwickeln, oder nicht. Und damit wird der kleine Rest an Ressourcen von Seltenen Erden, die außerhalb Chinas noch im Boden schlummern, einen Wert erreichen, den du dir überhaupt nicht vorstellen kannst. Die Vereinigten Staaten von Amerika geben über die Reserven, die sie vielleicht noch haben oder auch nicht, gar nichts mehr preis, damit man über die Zukunft dieses Landes als moderner Industriestaat im Ungewissen bleibt. Ich besitze Abertausende von Hektar Land, in denen gewaltige Mengen Seltener Erden schlummern, und ich arbeite intensiv daran, dass dieses Land seine Politik ändert. Es kann einfach nicht angehen, dass die Chinesen unsere Reserven ausbeuten und selbst keine mehr exportieren. Das ist die Politik der sogenannten ›neuen Nachbarn‹, mit der meine Leute, meine Firmen Druck auf die Regierung ausüben. Wir wollen ihnen die Ausbeute der Minen wegnehmen und sie anderen Partnern überlassen, die schwächer, weniger gierig, aber wesentlich interessierter sein dürften: Europa, Kanada, Australien, die Koreaner... Das hatte ich bereits alles erreicht, dazu die Aussicht auf viele Milliarden Dollar, die dadurch schon in wenigen Jahren ins Land fließen sollten, als du vor Jahren plötzlich hier ankamst und deine Nase in meine Angelegenheiten gesteckt hast. Und jetzt, wo es mir darum geht, meine koreanischen Geschäftspartner zu schützen und diese Chinesen endlich loszuwerden, da kommst du schon wieder daher und durchkreuzt meine Pläne wegen ein paar lächerlicher chinesischer Leichen!«

»Wie kannst du dich nur damit rechtfertigen? Was hatte das kleine Kind auf dem Dreirad damit zu tun? Was hatten die beiden mongolischen Nutten damit zu tun, die zusammen mit den Chinesen umgebracht wurden?«

»Die Sache mit dem Mädchen war nichts weiter als ein unglücklicher Unfall, den wir eben vertuschen wollten. Und die beiden Frauen sind nichts im Vergleich zu den Reichtümern, die eine angemessene eigene Ausbeutung der Seltenen Erden diesem Land einbringen wird!«

»Und was sollte dann diese makabre Inszenierung bei dem Massaker an den Chinesen?«

»Das ist unser mongolisches Erbe, Yeruldelgger, das ist eben unsere Tradition. Wir Mongolen haben mal ein Viertel der ganzen Welt beherrscht, und zwar einzig dank unserer Terrorherrschaft. Wir haben Eurasien im Mittelalter nicht dank unserer Kultur, unserer Kunst oder unserer Philosophie beherrscht. Jetzt, acht Jahrhunderte später, erinnert man sich an uns nur noch wegen des Schreckens und der Zerstörung, die wir bei allen Kulturen verbreitet haben, die uns zivilisatorisch weit überlegen waren. Wir haben sie nur überwinden und besiegen können, weil unsere Barbarei ihrem aufgeklärten Verstand machtpolitisch überlegen war. Wir waren das Imperium, in dem man sämtliche Offiziere der Armee seines Bruderstaates bei lebendigem Leib in siebzig riesigen Kesseln gekocht hat. Wir waren das Land, in dem man eine Million unschuldiger Einwohner massakriert hat, nur um die Überlebenden so weit gefügig zu machen, dass man sie anschließend versklaven konnte. Und es ist kaum fünfzig Jahre her, dass man in unserer Republik noch Dissidenten in die Dampfkessel von Lokomotiven gesteckt hat. Wir beide sind Teil dieser Mongolei. Niemand sollte sich der Illusion hingeben, wir seien nur noch antriebslose ehemalige Nomaden, die in ihrem gegenwärtigen Elend versinken oder zum Tourismus überlaufen werden. Unsere Zukunft liegt in dem Schrecken, den wir allen anderen einjagen können, und die Chinesen müssen und werden die Ersten sein, die diesen Blutzoll entrichten!«

»Du bist krank, Erdenbat, völlig krank. Wofür hältst du dich eigentlich? Für den neuen Dschingis Khan? Aber wenn Dschingis Khan heute leben würde, wäre er so etwas wie ein Kim Jongun. Ein verrückter Diktator, der bereit ist, seine eigenen Kinder zu töten, um seine Attentatsfantasien zu beschwichtigen.«

»Yeruldelgger, du verstehst gar nichts. Alles läuft an uns vorbei. In der gegenwärtigen Welt, im Spiegel der Geschichte zählen wir nicht. Einzelne zählen überhaupt nicht, wenn es um das große Ganze geht. Dank dieser Seltenen Erden kann unsere mongolische Nation wieder den ihr zustehenden Platz unter den Völkern erobern.«

»Ach ja? Gehörte Kushi auch zu den Einzelnen, deren Leben nichts zählt? Hat deine eigene Tochter kein Überlebensrecht? Habe ich keins? Und Saraa auch nicht? Was ist mit deiner eigenen Familie? Mir bleibt gar nichts anderes übrig, als dich zu erschießen.«

»Dann tu's doch!«, versetzte Erdenbat. »Schieß ruhig, das bringt mich nicht um. Ich werde niemals sterben, ich habe schon so viel überlebt. Aber schieß ruhig, wenn du willst. Oder gib Saraa die Pistole, damit sie es tut. Es stimmt, Saraa, dein Vater hat recht. Ich habe Kushi getötet, und ich wollte auch dich töten, also bitte, erschieß mich doch! Erschieß mich!«

Yeruldelgger richtete seine Waffe auf ihn, drückte aber nicht ab. Ohne sich umzudrehen, schob er Saraa rückwärts langsam Richtung Tür. Sobald sie die Bibliothek erreicht hatten, trug er ihr auf, zum Auto zu rennen, den Motor zu starten und sich für die Abfahrt bereitzuhalten.

Dann ging er zurück in Erdenbats Arbeitszimmer, und wie er es erwartet hatte, stürzte sich der alte Mann auf ihn. Er war immer noch sehr kräftig; Yeruldelgger war sich keineswegs sicher, ob Erdenbat wirklich glaubte, ihn niederringen zu können, oder ob er ihn zwingen wollte, ihn zu erschießen. Er wich dem Angriff geschickt aus und trat nach seiner Ferse. Sie splitterte, und der Koloss sackte zusammen; noch bevor er auf dem Boden aufschlug, trieb Yeruldelgger ihm mit einem gezielten Tritt in den Solarplexus die Luft aus der Lunge. Als Erdenbat auf dem Boden lag, tastete er ihn zuerst rasch nach Waffen ab und riss dann jede Schublade in jedem Möbelstück in dem Zimmer auf. Nachdem er sich vergewissert hatte, dass im Zimmer keine weiteren Pistolen mehr versteckt waren, durchsuchte er den immer noch stöhnend auf dem Boden liegenden Leibwächter, fand dessen Waffe und fragte sich, warum der Mann sie nicht benutzt hatte. Er schleifte ihn nach draußen und verschloss das Arbeitszimmer.

Dann ließ er den Leibwächter aufstehen und half ihm, sich seitwärts auf einen Stuhl zu setzen und den ausgerenkten Arm über die Rückenlehne hängen zu lassen. Er griff nach seiner Hand und zog mit einem kräftigen Ruck am Arm des Leibwächters. Der Mann schrie vor Schmerz auf, als sein Schultergelenk wieder einrastete, doch damit waren die Schmerzen verflogen, und Yeruldelgger beugte sich über ihn. »So, mein Held, dann sieh mal zu, dass du so schnell wie möglich von hier verschwindest, und nimm alle mit, die noch hier sind. Überlass Erdenbat einfach seinem Schicksal. Das ist jetzt nicht mehr deine Sache.«

Dann ging er den Weg durch die Bibliothek, das Billardzimmer und die Eingangshalle zurück. Saraa hatte inzwischen den Wagen gewendet und wartete bereits. »Gib Gas, mein Liebling, ich erkläre dir dann schon den Weg.«

Nachdem sie dreihundert Meter auf der Zufahrtsstraße zurückgelegt hatten, sagte Yeruldelgger seiner Tochter, sie solle nach rechts in einen schmalen Pfad einbiegen. Er dirigierte sie zu einer Gruppe von Weiden und Erlen, die in der Nähe eines Baches standen. Dort entdeckte Saraa einen hinter den Bäumen versteckten Jeep und einen Mann, der sie schon zu erwarten schien. »Fahr eine Schleife und lass den Wagen dann langsam an ihm vorbeirollen, ohne anzuhalten«, sagte Yeruldelgger. Sie tat wie geheißen. Als sie nah genug herangekommen waren, erkannte sie, dass es sich um einen Chinesen handelte und dass er einen Ohrhörer und ein Mikrofon trug. Yeruldelgger ließ das Seitenfenster herunter und sagte zu ihm: »Ich habe meine Tochter abgeholt; wir fahren jetzt weg. Er gehört euch.«

Der Chinese nickte ihm kurz zu, er hatte verstanden. Als sie an ihm vorbei waren, beobachtete Saraa ihn im Rückspiegel und sah, wie er einen kurzen Befehl über sein Mikro absetzte und dann in seinen Jeep kletterte. Sie traute sich nicht, weitere Fragen dazu zu stellen.

»Soll ich jetzt lieber fahren?«, fragte Yeruldelgger. Saraa war einverstanden, und sie hielten kurz an, um die Plätze zu tauschen. Als sie auf der Beifahrerseite einstieg, hörten sie Geschosssalven aus automatischen Waffen und gedämpfte kleinere Explosionen aus den Gebäuden des Camps. Yeruldelgger ließ den Motor wieder an, und sie machten sich so schnell wie möglich aus dem Staub. »Soll ich dich nachher irgendwo absetzen?«, fragte er.

Ohne ihn anzusehen, fragte sie ganz leise: »Kann ich nicht auch bei dir bleiben?«

»Aber selbstverständlich, mein kleiner Liebling«, erwiderte er, zog sie mit einem Arm an seine Schulter und hatte mit einem Mal Tränen in den Augen.

»Weinst du etwa?«, fragte sie, und es klang wie ein Kompliment.

»Ich?«, plusterte sich Yeruldelgger auf. »Niemals.«

»Also, ich schon«, sagte sie und kuschelte sich an ihn.

»Ich doch auch, mein Liebling, ich doch auch.«

75

Keine Spur von Erdenbat

Sie hätten quer durchs Gebirge fahren können. Von Ulaanbaatar aus führte die Straße nach Westen und überquerte die Berge im Norden des Chustain-Nuruu-Nationalparks, auf dessen grünen Hügeln die legendären isabellfarbenen Przewalski-Pferde grasen. Doch Yeruldelgger wollte das Gebirge lieber im Süden umfahren und dann in dem Tal entlang, durch das sich der Oberlauf des Tuul in vielen Schlaufen wand. Yeruldelgger liebte solche Gebirgsbäche, deren Wasser so glatt war wie schwarzer Marmor oder in zahlreichen Wirbeln zwischen den weißen Felsbrocken schäumte. Er liebte die Reiher mit ihren spitzen Schnäbeln, die lange unbeweglich an den bemoosten Ufern standen, und die Vögel, die wie grüne und blaue Pfeile dicht über die silbrige Wasseroberfläche dahinglitten. Die scheuen Rehe, die, stets angespannt, zitternd und witternd dastanden, um dann völlig unvermittelt über das spärliche Gestrüpp davonzuspringen. Den Adler, der mit ausgebreiteten Schwingen im warmen Aufwind dahinglitt, stets bereit, hinabzustoßen und zuzuschlagen.

Er hielt mehrmals am Rand der ausgefahrenen Staubstraße mit ihrer gelblichen, sandigen Erde an. Um einem Raubvogel dabei zuzusehen, wie er unbeweglich und geduldig auf eine Forelle im Wasser lauerte. Um die ruckartigen Bewegungen der pfeifenden Murmeltiere zu beobachten. Um zu warten, bis ein

Reiher zugestoßen hatte und einen silbrig leuchtenden Fisch mit nach oben gerecktem, langem Hals verschluckte.

Auf dem Beifahrersitz neben ihm teilte Solongo still diese Kindheitserinnerungen. Auf dem Rücksitz unterhielten sich kichernd die Kinder. Saraa lachte sich über Gantulgas Scherze kaputt. Er verglich jedes Tier mit Leuten, die er kannte. Er tat, als wollte er Yeruldelgger den Weg erklären, um die anderen glauben zu machen, er hätte sich erneut verfahren. Oder er erklärte ihm, wie man einen Wagen im ersten Gang anrollen ließ, um den Motor zu starten. Sie waren wie eine glückliche Familie, die zu einer schönen Beerdigung fährt. Auf der Ladefläche des großen Toyota-Pick-ups, den sich Yeruldelgger von dem Kasachen auf dem Gebrauchtwagenmarkt geliehen hatte, lag der kleine Sarg des Mädchens mit dem rosafarbenen Dreirad. Wie er es dem alten Nomaden versprochen hatte, war er innen mit grünem Stoff in der Farbe des Steppengrases ausgekleidet, und die Innenseite des Deckels war mit himmelblauem Stoff bespannt, an dem sieben kleine Wattebäusche befestigt waren, die für die sieben Sterne des Sternbilds Großer Bär standen. Dass sich nie jemand aus dem Ausland nach dem Verbleib des Mädchens und ihrer Eltern beziehungsweise deren Leichen erkundigt hatte, blieb eines der letzten ungelösten Geheimnisse dieses Falls. Yeruldelgger fühlte sich jedenfalls verpflichtet, ihnen endlich eine Grabstätte zu geben, selbst wenn es nur eine provisorische sein sollte. Und wenn er sich jetzt so viel Zeit ließ, um zu dem Ort zu fahren, den er so gut kannte und den er für sie ausgewählt hatte, dann war das, als wollte er der Seele dieses Kindes das Land zeigen, in dem es ruhen würde.

Als er den Felssporn des Chustain Nuruu umrundet hatte, der die Grasebenen im Süden überragte, fuhr Yeruldelgger wieder in Richtung Norden, wo sich lebhafte Bäche ihren Weg durch das Vorgebirge bahnten. Sie fuhren über eine lange Holzbrücke aus grauen, von der Sonne gebleichten Planken auf der

Höhe eines breiten Flusses, in dem sich ein weiter Himmel spiegelte. Die Baumstämme, auf denen die Planken auflagen, schwankten ein wenig, als sie über die Brücke fuhren, und Yeruldelgger lenkte etwas übertrieben, um Gantulga und Saraa zum Lachen zu bringen. Als eine der Planken unter dem Gewicht des Wagens brach, mussten alle aussteigen, damit der Wagen leichter wurde, und Gantulga nutzte die Gelegenheit, um in den Fluss zu springen und dabei so zu tun, als würde er ertrinken, wobei er allerdings nicht bedacht hatte, dass seine Gipsverbände sich tatsächlich mit Wasser vollsaugten. Yeruldelgger musste anhalten und ihm ein Seil zuwerfen und ihn aus dem Wasser retten. Saraa stützte den hinkenden und völlig durchnässten Gantulga und ging mit ihm bis zum Ende der Brücke, wo sie noch auf Yeruldelgger warten mussten, weil nun eines der Vorderräder zwischen zwei Planken stecken geblieben war.

Dann stiegen alle wieder ein, und nach zwei Kilometern bog Yeruldelgger in eine Staubstraße ein, die schnurgerade nach Norden verlief und am Gebirgsmassiv entlang hinaufführte. Mit dem Finger deutete er auf eine einsame Jurte weit vor ihnen in der Ferne. »In einer Viertelstunde sind wir dort«, sagte er.

»Ist das die Jurte von Oyuns Eltern?«

»Nicht wirklich«, erwiderte er.

»Na ja, aber dort ist sie jetzt?«

»Ja, dort ist sie jetzt.«

»Ich finde es gut, dass die Kleine neben ihr begraben wird«, sagte Gantulga mit Tränen in den Augen. »Dann kann Oyun sich um sie kümmern, bis sie ihre Eltern wiedergefunden hat. Die werden doch sicher auch hier begraben?«

»Ja, das habe ich bereits versprochen«, erwiderte Yeruldelgger.

In der Mongolei wurden die Gräber traditionell nicht mit Blumen geschmückt, aber das änderte sich allmählich. Gantulga hatte darauf bestanden, einen Strauß Pfingstrosen für Oyuns Grab mitzunehmen, wie er es aus amerikanischen Fernsehserien kannte. Das Begräbnis, das Yeruldelgger für die Kleine plante, entsprach hingegen der Tradition. Ein Loch in der Erde unweit eines Hügels oder Felsens. Der Boden wurde mit einem Lammfell ausgelegt und in der Höhe des Kopfes mit einer Bahn blauen Seidenstoffs umwickelt. Ein Teeziegel war als Vorkehrung gedacht, um im Land der Seelen seinen Durst löschen zu können, und Schafsköttel standen symbolisch für eine Schafsherde und diese wiederum als Zeichen für Wohlstand, den man den Verstorbenen auch dort wünschte, wo sie hingingen und wo sie glücklicher sein sollten als auf der Erde. Es wurde darauf geachtet, dass der Leichnam zwischen zwei kleinen Holzfeuern liebevoll und respektvoll in den Boden gebettet wurde, mit Blickrichtung nach Norden. Niemand würde weinen, denn Tränen bei dieser Gelegenheit schadeten dem Glück der hinterbliebenen Familie. Das galt selbst in diesem Fall, bei dem die Eltern erst nach Abschluss aller polizeilichen und justiziellen Untersuchungen zum Begräbnis freigegeben werden sollten. Yeruldelgger hatte sich vorgenommen, rechts und links von dem Grab der Kleinen so bald wie möglich zwei weitere Gräber auszuheben. In dieser Hinsicht war die Tradition nicht eindeutig. Normalerweise blieb eine Seele in der näheren Umgebung ihres Grabes, bis der Körper vollständig verwest war. Eine weitere Seele hielt sich neunundvierzig Tage lang rund um die Jurte auf, und eine dritte gesellte sich im Reich der Seelen zu den anderen, wo sie so lebte, wie sie auf der Erde gelebt hatte. Waren das nun drei verschiedene Seelen oder eine sich wandelnde Seele? Und warum lebte sie im Seelenreich das gleiche Leben wie auf Erden? Das hatte Yeruldelgger den Nergui oft gefragt.

»Wozu willst du das wissen? Du wirst es ja selbst sehen, wenn es so weit ist. Es ist jedenfalls nicht die Hoffnung auf ein anderes Leben, die dir dein jetziges Leben hier erträglich macht. Es ist vielmehr die Hoffnung, das jetzige Leben zu ändern, damit es woanders besser wird.«

Der Nergui hatte sein Versprechen gehalten und erwartete sie bereits an der Jurte. Der Ort hier war einfach großartig. Die Jurte lehnte sich an einen üppig bewachsenen Hang, der von kleinen Schluchten durchzogen war, die im Schatten von lichten Erlen und silbrigen Birken lagen. Von hier aus hatte man einen überwältigenden Ausblick über die unendlichen Weiten der welligen Steppe.

Als Erster sprang Gantulga, so gut es seine Gipsverbände zuließen, mit dem Pfingstrosenstrauß in der Hand aus dem Wagen. Sofort schaute er sich nach Oyuns Grab um. Er ging hinter die Jurte, um nachzusehen, ob es sich dort befand, kam dann wieder zum Wagen zurück, hielt sich eine Hand über die Augen und suchte die ganze Umgebung danach ab. »Yeruldelgger, wo ist Oyun denn jetzt begraben?«, fragte er voller Ungeduld.

»Na hör mal, Partner, jetzt musste ich schon eine Stunde in der Kühlbox im Leichenschauhaus liegen, dann möchtest du doch wohl nicht, dass ich auch noch vorzeitig begraben werde!«

Der Junge fiel aus allen Wolken und drehte sich völlig verblüfft um, als er ihre Stimme hörte. Oyun stand auf Krücken gelehnt und immer noch mit Verbänden bedeckt vor dem Eingang der Jurte. Er schluchzte laut auf, Tränen schossen ihm in die Augen. Dann warf er den Blumenstrauß beiseite und fiel in ihre ausgebreiteten Arme. Saraa, die über Oyuns Auftauchen nicht minder überrascht war, brach ebenfalls in Freudentränen aus und stürzte, mehrmals ihren Namen ausrufend, auf die junge Frau zu.

»Aber was machst du denn hier? Wie kommt es, dass du noch lebst? Wieso bist du nicht tot?«, rief Gantulga fassungslos. »Wieso haben diese Schweine mir weisgemacht, dass du gestorben seist?«

»He, wie redest du denn, Partner! Diese Schweine, wie du sie nennst, haben mir das Leben gerettet. Mickey wollte mich aus dem Weg räumen. Die einzige Möglichkeit, mich zu beschützen, bestand darin, ihn glauben zu lassen, ich wäre schon tot. Deswegen haben Yeruldelgger und Solongo dafür gesorgt, dass ich untertauchen kann, so ähnlich, wie sie es mit dir gemacht haben, als sie dich ins Kloster gesteckt haben.«

»Und dieser Ort hier, ist das jetzt dein Zuhause oder nicht?«

»Natürlich nicht! Denk doch mal nach! Wenn diese Aktion irgendwie aufgeflogen wäre, dann hätten die Mörder doch als Allererstes bei mir oder bei meinen Eltern nachgesehen, wo ich stecke. Diese Jurte hier ist nicht mein Zuhause, sondern Yeruldelggers.«

»Das hier ist eure Familienjurte?«, wandte sich Gantulga erstaunt an Saraa.

»Also, das höre ich auch zum ersten Mal«, sagte die junge Frau verwundert. »Wie du siehst, fängt gleich wieder alles von vorn an: Mir sagt wieder mal kein Mensch, was los ist.«

»He, jetzt fang nicht wieder damit an«, warnte sie ihr Vater augenzwinkernd und deutete mit dem Finger auf sie. »Schließlich bin ich hier auf die Welt gekommen, und ich habe darauf gewartet, dass du wieder mit mir redest, um dir davon zu erzählen.«

Solongo stand zusammen mit dem Nergui etwas abseits und beobachtete, wie die Glückseligkeit wieder Einzug hielt. Sie wusste, dass sie auch ihren Anteil daran und ihren Platz darin hatte, und war glücklich darüber. Sie ging ein paar Schritte auf diese Menschen zu, die sie so sehr liebte und die innerhalb weniger Monate quasi zu ihrer eigenen Familie geworden waren. Dabei bemerkte sie, wie Yeruldelgger in seine Hosentasche griff, sein iPhone herauszog und sich ein wenig zur Seite neigte, um die Nachricht auf dem Display zu lesen. Er hob den Blick und sah kurz auf Saraa, die Oyun anlächelte, dann schaute er über die Gruppe hinweg zu ihr. Als sie sich in die Augen sahen, bemerkte Solongo eine kleine Irritation in seinem Blick, wie der Schatten einer kleinen Wolke, die rasch vor der Sonne vorbeizieht. Dann vibrierte ihr eigenes Handy, und sie las die gleiche Nachricht von Billy, die Yeruldelgger eben erhalten hatte.

»Großbrand im Camp. Drei Leichen identifiziert. Alles Chinesen. Keine Spur von Erdenbat.«